Knaur.

Knaur.

Im Knaur Taschenbuch Verlag ist bereits folgendes Buch der Autorin erschienen:
Stern der Göttin

Über die Autorin:
Hinter dem Pseudonym Sandra Melli verbirgt sich ein bekanntes Autorenehepaar, das seit vielen Jahren sehr erfolgreich historische Romane veröffentlicht. Ihre ersten Erfolge errangen sie jedoch mit Kurzgeschichten und Novellen in Fantasy-Anthologien verschiedener großer Verlage. Darüber hinaus entwickelten sie im Lauf der Zeit mit der Welt der magischen Farben ihr ganz eigenes Fantasy-Universum. Das Paar lebt bei München.

SANDRA MELLI

STOLZ DER KRIEGERIN

Roman

KNAUR TASCHENBUCH VERLAG

Besuchen Sie uns im Internet:
www.knaur.de

FSC
www.fsc.org
MIX
Papier aus verantwortungsvollen Quellen
FSC® C014496

Originalausgabe November 2012
Knaur Taschenbuch

Ein Unternehmen der Droemerschen Verlagsanstalt
Th. Knaur Nachf. GmbH & Co. KG, München

Umschlaggestaltung: ZERO Werbeagentur, München
Umschlagabbildung: Sylwia Makris
Satz: Adobe InDesign im Verlag
Druck und Bindung: GGP Media GmbH, Pößneck
Printed in Germany
ISBN 978-3-426-50417-8

2 4 5 3 1

ERSTES KAPITEL

Gayyad

Sie waren alle gekommen!

Obwohl Gayyad es nicht anders erwartet hatte, lächelte er zufrieden. Ganz vorne saß Tobolar, der Fürst von Lhandhera, und ganz in der Nähe sein Schwager Lankarrad von Zentral-Vanaraan. Beide waren insgeheim erbitterte Rivalen, denn sie strebten nach der Krone ihres Schwiegervaters, der über alle drei Fürstentümer des Königreiches Vanaraan gebot.

Zwischen Lankarrad und Tobolar hatte die Person Platz genommen, die in Gayyads Plänen die wichtigste Rolle spielte: Rakkarr, der Erbprinz des im Südkrieg untergegangenen Reiches T'walun. Als nächster Verwandter des Königs von T'wool war er der erste Anwärter auf dessen Nachfolge. Das schwarze T'wool war das mächtigste Reich der Dämmerlande, und derjenige, der auf seinem Thron saß, hatte den größten Einfluss auf die Geschicke der Länder auf der roten Seite des Toisserech, und die grünen, weißen und gelben Reiche der westlichen Seite fürchteten ihn.

Lange hatte Gayyad auf eine Gelegenheit gewartet, dies zu seinen Gunsten zu nutzen, und nun war die Zeit reif. Als Erstes würde er einen Wechsel auf dem Thron von T'wool herbeiführen. König Arendhar musste beseitigt und Rakkarr zu seinem Nachfolger gekrönt werden. Da dieser unter seinem Einfluss stand, würde er selbst der heimliche Herrscher des am meisten gefürchteten Reiches sein.

Gayyad sonnte sich einen Augenblick in diesem Gedanken, konzentrierte sich dann aber wieder auf seine Gäste. Um die drei Fürsten herum hatten sich ihre engsten Vertrauten versammelt. Wie ihre Herren waren sie zumeist Vertriebene aus dem jetzt unzugänglichen Süden der roten Seite. Einige aber stammten aus T'wool und dessen Nachbarländern, und sie alle einte die Unzufriedenheit mit König Arendhars Herrschaft.

Gayyads Blick schweifte weiter durch den großen Saal der Festung von Lhandheralion, in dem er seine Anhänger versammelt hatte. Die nächste Gruppe bestand aus Freistädtern, Männern, die sich und ihr Schwert an alle und jeden verkauften. Doch er hatte vorgesorgt und ihnen ebenso wie allen anderen Anwesenden auf magischem Weg den Willen in ihre Köpfe gepflanzt, ihm mit aller Macht und unter Einsatz ihres Lebens zu dienen.

Bei Fürstin Alatna und ihren Wardan wäre dies nicht einmal nötig gewesen. Sie gehorchten ihm, dem hohen blauen Herrn aus dem Osten, dem Reich ihrer Göttin Ilyna, mit derselben Hingabe, mit der sie ihre Gebete sprachen, die die Göttin bewegen sollten, ihnen die geraubte Heimat wiederzugeben. Er hatte sie nur in dem Glauben bestärken müssen, Ilynas Gesandter zu sein, der sie wieder in ihre angestammten Länder zurückführen würde.

Neben Alatna saß Ondrath, der Herr des Fürstentums Mondras und einer der Thronprätendenten des Königreiches Rhyallun. Wahrscheinlich sieht der junge Narr sich schon dort auf dem Thron sitzen, dachte Gayyad amüsiert. Doch Rhyallun spielte in seinen Plänen eine ganz besondere Rolle und in denen war weder für Ondrath noch für einen anderen Wardan-Edeling Platz. Bevor er jedoch seine Macht in die südlichen Landstriche ausdehnen und Einfluss auf die Verteilung der Fürsten- und Königsthrone nehmen konnte, musste er den Fluch brechen, den der grüne Evari über die südlichen Gefilde geworfen hatte. Der dabei entstandene magische Wall schirmte die Länder dort wirkungsvoller gegen jede Art der Rückeroberung ab als eine himmelhohe Mauer.

Gayyad knirschte bei dem Gedanken an den grünen Todesstreifen mit den Zähnen. Ich hätte Rhondh früher ausschalten sollen, fuhr es ihm durch den Kopf. So aber hatte er dem Evari des grünen Gottes die Zeit gelassen, sein grandioses Werk zu zerstören. Der Krieg, den die Leute nun den Südkrieg nannten, hätte die gesamten Dämmerlande erfassen und wüten sollen, bis Götter und Menschen gleichermaßen um einen Friedensstifter froh gewesen wären. Diese Rolle hatte er für sich vorgesehen gehabt. Rhondh aber hatte mit diesem Fluch die feindlichen Heere getrennt und allen Kämpfen ein Ende gesetzt. Wenn er seine Pläne noch in die Tat umsetzen wollte, musste er das verlorene Terrain für die rote Seite zurückgewinnen und seine Anhänger dort als Herrscher einsetzen.

Sein erster Versuch, diese Zone des Verderbens zu beseitigen, war vor wenigen Monaten an der Unfähigkeit des Schwarzlandmagiers Wassarghan gescheitert. Dabei hatte sein Verbündeter nur ein wirkungsvolles Artefakt aus dem fast unbewachten Turm des schwarzen Evari Tharon holen sollen. Mit dieser Waffe hätte er den Fluch fast mit einem Fingerschnippen auflösen können.

Nun aber würde er auf andere Weise Nägel mit Köpfen machen. Dafür musste er nicht einmal die Gedanken seiner Anhänger in die von ihm gewünschte Richtung lenken, denn das tat gerade der Prinz von T'walun für ihn.

»Mein Vetter Arendhar ist verrückt geworden!«, rief Rakkarr so laut, dass es von den Wänden widerhallte. »Anders ist die Heirat, die er plant, nicht zu begreifen.«

Tobolar, Lankarrad und die meisten t'woolischen Edelleute stimmten ihm lebhaft zu.

Alatna und ihre Wardan aber verzogen angeekelt die Gesichter. Sie waren fanatische Anhänger der blauen Göttin Ilyna, und was sie von der geplanten Heirat des t'woolischen Königs hielten, drückte ihre Anführerin sehr deutlich aus.

»Diese Eheschließung ist Blasphemie! Das sagt Ihr doch auch, hochedler Herr Frong.«

Gayyad, der sich in diesem Kreis Frong nannte, nickte zustimmend. »Natürlich ist sie das, und überdies eine Schande für T'wool und alle Völker der heiligen roten Seite des Stromes! Ich frage mich, was Arendhar damit bezweckt? Will er den an die Grünen verlorenen Süden als Morgengabe seiner Braut dem eigenen Reich angliedern, um seine Macht bis an den Toisserech auszudehnen? Dann müsstet ihr alle vor ihm kriechen und seine Stiefel lecken!«

Nur schön dick auftragen, sagte sich Gayyad. Kaum einer der Männer im Saal herrschte über mehr als ein paar Quadratmeilen Land, und die meisten waren nicht einmal in den Stammtafeln der Heiligen Stadt eingetragen. Sie hatten ihre Städte und Dörfer den einstigen Herren entrissen und versuchten, sich ebenso gegen die gefestigten Reiche im Hinterland wie gegen ihre Konkurrenten an der Küste zu behaupten. Den Königen und Fürsten der Dämmerlande galten sie als zerstrittener Haufen, den man seinen eigenen Zwistigkeiten überlassen konnte. Doch er konnte die Herren der Freistädte und die Flüchtlinge aus dem Süden seinem Willen unterwerfen und besaß nun mehr Macht am Strom als alle Reiche zusammen.

Gayyad musste die Anwesenden nicht einmal über ein vertretbares Maß hinaus beeinflussen. Durch die geplante Heirat mit einer Königstochter aus dem dämonisierten Westen hatte Arendhar von T'wool das Maß dessen, was er sich leisten konnte, weit überzogen.

Daher amüsierte Gayyad sich über die Dummheit des t'woolischen Königs ebenso wie über den schwarzen Evari, dem es nicht gelungen war, Arendhar von diesem verhängnisvollen Schritt abzuhalten. Damit hatten die beiden ihm in die Hände gespielt. Wenn er rasch handelte, würde ihm der gesamte Süden zwischen dem Großen Strom, dem Dreifarbenfluss und dem Ghirga wie eine reife Frucht in die Hände fallen. Doch dafür brauchte er die Unterstützung all der Männer und Frauen hier im Saal. Durch die magische Beeinflussung, die er immer wieder erneuert hatte, zweifelte Gayyad jedoch nicht daran, dass sie in den nächsten Monaten alle nur seine Interessen vertreten und für ihn kämpfen würden.

Ein hochgewachsener Freistädter, der mit seinen Leuten ziemlich weit von den blauen Wardan entfernt Platz genommen hatte, stand auf und schüttelte die Faust. »Seit tausend Jahren hat kein König der roten Seite eine Frau von jenseits des Stromes zum Weib genommen. Als Sklavin mag so eine gehalten werden, aber niemals darf sie Königin werden!«

Als Gayyad zu ihm hinübersah, begriff er, was den Mann umtrieb. Höchstwahrscheinlich war der Freistädter selbst der Sohn einer Sklavin von der anderen Stromseite und hatte von ihr die Götterfarbe geerbt. Nichtsdestotrotz war er schwarz gekleidet und trug einen Giringar geweihten Talisman um den Hals. In seinem Innern aber klumpte sich schmutziges Grün und widerstand allen Versuchen, sich durch die Farbe Giringars vertreiben zu lassen. Mit einem schadenfrohen Lächeln musterte Gayyad den Mann, dessen Seele irgendwann einmal nach Westen zum Seelendom eines Gottes wandern würde, den der Freistädter von Herzen verachtete.

Gerade aber, als er seine magischen Fühler von dem Mann zurückziehen und sich einem anderen zuwenden wollte, flammte das Grün des Freistädters auf und wallte auf ihn zu. Gayyad versuchte noch, sich abzuschirmen, doch es war zu spät. Seine Feindfarbe fraß sich in ihn hinein und reagierte heftig mit seinem Blau.

Nicht jetzt!, schrie er innerlich auf. Ich bin doch so nahe an meinem Ziel und darf die Fäden nicht aus der Hand geben!

Verzweifelt versuchte er, Haltung zu bewahren und den Prozess, den das Grün des Freistädters in seinem Inneren ausgelöst hatte, unter Kontrolle zu bekommen. Doch das Feuer in seinem Leib war entzündet und würde sich ausbreiten und ihn versengen, bis die Verwandlung einsetzte und er zu seinem zweiten, völlig anderen Ich zu werden begann. Wenn das geschah, musste er ganz weit von hier fort sein.

Gayyad versuchte, die Zeit zu schätzen, die ihm noch blieb, und kam auf weniger als eine Stunde. Aber er durfte diesen Saal nicht verlassen, ehe er alles Notwendige in die Wege geleitet hatte. Für ihn hieß das, nicht mehr nur Anstöße zu geben, sondern das Heft in die Hand zu nehmen. Er hörte, wie Rakkarr von T'walun sich auf seine Abkunft väterlicherseits von Ardhar II. und mütterlicherseits von Arendhar III., dem Großvater des jetzigen Herrschers, berief. Dabei wurde der Prinz so ausschweifend, dass Gayyad ihm mit einem Gedankenbefehl zum Schweigen brachte und selbst das Wort ergriff.

»Ich stimme Euch vollkommen zu, Königliche Hoheit. Arendhars Plan, sich mit den Grünen zusammenzutun, ist Verrat an der heiligen schwarzen Farbe«, Gayyads Blick glitt zu den Wardan, denen sein Lob für Schwarz wenig gefiel, »und ein Greuel für jeden wackeren Anhänger Ilynas, die, wie jeder hier weiß, nicht nur eine mächtige Göttin, sondern auch die Tante des ebenso mächtigen Giringar ist.«

Auch wenn er insgeheim Blau und Schwarz gegeneinander ausspielte, um seinen eigenen Einfluss zu erweitern, galt es hier, Gemeinsamkeiten aufzuzeigen, die ihm einmal die Herrschaft über Völker beider Farben ermöglichen würde. Nein, die Herrschaft über alle drei Farben auf dieser Seite des Großen Stromes, korrigierte Gayyad sich. Allerdings war sein Einfluss bei den Violetten geringer als bei Blau und Schwarz. Das musste er unbedingt ändern, aber noch wichtiger war es, seine jetzigen Pläne zu verfolgen, bis ihm die Macht im Süden in die Hand gefallen war.

Er stand auf, damit alle ihn sehen konnten, und wies auf Rakkarr. »Dies hier ist der wahre König von T'wool!«

Da er seine Stimme mit Beeinflussungsmagie unterlegte, stimmten ihm alle sofort zu. Die Anhänger Rakkarrs jubelten, denn der edle Herr Frong galt als einflussreicher Mann mit magischen Fähigkeiten. Die würden sie dringend brauchen, wenn sie Arendhar von T'wool stürzen wollten, denn hinter Arendhar stand Tharon, einer der mächtigsten Magier dieser Zeit und der Evari des schwarzen Gottes.

»Es wird Zeit, in T'wool wieder Giringar gefällige Zustände einzuführen«, setzte Gayyad seine Rede fort. »Jeder, der auf der Seite des Verräterkönigs steht, muss beseitigt werden.«

»Was ist mit Tharon?«, warf einer der T'wooler ein. »Er wird Arendhar unterstützen.«

»Wenn Tharon das tut, verrät er Giringar und muss ebenfalls beseitigt werden.«

»Ihr nehmt den Mund recht voll, Herr Frong. Glaubt Ihr, dass Tharon sich so einfach beseitigen lassen wird?«, meldete sich die blaue Anführerin zu Wort.

Gayyad lächelte, obwohl ihm der Schmerz in seinem Innern Tränen in die Augen trieb. »Das, Fürstin Alatna, lasst meine Sorge sein. Tharon ist im Schwarzen Land nicht sehr beliebt.

Es wurde sogar ein Kopfgeld auf ihn ausgesetzt, und ich schätze, dass bereits Schwarzlandmagier unterwegs sind, die Tharon fangen und ins Schwarze Land bringen wollen, um sich die Belohnung zu verdienen.«

Abgesehen von der Tatsache, dass er auf die Hilfe mehrerer Schwarzlandmagier bauen konnte, war der Rest eine Lüge, doch da er diese mit der nötigen Beeinflussungsmagie unterfütterte, glaubten die hier Versammelten ihm jedes Wort.

»Und wie sollen wir Arendhar stürzen?«, fragte Rakkarr, dem bis jetzt noch keine erfolgversprechende Lösung eingefallen war.

»Ich habe bereits alles in die Wege geleitet!« Der Schmerz brachte Gayyad dazu, arrogant zu werden.

Bislang hatte er sich immer im Hintergrund gehalten und seine Anhänger vorgeschickt. Dadurch aber war der Krieg im Süden aus dem Ruder gelaufen und hatte nicht das gewünschte Ergebnis gebracht. Aus diesem Grund hatte er diese Sache eigentlich persönlich in die Hand nehmen wollen. Aber dies ging nun nicht mehr. Daher musste er sich darauf verlassen, dass die von ihm Beeinflussten, insbesondere Rakkarr und seine Anhänger, genau das tun würden, was er von ihnen forderte.

Nun wandte er sich noch einmal an alle Anwesenden. »Der grüne Synod in der Heiligen Stadt hat den Vertrag, den Arendhar mit König Eldrin von Urdil geschlossen hat, für rechtmäßig erklärt und dessen Tochter Elanah aufgefordert, sich für die Freiheit ihres Vaters zu opfern. Diesem Spruch kann sich Prinz Klinal nicht entziehen. Wenn er seine Schwester nach Osten schickt, ist dies jedoch nicht auf dem kürzesten Weg, also über den Bärenfluss und den Dreifarbenfluss, möglich. Tenelian würde die Schiffe niemals zum Großen Strom kommen lassen, und in den südlichen Sümpfen und dem Mündungsgebiet des Dreifarbenflusses gibt es zu viele Freistädte und Piraten.«

Das selbstgefällige Lachen der Freistädter zwang Gayyad zu einer kleinen Pause. Er benutzte sie, um mit Heilmagie gegen die immer stärker werdenden Schmerzen anzugehen und seine Gedanken für den letzten, entscheidenden Aufruf zu sammeln.

»Der Brautzug muss von Urdil aus über Land durch Halondil und durch Thilion ziehen, um Tenelian weiträumig zu umgehen. Er kann auch nicht die Maraand-Fähre benutzen, sondern wird auf andere Weise auf diese Seite des Stromes übersetzen müssen. Die Schiffe werden hier in Lhandheralion anlegen und die Braut samt ihren Begleitern an Land setzen, denn einen anderen Weg gibt es nicht mehr. Was dann zu geschehen hat, habe ich mit den Fürsten Tobolar und Lankarrad bereits besprochen. Sammelt Ihr, Königliche Hoheit, Eure Anhänger an einem abgelegenen Ort und steht bereit, wenn es gilt, den entscheidenden Schlag gegen Arendhar zu führen.«

Es kostete Gayyad beinahe mehr Kraft, als er aufbringen konnte, ruhig und überlegen zu erscheinen. Den Stein, der zur Lawine werden und die alte Ordnung in T'wool und dem gesamten Süden der Dämmerlande hinwegfegen sollte, hatte er jedoch ins Rollen gebracht.

Noch einmal wandte er sich an Rakkarr. »Der Schwarzlandmagier Gynndhul wird sich bei Euch melden, Königliche Hoheit, und mein Siegel wird ihn als Verbündeten ausweisen. Ihr anderen erhaltet meine Ratschläge per Boten. Doch nun muss ich euch verlassen. Wichtige Aufgaben rufen mich, damit unser gemeinsames Ziel erreicht werden kann. Der Segen Giringars und der großen Ilyna sei mit euch!«

Es gelang Gayyad gerade noch, seine Stimme zu beherrschen. Doch als er aufstand und das Zimmer verließ, vermochte er ein Stöhnen nicht mehr zu unterdrücken.

Seine Anhänger sahen ihm erstaunt nach, doch der magischen Beeinflussung, der Gayyad sie unterworfen hatte, konnte sich keiner entziehen. Bei den meisten hatte er nur ihre eigenen Wünsche verstärken und in Bahnen lenken müssen, die ihm selbst zugutekommen würden.

Gayyad erreichte den Hafen in einem Zustand, der ihn wünschen ließ, nie geboren worden zu sein. Das Feuer in seinem Innern raste schier unerträglich durch seine Adern, und er besaß nicht mehr die Kraft, sich gerade zu halten. Damit er dem Hafenmeister nicht verkrümmt und mit verzerrtem Gesicht entgegentreten musste, setzte er einen Illusionszauber ein, den er vorsorglich in einem magischen Kristall gespeichert hatte.

Der Mann sah ihn kommen und wieselte sofort auf ihn zu. »Erhabener Frong, was kann ich für Euch tun?«

»Ich brauche ein Schiff!«, antwortete Gayyad knapp, weil er fürchtete, seine Stimme nicht länger beherrschen zu können.

»Ich lasse sofort eine Galeere fertig machen!« Der Hafenmeister wollte loslaufen, doch ein Wort von Gayyad hielt ihn zurück.

»Halt! Keine Galeere! Ich benötige ein Boot für mich allein.«

»Allein?« Dem Hafenmeister fielen vor Verwunderung beinahe die Augen aus dem Kopf.

Gayyad nickte verkniffen. »Ja, und zwar schnell!«

Er hielt die Schmerzen fast nicht mehr aus, konnte aber an diesem Ort weder seine Qual hinausschreien noch seine Schwäche zeigen. Da er nicht mehr in der Lage war, einen Zauber zu weben, überlegte er, den Mann mit seinem Beeinflussungsartefakt zur Eile anzutreiben, auch wenn solche Spuren im Kopf des Opfers leichter zu entdecken waren, als wenn er ihn sich mit lebendiger Magie unterworfen hätte.

Gewohnt, Herrn Frongs Befehle auf der Stelle auszuführen,

rief der Hafenmeister zwei seiner Untergebenen zu sich und wies sie an, einen kleinen Segler fertig zu machen, den ein geübter Mann allein bedienen konnte. Das geschah in Windeseile.

Gayyad stieg an Bord, scheuchte die Männer an Land und zog das Segel auf. Da jede Bewegung mit noch stärkeren Schmerzen verbunden war, fiel ihm die Arbeit schwer. Aber er hatte keine Kraft mehr, Levitationsmagie anzuwenden. Zudem gab es etliche Zuschauer am Ufer, und denen durfte nicht auffallen, über welch außergewöhnliche Kräfte der Hohe Herr Frong verfügte.

Erleichtert nahm er wahr, wie das Segel den Wind einfing und das Schiff auf die glitzernden Fluten des Großen Stromes hinaussteuerte. Lhandheralion blieb hinter ihm zurück, doch damit war er noch nicht in Sicherheit. Piraten machten diese Gewässer unsicher, und ein einzelner Mann war für sie ein leichtes Opfer. Daher holte er mehrere magische Kristalle aus seiner Tasche und wählte den aus, mit dessen Zauber er sein Schiff und sich selbst unsichtbar machen konnte. Anschließend band er die Ruderpinne fest, so dass der kleine Segler seinen Kurs hielt, und sank dann ächzend nieder.

Der Schmerzensschrei, den er ausstieß, hallte weit über den Strom und erschreckte die Vögel im Schilf und auf den Höhen, die das Ufer säumten. Sogar die Menschen auf jenen Schiffen, die mehr als eine halbe Breite des Großen Stromes entfernt fuhren, vernahmen ihn noch und machten Abwehrgesten gegen böse Zauber.

»Das ist der Große Fluch!«, rief ein Kapitän seinen Männern zu und steuerte sein Schiff weiter in die Mitte des Stromes, obwohl dort die Gefahr bestand, von Schiffen aus dem Westen angegriffen und aufgebracht zu werden. Doch die Angst vor dem grünen Flimmern, das im Südosten bis in den Strom hinein reichte und sich weit im Inneren des Landes verlor, war größer als die Furcht vor Versklavung oder Tod.

Gayyad sah und hörte weder die Matrosen noch die Vögel, die über dem Strom ihre Kreise zogen und nach Fischen Ausschau hielten, die zu nahe an die Wasseroberfläche kamen. Für endlose Augenblicke fühlte er nur das alles versengende Feuer in sich und einen Schmerz, der alles übertraf, was je ein anderes Wesen hatte erleiden müssen.

Nun begann seine Gestalt, sich zu verändern. Sein Körper und seine Gliedmaßen wurden länger und schmäler, seine Haut bekam eine deutliche blaue Maserung und gleichzeitig wuchs ihm ein langer, aber recht dünner Schlangenmenschen-Schwanz mit einem schuppenartigen Muster.

Nun war er auch äußerlich der Gestaltwandlermagier Gayyad, aber er wusste, dass er diese Form nicht lange würde beibehalten können. Mühsam schlüpfte er aus seinen Kleidern und ließ sie auf den Boden des Seglers fallen. Während er sich in Krämpfen wand und dabei Töne von sich gab, wie selbst ein Mensch unter Folter sie nicht ausstoßen konnte, bemerkte er eine grüne Präsenz vor sich und erschrak.

Er war zu nahe an den Wirkungsbereich des Fluches geraten, der weit im Süden in der Stadt Rhyallun seinen Anfang genommen hatte, sich als fast einhundert Meilen breites Band quer durch die Lande zog und hier im Großen Strom endete. Unter entsetzlichen Mühen kämpfte Gayyad sich auf die Beine und rang seinem vor Schmerz tobenden Gehirn einen Windzauber ab. Eine schwache Brise füllte das Segel und trieb sein Boot nach Westen. Die Strömung des gewaltigen Flusses ließ es dennoch in Richtung der grünen Barriere abdriften.

Gayyad spürte die Unruhe, die von den dort versammelten Geistern ausging, und bei etlichen von ihnen die Gier, ihn in ihre Hände zu bekommen und sich für all das zu rächen, was er ihnen im Lauf der Jahrhunderte angetan hatte. So schwach, wie er im Augenblick war, konnte er sich auf keinen Kampf mit ihnen einlassen. Selbst im Vollbesitz seiner Kräfte hätte er es nur in höchster Not gewagt. Immerhin war mit Tharon einer der mächtigsten Magier der roten Seite an diesem Fluch gescheitert und hatte den rachsüchtigen Geistern nur mit knapper Not entkommen können.

Während er die Ruderpinne umklammert hielt und sein Schiffchen so scharf am Wind steuerte, wie er gerade noch verantworten konnte, verfluchte Gayyad erneut den grünen Evari.

»Ich hätte Rhondh mit eigener Hand umbringen müssen!«, schimpfte er.

Doch er wusste genau, dass er dafür aus dem Verborgenen hätte treten und sich aller Welt als Feind des Evari offenbaren müssen. Stattdessen hatte er Rhondh zahlreiche Fallen gestellt, doch denen war der grüne Evari immer wieder entkommen.

Zwar hatte Rhondh sich damals vehement gegen den Kriegszug ausgesprochen, den die Könige des grünen Südens begonnen hatten. Dennoch wäre Gayyad niemals auf den Gedanken gekommen, der grüne Evari würde unter Missachtung der Gesetze, die sein eigener Gott mit aufgestellt hatte, den Strom überqueren und persönlich in den Krieg eingreifen. Noch viel weniger hatte er damit gerechnet, dass Rhondh fähig sein könnte, einen solch gewaltigen Zauber wie den Fluch von Rhyallun zu sprechen.

Ganz gelang es Gayyad nicht, die grüne Barriere zu umschiffen, doch er fuhr nur durch die zerfaserten Ausläufer, die keine Geister mehr enthielten. Für ihn als blauen Gestaltwandler wäre das schon zu normalen Zeiten eine höllische Qual gewesen. Aber nun tauchte er kurz vor seiner endgültigen Umwandlung in das für ihn hochgiftige Grün ein. Vor Schmerzen halb wahnsinnig, wünschte er sich nur noch zu sterben. Nicht lange, da erlosch sein Geist wie eine Kerze im Wind.

Im Aufwachen fühlte Gayyad, dass sich das große Boot sanft auf dem Wasser wiegte. Erschrocken erhob er sich und sah sich um. Die grüne Barriere lag hinter ihm, und er befand sich noch immer auf der östlichen Seite des Großen Stromes, und zwar, wie er rasch bemerkte, an einer sehr einsamen Stelle. Darüber war er froh, denn in seiner jetzigen Gestalt wäre er ungern von Freistädtern oder gar Anhängern Ilynas entdeckt worden. Aber auch Schwarze würden alles tun, um ihn umzubringen.

Unwillkürlich blickte er an sich herab und sah, dass er wieder eine helle, fast durchscheinende Haut und einen sehr schlanken Körper besaß. Im gleichen Augenblick stellte er erleichtert fest, dass die Schmerzen bis auf einen letzten Nachhall abgeklungen waren. Also war seine Umwandlung auch innerlich schon fast vollendet.

Er beugte sich über die Bordwand seines Bootes und sah auf sein Spiegelbild hinab. Es zeigte ihm ein schmales, blasses Gesicht mit tiefliegenden grünen Augen und ebenfalls grün schimmernden, schulterlangen Haaren. Der Echsenschwanz war verschwunden, aber dafür besaß er nun lange, spitz zulaufende Ohren, die er mit etwas Mühe bewegen konnte, so wie die hochgewachsene Gestalt eines Eirun aus dem Grünen Land. Er war zu Erulim geworden, seiner grünen, ebenso geliebten wie verhassten Erscheinungsform.

Ein zufriedenes Lächeln überflog sein Gesicht, als er daran dachte, dass niemand darauf kommen konnte, Erulim und Gayyad wären zwei Ausprägungen ein und derselben Person. Nach den Lehren der heiligen Farben waren Grün und Blau

Todfeinde, und daher sollte es kein Lebewesen geben, das von der einen in die andere Farbe wechseln konnte.

Aber so unmöglich, wie die Priester und Magier glaubten, war es doch nicht. Schließlich existierte er. Viele seiner Siege hatte er gerade dieser Doppelnatur zu verdanken. Zu seinem Leidwesen war er jedoch ein Sklave dieser Fähigkeit. Diesmal hatte ein einziger Blick in die schmutzige, grüne Seele eines Piraten ausgereicht, um die Verwandlung in Gang zu setzen. Dabei hätte er unbedingt noch einige Monate in seiner blauen Gestalt verbringen müssen, um den Schlag gegen T'wool persönlich zu überwachen. Doch nun war er zum Zuschauen verdammt, und ihm blieb nur die Hoffnung, dass seine Vorbereitungen ausreichend gewesen waren, um das erstrebte Ziel zu erreichen.

Während Erulim sein Spiegelbild betrachtete und über seine nicht gerade erfreuliche Situation nachdachte, erwachten seine Selbstheilungskräfte, und er spürte, wie die Nachwirkungen des magischen Feuers, das ihn bei der Umwandlung beinahe verbrannt hatte, abklangen. Auch war seine grüne Gestalt nun voll ausgeprägt und fühlte sich so an, als würde sie etliche Monate stabil bleiben. Erst nach dieser Zeit würde er wieder in der Lage sein, eine Rückumwandlung zu versuchen, und selbst dann war es unsicher, ob dies auf Anhieb gelang. Es ärgerte ihn, dass er diese Fähigkeit nicht gezielt einsetzen konnte, sondern seine Verwandlung dem Zufall oder äußeren Einflüssen überlassen musste. Nicht zum ersten Mal war dies zu seinem Nachteil gewesen, aber diesmal war es besonders fatal.

Es ging ja nicht nur um T'wool. Ein ganzes Stück weiter im Norden wurde dieser Tage der König des kleinen Bergkönigreiches Andhir zum obersten Feldherrn der blauen Reiche ernannt. Auch an dieser Stelle hätte er eingreifen müssen, um alle Fäden in der Hand zu behalten, mit denen er die Geschicke der Dämmerlande in seinem Sinne zu lenken versuchte.

Erulim beschloss, Andhir und dessen König erst einmal als nachrangiges Problem zu betrachten. Wichtiger war es für ihn, eine Gegend zu erreichen, in der er in seiner grünen Gestalt aktiv werden konnte. Er suchte die Kleidung zusammen, die er während seiner Umwandlung auf dem Schiffsboden verstreut hatte, packte sie zusammen und ließ sie in einer kleinen Glasfalle verschwinden, die er für diesen Zweck bei sich trug. Danach nahm er einen silbernen Anhänger, öffnete dessen komplizierten Verschluss und hielt eine andere Glasfalle in der Hand, die wie ein Zwilling der ersten aussah. Ein Gedanke öffnete diese, und heraus kam die Tracht eines grünen Eirun einschließlich Schwert, Bogen und Köcher. Mit halbwegs zufriedener Miene kleidete er sich an und legte dann die Glasfalle mit Frongs blauen Kleidern in das Geheimfach des silbernen Amuletts.

Als Erulim über Bord sprang, reichte ihm das Wasser bis zu den Oberschenkeln. Mit einem kräftigen Ruck stieß er das Boot wieder in die Strömung zurück und wandte sich dann landeinwärts. Er hoffte, in kurzer Zeit auf die erste Festung der grünen Eroberer zu stoßen, die hier ein gutes Jahrzehnt zuvor an Land gegangen waren.

Nach kurzer Zeit erreichte er einen Hügel und sah sich um. Etwa eine Meile weiter im Süden lagen die Ruinen einer ehemaligen Hafenstadt. Sie hatte einst zu einem kleinen blauen Reich gehört und war von den Thiliern und deren Verbündeten bereits in den ersten Tagen des Südkriegs überrannt und zerstört worden.

In ihrer Nähe hatte er eine neue Stadt errichten lassen wollen, damit dort Nachschub aus dem Westen angelandet werden konnte. Doch auch das hatte ihm Rhondh mit dem Fluch von Rhyallun unmöglich gemacht. Der grünmagische Wall und die Toten, die ihn bewachten, schnitten die Einbruchslande, wie sie allgemein genannt wurden, nicht nur hermetisch von den Reichen weiter im Osten und Norden ab, sondern nahmen auch den Leuten von der goldenen Seite des Stromes den Mut, an der Küste der eroberten Gebiete zu landen. Daher waren die thilischen Ritter und deren Verbündete, die sich mit ihren Familien hier angesiedelt hatten, im Grunde Gefangene des besetzten Landes.

Während Erulim kräftig ausschritt, um zu der Siedlung zu gelangen, die er von der Hügelkuppe aus ein Stück im Innenland entdeckt hatte, fragte er sich, ob Rhondh doch mehr über seine Pläne in Erfahrung gebracht hatte, als er annahm. Immerhin hatte der Evari den als Statthalter für die eroberten Gebiete vorgesehenen Fürsten Neldion von Tharalin so schwer verletzt, dass ihn nicht einmal die Kraft einer Heilerin wiederherstellen konnte. Daher hatten seine Männer den hilflosen Krüppel über den Strom gebracht. Nur wenig später hatte Rhondh diesen entsetzlichen Fluch gewebt und damit dem Siegeszug der grünen Heere ein rasches Ende gesetzt.

Es befriedigte Erulim nur wenig, dass der Evari bei diesem Zauber sein letztes Quentchen Kraft verbraucht hatte, so dass er danach zur leichten Beute geworden war. Der grüne Wall behinderte seine Pläne und würde ihm, solange er bestand, vor Augen führen, dass es Kräfte gab, die auch er nicht beherrschen konnte.

»Wenn T'wool fällt, ist es gleichgültig, ob der Fluch von Rhyallun weiterhin besteht oder nicht«, rief Erulim mit wegwerfender Geste aus und schritt auf die Siedlung zu.

Es war eine Palanke, eine hölzerne Festung mit einem dreieckigen Grundriss und je einem wuchtigen Turm an den Spitzen, so wie es auf der westlichen Seite des Stromes üblich war.

Die Festung hier war groß genug, um mehr als tausend Menschen Obdach zu bieten, und magische Artefakte schützten ihre hölzernen Mauern gegen Feuer und Axt.

Es gab mehr als hundert solcher Ansiedlungen in den Einbruchslanden, doch hätte ihre Zahl um ein Vielfaches höher sein müssen. Doch nach dem Fluch von Rhyallun waren die Könige des Westens in ihre Heimat zurückgekehrt und hatten kaum noch etwas getan, um diejenigen, die hier geblieben waren, zu unterstützen.

Mittlerweile störte das Erulim nicht mehr. Zwar hatte der Südkrieg T'wool nicht so erschüttern können, wie er es gehofft hatte, doch der Stolz oder besser gesagt, der Starrsinn seines Königs würde das Land in Kürze zu Fall bringen. Zufrieden mit dieser Aussicht blieb Erulim vor dem geschlossenen Tor der Palanke stehen und setzte seine magischen Sinne ein, um zu erkunden, wie viele Leute hinter den Mauern lebten.

Es waren weniger als halb so viel, wie er erwartet hatte. Da die Palanke das eroberte Gebiet gegen die Küste abschirmen sollte, wunderte ihn das. Verließen sich die Leute etwa nur auf ihre magischen Gerätschaften und weniger auf ihre Schwerter?

Unterdessen hatte man drinnen den unerwarteten Besucher bemerkt und war unsicher, wie man sich verhalten sollte. Schließlich lief einer der Wächter zu seinem Kommandanten und informierte ihn.

»Herr, ein Fremder steht vor der Tür. Dem Aussehen nach könnte es ein Eirun sein. Aber wir sind uns nicht sicher.«

»Nicht sicher? Einen Eirun erkennt man auf tausend Schritte!« Der Mann sah seinen Untergebenen kopfschüttelnd an, eilte selbst ans Tor und blickte hinaus.

»Großer Tenelin, öffnet das Tor!«, rief er und griff selbst zu, so dass Erulim eintreten konnte.

»Ehrwürdiger Herr Erulim, welch eine Freude!« Mit diesen Worten kniete er vor dem Gast nieder und senkte das Haupt.

Erulim vollzog eine segnende Geste und musterte dabei den Mann. »Du bist Thonal, nicht wahr?«

Das Gesicht des Angesprochenen glänzte vor Freude, weil der Eirun ihn erkannt hatte. »Der bin ich, ehrwürdiger Herr Erulim. Seid willkommen in meiner Festung.«

»Ich danke dir!« Noch während er es sagte, musterte Erulim das Innere der Palanke.

Die Gebäude befanden sich an der Innenseite der Umfassungsmauer, während der Platz in der Mitte bis auf einen kleinen Tempel frei geblieben war. In dem Tempel befanden sich die magischen Artefakte, die diese Anlage gegen Brandpfeile, Äxte und sogar Rammböcke schützten. Selbst magisches Feuer hätte eine gewisse Stärke entwickeln müssen, um hier zu wirken. Solange sich genug Vorräte und Krieger in der Festung befanden, konnte sie sich gegen ein ganzes Heer halten.

Dies wussten auch die Freistädter und plünderten daher lieber Stromschiffer aus, als sich an solch harten Nüssen die Zähne auszubeißen. Erulim merkte jedoch, dass es sowohl mit den Vorräten wie auch mit der Zahl der Krieger nicht zum Besten stand. Zwar lud Thonal ihn in seine eigene Halle ein, die mit viel grünem Tuch und alten Waffen an die Heimat erinnern sollte. Die Spuren des Krieges waren jedoch nicht zu übersehen, denn hinter Thonals Hochsitz hingen als makabre Trophäe die getrockneten Häute zweier Menschen an der Wand.

Thonal bemerkte Erulims Blick und schnaubte verärgert. »Leider gibt es immer noch Feinde innerhalb des schützenden Walls. Dieses Gesindel verbirgt sich an abgelegenen Orten, überfällt unsere Herden und verwüstet unsere Felder. Keiner von uns darf sich mehr als drei Meilen von der Festung entfernen, wenn er nicht riskieren will, aus dem Hinterhalt angegriffen zu werden.«

»Es gibt hier noch Ureinwohner?« Erulim wunderte sich, denn beide Seiten taten so, als wären die Menschen der eroberten Reiche entweder geflohen oder getötet worden.

Mit säuerlicher Miene bejahte Thonal. »Es können nur wenige Tausend sein, doch das Land ist weit, und im Süden gibt es dichte Wälder, Berge und die gefürchteten Sümpfe des Lhirus, die unsereins besser nicht betreten sollte. Im Urwald von Raleon sollen sogar noch kleine Leute leben, hat man mir erzählt. Das sind ganz heimtückische Gesellen, die mit Gift und Blasrohren töten. Das hier ist ein barbarisches Land, Herr Erulim, und es wird uns schwerfallen, es ganz zu unterwerfen.«

Thonal unterbrach seine Rede, schneuzte sich geräuschvoll und befahl dann zwei mageren Frauen, das Mahl aufzutragen und Wein zu bringen. Dann wandte er sich wieder an seinen Gast. »Ich hoffe, Ihr seid mir nicht gram, doch es ist Wein aus Steckrüben. Unsere Rebstöcke wachsen hier nicht an, und Wein aus den einheimischen Trauben können wir nicht trinken. Er ist für uns wie Gift, ebenso wie die meisten Pflanzen, die hier wachsen. Selbst das Fleisch der Wildtiere können wir nur dann essen, wenn es lange genug behandelt wird. Meistens stinkt es dann schon.«

Erulim sah seinen Gastgeber verwundert an. »Das verstehe ich nicht. Es war doch alles vorbereitet, um dieses Gebiet zu einem guten, grünen Land zu machen!«

Trotz seiner verwundert klingenden Worte war ihm klargeworden, dass er sich in den letzten Jahren zu wenig um die Einbruchslande gekümmert hatte.

Thonal hob hilflos die Hände. »Es ist ein Land, das uns nicht will. Der Boden hier ist seit altersher blau, und trotz aller

Bemühungen gedeiht bis auf die Steckrüben nichts von dem, was wir aus Thilion mitgebracht haben. Ihr werdet es selbst merken, wenn Euer Teller gefüllt wird. Es gibt nämlich Steckrübenbrei. Wir essen ihn morgens, mittags und abends, und dazu trinken wir Steckrübenwein – wenn wir genug davon haben, heißt das. Die Kessan, wie sich das Gesindel nennt, das auf dieser Seite vom Krieg übrig geblieben ist, zerstört oft genug unsere Felder.«

Erulim maß ihn mit einem verständnislosen Blick. »Warum tut ihr euch nicht zusammen und beseitigt diese Kessan ein für alle Mal?«

»Weil sie wie Wasser sind und wir sie nicht fassen können. Sie besitzen keine Häuser, die wir verbrennen, und keine Felder, die wir verwüsten können. Ihre Weiber reiten mit dem Kochgeschirr und den zuletzt geworfenen Jungen auf dem Rücken achtzig, hundert Meilen am Tag, und die Männer legen mit ihren Gäulen die dreifache Strecke zurück. Selbst wenn wir sie bereits vor Augen haben, entkommen sie uns noch.«

Während Thonal seinem Ärger weiter Luft machte und dabei dem Steckrübenwein kräftig zusprach, dachte Erulim nach. Der Begriff Kessan kam ihm bekannt vor, doch es dauerte eine Weile, bis er ihn einordnen konnte. So hatten sich vor dem Südkrieg die wandernden Hirten dieser Lande genannt, ein von den Bürgern der Städte und den sesshaften Bauern verachtetes Volk, das selbst nicht gewusst hatte, ob es nun zu den Wardan, den Tawalern oder Ardhun zählte.

Wahrscheinlich stammten sie von allen drei Völkern ab, nahm Erulim an und haderte mit seinem Vertrauten Neldion von Tharalin, weil dieser bei der Planung des Kriegszuges nicht an diese Nomaden gedacht hatte. Denen war es natürlich leichtgefallen, vor den Heeren der Eroberer in abgelegene Gegenden auszuweichen und sich dort zu verstecken. Dann aber schob er diesen Gedanken beiseite. Ohne den Fluch von Rhyallun und den Rückzug der Könige, die er dem verfluchten Rhondh zu verdanken hatte, gäbe es hier genug Krieger und magische Macht, um dieses Gesindel zu finden und auszurotten.

»Weshalb fordert Ihr nicht Hilfe aus dem Westen an?«, fragte er Thonal, nachdem dieser sich seinen größten Unmut vom Herzen geredet hatte.

Der Herr der Siedlung lachte bitter auf. »Unsere Verwandten in Thilion und den anderen grünen Reichen lecken sich immer noch ihre Wunden. Von denen ist niemand bereit, hierherzukommen und auf kargem Boden zu siedeln. Nein, Herr Erulim, wir stehen allein! Bei unserem Herrn Tenelin! Manchmal denke ich, es wäre besser, wieder in die Heimat zurückzukehren und die fruchtbare Erde Thilions zu beackern, und wenn ich mich selbst vor den Pflug spannen und mein Weib ihn führen müsste.«

Die Mutlosigkeit, die aus Thonal sprach, reizte Erulim. Solange dieses Land durch den Fluch von Rhyallun vom Rest der Reiche des Ostens abgetrennt war, gab es keine andere Möglichkeit, als es durch Menschen aus dem Westen besiedeln zu lassen. Das sagte er dem Herrn der Palanke auch und fragte ihn, weshalb sie sich nicht selbst Nachschub von der anderen Seite des Stromes besorgten.

»Ihr habt doch in diesem Krieg genug Beute gemacht, um Sklaven und Lebensmittel herüberholen zu können. Der grüne Tempel von Edessin Dareh soll euch Artefakte besorgen, um den Boden zu entgiften. Dann werdet ihr ebenso wie eure Reben hier anwachsen und das alte Reich von Raleon wieder entstehen lassen.«

Thonal lachte hart auf, entschuldigte sich aber sofort. »Verzeiht, ehrwürdiger Herr Erulim, doch Ihr seid ein Hoher Herr aus dem Westen und seht die Sache von Eurer Warte aus. Wir Menschen besitzen nicht die gewaltigen Kräfte Eures Volkes, sondern müssen mit den Einschränkungen auskommen, welche die Natur uns auferlegt hat. Zwar wurde hier viel Gold erbeutet, doch der Krieg war teuer, und was übrig blieb, wanderte in die Taschen der ganz hohen Herrn, die mit ihren Schätzen wieder nach Westen gezogen sind. Für uns, die hierbleiben mussten, gab es nur kümmerliche Reste.

Jetzt ist der Strom unser Feind. Weder beherrschen wir die Kunst, große Schiffe zu bauen, noch wäre es uns möglich, dies zu tun. Dscherer und Lanarer, die mit ihren Schiffen diese Seite des Großen Stromes befahren, machen Jagd auf das kleinste Boot. Selbst Männer, die mit Netzen am Strom Fische fangen wollen, sind vor ihnen nicht sicher. Das wenige, das aus dem Westen zu uns kommt, wird von den Goisen im Süden herüber geschmuggelt, und die lassen sich jeden Sack und jede noch so kleine Kiste teuer bezahlen.«

»Aber ihr habt doch gewiss die Möglichkeit, mich über den Strom zu bringen.« In dem Augenblick ärgerte Erulim sich, dass er sein Boot in den Strom gestoßen hatte. Der Toisserech stellte eine magische Grenze dar, die er selbst mit seinen ausgezeichneten Versetzungsartefakten nicht zu überwinden wagte.

Sein Gastgeber hob mit einer resignierenden Geste die Hände. »Es tut mir leid, ehrwürdiger Herr Erulim. Doch hier und auch weiter im Süden wagt keiner diese Fahrt. Ihr werdet bis zu den Sümpfen der Goisen gehen müssen, damit diese Euch nach Westen bringen.«

Diese Nachricht gefiel Erulim ganz und gar nicht, bedeutete sie doch, entweder fünfhundert Meilen zu Fuß durch verwildertes Land zu wandern und dabei vor streifenden Kessan auf der Hut zu sein oder sein Versetzungsartefakt durch Kurzsprünge auf Sicht über Gebühr beanspruchen zu müssen. Beinahe vergaß er über diesen schlechten Aussichten seinen großen Plan. Doch als er später in der Nacht in dem Bett lag, das Thonal ihm zur Verfügung gestellt hatte, dachte er darüber nach, wie er am leichtesten Kontakt zu seinen Gefolgsleuten in Lhandheralion aufnehmen und den Schlag gegen Arendhar und T'wool überwachen konnte.

ZWEITES KAPITEL

Der Brautzug

Khaton sah Laisa an und schüttelte verzweifelt den Kopf. »Bei meinem Herrn Meandir! Du bist die schlechteste Schülerin, die ich je hatte.«

Die Katzenfrau warf die misslungene Spruchrolle, mit der sie den Lichtstein hätte entzünden sollen, zu Boden und brachte den Stein mit einem Gedankenbefehl zum Leuchten. So macht man das, sagte ihr Blick, als sie den Magier musterte.

»In der Universität von Thelan wären dies fünf Minuspunkte wegen Aufsässigkeit«, erklärte Khaton grollend. »Du hast ein gewisses magisches Talent! Sonst könntest du die Lichtsteine nicht auf diese Weise zum Leuchten bringen. Aber du bist einfach zu sprunghaft, um dich auf eine Aufgabe zu konzentrieren, die Sorgfalt und Ausdauer erfordert. Außerdem ist deine Schrift einfach grauenhaft.«

»Also ich finde, man kann sie gut lesen«, widersprach Laisa gekränkt. »Da, wo ich herkomme, war ich eine der wenigen Katzenmenschen, die die Kunst des Schreibens überhaupt beherrscht haben.« Sie nickte, als wolle sie ihre Worte bekräftigen, und ließ den Lichtstein mit einem kurzen Gedankenbefehl wieder erlöschen.

Khaton bedachte sie mit einem vernichtenden Blick. »Magie muss mit Bedacht angewandt werden, und das bedeutet üben, üben, üben. Du aber tust so, als könntest du alles von jetzt auf gleich lernen. Ich sage dir, du wirst noch einmal schwer bereuen, dass du dir so wenig Mühe gibst.«

»Ich weiß nicht, was diese Zauberspruchrollen überhaupt sollen. Wer weiß denn schon heute, welche Magie er morgen anwenden muss?« Verdrossen winkte sie ab, kehrte dem Tisch mit dem magischen Papier und der Zaubertinte den Rücken zu und angelte sich aus einer auf einem Bord stehenden Onyxschale einen Apfel, den sie genussvoll mit ihren kräftigen Kiefern zerbiss.

»Du hast wohl nichts anderes als Essen und Schlafen im Kopf!«, schalt Khaton.

Er nahm sich selbst einen Apfel und sah die Katzenfrau vorwurfsvoll an. »Gerade für die Aufgaben, die dir bevorstehen, wäre es wichtig, dich mehr mit Magie zu befassen. Vergiss nicht, du bist mir als Helferin zugeteilt worden. Daher solltest du meine Anweisungen befolgen.«

»Es langweilt mich, stundenlang dasitzen zu müssen, um dumme Spruchrollen zu beschreiben, die dann doch nicht funktionieren.«

Die Bemerkung, seine Helferin zu sein, ärgerte Laisa. Immerhin hatte sie vor wenigen Wochen etwas vollbracht, das dem hohen Herrn Evari des weißen Gottes nie gelungen wäre, nämlich den Stern der Göttin Irisea aus dem Magierturm seines schwarzen Widerparts zu holen und auf diese Seite des Großen Stromes zu bringen. Dafür hatte sie Dank verdient, keine Schelte.

Ihr störrischer Gesichtsausdruck warnte Khaton davor, noch eingehender auf ihre Schwächen einzugehen. Dabei verfügte sie über beachtenswerte magische Talente. Er brummte etwas in den Bart, das sich wie »Impertinente Katze!« anhörte, und hob die rechte Hand. Aus dem Nichts erschien ein Becher voll mit Thilierwein. Khaton trank ihn in einem Zug aus, ließ den Becher wieder verschwinden und wies Laisa an, mit ihm zum Tisch zurückzukehren. Das magische Papier und die Tinte verschwanden, und stattdessen lag eine große Karte der südlichen Länder zu beiden Seiten des Großen Stromes auf dem Tisch.

»Es ist bedauerlich, dass es mir bisher nicht gelungen ist, deine Gestaltwandlerfähigkeiten zu aktivieren. Jetzt wirst du eben weiterhin als Greedh'een reisen müssen.«

Khatons Bemerkung brachte Laisa dazu, die Ohren zu spitzen. Wie es sich anhörte, würde sie wieder einen Auftrag von ihm erhalten. Dabei war er ihr bislang die Bezahlung für den letzten schuldig geblieben.

»Ich weiß nicht, ob ich länger für dich arbeiten werde«, sagte sie daher.

Der Evari blickte sie verärgert an und schlug mit der flachen Hand auf den Tisch. »Verdammt! Du tust, was ich sage, verstanden! Glaubst du, es macht mir Freude, die Feuer auszutreten, die an allen Ecken und Enden der Dämmerlande brennen? Ich bräuchte zehn Helfer, alle zusammen zehnmal so gut ausgebildet wie du, um wenigstens die schlimmsten Brandherde zu bekämpfen. Aber ich habe nur dich, und daher musst du das tun, was ich für das Wichtigste halte.«

»Und das wäre?« So ganz konnte Laisa ihre Neugier doch nicht im Zaum halten.

Der Evari tippte mit dem Zeigefinger auf die Karte. »Das Land hier ist Urdil. Du bist schon auf dem Bärenfluss daran vorbeigefahren.«

»Das schon. Aber was ist Besonderes daran?«

»Im Grunde nichts. Es ist ein ganz normales grünes Land, aber es könnte zu einem der schlimmsten Brandherde werden. König Eldrin von Urdil gehörte zu den Ersten, die vor einem

Dutzend Jahren über den Großen Strom setzten, um die dortigen Reiche anzugreifen. Als der grüne Evari aus mir unverständlichen Gründen den Fluch von Rhyallun entfachte, befand Eldrin sich mit seinen Kriegern jenseits des durch den Fluch abgetrennten Gebietes und wurde prompt von den T'woolern gefangen genommen. Seit dieser Zeit ist er Arendhars Sklave. Der König von T'wool hatte kurze Zeit vorher seine Ehefrau bei einem Angriff thilischer Ritter verloren und einen Schwur geleistet, dass die Reiche des Westens für den Tod seiner Gemahlin zu zahlen hätten.«

Khaton hielt kurz inne, um einen weiteren Becher mit thilischem Wein herbeizuzaubern, und fuhr, nachdem er getrunken hatte, mit sichtlichem Zorn fort. »Arendhar von T'wool hat bei diesem Eid eine Formulierung benutzt, die ebenso gut bedeuten kann, dass die Reiche des Westens ihm seine Frau zu ersetzen haben. Dieser Narr – ich meine nicht Arendhar, sondern Eldrin vom Urdil – hat zunächst Lösegeld für seine Freilassung angeboten. Da Arendhar es nicht annehmen wollte, hat Eldrin sich auf den Schwur des T'woolers berufen und ihm seine Tochter Elanah für seine Freilassung angeboten.«

»Aber das Mädchen gehört doch sicher zur grünen Farbe«, stieß Laisa hervor.

Khaton nickte mit düsterer Miene. »Das tut sie! Und es ist eine Schande, dass ihr Vater so weit gesunken ist, sie dem Todfeind anzudienen.«

»Gewiss wird Arendhar abgelehnt haben.« Noch während Laisa dies sagte, erinnerte sie sich an einige Bemerkungen, die sie bei ihrer Suche nach dem Stern der Göttin in T'woollion aufgeschnappt hatte. Damals hatte der schwarze Evari den König von T'wool von einer unpassenden Heirat abbringen wollen. Damit konnte Tharon nur die Verbindung mit einer Grünen gemeint haben.

Es gelang Khaton, diesen Gedankenfetzen aufzufangen, und er setzte seine Rede mit einer resignierenden Geste fort. »Arendhar hat die Gelegenheit ergriffen, einen König aus dem verhassten Westen zu demütigen, und ist auf den Handel eingegangen. Ich kenne den König von T'wool nicht, habe aber gehört, dass er ein harter Mann sein soll. Er und seine Priester werden dafür sorgen, dass Elanah mit schwarzen Artefakten behängt wird, schon um zu verhindern, dass sie Kinder mit grünmagischer Farbe gebären kann. Zwar gab es mehrfach Farbwechsel wegen einer Heirat, aber eben nur auf der jeweiligen Seite. Eine weiße Prinzessin wurde grün, als sie einen grünen König heiratete, und so weiter. Aber seit sehr, sehr langer Zeit hat man nicht mehr gehört, dass eine Frau mit einer Farbe des Westens die Königin eines Ostreiches werden sollte.«

»Soll ich mit Arendhar reden, damit er diesen Unsinn aufgibt?«, fragte Laisa.

»Wenn das möglich wäre, hätte ich dich schon längst zu ihm geschickt. Arendhar ließ König Eldrin alle heiligen Eide schwören und einen Vertrag aufsetzen, der ihm, sollte er nicht erfüllt werden, jedes Recht zuspricht, mit einem Heer über den Strom zu kommen und Rache zu üben.«

»Dazu ist er doch gar nicht in der Lage! Er hat genug Schwierigkeiten mit seinen blauen Nachbarn«, antwortete Laisa verwundert.

»Das weißt du! Für die Menschen auf dieser Seite und deren Herrscher und Herrscherinnen sieht es jedoch so aus, als sinne Arendhar nur darauf, nach Westen zu fahren und die goldene Seite des Stromes zu verheeren, also Gleiches mit Gleichem zu vergelten. Der Jubel über die Siege im Südkrieg ist längst verklungen, und es herrscht nackte Angst. Der unbedachte Angriff der grünen Herrscher auf die Reiche der roten

Seite hat das Gleichgewicht der Kräfte schlimmer erschüttert als jeder andere Krieg zuvor.

Klinal, Eldrins ältester Sohn und Thronerbe von Urdil, hat den Vertrag vom grünen Synod der Heiligen Stadt prüfen lassen. Vor wenigen Tagen wurde nun das Urteil gesprochen. Eldrins Eid ist gültig, denn er hat Arendhar seine Tochter zwar aus Verzweiflung, aber freiwillig angeboten. Elanahs Auslieferung mag ihm zur Schande gereichen, aber sie muss erfolgen, wenn man nicht riskieren will, dass jeder bei den Göttern beschworene Vertrag angezweifelt oder gar gebrochen werden kann. Die Folge wäre ein Chaos auf der westlichen Seite des Stromes, das die Reiche des Ostens für einen Angriff ausnutzen könnten. Daher wirst du Elanah nach Osten bringen.«

Laisa starrte Khaton an, als wäre er nicht mehr bei Verstand. »Was soll ich???«

»Du wirst Elanahs Brautzug nach T'wool führen. Da du schon drüben warst, kennst du dich aus. Außerdem hast du diese Tivenga-Hexe an deiner Seite.«

»Aber ich kann als Weiße nicht nach T'wool und mich wegen der Grünen, die ich begleiten soll, auch nicht als Blaue verkleiden«, wandte Laisa ein.

»Das ist ein Problem, das ich ebenfalls sehe. Aber zum Glück strahlst du nicht besonders stark weiß. Außerdem bekommst du eine Ausrüstung, die deine magische Ausstrahlung abschirmt. Wie du siehst, habe ich mir bereits Gedanken gemacht.«

Während Khaton aussah, als würde er Beifall erwarten, stampfte Laisa wütend auf den Boden. »Ich weigere mich!«

»Das kannst du nicht! Es gibt nämlich keine zweite Person, der ich zutraue, die Braut unbeschadet nach Osten zu bringen. Passiert der Prinzessin etwas, bedeutet das Krieg, und zwar einen, gegen den der Südkrieg trotz aller Schrecken noch harmlos war.«

Obwohl Laisa die Sache gegen den Strich ging, verstand sie Khatons Beweggründe, aber auch die der grünen Priester von Edessin Dareh. Hätten diese einen mit heiligen Eiden abgesicherten Vertrag für ungültig erklärt, würde jeder um seines Vorteils willen einen bei den Göttern beschworenen Vertrag brechen und sich dabei auf diesen Präzedenzfall berufen können. Um diese Gefahr zu vermeiden, waren der Tempel und der Evari bereit, das Mädchen zu opfern. Laisa selbst hatte in ihrer Jugend gelernt, dass Verträge unter allen Umständen eingehalten werden mussten, und so konnte sie Khatons Entscheidung, die Prinzessin über den Fluss zu schicken, verstehen – auch wenn sie das Mädchen selbst bedauerte. Andererseits hatte sie Arendhar von T'wool kennengelernt und nahm nicht an, dass er seine Braut schlecht behandeln würde.

Daher senkte sie betrübt den Kopf. »Ich mache es.«

»Sehr gut!« Khaton klopfte ihr auf die Schulter und zeigte dann wieder auf die Karte. »Schau her! Ich erkläre dir, auf was du während dieser Reise alles achten musst.«

Bevor er dazu kam, brachte Laisa noch einen Einwand vor. »Was ist mit Rongi? Er ist blaumagisch und wird sich in der Begleitung von Grünen nicht wohl fühlen. Und da ist auch noch Borlon. Er ist mir zwar auf der Suche nach dem Stern der Göttin in den Osten gefolgt, aber ich glaube nicht, dass er sich danach sehnt, in das Herz von T'wool zu reisen.«

»Wie ich die beiden kenne, müsste ich sie versteinern, damit sie dir nicht folgen. Außerdem brauchst du Helfer, auf die du dich verlassen kannst. Also werde ich mir etwas einfallen lassen. Aber nun hör mir endlich zu!«

❋ ❋ ❋

Laisa kehrte so in Gedanken zu ihren Gefährten zurück, dass sie Rongi erst wahrnahm, als es beinahe zu spät war. Der Katling hatte sich heimlich auf einen Baum geschlichen und wollte auf ihren Rücken springen. Bevor er sich jedoch an ihr festkrallen konnte, schnellte Laisa herum und pflückte ihn aus der Luft.

»Um mich überraschen zu können, musst du noch ein wenig üben«, sagte sie mit leisem Spott und setzte den jungen Katzenmenschen auf dem Boden ab.

Rongi maunzte beleidigt, blieb aber an ihrer Seite. »Was hat der weiße Zauberer erzählt?«

»Du wirst warten können, bis wir bei Ysobel und Borlon sind. Ich will nicht alles dreimal berichten müssen«, beschied Laisa ihm und sauste aus dem Stand los, so dass Rongi ihr kaum folgen konnte.

»Du bist wirklich die schnellste Katzenfrau, die ich je gesehen habe«, rief er keuchend, während er von Ast zu Ast sprang und doch immer weiter hinter ihr zurückblieb.

»Ich war immer die Beste!« Ein gewisser Stolz sprach aus Laisas Worten, auch wenn hier in den Dämmerlanden andere Werte zählten als Schnelligkeit, eine gute Nase und Geschick im Kampf.

Da war vor allem diese Magie, mit der sie nicht so zurechtkam, wie sie es sich wünschte. Doch sie war einfach nicht dazu geboren, endlose Buchstabenreihen auf magisches Papier zu schreiben, um irgendwann damit Lichtsteine zum Leuchten zu bringen. Natürlich gab es auch Schriftrollen mit weitaus komplizierteren Zaubern, doch dafür musste man Khatons Worten zufolge viele Jahre studieren und immer wieder üben. Der Gedanke, die meiste Zeit in einem unterirdischen Magierturm verbringen zu müssen und nur selten an die frische Luft zu kommen, schreckte Laisa von einem solchen Leben ab. Sie war ein Geschöpf der freien Natur und brauchte das erregende Gefühl der Jagd ebenso wie das Licht der Sonne.

Mit diesem Gedanken ließ sie den Wald hinter sich zurück und betrat eine kleine Felsenlandschaft, in der ein kleiner See malerisch eingeschlossen und vor unbefugten Augen verborgen lag. Zudem hatte Khaton einen Abwehrzauber um das Gewässer gelegt, weil sein Geheimnis, wie er erklärt hatte, das Gemüt schlichter Menschen überfordern würde.

Laisa fragte sich, ob es wegen des farbig schillernden Wassers war, das diesen See füllte. Er besaß weder einen Zulauf noch floss ein Bach heraus. Seine Ufer und sein Grund bestanden aus symmetrisch geformtem Fels, und es existierten weder Fische noch Pflanzen darin. Der See bildete ein absolut gleichmäßiges Sechseck von drei Meilen Durchmesser, war an seiner tiefsten Stelle im Zentrum etwa dreihundert Schritte tief, und sein Wasser besaß neben einer überraschenden Heilkraft noch eine weitere Fähigkeit, die Laisa wahrnehmen konnte, als ihre Freundin Naika ans Ufer geschwommen kam und sich dort auf den steinernen Rand zog.

Die weiß geborene Nixe war magisch gelb gefärbt und sah ziemlich missmutig drein. »Diesen See hat Giringar im Zorn geschaffen. Sieh mich an! Ich schaue aus, als hätten mich die Tanfuner bei einem ihrer Feste mit ihrer Götterfarbe beschmiert.«

»Das geht doch hoffentlich wieder weg!«, rief Laisa.

Naika nickte verkniffen. »Ja, wenn ich mich lange genug in einem weißen Wirbel aufhalte. Nur wandern die Farben, und wenn ich schlafe, werde ich immer wieder umgefärbt. Du hast es ja nicht gesehen, weil du dich bei dem Magier aufgehalten hast. Aber ich bin in einer Nacht dreimal grün und zweimal gelb geworden, bevor ich meine weiße Farbe wiedererlangen konnte. Wäre das Wasser selbst nicht so angenehm, würde ich jeden schlichten Waldteich mit Fischen, Fröschen und einem Schilfufer diesem Ort vorziehen.«

Unterdessen hatte Rongi aufgeholt, blieb aber dem Seeufer misstrauisch fern, damit, wie er sagte, Naika ihn nicht mit dem Wasser bespritzen konnte.

»Ich will nicht gelb werden wie sie oder gar grün«, setzte er mit gerümpfter Nase hinzu.

Zu einer Antwort kam Laisa nicht, da die beiden anderen Mitglieder ihrer Gruppe gerade auftauchten. Ysobel war eine schlanke, junge Frau mit wallender, violetter Mähne und violetten Augen, die Naikas jetzige Farbe mit Abscheu betrachtete, während Borlon, der hünenhafte, mit einem cremefarbenen Fell bedeckte Mann und dem an einen Bären erinnernden Gesicht ebenfalls einen Respektsabstand zum Wasser und zur Nixe hielt. Naika hatte die Angewohnheit, Leute, die sie mochte, mit dem Wasser zu bespritzen, in dem sie badete, da dieses kräftigend und heilend wirkte. Nun aber hatten beide Angst, sie könnten ebenfalls umgefärbt werden, und mieden daher die Nixe.

»Also Laisa, was hat der weiße Hexer dir erzählt? Er hat doch sicher einen Auftrag für uns.« Ysobel wollte von vorneherein ausschließen, zurückbleiben zu müssen.

Auch Borlon rückte näher zu Laisa, während Rongi auf ihre Schulter kletterte und es sich dort, ihrer strafenden Blicke zum Trotz, gemütlich machte.

»Irgendetwas ist im Busch, das sehe ich dir an«, bohrte Ysobel weiter.

»Hoffentlich kann ich mit! Allein in diesem See zu hausen, ist ein wenig langweilig«, warf Naika mürrisch ein.

Laisa hätte ihrer Nixenfreundin gerne geholfen, doch für eine Reise nach T'wool war Naika nicht die geeignete Begleiterin. »Ich glaube, es ist besser, wenn du hierbleibst«, sagte sie daher. »Es wird keine angenehme Reise. Zwar glaubt Khaton nicht, dass sie wirklich gefährlich ist, doch sie führt uns viele hundert Meilen über Land. Diese Strecke willst du doch gewiss nicht in einem Wasserschaff sitzend zurücklegen.«

»Es kommt darauf an, wo es hingeht. Wenn wir zum Drachensee reisen, könnt ihr mich meinetwegen in feuchte Tücher hüllen«, antwortete die Nixe.

»Es geht nach T'wool!«

Laisas vier Worte reichten Naika, um zu wissen, dass sie auch diesmal nicht würde mitkommen können. »Schade!«, sagte sie. »Es gibt so viele schöne Länder auf dieser Welt, und du willst andauernd in dieses hässliche, schwarze T'wool reisen. Dabei besitzt du doch die gleiche weiße Götterfarbe wie ich.«

»Von Wollen ist keine Rede!« Laisa fühlte sich für die Nixe verantwortlich und hätte diese gerne in deren Heimat gebracht, doch der Hohe Herr Khaton schien sie als sein Laufmädchen zu betrachten. Es gelang ihr aber, ihren Freunden in ruhigen Worten zu erklären, welchen Auftrag Khaton ihr erteilt hatte, und auch die Gründe für dieses seltsame Kommando.

Die sensible Naika weinte, als sie hörte, dass eine Prinzessin aus einem grünen Dämmerlandreich in das gefürchtete, schwarze T'wool geschafft werden sollte. Von Borlon waren einige zornige Flüche zu hören, während Ysobel ein ums andere Mal den Kopf schüttelte.

»Das ist doch Wahnsinn! Wie kann der mächtige Arendhar nur daran denken, ein schwaches und verweichlichtes Geschöpf aus dem Westen zur Frau zu nehmen? Er besudelt damit doch seinen gesamten Stammbaum, der bis jetzt nur aus tapferen Kriegern und Königen und stolzen, edlen Frauen besteht. Man wird keinem Sohn dieser Elanah das Recht auf die

Nachfolge seines Vaters einräumen. Stattdessen wird Rakkarr von T'walun die Krone ergreifen, und das ist kein Mann, den ich mir auf den Thron des mächtigsten Reiches der Welt wünschen würde.«

»Warum?«, fragte Laisa, da sie hoffte, vielleicht hier eine Möglichkeit finden, diesen Brautzug zu verhindern.

»Rakkarr ist – wie vor ihm schon sein Vater – von der Überlegenheit des tawalischen Volkes so überzeugt, dass er in seinem Land keine Menschen anderer Farbe dulden wird. Er lässt uns Tivenga an den Grenzen abweisen und hat auch die Kessan, die Hirten des Südens, nicht in T'walun geduldet. Wenn Rakkarr auf den Thron von T'wool gelangt, müssen Hunderte meines Volkes aus dem Land fliehen. Zudem gibt es in T'wool eine Minderheit von einigen zehntausend blauen Wardan. Wenn die aus ihren angestammten Gebieten vertrieben werden, gibt es Krieg mit den blauen Reichen, und dann wird der gesamte rote Süden brennen.«

Ysobel hatte sich in Rage geredet, doch Laisa begriff, dass keiner dieser Gründe Khaton davon abhalten würde, Elanah hinüberzuschicken. Er würde es wahrscheinlich sogar begrüßen, wenn wegen dieser Sache im Osten Krieg geführt würde, denn das nähme den westlichen Reichen die Angst vor T'wool.

»Dann müssen wir hoffen, dass es König Arendhar gelingt, diesen Rakkarr daran zu hindern, nach seiner Krone zu greifen. Wir bringen das Mädchen auf jeden Fall auf die andere Seite!« Laisa wollte noch mehr sagen, doch da erschien Khaton wie aus dem Nichts und nickte ihr zu.

»Sehr gut! So will ich es haben. Ihr werdet euch noch heute auf den Weg nach Urdil machen. Vorher aber erhaltet ihr eure Ausrüstung.«

»Kann ich auch mit?«, fragte Naika.

»Natürlich nicht!«, antwortete Khaton abweisend.

Die Nixe schnaubte und funkelte den Evari aufsässig an. »Mir ist hier langweilig. Es gibt ja nicht einmal Fische in dem Teich!«

»Ich kann dich auch versteinern, wenn dir das lieber ist!«

Bevor Khaton dies jedoch in die Tat umsetzen konnte, griff Laisa ein. »Wenn du das tust, kannst du Elanah selbst über den Großen Strom bringen!«

Für Augenblicke wurden Khatons silberne Eirun-Augen vor Zorn dunkel, doch hatte er sich sofort wieder in der Gewalt. »Es war doch nur ein Scherz«, sagte er mürrisch und schnippte kurz mit den Fingern. Mit einem Mal war Naika von einem Schwarm Fische umgeben, die sie neugierig betrachteten.

»Reicht das? Oder soll ich dir auch noch ein paar Crohans in den See zaubern, damit du in Bewegung bleibst?« Khaton versuchte spöttisch zu wirken, verriet damit aber seine Anspannung.

»Wie schmecken Crohans?«, wollte Laisa von ihm wissen.

»Keine Ahnung! Ich esse nur selten Fisch. Die Viecher, die ich jetzt hier eingesetzt habe, sind harmlos. Es wird die Nixe beschäftigen, Futter für sie herbeizuzaubern, so dass ihr gewiss nicht mehr langweilig sein wird. Aber jetzt zu euch! Jeder von euch bekommt einen Tarnmantel der Eirun, der eure eigene Farbe vor Fremden verbirgt. Damit werden Leute, die eurer Feindfarbe angehören, nicht durch die eure gereizt.«

Auf ein Handzeichen des Evari erschien eines seiner kristallenen Dienerwesen und legte vier graue Kapuzenmäntel auf das felsige Ufer. Der kleinste von ihnen war für Rongi geeignet, die zwei mittleren für Laisa und Ysobel, und der größte für Borlon.

Rongi zwinkerte Laisa feixend zu. »Wenn es regnet, können wir Borlons Mantel als Zelt verwenden.«

»Lass diese Scherze!«, knurrte Khaton, der sich gestört fühlte. »Für jeden von euch habe ich einen speziellen Dolch. Ein kleiner Schnitt lähmt jeden Gegner. Borlon bekommt dazu noch diese Streitaxt!« Der Evari griff in die Luft, hielt im nächsten Moment eine mächtige Doppelaxt in der Hand, die jedem normalen Menschen zu schwer gewesen wäre, und warf sie Borlon zu. Während dieser die Waffe mit leuchtenden Augen auffing, wandte Khaton sich Ysobel zu.

»Dieses Haumesser ist für dich.« Im selben Augenblick hielt die Tivenga es in der Hand.

»Unterschätze die Waffe nicht«, riet ihr der Evari und wollte sich Laisa zuwenden.

Da mischte Rongi sich ein. »Und was bekomme ich?«

Khaton musterte ihn grimmig, sprach dann aber einen Zauber, der ihm ein unterarmlanges Wurfholz beschaffte, und reichte es dem Katling. »Mit der Stahlkante kannst du jemandem den Kopf spalten. Also stell keinen Unfug damit an. Und nun zu dir, Laisa! Als Anführerin des Brautzuges musst du deinem Rang entsprechend ausgestattet werden. Fang an!«

Das Letzte galt dem Dienerwesen, das auf drei dünnen Beinen auf Laisa zuwackelte und mit seinen drei Händen begann, sie aus ihrem einfachen Kilt und der Tunika zu schälen. Die Katzenfrau fragte sich, als was der Evari sie diesmal auftreten lassen wollte. Bei ihrer ersten Reise in den Osten war sie als Offizierin aus Ilynas eigenem Land verkleidet gewesen, mit einem blauen Artefakt, das ihre weiße Farbe überstrahlte. Diesmal ging das jedoch nicht, denn die Urdiler, die sie begleiten sollten, würden eine Blaue niemals akzeptieren.

Laisas neue Kleidung war grau, die traditionelle Farbe für Unterhändler. Der Kilt reichte über die Knie und besaß ein Karomuster, ebenso die leicht hellere, hüftlange Tunika. Über diese kam eine leichte Rüstung aus Lederstreifen, auf der sechs

Wurfmesser in silbernen Scheiden angebracht waren. Jedes Messer besaß im Knauf einen kleinen Halbedelstein in einer der sechs Götterfarben. Allerdings waren diese, wie Laisa rasch erkannte, unmagisch.

»Die Farben sind ein Anhaltspunkt für dich, damit du weißt, welche magische Klinge in der Scheide steckt«, erklärte Khaton in belehrendem Tonfall. »Wenn du einen Grünen mit dem blauen Messer triffst, ist er selbst bei einem leichten Schnitt kampfunfähig. Du selbst solltest die Klinge des schwarzen Messers beim Werfen nur an der silbernen Auflage berühren. Auch wenn du für eine Person deiner Farbe und deiner magischen Fähigkeiten äußerst widerstandsfähig gegen deine Feindfarbe bist, würdest du dich sonst verletzen.«

Laisa krauste die Nase. Immerhin hatte sie schon schwarze Nahrungsmittel zu sich genommen und es vertragen. Doch als sie das Khaton sagen wollte, hob er abwehrend die Hand.

»Du solltest deine leichte Immunität gegen Schwarz nicht zu oft vorführen, denn sie könnte dir einmal das Leben retten. Doch jetzt weiter zu deinen Waffen. Ich habe lange überlegt, welchen Bogen ich dir geben soll. Blau geht ebenso wenig wie Schwarz oder Weiß. Gelb würde deine violette Begleiterin stören und Grün diesen Katzenlümmel!«

Der Evari musterte Rongi dabei drohend, denn der Katling hatte letztens seine Krallen an einem seiner Sessel geschärft.

Während Rongi wissend grinste, wartete Laisa gespannt auf ihren neuen Bogen. Als ihr das Dienerwesen diesen reichte, kniff sie erstaunt die Augen zusammen. Das Ding war zwar unmagisch, aber fast genauso lang wie sie selbst und von einer eigenartigen Form, denn der Handgriff saß nicht genau in der Mitte, sondern mehr als eine Handspanne tiefer. Auch waren die Pfeile selbst ungewöhnlich lang und steckten in einem zweigeteilten Köcher. Die in der größeren Hälfte rochen ebenso unmagisch wie der Bogen, doch die neun Pfeile in dem kleineren Fach strahlten leicht in den Götterfarben des Westens.

»Der untere Teil dieses Köcherfachs ist mit Silber ausgelegt, damit ein magisch Begabter die Pfeile nicht auf Anhieb bemerkt. Es sind je drei weiße, gelbe und grüne Eirun-Pfeile. Sie finden stets ihr Ziel, und sie sind für Wesen ihrer Feindfarbe absolut tödlich! Außerdem erhältst du dieses Schwert. Zücke es nur in allergrößter Not, denn seine Klinge besteht aus weißer Magie, die jeder Magier auf zehn Meilen wahrnehmen kann. Das Schwert tötet jeden Schwarzen auf der Stelle.«

Während Khaton ihr diesen Vortrag hielt, sagte Laisa sich, dass wohl mehr Gefahren auf die Prinzessin und sie lauerten, als der Evari sie zunächst hatte glauben lassen. Andernfalls müsste er sie nicht mit so tödlichen Waffen ausrüsten.

Doch noch war Khaton nicht fertig. Zu guter Letzt griff er in seine eigene Tasche und zog eine mehr als armlange Schlange aus kunstvollem Metallgeflecht hervor, die sich in jede Richtung biegen ließ. Auffällig daran waren jedoch der kräftige Kopf mit klappbaren Kiefern und zwei nadelspitze Zähne, die halb so lang waren wie Laisas Daumen.

»Strecke den Arm aus, Laisa«, befahl Khaton.

Laisa folgte unwillkürlich und sah, wie der Evari die Schlange in die Luft warf. Das Artefakt drehte sich mehrmals um seine Achse, bog sich dann plötzlich und schoss blitzschnell auf Laisa zu. Diese spürte einen leichten Schlag gegen ihren Unterarm und sah voller Staunen, dass sich die Schlange mehrfach um ihn wickelte.

»Das ist deine stärkste Waffe. Sie sieht wie ein einfaches Schmuckstück aus, und doch ist sie tödlicher als alles, was du sonst bei dir trägst!« Dabei flüsterte Khaton, als hätte er Angst, ein Unbefugter könnte mithören.

Laisa musterte zunächst die Schlange, die sich sanft an ihren Arm schmiegte, und sah dann den Evari fragend an. »Und wie soll ich sie einsetzen, etwa meinen Gegner mit einer Hand packen und mit der anderen das Schlangenmaul aufklappen und ihn damit beißen?«

»Ungläubiges Wesen!«, murmelte Khaton kopfschüttelnd, bequemte sich aber zu einer genaueren Anweisung. »Du erteilst der Springschlange einfach geistig den Befehl, nach vorne zu schnellen und deinen Gegner zu beißen. Dabei kannst du wählen, ob du ihn lähmen oder töten willst. Die Schlange springt etwa dreißig Schritte weit und durchschlägt auf neun Schritte den Schutzschirm der meisten Magier. Du könntest damit sogar Tharon gefährlich werden. Aber ihn lässt du gefälligst am Leben! Giringar müsste sonst einen neuen Evari berufen, und wir wissen nicht, wen er dann wählen würde. So, nun macht euch auf den Weg!«

Ohne Vorwarnung veränderte sich die Umgebung, und Laisa fand sich über dem strömenden Wasser eines Flusses wieder. Über sich hörte sie Rongi quieken, der nicht besonders gerne nass wurde, während Borlon fluchte. Doch bevor sie in den Fluss fallen konnten, erschien unter ihnen ein etwa fünf Schritte langes Boot, und sie landeten auf dessen Boden.

»Wenn ich etwas noch mehr hasse als gelbe Wichte, so sind es Magierscherze«, fauchte Ysobel, die mit einem Bein über der Bordwand hing und das zweite eben unter Borlon hervorzog.

»Eigentlich dürfte ich es als Weißer nicht sagen, aber Khatons Handlungsweise erscheint mir arg gewöhnungsbedürftig«, keuchte der Bärenmensch und forderte Rongi auf, die Krallen einzufahren, mit denen dieser sich an ihn festgeklammert hielt.

»Wo sind wir eigentlich?«, fragte Laisa und schaute sich um.

»Ich würde sagen, auf dem Bärenfluss. Wenn mich nicht alles täuscht, werden wir noch heute in Urdil anlegen.« Borlon stieß ein missratenes Lachen aus und ergriff die Ruderpinne. Obwohl das Boot weder Segel noch Ruder besaß, schwamm es hurtig dahin und überholte in rascher Folge einige größere Schiffe, die flussabwärts unterwegs waren.

❊ ❊ ❊

Der Evari schien es eilig zu haben, denn das Boot widerstand jedem Versuch, es ans Ufer zu lenken, und schwamm auch zur Mittagsstunde an einer Taverne vorbei, von der aus der Duft guten Essens herüberwehte.

»So haben wir nicht gewettet«, rief Laisa empört und warf die Reste eines rohen Fisches über Bord. »Wenn der Herr Evari glaubt, er kann alles mit uns machen, hat er sich getäuscht. Eher springe ich in den Fluss und warte ab, was passiert.«

Im selben Augenblick glaubte sie, ein spöttisches Gelächter zu hören. Sie sah sich irritiert um und begriff dann erst, dass es in ihrem Kopf entstand. Von den drei anderen schien es keiner zu hören.

»Keine Sorge, ich lasse euch schon nicht verhungern«, klang Khatons Stimme in ihren Gedanken auf.

»Das ist auch besser so. Aber was ist eigentlich mit unseren Pferden? Oder sollen wir zu Fuß nach T'wool gehen?«

Erneut erhielt Laisa ein Lachen zur Antwort.

»Greife in deine Tasche!«, forderte Khaton sie auf.

Laisa griff in ihren Beutel, der an einem langen Riemen über ihrer Schulter hing, und hielt zwei hühnereigroße Kristallkugeln in der Hand, die völlig glatt waren.

»Das sind Glasfallen, mit denen man große Dinge verkleinern und somit leicht transportieren kann. In der einen ist euer Essen, in der anderen sind eure Gäule. Gib aber acht, dass du die richtige nimmst, sonst müsst ihr euer Boot mit den Pferden teilen. Ob ihr dann noch zum Essen kommt, bezweifle ich. Übrigens reagieren diese Glasfallen nur auf geistige Befehle.«

Da Laisa mit einem Fauchen antwortete, stupste Rongi sie an. »Was machst du eigentlich? Du sprichst die ganze Zeit mit jemand, der nicht da ist!«

»Unserem Freund Khaton hat es beliebt, wieder einmal einen seiner wundervollen Scherze zu machen.« Laisa starrte ärgerlich auf die beiden Glasfallen und fragte sich, in welcher ihre Vorräte waren. Wenn sie die falsche öffnete, quollen die Gäule heraus, und die passten wirklich nicht auf das kleine Schiff.

Dieses zog unterdessen unbeirrt seine Bahn und wich von selbst einem großen Prahm aus, der an dieser Stelle als Fähre diente.

»Das Ding besitzt einen eigenen Willen!« Ysobel schüttelte es bei dem Gedanken, nicht selbst entscheiden zu können, wo sie anlegen und Rast machen wollte.

Auch Laisa zeigte wieder ihre Zähne. Sie war es noch mehr als ihre Tivenga-Freundin gewohnt, ihre eigenen Wege zu gehen, und ihr passte die selbstherrliche Art, mit der Khaton sie und ihre Freunde behandelte, überhaupt nicht.

Die nächsten Minuten schimpften sie alle vier auf den Evari, bis Borlon die Frage stellte, ob man nicht endlich essen sollte. »Sonst knurrt mein Magen zu sehr«, entschuldigte er sich.

Laisa wog die beiden Glasfallen in der Hand. Sie sahen gleich aus und waren auch gleich schwer. Auf die Weise bekam sie nicht heraus, was in welcher war. Selbst dran zu schnuppern half nichts.

»Habt ihr eine Ahnung, wie man von außen herausfinden kann, was darin ist?«, fragte sie die anderen.

Während Rongi den Kopf schüttelte, kratzte Ysobel sich am Kopf. »Bei meinen Leuten gibt es einige uralte Glasfallen, in denen wertvolle Sachen transportiert werden. Ich glaube, wenn man sich darauf konzentriert, kann man erkennen, was sie enthalten.«

»Dann konzentriere ich mich eben!« Laisa starrte die beiden Glasfallen feindselig an, merkte dann aber rasch, dass sie in der, die sie in der rechten Hand hielt, ihre Stute Vakka zu sehen glaubte. Diese Glasfalle steckte sie wieder in die Tasche und überlegte, wie sie die andere dazu bringen konnte, ihren Inhalt preiszugeben.

»Sei vorsichtig! Wir wissen nicht, wie viele Vorräte Khaton uns mitgegeben hat. Wenn du jetzt den falschen Befehl gibst, kannst du unter einem Berg von Essen begraben werden«, warnte Ysobel sie.

»Ich will eine Mahlzeit, und zwar für jeden von uns!«

Laisa hatte es kaum gesagt, da ertönte ein Summen, und vier Schüsseln mit Getreidebrei tauchten neben der Glasfalle auf. Misstrauisch schnupperte sie daran und schüttelte dann den Kopf. »Ich glaube, ich fange mir lieber noch einen Fisch.«

Erneut hörte sie Khatons Lachen im Kopf, und der Inhalt der vier Schüsseln verwandelte sich zu einem lecker riechenden Eintopf mit sehr viel Hühnerfleisch. Außerdem tauchten vier große Becher auf, von denen zwei frische Milch und zwei mit Wasser vermischten Thilierwein enthielten.

»So lasse ich es mir gefallen«, erklärte Borlon und trank einen kräftigen Schluck.

Auch Laisa griff zu ihrem Becher und ließ sich die Milch schmecken. Danach nahm sie Schüssel und Löffel zur Hand und begann zu essen. Obwohl sie schon kurz nach Beginn dieser seltsamen Reise einen recht großen Fisch gefangen und roh verspeist hatte, leerte sie den Napf bis zum Boden.

Kurz darauf kam eine Stadt mit einer Anlegestelle in Sicht, und das Boot hielt geradewegs darauf zu. Während Laisa die Glasfalle mit den Lebensmittelvorräten wieder in die Tasche steckte, bückte Borlon sich und hob seine Doppelaxt auf. Er schwang sie einmal durch die Luft und grinste.

»Ein prachtvolles Stück. Es würde mich nicht wundern, wenn es sich um eine Kharimdh-Arbeit handeln würde.«

»Mein Haumesser ist auf jeden Fall von Kharimdh geschmiedet worden!« Ysobel zog die Waffe aus der Scheide und zeigte die feine Maserung des Stahls sowie die verschlungene Gravur, die als Schmied einen Meister Welan nannte.

Auch Rongi nahm sein Wurfholz zur Hand und strich vorsichtig über die Kante aus Stahl. Man konnte ihm ansehen, dass er nicht wenig stolz auf diese Waffe war.

Laisa überlegte, ob sie ihren Bogen spannen sollte, ließ es aber und blickte nach vorne.

Urdil zählte zu den mittelgroßen Reichen im Süden und war ein fruchtbares Land, das fast genau in der Mitte durch eine bis auf zweitausend Schritte aufragende Gebirgskette geteilt wurde. An den westlichen Hängen dieses Gebirges lag die Hauptstadt Urdilrah.

Vom Ufer des Bärenflusses aus waren die Berge nur als grüne Schatten am Horizont zu erkennen und erschienen Laisa wenig imposant. Die Menschen dieses Landes, die tausend Schritte hohe Pässe überwinden mussten, um von einem Teil Urdils zum anderen zu kommen, sahen es wahrscheinlich anders, dachte sie, als sich ihr Schiff der Hafenstadt Urdillion näherte.

Laisa amüsierte sich über die Art der Menschen, Städten, die ihnen wichtig waren, den Namen des Reiches zu geben und an diese die Nachsilbe -rah für die Hauptstadt, -lion für eine Hafenstadt und dergleichen anzuhängen.

Da Laisa auf ihren Reisen Städte wie Maraandlion und vor allem T'woollion auf der anderen Seite des Stromes kennengelernt hatte, rümpfte sie beim Anblick dieses Ortes die Nase. Urdillion war nur ein Viertel so groß wie der Stromhafen von Maraand und hätte mehr als ein Dutzend Mal in die t'woolische Hafenstadt am Dreifarbenfluss hineingepasst.

Das Boot suchte sich selbständig einen Landeplatz und legte mit einer sanften Bewegung an. Am Kai standen etliche Leute und starrten Laisa und ihre Begleitung an. Diese kümmerten sich jedoch nicht darum, sondern stiegen an Land. In dem Augenblick verschwand das Schiff wie durch Zauberhand und verwirrte damit den Hafenmeister, der gewichtig auf die Neuankömmlinge zuwalzte.

»Was soll das?«, rief der Mann aus.

Laisa wartete, bis er vor ihnen stand, und zog dann die Stirn kraus. »Was willst du?«

»Ein Ungeheuer aus dem Osten!«, schrie jemand von hinten. Der Hafenmeister sprang einen Schritt zurück, musterte die Gruppe misstrauisch und atmete auf, als weder Laisa noch ihre Begleiter Anstalten machten, ihn auf der Stelle zu fressen.

Nun trat Borlon vor und sah betont von oben auf den kleineren Mann herab. »Hast du noch nie einen Mann aus Borain gesehen?«

»Borain? Ach, diese ungeschlachten und befellten Riesen aus wilden Wäldern!« Dann erst dämmerte es dem Hafenmeister, dass der Bor'een ihn mit seinen kräftigen Händen in Stücke reißen konnte, und hob beschwichtigend die Hand.

»Ich habe das nicht böse gemeint. Man plappert halt nach, was man so hört.«

»Dann solltest du das nächste Mal besser aufpassen«, wies Laisa ihn zurecht.

Der Hafenmeister warf ihr einen raschen Blick zu und erschauerte. »Gehört die zu dir?«, fragte er Borlon.

»Sie ist sogar meine Anführerin«, erwiderte dieser. »Übrigens, bevor du dich selbst vor Angst verschluckst: Ihre Götterfarbe ist weiß!«

»Blau kann sie auf jeden Fall nicht sein, denn das würde ich spüren. Aber bei dem Jungen da bin ich mir nicht sicher.« Der Hafenmeister zeigte auf Rongi, der breit grinsend sein prachtvolles Gebiss zur Geltung brachte. Dann aber besann der Mann sich auf seine Aufgaben und versuchte, würdig auszusehen.

»Ich bin hier der Hafenmeister und habe die Liegegebühren der Schiffe einzutreiben. Da ihr Leute von drüben dabeihabt, beträgt diese für euch zehn Silberfirin!«

Laisa stieß ein kurzes Lachen aus. »Sonst noch was? Für was sollen wir denn zahlen? Siehst du hier etwa ein Schiff?«

Mit einem ärgerlichen Laut trat der Hafenmeister an ihr vorbei bis zur Kaimauer und tastete in der Luft herum.

»Er glaubt, wir haben hier ein unsichtbares Schiff angebunden«, warf Ysobel lachend ein.

Laisa hingegen tippte dem Hafenmeister mit einer ausgefahrenen Kralle auf die Schulter.

»Lass das! Ich bin im Namen Khatons, des hohen weißen Evari, hier und reise in seinem Auftrag zu eurem König!«

»Dafür müsst ihr aber weit reisen, nämlich bis in die Kerker von T'wool«, warf einer der Männer ein, die neugierig näher gekommen waren.

»Den meine ich nicht, sondern den, der derzeit hier in Urdil regiert. Prinz Klinal, glaube ich, heißt er«, antwortete Laisa von oben herab.

Sie hatte in T'wool bemerkt, mit welcher Achtung man ihr als angeblicher blauer Dame aus den Götterlanden begegnet war, und sagte sich, dass sie als Vertreterin des Evari eine ähnliche Hochachtung auch hier in Urdil einfordern konnte.

»Im Namen des Evari wollt ihr hier sein? Das musst du mir erst beweisen!« Da sich nun etliches Volk, darunter ein Haufen Bewaffneter, um ihn versammelt hatte, fühlte sich der Hafenmeister wieder stark.

Laisa bekam einen magischen Impuls, in ihre Umhängetasche zu greifen, und tat es, ehe sie darüber nachdenken konnte. Im nächsten Augenblick hielt sie eine goldene Plakette in der Hand, die mit drei kleinen Edelsteinen in Weiß, Gelb und Grün besetzt war. Dazwischen war folgende Inschrift zu lesen:

»Ich bin Laisa, die erste Vertreterin Khatons, des weißen Evari, der während der Abwesenheit der Evaris Rhondh und Tardelon von den Göttern auch mit deren Aufgaben betraut worden ist. Den Anweisungen der Dame Laisa ist in jedem Fall Folge zu leisten. Wer dem zuwiderhandelt, ruft den Zorn der Götter auf sich herab.« Darunter war Khatons weißmagisch strahlendes Siegel angebracht, das mit einer kleinen Silberscheibe abgedeckt werden konnte.

Während Laisa vor Vergnügen kicherte, starrte der Hafenmeister auf die Plakette. Dann schickte er einen Boten los, um den königlichen Richter und den obersten Priester der Stadt zu bitten, zum Hafen zu kommen.

Laisa tippte ihm erneut auf die Schulter. »Du glaubst doch nicht etwa, dass wir uns die Beine in den Bauch stehen, bis diese Herrschaften hier erscheinen?«

»Aber ihr könnt nicht …« Der Hafenmeister brach ab, warf einen kurzen Blick auf die kaum besetzte Terrasse der Hafenschenke und deutete darauf. »Wenn die Dame und ihre Begleiter sich bitte dorthin begeben mögen. Im Schatten und mit einem Becher kühlem Wein in der Hand wartet es sich gewiss besser als hier.«

Laisa musterte kurz die angebotene Örtlichkeit und setzte sich in Bewegung. Die goldene Platte hielt sie noch in der Hand, bemerkte dann aber, dass auf ihrer Lederstreifenrüstung Schlaufen angebracht waren, die genau zu den vier Löchern an den Kanten der Platte passten.

»Ich glaube, Khaton will, dass ich das Ding hier trage. Kannst du mir helfen, es zu befestigen?«, fragte sie Ysobel.

Die Tivenga machte sich sofort ans Werk, und kurz darauf hing die Goldplatte auf Laisas Brust. Zunächst war das Gewicht ungewohnt, doch als sie ein paar prüfende Bewegungen machte, merkte sie, dass die Plakette sie nicht behinderte.

Unterdessen war der Wirt aus seiner Schenke getreten und verbeugte sich vor dem Hafenmeister. »Was darf es denn sein, edler Herr?«

In dem Augenblick beschloss Laisa, dem Hafenmeister nichts nachzutragen, und grinste den Wirt an. »Dreimal Wein, aber vom besten, den du hast, und zweimal Milch, Letztere aber frisch.«

»Sagtest du Milch?« Dem Wirt fielen fast die Augen aus dem Kopf, als er die Katzenfrau ansah, die gemütlich auf einem seiner Stühle Platz genommen hatte und mit ihrer Schwanzspitze einen aufdringlichen kleinen Vogel verscheuchte.

»Wawawas ist das?«, fragte er entsetzt.

Der Hafenmeister zeigte auf die Goldplakette. »Kannst du nicht lesen? Das ist die Gesandte des Evari Khaton.«

Irritiert schüttelte der Wirt den Kopf. »Was hat denn der hier in einem grünen Land zu sagen?«

Laisa ließ die Kralle ihres Zeigefingers nach vorne schnellen und kratzte sich damit am Kinn. »Das heißt nicht der, sondern der ehrenwerte und mächtige Herr und Magier Khaton, der

Wächter der Götter des Westens und damit auch der grünen und gelben Völker, bis deren Evaris wieder von ihren Missionen zurückgekehrt sind. Und jetzt hol gefälligst die Milch!«

Es amüsierte Laisa zu beobachten, wie rasch der Mann verschwand. Schon bald kehrte er mit einem vollen Tablett zurück und teilte die Getränke aus. Ysobel und Borlon ergriffen je einen Weinbecher, während der Hafenmeister nicht so recht wusste, ob er das Getränk annehmen sollte.

In den beiden anderen Bechern war tatsächlich Milch. Doch kaum hatte Rongi an einem geschnuppert, stieß er ein missbilligendes Maunzen aus. »Die kann ich nicht trinken! Die ist ja grün!«

»Tut mir leid, Kleiner! Daran habe ich nicht gedacht.« Laisa ärgerte sich jedoch weniger über sich selbst, als vielmehr über diese dummen Farbfeindschaften, die es einem blauen Geschöpf wie Rongi fast unmöglich machten, sich in einem grünen Land wie Urdil zu ernähren. Zwar schalt Ysobel den Katling und erklärte, dass sie selbst ja auch den gelben Fraß in Tanfun hinuntergewürgt hatte, doch als Laisa an der Milch roch, kam sie ihr ebenfalls ziemlich grün vor.

»Rongi kann nichts dafür. Das Zeug ist zu magisch für ihn«, wies sie Ysobel zurecht.

»Ich werde wohl zum Fluss gehen und Wasser trinken müssen!«

Bevor Rongi jedoch seinen Vorsatz ausführen konnte, nahm Laisa die Vorratsglasfalle und befahl dieser, für den Kleinen etwas zu trinken und zu essen herauszugeben. Sofort erschienen eine Schale Milch und ein gebratenes Hühnchen vor dem Katling.

»So lasse ich es mir gefallen«, sagte Rongi grinsend und schlürfte geräuschvoll seine Milch.

Ysobel murmelte etwas von entsetzlichen Tischsitten, doch

als Laisa antworten wollte, dass Rongi und sie eben keine Menschen, sondern Katzenmenschen seien, wurde ihr Blick von mehreren Männern angezogen, die raschen Schrittes näher kamen.

Einen von ihnen glaubte sie zu kennen, erinnerte sich aber erst an ihn, als er mit ausgestreckter Hand auf sie zeigte und hasserfüllt brüllte: »Das ist ein Ungeheuer aus dem Osten. Tötet es!«

»Graf Kolnir von den sieben Hügeln. Welch eine Überraschung!« Laisa sprang auf und hielt ihren Bogen in der Hand, bevor die Begleiter des Grafen auch nur auf zehn Schritte an sie herangekommen waren.

»Halt! Dem Ersten, der noch einen Schritt näher kommt, sitzt mein Pfeil im Leib! Zwei weitere erwische ich ebenfalls mit dem Bogen, und für den Rest reicht mein Schwert.«

So entschlossen hatten Laisas Begleiter ihre Anführerin noch nie erlebt. Doch auch sie ärgerten sich über den aufgeblasenen Grafen, auf den sie vor einigen Monaten in der westlichen Station der Maraand-Fähre getroffen waren.

Borlon hob seine Doppelaxt und schwang sie durch die Luft, dass es surrte. »Wer wagt es, einen Bor'een anzugreifen?«

Da die Bärenmenschen zu den Völkern des Westens zählten, zögerten die sechs urdilischen Krieger trotz Kolnirs Aufforderung, die Fremdlinge niederzumachen. Obwohl sie selbst nicht gerade Zwerge waren, überragte Borlon sie noch einmal um fast einen Kopf, und er schwang die riesige Axt mit einer Leichtigkeit, als hielte er ein kleines Beil in der Hand.

»Wir sollten vielleicht fragen, Herr, was diese Fremden hier wollen?«, schlug einer der Krieger vor.

Graf Kolnir platzte fast vor Wut. Er hatte damals, nachdem er mit Laisa aneinandergeraten war, gedemütigt abziehen müssen und wollte sich nun dafür rächen. Doch seine Männer verweigerten ihm nicht nur die Gefolgschaft, sondern traten noch ein paar Schritte zurück und ließen einen älteren Mann in bodenlanger, grüner Kutte durch. Dessen Gesicht war zur Hälfte grün gefärbt, ebenso wie die Haare, die unter seiner kugelförmigen Kopfbedeckung hervorkamen. In seiner Hand trug er einen grauen, in Silber gefassten Stein, den er nun auf Laisa richtete.

Der Stein färbte sich sofort weiß. Für einen Augenblick wirkte der Mann, den Laisa wegen seiner Tracht und den Abzeichen auf seiner Brust für den hiesigen Oberpriester hielt, verwirrt, richtete dann den Stein auf sich selbst und nickte, als dieser eine mattgrüne Farbe annahm.

Danach überprüfte er Kolnir und schnaubte verächtlich, als der Stein kaum merkbar grün schimmerte. Als er Borlon den Stein entgegenreckte, färbte dieser sich weiß. Der Stein zeigte auch Ysobels Violett, Rongis Blau und dann wieder Laisas weißmagische Farbe.

Mit einer Miene, die verriet, wie sehr er es genoss, Graf Kolnir widersprechen zu können, wandte der Stadtpriester sich an den Grafen.

»Der Bote hat die Wahrheit gesprochen. Die Dame ist ein Geschöpf Meandirs, und – wie ihre Plakette besagt – tatsächlich die Vertreterin des Evari Khaton.«

»Khaton hat uns überhaupt nichts zu sagen!«, brauste Kolnir auf.

»Dann handelt wider seinen Willen, und Ihr werdet sehen, was Ihr davon habt!«

Ohne den Grafen eines weiteren Blickes zu würdigen, trat der Priester auf Laisa zu und senkte das Haupt. »Ehrenwerte Dame, ich hoffe, Ihr nehmt uns den Empfang hier in Urdillion nicht übel. Graf Kolnir war lange Zeit Sklave in T'wool und hat dabei zu viele schwarze Sitten angenommen.«

»Ich war Kriegsgefangener, kein Sklave!«, bellte der Edelmann, doch der Priester ließ sich nicht beirren.

»Zum anderen, edle Dame, sind wir es nicht gewohnt, Wesen, die so aussehen wie Ihr, als Angehörige einer unserer eigenen Farben zu sehen.«

»Es sei dir verziehen!«, antwortete Laisa mit großmütiger Geste.

Mittlerweile amüsierte sie sich über Graf Kolnir, der so aussah, als wüsste er nicht, ob er vor Wut platzen oder an seinem Ärger ersticken sollte. Lachend forderte sie den Wirt auf, Wein für die Herren und ihre Begleiter zu bringen. Während der Mann gehorchte, setzte der Priester sich zu ihr, und die Krieger nahmen am Nebentisch Platz.

Kolnir musterte die Szene voller Abscheu, wagte aber nicht, ein weiteres Wort gegen Laisa zu sagen. Anders als er schien der Priester die Situation zu genießen. Zudem erwies er sich als äußerst wissbegierig, denn er fragte Laisa nach den Geschehnissen im Nachbarland Gamindhon aus, an denen sie Gerüchten zufolge einen gewissen Anteil gehabt haben sollte.

* * *

Obwohl Kolnir als königlicher Richter auch für die Verwaltung der Stadt Urdillion verantwortlich war und daher für Laisas Weiterreise nach Urdilrah hätte sorgen müssen, überließ er diese Aufgabe dem Oberpriester der Stadt.

Der gute Mann war ihm deswegen nicht böse, denn Kolnirs Weigerung bot ihm die unverhoffte Gelegenheit, wieder einmal die Hauptstadt und den dortigen Tempel zu besuchen. Außerdem konnte er unterwegs mit der weißen Katzendame reden und von ihr auch so einiges über die Ereignisse im gelben Reich Tanfun erfahren. Dem Vernehmen nach hatte sie dort den Thronerben Punji gegen den Rebellen Waihe unterstützt und ihm zum Sieg verholfen.

Trotz aller Beflissenheit des Oberpriesters stellte Laisa rasch fest, dass man hier in Urdil weder etwas über T'wool hören wollte noch darüber, dass Prinzessin Elanah als Braut auf die rote Seite gebracht werden sollte. Es war, als hätte das Volk sich verschworen, diese Angelegenheit mit dem Mantel des Schweigens zuzudecken. Sie spürte jedoch eine unterschwellige Scham und eine tiefsitzende Verzweiflung bei den Menschen. Dies mochte an der Armut liegen, die wie Mehltau über dem Land lag und den einfachen Leuten kaum mehr als das nackte Überleben sicherte. Urdil hatte im Südkrieg viele Krieger jenseits des Großen Stromes verloren, ohne dass die dort gemachte Beute den einfachen Menschen zugutegekommen wäre. Nicht lange danach hatten die Urdiler zu den am stärksten betroffenen Opfern des Schwarzlandmagiers Salavar gehört, der als grüner Prophet verkleidet in Gamindhon aufgetreten war und versucht hatte, mehr als hunderttausend Menschen grüner Farbe zu versklaven.

Zunächst war Laisa gerne bereit, von ihren Taten und denen ihrer Freunde zu erzählen, doch allmählich wurde ihr die Neugier des Oberpriesters lästig. Dieser wollte nämlich mehr über sie erfahren und fragte nach ihrer Herkunft und ob es in ihrer Heimat mehr weiße Katzenmenschen gäbe.

Daher war sie froh, als sie nach vier Tagen die Hauptstadt Urdilrah vor sich auftauchen sah. Die Stadt lag am Fuße eines Berges, dessen Flanken sanft abfielen und der von einem intensiv grün schimmernden Wald bedeckt war. Ein kleiner See mit ebenfalls grün schimmerndem Wasser begrenzte Urdilrah auf der anderen Seite, während sich außerhalb der Stadt ausgedehnte Felder und Wiesen erstreckten, deren Pflanzen ebenfalls zu den grünsten zählten, die sie je gesehen hatte.

Sie ritt auf Vakka, ihrer schwarzblauen Stute, die glücklicherweise nicht magisch genug war, um sich an dem grünen Gras, das sie unterwegs rupfte, den Magen zu verderben. Rongi hingegen musste sich weiterhin von den Vorräten ernähren, die Khaton zum Glück großzügig genug bemessen hatte.

Da der Mantel, den der Katling von Khaton erhalten hatte, die Ausstrahlung des Landes auf ein für ihn erträgliches Maß reduzierte, hockte er zufrieden auf dem großen Lederkissen, das hinter Laisas Sattel befestigt war, und schaute sich mit der Neugier eines Kindes um.

Laisa musterte ebenfalls die Stadt, deren Tor sie sich nun näherten. Auch vor Urdilrah schien die Armut nicht Halt gemacht zu haben. Die Rüstungen der Wachen am Tor sahen alt aus, und ihre Kleidung, die wahrscheinlich einst makellos grün gewesen war, wirkte ausgebleicht und vielfach geflickt.

Ihr Anführer trat dem Reisezug in den Weg. »Woher und wohin?«, schnauzte er den Vorreiter an.

»Es heißt erst einmal Tenelin zum Gruß«, wies der Oberpriester von Urdillion ihn zurecht.

»Ah, Ihr seid es! Ich habe Euch nicht sofort erkannt. Was bringt Ihr für seltsame Leute in die Stadt?«

»Das ist die Dame Laisa, die Botin der Evaris. Trotz ihrer befremdlichen Gestalt ist sie eine Dame des Westens«, erklärte der Priester freundlich. »Das hier ist Herr Borlon aus Borain, ihr Leibwächter, und die dort«, seine Hand wies auf Ysobel und Rongi, »sind Gesandte von drüben, die erfahren wollen, ob wir den Eid unseres Königs zu erfüllen gedenken.«

»Eldrin hätte zu Hause bleiben sollen, anstatt den Thiliern über den Großen Strom zu folgen. Dann hätte er diesen Eid nicht leisten müssen.« Der Wachoffizier spie aus und winkte dann seinen Leuten, den Weg freizugeben.

Es war die erste unverfälschte Reaktion, die Laisa von einem der Einheimischen mitbekam. Besonders froh über die Entwicklung schien der Mann nicht zu sein, dennoch sprach er sich nicht gegen die Auslieferung der Prinzessin an T'wool aus.

Nach dieser nicht sehr freundlichen Begrüßung setzte der Reisetrupp seinen Weg ungehindert fort. Die Hufe der Pferde klapperten laut auf dem Kopfsteinpflaster der Straßen und Plätze. Nicht lange, da blieb der Marktplatz hinter ihnen zurück, und sie ritten am Tempel vorbei. Dieser besaß eine dreieckige Basis mit einem zwanzig Schritt hohen Turm, um den etliche Gebäude errichtet worden waren. Laisa fand, dass es dringend nötig wäre, Maurerkelle und Pinsel in die Hand zu nehmen, denn die Farbe der Mauern war ausgebleicht und blätterte ab, während darunter bereits der Mörtel aus den Fugen rieselte. Auch das Hauptportal hätte eine Reparatur dringend nötig gehabt.

Bei diesem Anblick erinnerte Laisa sich an ihre Reise durch Maraand und Daschon auf der roten Seite des Stromes. Der letzte Krieg war weder den Völkern im Osten noch denen hier im Westen gut bekommen.

Der Palast war noch stärker heruntergekommen, denn es brachen bereits Ziegel aus den Mauern. Wenigstens wurde noch, wie Ysobel spottete, das Gras im Zwinger gemäht. Auf dem Platz vor dem Hauptgebäude eilten Knechte herbei, um die Pferde der Gäste zu übernehmen, und ein in eine wallende grüne Robe gehüllter Haushofmeister begrüßte sie.

»Darf ich die Herrschaften im Namen Seiner Majestät, König Eldrins, willkommen heißen.«

Laisa wechselte einen beredten Blick mit Ysobel. Immerhin war Eldrin seit mehr als zehn Jahren nicht mehr in seiner Heimat gewesen. Begrüßen konnte der König derzeit nur Leute, die ihn in T'wool aufsuchten. In Urdil schien man jedoch mit aller Macht beweisen zu wollen, dass Eldrin noch immer der Herrscher des Reiches war, mochte er derzeit auch fern und in Gefangenschaft leben.

Der Haushofmeister, der es nicht für nötig erachtet hatte, sich selbst vorzustellen, führte Laisa und deren Begleiter durch die langen Korridore des Palastes und blieb schließlich vor einer Doppelflügeltür stehen, die von zwei Wachen flankiert wurde, deren Kleidung und Rüstung ebenfalls bereits bessere Tage gesehen hatten.

Zwei Diener öffneten die Tür, und Laisa sah einen langen, hohen Saal vor sich, der an drei Seiten große, von dunkelgrünen Vorhängen verhüllte Fenster besaß. Da nur eine einzige Kerze auf einem mannshohen Ständer brannte, herrschte in dem Raum ein Dämmerlicht wie in den Tiefen eines dichten Waldes.

Am anderen Ende des Saales entdeckte Laisa einen mit grünem Tuch verhüllten Thron, und daneben einen Schemel, auf dem ein junger Mann saß. Hinter ihm standen ein weiterer junger Mann sowie eine junge Frau, die Laisa auf etwa achtzehn Jahre schätzte. Ihre Ähnlichkeit mit dem Jüngling neben ihr und die fast gleiche magische Ausstrahlung der beiden ließ Laisa annehmen, dass es sich um Geschwister, wahrscheinlich sogar um Zwillinge handelte. Der sitzende Mann strahlte ein verwandtes, aber doch leicht anderes Grün aus. Auch war er mindestens fünf oder sechs Jahre älter und wirkte arg verbissen.

»Seine Königliche Hoheit, Prinz Klinal, Thronerbe von Urdil, und Ihre Königlichen Hoheiten Elanah und Elandhor, Prinzessin und Prinz von Urdil«, stellte der Haushofmeister die drei vor und nannte den Hoheiten nun auch Laisas Namen und die ihrer Begleiter.

Laisa überlegte, ob eine Verbeugung angebracht war, verzichtete aber darauf, da sie ja als Khatons Vertreterin hier weilte. »Tenelin zum Gruße! Ich stehe hier für den weißen Evari ebenso wie für Rhondh, den Stellvertreter Tenelins in den Dämmerlanden.«

Nun stand Klinal auf. Er war etwas kleiner als sein Bruder und besaß dunkelblonde Haare, während die von Elanah und Elandhor intensiv grün schimmerten. Die Prinzessin trug dazu auch ein grünes Muster im Gesicht, das ihr einen exotischen Reiz verlieh. Obwohl sie unbewegt erscheinen wollte, roch Laisa Angst und tiefsitzende Verzweiflung. Auch Elandhor strahlte diese Gefühle aus, während Klinal eher von Ärger erfüllt zu sein schien.

»Es ist also so weit«, sagte er statt eines Grußes.

»Wenn du die Reise deiner Schwester nach Osten meinst, ja! Mir wurde aufgetragen, sie nach T'wool zu bringen«, antwortete Laisa.

»Ihr, eine Weiße?« Klinal klang verwundert, doch Laisa zuckte mit den Achseln.

»Warum sollte ich mich scheuen, nach T'wool zu gehen? Es ist ja nur ein Menschenland und nicht Giringars Palast!«

»Da es der Wille des Königs ist und der heilige grüne Synod von Edessin Dareh diesen gutheißt, muss ich mich beugen!« Die Stimme des Thronfolgers klang bitter, als er sich zu Elanah umdrehte und sie ansprach.

»Damit, Schwester, geht dein sehnlichster Wunsch in Erfüllung! Nun kannst du den König aus seiner Gefangenschaft erretten. Ich werde Befehl geben, den Brautzug zusammenzustellen, und Vorreiter aussenden, damit unser Kommen in Halondil und Thilion angekündigt wird. Oder wollt Ihr, weiße Dame, den Bärenfluss abwärts zum Großen Strom fahren und damit Feindseligkeiten von Seiten Tenelians hervorrufen? Der Priesterkönig von Tenelian hat bereits angekündigt, dass er die

Auslieferung einer Anhängerin unseres guten Gottes Tenelin an das schwarze Ungeheuer Arendhar mit allen Kräften verhindern wird.«

Das Gleiche hatte Laisa bereits von Khaton gehört, und schüttelte daher den Kopf. »Ich werde die Route nehmen, die du vorgeschlagen hast!«

Klinal atmete tief durch und starrte seine Geschwister düster an. »Diese Befehle kann ich laut dem mir übermittelten Willen des Königs und mit der Erlaubnis des Kronrats erteilen. Zufrieden, Bruder?«

Elandhor antwortete nicht, sondern starrte finster zu Boden.

Daher kehrte Klinal ihm mit einer brüsken Bewegung den Rücken und trat auf Laisa zu. »Ihr werdet gewiss mit mir über die Vorbereitungen sprechen wollen, die für diese Reise getroffen worden sind. Doch sollten wir das in einem angenehmeren Rahmen tun als im Thronsaal eines Königs, den dieser seit mehr als einem Jahrzehnt nicht mehr betreten hat.«

DRITTES KAPITEL

Der Prinz von Andhir

Rogon saß an seinem Lieblingsplatz im obersten Stockwerk des alten Turms und starrte auf die Berge von Andhir, die ihm an diesem Tag mehr denn je wie Kerkermauern erschienen. Hinter den hohen Gipfeln lagen fremde Länder und eine Freiheit, die er wohl nie kennenlernen würde.

Missmutig zupfte er an seinem knielangen, blauen Staatsrock, der mit Knöpfen aus Rotgold besetzt war. Im selben Augenblick hörte er ein Geräusch und zuckte zusammen. Doch als er sich umsah, war es nur seine Schwester Rhynn, die die Treppe heraufkam und kopfschüttelnd vor ihm stehen blieb.

»Ich wusste doch, dass ich dich hier finde. Ich soll dir von der Oberpriesterin ausrichten, dass der Erbprinz von Andhir vermisst wird.«

Rogon lachte bitter auf. »Damit sie mir erneut irgendwelche zweibeinigen Ziegen vorstellen kann, die sich ihrer Ansicht nach zur Gemahlin für mich eignen!«

»Deine Verlobung und die spätere Heirat mit einer Dame von passender Abstammung ist der Preis dafür, dass unser Vater zum Obersten Feldherrn der blauen Reiche ernannt wird. Du solltest die Oberpriesterin verstehen. Sie entstammt der alten Herrscherfamilie von Andhir, und es muss schmerzhaft für sie sein, einen Fremden auf dem Thron ihrer Heimat zu sehen.«

»Seranah und die Verwandtschaft, die sie noch besitzt, hat jedes Anrecht auf den Thron verloren! Du kennst die Gesetze. Wenn mehr als sechs Generationen zwischen dem Thron und der betreffenden Person liegen, erlischt der Anspruch.«

»Bei Seranah sind es nur drei Generationen«, erinnerte Rhynn ihren Bruder.

»Auch hier schreibt das Gesetz die Thronfolge eindeutig vor. Als Timkhor von Fraarin das Reich Andhir erobert hat, rottete er die Herrscherfamilie bis auf einen unbedeutenden Nebenzweig aus und beherrschte das Land mehr als sechs Jahre lang, ohne dass Seranah und ihre überlebenden Verwandten einen Versuch unternahmen, Andhir zu befreien. Das hat erst Vater getan, und zwar zusammen mit den Prinzen von Eldwaal und Dardhul sowie der Erbin von Grynn. So hat es auch der heilige blaue Tempel in Edessin Dareh gesehen, sonst hätte er Vater nicht als König von Andhir in die blauen Stammtafeln eingetragen. Seranah hat damit auch kein Recht, sich in die Führung des Reiches einzumischen. An Vaters Stelle hätte ich sie schon längst abgesetzt.«

Da Rogon sich sichtlich aufregte, machte seine Schwester eine beschwichtigende Geste. »Vater kann die Oberpriesterin nicht einfach absetzen. Dafür hat sie zu viel Einfluss auf die gesamten Priesterinnen von Andhir und ist überdies beim blauen Tempel in der Handelsstadt hoch angesehen. Du solltest diese Tatsache akzeptieren und unseren Eltern das Auskommen mit der Priesterschaft nicht noch schwerer machen.«

Rhynn trat näher und legte ihrem Bruder die Hand auf die Schulter. »Wenn ich könnte, würde ich dich in die Handelsstadt mitnehmen, Ron. Aber Vater würde es nicht zulassen. Die Andhirhexen verlangen, dass der Erbe des Reiches in ihren Traditionen aufwächst.«

»Dann sollen sie doch Rhai als Königin nehmen! Die ist

nicht nur hier geboren, sondern auch andhirischer als die Andhirer selbst.«

Das Gesicht Rogons nahm jenen störrischen Zug an, der ihm als Einzigen in der Familie zu eigen war. Rhynn seufzte, denn in diesem Zustand war nicht mehr mit ihm zu reden. Während sie ihn betrachtete, wunderte sie sich darüber, wie sehr sie sich voneinander unterschieden. Während sie selbst der schlanken, hochgewachsenen Mutter nachgeriet, war Rogon für einen Wardan gerade mal von mittlerem Wuchs und damit fast einen Kopf kleiner als sie. Dazu wirkte er für sein Alter eher zurückgeblieben, und sie verstand, dass er vor einer Verlobung oder gar einer Heirat zurückscheute. Doch wenn ihre Sippe auf Dauer von den blauen Königs- und Fürstenhäusern akzeptiert werden wollte, war seine Heirat mit einer jungen Dame aus einer dieser Familien unabdingbar. Ihm dies klarzumachen, fühlte sie sich jedoch nicht in der Lage.

Stattdessen reichte sie ihm ein Päckchen. »Du hast mich bei meinem letzten Besuch gebeten, dir ein Buch über diese violette Totschlägerin Tirah von Mar zu besorgen. Ich habe etwas im violetten Sechstel von Edessin Dareh gefunden, das dir gefallen könnte. Es ist sogar ein Bild von ihr in dem Buch. Ich frage mich nur, was du an dieser Magierkriegerin findest?«

»Du hast ein Buch über Tirah?« Ron entriss seiner Schwester das Päckchen und öffnete es hastig. Als er das kunstvoll gemalte Bild auf der Umschlagseite sah, begriff er, dass Rhynn sehr tief in ihren Geldbeutel hatte greifen müssen, um dieses Werk zu erstehen.

Mit einem Lächeln, das sich völlig von der mürrischen Miene unterschied, die er eben noch zur Schau getragen hatte, bedankte er sich bei ihr. »Es ist wunderschön! Wie lieb von dir, dass du es mir geschenkt hast.«

»Ich wollte dir eine Freude machen und dich ein wenig über

deinen Ärger mit Seranah und den Andhirhexen hinwegtrösten«, antwortete Rhynn, um dann erneut die Frage zu stellen, was er an Tirah so Besonderes fände.

Rogon blätterte in dem Buch und fand sich erst nach einigen Augenblicken zur Antwort bereit. »Tirah war einst die Erbin von Mar. Doch sie hat auf die Krone zugunsten ihrer Schwester verzichtet, um die große magische Kriegerin der Linirias zu werden.«

»Das wäre wohl auch dein Traum, was?«, fragte Rhynn in gutmütigem Spott. »Aber wie die Prüfung durch Seranah und ihre Hexen ergeben hat, sind deine magischen Fähigkeiten viel zu gering, als dass sich die Ausbildung lohnte. Außerdem ist da noch das Zeichen der Göttin. Obwohl wir beide Zwillinge sind, bist du noch im alten Jahr geboren und ich erst im neuen.«

»Ich wollte, es wäre umgekehrt!«

Rhynn hob im gespielten Entsetzen die Hände. »Ilyna bewahre! Dann würden jetzt statt kichernder Hühner, die sich Prinzessinnen nennen dürfen, herausgeputzte Gecken den Palast überschwemmen, jeder einen halben Kopf kleiner als ich und darauf erpicht, mich als die Seine zu gewinnen, um Prinzgemahl von Andhir werden zu können.«

Bei dieser Vorstellung musste auch Rogon lachen. Seine Schwester war ein schönes Mädchen und klug wie kaum eine Zweite, hatte aber so gar nichts von einer Wardan an sich. Die Themen, die den jungen Damen wichtig waren, die nun zuhauf den Palast heimsuchten, langweilten sie. Auch bestand die Gefahr, dass ihr mitten in den religiösen Riten und Gebeten, auf die Seranah so viel Wert legte, einfallen konnte, etwas anderes zu erledigen, das ihrer Ansicht nach dringend getan werden musste.

Man merkte seiner Zwillingsschwester allzu deutlich an,

dass sie bei den Großeltern in Edessin Dareh aufgewachsen war. Hannez und Marfa gehörten nicht zu den Leuten, die für den blauen Tempel arbeiteten, sondern waren Händler, die Güter an fernen Orten einkauften und zu anderen Orten bringen ließen. Der Begriff Handelsstadt, den Rhynn für Edessin Dareh verwendete, zeugte vom wachsenden Selbstbewusstsein dieser Kaufleute, die sich schon lange gegen den Herrschaftsanspruch der Priesterschaft zur Wehr setzten und dabei etliche Erfolge aufzuweisen hatten. Da die Handelsherren alle Güter einschließlich der Tempelabgaben in die Heilige Stadt brachten, waren die Priester im Grunde von ihnen abhängig.

»Also, was ist? Kommst du mit nach unten?«, fragte Rhynn, der Rogons Schweigen zu lange dauerte.

Ihr Bruder legte das Buch mit einem Ausdruck des Bedauerns weg. »Ich werde der Pflicht gehorchen. Aber nur bis zum Abend! Dann möchte ich in dem Buch lesen.«

Um Rhynns Lippen zuckte es verdächtig. »Ich glaube nicht, dass du das schaffst. Seranah hat Vater dazu gebracht, einen Ball zu veranstalten. Da wird dir nichts anderes übrigbleiben, als deine möglichen Bräute nacheinander aufs Parkett zu führen!«

»Der Tenelin soll sie alle holen! Und Seranah als Erste!«, knurrte Rogon und brachte seine Schwester damit zum Lachen.

❊ ❊ ❊

Zu der Zeit, in der Prinz Rogon seiner Schwester folgte und dabei die Umstände verfluchte, denen er unterworfen war, legte eine knappe Tagesreise entfernt ein Flussboot im Hafen von Andhirlion an. Die Passagiere, die zumeist der oberen Gesellschaftsschicht angehörten, drängten hastig zum Steg, um ans Ufer zu gelangen.

Nur eine einzige Frau ließ sich Zeit. Sie trug einen weiten, sanft violett schimmernden Kapuzenumhang und musterte die Leute, die auf das Schiff gewartet hatten. Rasch entdeckte sie den Mann, den sie hier treffen wollte, und lächelte zufrieden, als sie bemerkte, wie er die weiblichen Passagiere nacheinander anschaute, ohne dass er sie erkannte. Wie es aussah, hatte sie sich gut getarnt.

Sie betrat als eine der Letzten den Steg, der das Flussboot mit dem Kai verband, und ging an Land. Noch immer suchte der Mann nach ihr. In seiner violetten Heilerkutte und der Tasche mit seinen Instrumenten und Arzneien, die an einem Riemen an seiner Seite hing, war er im Gegensatz zu ihr nicht zu verkennen. Wie zufällig blieb Sirrin neben dem Mann stehen und tippte ihn an.

Im nächsten Moment weiteten sich seine Augen, und er wollte sich verbeugen. Sirrin hielt ihn jedoch fest. »Lass diesen Unsinn, Sung! Niemand darf wissen, dass ich hier bin.«

Der Heiler vernahm ihre Stimme nur im Kopf und nickte unwillkürlich. Ihre Mission war heikel und konnte, wenn sie misslang, einen Rattenschwanz an Problemen nach sich ziehen.

»Es geschieht so, wie Ihr es bestimmt, Herrin«, antwortete er ebenso lautlos wie sie.

»Sei vorsichtig und sprich nur mit mir, wenn wir uns berühren. Es gibt auch andere, die Stimmen hören können, die scheinbar aus dem Nichts kommen«, warnte die violette Evari ihren Helfer und sah sich dann erstaunt um.

»Hier hat sich ja einiges verändert! Als ich das letzte Mal hier war, gab es an dieser Stelle nur ein Dorf mit zwei Schenken für die Flussschiffer. Aber jetzt hat sich das Nest in eine ansehnliche Stadt verwandelt.«

»Das liegt an dem neuen König von Andhir. Er hat Andhirlion sofort nach seiner Thronbesteigung befestigen und ausbauen lassen, um die Freistädter daran zu hindern, sich auch hier festzusetzen«, erklärte Sung.

»Ach ja, der neue König! Der Mann interessiert mich. Wir werden über ihn sprechen, wenn wir in die Berge steigen, um zur Hauptstadt zu gelangen.«

Sirrin wollte dem Hafen den Rücken zukehren, doch Sung hielt sie auf und zeigte auf eine Gruppe von Tragtieren, die am Rand des Hafenplatzes standen und deren Besitzer eben mit den Reisemarschällen mehrerer Damen aus blauen Reichen verhandelten.

»Auch das hat sich unter dem neuen König geändert. Man kann sich einen Wakan als Reittier mieten oder gleich eine Sänfte.«

»Nun, eine Sänfte wäre gerade das Richtige für uns zwei, um uns in Ruhe unterhalten zu können.« Sirrin näherte sich den Wakans und wunderte sich noch mehr. Diese mit Pferden verwandten Tiere galten als so störrisch, dass in den meisten Reichen darauf verzichtet wurde, sie zu halten, obwohl sie in den Bergen ebenso trittsicher waren wie Gemsen. Die Viecher, die sie hier sah, wirkten jedoch völlig zahm. Eines knabberte sogar spielerisch an der Hand seines Herrn.

Obwohl sie ihre Kräfte verbergen wollte, prüfte die Evari kurz die Wakan-Führer und stieß einen kaum hörbaren Pfiff aus. Die sechs Männer und fünf Frauen besaßen ausnahmslos die Anlagen und die Grundausbildung zum Tierbeeinflusser. Noch mehr überraschte es sie, dass nur gut die Hälfte von ihnen blaue Wardan waren, während bei den anderen violettes Blut in den Adern floss. Auch das war etwas, das Sung ihr erklären musste. Ebenso neugierig war die Evari, weshalb ein halbes Dutzend Wardan-Damen mit dem gleichen Flussboot wie sie den Fraar vom Großen Strom bis hierher hochgefahren waren und nun den Worten ihrer Reisemarschälle zufolge der Hauptstadt Andhirrah zustrebten.

Da diese Leute sich vor ihnen um Wakans bemüht hatten, mussten Sirrin und Sung warten, bis die meisten Tiere vermietet worden und die Damen und Herren entweder in die Sättel oder Sänften gestiegen waren. Zuletzt blieb nur noch eine junge Frau mit vier Tieren zurück, die eine Doppelsänfte trugen. Da es genau das war, was Sirrin wünschte, verhandelte sie mit der Wakan-Führerin, die mit Sicherheit einen Tivenga-Elternteil besaß, und akzeptierte schließlich den hohen Preis, den diese für die etwa einen Tag dauernde Reise zur Hauptstadt verlangte.

Kaum saßen Sirrin und Sung in der Sänfte, wob die Evari einen Zauber um sie beide, der sie völlig von der Welt abschloss.

»Jetzt berichte!«, forderte sie den Heiler auf.

Sung sah einen Moment so aus, als habe er ein schlechtes Gewissen, und seine Worte klangen wie eine Entschuldigung. »Ich habe sehr lange suchen müssen, bis ich jemanden gefunden habe, der unseren Ansprüchen genügt. Drei Mädchen und ein Junge hatten zwar die Anlagen, die wir für unseren Zweck benötigen, aber sie erschienen mir zu schwach, um die Zeremonie durchzustehen.«

»Dann war es besser, auf sie zu verzichten, denn wir können uns keinen zweiten Fehlschlag leisten«, antwortete Sirrin schaudernd. »Die letzte Kandidatin, die du gefunden hast, ist während der Zeremonie gestorben, und um ein Haar wäre Tirah ebenfalls dabei umgekommen. Ich konnte sie im letzten Moment wieder in magischen Schlaf versenken. Dabei hätten wir sie im Südkrieg so dringend gebraucht. Ihr wären die violetten Reiche gemeinsam in den Kampf gefolgt. So aber hat jedes violette Land im Süden auf eigene Faust Krieg gegen die

Eindringlinge geführt. Die, die übrig geblieben sind, lecken sich auch heute noch die tiefen Wunden, die ihnen die verlorenen Schlachten beigebracht haben.«

Sung lächelte beruhigend. »Der Junge, den ich ausgewählt habe, ist kräftig genug, um die Sache durchzustehen. Es mag sein, dass er die Zeremonie nicht lange überlebt oder den Verstand verliert, doch er kann Tirah zum Leben erwecken.«

»Ich will es hoffen. Wer ist es?«

»Der Sohn des Königs und Thronerbe von Andhir«, erklärte Sung leise.

Sirrin starrte ihren Helfer ungläubig an. »Große Göttin! Ein Blauer und noch dazu von hohem Adel? Willst du Feindschaft zwischen den Völkern der Ilyna und der Linirias sähen?«

»Es darf natürlich nicht ans Tageslicht kommen! Außerdem ist es nicht so gefährlich, wie Ihr denkt, Herrin. Der Prinz besitzt noch zwei Schwestern, die an seiner Stelle den Thron besteigen können. Um es offen zu sagen, den Priesterinnen von Andhir wäre es sogar recht, wenn Prinzessin Rhai, die jüngste Tochter des Königspaares, ihrem Vater auf den Thron folgen würde. Sie mögen den Prinzen nicht.«

Sung bemerkte eine gewisse Beklommenheit in Sirrins Gesicht und versuchte, ihre Zweifel zu zerstreuen. Lang und breit erklärte er ihr, dass Rhai in Andhir geboren worden war, als ihr Vater bereits König war, während Rogon als Knabe hierhergekommen und im Grunde nie in Andhir heimisch geworden war.

»Daran sind natürlich auch die Priesterinnen schuld, die ihn wegen seines Aussehens ablehnen«, fuhr Sung fort. »Sie halten ihn magisch für eine taube Nuss und sprechen ihm daher das Königsheil ab, das in ihren Augen unabdingbar ist.«

»Wenn er eine taube Nuss ist, weshalb ist er dann in deinen Augen für unsere Zwecke geeignet?«, fragte Sirrin verärgert, denn sie wollte den weiten Weg nach Andhir nicht unternommen haben, um ohne Ergebnis wieder abreisen zu müssen.

Sung hob beschwichtigend beide Hände. »Ich habe ihn geprüft, Herrin. Er mag nicht die Fähigkeiten besitzen, die hier in Andhir geschätzt werden. Aber mein Stein zeigt, dass er die innere Stärke und die Gabe hat, Tirah die nötige Lebenskraft zu schenken.«

»Ich würde dich am liebsten beauftragen weiterzusuchen, aber uns bleibt nicht mehr viel Zeit für den letzten Versuch, sie zu erwecken. Also dürfte Rogars Sohn unsere einzige Chance sein. Wenn es diesmal schiefgeht, verlieren wir Tirah endgültig.« Sirrin machte eine heftige Handbewegung, so als wolle sie die düsteren Gedanken, die sie quälten, verscheuchen, und prüfte ihre Umgebung mit ihren magischen Sinnen.

»Weshalb kommen eigentlich so viele hochrangige Leute aus den blauen Wardan-Reichen in dieses abgelegene Land?«

Sung sah sie verdutzt an. »Das wisst Ihr nicht? König Rogar ist vom blauen Synod von Edessin Dareh und dem Rat der blauen Herrscherinnen und Herrscher zum obersten Feldherrn aller blauen Reiche ernannt worden. Die höchste Priesterin der Heiligen Stadt wird ihm das Blaue Banner persönlich überreichen.«

»Und deshalb kommen so viele Damen nach Andhir und bringen ihr junges Gemüse mit?«

»Wenn Ihr mit jungem Gemüse die heiratsfähigen Mädchen aus fürstlichen und königlichen Familien meint, so ist das leicht zu erklären. Prinz Rogon hat vor wenigen Monaten seinen achtzehnten Geburtstag gefeiert, und die Priesterinnen von Andhir fordern, dass er vor seinem nächsten Geburtstag mit einer Prinzessin verlobt oder besser sogar verheiratet sein muss, die mit der alten Königsdynastie von Andhir verwandt ist.«

Sung schüttelte ein wenig den Kopf über seine Herrin, die sich so wenig über die blauen Reiche der Dämmerlande informiert hatte. Allerdings war in letzter Zeit zu viel geschehen, das ihre Aufmerksamkeit erfordert hatte.

Auch die violette Evari hatte versucht, den Fluch von Rhyallun zu brechen, weil die Todeszone jeden Versuch im Keim erstickte, die an die grünen Reiche verlorenen Gebiete im Süden auf dem Landweg zu befreien. Aber sie war an dieser Aufgabe ebenso gescheitert wie der schwarze Evari Tharon.

»Was ist das eigentlich für ein König, der der oberste Feldherr der Blauen werden soll?«, fragte Sirrin weiter.

»Rogar Bonveral ist ein berühmter Kriegsheld und das nicht nur in diesen Landen. Vielleicht kennt Ihr ihn unter seinem Kriegsnamen a'Terell.«

»Der Anführer der Wolfssöldner!« Jetzt begriff Sirrin auch die Tierbändiger, die mit den Wakans zurechtkamen. Rogar a'Terell, aber auch dessen Vater Hannez Bonveral hatten den Wert magisch begabter Krieger und Trossknechte erkannt und waren dadurch zu erfolgreichen Anführern aufgestiegen.

»Vor etwa zwanzig Jahren hat der damalige König von Fraarin einen Hort mit alten Kriegsartefakten entdeckt und begonnen, seine Nachbarländer damit zu überfallen. Mit seinen magischen Waffen ist ihm der Sieg beinahe in den Schoß gefallen. Doch einige Anführer haben ihm heftigen Widerstand geleistet, darunter Prinz Dschon aus einem Seitenzweig der Herrschersippe von Dardhul. Dieser war ein Freund von a'Terell und hat ihn um Hilfe gebeten. Gemeinsam ist es ihnen gelungen, Timkhor von Fraarin zu besiegen und die eroberten Länder zu befreien. Da deren Herrscher nicht das Geld besaßen, um Rogar a'Terell für seine Unterstützung zu bezahlen, haben sie ihm das Fürstentum Andhir überlassen und sich beim blauen Synod von Edessin Dareh dafür eingesetzt, dass

Rogar in die blaue Stammtafel eingetragen und Andhir zum Königreich erhoben wird.«

»Das ist sehr ungewöhnlich! Gab es denn niemand mehr aus der alten Herrschersippe, der Anspruch erhoben hätte?«, fragte Sirrin.

Der Heiler schüttelte den Kopf. »Der Hauptzweig war erloschen, und nur eine Familie war noch nahe genug am Thron, um in Frage zu kommen. Doch auf diese Leute hat die Sechs-Jahre-Regel zugetroffen. Andhir war weitaus länger von Fraarin besetzt, und die Familie hatte im Exil gelebt, ohne von dort die Rückgewinnung ihrer Heimat zu betreiben. Nun entstammt die Oberpriesterin von Andhir diesem Zweig der einstigen Fürstenfamilie.«

Sirrin lachte leise auf. »Und ist damit eine Laus im Pelz des Königs! Du sagst doch, dass die Priesterschaft dessen Erben ablehnt.«

»Seranah überlässt dem König die Regierung über das Land, was Andhir auch gut bekommt, denn Rogar ist ein fähiger Herrscher. Dafür aber fordert sie, dass der Prinz nach ihrem Willen verheiratet wird. Aber sie wagt es nicht zu verlangen, ihn von der Thronfolge auszuschließen, weil er im Zeichen der Göttin steht.«

»Wie dieses?«, wollte Sirrin wissen.

»Prinz Rogon und Prinzessin Rhynn sind Zwillinge und doch ein Jahr auseinander.«

»Du sprichst in Rätseln, Sung, und das liebe ich nicht.«

»Prinz Rogon wurde am Abend des letzten Tages des Jahres geboren, seine Schwester aber erst zwei Stunden nach Mitternacht. Es ist ein Zeichen der Göttin, und das kann die Oberpriesterin nicht leugnen.«

Erneut stiegen Zweifel in Sirrin auf. »Damit wäre er ein Auserwählter Ilynas! Ihn zu entführen und einem für ihn vielleicht tödlichen Ritual zu unterziehen, könnte sogar mir einigen Ärger einbringen.«

Sung lachte hart auf. »Wahrscheinlich hat er eine größere Chance, in Tirahs Tempel zu überleben als im Palast von Andhir! Einige Priesterinnen favorisieren die Möglichkeit, Rogon zu beseitigen und Prinzessin Rhai an seiner Stelle einzusetzen. Wie Ihr seht, können wir Rogon durchaus für unsere Zwecke verwenden. Ob er stirbt, weil Tirah durch ihn zum Leben erweckt wird, oder ob er sinnlos ermordet wird, ist für mich ein himmelweiter Unterschied.«

»Für mich auch«, sagte Sirrin und war gespannt darauf, den Prinzen von Andhir selbst einschätzen zu können.

❊ ❊ ❊

Sirrin hatte sich bisher kaum für Andhir interessiert und sich gewundert, dass ihr Späher Sung sie ausgerechnet in dieses abgelegene Reich gerufen hatte. Allerdings gab es in schwer zugänglichen Bergtälern wie hier mehr Menschen mit magischen Fähigkeiten als im Rest der Dämmerlande. Zudem entstammte König Rogar a'Terell nach allem, was Sung ihr berichtet hatte, der früher einmal bedeutenden, mittlerweile aber völlig einflusslosen Sippe der Bonveral, und seine Königin sollte sogar eine frühere Sklavin sein. Also sprach für Rogar nur sein Geschick im Krieg, das sich die blauen Königreiche der Wardan zunutze machen wollten. Unter den Umständen stellte sein Sohn nur eine Spielfigur dar, die nach dem Willen anderer bewegt wurde.

Obwohl Sirrin glaubte, vorgewarnt zu sein, was die Königsfamilie betraf, war der Anblick dieser Menschen für sie ein Schock. Man hatte ihr, da sie als violette Dame aus einem befreundeten Reich auftrat, in Andhirrah ebenso Obdach geboten wie den anderen weiblichen Gästen und sie zusammen mit diesen in den Audienzsaal gebeten. Jetzt stand sie in einer langen Reihe von in Blau gekleideten Damen und wartete darauf, vor die Königsfamilie treten zu können. Sie nutzte die Zeit, um sich die einzelnen Familienmitglieder genauer anzuschauen.

Der König hatte die normale Größe eines Wardan, besaß aber breitere Schultern und einen kantigeren Kopf. Also musste Kharimdh-Blut in seinen Adern fließen. Auch sein überraschend starkes, magisches Blau wies darauf hin. Auf jeden Fall war Rogar von Andhir ein harter Mann, den sie ungern auf der Seite ihrer Feinde gesehen hätte.

Beim Anblick der Königin hingegen schauderte es sie. Jannah überragte jede Frau im Raum um mehr als Haupteslänge, besaß aber nicht die rundlichen Züge einer Wardan oder Tawalerin, sondern das länglich-ovale Gesicht einer Malvenon. Auch die hellen Augen wiesen darauf hin, dass sie von jenseits des Großen Stromes stammte. Zu Sirrins Verwunderung war die magische Farbe der Königin jedoch ein sanftes Blau. Also musste sie schon als kleines Kind nach Osten gebracht worden sein und war mit Sicherheit nicht oder nur schwach magisch.

Die Ältere der beiden Töchter entsprach mehr der Mutter als dem Vater und sollte, wie Sirrin dem Getuschel um sich herum entnahm, nicht in Andhir, sondern in Edessin Dareh leben. Allerdings diente sie nicht, wie es sich für eine junge Dame ihres Standes geziemte, als Priesterin im blauen Tempel, sondern hielt sich bei ihren Großeltern auf, die es als Händler zu beträchtlichem Reichtum gebracht haben sollten.

Im Gegensatz zu ihr entsprach die jüngere Tochter ganz dem Bild eines Wardan-Mädchens mit dunkelblauen Augen, langen Haaren, die nur wenig nachgefärbt werden mussten, um richtig blau zu strahlen, und einem weichen, rundlichen Gesicht. Trotz ihrer Jugend trug Rhai bereits die Tracht einer Priesterin, die sich in ihrer Schlichtheit von den weiten Röcken und engen Miedern der weltlichen Damen unterschied.

Den Prinzen bekam Sirrin zunächst nicht zu Gesicht. Dafür spürte sie den Ärger der Oberpriesterin, die seitlich hinter dem Thron stand und die Fäuste ballte, weil Prinz Rogon es wagte, der Begrüßung der neuen Gäste fernzubleiben. Zuletzt schickte Seranah sogar eine ihrer Untergebenen los, um ihn zu suchen.

Die Frau wollte den Saal gerade verlassen, da tauchte der Vermisste auf. Er trug, wie es bei vornehmen Wardan Sitte war, Kniehosen, Seidenstrümpfe und einem knielangen Rock. Sein Haar war dunkelblond, und sein Gesicht wirkte noch weich und unfertig. Sirrin schüttelte den Kopf bei der Vorstellung, dass er der Älteste der Geschwister sein sollte, denn sie hätte ihn um mindestens zwei Jahre jünger geschätzt als seine Zwillingsschwester. Außerdem war er das magisch schwächste Mitglied der Familie. Sirrins Blick suchte Sung, der sich im Hintergrund hielt und so aussah, als warte er, bis seine Dienste als Heiler benötigt wurden. Wie konnte er es wagen, ihr diesen Knaben als denjenigen zu nennen, durch dessen besondere Kräfte Tirah wieder zum Leben erweckt konnte?, fragte sie sich voller Zorn.

In dem Augenblick drehte Rogon seinen Kopf, und Sirrin blickte direkt in seine Augen. Diese waren silbern, und es glänzten sogar winzige Sterne darin, wie sie nur die weißen Spitzohren des Westens besaßen.

Diese Tatsache traf die Evari wie ein Schlag. Der Erbprinz von Andhir entstammte von Mutterseite her den Dämonen des Westens! Rasch musterte sie Jannah und deren Töchter und wunderte sich nicht, dass die Königin, aber auch Rhynn

Frisuren bevorzugten, die ihre Ohren bedeckten. Rogon tat dies nicht, und sie bemerkte bei ihm die leichten Spitzen, die Eirunmischlinge noch Generationen lang besaßen.

Doch was war mit den besonderen Kräften des jungen Mannes?, fragte Sirrin sich und griff mit ihren magischen Fühlern zu, um den Prinzen genauer zu überprüfen.

Im selben Augenblick schüttelte Rogon unwirsch den Kopf, und sein Blick wanderte in ihre Richtung. Sirrin spürte das Aufwallen unstrukturierter Magie, beendete rasch ihre Prüfung und wich hinter einige andere Damen zurück. Da sie es nicht darauf ankommen lassen wollte, dem Prinzen Aug in Aug gegenüberzustehen, gab sie Sung ein Zeichen, mit ihr zu kommen, und verließ leise den Audienzsaal.

Draußen atmete sie tief ein und schalt sich eine Närrin, weil sie dem ersten Eindruck folgend keine Vorsicht hatte walten lassen. Sie hätte sich auf Sung verlassen müssen. Wenn der Heiler sagte, der junge Bursche wäre der Richtige, dann stimmte das auch.

Noch ein wenig erschrocken, aber auch voll neuer Hoffnung zog sie sich in einen einsamen Winkel der Burg zurück und erzeugte einen magischen Schirm, der es ihr möglich machte, unbeobachtet mit Sung sprechen zu können.

»Und? Was sagt Ihr zu Prinz Rogon, Herrin?«, fragte der Heiler erwartungsvoll.

Sirrin nahm den Kristall in die Hand, mit dem ihr Späher den Prinzen geprüft hatte, und fragte: »Was hat Rogon damals gemacht, als du vor ihm gestanden bist?«

»Nun, er war zuerst sehr höflich, wurde dann aber auf einmal arg unfreundlich, und ich befürchtete schon, er würde mich aus dem Palast weisen lassen«, erklärte der Heiler.

»Das dachte ich mir! Der Bursche schirmt seine magischen Kräfte instinktiv selbst ab. Obwohl das eine sehr seltene Gabe ist, hätten die Priesterinnen von Andhir sie erkennen müssen. Eine violette Priesterin, die das versäumt hätte, würde ich dazu verurteilen, als niedrigste Magd im Tempel die Räumlichkeiten der Pilger und deren Abtritte zu reinigen.«

Sirrin dachte an die Dämonenaugen des Prinzen. »Wie es aussieht, besitzt der Junge Ahnen unterschiedlichster Blutlinien, unter denen sogar Violette sein könnten.«

»Ihr glaubt also auch, dass er für unsere Zwecke geeignet ist, Herrin?«, fragte Sung.

Einen Moment erwog Sirrin, der violetten Abstammung des jungen Mannes nachzuspüren, dann aber winkte sie energisch ab. Es galt, Tirah wieder zum Leben zu erwecken. Nichts anderes zählte. Außerdem machte es ihr eine mögliche violettmagische Abkunft des Prinzen leichter, ihn für ihre Zwecke zu verwenden. Zumindest hatte sie damit nicht ganz das Gefühl, einen Blauen zu opfern. Viel stärker aber wog, dass in seinen Adern das Blut der Eirun des Westens floss, und es kam ihr wie ein Triumph vor, dass ein Nachkomme dieses verhassten Volkes der Schlüssel sein würde, deren erbittertste Feindin wieder ins Leben zurückzurufen.

❊ ❊ ❊

Rogon schüttelte sich innerlich, denn er fühlte sich, als hätte ihn eben eine glühende Wolke gestreift. So ähnlich war es ihm vor einigen Wochen bei einem Heiler namens Sung ergangen. Dabei hatte der Mann nur nachsehen wollen, wie es um seine Gesundheit stand. Nun glaubte er, eine violett strahlende Gestalt wahrzunehmen, von der diese Wolke ausging. Als er genauer hinsah, eilte die Person gerade dem Ausgang zu. Er wäre ihr am liebsten gefolgt, doch da tauchte die Oberpriesterin auf und stellte ihm das nächste Mädchen vor.

»Ihre Königliche Hoheit, Prinzessin Dalarianah von Pilltark!«

Ein hübsches, für eine Wardan recht groß gewachsenes Mädchen verbeugte sich vor Rogon, und für Augenblicke erfasste ihn Ehrfurcht, denn ihr Gesicht wies das geheimnisvolle blaue Muster auf, das auf eine Abkunft von den Magierinnen und Gestaltwandlern des Blauen Landes hindeutete. Dann aber roch er die gleiche blaue Farbe an ihr, die seine kleine Schwester verwendete, um ihre Haare noch blauer zu färben, und verzog angewidert den Mund.

Die Frauen und Männer der Pilltarker Herrscherfamilie waren berühmt für die blauen Linien in ihrem Gesicht. Da Dalarianah diesen mit Farbe nachhelfen musste, zählte sie wahrscheinlich zu einem Seitenzweig, der sich bereits mehrere Generationen lang nicht mehr mit Menschen magischer Abkunft vermischt hatte.

Um Rogons Lippen erschien ein abweisender Zug. Wie Dalarianah entstammten die meisten jungen Damen, die sich hier eingefunden hatten, unbedeutenden Seitenzweigen der herrschenden Häuser. Nur eine Einzige war die Schwester einer regierenden Fürstin, und bei dieser handelte es sich um den blauen Fehlschlag in einer violetten Familie. Es war, als wollten die hohen Herrschaften zeigen, was sie von dem aus dem Nichts emporgekommenen König von Andhir und dessen Sohn hielten. Und doch musste sein Vater ihnen dankbar sein, dass sie überhaupt bereit waren, eine Verwandte für eine mögliche Verbindung zu opfern.

Obwohl Rogon sich über den Hochmut der blauen Herrscherfamilien ärgerte, wusste er ganz genau, dass auch das Angebot einer echten Königstochter nicht das Geringste an seiner Situation geändert hätte. Er hatte einfach keine Lust, den Rest seines Lebens mit einer Frau zu verbringen, von der er bereits am Morgen wusste, was sie am Abend sagen würde, und die sich zudem vor seinen Dämonenaugen fürchtete. Kein einziges der Mädchen hatte es bis jetzt gewagt, ihm länger als einen kurzen Moment ins Gesicht zu sehen. Selbst wenn er sie auf Seranahs Wunsch hin zum Tanz führte, starrten sie an seiner Schulter vorbei ins Leere.

»Ihre fürstliche Hoheit, Prinzessin Elessandrinah von Ilynevhor!« Die Oberpriesterin Seranah blieb unerbittlich. Wenn es Ilynas Wille war, dass dieser junge Mann einmal den Thron Andhirs einnehmen sollte, dann hatte dies zu ihren Bedingungen zu geschehen, und das hieß für ihn, eine Prinzessin zu erwählen, die mit der alten Dynastie von Andhir möglichst nahe verwandt war.

Für Rogon wurde der Empfang zur Qual. Sollte er für immer Seranahs Atem im Nacken spüren und tun müssen, was sie für richtig hielt? Es gelang ihm gerade noch, bei jeder der jungen Damen, die sie ihm vorstellte, ein »Angenehm!« zu lügen. In seinen Gedanken wünschte er sich weit fort in ein Land, in dem er selbst bestimmen konnte, was er tun oder lassen wollte.

Mehr denn je beneidete er Menschen wie Tirah, die sich nicht endlosen Zeremonien unterwerfen mussten und doch weitaus mehr geachtet wurden als der König eines kleinen Wardan-Landes. Sein Vater zählte ebenfalls zu jenen, die sich ihren Ruf selbst geschaffen hatten, und aus diesem Grund machten die blauen Reiche ihn zu ihrem obersten Feldherrn im Krieg.

Viel lieber, als hier das Opfer auf dem Altar der Machtgelüste einer Priesterin abzugeben, wäre Rogon an der Spitze der Wolfssöldner aufgebrochen, um die verlorenen Lande im Süden von der grünen Pest zu befreien. Doch das würde für immer ein Wunschtraum bleiben. Sein Leben bot nichts Aufregenderes mehr, als Prinzessinnen wie Elessandrinah zum Tanz zu führen.

In seine Gedanken verstrickt, bemerkte Rogon kaum mehr die Gäste, die ihm weiter vorgestellt wurden. Er machte jedoch seinen Diener und murmelte ein »Angenehm!«.

Innerlich aber sehnte er ein Ende dieses Trauerspiels herbei, doch das kam erst in Sicht, als die letzten Reisemarschälle, Matronen und jungen Damen vor der königlichen Familie erschienen waren.

Schließlich wurde Rogon von seinem Vater erlöst. »Du solltest dich ein wenig zurückziehen und ausruhen, mein Sohn, damit du heute Abend beim Tanz nicht zu erschöpft bist!«

In Wahrheit sorgte König Rogar sich, sein Sohn könnte, wenn er zu verärgert war, die Gäste mit absichtlich schlechtem Benehmen brüskieren. Doch für die Launen eines Jünglings war die Angelegenheit zu ernst. Jenseits des Großen Stromes vereinigte Revolh, der König von Orelat, die Nachbarländer unter seiner Herrschaft. Nun fürchteten die meisten der blauen, aber auch der violetten Wardan im nördlichen Teil der roten Seite, der Orelater, der zu den Anhängern des weißen Gottes Meandir gehörte, könnte seine gierigen Blicke schließlich nach Osten richten, um es den grünen Reichen tief im Süden nachzutun.

Ich muss mit Rogon sprechen, dachte der König, als sein Sohn sich mit einer knappen Verbeugung verabschiedete. Gerade in dieser Zeit war es wichtig, dass sich die Wardan einig waren. Nur die Angst vor den Reichen im Westen ermöglichte seinem Sohn eine Verbindung mit den ältesten und angesehensten Herrscherhäusern. Das war für einen Bonveral mehr, als er jemals zu hoffen gewagt hatte.

Eine Berührung am Arm ließ König Rogar aufschauen, und er sah den fragenden Blick seiner Frau auf sich gerichtet. »Ärgerst du dich über Rogon?«

Der König schüttelte mit einem unechten Lachen den Kopf. »Wie kommst du auf diesen Gedanken, Jannah? Ich bin im Gegenteil froh, dass er sich bis jetzt so manierlich benimmt. Wir sollten ihm aber nicht zu viel zumuten, sonst bricht sein Kharimdh-Erbe durch. Du willst doch gewiss nicht, dass es von unserem Sohn heißt, er sei genauso knurrig wie ein Angehöriger jenes sagenhaften Volkes unter dem Berg?«

»Natürlich nicht! Ich hoffe nur, er trifft die richtige Wahl. Wenn ich die jungen Damen so betrachte, könnte er seine Braut genauso gut durch ein Los ziehen.« Jannah lachte dabei hell auf und irritierte einige Damen in ihrer Umgebung.

Rogar hingegen verstand, was seine Frau meinte, und wollte nicht mit seinem Sohn tauschen.

* * *

Rogon hatte sich das Buch über die Magierkriegerin Tirah geholt und sich in den Garten zurückgezogen, da es oben im Turm bereits zu dunkel zum Lesen wurde. Die Berichte über Tirahs Taten erinnerten ihn an die violett leuchtende Dame, und er fragte sich, wer sie gewesen sein mochte. Vielleicht konnte ihm der Heiler, der seit einigen Wochen in Andhirrah weilte und seine Kunst ausübte, etwas über sie berichten.

Als er aufstehen und Sung suchen wollte, sah er diesen am anderen Ende des Gartens stehen. Er winkte ihn zu sich und atmete auf, als der Heiler mit raschen Schritten näher kam.

»Eure Königliche Hoheit wünschen?«

Sung fühlte sich nicht sonderlich wohl in seiner Haut, denn er hatte von seiner Herrin den Auftrag erhalten, den jungen Mann unter allen Umständen zu jenem geheimen Ort zu bringen, an dem Tirah im magischen Schlaf ruhte.

Die Evari war bereits wieder abgereist, um nicht durch

einen Zufall erkannt zu werden. Zudem war ihr das erkorene Opfer unheimlich. In Rogon floss das Blut von Wesen beiderseits des Stromes, und so mochte er Kräfte besitzen, die er nicht mehr beherrschen würde, sobald sie erwacht waren.

Rogon spürte die innere Unsicherheit des Heilers, ging aber nicht darauf ein, sondern fragte ihn nach der violetten Dame.

Für Sung kam das unerwartet, denn er selbst hatte Sirrins Anwesenheit magisch nicht gespürt. Allerdings hatte sie den Prinzen geprüft und mochte ihm dabei aufgefallen sein. Dies hieß für ihn, sehr vorsichtig mit Rogon umzugehen und nur dann zu lügen, wenn es unabdingbar war.

»Meint Ihr die junge Dame aus Lin'Whiran, Königliche Hoheit? Bei dieser handelt es sich um einen blauen Fehlschlag innerhalb der Königsfamilie, die man deshalb gerne mit einem blauen Prinzen verheiraten würde. Von der Abstammung her steht sie am höchsten von allen möglichen Bräuten, ist sie doch die Schwester der regierenden Herrscherin.«

Nur mit Mühe gelang es Rogon, sich an das Aussehen dieser Prinzessin zu erinnern, und er schüttelte den Kopf. »Die meine ich nicht! Es war eine strahlend violette Frau anwesend. Ich habe sie deutlich gespürt!«

»Ihr habt eine violette Dame gespürt? Dann müsst Ihr aber magisch sehr gut ausgebildet sein. Ich habe nichts dergleichen wahrgenommen.« Sung zwang sich ein Lächeln auf. Immerhin hatte er nicht gelogen, denn ihm war es nicht gelungen, Sirrins Abschirmung zu durchdringen.

Für Rogon waren die Worte des Heilers ein kalter Guss. Zu oft hatte er von Seranah und den anderen Priesterinnen gehört, dass er magisch taub sei. Wenn schon ein Mann wie Sung die Frau nicht bemerkt hatte, hatte er sich diese Begegnung gewiss nur eingebildet.

Er wollte Sung bereits sagen, er solle sich entfernen, damit er wieder in seinem Buch lesen konnte, als der Heiler auf das Bild zeigte und ihn verwundert anschaute. »Ihr interessiert Euch für die größte Heldin unserer Farbe, Königliche Hoheit?«

»Ich finde ihr Leben recht interessant. Sie hat die Krone, auf die sie Anspruch hatte, aufgegeben, um allen Völkern ihrer Farbe zu dienen.«

Das würde ich auch gerne tun, setzte Rogon in Gedanken hinzu. Doch als magisch taube Nuss hatte er kein Anrecht darauf, der verlängerte Arm der Evaris seiner Farbe zu werden.

Sung nutzte die Gelegenheit, die Rogons Antwort ihm bot, und legte sich schnell eine Strategie zurecht. Für ihn war es ein Segen, dass der junge Mann sich so stark für Tirah interessierte, denn damit konnte er Rogon wahrscheinlich ködern. Nun musste er dem Prinzen nur noch einen handfesten Grund liefern, dem Trauerspiel am Hof den Rücken zu kehren.

In dem Augenblick erinnerte Sung sich daran, gesehen zu haben, wie Elessandrinah von Ilynevhor und deren Mutter eine der zwischen Büschen versteckten Lauben betreten hatten. Rasch konzentrierte er sich auf die beiden und vermochte mittels seiner magischen Sinne einzelne Wortfetzen aufzufangen. Ein Lächeln erschien auf seinem Gesicht, das jedoch mehr Verachtung als Heiterkeit verriet.

»Königliche Hoheit, darf ich eine Bitte äußern?«

»Warum nicht?«, antwortete Rogon in einem Ton, der deutlich anzeigte, dass ihm der Heiler allmählich lästig wurde.

»Würdet Ihr ein Stück mit mir kommen?«

Obwohl Rogon keinen Sinn darin sah, stand er auf und folgte Sung. Dieser bedeutete ihm, leise zu sein, und wies dann mit dem Kinn auf die von dunkelblauen Blättern und hellblauen Blüten geschützte Laube.

»Jetzt lauscht!«

Dies tat Rogon und zuckte zusammen. Man sprach über ihn, und was er vernahm, bestätigte seine finstersten Vermutungen.

»Ich denke nicht daran, diesen Kretin zu heiraten!«, stieß Elessandrinah eben leidenschaftlich aus.

»Doch, das wirst du!«, antwortete die Mutter. »Seranah hat mir versprochen, diese Heirat voranzutreiben. Immerhin sind wir die nächsten Verwandten der alten andhirischen Fürstenfamilie. Der Thron steht uns zu, und du wirst darauf sitzen!«

Elessandrinah stieß ärgerlich die Luft aus den Lungen. »Als Ehefrau des Sohnes eines Emporkömmlings!«

»Ist Rogon erst einmal König, wird Seranah mit einigen Säften dafür sorgen, dass er nicht mehr regieren kann. Dann wirst du an seiner Stelle herrschen.« Obwohl der Tonfall in der Stimme der Mutter jeden weiteren Widerspruch unterbinden sollte, fuhr die Prinzessin erneut auf.

»Er ist der Sohn einer Sklavin, auch wenn die sich jetzt die Gemahlin des Königs von Andhir nennen kann. Außerdem ekle ich mich vor seinen Dämonenaugen. Mit diesem Mann kann ich nicht das Bett teilen.«

»Genau das wirst du tun! Du wirst ihm sogar ein Kind oder besser noch zwei gebären. Tust du das nicht, würde bei Rogons Regierungsunfähigkeit seine jüngste Schwester zur Regentin und nächsten Königin ernannt werden, und wir müssten dieses Land beschämt verlassen. Das willst du doch sicher nicht! Außerdem wird Seranah dir ein Mittel geben, das dir die ehelichen Pflichten erträglich macht und rasch zu einer Schwangerschaft führen wird. Wie du siehst, ist alles sehr gut geplant. Der König und sein Sohn werden sich Seranahs Willen nicht widersetzen können. Und du wirst dich meinem Willen beugen!« Nun klang die Stimme der Mutter so scharf, als wolle sie jedes weitere Widerwort mit Ohrfeigen beantworten.

Sung nahm an, Rogon hätte genug gehört, und führte ihn

zurück zu dem Platz, an dem das Buch lag. Dabei rieb er sich innerlich die Hände. Das Gerede von Mutter und Tochter hatte dem Prinzen endgültig den Schleier von den Augen gerissen. Jetzt galt es nur noch, Rogon einen Weg zu weisen, auf dem dieser den heiratswütigen Adelsdämchen entkommen und scheinbar seinen eigenen Vorstellungen folgen konnte.

»Ich hoffe, Ihr seid nicht zu schockiert, Königliche Hoheit. Doch so wie diese beiden Frauen denken die meisten Edeldamen, die hierhergekommen sind, um eine für sie vorteilhafte Ehe zu schließen. Die Entscheidung, welche von diesen jungen Gänsen Ihr heiraten werdet, fällt die Oberpriesterin, und Ihr und Euer Vater müsst ihre Entscheidung akzeptieren. Welches Schicksal dieses Weib Euch zugedacht hat, habt Ihr eben vernommen. Wenn Ihr verhindern wollt, dass Seranahs Hexentränke Euch zu einem lallenden Narren machen, müsstet Ihr alle Priesterinnen von Andhir über die Klinge springen lassen. Damit aber würdet Ihr Euch die Todfeindschaft des blauen Tempels von Edessin Dareh zuziehen und dieser Euren Namen aus den Stammtafeln der blauen Reiche tilgen.«

Sung ließ Rogon nicht die Zeit für eine Antwort, sondern holte tief Luft und sprach sofort weiter. »Das, was Ihr gehört habt, entspricht Seranahs Plan. Jene Priesterinnen aber, die in Opposition zu ihr stehen, haben noch Schlimmeres mit Euch vor. Soweit ich es mitbekommen habe, planen diese Frauen, euch zu ermorden, um Eure Schwester Rhai zur Thronfolgerin zu machen.«

Jetzt, dachte Sung, kam es darauf an. Entweder war der junge Mann nun bereit, auf seine Vorschläge einzugehen, oder er würde magische Säfte anwenden müssen, um Rogons Willen dem seinen zu unterwerfen.

»Ich weiß, dass die Priesterinnen mich hassen, seit mein Vater mich hierhergebracht hat«, erklärte Rogon leise. »Meinetwegen könnte Rhai die Krone haben. Mein Vater besteht jedoch darauf, dass ich sie übernehme, und beruft sich dabei auf das Zeichen der Göttin.«

»Das kann aber auch etwas ganz anderes bedeuten, mein Prinz. Verlasst Andhir, denn hier droht Euch der Tod oder die Zerrüttung Eures Geistes. Zieht durch die Lande, lernt andere Menschen kennen und schafft Euch einen Namen. Wenn Ihr dann nach Andhir zurückkehren wollt, seid Ihr stark genug, Euch selbst gegen Seranah und ihre Andhirhexen zu behaupten.«

Rogon stieß ein bitteres Lachen aus. »Mein Vater würde das nie zulassen.«

»Dann müsst Ihr heimlich losziehen! Wenn Ihr wollt, begleite ich Euch.« Sung nahm das Buch an sich, das Rogon noch immer in den Händen hielt, und deutete auf die jugendlich erscheinende Frau auf dem ledernen Buchdeckel. Trotz ihrer kriegerischen Erscheinung war Tirah eine Schönheit mit wallendem, violett leuchtendem Haar und wie Edelsteine glitzernden Augen.

»Wenn Ihr mit mir kommt, könnt Ihr Tirah sogar in eigener Gestalt sehen. Ich kenne den geheimen Tempel, in dem sie im magischen Schlaf ruht, und würde Euch hinführen!«

Rogon liebte seine Eltern und seine Schwestern, und es lag ihm nichts ferner, als ihnen Kummer zu bereiten. Das aber würde er tun, wenn er Andhir heimlich verließ. Doch wenn er die Gelegenheit, die der Heiler ihm bot, nicht nutzte, würde es wahrscheinlich keinen zweiten Versuch geben, sich aus der für ihn unerträglichen Situation zu befreien. Der Gedanke an Seranah und die anderen Priesterinnen gab schließlich den Ausschlag. Wenn er nicht als hilfloses Opfer ihrer Intrigen enden wollte, musste er sein Leben in die eigenen Hände nehmen.

»Also gut, ich bin bereit! Wie sollen wir es machen?«

»Heute Abend findet doch wieder ein Ball statt. Tanzt mit den jungen Damen und widmet dabei Prinzessin Elessandrinah etwas mehr Aufmerksamkeit als den anderen. Dies wird Seranah erfreuen und jegliches Misstrauen einschläfern. Wir treffen uns dann eine Stunde nach Ende des Balles an der kleinen Pforte beim hinteren Stadttor. Da ich als Heiler häufig des Nachts die Stadt verlassen muss, habe ich den Schlüssel dafür erhalten.«

So ganz stimmte es nicht, denn Sung hatte diesen mittels eines magischen Artefakts kopiert. Doch das war nichts, was er dem Prinzen anvertrauen wollte.

Rogon überlegte kurz und reichte ihm dann die Hand. »Du wirst mich eine Stunde nach Ende des Balles an der Pforte antreffen.«

Für sich überlegte er, was er bei seiner Flucht mitnehmen sollte, und begriff, dass er viele Dinge, die ihm wert und teuer waren, hier zurücklassen musste. Auch schmerzte es ihn, sich nicht von seinen Eltern und vor allem von seiner Zwillingsschwester verabschieden zu können. Doch irgendwann würde Rhynn verstehen, dass ihm keine andere Wahl geblieben war.

❊ ❊ ❊

Mitternacht war bereits vorüber, als Sung den Treffpunkt erreichte. Da mit dem Schwarzmond nur der kleinste und schwächste der sechs Monde am Himmel stand, herrschte eine fast undurchdringliche Dunkelheit, und er war auf seine magischen Sinne angewiesen, um sich zurechtzufinden. *Hoffentlich hält das fehlende Mondlicht den Prinzen nicht davon ab, Wort zu halten*, dachte er besorgt. Da näherte sich ihm eine Gestalt, die magisch in einem kaum merkbaren, aber tiefen Blau schimmerte. Das konnte nur der Prinz sein.

»Seid Ihr bereit?«, fragte Sung und spürte Rogons Nicken mehr, als er es sah.

»In einer guten Stunde wird der Blaumond über dem Horizont aufsteigen. Bis dahin sollten wir weit genug weg sein, damit wir niemandem auffallen«, setzte Sung hinzu.

Mögliche Verfolger waren das Letzte, was er sich wünschte, und so atmete er auf, als Rogon sich einverstanden erklärte.

Mit vor Aufregung zitternden Fingern zog der Heiler den Schlüssel aus seiner Tasche, ertastete das Schlüsselloch und öffnete. Er ließ Rogon als Ersten ins Freie treten, folgte ihm und sperrte die Pforte wieder ab. Da er dem Prinzen eine Tinktur gegeben hatte, die verhindern sollte, dass Hunde ihrer Fährte folgen konnten, und sich selbst auch damit benetzt hatte, würde es für immer ein Geheimnis bleiben, wie sie die Stadt verlassen hatten.

»Wohin gehen wir?«, fragte Rogon, als sein Begleiter sich den Bergen zuwandte, hinter denen sich die endlosen Sümpfe des Nordens erstreckten. Der schnellste Weg, Andhir zu verlassen, führte nach Andhirlion, in dessen Hafen man ein Flussboot anmieten konnte.

Aber das war auch den Leuten des Königs klar, und sie würden zuerst in dieser Richtung nach dem verschwundenen Prinzen suchen. Dies erklärte Sung Rogon und stellte zufrieden fest, dass der Junge seinen Überlegungen folgen konnte. »Die Berge haben wir in zwei Tagen überwunden und finden in den Sümpfen gewiss einen Fischer, der uns zu einem der breiteren Arme des Großen Stromes bringen wird. Als Angehöriger der Heilergilde stehe ich unter dem Schutz des violetten Tempels und brauche daher weder Freistädter noch Flussmaulleute zu fürchten.«

Das sagte Sung nur, um Rogon zu beruhigen. Waren sie erst einmal am Strom, würden sie sich gerade vor diesen Leuten in

Acht nehmen müssen. Den Freistädtern und Flussmäulern galt die Freiheit und Unversehrtheit eines Menschen nichts, insbesondere, wenn sie ihn nicht nur ausrauben, sondern auch als Sklaven verkaufen konnten. Zum Glück hatte Sirrin ihn mit einigen Artefakten ausgestattet, die ihm halfen, sich vor solchen Feinden zu schützen. Auch das ging den Prinzen nichts an. Rogon musste ihn weiterhin für einen einfachen Heiler halten, der durch die Lande zog und den Menschen seine Dienste anbot.

Schon bald bemerkte Sung, dass sein junger Begleiter sich in der Dunkelheit weitaus leichter tat als er selbst. Das musste mit Rogons Augen zusammenhängen. Die Spitzohren des Westens besaßen schärfere Sinne als Menschen und hatten ihm wohl ein wenig davon vererbt. Sung fragte sich, woher die Mutter stammen mochte. Um solche Fähigkeiten an ihre Kinder weiterzugeben, hätte sie die Farbe behalten müssen, mit der sie geboren worden war, und doch hatte sie sich auf dieser Seite des Stromes umgefärbt.

Unterdessen stieg der Blaumond strahlend über den Bergen auf und tauchte das Land in ein sanftes Licht. Nun konnte auch Sung mehr sehen und griff stärker aus. Dabei nahm er sich aber die Zeit, seinen Begleiter zu mustern.

Verblüfft stellte er fest, dass Rogon auf jeden modischen Schnickschnack verzichtet hatte, den adelige Wardan-Jünglinge auch bei Reisen und Ausflügen als unabdingbar ansahen. Der Prinz steckte in derben Reisekleidern, die dem Heiler verrieten, dass er sich bereits mit dem Gedanken beschäftigt hatte, seine Heimat zu verlassen. Festes Schuhwerk, ein lederner Köcher mit Pfeil und Bogen, ein zusammengerollter Mantel und ein an der Hüfte hängendes Schwert vervollständigten zusammen mit einem unterarmlangen Dolch seine Ausrüstung. Erstaunlicherweise schritt Rogon ohne jedes Zeichen der Erschöpfung bergan, während Sung seine heilenden Fähigkeiten schon bald auf sich selbst anwenden musste, um bei Kräften zu bleiben.

»Wir gehen so lange, bis Ihr eine Rast wünscht, Königliche Hoheit«, erklärte er in der Hoffnung, dass der Prinz eine Pause machen wollte.

Rogon schüttelte jedoch den Kopf. »Wir sollten den Rest der Nacht dazu benutzen, so weit wie möglich zu kommen. Unterwegs treffen wir auf Pfade, die in die Seitentäler führen. Die Bauern dort führen zwar ein einsames Leben, würden sich aber an zwei Wanderer erinnern, wenn man sie danach fragt.«

Dieser Rat erschien Sung sinnvoll, daher beobachtete er seinen Begleiter auf dem weiteren Weg noch sorgfältiger. Bisher hatte er Rogon für ein wenig unbedarft gehalten, doch nun begriff er, dass der junge Mann durchaus wusste, was er tat.

Kurz nach dem Morgengrauen passierten sie die Abzweigungen zu den bewohnten Bergtälern. Da sich zu dieser frühen Zeit noch niemand auf den Weg nach Andhirrah gemacht hatte, blieben sie ungesehen. Den Mittag verbrachten sie in einer kleinen Höhle in einem kleinen Seitental und konnten von dort aus Leute beobachten, die in die Hauptstadt strebten, um die fremden Gäste des Königs zu bestaunen.

»Wir werden nicht vor der Nacht weitergehen können«, seufzte Sung.

Rogon lachte leise auf. »Ich kenne diese Gegend. In weniger als einer Stunde wird die Straße wie leergefegt sein. Die Leute lieben es nämlich nicht, unterwegs von der Dunkelheit überrascht zu werden. Erst im letzten Jahr wurde nördlich von hier ein Bergschrecken erlegt, nachdem dieser bereits über ein Dutzend Menschen getötet hatte.«

»Hier gibt es Bergschrecken?« Sung sah sich so entsetzt um, als erwarte er, jeden Augenblick ein solches Ungeheuer auftauchen zu sehen.

»Im Nordosten des Landes soll es noch welche geben, aber aus der Nähe der Hauptstadt haben wir sie vertrieben.«

Obwohl Rogons Stimme beruhigend klang, konnte Sung seine Angst vor diesen Untieren nicht verdrängen und wollte weitergehen, um so bald wie möglich die Sümpfe zu erreichen.

»Wir sollten noch eine Stunde hierbleiben, sonst werden wir von zu vielen Leuten gesehen«, ermahnte Rogon ihn. »Aber zu etwas anderem: Wenn wir auf der anderen Seite der Berge wieder auf Menschen stoßen, solltest du mich nicht mehr mit Königliche Hoheit und so weiter ansprechen. Es gibt etliche Freistadt-Kapitäne, die mich liebend gerne abfangen würden, um meinen Vater zu erpressen.«

Daran hatte auch Sung bereits gedacht und nickte zufrieden, als Rogon diesen Vorschlag machte. »Das ist eine gute Idee! Ich werde Euch – oder besser gesagt dich – als meinen Schüler ausgeben.«

»Dann sind wir uns einig, Sung. Nenne mich aber nicht Rogon, sondern Ron, wie es meine Schwester Rhynn tut. Diesen Namen bringt kein Freistädter mit dem Prinzen von Andhir in Verbindung.« Rogon lachte, und diesmal fiel auch Sung mit ein.

Der Prinz war ein besserer Reisebegleiter, als der Heiler erwartet hatte, und da eine gefährliche Reise vor ihnen lag, war er froh, nicht auf ein verwöhntes Jüngelchen aufpassen zu müssen.

❋ ❋ ❋

Rogon und Sung brauchten zwei Tage, um die Berge zu überwinden. Hier in Andhir kannte der Prinz sich aus, und so musste der Heiler nicht einmal Sirrins magische Karte zu Rate ziehen. Auch hatten sie bisher keine Verfolger bemerkt und waren daher guten Mutes, das zu ihren Füßen liegende Hügelland im Laufe des nächsten Tages durchqueren zu können. Mehr Sorgen machten Sung die dahinter liegenden Sümpfe, die sie bereits in der Ferne sehen konnten.

»Bis dorthin kommen wir zu Fuß, aber dann brauchen wir ein Boot!«, erklärte er mit verdrossener Miene. Er hatte gehofft, Sirrin würde sich sehen lassen und ihnen weiterhelfen. Doch wie es aussah, überließ sie es ihm, den Prinzen zu dem kleinen Tempel in den östlichen Ödlanden zu bringen.

»Ich glaube, ein Floß tut es auch, und das können wir bauen!«

Rogons Bemerkung reizte Sung zu einem spöttischen Ausruf.

»Und wie willst du dasmachen? Ohne Axt und ohne Seile? Außerdem würden Axtschläge Leute auf uns aufmerksam machen, die ich lieber in weiter Ferne weiß!«

»Und welche zum Beispiel?«, fragte Rogon.

»Die dort lebenden Schlangenmenschen sind uns Menschen nicht wohlgesinnt. Auch möchte ich Begegnungen mit Freistädtern und Flussmäulern lieber meiden.«

Noch während Sung sprach, erschien ein sanftes Lächeln um Rogons Lippen. »Ich meine kein Floß aus Holz, sondern eines aus Schilf. Wenn wir das schneiden, hört man es gewiss nicht.«

»Kannst du denn ein Floß aus Schilf bauen?«, fragte Sung ungläubig.

Rogons Lächeln wurde womöglich noch sanfter. »Hätte ich es sonst vorgeschlagen? Bei Andhirlion wächst ebenfalls Schilf, und in früheren Jahren habe ich mir mehrmals Flöße daraus geflochten. Diese Kunst beherrsche ich noch immer!«

»Hoffen wir, dass wir sie nicht brauchen«, antwortete Sung, der sich unter einem Schilffloß nur ein Kinderspielzeug vorstellen konnte, bei dem die Beine ins Wasser hingen und das man mit den Händen paddelte. Als er sich an den Abstieg mache, musste er sich jedoch sagen, dass der Prinz sich hier in der freien Natur völlig anders gab als im Palast von Andhirrah.

»Du kennst dich hier gut aus, Ron. Das wundert mich.«

Der junge Mann wies auf die Berge, die hinter ihnen lagen. »Mein Vater hat mich in den letzten Jahren häufig auf die Jagd mitgenommen, weil er der Ansicht war, ich müsse das Land gründlich kennenlernen. Was die Hügel vor uns betrifft, so zählten sie früher ebenfalls zu Andhir. Doch nach dem Erstarken der Freistädte und deren Überfällen haben sich die Bewohner in die Berge zurückgezogen. Mein Vater will dieses Land irgendwann einmal zurückgewinnen, doch dafür muss Andhir noch stärker werden und weitere Verbündete finden. Die schwarzen Mauern von Norensill sind fest, und erst, wenn diese Freistadt fällt, können die Andhirer und ihre Nachbarn am Strom wieder in Frieden leben.«

Rogon beschäftigt sich also auch mit Politik, dachte Sung. So harmlos, wie er in Andhirrah gewirkt hatte, war er wohl doch nicht. Für ihn war dies ein Vorteil, weil er nicht auf den Prinzen aufpassen musste wie eine Glucke auf ihr Küken. Trotzdem nahm Sung sich vor, rasch zu reisen und seine Aufgabe so bald wie möglich zu erfüllen. Er verspürte bereits eine Zuneigung zu dem jungen Mann, die es ihm schwermachen würde, ihn an Tirahs Lager zu opfern.

»Komm weiter! Nicht dass uns dein Vater doch noch Verfolger nachschickt«, forderte er ihn mürrisch auf und machte sich an den letzten Abstieg.

Rogon folgte ihm lächelnd, doch seine Augen schweiften immer wieder prüfend über das Land. In der Nähe des Großen Stromes, der die riesige Sumpflandschaft mit seinem Wasser speiste, herrschte nur noch das Gesetz des Stärkeren. Also galt es, mögliche Feinde frühzeitig zu entdecken.

❊ ❊ ❊

In den nächsten anderthalb Tagen trafen Rogon und Sung jedoch weder auf Feinde noch auf Verfolger. Die Sümpfe, die sich von hier aus mehr als einhundert Meilen nach Westen und Süden und weit über dreihundert Meilen nach Norden erstreckten, lagen bereits vor ihnen, und die Luft war erfüllt vom Geruch unzähliger Kräuter und modernder Erde. In dieser Gegend kannte sich auch Rogon nicht mehr aus, und so zog Sung Sirrins magische Karte zu Rate, um ihren weiteren Weg zu bestimmen.

Rogon sah ihm über die Schulter und bewunderte die sich verändernden Symbole auf der Schriftrolle. »Mein Vater besitzt eine ähnliche Karte, aber so gut wie diese ist die nicht. Wie bist du daran gekommen?«

»Es ist das Geschenk einer Patientin, die ich von schwerer Krankheit geheilt habe«, behauptete Sung.

Rogon spürte deutlich, dass der Heiler log. »Ich nehme eher an, dass du sie hast mitgehen lassen.«

»Sie ist ein Geschenk!« Sung ärgerte sich über den jungen Mann, der so hartnäckig fragte, und wies nach vorne. »Auf diesem Weg werden wir zu einem der Seitenarme des Großen Stromes kommen. Entweder finden wir dort ein Schiff, das uns mitnimmt, oder du kannst deine Fähigkeiten als Floßbauer beweisen.«

Mit diesen Worten gelang es ihm, Rogons Gedanken von

der Karte abzulenken, denn als sie weiterzogen, deutete der junge Mann auf einige Schilf- und Binsensorten, die sich seinen Worten zufolge für den Bau eines Floßes eigneten.

»Es wächst hier höher als am Fluss. Man sagt, die Schlangenmenschen, die in versteckten Winkeln des Sumpfes leben, wären in früheren Zeiten sogar mit Schilfbooten bis in die Heilige Stadt gereist. Doch das ist lange her, denn inzwischen wurden die Schlangenmenschen durch Trophäenjäger beinahe ausgerottet!«

»Es ist schrecklich, dass Menschen Wesen, die uns so ähnlich sind und gleich uns Verstand besitzen, nur deswegen jagen, um sich deren abgezogene Haut an die Wand zu nageln!« Sung schüttelte sich bei dem Gedanken und hoffte gleichzeitig, weder auf einen Schlangenmenschen noch auf einen Jäger zu stoßen.

Sein Wunsch schien sich zu erfüllen, denn sie sahen bereits einen Seitenarm des Großen Stromes vor sich, als Rogon auf einmal hochschreckte.

»Hier stimmt etwas nicht!« Er packte den Heiler und zog ihn in die Deckung einiger Büsche.

Noch während Sung ihn verwirrt anstarrte, vernahmen beide eine laute, befehlsgewohnte Stimme. »Treibt sie in meine Richtung. Aber verletzt sie nicht! Gesund ist sie zehnmal so viel wert, als wenn wir ihr die Haut abziehen!«

»Was geht hier vor?«, fragte Sung mit bleichen Lippen.

»Freistädter, die jemanden verfolgen! Wer die Gejagte ist, werde ich gleich feststellen.«

Ehe Sung ihn aufhalten konnte, huschte Rogon beinahe lautlos davon. Der Heiler durchlebte etliche quälende Augenblicke, dann kehrte der Prinz zurück. »Mehrere Freistädter und ein Flussmäuler! Sie jagen eine Schlangenfrau.«

»Dann sollten wir schleunigst von hier verschwinden. Solchen Leuten will ich nicht begegnen!« Sung zog sich tiefer in die Büsche zurück und holte die magische Karte heraus.

Rogon folgte ihm und packte ihn am Ärmel. »Schlangenmenschen sind heilige Wesen der Ilyna, auch wenn das viele auf dieser Seite des Stromes vergessen haben. Ich werde nicht zulassen, dass einem Angehörigen dieses Volkes ein Leid geschieht.«

»Es ist jetzt nicht die Zeit für Heldentum!«, schalt Sung. »Die Kerle sind bestimmt schwer bewaffnet, und wenn die uns sehen, fangen sie uns ebenfalls und versklaven uns! Ich glaube nicht, dass wir dann je wieder freikommen.«

Zwar hatte Sirrin Sung mit einigen Möglichkeiten ausgestattet, sich gegen Feinde zu behaupten, doch wenn er diese einsetzte, konnte er seine Tarnung als schlichter Heiler nicht länger aufrechterhalten. Außerdem war ihm bekannt, dass die Flussmäuler über starke Artefakte aus dem Schwarzen Land verfügten. Daher war er nicht bereit, ein Risiko einzugehen.

Rogon winkte ab, lief ein paar Schritte und robbte dann flach an den Boden gepresst bis zum Ufer. Hinter einem dichten, hohen Gürtel blau blühender Blumen versteckt, spähte er nach Süden. Die verfolgte Schlangenfrau vermochte er wegen des Schilfes nicht zu erkennen, spürte aber ihre Ausstrahlung wie einen intensiven Duft und konnte daher bestimmen, wo sie sich befand. Drei Männer verfolgten sie mit flachen Booten, und ein vierter Jäger wartete in einem Gebüsch auf sie.

Von seiner Position aus konnte der Prinz sehen, dass der Mann einen schwarz schimmernden Gegenstand in der Hand hielt. Bei dessen Anblick stellten sich seine Nackenhaare auf. Veteranen der Wolfssöldner hatten ihn im Kampf geschult und ihm dabei auch die Wirksamkeit kleinerer Artefakte gezeigt, mit denen sie ausgerüstet waren.

Rogon begriff, dass er nur dann eine Chance hatte, wenn es

ihm gelang, den Besitzer der schwarzmagischen Waffe zu überraschen. Daher wartete auch er, bis die Schlangenfrau näher kam. Diese erkannte das drohende Verhängnis und wollte zum Wasser hin ausbrechen. Doch sie wurde von ihren Verfolgern auf den wartenden Jäger zugetrieben. Schließlich versuchte sie, mit verzweifelten Sprüngen den Flussarm an anderer Stelle zu erreichen.

Der Flussmäuler, den Rogon beobachtete, warnte seine Kumpane. »Lasst sie nicht ans Wasser kommen. Dort entwischt sie uns!«

Die anderen gehorchten, und kurz darauf tauchte die Schlangenfrau aus dem Schilf auf. Sie kam Rogon noch sehr jung vor und wirkte trotz ihres kräftigen Schwanzes, den schlanken Gliedern und der gemusterten Haut weitaus menschenähnlicher, als er erwartet hatte. Dies lag nicht zuletzt an ihrem Gesicht, das sich kaum von denen der Wardan-Mädchen unterschied, die nach Andhirrah gekommen waren, um sich auf die Jagd nach dem Prinzen zu begeben. Rogon erinnerte sich nur allzu gut an Prinzessin Dalarianah von Pilltark, die mit Farbe versucht hatte, die Zeichnung der Schlangenfrauen nachzuahmen, die der Überlieferung nach zu den Ahnen ihres Volkes gehörten und der Herrschersippe dieses besondere Zeichen vererbt hatten.

Da sich die Situation vor ihm zuspitzte, schob Rogon diese Gedanken beiseite und wollte sein Schwert ziehen. Er schob es jedoch sofort wieder in die Scheide. Um mit diesen Kerlen fertig zu werden, musste er das schwarze Artefakt an sich bringen und es selbst benutzen. Dafür aber benötigte er beide Hände. Lautlos stand er auf und schlich sich hinter den Rücken des schwarzgekleideten Mannes.

Die Schlangenfrau hatte sich aufgegeben und blieb mit hängenden Schultern stehen. Nun wickelte sie ihren Schwanz um ihr rechtes Bein und starrte den Flussmäuler angsterfüllt an.

»Na, wen haben wir denn da?«, fragte dieser breit grinsend und hob sein Artefakt. »Du wirst mir eine hübsche Summe einbringen, mein Schätzchen. Die Magier des Schwarzen Landes sind ganz scharf auf deinesgleichen, und sie haben viel Geld.«

Er wollte auf den Knopf drücken, da vernahm er hinter sich ein Geräusch und schnellte herum. Im gleichen Moment rammte Rogon ihn aus dem Sprung heraus mit der Schulter und trat ihm dann gegen den Arm, um ihm die Waffe aus der Hand zu prellen.

Der Flussmäuler versuchte, sofort wieder aufzustehen. Doch er rutschte auf dem schlammigen Boden aus und fiel in einen schmalen, stark verschilften Wasserlauf. Bevor er wieder herausklettern konnte, hatte Rogon das Artefakt an sich gebracht und dessen Wirkungsweise erkannt.

Der Flussmäuler sah die Waffe in seiner Hand und versuchte, im Schutz des Schilfes entkommen. Doch Rogon hatte den sechseckigen Kristall mit der gekennzeichneten Spitze bereits auf ihn gerichtet und drückte den Knopf in der Mitte. Sofort schoss ein flirrendes, schwarzes Licht auf den Flussmäuler zu und hüllte ihn ein. Dieser riss noch den Mund auf, erschlaffte dann und rollte ins Wasser.

Zu Rogons Glück hatten die anderen Sklavenjäger den kurzen Kampf nicht mitbekommen. »Hast du sie?«, rief einer von ihnen.

»Ja!«, antwortete Rogon und bemühte sich dabei, die Stimmlage des Gelähmten zu treffen.

»Ausgezeichnet! Wir kommen!«

Rogon hörte, wie die anderen in aller Eile mit ihren flachen Booten auf ihn zustakten, und überprüfte das Artefakt. Es verfügte noch über die Kraft für drei Schüsse. Also durfte er keinen von den Kerlen verfehlen.

Mit einem kurzen Blick streifte er die Schlangenfrau, die sich auf den Boden zusammengekauert hatte und nicht zu wissen schien, was sie von dem Ganzen halten sollte. Er winkte ihr beruhigend zu, richtete dann die Waffe auf den hintersten der drei Schurken, die gerade neben der Mündung des schmalen Wasserlaufs anlandeten und an Land springen wollten.

Der Freistädter kippte ohne ein Wort aus seinem Boot und blieb im flachen Wasser des Sumpfes liegen. Seine beiden Kameraden hörten das Geräusch und drehten sich instinktiv zu ihm um. Damit gaben sie Rogon die Gelegenheit, auch sie mit dem Artefakt auszuschalten.

Kaum waren die Freistädter gelähmt, wandte Rogon sich grinsend an Sung, der noch immer im dichtesten Gebüsch hockte. »Du kannst herauskommen! Die Sache ist erledigt.«

»Das ist sie nicht«, schimpfte der Heiler, während er auf Rogon zutrat. »Diese Kerle haben sich nicht allein hier herumgetrieben. Irgendwo muss ein Schiff auf sie warten. Man wird uns jagen und dann …«

»Dazu müssten sie erst wissen, wer ihre Leute erledigt hat. Komm hilf mir! Und du dort, Schlangenfrau, brauchst vor uns keine Angst zu haben!«

Das Letzte galt dem fremdartig aussehenden Geschöpf, das, wie Rogon jetzt erkannte, nicht nackt war, sondern in einem bis zu den Oberschenkeln reichenden Hemd steckte, das ebenso gemustert war wie seine Haut.

Die Gerettete sagte nichts, verfolgte aber seine weiteren Schritte aufmerksam. Zunächst holte Rogon den Kerl aus dem Flussarm, den er als Ersten erledigt hatte, und prüfte kurz dessen Puls.

»Es ist noch Leben in ihm, aber er hat Wasser in der Lunge.«

»Dann stell ihn auf den Kopf«, antwortete Sung mürrisch. Er war nicht bereit, seine Heilkunst einzusetzen und damit Gefahr zu laufen, später von den falschen Leuten erkannt zu werden. So viele violette Heiler gab es nicht, und wenn, zählten sie meistens zu den Tivenga, deren Magie sich anders anfühlte als die seine.

Rogon achtete nicht auf ihn, sondern legte den Flussmäuler so, dass das Wasser aus seinem Mund floss, und holte sich dann die drei anderen Kerle.

»Was willst du mit ihnen machen? Ihre Lähmung wirkt höchstens eine oder zwei Stunden«, wandte Sung ein.

»So lange will ich sie nicht behalten!« Rogon suchte die drei Boote zusammen und fand, dass sie groß genug waren, je zwei Männer zu tragen. Er wuchtete den Flussmäuler in eines, dazu einen der Freistädter, und stieß dann das Boot in die träge fließenden Wasser des Stromarmes. Den beiden anderen Freistädtern erging es nicht anders.

»Damit sind wir sie los«, erklärte Rogon.

»Aber auf diese Weise werden sie noch schneller von ihren Leuten gefunden, und wir haben bald die ganze Meute am Hals!«

Sung begriff nicht, was den jungen Mann antrieb, und wunderte sich gleichzeitig über dessen Tatkraft. Ihm schien es unglaublich, dass er es mit dem gleichen jungen Mann zu tun hatte, der in Andhirrah prächtig aufgeputzt die Gäste begrüßt hatte. Weit weg von Zeremonien und höfischen Verpflichtungen, die er als Erbprinz zu erfüllen hatte, war aus dem gelangweilten jungen Mann ein verwegener Bursche geworden, der sich vor nichts zu fürchten schien.

Rogon unterbrach seine Betrachtungen, indem er auf das

letzte Boot wies. »Das reicht für uns beide. Wir werden uns jetzt von dieser jungen Dame verabschieden und verschwinden dann in den Sümpfen. Die sind, das kann ich dir versichern, groß genug, so dass uns auch der hartnäckigste Flussmäuler nicht finden wird.«

Nach diesen Worten deutete Rogon eine knappe Verbeugung in Richtung der Geretteten an und wies auf den Flussarm. »Im Wasser kommst du sicher schneller von hier fort. Erreiche deine Heimat in Frieden und nimm dich in Zukunft besser vor solchem Gesindel in Acht!«

Die noch sehr mädchenhaft wirkende Schlangenfrau sah ihn mit schräg gehaltenem Kopf an, so als wolle sie in sein Innerstes schauen, und nickte schließlich, als müsse sie sich selbst zustimmen. »Ich danke dir, Prinz von Andhir. Du hast dich nicht geschont, um meine Freiheit und mein Leben zu retten. Damit stehe ich in deiner Schuld. Ich bin Xulla von den Zirdh'een. Kommt mit! Ich werde euch auf Wegen führen, die die Jäger aus Flussmaul und Norensill niemals finden werden.«

»Du kennst mich?«, fragte Rogon verwundert.

»Auch wenn wir Zirdh'een im Verborgenen leben, wissen wir doch, dass Rogar König von Andhir geworden und Rogon sein Sohn ist«, antwortete die Schlangenfrau und machte eine einladende Geste.

»Kommt endlich! Es wird nicht mehr lange dauern, bis die Flussmäuler und Norensiller ihre Freunde suchen.«

»Wir nehmen dein Angebot mit Freuden an!« Rogon versetzte Sung, der nicht so überzeugt zu sein schien, einen freundschaftlichen Stoß. »Ich sagte es dir doch! Diese Kerle werden weder wissen, wer die vier Männer ausgeschaltet hat, noch uns auf unserem weiteren Weg behelligen.«

»Wir hätten sie töten sollen«, murmelte Sung leise vor sich

hin und verdrängte dabei den Gedanken, dass er als Heiler eigentlich dazu da war, Leben zu erhalten.

Rogon nahm ihm den Einwurf nicht übel, sondern forderte ihn auf, sich ins Boot zu setzen, damit sie der Schlangenfrau folgen konnten.

Doch Sung winkte ab, hob das Boot an und zog seinen Dolch. Damit schlitzte er eine der Lederhäute auf, aus denen die Außenhaut bestand, und brachte einen kleinen, schwarzen Kristall zum Vorschein. Diesen präsentierte er Rogon und Xulla mit überheblicher Miene.

»Ich kenne diese Piraten nur allzu gut. Den Stein hier hätten die Flussmäuler mittels eines ihrer Artefakte ausmachen und uns verfolgen können.« Mit einer Gebärde des Abscheus warf er den Kristall weit in den Wasserarm hinein und nahm dann im Boot Platz. Rogon folgte ihm und sah misstrauisch auf das Wasser, das durch den entstandenen Schnitt ins Innere sickerte.

»Ich fürchte, du wirst schöpfen müssen, während ich das Boot stake«, sagte er zu Sung, stieß ihr Gefährt mit der Stange vom Ufer ab und folgte der Schlangenfrau, die mit geschmeidigen Bewegungen tiefer in die Sümpfe hineinschwamm.

VIERTES KAPITEL

Thilion

Laisa streifte den Reisezug mit einem verdrießlichen Blick. Schon zum dritten Mal an diesem Tag war ein Zugstrang gerissen, und das konnte ihrer Meinung nach kein Zufall sein.

»Was ist los?«, rief sie Prinz Klinal zu, der neben dem betroffenen Wagen sein Pferd zügelte.

»Sabotage!«, antwortete Klinal verdrossen. »Irgendjemand hat den Strang halb durchgetrennt, so dass er reißen musste. Auf diese Weise gelangen wir nie bis an den Strom.«

»Das ist doch genau deine Absicht!«, mischte sich sein Bruder Elandhor ein. »Du hast nie gewollt, dass unser Vater die Freiheit wiedererlangt. Deinetwegen könnte er in T'wool zugrunde gehen!«

Klinals Gesicht lief rot an, und für Augenblicke befürchtete Laisa, er würde seinen Bruder für diese Unterstellung zur Rechenschaft ziehen. Doch der Erbprinz beherrschte sich.

»Bei Tenelin und all seinen Hohen! Würde Arendhar von T'wool Gold für die Freilassung des Königs verlangen, würde ich alle Schätze Urdils dafür opfern. Doch es widerstrebt mir im Innersten, unsere Schwester dem Feind auszuliefern.«

»Es ist der Wille unseres Vaters, und er ist der König«, antwortete Elandhor gereizt.

»Das ist er! Doch er benimmt sich nicht so, wie es seiner

Stellung zukommt. Wer hätte je gehört, dass ein König des Westens die eigene Tochter dem Verderben anheimgibt, anstatt seine Ehre zu bewahren?« Klinal wandte seinem Bruder brüsk den Rücken zu und befahl den Knechten, den gerissenen Strang schnellstens zu ersetzen.

Einer der Männer sah ihn treuherzig an. »Das würden wir ja gerne tun, Königliche Hoheit, doch die Reservestränge, die wir mitgenommen haben, sind aufgebraucht. Es wird jemand in die nächste Stadt reiten und welche besorgen müssen. Sonst kommen wir nicht weiter.«

Klinals rechter Zeigefinger stach auf Elandhor zu. »Das wirst du tun! Da es dich drängt, unsere Schwester diesen schwarzen Hunden zu übergeben, wirst du dich wohl beeilen.«

Ohne ein Widerwort winkte Elandhor zwei Reitern, ihm zu folgen, und trabte davon. Klinal sah ihm nach und schloss dann zu Laisa auf. »Wir haben noch nicht einmal ein Drittel des Weges bis zur Küste geschafft. Wenn es so weitergeht, sind wir im nächsten Jahr noch nicht dort.«

»Wenn ich sehe, wie wir vorwärtskommen, würde ich eher sagen: im übernächsten!« Laisa stieß ein zornerfülltes Fauchen aus und drehte Khaton in Gedanken den Hals um. Warum hatte er ausgerechnet sie mit diesem Auftrag betrauen müssen? Jetzt war sie an einen Wagenzug gefesselt und legte mit ihm Tagesetappen zurück, die den Handelsherren jener Gegend, in der sie aufgewachsen war, die Tränen in die Augen getrieben hätten.

»Ich hoffe, dein Bruder beeilt sich!«, sagte sie zu Klinal und sprach dann lauter, damit alle es hören konnten.

»Wenn noch einmal ein Zugstrang, ein Sattelgurt oder irgendetwas anderes hier vorsätzlich beschädigt wird, werde ich denjenigen, der dafür verantwortlich ist, zum Frühstück verspeisen. Ist das klar?«

Betretenes Schweigen machte sich breit. Obwohl die Prinzessin, deren Zofe und auch die Männer des Zuges wussten, dass Laisas magische Farbe weiß war und Khaton sie geschickt hatte, konnten sie ihre uralten Ängste nicht ganz verdrängen. In den großen Kriegen der Vergangenheit hatten Katzenmenschen zu den besten Kämpfern der blauen Göttin Ilyna und damit zu den erbittertsten Feinden der grünen Völker gehört. Da diese alte Feindschaft immer noch in den Köpfen der Menschen hier schwelte, durfte Rongi sich niemals weiter als zehn Schritte von Laisa entfernen.

Sie hatte weniger Angst um den Katling selbst, denn Rongi wusste sich zu wehren. Doch falls einer der grünen Knechte oder Ritter vom Farbenhass getrieben auf ihn losging, mochte es sein, dass er den Menschen schwer verletzte oder gar tötete. Zu so einem Zwischenfall durfte es gar nicht erst kommen.

Auch Ysobel musste in ihrer Nähe bleiben, so dass ihr im Grunde nur Borlon blieb, wenn sie einen Boten schicken wollte, dem sie vertrauen konnte. Wenn sie es recht bedachte, erging es Klinal nicht anders. Obwohl er sich vehement gegen die Auslieferung seiner Schwester an T'wool gestemmt hatte und seinen Vater dafür verachtete, war sie sicher, dass nicht er hinter den Sabotageakten steckte. Seinen engeren Gefolgsleuten traute sie dies jedoch ebenso zu wie Prinz Elandhor und dessen Vertrauten. Auch wenn diese nach außen hin alles taten, um den Befehl des alten Königs zu erfüllen, konnte es durchaus sein, dass sie in Wahrheit anderer Meinung waren und verhindern wollten, dass Prinzessin Elanah diesen für sie so schmerzlichen Weg antreten musste.

»Wenn es nach mir ginge, hätten wir den Inhalt der Wagen mit Booten zur Maraand-Fähre gebracht und über den Strom geschafft«, unterbrach Klinal Laisas Gedankengang.

»Und was ist mit Tenelian?«, fragte sie.

Klinal machte eine wegwerfende Handbewegung, schwang sich dann aus dem Sattel und wies auf einen Hügel, dessen Kuppe vielleicht hundert Meter entfernt aufragte.

»Wollen wir uns nicht setzen und unseren Pferden Ruhe gönnen? Bis Elandhor zurückkehrt, werden mehrere Stunden vergehen, in denen wir plaudern können. Ich brauche jemand, der mir zuhört, sonst platze ich noch vor Wut.«

Nun stieg auch Laisa ab und übergab Vakka an Rongi. »Weide sie in meiner Nähe!«, wies sie ihn an.

Dann winkte sie Klinal, mit ihr zu kommen, und stieg den Hügel empor. »Du hast mir meine Frage wegen Tenelian nicht beantwortet!«

Der Prinz winkte erneut ab. »Tenelian ist ein bellender Kläffer, der nur selten beißt. Wegen dieser paar Wagenladungen hätten sie niemals den Frieden gebrochen.«

Laisa fühlte jedoch, dass Klinal um die Gefahr wusste, die von Tenelian ausging, es aber nicht zugeben wollte. Daher ging sie nicht weiter auf das Thema ein.

»Was ist eigentlich in den Wagen?«, fragte sie stattdessen.

»In zweien ist Kriegsbeute von drüben, für uns wertloses Zeug, das aber Arendhar ausdrücklich gefordert hat, in einem weiteren die Aussteuer meiner Schwester, die in T'wool wohl wenig willkommen sein wird, und in zwei weiteren Nahrungsmittel für die Ritter und Knechte, die mit Euch und Elanah über den Großen Strom gehen. Im letzten Wagen reist meine Schwester, aber das wisst Ihr bereits.«

»Das ist richtig«, antwortete Laisa. »Allerdings verlässt Eure Schwester den Wagen kaum. Würde ich nicht riechen, dass sie darin ist, könnte man glauben, sie hätte den Zug heimlich verlassen.«

»Das wird sie nicht!«, erklärte Klinal. »Sie hängt stark an unserem Vater, obwohl sie ihn nur in den ersten Jahren ihres

Lebens kennengelernt hat. Ich war selbst noch ein Knabe, als er mit seinem Heer nach Osten aufgebrochen ist. Genau das ist bis heute mein Dilemma, denn ich war zu jung, um von ihm zum Regenten während seiner Abwesenheit ernannt zu werden. Stattdessen hat er ein paar alte Männer in den Regentschaftsrat berufen, weil er der Überzeugung war, er würde nach wenigen Monaten wieder zurückkehren. Doch seit jenem Tag sind mehr als zwölf Jahre vergangen. Zwei der drei Mitglieder des Regentschaftsrates sind in der Zeit verstorben, und der Letzte ist alt und starrsinnig geworden. Doch nach den Gesetzen des Reiches kann nur der König oder der Regentschaftsrat Entschlüsse fassen. Mir ist das verwehrt.«

Es klang bitter, doch Laisa verstand den Prinzen. Es musste schlimm für ihn sein, mit anzusehen, wie das Land in einer immer quälenderen Lähmung versank, ohne dass er etwas daran ändern durfte.

»Wisst Ihr, weshalb der König mit seinen Kriegern aufgebrochen ist?«, fragte Klinal ansatzlos.

»Nein!«, antwortete Laisa und sah ihn fragend an.

»Natürlich war das Gerede mit schuld, dass die Lande auf der anderen Seite des Großen Stromes vor langer Zeit einmal grün gewesen sein sollten. Aber das war nur ein Vorwand. Unser Vater ist ausgezogen, um für Elandhor ein Reich zu erobern, obwohl der damals noch ein kleines Kind gewesen ist. Das hat Vater ihm vor seiner Abreise erklärt. Aus diesem Grund fühlt mein Bruder sich schuldig und will alles tun, damit der König wieder freikommt. Da Elanah ihren Zwillingsbruder liebt und Vater verehrt, ist sie bereit, diesen Opfergang auf sich zu nehmen. Ich glaube nicht, dass meine Schwester in T'wool lange am Leben bleiben wird. Wenn die Leute dort sie nicht umbringen, wird sie es mit eigener Hand tun. Ich sehe es deutlich kommen und kann es doch nicht verhindern.«

Klinal rieb sich kurz über die Augen und deutete dann mit bitterer Miene auf die stehenden Wagen. »Dame Laisa, es ist schwer zu sehen, wie Urdil verfällt, weil keiner da ist, der Befehle geben kann. Ich hätte es sogar hingenommen, wenn der heilige grüne Synod in Edessin Dareh meinen Vater seines Thrones verlustig erklärt und meinen Bruder als neuen Herrscher anerkannt hätte. Dann hätte sich wenigstens etwas geändert, aber die Priester sind der Ansicht, dass unser Vater recht gehandelt hat. Diesen Spruch muss ich ebenso hinnehmen wie vieles andere auch.«

Laisa ließ den Prinzen reden. Seine Verzweiflung, aber auch die Bereitschaft, auf das ihm zustehende Erbe zu verzichten, nur um die Schwester nicht nach T'wool schicken zu müssen, rührte sie, doch sie konnte ihm nicht helfen.

»Du bist in keiner guten Lage, Klinal. Ganz gleich, was du sagst und tust, es wird für die meisten das Falsche sein.«

Der Prinz nickte gedankenverloren. »Da habt Ihr völlig recht, Dame Laisa. Und doch bin ich froh, nicht der Regent von Urdil zu sein. Der Druck, dem man mich in dem Fall aussetzen würde, wäre sonst noch viel größer.«

»Inwiefern?«

»Als unser Vater gefangen genommen wurde, haben mein Bruder und meine Schwester mich aufgefordert, ein Heer aufzustellen, über den Strom zu setzen und ihn zu befreien. Doch dazu hatte ich kein Recht. Aber ich hätte es auch nicht getan, wenn ich Regent gewesen wäre. Urdil hat in diesem Krieg schon zu stark geblutet. Der König ist mit zehntausend Rittern und Knechten aufgebrochen. Mehr als dreitausend davon fielen im Kampf, viertausend weitere blieben als Siedler jenseits des Stromes, und so kehrten weniger als dreitausend zurück.

Thilion vermag einen solchen Blutzoll zu verkraften, doch

Urdil ist ein kleines Land. Ich hätte keine zehntausend Krieger und Knechte mehr zusammenrufen können, und selbst damit wäre ein Angriff gegen die Macht von T'wool nicht mehr gewesen als ein Wassertropfen im Feuer. Ich hätte alle, die mir gefolgt wären, ins Verderben geführt.«

»Du warst also von Anfang an gegen diesen Krieg«, stellte Laisa fest.

Klinal nickte gedankenverloren. »So ist es! Deswegen muss ich mich auch noch als Neider beschimpfen lassen, der dem Bruder nichts gönnt. Urdil ist ein Neuntel des eroberten Landes versprochen worden. Wäre es nach Elandhor gegangen, wäre er längst mit etlichen tausend Leuten aufgebrochen, um dieses Gebiet in Besitz zu nehmen. Doch ich darf nichts entscheiden, und das überlebende Mitglied des Kronrats hält ihn hin.«

Diesmal gelang es Klinal sogar zu lachen. »Verzeiht, Dame Laisa, wenn ich Euch mit meinen Sorgen belaste, doch gibt mir das Gespräch mit Euch die Gewissheit, dass es so besser ist, wie es ist. Wäre ich Regent geworden oder hätte der Regentschaftsrat aus jüngeren und entschlosseneren Männern bestanden, wäre es wohl noch schlimmer gekommen. Mein Land mag durch die Lähmung der Herrschermacht erstarrt sein, aber es wird nicht in widersinnige Abenteuer verstrickt.«

»Was noch geschehen kann, wenn Euer Vater zurückkehrt«, wandte Laisa ein.

»Das fürchte ich auch. Er wird Elandhor so reich ausstatten, wie er kann, und ihn dann über den Strom in das von ihm beanspruchte Gebiet schicken. Vielleicht befiehlt er auch mir, über den Strom zu wechseln, weil ich seine Befehle nicht augenblicklich befolgt habe, und ernennt Elandhor zu seinem Nachfolger in Urdil. Im Grunde wäre mir dies am liebsten, denn auf diese Weise müsste ich nicht mit einem Vater zusammenleben, den ich im Grunde meines Herzens verachte.«

Laisa begriff, dass Klinal solche Worte nur zu ihr hatte sagen können, aber niemals zu seinen eigenen Leuten. Obwohl er sich schroff gab und sich mit seinen Geschwistern stritt, hatte sie mehr Achtung vor ihm als vor Elandhor, der vielleicht nur aus Berechnung handelte, um jenseits des Stromes – oder gar in Urdil selbst – König zu werden.

❊ ❊ ❊

Elandhor kehrte rascher zurück als erwartet, und er war nicht allein. Mehrere Dutzend thilische Ritter in grün leuchtenden Rüstungen, Helmbüschen und Lanzenwimpeln begleiteten ihn. Der Anführer, der das Wappen eines Grafen auf seinem Schild trug, ritt auf Laisa zu, hielt sein Pferd vor ihr an und stieg ab.

»Ich grüße Euch, edle Dame!«, sagte er und verneigte sich tief.

»Graf Klerdhil! Welch eine Freude, dich zu sehen!« Laisa erinnerte sich daran, wie der Edelmann in Gamindhon ihr und Khaton beigestanden hatte, die Unruhen zu beenden, die nach der Flucht des falschen grünen Propheten ausgebrochen waren, und nahm es als gutes Zeichen, dass König Reodhil ihr diesen Mann geschickt hatte.

»Die Freude ist ganz meinerseits«, antwortete Klerdhil. »Ich war sehr froh zu hören, dass Ihr diesen Zug anführt. Das ist ein Vorhaben, wie es nur Ilyna gefallen kann. Bei Tenelin! Was ist das für ein König, der die eigene Tochter opfert, nur um seinen lumpigen Hals zu retten?«

So, als würde er begreifen, dass seine Worte nicht gerade freundlich klangen, hob der Graf beschwichtigend die Hände.

»Habt keine Sorge, Dame Laisa. Thilion wird alles tun, damit Euer Zug unbeschadet bis zum Toisserech und auch auf die rote Seite kommt. Wir bieten Euch Geleitschutz bis Thilion-Hafen am Großen Strom und werden, wenn nötig, die Schwerter für Euch ziehen.«

»Glaubt Ihr, dass das nötig sein wird?«, wollte Laisa wissen.

Der Graf nickte bedrückt. »Es gibt auch in Thilion Fanatiker, die nicht zulassen wollen, dass eine Prinzessin aus edelstem Blut wie eine Sklavin auf die andere Seite des Stromes geschafft wird. Mehr aber fürchte ich die Machenschaften anderer. Man hat Tenelianer beobachtet, die heimlich unsere Grenzen überschritten haben. Also gilt es, die Augen aufzuhalten.«

»Das werden wir!« Laisa lächelte, doch war es mehr ein Zähnefletschen, das ihre Bereitschaft unterstreichen sollte, sich von nichts und niemandem aufhalten zu lassen. Außerdem mochte sie die Tenelianer nicht, die sich als die einzig wahren Anhänger Tenelins betrachteten und selbst ihre grünen Glaubensbrüder verachteten. Leute von jenseits des Stromes, insbesondere nichtmenschliche Wesen, zu denen auch sie wegen ihres Aussehens zählte, galten den Tenelianern als wilde, gefährliche Tiere, die man ausrotten musste.

Klerdhil hatte jedoch nicht nur Krieger mitgebracht, sondern auch Knechte und Handwerker, die sich sofort daranmachten, den gerissenen Strang zu ersetzen. Schon nach kurzer Zeit konnte die Reise weitergehen.

Während der thilische Graf mehr der Höflichkeit geschuldet neben den beiden Prinzen aus Urdil ritt, umrundete Laisa den Zug auf Vakka und versuchte anhand der Stimmung der Leute diejenigen herauszufinden, die für die Sabotageakte verantwortlich waren. Rongi saß hinter ihr auf seinem Kissen und schien zu schlafen. Mit einem Mal aber spürte Laisa eine seiner Krallen in ihrer Haut.

»Wir werden beobachtet«, flüsterte der Katling, bevor sie etwas sagen konnte.

Die Vorsicht gebot Laisa, nicht sofort aufzuschauen. Sie sog jedoch die Luft in die Nase und spottete in Gedanken über jene Narren, die sich dem Zug mit dem Wind näherten. Jeder Katling aus Groms Dorf hätte die Leute bemerken können. Sie lobte Rongi leise und überlegte, ob sie ihn auf Erkundung schicken sollte. Als blauer Kater schwebte er jedoch, wenn er entdeckt wurde, in Gefahr, von den Bewohnern dieses Landes erschlagen zu werden. Allerdings galt das auch für sie, und so gab sie Rongi einen Klaps.

»Glaubst du, du kannst dich heimlich an diese Kerle heranschleichen?«

Sie erntete einen empörten »Dass du mir das nicht zutraust!«-Blick, gab ihm aber trotzdem den Rat, vorsichtig zu sein. »Die Kerle sind gefährlich. Pass also auf!«

Der Kleine schnaubte verächtlich und sprang mit einem Satz von dem trabenden Pferd. Zuerst glaubte Laisa, er würde sofort losrennen, doch er machte einen Abstecher zu Ysobel, ließ sich von ihr etwas zu essen geben und verschwand dann auf der den Fremden gegenüberliegenden Seite in den Büschen. Geschickt ist er ja, dachte sie, doch wenn die Unbekannten mit Artefakten ausgerüstet waren, mit denen sie ihn orten und vielleicht sogar töten konnten, nützten ihm seine Fähigkeiten nicht viel. Daher machte sie sich bereit, notfalls einzugreifen und Rongi zu beschützen.

Zunächst aber schloss sie zu Borlon auf, um diesem von ihren Verfolgern zu berichten. Der Bor'een tat so, als hätte sie ihn auf einen scheinbar schadhaften Zugstrang aufmerksam gemacht, und überprüfte einen der Wagen. Mit ihren scharfen Ohren bekam Laisa jedoch mit, dass er Ysobel informierte. Die Tivenga hatte sich ebenso gut in der Gewalt wie Rongi und der Bor'een, denn sie schenkte der Richtung, in der sich die Fremden befanden, keinen einzigen Blick.

Als Laisa nach einer gewissen Zeit einen kaum fühlbaren blauen Schatten wahrnahm, der sich in der Nähe der Fremden durch den Wald bewegte, nickte sie zufrieden. Auf ihre drei Begleiter konnte sie sich voll und ganz verlassen. Mit ihrer Hilfe würde sie diesen Auftrag erfüllen, selbst wenn sich Rot und Gold, die beiden Seiten des Stromes, gegen sie verschworen hatten.

Mit einem Mal versuchte sie sich vorzustellen, was Khaton nach einer erfolgreichen Rückkehr von ihr fordern würde. Obwohl sie sich nicht selten über den Evari ärgerte, machte es ihr Spaß, für ihn zu arbeiten. Immerhin sprachen die Urdiler und Thilier, die sie begleiteten, sie ehrfurchtsvoll an, während sie selbst Männer, die die Handelsherren aus ihrer Heimat an Macht und Einfluss weit übertrafen, wie ihresgleichen behandeln konnte.

❊ ❊ ❊

Rongi freute sich, etwas für Laisa tun zu können. Doch trotz allen Überschwangs, der ihm auch in dieser Situation nicht abhandenkam, bewegte er sich so vorsichtig, als beschleiche er eine schwierige Jagdbeute. Er näherte sich dem Platz, an dem er die Fremden gewittert hatte, im weiten Bogen, und nutzte dabei jede Deckungsmöglichkeit aus. Auch achtete er darauf, den Tarnmantel, den Khaton ihm gegeben hatte, so weit wie möglich geschlossen zu halten, damit ihn kein magisch Begabter anhand seiner blauen Farbe aufspüren konnte.

Die Umgebung kam dem Katling zugute. Der Treck zog am Fuße eines Gebirges vorbei, das an dieser Stelle dicht mit Bäumen bewachsen war. Als es sich anbot, kletterte er einen der

Stämme hoch und schnellte sich hoch oben von Ast zu Ast, ohne dabei mehr Geräusch zu erzeugen als der Wind, der durch die Wipfel strich.

Nach einer Weile wurde die Witterung frischer, und kurz darauf sah er die Gesuchten vor sich. Es handelte sich um sechs Männer, eine für diese Seite der Dämmerlande unbeliebte Zahl, da sie die drei Götter des Westens und die beiden Göttinnen und den Gott des Ostens symbolisierte. Aus diesem Grund hielt Rongi nach weiteren Leuten Ausschau, entdeckte jedoch niemand mehr und schlich durch das Geäst näher, bis er die Verfolger fast von oben betrachten konnten.

Die Leute steckten in weiten Kapuzenmänteln ähnlich dem seinen, und er hätte nicht dagegen gewettet, dass auch diese die magische Ausstrahlung des Trägers hemmten. Jeder der sechs war mit einem Langbogen, Schwert und Dolch bewaffnet, und in ihren Gesichtern las der Katling Abscheu und Hass. Auch die Worte, die sie leise miteinander wechselten, trieften vor Feindseligkeit.

»Ilyna soll die Seelen dieser urdilischen Hunde verschlingen!«, sagte gerade der Mann, den Rongi für den Anführer hielt.

»Auch die Thilier sind es nicht wert, einst in Tenelins Seelendom einzugehen«, antwortete ein anderer und wies dann auf Laisa, die gerade tief unter ihnen vorbeizog. »Seht ihr dieses abscheuliche Wesen, das allen Lehren von den heiligen Farben Hohn spricht? Sie muss aus Giringars Trögen stammen, denn wer hätte je gehört, dass ein Tierwesen Ilynas eine der Farben des Westens besitzt?«

Der Anführer spuckte aus und reizte Rongi damit beinahe, ihm einen Pinienzapfen an den Kopf zu werfen. Auf jeden Fall waren dies keine guten Menschen, auch wenn er bislang nicht erfahren hatte, was sie vorhatten.

Es war, als hätte einer der Männer Rongis in Gedanken gestellte Frage gehört, denn er drehte sich zu seinem Anführer um. »Wie werden wir vorgehen?«

Der Anführer winkte ihm und den anderen, näher zu kommen. »Wir folgen weiterhin dem Wagenzug und warten darauf, dass sich eine günstige Gelegenheit zum Angriff bietet. Elanah muss auf jeden Fall sterben, damit ihre Seele unbeschädigt nach Westen ziehen kann. Doch das allein wäre ein zu geringer Erfolg. Auch die beiden Prinzen von Urdil müssen zu Tenelin gehen und diese elende Katzenkreatur vom Antlitz der Welt getilgt werden. Was den kleinen Kater betrifft, so will ich mir seinen abgezogenen Balg als Trophäe an die Wand hängen!«

Rongi hielt bereits einen Pinienzapfen in der Hand, um ihn als Wurfgeschoss zu verwenden, besann sich aber ihm letzten Augenblick und steckte das Ding ein. »Laisa würde mich zu Recht an den Ohren ziehen, wenn diese Kerle durch meine Schuld bemerken, dass sie entdeckt sind«, sagte er leise zu sich selbst und wartete, bis die Fremden weitergezogen waren. Dann kletterte er zu Boden und wollte den Pinienzapfen wegwerfen. Er wog ihn einige Sekunden unschlüssig in der Hand. Vielleicht konnte er ihn doch noch als Wurfgeschoss benutzen.

Grinsend stellte er sich vor, an welcher Stelle er den Anführer der Fremden treffen wollte, glitt aber geräuschlos davon und schlich sich kurz darauf so vorsichtig an Laisa heran, dass diese ihn erst bemerkte, als er sich auf sein Sattelkissen schwang.

»Na, bin ich nicht gut?«, fragte er selbstzufrieden.

Laisa hatte gerade wieder einen Streit zwischen den Prinzen von Urdil verfolgt und schnaubte ärgerlich. »Spiel dich nicht so auf! Sag mir lieber, ob du die Fremden gesehen hast?«

»Das habe ich – und ich habe sie auch belauschen können«, erklärte der Katling stolz.

»Wo kommen sie her?«

»Das haben sie nicht gesagt, nur dass sie die Prinzessin, ihre Brüder und dich umbringen wollen. Meinen abgezogenen Balg will sich der Anführer als Trophäe an die Wand hängen.«

Rongi grinste zwar, doch Laisa merkte, dass ihr kleiner Freund diese Bemerkung dem Mann nicht so schnell vergessen würde. Das galt auch für sie. Mit diesem Gedanken ritt sie weiter, während der Katling sich hinter ihr in sein Kissen krallte, um zu schlafen. Er wusste genau, dass sie in den nächsten Nächten scharf würden Wache halten müssen, und wollte dann frisch sein.

❊ ❊ ❊

Erst am Abend kam Laisa dazu, mit Graf Klerdhil zu reden. Dieser hörte ihr mit verbissener Miene zu und stieß schließlich einen Fluch aus.

»Die Ilyna soll diese Schurken holen! Das müssen Tenelianer sein. Doch was es mit den Kerlen auf sich hat, soll Euch König Reodhil erklären. Wir werden morgen auf ihn treffen.«

»Es steckt also mehr dahinter als nur der Versuch, den Brautzug zu sabotieren?«, mutmaßte Laisa.

»Die Absicht, nicht nur die Prinzessin von Urdil töten zu wollen, sondern auch deren Brüder, deutet darauf hin. Doch in dieser Nacht wird nichts geschehen, das schwöre ich Euch.«

Von dieser Zusicherung nicht ganz überzeugt, sah Laisa sich um. »Mir gefällt der Ort nicht, an dem wir lagern. Es ist zu viel Gebüsch um uns herum. Hier können sich die Tenelianer bis auf Pfeilschussweite an uns heranschleichen und schießen.«

»Dann müssten sie wissen, wen sie treffen sollen.« Graf Klerdhil wies mit der Rechten auf einige Knechte, die gerade ein grünes, mit goldenen Säumen versehenes Zelt aufrichteten, das groß genug war, einem Dutzend Menschen Platz zu bieten. Der Reisewagen Elanahs stand daneben, und eben stieg die Prinzessin aus.

Bis jetzt hatte Laisa kaum mehr als eine Handvoll Worte mit ihr gewechselt. Nun reizte es sie, das Mädchen besser einschätzen zu können, und so trat sie auf die Prinzessin zu.

»Du solltest dich nicht so offen im Freien aufhalten«, warnte sie sie.

Elanah drehte sich zu ihr um und schien in ihrem Innern einen Kampf auszufechten, ob sie antworten oder weitergehen sollte. Schließlich aber entschied sie sich, stehen zu bleiben.

»Besteht etwa schon hier Gefahr?« Sie wollte sich umschauen, doch da war Laisa bei ihr und legte ihr als Warnung die Hand mit halb ausgefahrenen Krallen auf den Arm. »Lass den Unsinn! Damit warnst du nur unsere Verfolger.«

»Es sind Tenelianer, nicht wahr? Sie haben geschworen zu verhindern, dass ich diesem Ungeheuer Arendhar ausgeliefert werde.«

»Arendhar ist kein Ungeheuer!«, entgegnete Laisa mit einem leisen Fauchen. »Er ist im Gegenteil ein sehr höflicher und kultivierter Mann.«

»Kennt Ihr ihn denn? Ihr seid doch weiß und könnt dieses T'wool niemals betreten.« Obwohl Elanahs Stimme erschrocken klang, war ihre Neugier erwacht.

Laisa winkte verächtlich ab. »Es wird viel Unsinn erzählt, und zwar auf beiden Seiten des Großen Stromes. Sieh dir nur Rongi an! Deinen Worten zufolge müsste es ihm unmöglich sein, sich hier in Thilion aufzuhalten, doch er tut es. Ich kann nicht sagen, dass es ihm gefällt, sich in so viel für ihn feindlichem Grün zu bewegen, und er meidet auch eure Speisen. Aber es tut sich weder die Erde auf, um ihn als Farbfeind zu verschlingen, noch gehen die Bäume des Waldes auf ihn los.«

Trotz ihrer Nervosität begann Elanah zu lachen. »Bäume, die auf jemand losgehen! Ihr erzählt Märchen!«

»Du wirst deine Meinung schon noch ändern, wenn du vor einem dieser für den Götterkrieg gezüchteten Bäume stehst. Allerdings bist du dann schneller tot, als du denken kannst. Aber noch einmal zu Rongi und mir. So wie er sich in grünen Ländern aufhalten kann, kann ich es in schwarzen. Auf meiner letzten Reise bin ich durch T'woollion gekommen und habe dort Arendhar kennengelernt. Meiner Meinung nach musst du dich nicht vor ihm fürchten. Wie es mit den Leuten in seiner Umgebung ist, kann ich jedoch nicht sagen.«

»Die T'wooler sind Sklaven, die ihrem Herrn aufs Wort gehorchen!«, stieß das Mädchen aus.

»Schön wäre es! Aber das wirst du selbst noch merken. Komm jetzt ins Zelt! Oder willst du dich der Gefahr aussetzen, von einem Pfeil getroffen zu werden?« Laisa gab es auf, Elanah Vernunft beizubringen, sondern führte sie in ihre Unterkunft. Sie trafen dort die Brüder der Prinzessin an, die in ein ernstes Gespräch mit Graf Klerdhil verwickelt waren.

Als Elandhor seine Schwester sah, eilte er ihr entgegen und fasste sie bei den Schultern. »Solange ich bei dir bin, brauchst du dir keine Sorgen zu machen. Ich werde dich beschützen.«

»Willst du die Pfeile, die auf sie abgeschossen werden, wie mit einem Magneten auf dich lenken?«, fragte Laisa bissig.

Dann angelte sie sich eines der Hühnchen, die für das Abendessen aus einer nahen Stadt gebracht worden waren, und löste das Fleisch bewusst schmatzend von den Knochen.

Ysobel, die sich ebenfalls im Zelt aufhielt, verdrehte angesichts ihrer Tischmanieren die Augen. Wenn Laisa schlechte

Laune hatte, liebte sie es, jedermann die Bestie vorzuspielen, und war zumeist nicht zu bremsen.

Nun sprach sie auch noch mit vollem Mund. »Wir müssen schneller werden. Dafür wirst du Sorge tragen, Klerdhil. Klinal und Elandhor sollen sich ab morgen an den entgegengesetzten Enden des Zuges aufhalten, um es den Feinden schwerer zu machen, beide zu erwischen. Wir wissen nicht, ob die sechs Verfolger alles sind, was der Feind aufbringen kann. Um die Kerle werde ich mich selbst kümmern, und zwar noch heute Nacht.«

Laisa hatte nicht die Absicht, lange unter der Bedrohung durch erkannte Attentäter weiterzuziehen, doch Klerdhil machte einen Einwand. »Wenn es wirklich mehrere Gruppen sind und wir schalten eine aus, warnen wir nur die übrigen. Dann dürften sie umso vorsichtiger agieren.«

Dieses Argument war nicht von der Hand zu weisen, aber Laisa schüttelte den Kopf. »Wir können es uns nicht leisten, mit eingezogenem Schwanz durch die Lande zu ziehen. Das hier ist Thilion, und wenn Thilions König uns freies Geleit gewährt, werde ich hier niemand dulden, der das zu verhindern trachtet.«

»Sechs Leute sind auch für dich ein bisschen viel. Du wirst Hilfe brauchen«, warf Borlon ein.

»Wenn du mir helfen willst, gerne.«

»Ich komme auch mit«, rief Ysobel.

»Ich ebenfalls!« Elandhor zog sein Schwert und stellte sich vor Laisa hin. Diese schüttelte jedoch den Kopf.

»Du wirst schön in diesem Zelt bleiben und deine Schwester beschützen. Oder hast du vergessen, dass die Kerle auch auf deinen Kopf aus sind?«

»Nein, aber …«

»Kein Aber!«, unterbrach Laisa den Prinzen barsch. »Es geschieht so, wie ich es will. Deshalb wird auch Ysobel nicht mitkommen. Es ist mir lieber, wenn sie ebenfalls auf Elanah aufpasst. Sie ist magisch ausgebildet und kann möglichen Angreifern ganz schön zum Tanz aufspielen.«

Damit brachte sie Ysobel, die sich bereits beschweren wollte, zum Schweigen.

Rongi aber krähte dazwischen. »Ich komme mit! Und eines sage ich dir: Dieser Kerl, der mir den Balg abziehen wollte, gehört mir!«

»Falls ich es nicht vergesse, werde ich daran denken. Aber jetzt solltest du etwas essen. Sonst knurrt dir beim Anschleichen der Magen. Oder willst du unsere Feinde damit warnen?«

Der Humor der Katzendame befremdete Klerdhil und die beiden Prinzen. War es Kaltblütigkeit, oder wollte die Stellvertreterin des Evari sich nur selbst Mut machen? Sie kannten die Krieger aus Tenelian oder hatten wenigstens genug von ihnen gehört, um zu wissen, dass deren Waffenkünste ihrem Fanatismus in nichts nachstanden.

❊ ❊ ❊

Die Nacht war nicht ganz ideal, denn mit dem Gelbmond stand der zweitgrößte der Monde hoch am Himmel und hüllte die Landschaft in ein Dämmerlicht, bei dem auch ein Mensch einen huschenden Schatten auf mehrere Dutzend Schritte bemerken konnte.

Laisa war dennoch nicht bereit, ihre Absicht fallen zu lassen, änderte aber ihren Plan. Gemeinsam mit Rongi und Borlon verließ sie das Nachtlager auf der den Feinden abgekehrten Seite, schlug einen weiten Bogen und hielt ihre Begleiter auf, als sie sich dem vermuteten Standort der Tenelianer auf etwas mehr als eine halbe Meile genähert hatten.

»Wir nehmen die Dolche, die wir von Khaton erhalten haben«, erklärte sie Rongi und Borlon.

Während der Katling nickte, zog der Bor'een eine zweifelnde Miene. »Rongi sagte doch, die Schufte wären mit Bogen und Schwertern bewaffnet. Gegen die kommen wir mit den Dolchen nicht an.«

Laisa bedachte ihn mit einem »Du kennst mich wohl noch nicht richtig«-Blick, nahm sich aber die Zeit, ihm ihren Plan zu erläutern.

»Die Arbeit mit dem Dolch erledigen Rongi und ich. Du wirst die Aufmerksamkeit der Kerle auf dich lenken und uns damit die Annäherung erleichtern. Sollten die Kerle auf dich schießen, siehst du zu, dass du schnell genug in Deckung kommst!«

Das war nicht so ganz nach Borlons Geschmack. Er wusste jedoch, dass Laisa in solchen Dingen nicht mit sich reden ließ, und stimmte grollend zu. »Also gut! Machen wir es so. Aber glaube nicht, dass ich mich feige hinter einem Busch verstecke, während ihr mit einem dreifach überlegenen Gegner kämpft. Ihr habt nicht ein paar dumpfe Soldaten gegen euch, sondern Männer, die zum Morden ausgebildet sind.«

»Ich wurde ausgebildet, um genau solche Kerle auszuschalten.« Laisa grinste und entblößte dabei ihre Zähne.

Auch Rongi schien sich über Borlons Befürchtungen zu amüsieren. Daher nahm Laisa, als sie zu zweit weitergingen, sich den Kleinen zur Brust. »Mach ja keinen Fehler, Rongi! Sonst kannst du das nächste Mal die Prinzessin bewachen und Ysobel kommt mit mir!«

Der Katling feixte. »So gut wie ich ist die nie. Das wirst du schon sehen!« Damit zog er seinen Dolch aus der Scheide und sprach ihn wie ein lebendes Wesen an.

»Du sollst unsere Feinde betäuben! Hast du verstanden?«

Natürlich erhielt er keine Antwort, dafür aber huschte ein winziger, weißer Funke über die Klinge, und er spürte genau wie Laisa, dass der Dolch auf seine Worte reagiert hatte.

Laisa zog jetzt ebenfalls ihren Dolch, klemmte sich die Waffe zwischen die Zähne und sprang mit einem einzigen Satz zu einem fast fünf Mannslängen hohen Ast empor. Rongi folgte ihr, und sie sah, dass er seinen Dolch ebenfalls im Maul trug. Trotzdem schaffte er es noch zu grinsen.

»Dort vorne sind sie«, besagte seine Geste.

»Gut!« Wegen der Klinge klang Laisas Stimme undeutlich. Sie hatte den Feind ebenfalls gewittert und sprang nun von Baum zu Baum, um an die Kerle heranzukommen.

Rongi wollte es ihr nachmachen, verschätzte sich aber bei der Entfernung zwischen zwei Ästen und stürzte in die Tiefe. Sogleich war Laisa bei ihm, pflückte ihn aus der Luft und gewann dennoch den nächsten Ast, ohne dass die Tenelianer mehr hörten als ein leises Rascheln in den Zweigen, das auch der Wind oder ein kleines Tier verursacht haben konnten. Die sechs lagerten keine drei Dutzend Schritte vor ihnen unter einem Baum mit einer dichten, weit ausladenden Krone. Vier von ihnen schliefen in ihre Mäntel gehüllt, während die beiden anderen Wache hielten und dabei den Lagerplatz des Brautzuges nicht aus den Augen ließen.

Nun bedauerte Laisa es, Borlon losgeschickt zu haben, denn sie traute es sich zu, die Kerle rasch genug auszuschalten, bevor die Schläfer erwacht waren. Sie wollte schon angreifen, entschloss sich dann aber, ein wenig dem leise geführten Gespräch der beiden Wachen zu lauschen.

»Diese Hunde sind so wachsam, als würden sie erwarten, angegriffen zu werden«, zischte eben einer von ihnen.

Sein Kumpan winkte mit einer verächtlichen Geste ab. »Das wird ihnen nichts helfen. Wir brauchen nur wenige Sekunden, um unsere Pfeile abzuschießen. Ihr Gift ist absolut tödlich. Selbst wenn wir die Haut der Prinzessin nur anritzen, stirbt sie innerhalb weniger Stunden.«

»Wir sollen doch auch ihre Brüder aus dem Weg räumen«, wandte der erste Wächter ein.

»Nicht nur die! Spätestens morgen wird König Reodhil zu diesem Zug stoßen. Sein Tod ist noch viel mehr wert als der von Klinal oder Elandhor. Außerdem geht es um diese Kreatur aus Giringars Trögen. Von der muss die Welt befreit werden!«

Versuchs doch!, dachte Laisa und ließ sich fallen. Sie traf den ersten Wächter mit dem Dolch, bevor dieser auch nur den Kopf drehen konnte. Rongi schaltete den anderen aus, doch da hob einer der Schläfer den Kopf und stieß einen Warnschrei aus.

Nun konnte Laisa feststellen, wie gut die Attentäter ausgebildet waren. Bevor sie die wenigen Schritte, die sie von ihnen trennte, überwinden konnte, hielten drei von ihnen ihre Schwerter in der Hand, während der Vierte seinen Bogen magisch spannte und einen Pfeil auf die Sehne legte.

Zurückzuweichen hatte keinen Sinn, das war Laisa klar. Sie schnellte auf den nächsten Tenelianer zu, wich seinem Schwerthieb mit einer geschickten Drehung aus und stach ihre Klinge in den Oberarm. Sie schaffte es auch noch, den Nächsten auszuschalten und bekam aus den Augenwinkeln mit, dass Rongi einen Weiteren mit seinem Dolch verletzt hatte.

Die Pfeilspitze des letzten Tenelianers aber zeigte genau auf sie. Laisa spannte alle Muskeln an, um mit einem hohen Sprung aus der Schusslinie zu kommen. In dem Moment vernahm sie ein wüstes Geschrei und das Krachen von Ästen, so als stürme jemand wie ein wild gewordener Zugochse auf das Lager der Attentäter zu.

Der Tenelianer wurde für den Bruchteil eines Augenblicks abgelenkt, doch die Zeit reichte Laisa. Während sie sprang, riss sie den rechten Arm hoch. Die Springschlange, die Khaton ihr gegeben hatte, schnellte nach vorne und verbiss sich im Gesicht des Bogenschützen. Dieser sank ohne einen Laut zu Boden, und sein Pfeil flog ins Unterholz.

»So, das wäre erledigt«, sagte Laisa, während sie die Hand erneut ausstreckte. Sofort kehrte die Springschlange zu ihr zurück und ringelte sich um ihren Unterarm.

Unterdessen hatte Borlon die Lichtung erreicht. Sein Haupt- und Nackenfell stand zu Berge, und sein Gesicht war vor Ärger verzogen, so als wolle er gleich lospoltern.

Bevor er jedoch dazu kam, den Mund aufzumachen, grinste Laisa ihn an. »Du hast deine Sache ausgezeichnet gemacht, Großer!«

Dieses Lob kam für Borlon so überraschend, dass er nichts von dem sagen konnte, was ihm auf der Zunge lag. »Ihr hättet mir wenigstens einen von den Kerlen übrig lassen können«, brummte er nur und musterte dann die sechs bewusstlosen Tenelianer mit einem zufriedenen Blick. »Jetzt wissen die Kerle wenigstens, mit wem sie es zu tun haben.«

»Zwei habe ich geschafft!«, erklärte Rongi stolz, während er seinen Dolch am Mantel eines der Männer reinigen wollte. Da glomm ein winziger grüner Blitz auf, und er sprang kreischend zurück.

»Aua! Das hat weh getan!«

»Es ist der Mantel. Sein Stoff ist grünmagisch«, erklärte Laisa. »Außerdem ist etwas an dem Zeug, das mir nicht gefällt.«

»Dann sollten wir sie den Kerlen ausziehen!« Borlon machte sich ans Werk und warf die sechs Mäntel auf eine Stelle weit abseits der bewusstlosen Männer. Er nahm ihnen auch alle

Waffen ab und fesselte sie mit einigen Stricken, die er vorsorglich mitgenommen hatte.

»Sollen wir jetzt Graf Klerdhil informieren?«, fragte er danach.

Laisa wollte schon Rongi losschicken, sagte sich dann aber, dass nicht jeder grüne Krieger die Nerven behalten würde, wenn so urplötzlich ein blauer Kater vor ihm auftauchte, und stieß einen gellenden Pfiff aus.

Offensichtlich hörte man ihn im Lager, denn schon bald vernahm sie das Geräusch sich nähernder Schritte und sah kurz darauf Graf Klerdhil auftauchen.

Dieser starrte die sechs Tenelianer ungläubig an. »Ihr habt sie tatsächlich gefangen!«

»Hast du etwa daran gezweifelt?« Laisa schaffte es, beleidigt zu klingen.

Dann befahl sie den Thiliern, die mit Klerdhil gekommen waren, die Gefangenen ins Lager zu bringen. »Sobald die Kerle aus ihren Träumen erwacht sind, werden wir sie verhören. Sollten sie versuchen, uns Lügen zu erzählen, erkenne ich das und werde es entsprechend bestrafen!« Laisa schmatzte hörbar und ließ dann die Krallen ihrer rechten Hand eine nach der anderen vorschnellen.

Die Thilier wichen erschrocken vor ihr zurück, während Rongi mit einem blitzschnellen Griff einen über den Boden huschenden Waldnager fing und diesem den Kopf abbiss, um den Rest genüsslich zu verspeisen. Da das Tier leicht grün strahlte, brannte es zwar ein wenig auf seinem Gaumen, doch er konnte es besser essen als die Mahlzeiten, die von grünen Köchen zubereitet wurden.

Auf die Thilier wirkte sein Verhalten beinahe noch einschüchternder als das von Laisa, und so beeilten sie sich, die Gefangenen aufzuheben und wegzutragen. Die Sieger dieser

Nacht folgten ihnen langsam und waren sich trotz dieses Erfolges bewusst, dass noch eine lange und gefährliche Reise vor ihnen lag. Gleichzeitig spürte Laisa die Verantwortung, die auf ihr lastete, immer stärker. Wenn Elanah auf dieser Reise tatsächlich etwas zustieß, konnte dies der Anlass für einen weiteren Krieg sein. Den aber wollte sie unter allen Umständen verhindern.

FÜNFTES KAPITEL

Erulim

Im ersten Schein des erwachenden Tages näherte sich ein Wanderer dem Südosttor von Thilionrah und reihte sich unter die Menschen ein, die dort auf Einlass warteten. Er trug einen weiten Kapuzenmantel, der seine Gestalt fast vollständig verhüllte, fiel aber den Leuten nicht nur wegen dieses Kleidungsstückes auf.

Ein Mann, der die meisten anderen überragte, musterte staunend den Fremden, der gut einen halben Kopf größer war als er selbst, und stieß einen Freund an.

»Der Reisende da ist so lang wie ein Eirun!« In seiner Stimme klang ein wenig die Hoffnung mit, einen Vertreter dieses Volkes vor sich zu sehen. Nach all dem Unglück und dem Leid, das Thilion in den letzten Jahren heimgesucht hatte, wäre dies ein Zeichen der Hoffnung gewesen.

Auch andere wandten nun ihre Aufmerksamkeit dem einsamen Wanderer zu. Dieser bemerkte es, und seine grünen Augen flammten kurz auf. Gleichzeitig vollzog er eine schnelle Handbewegung, als wolle er die Leute segnen. Auf einen Schlag erlosch das Interesse der Menschen um ihn herum, und er ging als einer der Ersten durch das Tor, das eben von den Wächtern geöffnet wurde.

Der Anführer der Wachen wollte ihn nach seinem Namen

und seiner Herkunft fragen. Doch die Augen des Mannes flammten erneut auf, und der Wächter gab stumm den Weg frei.

Der Fremde durchquerte die Stadt, schritt an dem ausgedehnten, pompösen Tempelkomplex vorbei, ohne ihm einen Blick zu schenken, und hielt auf den Königspalast zu. Als er den Eingang erreichte, traten die Wachen wie von einem fremden Willen gelenkt beiseite. Auch im Palast kümmerte sich niemand um den hochgewachsenen Wanderer. Dieser durchquerte die große Eingangshalle, wandte sich den Gärten zu und erreichte nach knapp hundert Schritten einen geräumigen Pavillon. Dort öffnete sich wie von selbst die Tür, und er tauchte in eine Stille ein, die von keinem Laut gebrochen wurde. Wandbehänge, Teppiche und die Decke waren alle grün, ebenso die Türen. Selbst die Leuchtsteine strahlten ein intensives, grünes Licht aus.

Der Fremde erreichte schließlich eine Kammer, in dem ein großes Bett stand. Darauf lag ein Mann, dessen Körper mitleiderregend verformt war. Ihm fehlten ein Bein und ein Arm, und sein Gesicht bestand aus einer von Narben zerfurchten Fratze, die keinerlei Gefühle mehr ausdrücken konnte.

Zwei Männer mittleren Alters waren gerade dabei, Brei in die Öffnung zu schieben, die einmal der Mund gewesen sein musste. Auf einen Wink des Fremden standen sie auf und verließen mit einer Verbeugung den Raum. Nachdem der Besucher sich überzeugt hatte, dass die beiden das Haus verlassen hatten, trat er neben den verkrüppelten Mann.

»Ich grüße dich, Enkel!«

Der Körper des Verformten zitterte, so als wolle er sich bewegen, ohne es zu können. Dann klang eine kraftlose Stimme auf, der jede Modulation fehlte. Sie kam nicht aus dem Mund des Mannes, sondern aus dem grünen Kristall, den er auf der Brust trug.

»Ihr seid herübergekommen, Herr? Ich nahm an, Ihr wolltet länger jenseits des Stromes bleiben.«

»Ich habe meine Pläne geändert.«

Erulim schlug seine Kapuze zurück und enthüllte sein schmales Eirun-Gesicht. Selbst sein Enkel, dessen zerschlagener Körper vor ihm lag, ahnte nicht, dass er nur die grüne Erscheinung eines Wesens vor sich hatte, das zwei Farben und noch mehr Identitäten annehmen konnte.

Es war Erulim mit Hilfe von Versetzungszaubern gelungen, die Goisen-Sümpfe tief im Süden zu erreichen und sich von einem Schiffer nach Thilion bringen zu lassen. Die Zeit, die er dabei verloren hatte, schmerzte ihn, weil er seine Pläne viel zu lange nicht hatte weiterverfolgen können. Nun stellte er dem Verkrüppelten die Frage, die ihm seit Tagen auf der Zunge lag.

»Wie weit sind die Vorbereitungen für die Reise der urdilischen Prinzessin gediehen?«

»Elanah und ihre Brüder haben bereits Thilions Grenze überschritten. Sie werden in wenigen Tagen hier in Thilionrah erwartet. Reodhil ist ihnen entgegengeritten«, antwortete der Krüppel.

»Kann er überhaupt noch reiten?« Erulims Stimme klang so scharf, als erbose ihn dieser Umstand.

Aus dem Kristall erscholl ein bitteres Lachen. »Eine Heilerin aus Edessin Dareh hat sich seiner angenommen. Zwar konnte sie ihn nicht auf Dauer heilen, doch im Gegensatz zu mir geht es ihm gut.«

»Und? Hast du die Heilerin auch zu dir geholt, Neldion?«

Neldion, Fürst von Tharalin, stieß einen Laut aus, der ein Fluch sein sollte, aber mehr seine Verzweiflung ausdrückte. »Sie sagte, sie kann nichts für mich tun. Die Kraft, die mich zu dem gemacht hat, was ich bin, wäre zu stark für sie. Nur eine der großen Heilerinnen des Eirun-Volkes könnte mich so weit wiederherstellen, dass ich wenigstens aufrecht sitzen und sprechen könnte, ohne auf diesen elenden Kristall angewiesen zu sein. Ahne, Ihr habt mir doch versprochen, mir eine solche Heilerin zu schicken!«

Erulim begann leise zu lachen. »Gut Ding will Weile haben, mein Nachkomme. Da du durch mein Blut länger leben wirst als andere Menschen, solltest du nicht ungeduldig sein. Die Verletzungen, die Rhondh dir beigebracht hat, vermag auch eine Eirun nicht zu beseitigen. Du wärst immer noch ein Krüppel und so fern von Thilions Thron wie jetzt. Die Einzige, die dir helfen kann, ist eine Heilerin aus dem Volk der Schlangenmenschen.«

»Aber die sind doch blau! Ich würde dabei sterben!« Selbst im monotonen Klang der künstlichen Stimme schwang das Entsetzen mit, das Fürst Tharalin bei dieser Vorstellung empfand.

»Es gibt auch weiße Schlangenfrauen, so wie es weiße Katzenfrauen gibt. Nur muss ich eine finden und in meine Gewalt bringen. So lange wirst du dich mit deinem Zustand abfinden müssen. Doch sei versichert, es wird rechtzeitig geschehen. Aber nun zurück zu der Prinzessin von Urdil. König Reodhil will sie also persönlich eskortieren.«

»Auch das wird Elanah nichts helfen«, erklärte der Verkrüppelte. »Mein Vetter aus Tenelian hat geschworen, ihren Transport nach Osten zu verhindern, und das wird seinen Kriegern auch gelingen.«

Fürst Neldion glaubte, seinem Ahnherrn damit einen Gefallen zu tun, doch Erulim winkte verärgert ab. »Ich brauche das Mädchen auf der roten Seite des Großen Stromes. Also ruf die Tenelianer zurück.«

»Das wird nicht leicht sein! Vielleicht sind die Prinzessin und die Prinzen schon tot. Die Tenelianer sind gute Bogenschützen, und Ihr habt ihnen das Gift ihrer Pfeile selbst verschafft, ebenso die Mäntel, die sie vor neugierigen Schnüffelnasen verbergen.«

Noch während Fürst Neldion redete, beschäftigten sich die Gedanken seines Ahnherrn mit der aktuellen Situation. »Wer führt diesen Brautzug an? Prinz Elandhor?«

»Nein, irgendeine Vertraute des weißen Evari. Es soll sich angeblich um eine weiße Katzenfrau handeln.«

Erulim riss es förmlich herum. »Eine Katzenfrau? Das wäre fatal für die Tenelianer! Gegen die Nase einer Katzenkriegerin helfen ihnen auch die magischen Mäntel nicht.«

Für einen Augenblick verstummte der grüne Eirun, als müsse er sich sammeln, und blickte seinen Enkel dann drohend an. »Berichte, was du von dieser weißen Katze weißt. War sie letztens jenseits des Großen Stromes?«

»Das weiß ich nicht«, erklärte Neldion. »Mir ist nur bekannt, dass sie vor etlichen Monaten in Gamindhon aufgetaucht ist und Khaton geholfen hat, diesen obskuren Propheten als Scharlatan zu entlarven.«

»Dann ist sie es! Ich muss sie unbedingt in meine Hand bekommen und dorthin zurückbringen, wo sie hingehört!«

Mit diesem Ausruf verblüffte Erulim seinen Enkel. »Ihr kennt sie, Ahne?«

»Kennen? Vielleicht. Doch nun zu dir! Die Anweisungen, die ich dir jetzt erteile, wirst du so schnell und so präzise ausführen, wie ich es von dir verlange! Ich habe mein Schwert an T'wools Kehle gelegt, so dass es bald fallen wird und seine Vasallen und Verbündeten mit ihm.«

»Werdet Ihr dann auch den Fluch von Rhyallun brechen?«, fragte Tharalin voller Hass.

»Es wäre zu viel Aufwand, es so jetzt schon zu tun«, wich Erulim einer direkten Antwort aus. »Vorerst bleibt das Gebiet unter grüner Herrschaft, und du kannst es später deinem eigenen Reich angliedern.«

»Meinem eigenen Reich!« Aus dem Kristall erklang ein bitteres Lachen. »Im Augenblick bin ich zwar der Fürst von Tharalin, kann aber nicht einmal dieses Ländchen regieren, sondern muss hilflos zuschauen, wie Reodhil es zu einer Provinz Thilions macht.«

»Da du einmal König von Thilion sein wirst, kann dir dies doch gleichgültig sein!« Erulim schnaubte kurz und erteilte dann seinem Enkel eine Reihe von Anweisungen. Auch wenn Neldion von Tharalin für alle Welt als Krüppel galt, von dem man nicht einmal wusste, ob er noch bei Verstand war, vermochte er viel zu bewegen. Er hatte genug treue Männer um sich geschart, die bereit waren, jeden seiner Befehle bis zum Meuchelmord auszuführen. Diese Leute wagten sich auch in die Freistädte nördlich der Bärenflussmündung, um dort Botschaften zu überbringen oder abzuholen. Erulim war sich daher sicher, dass jeder Befehl, den er seinem Enkel gab, getreulich ausgeführt werden würde.

Zwar wäre es ihm lieber gewesen, selbst über den Strom zu gehen und die Aktion gegen T'wool und Arendhar zu leiten, doch solange er in seiner grünen Eirun-Gestalt gefangen war, war dies unmöglich.

❋ ❋ ❋

Die Mittagsstunde war gerade vorüber, als Erulim seinen Enkel wieder verließ. Vorher versprach er ihm noch hoch und heilig, ihm eine weiße Schlangenmenschenheilerin zu besorgen, die seinen verkrüppelten Körper vollständig wieder herstellen konnte. Dazu war er auch bereit. Neldion zählte zu seinen fähigsten Unteranführern und war von ihm ausersehen, einen nicht unbeträchtlichen Teil seines zukünftigen Imperiums zu verwalten, welches die gesamten Dämmerlande und jenes Gebiet hoch im Norden umfassen sollte, auf das keiner der sechs Götter Anspruch erhob.

Eines behielt Erulim jedoch für sich. In einem seiner geheimen Verstecke wuchs bereits eine weiße, hochbegabte Zirdh'een-Heilerin heran. In zehn oder fünfzehn Jahren würde das Schlangenmenschenmädchen in der Lage sein, selbst so einen lebenden Kadaver wie Neldion wiederherzustellen. Dann, so fuhr es Erulim durch den Kopf, würde er die grünen Reiche des Südens und die blauen Reiche des Ostens durch seine eigenen Nachkommen beherrschen. T'wool würde ihm über Rakkarr von T'walun in die Hände fallen und mit ihm auch die meisten Tawaler-Reiche. Auch sonst gediehen seine Pläne gut.

Mit Tardelon und Rhondh hatte er bereits zwei Evaris ausgeschaltet, und er hatte Yahyehs und Khatons Ansehen so untergraben, dass diese keine Unterstützung von den Tempeln und den Herrschern ihrer Farbe mehr erhielten. Tharon besaß zwar immer noch Macht über die schwarzen Reiche, würde aber schon bald in seine Hand fallen. Als einzige ernsthafte Gegnerin blieb dann nur noch Sirrin übrig, doch auch sie würde sich schließlich seiner Macht beugen müssen.

Während er für die Bewohner von Thilionrah beinahe unsichtbar die Stadt verließ, dachte er über sein weiteres Vorgehen nach. Mit einem Mal aber bleckte er die Zähne. Was hatte es mit der weißen Katze auf sich, die so urplötzlich in Khatons Gefolge aufgetaucht war?

Seit tausend Jahren war nur ein einziges weißes Katzenmenschenkind geboren worden – und das in einem seiner geheimen Refugien. Er hatte gehofft, es zu seiner willigen Helferin machen zu können, es dann aber ebenso wie seine Eltern seiner Sammlung gefangener und versteinerter Feinde hinzugefügt. Vielleicht war es falsch von ihm gewesen, das kleine Biest dort zurückzulassen, nur weil es bei seiner Geburt schon Zähne besessen und ihn in die Finger gebissen hatte.

Konnte es wirklich sein, dass jemand in dieses gut getarnte und gesicherte Versteck eingedrungen war und das Baby gestohlen hatte? Das musste er feststellen, sobald er wieder auf die rote Seite des Stromes zurückkehren konnte. Wenn Khaton der Eindringling gewesen war, so hatte er den Magier bisher stark unterschätzt.

»Ich hätte den Kerl längst beseitigen sollen!«, schimpfte er und verblüffte damit einige Wanderer, an denen er eben vorbei schritt. Ein kurzer Magiestoß sorgte jedoch dafür, dass diese ihn und seinen Ausbruch sofort wieder vergaßen.

Erulim atmete tief durch und versuchte, sich zu beruhigen. Wenn er sich seinen Launen hingab, lief er Gefahr, die nötige Vorsicht zu vergessen.

Wie es aussah, war die weiße Katze der einzige Schwachpunkt in seinen Planungen. Schon einmal hatte sie eine seiner sorgfältig eingefädelten Aktionen zunichtegemacht, indem es ihr mit fast spielerischer Leichtigkeit gelungen war, das Versteck der entführten Prinzessin Zhirilah in T'woollion aufzufinden. Er hätte klüger sein und die Erbin des Throns von Zhirivh in einer Glasfalle aus der Stadt bringen lassen sollen. Dieses Versäumnis hatte ihn eine wertvolle Geisel gekostet und gleichzeitig den erhofften Krieg zwischen den blauen Reichen und T'wool verhindert, der die Lande östlich des Stromes endgültig ins Chaos gestürzt hätte. Wäre ihm das gelungen, hätte er schon längst den Grundstein für seine Herrschaft dort legen können.

»Ich muss die Katze sehen, um herauszufinden, ob sie es ist!« Der Gedanke, die Tochter einer weißen Eirun-Königin und eines blauen Gestaltwandlermagiers hohen Grades auf der Seite seiner Feinde zu wissen, barg etliche Unwägbarkeiten für ihn, zumal das kleine Biest einiges an ihm zu rächen hatte. Kurz dachte er an die Eltern des Katzenmädchens, die sich trotz der Farbfeindschaft gegen ihn verbündet und ihm ungewöhnlich hartnäckigen Widerstand entgegengesetzt hatten. Zur Strafe hatte er sie im Sterben versteinert und so weit bei Bewusstsein gelassen, dass sie den Todesschmerz bis in alle Ewigkeit spüren würden.

»Wenn sie es ist, werde ich das Biest fangen und wieder zu Füßen ihrer Eltern versteinern. Und diesmal werde ich die Galerie der Statuen so sichern, dass auch ein Gott sie nicht betreten kann!«, schwor Erulim sich und schritt rascher aus.

Nach einer Weile betrat er einen kleinen Wald und wollte sich aus alter Gewohnheit magisch versetzen. Doch mitten in der Bewegung hielt er inne. Wenn er zu viel Magie anwandte, konnte Nelaisans und Berrandhors Tochter die Schwaden auffangen und würde gewarnt sein. Daher blieb ihm nichts anderes übrig, als ins nächste Dorf zu gehen, von einem Bauern ein Pferd zu kaufen und nach Norden zu reiten, bis er auf den Brautzug traf.

❊ ❊ ❊

Die Verletzungen der sechs Gefangenen waren versorgt, sie selbst mit festen Stricken gefesselt, und nun wartete Laisa darauf, dass der Erste von ihnen aus seiner Bewusstlosigkeit erwachte. Dies dauerte jedoch, und so kaute sie sich vor Nervosität beinahe die Schwanzspitze ab.

Rongi nahm die Sache gelassener. Er hatte sich aus der Glasfalle mit den Vorräten einen großen, marinierten Fisch geholt und verzehrte diesen mit schnurrenden Lauten. Seine

Tischmanieren waren allerdings nicht besser geworden, und so schalt Ysobel ihn, dass er durch sein Benehmen die Menschen des Westens in dem Glauben bestärke, die Bewohner jenseits des Großen Stromes seien alles Barbaren. Erfolg hatte die Tivenga mit ihrem Appell jedoch nicht. Rongi schmatzte grinsend weiter und bot schließlich den Rest, den er nicht mehr essen konnte, Laisa an.

»Magst du?«

Nach einem kurzen Blick auf den halben Fisch schnappte Laisa sich diesen und schlang ihn so hastig hinunter, als befürchte sie, nicht rasch genug fertig zu werden, bevor der erste Gefangene erwachte.

Doch der Tag brach an, und noch immer lagen die Gefangenen wie erstarrt. Schließlich schlug Graf Klerdhil vor, die Kerle auf einen Wagen zu laden und weiterzufahren.

Laisa fauchte leise. »Ich möchte sie verhören, sobald sie wach sind!«

»Das könnt Ihr doch auch unterwegs tun«, wandte der Thilier ein.

Das stimmte zwar, doch Laisa hatte wenig Lust, in einem engen, stickigen Wagen zu hocken, wenn sie genauso gut auf Vakka reiten und die frische Luft atmen konnte. Schließlich versprach Borlon, auf die Männer aufzupassen. Auf den Kompromiss konnte Laisa sich einlassen, denn der Anblick des hünenhaften Bor'een würde den Gefangenen mit Sicherheit durch Mark und Bein gehen.

Sie verließ das Zelt und gab den Befehl, das Lager abzuschlagen. Als kurz darauf die Prinzessin an ihr vorbeiging, roch sie deren Angst. Elanah schien nicht darüber hinwegzukommen, dass Menschen der eigenen Farbe ihr den Tod wünschten. Auch Klinal und Elandhor wirkten noch verbissener als sonst, und zum ersten Mal seit ihrem Aufbruch stritten sie sich nicht. Obwohl Graf Klerdhil ihnen vorschlug, sie sollten im Wagen ihrer Schwester mitfahren, stiegen sie auf ihre Pferde und nahmen ihre Plätze an der Spitze und am Ende des Zuges ein.

Klinal verhielt dabei sein Pferd kurz neben Laisa und reichte ihr ein gesiegeltes Schreiben. »Sollte meinem Bruder und mir etwas zustoßen, so übergebt diesen Brief Khaton, damit er ihn dem grünen Synod in Edessin Dareh zukommen lässt.«

»Was steht in dem Brief?«, fragte Laisa neugierig.

»Nicht mehr, als dass Elandhor und ich auf Befehl unseres Vetters Tenealras, des Priesterkönigs von Tenelian, umgebracht worden sind, weil dieser unser Reich erben wollte. Diese Anklage muss der grüne Tempel verfolgen, und mir ist es lieber, ein entfernter Verwandter erbt den Thron von Urdil, als dass der Tenelianer auch mein Volk seiner rigiden Herrschaft unterwerfen kann.«

»Ich werde es tun«, versprach Laisa und sah dem Prinzen nach, bis dieser vor dem Zug sein Pferd zügelte und das Signal zum Aufbruch gab. Mut konnte sie Klinal und seinem Bruder nicht absprechen. Doch ob die beiden auch klug handelten, war eine andere Frage. Sie nahm jedoch an, dass an diesem Tag keine Gefahr drohte. Der Feind im Hintergrund musste erst verdauen, dass sechs seiner Leute auf eine für ihn unheimliche Weise abgefangen worden waren. Daher kümmerte sie sich nicht weiter um die Prinzen von Urdil, sondern ritt in der Nähe des Wagens, auf dem die Gefangenen lagen, und wartete auf Borlons Zeichen, dass der Erste von ihnen erwacht sei.

❊ ❊ ❊

Borlon meldete sich erst gegen Mittag. Doch gerade als Laisa sich aus dem Sattel schwingen und auf den Wagen steigen wollte, ertönten Signalhörner, und sie hörte, dass sich eine größere Gruppe von Reitern dem Wagenzug näherte. Im ersten Augenblick griff sie zum Bogen, steckte diesen aber wieder weg, als der Name Reodhil genannt wurde.

Laisa befahl Rongi und Ysobel, nahe bei ihr zu bleiben, und ritt dem König von Thilion entgegen. Mitten auf der Straße waren an die einhundert Reiter versammelt. Sie trugen ausnahmslos grüne Rüstungen und waren den Wappen auf ihren Schilden zufolge Edelleute. Reodhil selbst wirkte noch im Sattel hochgewachsen, war aber so hager und eingefallen, als nage ein geheimes Leiden an ihm. Sein scharf geschnittenes Gesicht glich dem eines Raubvogels, doch die Haut, die sich bleich über die Knochen spannte, zeugte ebenfalls von Krankheit.

Zunächst glaubte Laisa, einen Greis vor sich zu haben, merkte aber rasch, dass der Mann nicht so alt sein konnte, wie er aussah. Die Last des Lebens hatte ihm jedoch den Rücken gebeugt, und er vermochte sich, als er aus dem Sattel gestiegen war, kaum gerade zu halten.

Er schien unsicher zu sein, wie er sich Laisa gegenüber verhalten sollte, denn er starrte sie etliche Sekunden lang an. Dann neigte er kurz sein Haupt. »Seid mir willkommen, Gesandte des Evari!«

»Ich danke dir für deine Gastfreundschaft, Reodhil, und die Hilfe, die du unserem Vorhaben zukommen lässt. Doch jetzt entschuldige mich bitte. Wir haben Gefangene gemacht, die ich verhören will.«

»Sind es Leute aus Thilion?«, fragte der König.

»Graf Klerdhil hält sie für Tenelianer«, antwortete Laisa, kehrte Reodhil den Rücken zu und ritt zurück zu dem Wagen mit den Gefangenen. Dort schlug Borlon gerade die Plane hoch, so dass sie die gefesselten Männer vom Sattel aus betrachten konnte.

»Wie durch einen Zauber sind sie fast alle zur gleichen Zeit aufgewacht«, berichtete der Bor'een. »Nur der, den du mit deiner Schlange erwischt hast, schläft noch!«

Laisa bedauerte es, denn nach Rongis Auskunft handelte es sich bei dem Kerl um den Anführer der Meuchelmörder. Da sie ihn jedoch nicht mit einem Fingerschnippen wecken konnte, wandte sie sich einem anderen Gefangenen zu.

»Wer bist du, und wo kommst du her?«

»Verrecke, du Kreatur aus Ilynas Trögen!«, antwortete der Mann.

Reodhil war Laisa gefolgt und schüttelte nun seufzend den Kopf. »Damit ist die Herkunft des Mannes schon einmal geklärt. Nur Tenelianer verleugnen die Farbe eines anderen Wesens und beleidigen die, die ihre Freunde sein sollten!«

»Ja, ich bin aus Tenelian«, stieß der Mann hervor, »und drei meiner Kameraden ebenfalls. Wir sind ausgezogen, um das zu verhindern, was nicht geschehen darf. Auch wenn ihr uns gefangen habt, wird es unseren Freunden gelingen, die Tat zu vollbringen.«

»Es gibt also noch andere eures Gelichters. Darüber möchte ich mehr wissen!« Laisa beugte sich interessiert vor, doch da spuckte der andere sie an.

»Von mir erfährst du nur eines: Du und das ganze Gesindel einschließlich dieses lächerlichen Königs werdet in Ilynas Hölle enden!«

»Ein frommer Wunsch, fürwahr. Doch unter der Folter wirst du schon berichten, was wir wissen wollen. Packt ihn!« Reodhil gab mehreren seiner Männer einen Wink, doch ehe diese den Gefangenen vom Wagen heben konnten, lachte dieser auf, sprach einen kurzen Hymnus an Tenelin und biss dann die Zähne ganz fest zusammen.

Laisa bekam einen bitteren Geruch in die Nase, stieß Reodhil instinktiv zurück und trieb Vakka gleichzeitig eine Fußkralle in die Weichen. Die Stute machte einen Satz und beschwerte sich dann mit einem zornigen Wiehern. Laisa hatte jedoch nicht die Zeit, sich um das gekränkte Tier zu kümmern, sondern hielt nach Borlon Ausschau. Dieser war gerade noch rechtzeitig vom Wagen herabgehechtet und lag hustend und keuchend am Boden. Auch Reodhil lebte noch. Einer seiner Ritter half ihm gerade auf die Beine. Die sechs Gefangenen auf dem Wagen waren jedoch tot.

»Verdammt! Was war das?«, fragte Reodhil verdattert.

»Ein magisches Gift, wie mir scheint«, erklärte Laisa und schnupperte kurz.

Zu ihrer Verwunderung roch sie einen feinen, blauen Dunst, der von dem Gefangenen ausging, den sie eben verhört hatte. Die Farbnuance kam ihr bekannt vor, und sie schnaubte, als sie sich daran erinnerte. Es war dieselbe wie verbrannt schmeckende Magie, die verwendet worden war, um Prinzessin Zhirilah zu betäuben und zu entführen.

»Frong!« Dieses Wort kam ihr unwillkürlich über die Lippen.

»Was sagt Ihr?«, wollte Reodhil wissen.

Laisa schüttelte irritiert den Kopf. »Es ist eigentlich unmöglich, doch ich spüre blaue Magie an dem Kerl!«

Unterdessen war das Gift so weit verflogen, dass Graf Klerdhil zu dem Toten hintreten und dessen Mund mit der Klinge seines Dolches öffnen konnte. Er sah hinein und wandte sich dann mit verkniffener Miene zu Laisa und Reodhil um.

»Der Mann hatte eine silberne Kapsel in einem Zahn. Solange sie geschlossen war, konnte auch ein Magier nichts von dem Gift oder der blauen Magie bemerken. Als er die Kapsel aufgebissen hatte, tötete der Inhalt ihn und alles, was sich in seiner Nähe befunden hat. Ihr, Majestät, habt es nur der schnellen Reaktion der Dame Laisa zu verdanken, dass Ihr noch am Leben seid.«

»Beim Grünmond und allen Sternen! Wer auch immer hinter diesem Schurkenstück steckt, wird es bereuen.«

Reodhils Augen blitzten vor Zorn, und Laisa begriff, dass es nicht gut wäre, sich diesen Mann zum Feind zu machen. Das Schicksal mochte ihn gebeugt haben, doch gebrochen hatte es ihn noch lange nicht. Jetzt wischte er sich kurz über die Stirn und starrte die toten Schurken grimmig an.

»Der Mann hat zugegeben, dass er und die meisten seiner Spießgesellen aus Tenelian stammen. Das stimmt mit unseren eigenen Erfahrungen überein. König Tenealras von Tenelian versucht, seinen Vorteil aus dem Leid zu ziehen, das uns getroffen hat. Doch wir sind nicht über den Großen Strom gezogen und haben die Heere des Ostens aus großen Teilen ihrer Herrschaftsgebiete vertrieben, um unsere Länder Fanatikern auszuliefern.«

»Wie meint Ihr das?«, fragte Laisa, die seinen Worten nicht folgen konnte.

»Es geht um das, was ich gestern bereits andeutete, und um Prinz Tenedhil«, warf Graf Klerdhil ein.

Sichtlich erschüttert, begann Reodhil zu berichten. »Tenedhil war mein einziger Sohn. Er fiel drüben jenseits des Großen Stromes im Kampf. Mein Nachfolger wäre Neldion, der Fürst von Tharalin, geworden. Doch dieser wurde von einem entsetzlichen Feind verstümmelt und ist kaum mehr als ein lebender Leichnam, um den sich treue Diener kümmern. Einmal meinen Thron besteigen oder gar Söhne zu zeugen ist ihm verwehrt. Mein nächster Erbe ist daher der Sohn meiner

Tante, König Tenealras von Tenelian. Dieser ist gleichzeitig auch der Erbe von unserem Nachbarreich Aralian. Wenn es Tenealras dazu noch gelingt, die Erbin von Halondil zu ehelichen, fällt der größte Teil des grünen Südens in die Hand seines fanatischen Regimes. Die Folge wäre ein weiterer Angriff auf die rote Seite des Stromes und ein Krieg, der mörderischer und vernichtender sein würde als alles, was seit dem Friedensschluss der Götter und Dämonen vor fast neunhundert Jahren in den Dämmerlanden geschehen ist.«

Für einen Augenblick verstummte der König und ballte die Faust. »Eher schließe ich Frieden mit T'wool und führe meine Ritter gegen Tenelian, als das zuzulassen!«

»Dieses Tenelian ist eine Pestbeule«, murmelte Laisa, die nicht vergessen hatte, wie massiv dieses Land die Maraand-Fähre und damit einen friedlichen Austausch zwischen beiden Seiten des Stromes behinderte.

»Das ist es! Eines Tages werde ich sie aufschneiden!«, drohte Reodhil. Doch die Kraft, die der Zorn ihm verliehen hatte, schien nun zu schwinden. Er schwankte, und Laisa musste zugreifen, damit er nicht stürzte.

In dem Augenblick, in dem sie ihn berührte, zuckte sie zusammen. Sie spürte sein Grün stärker als bei den meisten Menschen seiner Farbe, auf die sie bisher getroffen war, und stellte fest, dass etwas mit ihm nicht stimmte. Nun ärgerte sie sich, dass Khaton ihr die Magie in trockenen, theoretischen Lektionen hatte beibringen wollen und dabei überhaupt nicht auf ihre natürlichen Fähigkeiten eingegangen war.

»Bist du krank, Reodhil?«, fragte sie.

Der König von Thilion nickte mit verzerrter Miene. »Der Verlust meines Sohnes und meiner Gemahlin, die aus Gram um ihn starb, hat mich schwer getroffen. Auch kranke ich an den Wunden, die ich jenseits des Stromes im Kampf erhielt.«

»Von Wunden spüre ich nichts, aber an dir haftet etwas Unangenehmes, und das ist magisch.«

»Vermutlich ein Fluch der Hexer von drüben, die sich dafür rächen wollen, weil ich meinen Fuß in ihre Lande gesetzt habe«, antwortete der König mit einem schmerzhaften Stöhnen.

»Das glaube ich weniger! Es sei denn, dieser Hexer wäre von grüner Farbe gewesen.« Laisa konzentrierte sich nun stärker und spürte das Fremde an Reodhil.

Es war jedoch so mit dem Geist des Königs verwoben, dass sie zunächst nicht begriff, woher es kam und was es bewirken sollte. Dann aber schloss sie die Augen und horchte in sich hinein. Sofort überfiel sie Trauer, Mutlosigkeit und Schwäche. Dazu kam eine starke Sehnsucht, diese Welt hinter sich zu lassen und in Tenelins Seelendom einzugehen.

Mit einem wütenden Fauchen streifte sie diese Gefühle ab und musterte den König. »Irgendetwas stimmt mit dir nicht, Reodhil. Noch weiß ich nicht, was es ist und wie es beseitigt werden kann.«

»Aber …«, begann Reodhil, doch Laisa hob die Hand.

»Kein Aber! Ich habe eben gefühlt, was in dir steckt. Du denkst an den Tod, nicht wahr? Und auch daran, die Last dieser Welt von dir abzustreifen.«

Reodhil sah sie empört an, senkte auf einmal aber den Kopf. »Nein, ich … Nun ja, gelegentlich. Der Schmerz ist auch zu groß. Aber wie kommst du darauf?«

»Ich sagte doch, dass ich eben die gleichen Wünsche verspürt habe, aber als Geschöpf Meandirs habe ich von mir aus nicht die Absicht, in Tenelins Seelenhallen einzugehen.«

Laisa überlegte, wie sie dem König helfen konnte. Der Verstand sagte ihr, dass es das Beste wäre, Khaton Nachricht zu schicken, dass mit Reodhil von Thilion etwas nicht in Ordnung war. Dann aber fragte sie sich, ob der Evari überhaupt bemerken würde, was sie selbst spüren konnte. Khaton hatte sie nur selten gelobt und dann auch nur ihr Gespür für Magie. Nach einigen Übungen war sie in der Lage gewesen, selbst feinste Nuancen gleicher Farben zu unterscheiden, und das half ihr nun, denn die Magie, mit der jemand Reodhils Geist beeinflusst hatte, war seiner eigenen sehr ähnlich. Selbst sie hatte Mühe, die Stellen, an denen die fremde Kraft mit der des Königs verschmolzen war, genau zu lokalisieren.

»Das muss ich mir genauer ansehen, aber jetzt ist nicht die Zeit dazu«, erklärte sie, um Zeit zum Nachdenken zu gewinnen.

Reodhil nickte sichtlich beklommen. »Auf der Reise kommen wir an einem meiner Jagdhäuser vorbei. Prinzessin Elanah hat gewiss nichts gegen einen Ruhetag einzuwenden, denn die Reise wird noch etliche Zeit dauern. Mich interessiert sehr, was Ihr herausgefunden habt, denn manchmal habe ich das Gefühl, als wäre ich nicht ich selbst.«

»Diesem Geheimnis werden wir auf die Spur kommen«, versprach Laisa und ignorierte dabei Ysobels und Borlons Blicke, die sie warnen wollten, sich um Dinge zu kümmern, von denen sie deren Meinung nach nichts verstand.

SECHSTES KAPITEL

Der Große Strom

Mehr als tausend Meilen von Laisa und ihren Problemen entfernt, kämpfte Sung, der Heiler, mit dem Gefühl, einen schweren Fehler begangen zu haben. Er hatte Prinz Rogon nach dem ersten Eindruck beurteilt und stand nun vor der Erkenntnis, dass der unsicher, ja fast hilflos wirkende junge Mann fern der Heimat und außerhalb der Reichweite der Priesterinnen, deren Macht ihn beinahe erstickt hätte, ein ganz anderer geworden war.

Eben saß Rogon ein Stück von ihm entfernt und unterhielt sich mit mehreren Schlangenmenschen, zu denen Xulla sie gebracht hatte. Zwar waren nicht alle der Hochsprache mächtig, doch Xulla übersetzte ihre Worte.

Es war für Sung erschreckend, so viele neue Facetten an seinem Begleiter zu entdecken. Wenn er ihn zu dem verborgenen Tempel lotsen, in dem die in einem magischen Schlaf liegende Tirah versteckt war, und dort benutzen wollte, diese wiederzuerwecken, musste er sich beeilen. Fand Rogon noch mehr Freude an seiner unverhofften Freiheit und entdeckte weitere Talente an sich, die derzeit noch schlummern mochten, würde er sich nicht mehr von ihm leiten lassen. Dabei waren seine Fähigkeiten im Kampf für den Heiler bereits jetzt erschreckend. Nur wenige Menschen waren in der Lage, allein mit vier Sklavenjägern aus Flussmaul und den Freistädten fertig zu werden, insbesondere, wenn diese mit Artefaktwaffen aus dem Schwarzen Land ausgerüstet waren. Rogon war dieses Kunststück gelungen, und er hatte dabei nicht einmal eine Schramme abbekommen.

Sung sagte sich, dass er mit solchen Fähigkeiten hätte rechnen müssen. Als Sohn eines erfolgreichen Söldnerführers war der junge Mann mit Sicherheit im Kampf geschult worden. Er aber hatte nur seine linkischen Auftritte bei der Begrüßung der Gäste und seine Unlust bei Tanz und Konversation gesehen und daraus sein Bild von einem eher hilflosen Prinzlein geformt.

Da er nun doch wissen wollte, was Rogon mit den Schlangenmenschen zu besprechen hatte, trat er zu der Gruppe. Bevor er etwas sagen konnte, drehte Rogon sich zu ihm um. »Wir können morgen weiterreisen. Das Schiff der Sklavenjäger hat die Sümpfe in Richtung Norden verlassen.«

»Du glaubst, die Kerle wollen nach Flussmaul?«, fragte Sung.

Rogon antwortete mit einem belustigten Lächeln. »Auf jeden Fall sind sie dorthin unterwegs. Allerdings nicht mehr alle. Zwei der Männer, mit denen wir es zu tun hatten, und vier weitere sind den Blasrohrpfeilen unserer Freunde zum Opfer gefallen. Die Zirdh'een hassen Sklavenjäger und Piraten, daher töten sie sie, wenn sich die Gelegenheit dazu bietet. Tolmon Kren vom ersten Turm von Flussmaul wird auf seinen nächsten Fahrten durch die Sümpfe sehr vorsichtig sein müssen. Unsere Freunde wissen nun, dass er hinter den Jagden auf sie steckt, und wollen sich rächen. Vielleicht bleibt er sogar einige Zeit zu Hause und schickt nur seine Kapitäne bis nach Edessin Dareh.«

Der Name Tolmon Kren sagte Sung einiges. Alle, die über

diesen Mann gesprochen hatten, beteten zu ihrem Gott, dass sie ihm niemals begegnen mussten. Als er nun hörte, dass Rogon über den gefürchteten Piraten und Sklavenjäger spottete, schürte dies seine Angst vor dem Prinzen noch mehr.

»Gut, dass wir weiterreisen können. Wir haben hier schon zu viele Tage verloren, in denen wir unserem Ziel näher gekommen wären«, sagte er barsch.

Rogon kniff verwundert die Augen zusammen. »Haben wir ein Ziel?«

»Ich dachte, wir wollten in den Süden reisen!«

Sung wagte es nicht, Tirah direkt anzusprechen. Zwar hielten sich die Schlangenmenschen vor den Menschen in ihren Sümpfen versteckt, doch sie waren magisch begabte Geschöpfe und gute Heiler. Der eine oder andere konnte von Tirah gehört haben und wissen, wie diese wieder zum Leben zu erwecken war. Wenn sie Rogon warnten, würde dies nicht nur den Auftrag gefährden, den Sirrin ihm gegeben hatte, sondern auch sein Leben. Mittlerweile traute er dem Prinzen zu, ihn zu töten, wenn er sich von ihm verraten fühlte.

Rogon aber lächelte beinahe übermütig, denn er genoss den Rausch der Freiheit und das Ende des höfischen Zwangs, der ihm ein Greuel gewesen war.

Unwillkürlich musste er an seine Eltern und seine Zwillingsschwester denken. Natürlich würden sie sich Sorgen um ihn machen, und das tat ihm leid. Doch er war überzeugt, richtig gehandelt zu haben, denn er war nicht zum König von Andhir geboren. Weder hatte er dort das Licht der Welt erblickt noch sich je in dem Land heimisch gefühlt. Zwar wusste er nicht, was ihm die Zukunft bringen würde, doch im Notfall konnte er sich an seinen Großvater in Edessin Dareh wenden und an Rhynn, die wieder dorthin zurückkehren würde. Doch das würde er nur dann tun, wenn es ihm wirklich dreckig ging und er zugeben musste, dass er nicht auf eigenen Füßen stehen konnte. Vorerst war er damit zufrieden, den Heiler zu begleiten und vielleicht sogar ein wenig von dessen Kunst zu lernen.

Wahrscheinlich wäre Sung beruhigt gewesen, hätte er die Gedanken seines Begleiters lesen können. So aber drängte er sorgenerfüllt zum Aufbruch und war erleichtert, als Xulla sie zu einem schmalen Wasserlauf führte, der, wie sie sagte, nach einigen Meilen in den Großen Strom münden würde.

»Meine Leute haben ein Boot für euch geflochten. Es ist fest und wird euch sicher zu dem Ort bringen, an dem ihr den Großen Strom verlassen wollt!« Das Schlangenmenschenmädchen wies dabei auf ein etwa fünf Schritte langes Schilfboot, das an einer Leine aus Weidenzweigen hing. Darin lagen ein Beutel mit Lebensmitteln, zwei aus Binsen gefertigte Trinkflaschen sowie zwei leichte, aus Haselnusszweigen und Schilf geflochtene Paddel.

»Ich danke dir und deinem Volk. Ihr seid sehr großzügig«, sagte Rogon.

Über Xullas Gesicht huschte ein Lächeln. »Schätzt du den Wert meines Lebens und meiner Freiheit so gering ein, Prinz von Andhir? Wir würden euch gerne mehr geben, doch wir besitzen nur wenig von den Dingen, die die Bewohner der trockenen Lande schätzen. Warte …« Sie nestelte an ihrem Hals und brachte einen an einer Schnur aus geflochtenem Crohan-Leder hängenden blauen Halbedelstein zum Vorschein. Nachdem sie diesen an ihre Lippen gehalten und ein paar Worte in ihrer Sprache gesagt hatte, reichte sie ihn an Rogon weiter.

»Dieses Schmuckstück wird jedem Zirdh'een zeigen, dass du ein Freund meines Volkes bist. Vielleicht hilft es dir an fernen Orten. In früheren Zeiten waren auch andere Sumpfländer die Heimstatt von Schlangenmenschen. Zwar haben wir schon lange nichts mehr von unseren Verwandten gehört, doch vielleicht führt dich dein Weg in ihre Lande.«

Rogon legte sich die Schnur um und reichte Xulla die Hand. »Ich danke dir! Sollte ich je von anderen Zirdh'een hören, werde ich ihren Spuren folgen und ihnen Grüße vor dir und deinem Volk überbringen.«

Die junge Schlangenfrau nickte gerührt, umarmte dann Rogon und küsste ihn auf beide Wangen. »Du bist anders als die Menschen in den Ländern der Wardan. Irgendetwas an dir ist uns verwandt!«

Dann ließ sie ihn los und ging. Die anderen Schlangenmenschen folgten ihr und warfen dabei einen letzten Blick auf Rogon. Aber keiner von ihnen schenkte Sung Beachtung.

Der Heiler sah den Zirdh'een nach und atmete tief durch. »Puh, ich bin froh, dass sie weg sind! Sie erscheinen mir doch arg fremd.«

»Sie sind treuere Diener Ilynas als die Menschen der blauen Reiche«, antwortete Rogon bitter und wies auf das Boot. »Steig ein! Wir wollen heute noch ein schönes Stück vorwärtskommen. Oder hast du vergessen, dass wir Tirah suchen wollen?«

»Natürlich nicht!«, brummte Sung und setzte vorsichtig den Fuß auf das ihm unheimliche Ding. Rogon musste das Schilfboot festhalten, damit der Heiler einsteigen konnte. Dann griff er nach einem der Paddel, stieß das Schiffchen beim Einsteigen vom Ufer ab und nahm mit einer geschmeidigen Bewegung Platz.

Sung drehte sich mit angespannter Miene zu ihm um. »Ich hoffe, du bist mir nicht böse, dass ich mit den Schlangenmenschen nichts am Hut habe. Aber für mich gehört dieses Volk nach Osten in Ilynas Land. Die Dämmerlande wurden nach dem Friedensschluss unserer Göttinnen und des schwarzen

Giringar mit den drei Dämonen des Westens uns Menschen überlassen!«

»Dies ist ein Irrtum, mein Freund. Das Recht der Zirdh'een auf diese Sümpfe wurde im Dämmerlandvertrag ausdrücklich anerkannt, ebenso wie das auf die südlichen Stromsümpfe. Von dort sind die Schlangenmenschen jedoch nach dem ersten großen Dämmerlandkrieg vor vierhundert Jahren spurlos verschwunden.«

»Du kennst dich gut aus«, sagte Sung mit einem gewissen Spott, denn ihm erschien das Hier und Jetzt wichtiger als jenes uralte Regelwerk, für das sich nur noch die Priesterinnen und Priester interessierten, die es in der Heiligen Stadt aufbewahrten.

»Mein Vater sagte zu mir, um die Welt zu begreifen, müsse man wissen, wie sie so geworden ist.« Auch in Rogons Stimme schwang ein leichter Spott. Er mochte Sung, doch der Heiler kam ihm in einigen Dingen unbedarft und teilweise sogar engstirnig vor.

»Man muss die Dämmerlandverträge kennen, um zu begreifen, weshalb Flussmaul und Dscher, obwohl sie beide auf der goldenen Seite des Großen Stromes liegen, damals nicht aufgegeben werden mussten, und weshalb die Goisen im Gegenzug einen Sumpfstreifen am östlichen Ufer des Mündungsdeltas behalten durften«, fuhr Rogon fort, während er das Boot so geschickt lenkte, dass Sung ihn um dieses Können beneidete.

Zunächst säumten noch Schilfflächen, Weiden und Erlengestrüpp ihren Weg, doch je weiter sie nach Süden kamen, umso mehr blieb die Sumpflandschaft hinter ihnen zurück, und schließlich trieben sie auf dem freien Wasser des Toisserech. Dort säumten flache Hügel die Ufer, die mit wild wucherndem Gebüsch bedeckt waren, an das seit Jahrzehnten niemand mehr Hand angelegt hatte.

Einen Tag später erreichten sie den Hauptarm des Großen Stromes an der Stelle, in die jener Fluss mündete, der auch Andhir durchquerte. Rogons Herz zog sich zusammen, als er den Weg in die Heimat vor sich sah, und für einige Augenblicke kämpfte er mit dem Gedanken, seiner Familie wenigstens eine Botschaft zu schicken, dass er wohlauf sei.

Sung spürte die Gefühle des jungen Mannes und legte sich beim Paddeln doppelt ins Zeug. »Wir sollten möglichst rasch von hier verschwinden. Hier herrscht der Silldhar von Norensill, und das ist kein freundlicher Mann«, erklärte er seine Hast.

Kurz darauf fuhren sie an der größten aller Freistädte vorbei. Eine sechseckige Mauer von fünfzig Schritt Höhe, fugenlos aus einem unbekannten Material geformt, umschloss sie wie ein undurchdringlicher Ring. Einst hatte es drei Tore gegeben, doch zwei davon hatte der Silldhar zumauern lassen, und das dritte wurde von einem stark bewaffneten Trupp bewacht.

Als Rogon das sah, musste er grinsen. »Der Stadtherr von Norensill fürchtet meinen Vater. Er weiß, dass König Rogar es auf Dauer nicht zulassen wird, dass eine andere Macht die Flussmündung beherrscht und Andhir vom Strom abschneiden kann.«

»Diese Freistädte sind eine Pest, die sich immer mehr ausbreitet!« Sung spie angeekelt ins Wasser, denn die zunehmende Gesetzlosigkeit am Strom machte es ihm als Heiler fast unmöglich, ungehindert durch die Lande zu ziehen.

❊ ❊ ❊

In den ersten Nächten verbargen Rogon und Sung sich und ihr Boot im Ufergestrüpp, doch nach einigen Tagen glaubte Sung, sie könnten es wagen, eine Stadt zu betreten. Das Ufer, an dem sie gerade entlangfuhren, wurde ebenfalls von Freistädtern beherrscht. Sung wollte daher den großen Stromhafen meiden und schlug vor, ein Stück weiter südlich an Land zu gehen.

Damit war Rogon einverstanden, und so erreichten sie kurz vor der Abenddämmerung den Hafen einer kleinen Stadt, deren blau gestrichene Mauern im letzten Licht der untergehenden Sonne glänzten. Sie stiegen an Land, banden ihr Boot fest und wollten auf den Hafenaufseher warten, um die fällige Steuer zu bezahlen.

Da wurde Rogon auf einen Mann aufmerksam, der etwa fünfzig Schritte entfernt auf die um ihn versammelte Menge einredete. Obwohl er nicht genau verstehen konnte, was der breitschultrige Kerl sagte, hörte er die Worte Schlangenmenschen und Jagd heraus und trat neugierig näher. Sung versuchte, ihn aufzuhalten, doch Rogon schüttelte seine Hand ab und schob sich durch die Leute auf den Sprecher zu.

»... sage ich euch, es muss etwas geschehen. Diese elenden Zirdh'een überfallen unsere Handelstransporte und töten unsere Matrosen. Das dürfen wir nicht länger hinnehmen! Der erhabene Herr Tolmon Kren hat letztens wieder ein Handelsschiff an dieses Gesindel verloren, und dabei mussten mehr als vierzig Schiffer ihr Leben lassen. Wenn das so weitergeht, stockt noch der Handel zwischen den nördlichen Reichen mit dem Süden, und, was noch schlimmer ist, die Abgaben an die Tempel in Edessin Dareh können nicht mehr dort hingebracht werden. Wollt ihr den Zorn der großen Ilyna auf euch herabrufen, indem ihr zu feige seid, diese verdammten Schlangen zu bekämpfen?

Der erhabene Herr Tolmon Kren bezahlt zwanzig Silberfirin für jeden abgezogenen Schlangenmenschenbalg, einhundert für jeden lebendig gefangenen männlichen Zirdh'een und eintausend für jedes Weibchen!«

Etliche zustimmende Rufe erklangen, und einige Kerle, die aussahen, als hätten sie eine Verbesserung ihrer Verhältnisse dringend nötig, scharten sich um den Sprecher.

Nun hielt Rogon es für an der Zeit einzugreifen. »Tolmon Kren entlarvt sich mit diesem Angebot als das, was er ist, nämlich ein übler Sklavenhändler! Außerdem hat er kein Schiff verloren und auch keine vierzig Matrosen, sondern nur sechs Sklavenjäger, die sich etwas zu weit in die Wohngebiete der Zirdh'een gewagt hatten. Jetzt traut er sich selbst nicht mehr, Schlangenmenschen zu jagen, und lässt nach Narren suchen, die für ihn den Kopf hinhalten.«

Zu mehr kam Rogon nicht, denn der Fremde, der die Leute aufwiegeln wollte, stampfte schimpfend auf ihn zu. »Du Lumpenhund wagst es, den erhabenen Herrn Tolmon Kren zu beleidigen und ihn feige zu nennen? Dafür wirst du bezahlen!«

Der Mann war um einen Kopf größer als Rogon und mindestens um die Hälfte schwerer. Dennoch vertraute er nicht auf seine Fäuste, sondern zog sein Schwert und schwang es gegen den Prinzen.

Die umstehenden Leute spritzten schreiend auseinander, und Sung sah seinen Begleiter bereits tot am Boden liegen. Rogon wich dem Schwerthieb jedoch blitzschnell aus, traf mit der linken Handkante den rechten Arm des Gegners und prellte ihm die Waffe aus der Hand. Gleichzeitig nahm Sung erschrocken wahr, wie etwas in Rogon magisch aufwallte. Die Faust des jungen Mannes schoss auf den Angreifer zu und traf diesen seitlich am Kopf. Ohne einen Laut sackte der Mann in sich zusammen und blieb reglos am Boden liegen.

Noch während Sung sich fragte, ob er erleichtert sein sollte, weil sein erwähltes Opfer am Leben geblieben war, oder ob er sich vor dessen magischen Fähigkeiten fürchten musste, schob sich eine alte, in einem schmutzigen Kittel steckende Frau durch die Menge.

»Ich glaube, ich habe was zu tun«, meinte sie angesichts des bewusstlosen Flussmäulers.

Einer der Einheimischen, dem die Hetzrede des Kerls auch nicht gefallen hatte, schüttelte den Kopf. »Ich habe den Burschen schon öfters raufen sehen. Der hält einiges aus. Du aber«, wandte der Mann sich an Rogon, »solltest zusehen, dass du von hier verschwindest. Wenn Lakkal wieder aufwacht, wird er dir sämtliche Knochen zerschlagen. Ein zweites Mal wirst du die Chance auf so einen Glückstreffer nicht mehr bekommen.«

Unterdessen hatte die Alte sich über den Flussmäuler gebeugt und legte ihre Hand auf seine Stirn. Ihr Mund, in dem seltsamerweise noch alle Zähne vorhanden waren, verzog sich zu einer höhnischen Grimasse.

»Dieser Mann hier wird so schnell nicht wieder aufwachen! Und wenn er es tut, wird sein Schädel so brummen, dass er eine Woche im Bett bleiben muss. Er kann von Glück sagen, dass er so einen Dickkopf hat. Der Hieb hätte ihm beinahe die Hirnschale zertrümmert. Daher wird er meine Säfte und Heilkünste in den nächsten Tagen noch schätzen lernen.«

Die Alte gluckste und machte dabei die Geste des Geldzählens. Dann drehte sie sich zu Rogon um und schüttelte den Kopf. »Es ist schon eigenartig, was in so einem Bübchen alles steckt.«

Für einen Augenblick sah es so aus, als wolle sie noch mehr sagen, dann aber drehte sie sich um und schlurfte davon. Unterwegs blieb sie noch einmal stehen und drehte sich um. »Wenn der Kerl dort Freunde hat, die für ihn bezahlen, sollen sie ihn in mein Haus bringen. Sie können ihn aber auch liegen lassen, bis er in der Morgendämmerung von selbst aufwacht.«

Noch immer kichernd, verschwand sie in einer schmalen Seitengasse.

Rogon sah ihr nach und musterte dann nachdenklich die Leute in seiner Nähe. Bei den meisten handelte es sich um Wardan, die genau wie die anwesenden Freistädter ungläubig verfolgt hatten, wie er den wuchtig gebauten Lakkal besiegt hatte.

»So was habe ich noch nie gesehen!«, hörte er jemanden sagen.

»Ein einziger Hieb – und dann lag Lakkal auf der Schnauze«, flüsterte ein anderer erfreut.

Das Aufsehen, das Rogon erregte hatte, passte Sung überhaupt nicht. Schlimmer aber war das Gefühl, dass der junge Mann ihm über den Kopf wuchs. Daher trat er auf ihn zu und zupfte ihn am Ärmel. »Es ist besser, wir steigen wieder ins Boot und fahren weiter!«

»Einen Augenblick noch!«, antwortete Rogon und wandte sich an die Leute, die noch immer in der Nähe standen. »Ich habe eine Botschaft der Zirdh'een zu verkünden. Wer den Großen Strom und dessen östlichen Hauptarm als friedlicher Händler befährt, hat von ihnen nichts zu befürchten. Sollte es jedoch jemand einfallen, sie zu überfallen oder Jagd auf sie zu machen, werden sie ihm die Haut abziehen und diese an eine Stange neben der Hauptfahrrinne nageln, als Warnung für alle anderen, es gar nicht erst zu versuchen!«

»Du bist verrückt!«, stöhnte Sung und wunderte sich gleichzeitig über den starken Eindruck, den Rogons Worte auf die Leute machten. Keiner von ihnen sah so aus, als hätte er noch Lust, in den Sümpfen auf Jagd zu gehen. Einige erinnerten sogar an alte Sagen, in denen die Schlangenmenschen als große Heiler bezeichnet wurden.

»Ilyna hat die Zirdh'een gesegnet und ihnen große Kräfte verliehen«, rief eine Frau ganz aufgeregt. »Unsere Heilerin muss über mehrere Generationen von Schlangenmenschen abstammen, denn sie hat einen winzigen Schwanzansatz am Sterz, und die Linien in ihrem Gesicht und auf ihrem Körper sind echt.«

Daraufhin begannen die Leute lautstark zu diskutieren, doch Rogon und Sung hörten nicht mehr zu, sondern stiegen in ihr Boot und fuhren in die aufziehende Nacht hinaus, ungeachtet aller Gefahren, die vom westlichen Ufer drohten, das nur wenige Meilen von ihnen entfernt war.

Sung packte sein Paddel ganz fest und stieß es mit Macht in das Wasser. »Spätestens übermorgen erreichen wir die Stelle, an der wie den Strom verlassen und uns landeinwärts wenden müssen.«

»Vorher sollten wir noch unsere Vorräte ergänzen«, mahnte Rogon.

»Das wollte ich eigentlich in der Stadt tun, die wir gerade verlassen haben. Aber du musstest ja unbedingt den Helden spielen. In ein paar Tagen weiß jeder von Edessin Dareh bis hoch nach Flussmaul, dass ein schmächtiges Wardan-Bürschlein einen der berüchtigtsten Schlagetots am Strom mit einem einzigen Faustschlag gefällt hat. Wenn wir bis dann nicht im Binnenland verschwunden sind, werden Lakkals Freunde dich finden und ihn rächen.«

»Ich habe keine Ahnung, weshalb der Kerl wie ein gefällter Baum zu Boden gekracht ist«, erklärte Rogon. »So hart war mein Hieb wirklich nicht.«

»Wenn das einer deiner leichteren Hiebe war, will ich deinen stärksten nicht erleben. Willst du damit einen Ghirgarüssler niederschlagen?«, kommentierte Sung seine Behauptung ätzend.

»Einen Ghirgarüssler habe ich noch nie gesehen. Sind sie wirklich so groß, wie man sagt?«, fragte Rogon interessiert.

»Der größte war so groß, dass ein König seine Hauptstadt auf seinem Rücken erbauen lassen konnte!« Sungs Unmut schwand, als er in Rogons fassungsloses Gesicht blickte.

»Wirklich?«

Sung lachte leise auf. »Die Leute am Ghirga behaupten es zumindest. Aber du kennst das Gerede. Spätestens in drei Tagen wird man in dem Ort, den wir eben verlassen haben, erzählen, ein Wardan-Held hätte ein Dutzend schwer bewaffneter Flussmäuler zusammengeschlagen, ohne auch nur einmal rascher atmen zu müssen. Und nun paddle! Ich höre von der anderen Seite ein Geräusch, das mir nicht gefällt.«

Die Warnung brachte Rogon dazu, in die Nacht hineinzuhorchen. Dann aber schüttelte er den Kopf. »Das sind nur Schafe, die sich in die westlichen Ödlande verlaufen haben. Hoffentlich finden sie wieder hinaus, bevor das magische Gift dort sie tötet.«

»Auf jeden Fall werden wir beide nicht über den Strom fahren und die Tiere retten!«

»Ich habe es nicht vor«, antwortete Rogon, den es bereits bei dem Gedanken an die Dämonenlande schauderte, die jenseits des Großen Stromes liegen sollten.

SIEBTES KAPITEL

Farbenzauber

Laisa musterte König Reodhil und fand, dass er besser aussah als am Vortag. Seine Gestalt hatte sich gestrafft, und seine Augen wirkten nicht mehr verschleiert. Außerdem ließ er sich gerade ein Hühnchen zum Frühstück schmecken. Mit einem Griff sicherte Laisa sich einen Hühnerschenkel und begann ebenfalls zu essen. Dabei beobachtete sie den König und richtete ihr Augenmerk auf seinen Kopf. An diesem Morgen war die Grenze zwischen seiner eigenen magischen Farbe und jener fremden Magie, die ihm den Todeswunsch einimpfte, bereits deutlicher zu erkennen als am Tag zuvor.

Während Laisa vorsichtig die fremde grüne Magie aus dem Kopf des Königs zog, dachte sie an seinen Hofmagier, der in ihren Augen ein Scharlatan war. Auch von Reodhils Hofheiler hielt sie wenig. Beide Männer waren magisch kaum stärker als der König selbst und hatten vehement abgestritten, dass Reodhil durch fremde Magie und fremde Gedanken vergiftet worden war. Laisa erinnerte sich genüsslich daran, wie sie die beiden mit einem einzigen Aufblitzen ihrer Fangzähne dazu gebracht hatte, fluchtartig das Jagdhaus zu verlassen.

»An was denkt Ihr?«, fragte Reodhil. Auch wenn Laisa ihn wie jeden x-Beliebigen mit Du ansprach, ließ er es ihr gegenüber nicht an der gebotenen Höflichkeit fehlen.

Sie stieß ein giftiges Fauchen aus. »Nur an deinen Hofmagier und den Narren, der sich dein Heiler nennt. Er hätte erkennen müssen, dass einiges mit dir nicht stimmt!«

Reodhil antwortete mit einer abwiegelnden Geste. »Ihr dürft nicht erwarten, die großen Magier und Heilerinnen Eurer Heimat auch hier in den Dämmerlanden anzutreffen. Nach dem Friedensschluss der Götter und Dämonen haben sie diese Gebiete verlassen und sind nach Westen gezogen. Zurück blieben nur Menschen und Wesen minderer Kraft.«

»Du hast von einer Heilerin aus der Handelsstadt erzählt und gesagt, dir wäre es nach ihrer Behandlung besser gegangen.«

»Ja, aber selbst bei ihr habe ich mich nach einer Woche nicht so gut gefühlt wie nach Eurer Kunst innerhalb eines Tages. Ihr seid wahrlich eine große Heilerin und Magierin.«

Laisa kicherte und wünschte sich, Khaton hätte dieses Lob gehört. Für den Evari war sie, was Magie betraf, ein hoffnungsloser Fall. Doch sie konnte nun feststellen, an welchen Stellen Reodhils eigene, magische Farbe mit dem fremden Grün verwoben war, und beide voneinander trennen.

Nachdem Laisa den Hühnerschenkel abgenagt hatte, warf sie diesen auf einen Teller und reckte dem Diener, der mit einer Schüssel Wasser und einem Handtuch bereitstand, ihre Hände hin, ungeachtet der Tatsache, dass Reodhil die seinen noch nicht gesäubert hatte.

»Dann wollen wir mal!«, erklärte sie und fasste den Kopf des Königs. Instinktiv spürte sie, wie sie Reodhils Geist von seiner fremden Bürde befreien konnte.

Reodhil empfand sofort stechende Kopfschmerzen und stöhnte auf, winkte aber ab, als Graf Klerdhil und ein Mann seiner Leibwachen näher kommen wollten. »Bleibt da! Die Dame Laisa weiß, was sie tut.«

Hoffentlich, dachte Laisa, und drückte die beiden sich nur in Nuancen unterscheidenden, magischen Farben immer weiter auseinander. Während sich Reodhils Grün sofort wieder verfestigte, zerfloss der andere Anteil und löste sich langsam auf.

Zufrieden grinsend verstärkte Laisa ihre Bemühungen, hielt aber inne, als sie selbst die Schmerzen spürte, die Reodhil dabei erdulden musste.

»Wir dürfen nicht zu rasch vorgehen, sonst gefährden meine Bemühungen dich, anstatt dir zu helfen«, sagte sie und zog ihre magischen Fäden vorsichtig aus Reodhils Kopf zurück. Ob sie jetzt einen Tag früher oder später nach T'wool kamen, wog in ihren Augen nicht schwer. Viel wichtiger erschien es ihr, den König von Thilion von diesem Todeszauber zu befreien, der ihn in absehbarer Zeit ins Grab gebracht hätte.

Gleichzeitig aber fragte sie sich, wer für diesen heimtückischen Anschlag verantwortlich sein konnte. Wenn dieser Feind nicht gefunden und entlarvt wurde, lief Thilions König in Gefahr, ihm erneut zum Opfer zu fallen.

❊ ❊ ❊

Nicht weit von dem Jagdhaus entfernt stand Erulim in der Deckung mehrerer Büsche und starrte mit grimmiger Miene auf das Gebäude. Dort drinnen tat sich etwas, das ganz bestimmt nicht in seinem Sinne war. Aber er vermochte nicht zu erkennen, was genau dort vorging. Spuren weißer Magie lagen in der Luft, die von der vermaledeiten Katzenfrau ausgingen. Ungewohnt für ihn war, dass er selbst auf diese kurze Entfernung nicht feststellen konnte, ob es sich wirklich um Nelaisans und Berrandhors Tochter handelte. Ein Teil seiner selbst klammerte sich an die Hoffnung, Khaton habe diese Helferin entweder aus dem Weißen Land erhalten, was ihm allerdings unwahrscheinlich vorkam, oder sie irgendwo versteinert auf einem alten Schlachtfeld ausgegraben.

Doch der Gedanke, der weiße Evari könnte in eines seiner geheimsten und sichersten Verstecke eingedrungen sein und das kleine Katzenmädchen dort herausgeholt haben, ließ sich nicht verdrängen. Wenn es sich so abgespielt hatte, musste Khaton wissen, dass es ihn gab, und zumindest grob über seine Pläne informiert sein.

Erulim begann zu schwitzen, was Eirun im Allgemeinen nicht taten, und zwang sich mit einiger Mühe wieder zur Ruhe. Diese Sache durfte er nicht spontan angehen, und daher konzentrierte er sich darauf zu erkennen, was die weiße Katze tat. Als er begriff, dass sie die Beeinflussung auflöste, die er mit Neldions Magie Reodhil aufgezwungen hatte, knirschte er mit den Zähnen. Bisher hatte der König sich alt und verbraucht gefühlt und den Ratschlägen vertraut, die der Fürst von Tharalin ihm gab. Doch wenn Reodhil wieder gesund wäre und sich im Vollbesitz seiner geistigen Kräfte befand, würde er begreifen, wie sehr er betrogen worden war.

Das musste er verhindern! Erulim maß die Entfernung zum Jagdhaus für einen Versetzungssprung. Da er die Räumlichkeiten dort kannte, würde es ihm ein Leichtes sein, die Katze mit einem vergifteten Dolch zu töten. Vielleicht konnte er sich auch gleich Reodhils entledigen und den Verdacht auf die Katze lenken.

Als er jedoch sein Versetzungsartefakt einsetzen wollte, zögerte er. Bislang war er nie ein Risiko eingegangen und hatte nur dann persönlich eingegriffen, wenn der Feind bereits niedergekämpft war und sich niemand an ihn erinnern konnte. Doch wenn er jetzt im Jagdhaus neben einem von Reodhils gut trainierten Leibwächtern auftauchte, würde dieser sein Schwert ziehen und zuschlagen. Zwar besaß er genug magische Kraft, um selbst dem Tod zu trotzen, doch danach würden alle wissen, wer der Feind aus dem Dunkeln war, und ihn jagen.

Er durfte Khaton nicht unterschätzen. Zudem waren auf der östlichen Seite des Großen Stromes noch alle drei Evaris aktiv. Vor allem Yahyeh, die Blaue, würde sich voller Hass an seine Fersen heften und Rache für all die Schwierigkeiten einfordern, die er ihr seit ihrer Bestallung zu Ilynas Wächterin in den Dämmerlanden bereitet hatte.

Unentschlossen ließ Erulim sein Versetzungsartefakt los und blickte sich suchend um. Einer der jungen, thilischen Ritter aus Reodhils Begleitung verließ eben das Jagdhaus und wanderte gedankenverloren in den Wald hinein. Der Mann war genau das, was er brauchte. Rasch eilte Erulim in die Richtung, die der junge Ritter nahm, und passte ihn ab. Ein kurzer Gedanke galt der Katze, doch die war so auf Reodhils Heilung konzentriert, dass sie für nichts anderes empfänglich war. Damit war er in der Lage, in einem gewissen Maße selbst Magie anzuwenden.

Erulim wartete, bis der Thilier bis auf wenige Schritte an ihn herangekommen war, dann griffen seine magischen Sinne in dessen Gehirn.

»Bleib stehen!«

Der andere gehorchte, doch seine Augen flatterten und verrieten, dass er begriff, was mit ihm geschah, und Angst hatte.

»Du wirst mir gehorchen!«

»Ich werde dir gehorchen!«, antwortete der Ritter stockend.

»Du wirst jetzt in das Jagdhaus zurückkehren und dort zuerst die weiße Katze und dann Reodhil töten!«

»Reodhil ist mein König. Ich habe ihm Treue geschworen«, flüsterte der Jüngling mit einem qualvollen Aufbäumen gegen den fremden Willen.

»Du wirst mir gehorchen!« Erulim verstärkte seine Beeinflussung und sah zufrieden, wie sich der andere mit einer etwas eckigen Bewegung umwandte und langsam zum Jagdhaus zurückkehrte.

Nun näherte auch er sich dem Gebäude, soweit er es für vertretbar hielt. Unweit vom Eingang sah er Prinzessin Elanah und ihren Bruder Elandhor auf einem Holzstoß sitzen und sich leise unterhalten. Die beiden beklagten sich über ihren älteren Bruder Klinal, der ihrer Meinung nach zu wenig Achtung vor dem Willen des Vaters zeigte und diesen am liebsten in den Kerkern von T'wool umkommen lassen würde.

»Wie oft habe ich Klinal angefleht, mir zu erlauben, mit einer Schar Krieger über den Großen Strom zu setzen und Vater zu befreien«, beschwerte der Prinz sich gerade.

Um Erulims Lippen erschien ein spöttischer Zug. Elandhor und seine Männer hätten vielleicht das gegenüberliegende Ufer erreicht, wären aber keine einzige Meile weit ins Land hineingekommen, geschweige denn bis nach T'wool. Es war klug von Klinal gewesen, seinem Bruder dieses Vorhaben zu verbieten. Allerdings mochte Erulim keine klugen Herrscher. Daher würde er Klinal entweder beseitigen oder seinem Willen unterwerfen müssen. Doch das hatte noch Zeit. Zuerst galt es, den Vorteil zu nutzen, der sich ihm hier so unverhofft bot.

Mit seinen magischen Kräften lockte er die Prinzessin zu sich. Elanah rutschte zunächst unruhig auf dem Holzstoß hin und her und stand nach ein paar gepressten Atemzügen auf. »Ich will sehen, ob noch Grünbeeren wachsen«, sagte sie und schritt in den Wald hinein.

»Was soll das? Das ist viel zu gefährlich!« Erschrocken rannte ihr Bruder hinter ihr her, um sie aufzuhalten. Doch als er sie erreichte, sah er einen grünen Schein vor sich, der ihn in den Bann schlug, und er sank gleich seiner Schwester in die Knie.

Einen Augenblick lang genoss Erulim die Macht, die er über die beiden ausübte, ermahnte sich dann aber, dass er sie nicht auf die gleiche Weise beeinflussen durfte, wie dies bei Reodhil geschehen war. Daher drang er tief in die Gedanken der Zwillinge ein, um ihre geheimsten Wünsche und Ängste zu erfahren.

Der Prinz fühlte sich schuldig, weil sein Vater ausgezogen war, um ihm ein Reich zu verschaffen, und nun als Sklave in der Fremde festgehalten wurde. Dieses Gefühl verstärkte Erulim, aber auch die Überlegung des Prinzen, Arendhar zu töten, damit seine Schwester nicht in dessen Hände fallen würde. Es fiel ihm leichter als gedacht, Elandhor zu manipulieren. Als er damit fertig war und den Geist des jungen Mannes überprüfte, sagte er sich, dass der Magier, der diese Beeinflussung erkennen konnte, wohl noch nicht geboren war.

Auch bei Elanah stachelte Erulim deren Wunsch an, den Vater durch ihren Opfergang zu befreien. Dazu verstärkte er die Absicht des Mädchens, sich zu töten, sobald Vater und Bruder glücklich wieder in die Heimat zurückgekehrt waren, und impfte ihr ein, welch heroische Tat es doch wäre, Arendhar von T'wool umzubringen, bevor sie sich selbst entleibte.

»Kehrt jetzt zurück und teilt eure Gedanken mit niemand«, befahl Erulim zuletzt und sah zufrieden, wie die beiden aufstanden und in Richtung Jagdhaus gingen.

Während der kurzen Zeit, die er für die Beeinflussung der beiden gebraucht hatte, war es ihm nicht möglich gewesen, den Weg seines Attentäters zu verfolgen. Dies tat er jetzt, merkte aber einen Schwall weißer Magie, der nur von der Katze kommen konnte, und entschied, dass es für ihn besser war, sich aus deren Nähe zurückzuziehen. Diesmal benutzte er sein

Versetzungsartefakt und tauchte zehn Meilen entfernt bei einer Burg auf, die zu Neldion von Tharalins Besitz zählte. Der Verwalter überließ ihm ein Pferd, und so ritt der Erulim noch am gleichen Tag weiter, um zu einer der Freistädte zu gelangen, die östlich von Tanfun am Großen Strom entstanden waren. Dabei verfluchte er die Tatsache, dass er in seiner grünen Erscheinung nur als Eirun auftreten und sich nicht in einen Menschen verwandeln konnte.

❊ ❊ ❊

Irgendetwas störte Laisa bei ihrem Werk. Was es war, hätte sie nicht sagen können, doch sie fühlte, dass feine Schwaden grüner Magie sie streiften, deren Schwingungen sie als feindselig empfand. Da Reodhil erschöpft wirkte, beendete sie die Behandlung und vertröstete ihn auf den nächsten Tag.

»Ich muss mich ein wenig ausruhen«, sagte sie grummelnd. »Eben bin ich auf eine ältere Beeinflussung gestoßen, die mir gar nicht gefällt. Sie drängt zum Krieg und zum Töten.«

Als der König das hörte, horchte er in sich hinein und erschauerte. »Bei Tenelin, jetzt fühle ich es selbst. Es ist wie ein Befehl, den Großen Strom zu überschreiten und die Völker drüben zu vernichten oder zu versklaven. Das war es also, was mich dazu getrieben hat, wider alles Recht über den Toisserech zu setzen und die Lande dort mit Schwert und Feuer zu verheeren.«

»Das dürfte Khaton interessieren. Kannst du ihm eine Botschaft zukommen lassen?«

Laisas Frage verwunderte Reodhil. »Ihr habt doch gewiss bessere Möglichkeiten, Euch mit dem Evari in Verbindung zu setzen.«

»Ich hätte sie, müsste ich nicht nach Osten weiterziehen.

Aus diesem Grund haben wir auf Sendeartefakte verzichtet, die die Schwarzen drüben reizen könnten. Schicke die Botschaft nach Gamindhon. Elawhar, der dortige Oberpriester, weiß, wie er sie weiterleiten muss. Ich …« Weiter kam Laisa nicht, denn eben trat einer der jungen thilischen Ritter in den Raum. Hinter ihm sah Laisa Rongi, der dem Mann mit gekrauster Nase folgte.

Laisa wusste, dass sie sich auf die Instinkte des Katlings verlassen konnte, und spannte ihre Muskeln an. Dennoch hätte der Thilier sie beinahe überrascht. Er riss das Schwert so schnell aus der Scheide, dass sie dem Hieb gerade noch ausweichen konnte. Ehe der Mann erneut zuschlagen wollte, sprang Rongi auf seinen Rücken. Die Rüstung und der Helm schützten den Ritter zwar vor dessen Krallen, dennoch behinderte der Katling ihn.

Laisa riss den Arm hoch, und noch bevor sie den Befehl zu Ende gedacht hatte, zuckte die Springschlange durch die Luft und verbiss sich im Gesicht des Thiliers, der einen Augenblick später mit einem Seufzer in sich zusammensank.

Während Laisa ihre Springschlange wieder zu sich rief, starrte Reodhil seinen Gefolgsmann erschrocken an. »Wie konnte das geschehen? Ich habe doch nur die Treuesten der Treuen mitgenommen!«

Laisa beugte sich über den Bewusstlosen, zog ihm den Helm vom Kopf und legte ihre Rechte auf dessen Stirn. Zunächst bemerkte sie nichts, stieß dann aber einen leisen Pfiff aus.

»Der Mann ist beeinflusst worden, und zwar innerhalb der letzten Stunde. Er sollte zuerst mich töten und dann dich.«

»Aber wer kann das getan haben? Wer hätte die Macht dazu? Mein Hofmagier vielleicht?« Misstrauen flammte in Reodhil auf.

Laisa winkte ab, denn sie hielt den Hofmagier für einen eitlen Scharlatan, der nicht einmal ansatzweise die Fähigkeit zu so einer starken Beeinflussung hatte. Möglicherweise aber stand er selbst unter dem Willen eines anderen und hatte ein Artefakt benutzt.

»Wo ist der Hofmagier jetzt?«, fragte sie den König.

»Der ist nach Thilionrah zurückgekehrt«, antwortete Reodhil. »Ich nehme an, er war eifersüchtig auf Euch und Eure magischen Fähigkeiten!«

Zu anderen Zeiten hätte Laisa sich bei einem solchen Gedanken geschmeichelt gefühlt, doch im Augenblick war sie zu angespannt. Sie konzentrierte sich und versuchte die Farben der Magie um sich herum aufzunehmen. Eine Schwade lenkte ihre Aufmerksamkeit auf sich. Sie war grün und erst vor kurzem entstanden. Laisa ärgerte sich, weil ihre Ausbildung nicht ausreichte, um zu erkennen, zu was diese Magie verwendet worden war. Auf jeden Fall hielt sich hier jemand auf, der aus dem Verborgenen agierte.

Er hat sich aufgehalten, korrigierte Laisa sich nach einer Weile, denn es war niemand mehr in der Nähe, zu dem diese Ausstrahlung passte oder dessen magisches Talent über das von Reodhil oder der Prinzessin und dem Prinzen von Urdil hinausging.

»Wir werden nach Thilionrah reiten. Vielleicht finden wir dort den Verursacher oder erfahren etwas über ihn«, sagte sie kurz entschlossen.

Der König nickte und befahl seinen Wachen, den Bewusstlosen wegzuschaffen und zu fesseln. Doch da mischte Graf Klerdhil sich ein.

»Verzeiht, Eure Majestät, Dame Laisa. Ich möchte nur noch schnell etwas schauen!« Auf seine Anweisung hin schälten die Wachen den verhinderten Meuchelmörder aus seiner Rüstung und zogen ihn bis auf sein Lendentuch aus. Klerdhil fuhr rasch mit seiner Hand über den Rücken des Mannes und schüttelte den Kopf.

»Er ist keiner von denen!«

»Wer von was?«, fragte Laisa gereizt.

»Ich meine von diesen Kerlen, die Ihr vor ein paar Tagen gefangen genommen habt. Diese hatten hier«, Klerdhil zeigte auf eine Stelle zwischen den Schulterblättern des Bewusstlosen, »eine magische Tätowierung, die mit den Augen kaum zu entdecken war. Als oberster Wappenmeister von Thilion zählt es jedoch zu meinen Aufgaben, die magische Tätowierung von neugeborenen Kindern des Adels zu überwachen. Daher spüre ich aus Erfahrung, wenn eine solche vorhanden ist. Beim Adel befindet sie sich vorne auf der Schulter knapp unter dem Schlüsselbein!«

Auf Klerdhils Befehl wurde der junge Ritter herumgedreht. Jetzt bemerkte Laisa das Mal selbst, ohne dass der Graf ihr die Stelle zeigen musste. Die Tätowierung wies den Jüngling als Sohn eines Barons aus dem südlichen Thilion aus.

»Und du sagst, die sechs Toten hatten ebenfalls so ein Mal? Warum hast du es mir nicht gezeigt?« Laisa knurrte unwillig, denn sie mochte es gar nicht, wenn ihr Wissen vorenthalten wurde.

Klerdhil machte eine beschwichtigende Handbewegung. »Ich habe es erst gestern entdeckt, doch als ich es Euch und Seiner Majestät melden wollte, wart Ihr damit beschäftigt, ihn von seiner Schwäche zu heilen. Da wollte ich nicht stören. Am Abend sind alle früh zu Bett gegangen, und heute Morgen habe ich dann nicht daran gedacht …«

»Lass es gut sein«, unterbrach Laisa die gestammelte Entschuldigung des Grafen. Sie spürte, dass er die Wahrheit sprach und ihr die Entdeckung nicht absichtlich verschwiegen hatte. Daher stellte sie die Frage, die ihr am wichtigsten erschien: »Welche Tätowierung wiesen die Toten auf? Vielleicht kann man damit herausfinden, wer sie beauftragt hat.«

»Es ist kein mir bekanntes Wappen«, antwortete Klerdhil. »Es handelt sich um zwei gekreuzte Speere, davor ein aufrecht stehendes Schwert!«

»Von einem solchen Zeichen habe ich noch nie etwas gehört«, warf Reodhil nachdenklich ein.

Laisa entblößte ihr Gebiss zu einem freudlosen Grinsen. »Auf jeden Fall werden wir auf jeden achtgeben müssen, der so ein Zeichen trägt. Doch nun will ich nach Thilionrah aufbrechen und dort nach Spuren suchen.«

❊ ❊ ❊

Thilionrah war nach T'woollion die zweitgrößte Stadt, die Laisa bisher gesehen hatte. Sie bildete, wie auf dieser Stromseite üblich, ein großes Dreieck mit nicht ganz gleichen Seiten und besaß drei nach den Göttern Tenelin, Talien und Meandir benannte Türme an den jeweiligen Spitzen.

Reodhil wählte nach alter Tradition das Tenelinstor, um in die Stadt einzureiten. Anders als sonst aber machte er keinen Umweg durch die Stadt, um sich den Menschen zu zeigen, sondern hielt geradewegs auf den Palast zu. Daher sah Laisa außer der Umfassungsmauer des königlichen Bezirks nur den Tenelin-Tempel, der inmitten einer weiten Grünfläche stand. Allein das Hauptgebäude des heiligen Bezirks war so groß, dass der gesamte Tempelbezirk von Gamindhon samt Vorhöfen und Gärten hineingepasst hätte. Zusammen mit dem Palast nahm er wohl ein Drittel der Stadt ein. Allerdings zählten auch die Unterkünfte der Krieger, die Ställe und die Zeughäuser zu dem Gebäudekomplex, so dass die restliche Bevölkerung sich nicht auf engstem Raum zusammenkauern musste.

Im Palastgelände waren viele Mauern mit grünen Bildfliesen versehen. Sie zeigten, wie Reodhil erklärte, alle Könige Thilions seit dem Augenblick an, in dem diese lange vor dem Friedensschluss der Götter und Dämonen mit der Herrschaft über dieses Land betraut worden waren. Laisa entdeckte unter ihnen auch Evendhil, den Urgroßvater König Reodhils, zu dessen Zeit jene Sichelmünze geprägt worden war, die sie kurz nach ihrem unfreiwilligen Auftauchen in den Dämmerlanden entdeckt hatte.

Ein Lächeln breitete sich auf ihrem Gesicht aus. Damals hätte sie sich nicht träumen lassen, als hochgeehrter Gast eines Menschenkönigs durch so eine große Stadt zu reiten.

Laisa gab sich jedoch nur kurz ihren Gedanken hin, sondern richtete ihre Sinne auf das, was um sie herum geschah. Immerhin war sie nicht als schlichte Besucherin gekommen, sondern um eine Gefahr zu entdecken und zu beseitigen, die den Frieden der Dämmerlande bedrohte.

Kaum hatte Laisa sich konzentriert, nahm sie auch bereits grünmagische Schlieren war, als deren Ursprung sie zwei Stellen ausmachte. Der nach alter Tradition mehr in die Tiefe als in die Höhe gebaute Magierturm gehörte nicht dazu. Also schied der Hofmagier als Verursacher all dieser Schwierigkeiten aus.

»Was ist dort?«, fragte Laisa und wies auf die nähere Stelle.

»Meine privaten Gemächer«, antwortete der König sichtlich verwundert.

»Dann werden wir uns dort als Erstes umsehen!« Laisa lenkte ihre Stute von dem gepflasterten Weg fort über den Rasen und schwang sich bei einer kleinen Pforte aus dem Sattel.

»Hast du den Schlüssel?«, fragte sie Reodhil.

Dieser schüttelte unwillkürlich den Kopf und klatschte mehrmals in die Hände. Fast umgehend wurde die Pforte geöffnet, und ein Diener in einer grünen Livree mit goldenen Stickereien steckte den Kopf heraus.

»Eure Majestät!«

Der König wollte eintreten, doch Laisa hielt ihn zurück. »Ich glaube, es ist besser, wenn ich das mache. Rongi, bist du bereit?«

»Ja, aber das hier ist alles viel grüner als anderswo. Es gefällt mir nicht!«

Ohne sich um das Gemaunze des Katlings zu kümmern, durchschritt Laisa die Pforte und folgte ihrer magischen Nase. Der Fußboden war mit grünen Teppichen belegt, die sich weich unter ihren Sohlen anfühlten, und die Wandteppiche in der gleichen Farbe vermittelten ihr beinahe das Gefühl, durch einen Wald zu gehen.

Laisa sagte sich, dass sie die Farbmanie der Menschen niemals begreifen würde. Auch wenn die Thilier Anhänger des grünen Gottes waren, hätten sie doch wenigstens die Farben der beiden mit Tenelin verbündeten Götter Talien und Meandir verwenden können. Doch Weiß und Gelb waren nur als Nuancen im alles beherrschenden Grün zu finden.

Die Tür zum Schlafgemach des Königs kam in Sicht. Sofort eilte ein Diener herbei, um diese zu öffnen. Als Laisa eintrat, entdeckte sie im vorderen Teil mehrere große Truhen sowie eine Anrichte mit Waschschüssel und Gegenständen zur Körperpflege.

Der eigentliche Schlafbereich wurde mit einem grünen Vorhang abgetrennt, auf dem das in einer speziellen Webart gefertigte Wappen des Reiches zu erkennen war. Auch Laken und Betthimmel waren grün. Mehr als diese interessierte

Laisa sich jedoch für einen Edelstein im hinteren Rahmen des Betthimmels, von dem eine nur für ihre feinen Sinne erkennbare magische Schwingung ausging, die genau der entsprach, die sie in den beiden letzten Tagen aus Reodhils Kopf gelöst hatte.

Ohne sich um die indignierten Blicke des Königs, seiner Begleiter und der herbeigeeilten Dienerschaft zu kümmern, sprang sie auf das Bett, zog das Messer, das ihr zum Essen diente, und brach den Edelstein aus der Fassung. Danach musterte sie ihn mit gerümpfter Nase und zeigte ihn Reodhil.

»Das hier ist das Artefakt, das dich krank gemacht hat, König. Weißt du, woher es stammt?«

Reodhil kniff die Augen zusammen und schüttelte irritiert den Kopf. »Dieses Bett ist ein Geschenk meines Vetters Neldion von Tharalin zu meinem neunjährigen Thronjubiläum.«

»Dann sollten wir uns diesen Neldion etwas näher ansehen«, sagte Laisa vorgeschobenem Unterkiefer.

»Fürst Neldion ist schon seit Jahren ein Krüppel, der kein Glied mehr rühren kann«, wandte Reodhil ein.

»Auf jeden Fall hat er dir dieses Bett geschenkt. Ist es möglich, ihn zu befragen?«

Nach kurzer Überlegung nickte Reodhil. »Ihm wurde zwar vom Feind die Zunge genommen, doch vermag er sich mittels eines Kristalls mit seiner Umwelt zu verständigen. Meistens dämmert er jedoch in halber Bewusstlosigkeit dahin.«

»Schon wieder ein Kristall!« Laisa hatte das sichere Gefühl, auf der richtigen Fährte zu sein. Daher konzentrierte sie sich auf die zweite Stelle auf dem Palastgelände, an der sie ebenfalls fremde magische Schwingungen wahrgenommen hatte, und wies auf ein einstöckiges, etwa fünfzehn auf zehn Schritte großes Gebäude, das mitten im Park stand.

»Was ist das?«

»Das ist der Pavillon, den ich meinem Vetter Neldion zur Verfügung gestellt habe, damit er fern vom Getriebe des Palastes und der Stadt leben kann«, kam die erwartete Antwort.

Laisa grinste zufrieden. »Das habe ich mir doch gedacht! Aber nun zu diesem Artefakt hier. Ist dein Hofmagier in der Lage, es zu untersuchen, Reodhil?«

»Wenn er es nicht kann, ist er die längste Zeit mein Hofmagier gewesen«, erklärte der König grollend.

»Erst soll er mitkommen und sich das ansehen, was wir finden!« Laisa sprang mit einem weiten Satz von Reodhils Bett zur Tür und winkte dem König und dessen Begleitern, mit ihr zu kommen.

Da Rongi sich in der dichten grünen Magie des Palastes nicht wohl fühlte, wollte er auf ihre Schultern klettern, doch sie streifte ihn kurzerhand ab. »Nicht jetzt! Wir wissen nicht, was auf uns wartet, und da darfst du mich nicht behindern.«

Der Katling zog einen Flunsch, gehorchte aber und ging dicht hinter ihr her.

❋ ❋ ❋

Neldion von Tharalins Haus lag idyllisch hinter einer Baumreihe, die es gegen den eigentlichen Palast hin abschirmte, und war von Blumenrabatten umgeben, deren grüne Blüten Laisa an Gras erinnerten. Als sie auf die Tür zuging, spürte sie einen feinen, grünen Hauch und einen gewissen Widerwillen weiterzugehen. Unwillkürlich sah sie sich um und nahm wahr, dass Reodhil und Klerdhil ebenso zurückwichen wie der Hofmagier und die Wachen.

»Was ist los?«, fragte sie, obwohl sie es schon ahnte.

»Ich …«, der König wollte noch mehr sagen, biss aber dann die Zähne zusammen und ging weiter. »Es ist eigenartig. Mir ist, als dürfe ich dieses Haus nicht betreten«, sagte er, als er Laisa erreicht hatte.

»Die Hütte ist magisch geschützt. Wie war es eigentlich, wenn du mit diesem Tharalin sprechen wolltest? Bist du da einfach zu ihm gegangen?«, wollte Laisa wissen.

Reodhil schüttelte den Kopf. »Nein, er hat mich immer durch einen seiner beiden Diener wissen lassen, dass er mich zu sprechen wünsche.«

»Also hast du das Haus nur betreten, wenn er es wollte.« Für Laisa war dies eine Bestätigung des Verdachts, den sie hegte, seit sie die magischen Schwaden um dieses Haus bemerkt hatte.

Sie trat auf die Tür zu und fand sie verschlossen. Zu klopfen schien ihr wegen des Zaubers, der Leute fernhalten sollte, wenig ergiebig. Daher ging sie zu einem Fenster, zog ihren Dolch und schlug mit dem Griff die Scheibe ein. Mit der anderen Hand öffnete sie die Verriegelung, schwang die Fensterflügel nach innen und stieg hinein. Rongi folgte ihr mit einem gewissen Abstand.

Laisa erreichte die Haustür, bevor ihr jemand begegnete, und ließ Reodhil und dessen Begleiter ein. Als sie sich wieder umdrehte, sah sie zwei hochgewachsene Malvenon, die sie mehr an Krieger als an Bedienstete erinnerten. Beide starrten sie voller Abscheu an.

»Was soll das!«, schrie der eine. »Dies ist das Haus des Fürsten Tharalin. Selbst Reodhil von Thilion hat nicht das Recht, hier ungerufen einzudringen.«

»Das werden wir noch sehen!« Erzürnt über diese Unterstellung trat der König an Laisa vorbei auf die beiden Männer zu. Die beiden erkannten ihn jetzt erst und schienen unsicher, wie sie sich verhalten sollten.

Unterdessen hatte Laisa die Kerle magisch überprüft und

wunderte sich nicht, mehr an Kraft an ihnen zu finden als am Hofmagier oder an Reodhil selbst. Auch waren ihre Fähigkeiten im Gegensatz zu diesen ausgebildet.

»Vorsicht, König! Die beiden sind nicht das, was sie zu sein vorgeben«, warnte sie Reodhil und forderte die Männer auf, sie zu ihrem Herrn zu bringen.

»Der Fürst von Tharalin ruht und gedenkt nicht, zu dieser Zeit jemand zu empfangen«, beschied einer der beiden sie hochnäsig.

»Mich wird er empfangen!« Reodhils Zorn wuchs. In seiner eigenen Hauptstadt wie ein lästiger Eindringling behandelt zu werden, war mehr, als er vertrug.

Daher musste Laisa sich beeilen, um gleich hinter dem König das Gemach zu betreten, in dem der gelähmte Fürst auf seinem Ruhebett lag.

Neldion von Tharalin bot einen erbarmungswürdigen Anblick, und für einen kurzen Moment empfand Laisa Mitleid mit dem gequälten Mann. Dann aber merkte sie, dass dieses Gefühl von einem Ring erzeugt wurde, den der Krüppel an einem der drei Finger seiner noch vorhandenen Hand trug. Mit einem raschen Schritt war sie bei ihm und zog den Ring ab.

»Hier! Untersuche ihn«, sagte sie und warf das angebliche Schmuckstück dem Hofmagier zu.

Dieser fing den Ring mit unsicherer Miene auf. Unterdessen öffnete Neldion von Tharalin die Augen, und Laisa sah einen unbändigen Hass in ihnen lodern. Eines begriff sie sofort. Der Körper des Fürsten mochte lahm und nutzlos sein, die Macht seines Geistes jedoch war ungebrochen. Auch erkannte sie starke magische Kräfte in ihm, die die seines Verwandten Reodhil bei weitem überstiegen.

Der Kranke entdeckte nun den König und ließ seine künstliche Stimme ertönen. »Was soll dieser Überfall, Vetter? Ihr wisst doch, wie sehr mich vor den Kreaturen der anderen Seite ekelt, seit sie mich so misshandelt und gefoltert haben!«

»Bitte, behandelt ihn sanft«, forderte Reodhil Laisa sofort auf.

»Ich behandle ihn so, wie er es verdient«, antwortete sie und überprüfte Tharalin weiter. Dabei entdeckte sie die Magie, die ihn neben den äußerlich sichtbaren Wunden zu dem Krüppel gemacht hatte, der er jetzt war, und zog die Stirn kraus.

»Dich haben keine Blauen, Schwarzen oder Violetten gefoltert, Freundchen! Du hast deine Verletzungen einem Grünen zu verdanken. Er muss eine Sauwut auf dich gehabt haben, sonst hätte er dich nicht so zugerichtet!«

Hätte Fürst Tharalins Blick und seine aufwallende Magie Laisa umbringen können, wäre sie auf der Stelle tot umgefallen.

Nun entdeckte sie weitere Artefakte in einer Lade unter seinem Bett. Außerdem zog eine handgeschnitzte Truhe ihren Blick wie ein Magnet an. Die Truhe strahlte blau und war ihren Verzierungen zufolge ein Beutestück aus dem Südkrieg. Doch darin befand sich etwas, das nach dem verbrannt schmeckenden Blau roch, das in T'woollion bei der Entführung Prinzessin Zhirilahs verwendet worden war, um die Spuren des Verbrechens zu verwischen.

Sie ging auf die Truhe zu und wollte sie öffnen. Da gellte Tharalins Sprechstein auf. »Tötet sie alle!«

Laisa reagierte instinktiv. Sie sprang zur Seite und riss den Arm hoch. Die Springschlange schnellte auf einen der beiden Diener zu, den zweiten traf sie mit einem Wurfmesser, das sie mit der anderen Hand schleuderte. Während der erste Gegner sofort erschlaffte, versuchte der andere noch, ein Artefakt einzusetzen.

Doch da war Rongi bei ihm und biss ihn mit aller Kraft in

den Arm. Obwohl das direkte Aufeinandertreffen von Blau und Grün dem Katling gehörig Zahnschmerzen bereitete, ließ er nicht eher los, bis Reodhil dem angeblichen Diener das Artefakt aus der Hand gewunden hatte.

Der Mann blutete stark und schrie gleichzeitig, als würde er am Spieß stecken. »Mein Arm! Er verbrennt! Oh welche Qual. Oh Tenelin!« Danach erstarb seine Stimme, und er sank bewusstlos zu Boden.

»Verbindet den Kerl, und dann fesselt beide!«, befahl der König den beiden Wachen, die mit ihm gekommen waren.

Unterdessen kehrte Laisa zur Truhe zurück und öffnete diese. Im Innern war sie mit feinem Silbergeflecht ausgekleidet, das die Ausstrahlung mehrerer starker, blauer Artefakte jedoch nicht völlig hemmen konnte. Laisa nahm eines der Dinger in die Hand und war froh um die kurze Ausbildung, die Khaton ihr angedeihen hatte lassen.

»Das hier ist ein blaues Lähmartefakt. Gegen einen grünen Menschen angewandt, lässt es diesen mindestens einen Tag schlafen, und hinterher fühlt er sich wie etwas, das eine Katze gekaut und wieder ausgespuckt hat. Interessant ist auch das hier!« Sie hob einen faustgroßen, blauen Kristall auf und zeigte ihn Reodhil.

»Das ist ein magischer Transportbehälter, im Volksmund Glasfalle genannt. Wenn wir den Schlüssel wüssten, könnten wir sie öffnen. Ich wäre doch neugierig darauf, was sich in ihr befindet.«

»Ich bin neugieriger darauf, wie diese Gegenstände in den Besitz meines Verwandten kommen«, sagte Reodhil voller Grimm.

»Es ist Beute aus dem Krieg!«, rief Neldion rasch.

Laisa sah ihn an und schüttelte den Kopf. »Du lügst, das spüre ich!«

»Dich soll die Ilyna holen!«, schrie der Sprechstein auf.

»Wohl eher der Giringar, denn ich bin von weißer Grundfarbe«, antwortete Laisa spöttisch.

Sie hatte einen weiteren Erfolg errungen und fühlte sich dadurch gut. Etwas in ihr ermahnte sie jedoch, nicht unvorsichtig zu werden, und so durchsuchte sie Tharalin und dessen Bett nach weiteren Artefakten.

»Verfluchte Katze!«, rief dieser, während seine Augen aufflammten.

Gleichzeitig spürte Laisa, wie ein Artefakt ansprang und ein grünmagisches Feld um den Mann aufbaute. Ihre Rechte schoss nach vorne, zwei ihrer Krallen zerfetzten seine Kehle, dann sprang sie zurück.

Im gleichen Augenblick löste Tharalin sich scheinbar in Luft auf. Zurück blieb nur das leere Bett, dessen Laken dort, wo sein Hals gewesen war, mehrere große Blutflecken aufwies.

Einige Herzschläge lang war es in dem Raum so still, dass Laisa das Wispern der Zeit zu vernehmen glaubte. Dann schüttelte Reodhil sich wie ein nasser Hund.

»Was war das eben?«

»Versetzungsmagie! Ich habe so etwas schon mehrfach erlebt. Wollen wir hoffen, dass ich dem Schurken die Kehle richtig zerfetzt habe, damit er nicht noch weiter Unheil anrichten kann!«

Laisa konnte es nicht wissen, aber ihr Wunsch ging genau so in Erfüllung, wie sie es erhoffte. Neldion von Tharalin tauchte in einem geheimen Versteck seines Ahnen Erulim auf, aber dort gab es niemand, der ihm hätte helfen können. Während er hilflos verblutete, galten seine letzten Gedanken der Tatsache, dass er nun keine weiße Schlangenheilerin mehr benötigte.

Nach Tharalins Verschwinden hielt es Reodhil nicht mehr in dessen Haus. Er befahl seinem Hofmagier, alle Artefakte aufzuspüren und zu untersuchen. »Schreibe einen Bericht für den Evari!«, setzte er noch hinzu.

Der Magier starrte ihn verwirrt an. »Aber der Herr Rhondh ist seit sechs Jahren nicht mehr gesehen worden!«

»Ich meine Khaton. Da er der einzige Evari des Westens ist, der noch aufzufinden ist, wird er sich auch dieser Sache annehmen. Das ist doch auch in Eurem Sinne, Dame Laisa?«

Laisa blickte auf die Artefakte und überlegte sich, ob sie diese nicht an sich nehmen und selbst untersuchen sollte. Allerdings fehlte ihr die dafür notwendige Ausbildung. Sie konnte zwar deren Magie bestimmen, und Khaton hatte ihr beigebracht, wie die gebräuchlichsten verwendet wurden, doch über den Aufbau und die Herkunft dieser magischen Kristalle und Gerätschaften wusste sie kaum etwas.

Daher nickte sie seufzend. »Euer Magier sollte die Dinger in Silber hüllen und sicher verwahren, bis Khaton sie holen lässt!« Sie wollte noch mehr sagen, doch da forderte Graf Klerdhil ihre Aufmerksamkeit.

»Tharalins Diener tragen zwischen ihren Schulterblättern dasselbe Zeichen wie die sechs Kerle, die den Brautzug überfallen wollten.«

»Zeigt her!« Laisa beugte sich über einen der bewusstlosen Männer und entdeckte sofort das nur wenig mehr als daumennagelgroße Zeichen. Ein normaler Mensch hätte es nicht bemerkt, und leicht magisch angehauchte Leute wie Reodhil und Klerdhil konnten nur feine Linien erkennen, ohne jedoch deren Magie zu spüren.

Laisa erfasste die magische Tätowierung jedoch in allen Einzelheiten und spürte, wie ihr Magen sich verkrampfte. Die beiden gekreuzten Speere waren grün, das vor ihnen stehende

Schwert aber blau, und jemand hatte das Zeichen so angebracht, dass die beiden Farben sich nicht berührten.

»Ich werde Khaton einen Bericht schreiben müssen. Kann ich Papier und Tinte bekommen?«, fragte Laisa Reodhil.

Der König stieß einen knurrenden Laut aus, entschuldigte sich aber, dass dieser nicht ihr gegolten hätte, sondern seinem Vetter. »Ihr erhaltet alles, was Ihr braucht. Wollt Ihr noch vor dem Mahl schreiben oder hinterher?«

Laisa horchte in sich hinein und fand, dass die Angelegenheit sie hungrig gemacht hatte. »Hinterher! Jetzt würde ich gerne meinen Magen füllen. Glaubst du, ich könnte so ein Hähnchen essen, wie du heute Morgen eines gefrühstückt hast?«

»Ich glaube, das wird sich einrichten lassen!« Jetzt lächelte Reodhil doch ein wenig, denn Laisa hatte mit ihrer Bemerkung die Anspannung gelockert, unter der er stand. Höflich bot er ihr den Arm und führte sie aus dem Pavillon.

Rongi hüpfte hinter ihnen her und zog eine trübe Miene. Er hätte auch gerne ein Hähnchen gegessen, doch in diesem Land bekam es ihm nicht.

* * *

Das Essen war gut, und da Reodhil auf jede überflüssige Zeremonie verzichtete, fühlte Laisa sich recht wohl. Während der König und Graf Klerdhil über das geheime Zeichen der Gefangenen sprachen, erinnerte sie sich an die Attentäter.

»Wir sollten zusehen, dass den Kerlen diese Silberkapsel aus dem Mund genommen wird!«

Reodhil schaute sie erschrocken an, denn daran hatte er in der Aufregung auch nicht gedacht. Noch bevor er einen Befehl erteilen konnte, sprang Graf Klerdhil auf und versprach, sich darum zu kümmern.

»Tut das!«, sagte Laisa und überlegte, ob sie mitkommen sollte. Sie sagte sich dann aber, dass dies nicht ihre Aufgabe war. Für sie galt es, Prinzessin Elanah nach T'wool zu bringen. Das durfte sie über all diesen interessanten Entwicklungen nicht vergessen.

Nachdem das erste Hähnchen verspeist war, hatte sie plötzlich Appetit auf Fisch und forderte die Diener auf, ihr einen zu bringen. Neben ihr seufzte Rongi tieftraurig.

»Ich hätte auch gerne einen Fisch, schön gedünstet mit einer leicht nach Minzenkraut duftenden Soße und mit Gemüse aus einem richtigen, blauen Land garniert.«

»Es wird nicht mehr lange dauern, dann sind wir über den Strom, und du wirst dich wohler fühlen«, versuchte Laisa, ihn zu trösten.

Unterdessen kehrte Graf Klerdhil mit einem Gesicht zurück, als hätte er vor, die ganze Welt zu verschlingen. »Es ging nicht«, erklärte er mit knirschender Stimme. »Als wir versucht haben, die Silberkapseln aus dem Gebiss der Kerle herauszuholen, sind sie trotz aller Vorsicht geplatzt. Die beiden Gefangenen sind tot, ebenso Euer Leibheiler und drei der Wachen. Ich lebe noch, weil ich hinter einem der Männer stand und noch wegkriechen konnte, bevor der giftige Dunst mich erreichen konnte.«

»Wer auch immer hinter diesen Leuten steckt, sorgt anscheinend vor, dass keiner von ihnen verhört werden kann!«, sagte Reodhil enttäuscht.

Dennoch wirkte er energischer und entschlossener als zuvor. »Wir wissen um ihr geheimes Zeichen und werden sie daran erkennen. Graf Klerdhil, Ihr sorgt dafür, dass in Thilion ab sofort Jagd auf diese Männer gemacht wird. Setzt aber nur Leute ein, denen Ihr vollkommen vertrauen könnt …«

»… und die nicht dieses Zeichen auf ihrem Rücken tragen«, ergänzte Laisa Reodhils Satz mit einem Grinsen.

»Das ist selbstverständlich«, erklärte der König leicht vergrätzt.

Doch er hatte sich sofort wieder in der Gewalt und wollte sich eben bei Laisa entschuldigen, als ein gewaltiger Schlag den Palast erbeben ließ. Klirrend zersprangen die Fensterscheiben. Gleichzeitig schwankte der große Leuchter an der Decke hin und her und drohte aus seiner Verankerung zu reißen.

Zum Glück merkte Laisa es früh genug, packte Reodhil und hechtete mit ihm aus dem Gefahrenbereich. Hinter ihr zerschellte der Leuchter in tausend Stücke.

»Bei Tenelin, was ist das? Ein Angriff mit magischen Waffen?«, rief der König entsetzt.

Laisa schnupperte, bekam verbranntes Blau und stechendes Grün in die Nase und musste niesen. »Ich glaube, das war eine Gegenfarbenexplosion«, meinte sie, als der Niesanfall vorüber war.

»Aber …« Reodhil brach ab und stürzte zum Fenster. »Bei Tenelin, das ist doch unmöglich!«

»Was?« Laisa war mit einem Satz an seiner Seite und sah es nun selbst. Tharalins Haus bestand nur noch aus Trümmern. Auch der Palast selbst hatte einiges abbekommen. Doch zum Glück gab es, wie einer von Reodhils Getreuen kurz darauf meldete, nur wenige Menschenleben zu betrauern.

»Leider ist Euer Hofmagier einer davon«, setzte der Höfling mit einer gewissen Anteilnahme hinzu.

Laisa begriff, dass der Magier bei der Untersuchung der Artefakte einen fatalen Fehler begangen haben musste und bedauerte, dass der Kerl tot war. Sie hätte liebend gerne ihre Krallen an seinem Rücken gewetzt.

»Ich wusste doch, dass der Kerl ein Scharlatan ist«, schimpfte sie, ärgerte sich aber noch mehr darüber, dass der Fisch, den man ihr eben aufgetragen hatte, durch die Glassplitter des zerschellten Kronleuchters ungenießbar geworden war.

Die Lust, länger als nötig in Thilion zu bleiben, war ihr vergangen, und so blickte sie Reodhil auffordernd an. »Wir werden morgen weiterreisen. Die restliche Beeinflussung kann ich auch unterwegs aus deinem Kopf herausholen. Und jetzt hätte ich gerne einen neuen Fisch und einen Platz, an dem ich ihn in Ruhe essen kann, ohne dass ein verrückter Magier die halbe Stadt in die Luft sprengt.«

»Die halbe Stadt war es Tenelin sei Dank nicht«, seufzte Reodhil erleichtert.

Doch auch er war dafür weiterzureisen, um ihren Feinden kein stehendes Ziel zu bieten. Noch wusste er nicht, was hinter der Gruppe mit diesem eigenartigen Symbol steckte. Doch dem Frieden auf der Welt und dem Wohlergehen Thilions dienten diese Leute wahrlich nicht.

ACHTES KAPITEL

Tirah

Sung war froh, als die Reise auf dem Großen Strom zu Ende war. Von nun an würden Rogon und er durch das Ödland ziehen, ohne auf Städte oder Dörfer zu treffen. Er hielt es sogar für wahrscheinlich, dass sie auf ihrem Weg keinem einzigen Menschen begegnen würden. Das Ödland war ein schlimmer Ort, verrufen und voller Gefahren. Kein Mensch hielt die Kriegsmagie, die sich dort ballte und das Land mit immer neuen Ausbrüchen vergiftete, länger als einen Tag aus. Die meisten starben daran, andere wurden verrückt oder fielen den Bestien zum Opfer, die in dem verseuchten Gebiet lauerten.

Als Heiler konnte Sung diesen Gewalten länger widerstehen, doch er vertraute mehr dem Abschirmartefakt, das er von Sirrin erhalten hatte, als seinen eigenen Fähigkeiten. Rogon würde die Macht des Ödlandes jedoch ungeschützt zu spüren bekommen. Das war gut so, dachte der Heiler bei sich, denn solange der junge Mann sich im Vollbesitz seiner Kräfte befand, blieb es ein zu großes Wagnis, ihn für Tirah zu opfern. Natürlich durfte Rogon nicht kurz vor dem Ziel sterben, doch das glaubte Sung mit Hilfe seiner Fähigkeiten vermeiden zu können.

»Brauchen wir das Boot noch?«

Rogons Stimme unterbrach den Gedankengang des Heilers, und er schüttelte den Kopf. »Ich glaube nicht.«

»Also gut!« Rogon sprach die Worte, die Xulla ihn gelehrt hatte, und sah fasziniert zu, wie das Flechtwerk des Schilfbootes sich auflöste und die Strömung die Überreste davontrug. Dann nahm er den Packen mit Vorräten an sich, die sie im letzten noch bewohnten Dorf besorgt hatten, und schritt hinter Sung die Hügel hinauf, die hier genau wie weiter oben den Großen Strom säumten. Als er sich auf der Kuppe umdrehte, konnte er gut fünfzig Meilen entfernt die glatte Oberfläche des Heiligen Sees in der Sonne glänzen sehen und glaubte, in der Ferne sogar Edessin Dareh zu erkennen. Zu seiner Verwunderung schimmerte das sonst golden erscheinende Wasser des Sees von hier aus leicht violett. Er sprach Sung darauf an, doch der lachte ihn aus.

»Du hast heute Morgen wohl ein bisschen zu viel von dem Morgenbier getrunken, was? Der Heilige See und violett! Wo hätte man das schon gehört.«

Rogon warf noch einmal einen Blick in die Richtung und sagte sich, dass wahrscheinlich die Spiegelung des Himmels im See ihn narrte. Als er sich umwenden und Sung folgen wollte, entdeckte er am südlichen Fuß des Hügels eine hübsche kleine Bucht, die sich für ein Städtchen mit einem Stromhafen eignen würde. Die unangenehme Magie, die vom Ödland herüberwehte, konnte man leicht mit einigen guten Abschirmartefakten fernhalten.

Statt an dieser Stelle anlegen zu können, mussten die Schiffer auf dieser Stromseite die Lotsen, ohne die der Heilige See nicht durchquert werden konnte, bereits ein Stück weiter im Norden an Bord nehmen, während die Leute aus dem Westen es noch ein ganzes Stück weiter stromaufwärts taten. Dabei hätte es Rogons Ansicht nach nur weniger Anstrengung bedurft, sichere Häfen auf beiden Seiten kurz vor der Einfahrt in den See zu errichten. Dies sagte er zu Sung und erntete erneut ein Gelächter.

»Sei mir nicht böse, Junge. Aber jetzt geht deine Phantasie mit dir durch. Um hier Häfen errichten zu können, bräuchtest du Frieden in den Dämmerlanden, und damit ist es schlecht bestellt. Außerdem würden sich hier sofort Freistädter ansiedeln und den ganzen Strom zu einem Sumpf des Verbrechens machen. Genau deswegen verhindert die Heilige Stadt die Gründung von Städten am Rande der Ödlande.«

»Aber die Heilige Stadt könnte diese Häfen doch selbst kontrollieren«, rief Rogon aus.

»Du vergisst, dass keines der sechs Sechstel von Edessin Dareh so etwas Ähnliches wie ein Heer besitzt. Der See selbst beschützt die Heilige Stadt, denn kein Schiff kann ihn befahren, ohne dass sich einer der Lotsen der Heiligen Stadt an Bord befindet. Im großen Krieg vor vierhundert Jahren wurde mehrmals versucht, den See mit Kriegsschiffen ohne Lotsen zu befahren, doch die sind keine drei Meilen weit in den See hineingekommen, dann wurden sie von unheimlichen Tentakeln gepackt und in die Tiefe gezogen. Von den Männern an Bord hat niemand überlebt.«

»Das weiß ich doch alles!«, unterbrach Rogon den Heiler. »Dennoch ist das hier ein ausgezeichneter Landeplatz für Schiffe, und niemand kümmert sich darum. Außerdem wundert es mich, dass sich keine Freistädter hier ansiedeln. Die Heilige Stadt hat, wie du eben selbst sagtest, keine Mittel, es zu verhindern.«

»Du vergisst die Magie des Ödlandes. Um die abzuhalten, benötigt man etliche Schutzartefakte, und an die kommen auch die Freistädter nicht in dem Umfang, wie sie hier benötigt würden.«

Sung war des Themas müde und wies nach vorne. »Außerdem haben wir andere Probleme! Wir müssen Stellen im Ödland passieren, an denen die Magie am giftigsten ist. Sobald du dich schlecht fühlst, sagst du es mir, damit ich dir helfen kann.«

Rogon nickte und stapfte weiter hinter dem Heiler her. So schlimm, wie Sung es ihm ausgemalt hatte, empfand er die Ausstrahlung des Ödlandes nicht. Zwar hatte er ein Gefühl, als würde er heißen Wind auf der nackten Haut spüren, aber er fühlte sich weder krank noch erschöpft. Das wird wahrscheinlich erst nach einigen Tagen kommen, dachte er bei sich und überlegte, ob er Sung fragen sollte, wie weit es bis zu dem Tempelchen war, in dem die schlafende Tirah liegen sollte.

❊ ❊ ❊

Ein paar Tage später blieb Rogon stehen und wischte sich den Schweiß von der Stirn. »Diesen Weg ist wohl seit Jahrzehnten kein Mensch mehr gelaufen!«

»Das will ich nicht bestreiten. Der Dornenwald ist wirklich eklig. Wenn du nicht mehr kannst, übernehme ich jetzt die Spitze und schneide uns den Weg frei. Meine Risswunden heilen schneller als die deinen!« Mit diesen Worten wollte Sung an Rogon vorbei, doch dieser schüttelte den Kopf.

»Es geht schon noch. Ich wüsste nur gerne, wie weit wir uns noch durch diesen Dornenwald schlagen müssen.« Erneut hieb Rogon mit seinem Schwert zu, um eine Schneise in das dichte, verfilzte Dornengestrüpp zu hauen. Es waren ganz eigenartige Ranken, bei denen er nicht sicher war, ob sie nicht eigenes Leben besaßen, so wie die Pfeilbüsche und Peitschenbäume, die die Schwarzlandmagier einst für den Krieg gezüchtet hatten. Als er sich umschaute, entdeckte er, dass sich das Gestrüpp hinter ihnen bereits wieder geschlossen hatte. Wenn sie umkehren wollten, würden sie sich erneut einen Weg bahnen müssen.

»Du machst dich gut, Junge! Ich kenne wenige, die bei diesen Bedingungen so hart arbeiten können wie du.«

Sung meinte weniger die Dornen als vielmehr die magischen Schwaden, die immer wieder über das Land zogen und denen sie wegen des Gestrüpps um sie herum nicht ausweichen konnten. Ihn schützte mittlerweile Sirrins Abschirmartefakt, Rogon aber war den aggressiven und teilweise giftigen Strömen ständig ausgesetzt und zeigte dennoch kein Anzeichen von Schwäche. Auch jetzt schwang er das Schwert mit voller Kraft und trennte mit jedem Hieb eine ganze Reihe der zähen Dornenzweige ab.

Mit einem Mal blieb der Heiler stehen und starrte nach vorne. Er glaubte gelbe Magie zu erkennen, die sich in Windeseile auf einen größeren, violetten Fleck zubewegte, und stieß einen Warnruf aus.

»Hinlegen! Gleich knallt es fürchterlich.« Ohne darauf zu achten, ob Rogon die Warnung befolgte, warf Sung sich zu Boden und schützte seinen Kopf mit den Händen.

Fast im gleichen Augenblick zerbarst ein Stück vor ihnen schier die Welt. Ein Schlag wie von tausend Donnern hallte über das Land und betäubte ihre Ohren. Gleichzeitig schoss eine Stichflamme in Violett und Gelb mehrere hundert Mannslängen in die Höhe. Der Boden zitterte, und eine Druckwelle raste über sie hinweg, stark genug, um jeden Reiter umzureißen.

Als Sung sich nach einer gefühlten Ewigkeit wieder erhob, zitterte er vor Schreck. Gleichzeitig bekam er Angst, Rogon, der nicht von einem Abschirmartefakt geschützt worden war, könnte nicht überlebt haben.

Da packte jemand ihn am Arm und zog ihn auf die Beine. Erleichtert, aber auch verwirrt starrte Sung Rogon an. »Bist du verletzt?«, fragte er, ohne seine Stimme zu hören.

Er sah, wie Rogon den Mund bewegte, und wies auf seine Ohren. »Tut mir leid, aber der Knall hat meine Ohren beschädigt. Es wird ein bisschen dauern, bis meine Selbstheilungskräfte die Taubheit behoben haben.«

Mit einem Mal vernahm er Rogons Stimme im Kopf.

»Mir geht es gut«, sagte der junge Mann. »Ich habe auch keine Probleme mit den Ohren. Die habe ich nämlich zugehalten, da ich in alten Schriften die Warnung vor diesen Gegenfarbenexplosionen gelesen habe. Übrigens hat diese uns einen großen Gefallen getan!«

Noch während Sung sich wunderte, wieso Rogon scheinbar ohne jede Ausbildung wie ein Magier mit einer Gedankenstimme sprechen konnte, fragte er bissig, was an dieser Gegenfarbenexplosion positiv gewesen sein sollte.

»Sieh selbst!«, forderte Rogon ihn auf. »Die Explosion hat eine Schneise in dieses elende Dorngestrüpp geschlagen. Außerdem ist es dort hinten zu Ende. Wir müssen uns nur noch zwei bis drei Manneslängen hindurchschneiden, dann können wir wieder frisch und fröhlich ausschreiten.«

Sung starrte den Prinzen an, als wäre dieser verrückt geworden. Kein sterblicher Mensch würde hier die Worte frisch und fröhlich benutzen, noch nicht einmal die Eirun-Dämonen des Westens, die während der Götterkriege von endlosen Wällen solcher giftigen Dornen hätten aufgehalten werden sollen. Bei dem Gedanken betrachtete er die Risse und Schrunden auf Rogons Händen. Sie hätten entzündet sein und eitern müssen. Doch genau das taten sie nicht. Wie es aussah, würde die Kruste in ein oder zwei Tagen abfallen, ohne Narben zu hinterlassen.

Damit hatte Sung bei Rogon eine weitere unterbewusste Fähigkeit entdeckt, nämlich die einer gewissen Selbstheilung. Doch selbst diese Erfahrung wurde kurz darauf durch ein noch erstaunlicheres Ereignis übertroffen. Eben hatte Rogon die letzten Dornen abgehackt und steckte sein Schwert in die Scheide. Vor ihnen lag eine steinige Ebene, über die unterschiedliche magische Wirbel zogen. Einer davon war grün, und Sung wollte Rogon davor warnen. Doch da tauchte dieser bereits in die grüne Wolke ein. Als magisch begabter Blauer hätte er vor Schmerzen schreien und zusammenbrechen müssen. Doch er verzog nur kurz sein Gesicht und ging schneller, um diese Stelle hinter sich zu lassen.

»Wie hast du das gemacht?«, fragte Sung fassungslos.

»Was soll ich gemacht haben?«, kam die Gegenfrage.

»Du bist eben mitten durch ein grünes Feld gelaufen – und das ist doch deine Feindfarbe.«

Rogon zuckte mit den Achseln. »Ein bisschen Grün habe ich gespürt, aber es war nicht so stark, als dass es mich hätte behindern können!«

»Nicht so stark!«, rief Sung verblüfft.

Er selbst hätte es trotz Sirrins Abwehrartefakt nicht gewagt, ein gelbes Feld gleicher Stärke zu betreten. Rogon wurde ihm immer unheimlicher. Dann beruhigte er sich mit dem Gedanken, dass sich eine starke blaue Abschirmmagierin in dessen Ahnenreihe befinden musste und ihm diese Fähigkeit vererbt hatte. Für ihn hieß dies, noch rascher zu handeln.

Hoffentlich hat Sirrin den Tempel bereits erreicht, dachte er, denn er wusste nicht, ob er es wagen konnte, auf sie zu warten.

❊ ❊ ❊

Nach zwei weiteren Tagen war Sung so erschöpft wie ein abgetriebener Gaul. Um schneller vorwärtszukommen, hatte er Rogon und sich selbst zu Tagesstrecken gezwungen, bei denen selbst einem Gurrim die Knie weich geworden wären. Doch nun lag ihr Ziel nur noch wenige Stunden vor ihnen. Als der Heiler stehen blieb, um zu verschnaufen, musterte er die Umgebung. Auf den ersten Blick unterschied sie sich nicht von den übrigen Ödlanden. Das Dornengestrüpp, das hier wuchs, war von Sirrin jedoch magisch verändert worden und hielt selbst Rogons Klinge stand. Das war eine der Sicherungsmaßnahmen, mit dem Sirrin Unbefugte von dem kleinen Tempel fernhalten wollte, in dem die größte Kriegerin der violetten Farbe darauf wartete, wieder ins Leben zurückgerufen zu werden.

»Ich glaube, wir haben eine Pause verdient. Komm, setzen wir uns dort vorne auf den Stein und trinken ein wenig Wasser.« Sung wies auf eine leichte Erhöhung und ging darauf zu.

»Wir sollten sparsamer mit dem Wasser umgehen. Immerhin haben wir schon über die Hälfte verbraucht«, wandte Rogon ein.

Der Heiler hob beschwichtigend die Hand. »Mach dir keine Sorgen. Ich kenne in der Nähe eine Quelle, deren Wasser wir trinken und mit dem wir unsere Vorräte auffüllen können.«

Rogon schien es, als würde Sung nicht die Wahrheit sagen. Dies ärgerte ihn, denn zu Hause in Andhir hatte er geglaubt, in dem Heiler einen Freund zu finden. Diese Hoffnung war aber im Verlauf der Reise immer mehr geschwunden.

Während Rogon seinen Gedanken nachhing, öffnete Sung den Wasserschlauch und trank einen gehörigen Schluck. In den nächsten Stunden würde er jedes Quentchen Kraft brauchen, das er besaß, und sehr viel Glück. Noch wusste er nicht, was er tun sollte, wenn Sirrin nicht da war. Ein etwas mehr als faustgroßer Stein, der einladend neben seinem rechten Fuß lag, brachte ihn auf eine Idee. Als Rogon in eine andere Richtung schaute, hob er den Stein auf und ließ ihn in seiner Heilertasche verschwinden. Danach atmete er mehrmals tief durch und sah Rogon auffordernd an.

»Du solltest ebenfalls trinken, damit wir weitergehen können!«

Der junge Mann griff nach dem Wasserschlauch und schüttelte ihn kurz. »Viel ist da wirklich nicht mehr darin. Wir sollten daher als Erstes zu deiner Quelle gehen.«

»Wenn wir das tun, erreichen wir den Ort, an dem Tirah liegt, nicht mehr bei Tageslicht. Dabei dachte ich, du willst sie unbedingt sehen. Wer weiß, vielleicht gelingt es uns sogar, sie wiederzuerwecken. Sie würde dich gewiss als Kampfgefährten akzeptieren. Wäre das nicht in deinem Sinn?«

Sungs künstliche Fröhlichkeit verfing bei Rogon nicht. Dennoch folgte er dem Heiler, der jetzt kräftig ausschritt und dabei genau auf das am dichtesten aussehende Dornengestrüpp zuhielt. Dort angekommen, holte er einen kleinen, violetten Kristall aus seiner Heilertasche und hielt ihn hoch. Zu Rogons Verwunderung bewegten sich die Dornenzweige und gaben einen schmalen, aber gut begehbaren Pfad frei.

»Willst du eines der Ödlandgeschöpfe anschauen? Weiter vorne hat sich eins in den Dornen verhakt und ist dort krepiert«, erklärte Sung.

Rogon folgte dessen Fingerzeig und entdeckte ein etwa anderthalb Schritt langes Tier, das als vertrocknete Mumie zwischen den Zweigen hing. Auf den ersten Blick hielt er es für einen ganz normalen Fuchs mit blauem Fell. Dann aber zählte er sechs Beine und drei Schwänze und sah einen Kopf mit einem Gebiss voller langer, scharfer Zähne, der zu einem weitaus größeren Tier hätte gehören können.

»Verstehst du jetzt, weshalb ich solchen Biestern nicht begegnen will? Es trennt dir mit einem einzigen Biss den Oberschenkel ab. Tiefer in den Ödlanden hausen noch schlimmere Bestien. Deren Gebiet muss man auf jeden Fall meiden!«

»Ich glaube kaum, dass andere Menschen so verrückt sind wie wir und freiwillig hierherkommen«, antwortete Rogon mit einem gepressten Lachen, in das Sung mit falschem Unterton einfiel.

»Ich glaube, das hat auch seit Jahrzehnten niemand mehr gewagt. Früher haben Artefaktsammler die Ödlande auf der Suche nach Waffen aus den Götterkriegen durchstreift, die hier noch liegen sollen. Für ein echtes Eirun-Schwert, das sie als Beutestück an die Wand hängen können, zahlen vor allem die Könige und Fürsten der tawalischen Reiche stattliche Summen.«

»Das hättest du mir eher sagen sollen, dann hätte ich meine Augen offen gehalten. Unserer Reisekasse würde so ein Fund guttun«, beschwerte Rogon sich.

Sung winkte nur lachend ab. »Bald wirst du Tirahs Schwert sehen, gegen das alle Klingen des Westens Spielzeuge sind. Und nun komm endlich!«

Mit diesen Worten drehte der Heiler sich um und ging weiter. Rogon folgte ihm nachdenklich, denn er fragte sich, welche Überraschungen ihm hier wohl noch bevorstehen mochten.

* * *

Rogon stand vor dem Tempel und konnte kaum glauben, was er sah. Die Wände des Gebäudes standen schief und waren teilweise eingebrochen. Auch das Dach sah aus, als würde es jeden Augenblick zusammenstürzen, und dort, wo der Eingang sein sollte, lagen die Überreste eines Torbogens und versperrten den Weg.

»Das hier soll Tirahs Ruhestätte sein?«, fragte Rogon entgeistert.

Sung nickte und vollzog gleichzeitig eine beschwichtigende Geste. »Es ist nicht so, wie deine Augen es dir zeigen!«

»Die Ruine ist also ein Illusionszauber«, schloss Rogon daraus.

»Nein, der Tempel wurde so angelegt. Sirrin hat dafür sorgen wollen, dass Tirahs Aufenthaltsort geheim bleibt. Sonst hätte es doch der eine oder andere versucht, ihn zu finden, und sei es nur, weil er Schätze oder magische Waffen hier vermutet.«

»Aber warum hat Sirrin Tirah hierhergebracht? Sie hätte sie doch genauso gut in ihrem Magierturm lassen können«, fragte der junge Mann weiter.

Dem Heiler gelang es zu lächeln. »Du weißt wenig von Magiern, nicht wahr? Diese experimentieren in ihren Türmen, und dabei werden oft starke Kräfte frei. Die wiederum könnten Tirahs Schlaf stören und sie wecken, bevor die Wunden, die sie in den Schlachten davongetragen hat, völlig verheilt sind. Dadurch würde sie Schaden nehmen und vielleicht nicht mehr in der Lage sein, ihre Aufgabe zu erfüllen.«

Sungs Gesicht verdüsterte sich, denn genau dieser Fall war vor vierhundert Jahren kurz nach dem Krieg um die Heilige Stadt eingetreten. Ein Feind, von dem Sirrin auch jetzt noch nicht wusste, wer er war, hatte ihren Turm mit gelber Kriegsmagie angegriffen und ihn beinahe zur Explosion gebracht. Dabei war Tirah aus ihrem Heilschlaf erwacht und hatte sich trotz ihrer schweren Verletzungen auf die Helfer des unheimlichen Gegners gestürzt. Zwar war es ihr gelungen, die Angreifer zu töten, doch sie wäre beinahe selbst zugrunde gegangen. Sirrin hatte sie am Leben erhalten können, es aber nicht mehr gewagt, sie in ihrem Magierturm zu behalten.

»Dieser Tempel hier ist der beste Ort, den du dir denken kannst«, erklärte Sung mit erzwungener Gelassenheit. »Er liegt so versteckt, dass sich kein Sterblicher in die Nähe wagt, und gegen fremde Magier schützen ihn starke Zauber. Hier konnte Tirah von ihren Wunden genesen.«

»Im Nordkrieg hat sie Lin'Whiran gegen die Völker des Westens verteidigt«, erklärte Rogon mit leuchtenden Augen. »Mein Großvater hat sie damals selbst gesehen. Doch im Südkrieg haben die violetten Völker ihren Schwertarm schmerzlich vermisst!«

»Sirrin war zu beschäftigt gewesen und fand nicht die Zeit, sie zu wecken. Aber nun komm!« Sung trat auf den eingestürzten Torbogen zu und zog einen anderen Kristall aus seiner Heilertasche. Im selben Augenblick richteten sich die gefallenen Säulen wieder auf und gaben den Weg frei. Das steinerne Tor des Tempels öffnete sich, und Rogon sah eine Treppe vor sich, die in die Tiefe führte.

»Der Raum, in dem Tirah liegt, befindet sich unter der Erde und wird gut bewacht. Du kannst aber ohne Sorge eintreten, denn ich kenne die geheimen Worte, die uns als Freunde ausweisen.« Mit einer einladenden Geste forderte Sung Rogon auf, näher zu kommen, und überließ ihm den Vortritt. Während der Prinz langsam die Treppe hinabstieg, blickte Sung sich hilfesuchend um. Wenn Sirrin vor ihnen angekommen wäre, hätte sie ihm längst ein Zeichen gegeben. Dann aber erinnerte er sich daran, dass er und Rogon schneller gereist waren, als er es mit ihr abgesprochen hatte. Er zählte nach und begriff, dass er wahrscheinlich noch vier oder fünf Tage auf das Erscheinen der Evari würde warten müssen.

Wie er Rogon inzwischen kennengelernt hatte, würde er

ihn nicht dazu bringen, so lange hierzubleiben. Allein schon die knapp werdenden Wasservorräte würden den Prinzen veranlassen, den Tempel und die Ödlande so schnell wie möglich zu verlassen. Sungs Hand stahl sich in seine Heilertasche, und er fühlte den Stein, den er vorhin mitgenommen hatte, warm in seiner Hand.

Ohne etwas von den Gedanken seines Begleiters zu ahnen, drang Rogon immer tiefer in das Gemäuer ein. Längst sah der Tempel nicht mehr wie eine Ruine aus. Die Wände und die Decke waren glatt, ebenso die Stufen der Treppe, die schließlich vor einer weiteren steinernen Tür endete.

»Du kannst sie aufstoßen«, rief Sung, als Rogon sich fragend zu ihm umwandte. Die Hand mit dem Stein hielt er hinter seiner Heilertasche verborgen.

Zunächst ließ die Tür sich nicht bewegen. Mit einem ärgerlichen Knurren stemmte Rogon sich mit der Schulter dagegen, und als Sung geistig die Verriegelung freigab, stürzte er in den Raum hinein und landete auf allen vieren. In dem Moment, in dem er auf die Beine kam, war der Heiler hinter ihm und schlug ihn mit dem Stein nieder.

Mit einem erstickten Laut fiel Rogon um und landete vor einer Art Altar. Dieser bestand aus einem hüfthohen, vier Schritt langen und zwei Schritt breiten Block aus violett geädertem Stein. Auf dem Stein lag eine Frau in einer altertümlichen Rüstung unter einem violettmagischen Feld. Ihr Gesicht war ebenso starr wie ihr Leib, und obwohl die Lider der violett leuchtenden Augen geöffnet waren, schien ihr Geist so fern zu sein wie die Sonne.

Sung neigte kurz das Haupt, merkte dann, dass er noch den Stein in der Hand hielt, und ließ das Ding erschrocken fallen. Dann beugte er sich über Rogon und prüfte dessen Puls. Obwohl der Prinz eine heftig blutende Platzwunde am Hinterkopf davongetragen hatte, schlug sein Herz stetig und kraftvoll. Viel Zeit blieb Sung also nicht, wollte er nicht riskieren, dass sein Opfer zu früh aus seiner Bewusstlosigkeit erwachte.

Rasch bereitete er alles für die Zeremonie vor. Er legte Rogon so an den Steinblock, dass er und Tirah Kopf an Kopf lagen, nahm ihm die Waffen ab und warf alles in die hinterste Ecke. Dann trat er zu der Rückwand und öffnete eine Geheimtür. Dahinter kam eine große, flache Schale zum Vorschein, die aus einem einzigen, hochmagischen Halbedelstein geschnitten worden war. Als er sie zwischen Tirah und Rogon auf den Altarblock legte, begann die Schale, leise zu summen.

Zufrieden trat Sung zurück. Die Schale würde Rogon Kraft entziehen und Tirah damit neues Leben einhauchen. Ein wenig tat es ihm um den Prinzen leid. Doch wenn Rogon stark genug war, würde er es überleben. Allerdings wusste der Heiler nicht, ob er sich das wünschen sollte. Er fürchtete den Zorn des jungen Mannes, den er hintergangen hatte. Doch als er sich daran erinnerte, wie schwach jene beiden Opfer gewesen waren, die die Zeremonie überlebt hatten, schwand seine Furcht. Auch Rogon würde danach mit Sicherheit nicht mehr in der Lage sein, Rache zu üben.

Das Summen der Schale verstärkte sich, und nun begann das magische Feld um Tirah zu pulsieren. Eine Art Rüssel bildete sich, wuchs auf die Schale zu und sprang von ihr auf Rogon über. Dieser stöhnte und schlug trotz seiner Bewusstlosigkeit um sich. Kurz darauf aber floss kräftige, blaue Magie aus dem Leib des junges Mannes zu Tirah hinüber.

Die Kriegerin, die bislang starr wie eine Statue auf ihrem Altar gelegen hatte, bewegte sich, und für einige Augenblicke trat ein verwirrter Ausdruck auf ihr Gesicht. Blaue Magie hatte sie wohl nicht erwartet. Dann aber sog sie diese wie eine Verdurstende in sich auf.

Das Geräusch der Schale wurde so laut, dass Sung bis an die Treppe zurückwich und die Hände auf die Ohren presste. Der Saugrüssel, der zunächst etwa so dick wie ein Kinderarm gewesen war, schwoll an und entriss dem jungen Mann dabei immer mehr magische Lebenskraft, um sie in Tirah hineinzupressen. Diese begann zu atmen, öffnete den Mund und stöhnte.

Es klappt, sie wacht auf!, jubelte Sung innerlich und empfand Triumph. Er hatte etwas vollbracht, an dem sogar Sirrin zuletzt gescheitert war. Allerdings hatte er mit Prinz Rogon von Andhir auch das ideale Opfer gefunden.

Der Heiler schnaufte erleichtert, als er sah, wie stark die magische Quelle in seinem Begleiter war. Noch immer floss Rogons Kraft als breiter, blauer Strom zu Tirah hin. Nun konnte es nicht mehr lange dauern, dann würde sie von ihrem Steinblock herabsteigen, das große Schwert an sich nehmen, das neben ihr lag, in den Süden gehen und die Feinde vertreiben, die über den Großen Strom gekommen waren. Sobald dies geschehen war, würde auch er wieder in seine Heimat zurückkehren können.

❋ ❋ ❋

Ein misstönender Klang riss Sung aus seinen Zukunftsträumen. Irritiert blickte er auf und stellte fest, dass der Strom der Magie, der von Rogon zu Tirah floss, mit einem Mal dünner wurde und schließlich ganz erlosch. Im ersten Moment glaubte der Heiler, der junge Mann wäre der Anstrengung erlegen, der Kriegerin als Quelle neuen Lebens zu dienen. Doch da schüttelte Rogon sich auf einmal, richtete sich langsam auf und sah sich mit verzerrter Miene um.

Verzweifelt überlegte Sung, was er tun sollte. Am besten erschien es ihm, den Prinzen erneut niederzuschlagen. Doch der Stein, den er dazu benutzt hatte, lag ebenso wie Rogons Waffen hinter dem Altar. Um ihn zu erreichen, hätte er an seinem Opfer vorbeikommen müssen.

Ich hätte klüger sein und die Sachen an mich nehmen sollen, durchfuhr es ihn. Nun aber musste er den jungen Mann erwürgen und würde dessen Tod dabei schmerzhaft in sich spüren.

Sung trat einen Schritt vor, doch da hallte ein Schlag durch das Gemäuer und warf ihn zu Boden. Halb betäubt sah er, wie die Kristallschale zersprang. Glühend heiße Splitter trafen seine Kleidung und sein Gesicht. Der Geruch versengter Haare und verbrannten Stoffes stieg ihm in die Nase, und er klopfte hektisch an sich herum, um die kleinen Brände zu ersticken.

Als er sich wieder Rogon zuwenden konnte, stand dieser unversehrt im Raum und nahm eben Tirahs Schwert an sich. Aber nicht das erfüllte Sung mit Entsetzen, sondern der stete Strom violetter Magie, der jetzt von Tirah auf den Prinzen zufloss. Nun war nicht mehr Rogon der Spender, sondern die Kriegerin.

Tirah wand sich in Todesqualen auf ihrem Steinblock und tastete nach ihrem Schwert. Doch die lange Klinge mit dem kinderfaustgroßen, violetten Edelstein im Knauf lag unerreichbar für sie in Rogons Händen. Sie versuchte noch aufzustehen, um ihre Waffe an sich zu bringen, brach aber mit einem verzweifelten Aufschrei neben dem Steinblock zusammen.

Panikerfüllt sah Sung, wie ihr Körper sich in reine Magie auflöste, die von Rogon aufgesogen wurde. Wenige Augenblicke später lagen nur noch die Teile ihrer Rüstung am Boden. Von ihr selbst konnte er nicht einmal mehr auf magischem Weg eine Spur entdecken.

Der Prinz von Andhir war ein Magiefresser! Der Gedanke brannte wie alles verzehrendes Feuer in Sungs Kopf, und sein Geist brach unter den Wellen der Panik zusammen. Statt ein passendes Opfer für Tirah zu finden, hatte er ihr den Tod gebracht und würde diesem Ungeheuer, das er geweckt hatte, als Nächstes zum Opfer fallen.

Rogon verstand nicht, was geschehen war, aber eines war ihm klar: Er war von Sung, in dem er einen Freund gesehen hatte, in eine Falle gelockt worden, in der er hätte umkommen sollen. Sein Sehvermögen war so getrübt, dass er nur violette Schlieren um sich wahrnahm. Doch er spürte die Anwesenheit des Heilers und trat mit erhobener Klinge auf ihn zu.

Sung aber hatte sich bereits zur Flucht gewandt. Schreiend vor Angst hastete er die Treppe hoch und rannte blindlings in die Ödlande hinein. Dabei vergaß er seine Heilertasche ebenso wie den Wassersack und sein anderes Gepäck. Er wollte nur fort von diesem Ort, an dem so Entsetzliches geschehen war, und von dem jungen Mann, der sich, anstatt zu einem willfährigen Opfer zu werden, in ein mörderisches Ungeheuer verwandelt hatte, das jedem Magier und jedem magisch Begabten den Tod bringen würde.

❊ ❊ ❊

Rogon wollte Sung folgen, stolperte jedoch auf den ersten Stufen und schlug sich das Schienbein auf. Der Schmerz dämpfte seine Wut, und er stützte sich auf das große Schwert, nach dem er wohl unbewusst gegriffen hatte. Noch immer sah er kaum mehr als dichte violette Schlieren und glaubte, eine starke, violette Präsenz in sich zu spüren. Doch um seinen Zustand genauer untersuchen zu können, fehlte ihm die magische Schulung. Eines begriff er jedoch mit erschreckender Klarheit: Er war dem Tod und damit einer verfrühten Reise seines Geistes zu Ilynas Seelendom nur um Haaresbreite entgangen.

Daran war nur der Heiler schuld! Sung hatte ihn mit einer Lügengeschichte aus Andhir gelockt und hierhergeführt. Erneut packte Rogon mörderische Wut, und er wollte hinaus ins Freie, um den Verräter zu stellen. Ein Teil seines Verstandes sagte ihm jedoch, dass weniger Sung den Ausschlag für seine Flucht gegeben hatte, als vielmehr seine Sehnsucht nach Freiheit. Er hatte den erdrückenden Zeremonien in Andhir ebenso entkommen wollen wie dem rigiden Regiment der Priesterinnen und auch deren geplanten Anschlägen auf ihn. Wahrscheinlich wäre er jedem Fremden gefolgt, der ihm ein aufregendes Leben voller Abenteuer versprochen hätte. Sein Pech war es gewesen, dass er an Sung geraten war, der ihn mit seiner Vorliebe für die Geschichten um die magische Kriegerin Tirah geködert hatte.

Rogon schnaubte verächtlich, ohne zu wissen, ob sein Zorn Sung oder seiner Gutgläubigkeit galt, und rieb sich mit der linken Hand über die Augen. Dann wurde ihm klar, dass er sich auf ein Schwert stützte, das nicht sein eigenes war. Seine Kharimdh-Waffe war kürzer und besaß einen zierlicheren Knauf. Nun ertastete er einen Edelstein, der seinem Gefühl nach echt war und darauf hindeutete, dass er keine geringe Klinge in der Hand hielt.

Langsam klärte sich sein Blick, und er konnte erkennen, dass er sich noch immer in dem unterirdischen Gemach befand, in dem Tirah aufgebahrt gewesen war. Die violette Kriegerin war verschwunden, doch die Teile ihrer Rüstung lagen so am Boden, als hätte sie diese rasch abgestreift. Weshalb sie das getan hatte, entzog sich Rogons Kenntnis. Allerdings begriff er nun, dass er Tirahs Schwert in der Hand hielt. Er versuchte, es zu schwingen, doch dafür war in diesem Gewölbe nicht genug Platz, denn er wollte die Klinge nicht am Stein der Decke oder der Wände beschädigen.

Als er seine Besitztümer entdeckte, legte er Tirahs Waffe auf den Altarblock, damit die Kriegerin sie bei ihrer Rückkehr finden konnte. Doch als er Schwert und Dolch in die Scheiden stieß und seinen Packen an sich nahm, wurde sein Blick erneut von der violetten Waffe angezogen. Zögernd bückte er sich und hob einige Teile von Tirahs Rüstung auf. Den Brustharnisch mit der Wölbung für die Brüste legte er beiseite, denn der passte ihm mit Sicherheit nicht. Er schnallte sich nur das Schwertgehänge um, mit dem er Tirahs Schwert auf dem Rücken tragen konnte, und probierte, ob er die lange Klinge ziehen und wieder in die Scheide stecken konnte. Das gelang ihm nach einigen Versuchen, und er wandte sich dem Ausgang zu.

Oben entdeckte er, dass Sung sein gesamtes Gepäck zurückgelassen hatte. Einen Lidschlag lang oder zwei überlegte er, den Heiler zu suchen, um von ihm zu erfahren, mit welcher Absicht dieser ihn hierhergebracht hatte. Doch als er sich umsah, konnte er keine Spur von ihm entdecken. Ihn magisch auszumachen, wie er es auf dem Weg hierher gelernt hatte, war angesichts der hier tobenden Kräfte unmöglich. Sung würde seinen eigenen Weg aus dieser Hölle suchen. Er aber kannte nun sein Ziel.

Ihm war bestimmt, die Grünlinge zu bekämpfen, die über den Großen Strom gekommen waren und große Teile der südlichen Lande mit Feuer und Schwert verheert hatten. Ein wenig verwundert über diesen Gedanken nahm Rogon alles an sich, was er für die weite Wanderung benötigte, und schenkte Tirahs Tempel, der ihm beinahe zum Verhängnis geworden wäre, keinen weiteren Blick.

❊ ❊ ❊

Als Sirrin drei Tage später vor dem Tempel materialisierte und in die Tiefe stieg, fand sie weder Tirah noch Sung oder Rogon vor. Die zurückgebliebenen Teile der Rüstung erschreckten sie jedoch, denn Tirah hätte niemals auf sie verzichtet. Sirrin nahm sie an sich, verließ den unterirdischen Raum und sah sich oben um. Doch selbst für sie war es unmöglich, in den wabernden Magieströmen der Ödlande eine bestimmte Person auszumachen. Sie wusste nicht einmal, in welche Richtung die drei sich gewandt haben konnten. Eines aber glaubte sie zu wissen: Tot war Tirah sicher nicht, denn dann hätte Sung die magische Kriegerin in allen Ehren und in voller Rüstung begraben.

Doch was an diesem Ort geschehen war, blieb für sie ein Rätsel, das ihr nur die Zukunft enthüllen konnte.

NEUNTES KAPITEL

Die Goisen

Laisa fragte sich, ob sie sich weiter beherrschen oder ihrem Gegenüber die Krallen durchs Gesicht ziehen sollte. So impertinent wie der Kapitän, der angeheuert worden war, sie samt ihrer Begleitung über den Großen Strom zu bringen, hatte sie noch niemand behandelt. Eben wies der Mann ihren Vorschlag, sie bis Maraandlion oder wenigstens bis Lhandheralion im Königreich Vanaraan zu bringen, mit beleidigenden Worten zurück.

»Ich bin doch nicht lebensmüde!«, setzte er angewidert hinzu. »Meine Mannschaft würde mich in dem Augenblick über Bord werfen, in dem ich ihr befehle, in die östliche Hälfte des Stromes zu segeln – und sie würde recht damit tun!«

»Aber du hast dich verpflichtet, uns hinüberzubringen, KanDilm!« Laisa versuchte es noch einmal im Guten, doch der Goisen-Kapitän schüttelte den Kopf.

»Das ist unmöglich! Die achtzehn Herren des Großen Rates würden mir mein Kapitänspatent aberkennen, und sie täten gut daran!« KanDilm grinste dabei, als hätte er Laisa eben einen grandiosen Witz erzählt.

Sie wandte sich mit verärgerter Miene an Prinz Klinal. »Du hast doch mit diesen Sturköpfen verhandelt. Also sorge dafür, dass er die Vereinbarung auch einhält!«

»He! So haben wir nicht gewettet!«, trumpfte der Goise auf. »Ich habe mit Urdil nur vereinbart, eine Fuhre bis zur Hälfte des Großen Stromes zu bringen. Weiter bringen mich keine zehn thilische Galeeren, und wenn sie mich stattdessen in die Bleiminen von Thilion stecken würden.«

»Womit sie wahrscheinlich gut daran täten«, antwortete Laisa ätzend und sah Reodhil auffordernd an.

»Können uns denn nicht deine Leute hinüberbringen?«

Der König lachte nervös. »Thilion liegt mit den Reichen des Ostens noch immer im Krieg, denn es wurde kein Waffenstillstand geschlossen. Darum können wir es nicht wagen, die östlichen Gestade anzulaufen. Wir benötigen die Hilfe der Goisen, und das wissen sie.«

Und wollen es sich entsprechend bezahlen lassen, schloss Laisa aus seinen Worten. Doch sosehr es ihr auch in den Krallen juckte, KanDilms Haut mit einigen kräftigen Furchen zu versehen, sie musste akzeptieren, dass sie auf den penetrant grinsenden Kerl angewiesen war, wenn sie sich nicht die Prinzessin auf den Rücken schnallen und hinüberschwimmen wollte.

»Wie stellst du dir die Sache vor?«, fragte sie zähneknirschend.

»Ganz einfach!«, antwortete KanDilm zuvorkommend. »Wir laden euch und alles, was auf die andere Seite hinüberwill, auf mehrere Prähme und ziehen diese mit unseren Seglern bis zur Mitte. Dort kappen wir die Seile und kehren ans westliche Ufer zurück.«

»Sollen wir dann aus eigener Kraft hinüberpaddeln? Du weißt ganz genau, dass drüben die Einbruchslande sind und wir von dort aus niemals nach T'wool weiterreisen können.« Laisas Geduldsfaden war kurz davor zu reißen.

Das begriff nun auch der Goise und machte eine beschwichtigende Geste. »Eure Prähme werden von Galeeren aus Lanar an die Leine genommen und von diesen dorthin gezogen, wohin ihr wollt.«

»War das so abgemacht?«, fragte Laisa Klinal.

Der Prinz zuckte hilflos mit den Achseln. »Das weiß ich nicht. Ich habe nur Befehl gegeben, meiner Schwester eine Überfahrtsmöglichkeit über den Großen Strom zu verschaffen.«

»Ich will den Vertrag mit den Goisen sehen«, sagte Laisa schnaubend.

»Hier ist er!« KanDilm zog das Dokument aus der Tasche und hielt es Laisa unter die Nase. Diese las es durch und fauchte.

»Was du machst, ist aber eine sehr freie Interpretation dieser Vereinbarung.«

»Was du verlangst, aber auch«, konterte der Goise gelassen. »Entweder ihr macht es so, wie ich es vorgeschlagen habe, oder ihr sucht euch jemand anders, der euch hinüberbringt.«

Der Mann wusste genau, dass es niemand anderen gab, das sah Laisa ihm an der Nasenspitze an.

Nun machte er die Geste des Geldzählens. »Den Grundpreis für die Überfahrt haben wir ja mit den Boten des Herrn Klinal vereinbart. Jetzt gilt es, den Kaufpreis der Prähme auszuhandeln sowie die Gefahrenzulage und …«

Die ausgehandelte Summe war in Laisas Augen ausreichend bemessen, und so riss ihr der Geduldsfaden. Was der Goise auch immer noch sagen wollte, unterblieb, als sie demonstrativ die Kralle des rechten Mittelfingers ausfuhr und ihm deren Spitze an die Kehle setzte. »Wir zahlen keinen Firin mehr als ausgemacht, hast du verstanden!«

»Die Prähme müssen bezahlt werden. Die bekommen wir nämlich nicht mehr zurück«, quetschte der Goise hervor.

Bevor Laisa endgültig die Geduld verlieren konnte, griff Reodhil ein. »Thilion wird die Prähme stellen.«

KanDilm überlegte kurz und nickte. »Mir soll es recht sein. Dann kann ich ja die Boten losschicken, um die Schiffe zu rufen.«

»Rufen? Die sollten doch hier auf uns warten!« Für Laisa war die Dickfelligkeit des Goisen kaum mehr zu ertragen, und sie sah, dass es Klinal nicht anders erging.

Reodhil besaß mehr Erfahrung mit diesem Volk und blickte KanDilm grimmig an. »Thilion wird die Prähme in fünf Tagen bereitgestellt haben. Bis zu dem Zeitpunkt sollten deine Schiffe hier sein, Goise.«

KanDilm wusste, wann für ihn die Grenze erreicht war, und stimmte grinsend zu. »Wir werden rechtzeitig erscheinen, Thilions König. Für heute empfehle ich mich.«

Grußlos und ohne Laisa oder Klinal noch eines Blickes zu würdigen, verließ der Goise den Saal, in dem die Verhandlungen stattgefunden hatten.

Laisa kämpfte mit einem mittleren Wutanfall. »Wenn die Schiffe dieses Mannes in fünf Tagen nicht hier sind, töte ich ihn – und das tue ich auch, wenn er die Schlepptaue auf dem Strom kappt, bevor ich den Befehl dazu gebe!«

Reodhil und Klinal begriffen, dass es ihr vollkommen ernst damit war. Da auch sie sich über den unverschämten Schiffer ärgerten, sahen sie keinen Grund, mäßigend auf Laisa einzuwirken.

»Die Goisen sind eine Pest. Sie haben sich das Transportmonopol auf dieser Seite des Großen Stromes gesichert und verhindern, dass die Anliegerreiche ihre Tempelabgaben und Waren selbst in die Heilige Stadt bringen können. Die Reiche auf der roten Seite haben wenigstens noch die Wahl zwischen Dscher, Lanar und Flussmaul«, erklärte Reodhil mit klirrender Stimme.

»Ich weiß nicht, ob das wirklich eine gute Wahl ist«, antwortete Laisa naserümpfend. »Ich habe die Flussmäuler erlebt. Wenn ich je wieder einem von ihnen begegne, sollte er schneller sein als meine Pfeile!«

Bei diesen Worten musste Reodhil lachen. »Die Schiffer auf beiden Seiten sind eine Pest. Trotzdem muss ich sagen, mir sind die Goisen noch lieber als das Gesindel aus dem Osten. Die Dscherer sind halbe und die Flussmäuler ganze Piraten – und die Lanarer tun normalerweise alles, was uns schadet.«

Laisa kratzte sich mit einer Kralle an der Stirn und blickte durch das Fenster nach Osten auf die vielfarbigen Fluten des Großen Stromes hinaus. »Eines haben wir bislang noch nicht bedacht. Die Lanarer sind doch Anhänger Ilynas und damit Blaue. Warum sollen ausgerechnet sie Elanah nach drüben bringen? Nicht, dass sich da eine Schurkerei anbahnt!«

»Das Einzige, das man den Lanarern zugutehalten kann, ist, dass sie ihre Verträge einhalten. Außerdem haben nicht wir sie mit dem Transport beauftragt, sondern T'wool – und dessen König werden sie gewiss nicht verärgern wollen.« Für Reodhil war die Sache damit erledigt, und er bat Laisa, ihn zu entschuldigen.

Nachdem er gegangen war, stemmte Klinal seine Hände auf die Fensterbrüstung und starrte mit düsterer Miene hinaus. »Nicht mehr lange, dann ist es so weit. Ich werde meine Schwester nie wiedersehen.«

»Vielleicht doch«, antwortete Laisa. »Ysobel hat mir erzählt, dass es in Edessin Dareh einen Platz gibt, an dem sich Menschen aller Völker begegnen können. Oder ist eine Reise dorthin zu weit für dich?«

»Für mich nicht. Doch ich zweifle, dass T'wool Elanah reisen lässt. Immerhin ist es in der Heiligen Stadt nur ein Schritt von der einen Seite zur anderen. Wenn man befürchtet, meine Schwester könnte fliehen wollen …«

Klinal ließ den Rest ungesagt, doch Laisa spürte, wie sehr es ihn schmerzte, die Schwester auf diese Weise zu verlieren. Zwar versuchte er, seine Trauer über den Verlust anderen Leuten gegenüber zu verbergen, und behandelte Elanah wohl gerade deswegen recht harsch, aber das hatte diese sich selbst zuzuschreiben. Mit ihrer Hysterie strapazierte Elanah ihre gesamte Umgebung.

Laisa verzog angewidert das Gesicht, als sie daran dachte, dass sie das Gejammer des Mädchens wohl noch etliche Wochen würde ertragen müssen. Wenn ihr wenigstens Elandhor eine Hilfe gewesen wäre, doch der Prinz schürte die Angst seiner Zwillingsschwester mit düsteren Prophezeiungen.

»Kannst du nicht anstelle deines Bruders mitkommen?«, fragte sie Klinal.

»Ich würde es ja gerne tun, doch es ist der Wille des Königs, dass sein Lieblingssohn ihn abholen soll«, erklärte Klinal mit einem bitteren Lachen. »Wie könnte ich es wagen, mich seinem Willen zu widersetzen! Meine Begleitung würde mich wahrscheinlich auf mein Pferd binden und erst in Urdil wieder aus dem Sattel lassen.«

Er tat Laisa leid. Als Sohn aus Eldrins erster Ehe, die ohne jede Zuneigung aus politischen Gründen geschlossen worden war, hatte er gegen die Zwillinge, die dem König in zweiter Ehe geboren worden waren, einen schweren Stand. Nach der Rückkehr des Vaters würde es nicht leichter für ihn werden, zumal es Eldrin von Urdil nicht gelungen war, für seinen jüngeren Sohn jenseits des Großen Stromes ein Königreich zu erobern. Vielleicht blühte ihm sogar der Dolchstoß eines Meuchelmörders, damit für Elandhor der Weg auf Urdils Thron frei wurde.

»Ich wünsche dir Glück, Klinal. Gib gut auf dich acht!«

»Ich werde es tun!« Klinal lachte erneut, und diesmal klang es um einiges fröhlicher.

❊ ❊ ❊

Das Warten auf die Prähme und die Schiffe, die diese ziehen sollten, gab Laisa die Gelegenheit, sich in der großen Hafenstadt Thilions umzusehen und sich wieder etwas mehr um ihre Gefährten zu kümmern. Bei Borlon war dies nicht so wichtig. Der Bor'een genoss es, durch die Gassen zu streifen und in den Tavernen den einen oder anderen Becher Wein zu leeren. Ysobel hingegen gingen die Grünlinge immer mehr auf den Geist, und Rongi sah aus, als wolle er sich am liebsten in die Fluten des Stromes stürzen und hinüberschwimmen.

»Hier ist alles so schrecklich grün«, murrte er, während er eine der letzten für ihn gedachten Mahlzeiten aus Khatons Vorratsglasfalle herausholte. »Gebratenes Hähnchen habe ich auch keines mehr, und die leckeren Würstchen sind ebenfalls alle. Da drinnen steckt jetzt nur noch Borlons Schweinefleisch und anderes Zeug, das ihm schmeckt. Aber der isst doch meistens bei den Grünlingen mit.«

»Du hättest nicht so verfressen sein dürfen«, schalt Ysobel.

Rongi maß sie mit einem vernichtenden Blick. »Ich brauche Kraft, um die grüne Brühe zu überstehen, in der ich mich bewegen muss.«

Die Tivenga lachte ihn aus. »Jetzt tu nicht so, als müsstest du bereits bei einem besonders tiefen Atemzug sterben. Mir ist es in Tanfun weitaus schlechter ergangen, denn dort musste ich essen, was es im Land gab. Ich sage dir, mein Rachen hat noch wochenlang danach gebrannt!«

Bevor die beiden sich gegenseitig mit den Beschwernissen,

die eine Reise durch ein Gegenfarbenland mit sich brachte, übertrumpfen konnten, schritt Laisa ein. »Es war und ist für euch beide sehr schwer. Aus diesem Grund freue ich mich, dass ihr bei mir geblieben seid, und werde alles tun, damit es euch nicht zum Schaden gerät.«

»Heißt das, du kaufst mir drüben einen so großen Fisch wie damals in Maraandlion?«, fragte Rongi mit gespitzten Ohren.

»Das tue ich!«, versprach Laisa und sah dann Ysobel an. »Du erhältst den besten Marangree-Wein, den ich für Geld bekommen kann.«

»Aber bitte nur, wenn Borlon nicht dabei ist. Der ist imstande und trinkt ihn mir weg!« Ysobels Lachen zeigte, dass ihre Worte nicht ernst gemeint waren.

Nun umarmte sie Laisa und dann auch Rongi. »Ich bin so froh, euch getroffen zu haben. Ohne euch wäre ich nur eine Streunerin ohne Familie und Heimat.«

»Ich bin auch froh, bei Laisa zu sein«, bekannte Rongi. »Sie sorgt wie meine Mama für mich.«

»Wo ist eigentlich deine Mutter?«, fragte Laisa.

Der Katling zuckte mit den Achseln. »Ich weiß es nicht. Vielleicht habe ich auch gar keine mehr. Meine Leute haben mich versteinert im Wald gefunden, nachdem der Sturm einen großen Baum umgeworfen hatte. Unter dessen Wurzeln habe ich wohl länger gelegen, aber meiner magischen Ausstrahlung nach muss ich aus dem Stamm kommen, der da lebt. Herzog N'rohm meinte, ich könnte bei einem Überfall böser Eirun auf meine Heimat versteinert worden sein. Entweder hat meine Mama mich auf der Flucht unter einer Baumwurzel versteckt und ist nicht mehr zurückgekommen, oder eines der Spitzohren wollte mich als Beute mitnehmen und hat mich, als ich ihm lästig geworden bin, dort zurückgelassen.«

Es war das erste Mal, dass Rongi von seiner Vergangenheit sprach. Laisa spürte eine tiefe Traurigkeit in ihm und zog ihn an sich. »Kopf hoch, Kleiner! Irgendwann reisen wir beide zu diesem Herzog und schauen, ob wir eine Spur deiner Mutter finden.«

Ysobel hingegen interessierte etwas anderes. »Wie bist du eigentlich in die Hände der Flussmäuler geraten, aus denen Laisa dich befreit hat?«

»Irgendwann ist ein blauer Edelmann zu uns gekommen, der die Unterstützung des Herzogs haben wollte. N'rohm hat ihn jedoch abgewiesen, weil der Mann bereits etliche Jahre zuvor mehrere Greedh'een mitgenommen hatte, die nie mehr zurückgekehrt sind. Daher schied der Fremde in Unfrieden von uns. Als ich zwei Tage später tiefer im Wald auf die Jagd nach fetten Baumspringern gegangen bin, habe ich ihn wieder gesehen und wollte ihn beobachten. Obwohl ich wirklich achtgegeben hatte, muss er mich bemerkt haben, denn plötzlich traf mich ein harter Schlag, und als ich wieder aufwachte, befand ich mich im Sklavenwagen der Flussmäuler.«

Laisa hatte Rongi nachdenklich zugehört, und unwillkürlich schlich sich der Name Frong in ihre Gedanken. »Weißt du, wie der Mann hieß, der dich entführt hat?«, fragte sie.

»Herzog N'rohm nannte ihn Voronghil!«

»Voronghil – Fronghil – Frong! Das könnte … nein, das muss der Gleiche sein!« Laisa ballte unbewusst die Hand zur Faust, so dass ihre Krallen über den Stummelfingern weit ausfuhren. Auch wenn sie sich derzeit noch am Westufer des Großen Stromes aufhielten, begann der Osten wieder, ihre Gedanken in Beschlag zu nehmen.

* * *

Am Ende des vierten Tages konnten die Prähme endlich beladen werden. Laisa überprüfte alles, einschließlich der Unterbringungsmöglichkeiten für die Reit- und Zugtiere. Neben der Prinzessin und Elandhor sollten neun Ritter aus Urdil sowie neun Knechte sie bis T'wool begleiten. Auf ihre Zofe musste Elanah jedoch verzichten, denn diese hatte sich während der Wartezeit aus dem Staub gemacht. Als die Prinzessin sie vermisste, suchte sie Laisa auf.

»Du musst meine Magd finden und zurückbringen. Ohne Zofe kann ich nicht reisen!«

Laisa sah Elanah kopfschüttelnd an. »Ich muss gar nichts, außer dich nach T'wool zu bringen. Am liebsten würde ich auch auf deinen Bruder und alle eure Begleiter verzichten und mit meinen Gefährten und dir alleine weiterziehen.«

»Das ist unmöglich! Ich …« Zu mehr kam die Prinzessin nicht, denn Laisa riss betont das Maul auf und ließ ihre prachtvollen Fangzähne im Kerzenlicht aufblitzen.

»Ysobel wird dir unterwegs beistehen. Oder bildest du dir ein, ich würde jemand gegen seinen Willen nach Osten schleppen?« Mit diesen Worten drehte sie Elanah den Rücken zu.

Sie wollte noch einmal mit Reodhil sprechen und dabei nachsehen, ob sämtliche Spuren der Beeinflussung aus seinem Kopf verschwunden waren. Der König saß auf der Terrasse des Statthalterpalastes der Stromprovinz, in dem sie während der Wartezeit Unterkunft gefunden hatten. Da er nachdenklich auf den Strom schaute, nahm er sie erst wahr, als sie direkt neben ihm stand.

»Morgen wollen die Goisen kommen«, sagte er.

Laisa warf einen Blick auf den Hafen, in dem es von Schiffen wimmelte. »Warum nehmen wir nicht Schiffer von dort?«

»Diese Schiffe sind mit irgendwelchen Waren beladen. Keiner der Kapitäne würde seine Fracht in die Nähe der Lanarer bringen, aus Angst, diese könnten ihm alles abnehmen. Daher brauchen wir KanDilm. Er stammt aus dem Küstenstreifen am Ostufer des Stromes, der in den Dämmerlandverträgen den Goisen als Ausgleich für Dscher und Flussmaul zugesprochen wurde. Die Gebiete dieser Giringar-Anhänger liegen auf der goldenen Seite des Stromes, sind aber auf dem Landweg fast nicht zu erreichen. Deshalb konnten sich diese schwarzen Piraten bis heute auf der goldenen Seite des Stromes halten.«

»Mir kommt das alles fürchterlich kompliziert vor«, antwortete Laisa. »Irgendwie hat man den Dämmerlanden Regeln aufgezwungen, bei denen kaum einer weiß, wie sie lauten, und gegen die deswegen immer wieder verstoßen wird. Das ist auch vor zwölf Jahren geschehen, als du den Krieg mit den Ländern auf der anderen Seite des Stromes begonnen hast.«

»Ich wollte ihn mit Sicherheit nicht. Aber irgendetwas in meinem Kopf hat mich dazu gezwungen. Es ist erschreckend, daran denken zu müssen, dass dies wieder gesehen könnte!« Reodhil schüttelte sich bei dem Gedanken und wies nach Osten. Der Strom war an dieser Stelle bereits so breit, dass selbst Laisa das gegenüberliegende Ufer nur noch von einem erhöhten Punkt wie dem Palast als schmalen Streifen unter dem Himmel erkennen konnte. Nun war es ihr, als wirke die rote Seite einen Hauch dunkler als die goldene.

»Mir wäre es lieber, ich wäre damals nicht in den Krieg gezogen. Ich habe viele Freunde in den Schlachten fallen sehen und meinen einzigen Sohn verloren. Wenn ich sterbe, wird ein Mann König von Thilion werden, mit dem mich nur die Tatsache verbindet, dass einer seiner Ahnen einmal die Schwester eines meiner Ahnen zur Frau genommen hat.«

Laisa sah den König nachdenklich an. »Du bist noch nicht zu alt, um nicht noch einmal heiraten zu können. Warum also willst du Thilion einem Fremden überlassen?«

»Bei Tenelin, der Gedanke wäre einer Überlegung wert!« Reodhil lachte leise auf und sagte sich, dass Laisas Rat tatsächlich gut war. Er brauchte einen Sohn.

Während der König über eine mögliche Neuvermählung nachdachte, prüfte Laisa noch einmal seinen Geist und spürte zu ihrer Erleichterung, dass der fremde Anteil aus seinem Kopf verschwunden war.

»Habt Ihr Hinweise auf weitere Machenschaften von Fürst Neldion erhalten?«, fragte sie, nachdem der König ihr einen Becher Milch und sich einen mit Wein hatte bringen lassen.

Reodhil schüttelte den Kopf. »Meine Leute haben zwar weitere Mitglieder dieser geheimen Gruppe um Tharalin ausgeräuchert, doch sie sind alle durch ihr Gift gestorben, bevor sie verhört werden konnten. Die meisten stammten aus Tenelian und vier von ihnen aus Neldions Fürstentum Tharalin, für das ich die Verwaltung übernommen hatte, nachdem er zum Krüppel geschlagen worden war.«

»Also sollte der Evari sich dieses Fürstentum genauer ansehen!« Zwar wusste Laisa nicht, ob Khaton die Zeit fand, die endlose Reihe der Probleme, die sich hier auftürmte, zu beseitigen, doch sie hielt es für besser, ihm alles mitzuteilen, was sie in Erfahrung gebracht hatte.

Da dies ein längerer Brief werden würde, verabschiedete sie sich von Reodhil und kehrte in ihre eigenen Räume zurück. Sie fand dort nur Rongi vor, der auf einem Kanapee lag und schlief. Den maunzenden Lauten nach, die er dabei von sich gab, schien er von Leckerbissen zu träumen, die es auf der anderen Stromseite gab.

Um ihn nicht zu wecken, zog Laisa sich in den Nebenraum zurück und begann mit ihrem Bericht an Khaton. Den genauen Umfang der Intrigen, die hier im Süden zu beiden Seiten des Großen Stromes gesponnen wurden, konnte sie ihm nur in

Ansätzen mitteilen. Sie war jedoch sicher, dass es bald wieder zum Krieg kommen würde, wenn nicht vorher etwas geschah, das bewaffnete Auseinandersetzungen verhinderte.

❊ ❊ ❊

Am Mittag des fünften Tages erreichten drei Goisen-Schiffe mit KanDilms Wimpel den Hafen. Sie waren schnittiger gebaut als die üblichen Goisen-Frachter, und konnten ebenso gesegelt wie gerudert werden. Dies war, wie KanDilm erklärte, lebensnotwendig, denn seine Heimatprovinz lag am anderen Ufer, und sie mussten daher Seewege durchqueren, auf denen Lanarer und Dscherer nordwärts fuhren.

»Die Lanarer haben schon mehrfach versucht, uns zu vertreiben, doch wir sind Kinder der Sümpfe und kennen uns dort bestens aus. Selbst den Reichen im Hinterland ist es nicht gelungen, in unserem Gebiet Fuß zu fassen«, setzte der Goise stolz hinzu.

Langsam begriff Laisa, dass die Goisen nicht nur ruppige Schiffer und mit allen Wassern gewaschene Händler waren, sondern auch harte Krieger, die ihre Heimat zu bewahren wussten. Nun ärgerte sie sich, weil sie bisher so wenig von der Geschichte der Dämmerlande erfahren hatte, und nahm sich vor, in nächster Zeit mehr darüber zu lernen. Auch wollte sie andere Gegenden aufsuchen als jene, die sie bereits gesehen hatte. Der Norden reizte sie, vor allem aber Edessin Dareh, die Heilige Stadt, in der die drei Götter des Westens sich mit den beiden Göttinnen und dem Gott aus dem Osten getroffen hatten, um nach einem unendlich langen, blutigen Krieg Frieden zu schließen. Auch Lanar würde sie gerne sehen, jene Stadt, mit der die Goisen immer wieder harte Konflikte ausfechten mussten und von der KanDilm mit einer Achtung sprach, die sie verblüffte.

»Mich wundert, dass die Lanarer die Prähme übernehmen und ans andere Ufer bringen wollen, obwohl sie mit euch Goisen verfeindet sind«, sagte sie zu KanDilm.

»Derzeit herrscht Waffenstillstand zwischen uns und den Lanarern. Außerdem ist es der Wunsch T'wools, und den kann auch der Erste von Lanar nicht ignorieren.«

»Der Erste? Ist das der Titel des Herrschers?«, bohrte Laisa weiter.

»Der Erste ist der Sprecher der Neun Väter von Lanar – auch wenn sie derzeit sechs Väter und drei Mütter sagen müssten. Nach dem Tod der Männer oder Väter sind Frauen die Oberhäupter von drei der neun Hohen Familien von Lanar geworden. Tja, die Herrschaften mussten in den Kriegen gegen uns ganz schön einstecken!«

KanDilm grinste, wurde aber rasch wieder ernst. »Sie haben aber auch uns kräftig eingeheizt. In der Hinsicht schenken wir uns nichts. Anders als Dscherer und Flussmäuler kämpfen die Lanarer ehrlich. Aus diesem Grund ist es uns auch lieber, wenn sie ein gewisses Schifffahrtsmonopol auf der roten Seite des Stromes besitzen, und wir würden ihnen wünschen, einige ihrer früheren Übernachtungshäfen zurückzugewinnen, die es vor der blödsinnigen Invasion der Grünen am Ostufer gab.«

KanDilm nahm kein Blatt vor den Mund, als er über Reodhils Kriegszug auf die rote Seite sprach, und nannte Thilions König und die anderen beteiligten Herrscher Verrückte. »Sie haben dafür gesorgt, dass sich die Freistädte auf beiden Ufern ausbreiten konnten. Deren Silldhare verlangen horrende Liegegebühren und Steuern und werden, wenn es so weitergeht, den Handel und den Transport der Tempelabgaben in die Heilige Stadt noch ganz abwürgen. Dann aber beginnt hier in den Dämmerlanden ein Schlachten und Morden, wie man es seit den Götterkriegen nicht mehr gesehen hat.«

Mit diesen Worten schloss der Goise und spie durch das offene Fenster ins Freie, ohne darauf zu achten, ob draußen jemand vorbeiging.

Für Laisa waren seine Befürchtungen nichts Neues, denn Khaton hatte sich schon ähnlich geäußert. Die Feuer, die die Welt in Flammen setzen konnten, glommen bereits, und es brauchte nur einen Sturm, um sie anzufachen. Die Möglichkeiten des weißen Evari, sie rechtzeitig auszutreten, waren einfach zu gering. Vielleicht sähe es anders aus, wenn Tardelon und Rhondh nicht verschwunden wären und die von den Göttern eingesetzten Wächter beider Seiten zusammenarbeiten würden. Stattdessen sahen sich die Evaris der roten und der goldenen Seite als Feinde an und belauerten einander, anstatt gemeinsam auf Frieden hinzuwirken.

Als Laisa merkte, wohin ihre Gedanken sich verirrten, lachte sie leise auf. »Keine Sorge, es gilt nicht dir«, beruhigte sie KanDilm, als dieser sie verwundert ansah. »Sorge dafür, dass morgen genug Schiffe bereitstehen, um die Prähme über den Strom zu ziehen. Wie ist es mit den Lanarern? Warten deren Galeeren auf uns?«

»Einer meiner Schnellsegler hat ihnen Signal gegeben, dass wir morgen aufbrechen. Wir werden sie spätestens gegen Mittag sehen, und ich werde sogar froh darum sein, weil es dann kein verfluchter Flussmäuler oder Dscherer wagen wird, sich uns zu nähern. Diese elenden Hunde könnten sonst noch auf den Gedanken kommen, uns abfangen zu wollen.«

Ganz so mutig und sicher, wie er tat, fühlte KanDilm sich offensichtlich nicht, das verriet Laisa auch ihre Nase. Ihn reizte jedoch die hohe Belohnung, und er hoffte auf gutes Gelingen. Sie war bereit, das ihre dazu zu tun, und klopfte dabei an den Griff des Schwertes, das sie bislang noch nicht gezogen hatte.

»Wir kommen hinüber, mein Guter, und wenn ich jedem Dscherer und Flussmäuler das Lebenslicht ausblasen muss«, erklärte sie und verließ den Goisen, um dafür zu sorgen, dass ihre Begleitung am nächsten Morgen abreisen konnte.

❋❋❋

Der Abschied von Reodhil war kurz, aber herzlich. Anders als er kämpfte Klinal mit Tränen, denn er sah die Schwester scheiden und wusste nicht, welches Schicksal sie erleiden und ob er sie jemals wiedersehen würde. Elanah selbst war ungewöhnlich still und wagte nur hie und da zu flüstern.

Laisa war immer noch nicht warm mit ihr geworden. Die Prinzessin hätte genauso gut eine sprechende Puppe sein können, denn ihr Wortschatz beschränkte sich auf die Klage, dass sie als Sklavin zu dem obersten aller Barbaren geschleppt würde, sich aber um der Freiheit ihres geliebten Vaters willen opfern müsse.

Anstatt sie zu trösten und ihr den Rücken zu stärken, stimmte Elandhor noch heftiger als sonst in ihr Gejammer ein und verstärkte ihre trübsinnige Stimmung.

»Ich wollte wirklich, du würdest an seiner Stelle mitkommen«, sagte Laisa zu Klinal, als die anderen Teilnehmer des Brautzugs bereits die Prähme bestiegen hatten.

»Ich würde es, wenn ich dürfte.« Klinal seufzte, umarmte sie dann und versuchte zu lächeln. »Viel Glück, Dame Laisa, und passt auf die beiden auf!«

»Das werde ich! Aber achte auch du gut auf dich. Nicht, dass einer glaubt, er würde deinem Vater einen Gefallen tun, wenn er deinem Bruder zur Thronfolge verhilft. Doch nun leb wohl!« Laisa wandte sich mit einer raschen Bewegung ab und sprang mit einem Satz an Bord des ersten Prahms.

»Wir können ablegen!«, rief sie KanDilm zu, der am Heck des Schiffes stand, das den Prahm ziehen sollte. Die beiden anderen Schiffe hatten je zwei Prähme im Schlepp, auf denen sich die Wagen und die Zugtiere befanden.

Laisa ging alles Mögliche durch den Kopf, als KanDilm die Leinen lösen und sein Schiff auf den Strom hinausrudern ließ. Die Schleppseile spannten sich, und dann setzte sich auch ihr Prahm in Bewegung.

Während Elanah auf die Knie sank und zu weinen begann, atmete Rongi sichtlich auf. Auch Ysobel lächelte Laisa erleichtert zu. »Jetzt kommen wir wieder in zivilisierte Gegenden. Ich will nicht sagen, dass die Thilier Barbaren sind, denn eine gewisse Kultur kann man ihnen nicht absprechen. Aber es ist kein Land, in dem ich länger bleiben möchte.«

»Genau das aber ist Elanahs Schicksal. Sie wird in ein Land gebracht, vor dem sie sich fürchtet, und sie weiß, dass sie ihre Heimat nie mehr wiedersehen wird.« Borlon empfand Mitleid mit der Prinzessin, denn er spürte ebenfalls einen Knoten im Magen, als das westliche Ufer hinter ihnen zurückblieb. Zwar war es nicht mehr ganz so schlimm wie beim ersten Mal, auch weil er diesmal keinen Sklavenring tragen musste. Dennoch wünschte er sich in die heimatlichen Wälder zurück, in denen er als Imker und Förster hätte leben können. Er schob diesen Gedanken jedoch rasch von sich. Der weiße Evari hatte ihn für wert erachtet, an dieser wichtigen Mission teilzunehmen, und er wollte weder Khaton noch Laisa enttäuschen.

»Siehst du schon die Lanarer?«

Rongis Frage riss Laisa aus ihren Überlegungen heraus, und sie hob den Kopf. »Nein, noch nicht!«

»Aber ich sehe sie! Dort drüben, das müssen sie sein!« Ganz aufgeregt zeigte Rongi auf mehrere Schiffe, die sich so weit in der Mitte des Stromes aufhielten, wie es für Leute vom östlichen Ufer vertretbar war.

Laisa beschattete ihre Augen und musterte die Schiffe, die den Strom herabkamen. Ihre Linien waren scharf geschnitten, und sie besaßen zwei leicht nach vorne geneigte Masten, die jeweils ein dreieckiges Segel trugen.

»Mit schwarzem Tuch an den Masten? Ich glaube nicht, dass das Lanarer sind«, antwortete Laisa und griff zu ihrem Bogen, um den Prahm notfalls verteidigen zu können.

»Verdammte Dscherer!«, rief einer der beiden Goisen und ballte die Fäuste.

»Wenn sie angreifen, bekommen sie, was ihnen gebührt!« Laisa hatte entdeckt, dass die Dscherer ein paar schwarz strahlende Artefakte an Bord hatten, und wählte mit Bedacht einen der weißmagischen Pfeile, die Khaton ihr mitgegeben hatte. Zwar hatte sie noch nie eine Gegenfarbenexplosion mit eigenen Augen gesehen, war aber bereit, sie herbeizuführen, wenn es nötig sein sollte.

»Wo bleiben denn diese elenden Lanarer? Sicher haben sie sich mit diesem Dscher-Gesindel geeinigt, um uns abzufangen«, fluchte der Goise.

Laisas Pfeil wanderte auf die Sehne. Noch zog sie den Bogen nicht aus, beobachtete aber die drei Segler, die nun rasch auf sie zukamen und die Goisen offensichtlich in die Zange nehmen wollten.

Als die Dscherer auf Rufweite heran waren, stellte Laisa sich auf die Bordwand und hob drohend den Bogen. »Verschwindet, wenn ihr nicht wollt, dass ich euch Beine mache!«

Ihr Anblick wirkte auf etliche Dscherer wie ein Schock. Schon lange hatte man keine Katzenmenschen am Großen Strom gesehen, und nicht wenige Dämmerländer hielten deren Existenz bereits für ein Märchen. Der Anführer dachte jedoch an das Lösegeld, das er für die lebendige Fracht des Prahms würde fordern können, und befahl den Angriff.

Laisa zog den Bogen aus und zielte. Einen Herzschlag später verließ der Pfeil die Sehne, schoss auf das Kommandoschiff der Dscherer zu und traf das schwarze Artefakt, das in den Bug eingelassen war.

Im nächsten Augenblick schlug eine schwarz-weiße Feuersäule in den Himmel. Ein Krachen erklang, als würden tausend Donnerschläge zugleich über den Strom rasen, und dann traf eine mehr als einen Schritt hohe Welle den Prahm steuerbords, so dass er umzukippen drohte.

Die beiden Goisen hatten die Welle kommen sehen und waren auf die gefährdete Seite geeilt, um das Gewicht dorthin zu verlagern. Borlon, Elandhor und einige andere folgten ihrem Beispiel, und so schwang der plumpe Rumpf wieder in die richtige Lage zurück.

Nun konnte Laisa erkennen, was sonst noch geschehen war. Ihr Schleppschiff tanzte auf den Wellen, hatte aber keinen Schaden erlitten, und die beiden anderen Schleppzüge waren zum Glück weit genug hinter ihnen, um die Querwellen zu überstehen.

Bei den Dscherern hingegen sah es nicht so gut aus. Vom Schiff ihres Anführers waren nur noch geborstene Planken zu sehen, die auf dem Wasser dümpelten. Überlebende hatte es anscheinend keine gegeben. Eines der beiden anderen Schiffe hatte den Mast verloren, und bei dem zweiten war das Segel durch den Luftdruck zerfetzt worden. Von diesen Schiffen ging keine Gefahr mehr aus.

Daher steckte Laisa den zweiten Pfeil in den Köcher zurück und grinste. »Ich glaube, die haben fürs Erste genug!«

»Die schon! Aber jetzt kommen die Lanarer, und die wollen

den Dscherern, wie es aussieht, ebenfalls ihre Rechnung präsentieren«, rief ein goisischer Matrose.

Nun entdeckte auch Laisa die schlanken Silhouetten von mindestens zehn Galeeren, die unter vollem Riemenschlag näherkamen. Zwei von ihnen hielten auf die Schiffe der Dscherer zu, deren Besatzungen nun in aller Eile Riemen ausbrachten, um sich aus der Gefahrenzone zu rudern. Die Zeit aber ließen ihnen die Lanarer nicht. Deren Galeeren wurden noch schneller und rammten die dscherischen Segler mit voller Wucht mittschiffs.

Laisa hörte Holz bersten und Männer schreien. Für Augenblicke glaubte sie, die Lanarer würden die feindlichen Schiffe stürmen, doch da ruderten beide rückwärts und lösten sich von ihren Opfern. Ihre Rammsporne hatten tiefe Wunden in die Segler gerissen, durch die nun das Wasser ins Schiffsinnere drang.

»Die Sanduhr wird kein Viertel auslaufen, dann liegen sie auf dem Grund des Stromes«, prophezeite der Goise den Dscherern sichtlich beeindruckt.

»Was ist mit den Überlebenden? Werden diese nicht an Bord geholt?«, wollte Borlon wissen. Auch wenn die Dscherer Schwarze waren, mochte er sie nicht elend absaufen sehen.

»Wie es aussieht, haben die Lanarer kein Interesse daran. Vielleicht lesen wir ein paar auf, wenn die Prähme übergeben worden sind. Als Sklaven taugen die Dscherer zwar nicht viel, aber wir könnten sie gegen eigene Leute austauschen.« Damit war die Sache für den Goisen erledigt.

Laisa fragte sich, ob sie nicht Befehl geben sollte, sich um die Schiffbrüchigen zu kümmern. Doch da kam die erste lanarische Galeere so nahe heran, dass deren Kapitän zu ihnen hinüberbrüllen konnte.

»Wenn ihr goisischen Sumpfratten die Schlepptaue kappt,

bevor wir die unseren angebracht haben, geht es euch genau so wie diesen Piraten!«

Auch wenn der Lanarer derb klang, klatsche Laisa in Gedanken Beifall. Sie hatte keine Lust, mit dem schwerfälligen Prahm von der Strömung abgetrieben zu werden, bevor die Lanarer diesen in Schlepp nehmen konnten.

KanDilms Selbstbewusstsein war durch die kompromisslose Versenkung der Piraten so erschüttert, dass er stumm zusah, wie die Lanarer Leinen herüberwarfen, mit denen die Leute auf Laisas Prahm die Schleppseile an Bord ziehen und befestigen konnten. Auch behinderten sie die beiden blauen Matrosen nicht, die nun an Bord kletterten.

Bei diesen handelte es sich um mittelgroße, sehnige Männer, die sich nur in Tracht und Farbe von den Flussmäulern und Dscherern unterschieden. Offensichtlich gehörten sie dem gleichen Volksschlag an wie diese, waren aber Anhänger der Göttin Ilyna.

Die Lanarer würdigten die Prinzessin und deren grüne Begleitung keines einzigen Blickes, sondern verneigten sich vor Laisa und dann vor Rongi.

»Wir bitten die Herrschaften zu entschuldigen, dass wir zu spät gekommen sind, um diesen verfluchten Dscherern zu zeigen, dass sie sich nicht alles erlauben können.«

»Habt ihr etwas zu essen für mich an Bord?«, fragte Rongi, den sein leerer Magen mehr interessierte als die untergegangenen Schiffe aus Dscher.

»Freilich! Genug, würde ich meinen«, antwortete einer der Lanarer, kam aber nicht dazu, noch mehr zu sagen, denn da balancierte Rongi bereits auf der Schleppleine entlang zu der Galeere und sprang dort an Bord.

Nun wandte der Lanarer sich an die Goisen, die sich noch an Bord des Prahms befanden. »Macht, dass ihr verschwindet!«

»Wir warten auf das Beiboot, das uns abholt«, antwortete einer der Männer.

»Wenn ihr schwimmt, geht es schneller.« Obwohl der Lanarer kleiner und um einiges schmaler war als der Goise, drehte dieser sich um, stieg auf die Bordwand und sprang ins Wasser. Sein Gefährte folgte ihm mit einem gemurmelten Fluch.

»Auf dem Strom herrschen recht handfeste Sitten«, spottete Laisa.

Der Lanarer verbeugte sich erneut. »Wir bedauern, wenn wir die Dame erzürnt haben, doch die Strömung hat die Schiffe in Richtung Ostufer getrieben, und da ist es für die goisischen Schlammwühler gesünder, wenn sie möglichst rasch wieder nach Westen verschwinden. Wenn noch einmal Dscherer auftauchen, helfen wir ihnen nicht mehr.«

Damit war für den Mann die Sache erledigt. Er überprüfte die Befestigung der Schlepptaue und winkte dann zu den beiden Galeeren hinüber, die Laisas Prahm ziehen sollten. »Alles in Ordnung! Es kann losgehen!«

Inzwischen hatten auch die anderen Galeeren ihre Prähme in Schlepp genommen, und nun stachen auf allen die Riemen ins Wasser. Jeder Prahm wurde von je zwei lanarischen Galeeren gezogen, während vier weitere ihnen Geleitschutz boten. Nachdem Laisa sich prüfend umgeschaut hatte, ob alles stimmte, blickte sie zu den Goisen hinüber. KanDilm half eben eigenhändig einem der Schwimmer an Bord, während ein weiteres Schiff auf eine Stelle zuhielt, an der sich etliche Dscherer an das übrig gebliebene Treibgut ihrer Segler klammerten.

Auch dort schien alles in Ordnung zu sein, stellte Laisa aufatmend fest und fragte den neben ihr stehenden Lanarer, weshalb sie so viel Aufwand trieben.

Der Mann wies nach Osten. »Dort liegen die Einbruchslande, und deren Herrschern könnte es einfallen, uns anzugreifen. Auch gibt es stromauf mehrere Freistädte, die über genügend Ruderboote für einen Piratenüberfall verfügen, und mit denen sind wir nicht gerade gut Freund.« Die Stimme des Mannes klang ernst, aber nicht besorgt, so als wüsste er zwar um die Gefahren auf dem Strom, aber auch, wie diesen zu begegnen war.

»Wohin schleppt ihr uns jetzt?«, fragte sie.

Der Lanarer wies nach Norden. »Nach Lhandheralion. Das ist der erste befestigte Hafen nach Lanar auf dieser Seite des Stromes, der uns noch offen steht. Dort erwartet uns ein Beauftragter von T'wool. Von ihm werdet Ihr erfahren, wie es weitergehen soll.«

Es gefiel Laisa gar nicht, dass andere Leute die Wege bestimmten, die sie einschlagen sollte. Aber damit musste sie sich abfinden, solange sie die Prinzessin und deren Gefolge am Hals hatte.

Zum Glück kehrte jetzt Rongi zurück. Er war so schwer beladen, dass es ihm nicht gerade leichtfiel, auf dem straff gespannten Seil zu balancieren. Daher atmete der Katling sichtlich auf, als er den Prahm erreicht hatte, und präsentierte Laisa seine Ausbeute.

»Schau her, was mir der Koch des Kapitäns alles mitgegeben hat! Das hier ist panierter Fisch ohne Minzenkraut, und das hier gebackenes Hähnchen. Jetzt werde ich nicht mehr hungern müssen.«

Es klang so erleichtert, dass Ysobel zu lachen begann. »Die Gefahr hätte, so glaube ich, auch so nicht bestanden. In unserer Vorratsglasfalle ist noch einiges zu finden.«

»Aber nichts, was mir schmeckt«, antwortete Rongi und wollte sich über den Fisch hermachen.

Mit einem raschen Griff schnappte Laisa sich diesen und

begann zu essen, ohne auf Rongis empörtes Gemaunze zu achten.

»Du hast recht! Der Fisch schmeckt ausgezeichnet. Du kannst mir gleich noch einen besorgen«, sagte sie, nachdem die Portion zwischen ihren Zähnen verschwunden war.

Rongi fauchte leise, setzte sich auf die Bordwand und verspeiste das Hähnchen, während er sich mit seinen Fußkrallen festhielt. »Du wirst warten können, bis dieses köstliche Hähnchen in meinem Magen verschwunden ist«, sagte er und ließ sich von nichts und niemand stören.

***

Am Ufer waren die Überreste zerstörter Städte zu sehen, aber keine einzige Siedlung, die noch bewohnt wurde. Als Laisa den Lanarer darauf ansprach, verzog dieser spöttisch den Mund.

»Die Grünlinge mögen das Land dort gewonnen haben, aber nicht die See. Sobald sie sich am Ufer sehen lassen, jagen wir sie. Ihre Verbündeten im Westen sind nicht stark genug, um uns daran zu hindern, und die Goisen führen keine Kriege für andere Völker.«

Laisa fragte sich, wie die Lage in den eroberten Gebieten aussehen mochte, wenn der Nachschub an Menschen und Gütern aus Thilion und den anderen grünen Reichen ausblieb. Ohne den grünen Wall des Fluches von Rhyallun wäre es T'wool und dessen Verbündeten wahrscheinlich ein Leichtes, die Eindringlinge zu vertreiben. Für ihr Gefühl aber mussten sich die grünen Eroberer mehr oder weniger freiwillig auf ihre eigene Stromseite zurückziehen, wenn es hier je eine Chance auf Frieden geben sollte. Reodhil von Thilion hatte dies eingesehen und ihr zum Abschied erzählt, er wolle in aller Heimlichkeit Boten zu einigen alten Freunden schicken, die sich dort angesiedelt hatten, und sie auffordern, in ihre alte Heimat zu kommen.

Allerdings war das nicht ihr Problem. Daher fragte sie Ysobel, die sich auf dieser Seite des Stromes besser auskannte als sie, zu welchem Reiseweg sie ihr raten würde.

Ihre Freundin zuckte mit den Achseln. »Ich weiß es nicht! Vor dem Südkrieg hätte ich gesagt, wir fahren den Großen Strom bis zur Mündung des Dreifarbenflusses hoch und folgen diesem bis T'woollion. Doch jetzt gibt es zu viele Freistädte auf dem Weg, und die würden uns nicht ungehindert passieren lassen.«

»Das denke ich auch!« Laisa erinnerte sich daran, wie sie die Freistädter daran gehindert hatte, ihre Macht auch auf Tanfun und Gamindhon auszudehnen. Seitdem gab es dort einige Anführer, denen sie in der Nacht nur mit ausgefahrenen Krallen begegnen sollte.

Um mehr zu erfahren, stieg sie auf die Bordwand und rief zum lanarischen Kapitän hinüber. »Welchen Weg nach T'wool rätst du uns?«

Der Mann warf einen kurzen Blick nach vorne und zeigte auf die kleinen Segler und Galeeren auf dieser Seite des Stromes. »Das sind Flussmäuler und Freistädter, Gesindel, das keiner von uns gerne sieht. Wenn wir über Lhandheralion hinausfahren, werden wir uns den Weg mit dem Schwert bahnen müssen.«

Oder mit Pfeilen, dachte Laisa. Sie wusste jedoch selbst, dass es damit nicht getan sein würde. Die Freistädter würden alles daransetzen, um Elanahs habhaft zu werden. Mit ihr als Geisel konnten sie sowohl die grünen Reiche im Westen wie auch T'wool erpressen.

»Warten wir ab, was uns in Lhandheralion erwartet«, antwortete Laisa und beschloss, erst einmal zu schauen, was ihr von den Vorräten der Lanarer schmecken würde. Mit vollem Magen sah die Angelegenheit wahrscheinlich nicht mehr ganz so düster aus.

❊ ❊ ❊

Lhandheralion war zur Zeit der westlichste Vorposten der tawalischen Reiche. Laisas Informationen zufolge zählte es zum Königreich Vanaraan, das von einem Onkel König Arendhars von T'wool beherrscht wurde. Deswegen hatte sie in diesem Land gerade Straßen und einen sechseckigen Grundriss der Befestigungen erwartet, auch große Gebäude aus Stein und Gärten mit dunklen Bäumen und Blumen sowie schwarzes Obst, das höchstens einen leichten Rot-, Blau- oder Violettstich aufwies. Doch als die Stadt in Sicht kam, ähnelte sie mehr den Freistädten, die weiter nördlich zu finden waren.

Der Palast des Stadthalters war eine mächtige Festung, deren Mauern ihn auch gegen die eigentliche Stadt abschirmten. Die Ringmauer der Stadt selbst nötigte Laisa wenig Achtung ab, denn die hätte sie mit einem einzigen Satz überwinden können. Überreste zeigten jedoch, dass die Mauer früher einmal höher und wehrhafter gewesen sein musste.

»Haben die Leute dort keine Angst, die Grünen könnten kommen und die Stadt erobern?«, fragte Laisa den lanarischen Kapitän.

Dieser schüttelte den Kopf. »Die Grünen haben die Stadt zweimal belagert, sind aber jedes Mal an der Zitadelle gescheitert. Sie würden die Festung auch bei einem weiteren Angriff nicht nehmen können. Dafür ist sie zu stark und zu gut besetzt. Tharon selbst soll sie mit Artefaktwaffen ausgestattet haben.«

»Tharon!« Laisa dachte daran, dass sie bei ihrer Mission auch auf den Wächter des schwarzen Gottes treffen würde. Beim letzten Mal waren sie in Frieden geschieden, doch sie wollte keine Wette abschließen, ob dies auch in Zukunft so bleiben würde. Andererseits interessierte es sie, ob es Tharon gelungen war, mehr über jenen Frong herauszubekommen, in dem sie die Ursache für viele der Schwierigkeiten hier im Süden sah.

Der Lanarer redete weiter, und Laisa erfuhr, dass die Söhne des Königs von Vanaraan im Krieg gefallen waren und er seine Töchter mit hohen tawalischen Edelleuten aus dem Süden verheiratet hatte.

»Die nennen sich jetzt die Fürsten von Lhandhera, Kern-Vanaraan und Maischalh. Der König von Vanaraan soll bestimmt haben, dass der Ehemann seiner ältesten Tochter ihm auf dem Thron nachfolgt. Doch wir befürchten, dass das Königreich in diese drei Fürstentümer zerfallen und der Streit um die Vorherrschaft dieses Land ebenfalls ins Chaos stürzen wird. Die Schwiegersöhne des Königs mögen einander nicht, und dem Vernehmen nach herrscht zwischen den drei Schwestern, ihren Ehefrauen, ebenfalls wenig Liebe. Wenn es so weit kommt, wird die Situation hier am Strom noch schlechter.«

Mit dieser düsteren Prophezeiung wandte der Kapitän sich ab und beobachtete die Männer, die die Galeeren in den Hafen ruderten und die Schleppleinen dabei so kurz hielten, dass man fast mit einem Schritt von Bord zu Bord steigen konnte.

Laisas Aufmerksamkeit galt weniger diesem Manöver als den Menschen, die sich am Kai versammelt hatten. Ein Trupp Soldaten in schwarzen Rüstungen und dem roten Stern von T'wool auf den Schilden drängte die Menge der Schaulustigen zurück, die sich auf dem Vorplatz versammelt hatten.

»Verdammte T'wooler! Was die sich herausnehmen«, hörte Laisa jemand rufen.

Beliebt schienen Arendhars Leute hier nicht zu sein. Die Bewaffneten kümmerten sich jedoch nicht um die Zwischenrufe, sondern schufen Platz für ein Empfangskomitee, das aus t'woolischen Würdenträgern sowie einigen hohen Herrschaften aus Vanaraan bestand. Sogar ein paar Blaue befanden sich bei der Gruppe, hielten sich aber in Hintergrund.

»Die haben ja einiges aufgefahren!«, kommentierte Ysobel den Aufzug spöttisch.

»Dann wollen wir sie nicht enttäuschen!« Laisa wartete, bis der Prahm sich dem Kai so weit genähert hatte, dass sie diesen mit einem Satz erreichen konnte, und schnellte an Land.

Einen Lidschlag später versucht Rongi dies auch, doch während Laisa selbst ungefährdet den Kai erreichte, sprang der Katling zu kurz und geriet in Gefahr, ins schmutzige Hafenbecken zu stürzen. Mit einem raschen Griff packte Laisa Rongi und setzte ihn auf festem Boden ab. Anschließend musterte sie die versammelten Herrschaften mit einem forschenden Blick.

»Wer von euch hat hier etwas zu sagen?«

Das war nicht gerade die Begrüßung, welche die T'wooler und Vanaraaner erwartet hatten, und es dauerte einen Augenblick, bis zwei Männer vortraten. Der eine trug die t'woolische Hofrobe in Schwarz mit roten Verzierungen, während der andere in einer Art Rüstung steckte, die vor Silber nur so strotzte.

»Ich bin Tobolar, Fürst von Lhandhera, und habe T'wool gestattet, meinen Hafen für den Empfang der Prinzessin aus dem Westen zu benutzen«, erklärte der Edelmann mit der Rüstung hochnäsig.

Laisa roch, wie es in dem t'woolischen Höfling kochte. So von oben herab behandelt zu werden, war er wohl nicht gewohnt.

Der T'wooler nötigte sich eine knappe Verbeugung ab und sah dann Laisa durchdringend an. »Ich heiße Euch im Namen Seiner erhabenen Majestät, Arendhar IV., Schwert Giringars in den Dämmerlanden, Haupt der Tawaler und König von T'wool, willkommen.«

Ablehnendes Gemurmel aus dem Hintergrund begleitete seine Worte. Hier in Vanaraan schien man wenig von Arendhars Anspruch zu halten, Haupt der Tawaler zu sein. Für Laisa bedeutete dies, noch mehr achtzugeben, damit derlei Animositäten ihren Auftrag nicht zusätzlich behinderten.

»Ich bin Laisa, die Gesandte der Evaris des Westens«, stellte sie sich vor. Bescheidenheit war bei diesen Leuten fehl am Platz. Hier galt ein Mensch nur dann etwas, wenn er jemand war. Sie sah auch sofort, wie einige Leute vor ihr zurückwichen und Fürst Tobolar das Zeichen gegen den bösen Blick machte.

»Ich geleite Prinzessin Elanah von Urdil, die Braut König Arendhars, durch dieses Land nach T'wool«, setzte Laisa ihre Rede fort, ohne sich um die Reaktion der Umstehenden zu kümmern.

Da mittlerweile die Galeere samt dem Prahm angelegt hatte, konnte die erwartungsfreudige Menge nun auch Prinzessin Elanah und ihren Bruder Elandhor sehen, der seine Schwester stützte. Auch Borlon fand Beachtung, da er sowohl Elanahs Begleitung wie auch die hochgewachsenen Tawaler aus T'wool um Haupteslänge überragte.

»Wir werden uns überzeugen müssen, ob es sich wirklich um die Prinzessin aus Urdil handelt oder ob man dem erhabenen Arendhar irgendein Weib unterschieben will«, erklärte der t'woolische Höfling, der es bis jetzt nicht für nötig erachtet hatte, seinen Namen zu nennen.

»Willst du mich etwa als Betrügerin bezeichnen?« Laisa

grinste, weil damit ihr prachtvolles Gebiss am besten zur Geltung kam, und fuhr demonstrativ ihre Krallen aus.

Der Anblick brachte den T'wooler dazu, vor ihr zurückzuweichen. »Ich habe nicht von Euch gesprochen!«, rief er rasch aus. »Auch Ihr könntet getäuscht worden sein!«

Laisa lachte verächtlich. »Der, der mich zu täuschen versucht, sollte sehr schnell laufen können. Ich hole selbst ein galoppierendes Pferd ein und weiß, wie euer Evari bestätigen wird, jeder Spur zu folgen.«

Der Hinweis auf Tharon ließ einige Leute das Gesicht verziehen, als hätten sie in etwas Saures gebissen. Wie es schien, war der Wächter Giringars bei einigen von ihnen ebenso unbeliebt wie Khaton bei den weißen Reichen. Die Macht des Evari fürchtete man hier jedoch weitaus stärker als jenseits des Stromes, das spürte Laisa.

Der Höfling ging nicht auf ihre Bemerkung ein, sondern winkte einen noch recht jungen Mann in einer tiefschwarzen Kutte zu sich. Das Gesicht des Mannes und das auf der einen Seite ausrasierte und auf der anderen bis über die Schultern fallende Kopfhaar war ebenso schwarz gefärbt wie die Hände mit den langen, gepflegt wirkenden Nägeln. In den Fingern hielt er einen geschliffenen, schwarzen Kristall, der zu einem Prüfartefakt gearbeitet war.

Nun stieg er an Bord des Prahms, trat auf die wie versteinert dastehende Elanah zu und presste ihr den Kristall gegen die linke Schulter. Eine der Seitenflächen des Kristalls färbte sich grün und zeigte ein Symbol, das der Priester aufmerksam studierte und schließlich mit einer Vorlage verglich, die er aus einer Tasche seiner Kutte holte.

Zuletzt prüfte er auch noch Elandhor, der das Ganze zähneknirschend über sich ergehen ließ, und wandte sich dann an den Höfling.

»Kein anderes Weib hat in dieser Zeit das Recht, sich Prinzessin Elanah von Urdil zu nennen!« Nach diesen Worten kehrte er den Zwillingen brüsk den Rücken und nahm wieder seinen Platz im Gefolge des T'woolers ein.

Laisa missfiel die Unhöflichkeit, der sich der Höfling befleißigte, und ließ daher ihre Zähne aufblitzen. »Wer bist du überhaupt? Ich hatte erwartet, vom Evari empfangen zu werden, oder wenigstens von Arendhar selbst!« Zufrieden sah sie, wie sich der Mann verfärbte.

Der Höfling wagte es nicht, sie zu verärgern. »Mein Name ist Kedellen von M'hiir, und ich bin der außerordentliche Gesandte Seiner erhabenen Majestät Arendhar IV., Schwert Giringars in den Dämmerlanden, Haupt der Tawaler und König von T'wool, hier in Lhandhera.«

Fürst Tobolar gefiel es nicht, so übergangen zu werden, daher schob er sich wieder in den Vordergrund. »Ich biete dir meinen Gruß und gewähre dir und den Leuten aus Urdil meinen Schutz!«

Laisa warf ihm einen strafenden Blick zu. »Ich bin es gewohnt, ehrerbietig angesprochen zu werden. Außerdem stehen Prinzessin Elanah und Prinz Elandhor unter meinem Schutz, und der ist viel wirksamer als alles, was du ihnen bieten könntest!«

Überrascht sog Tobolar die Luft ein, und Kedellen von M'hiir tat es ihm nach. Der Höfling nahm Laisas Worte als Kritik auf, denn er beeilte sich zu versichern, dass die Herrschaften selbstverständlich unter dem Schutz Seiner erhabenen Majestät Arendhar IV. stünden. Bevor er sein Sprüchlein mit dessen gesamten Titeln wiederholen konnte, hob Laisa gebieterisch die Hand.

»Halt! Ich will jetzt wissen, welchen Weg in sein Reich Arendhar als den besten ansieht. Wenn wir weiter den Großen

Strom und dann den Dreifarbenfluss hochfahren sollen, brauchen wir Geleitschutz in Form etlicher kampfstarker Galeeren. Wurde dafür gesorgt?«

Laisa konnte Kedellen ansehen, dass nicht die geringsten Vorbereitungen für einen Weitertransport getroffen worden waren. Anscheinend hatte niemand damit gerechnet, dass die Prinzessin über den Strom kommen würde. Dies ärgerte sie, denn sie hatte wenig Lust, hier in Lhandheralion festzusitzen und warten zu müssen, bis sich irgendetwas tat.

Da Kedellen ihren Unmut wahrnahm, versuchte er, sie zu besänftigen. »Selbstverständlich hat T'wool alle Möglichkeiten geprüft, um die Prinzessin auf sicherem Weg in unsere Hauptstadt Tawaldon zu bringen. Da der Zeitpunkt ihres Erscheinens jedoch nicht feststand, konnten wir noch keine Vorbereitungen treffen. Ich werde aber noch heute einen Botenvogel nach Tawaldon senden, um Seine erhabene Majestät Arendhar IV., Giringars Schwert in den Dämmerlanden, Haupt der Tawaler und König von T'wool, zu informieren. Spätestens übermorgen werde ich seine Anweisungen in den Händen halten.«

»Ich warte drei Tage, keinen Tag länger!«, drohte Laisa und zeigte dann auf den Prahm. »Jetzt wäre ich dankbar, wenn meine Schutzbefohlenen das Schiff verlassen und eine angemessene Unterkunft erhalten könnten.«

»Man sollte das ganze Gesindel in einen mit Steinen beschwerten Sack stecken und in den Strom werfen«, rief ein Mann im Hintergrund.

Laisa war mit einem Satz bei ihm. »Wenn du so versessen auf ein Bad in diesem dreckigen Wasser bist, kann ich dir dazu verhelfen!« Mit den Worten packte sie ihn, riss ihn hoch und schleuderte ihn über die Köpfe der anderen hinweg in das Hafenbecken.

Einer seiner Freunde griff nach seinem Dolch und wollte auf sie losgehen, klatschte aber schneller ins Wasser, als er die Waffe ziehen konnte.

Nun fuhr Laisa sehr betont ihre Krallen aus. »Der Nächste, der mir schief kommt, wird es im Seelendom seines Gottes bereuen!«

Dann wandte sie sich um, schritt durch die zurückweichende Menge und half Elanah an Land.

Die Prinzessin starrte sie ungläubig an. »Ihr lasst Euch wirklich nichts von diesen Leuten gefallen!«

»Warum sollte ich? Wenn man vor ihnen zurückzuckt, bekommen sie Oberwasser, und das könnte gefährlich werden. Der Mann, den ich ins Hafenbecken geworfen habe, sprach nur aus, was die meisten hier denken. Sie hassen uns und würden uns tatsächlich am liebsten im Strom ersäufen.«

Laisa seufzte, denn sie spürte die Ablehnung, die ihnen entgegenschlug, so stark, dass sich ihr die Rückenhaare aufstellten. Sogar Arendhars Gesandter Kedellen dachte so, und für Fürst Tobolar war der einzig angemessene Ort für sie und ihre Begleitung der Kerker. Da er sie jedoch nicht einsperren konnte, ohne Arendhars Zorn zu erregen, befahl er, die Prähme abzuladen und die Wagen samt deren Inhalt in die Zitadelle zu bringen.

»Du solltest gut darauf achtgeben, dass nichts verschwindet. Ich könnte sonst sehr ärgerlich werden«, warnte Laisa ihn.

Tobolar murmelte nur, dass sowieso niemand das hässliche Zeug aus dem Westen haben wolle, und zeigte dann auf die Festung. »Ich habe einen Trakt für Euch und Eure Begleitung bereitstellen lassen. Wenn Ihr die Güte hättet, mir zu folgen!«

Ein Knecht brachte das Pferd des Fürsten und ein weiteres für Kedellen. Die beiden stiegen auf und ritten an. Laisa blieb nicht mehr, als sich auf Vakka zu schwingen, die Prinzessin vor sich auf den Sattel zu nehmen und hinter den beiden Männern herzureiten. Ein kurzer Blick nach hinten zeigte ihr, dass ihre Begleiter ihr ebenso folgten wie Elandhor und seine urdilischen Ritter.

Die Zitadelle befand sich auf der anderen Seite der Stadt. Daher führte ihr Weg durch enge, sich schier endlos windende Gassen. Wo auch nur ein Stück unbebautes Land gewesen war, drängten sich die einfachen Hütten der Flüchtlinge aus dem Süden, die in Lhandheralion Zuflucht gefunden hatten.

Laisa sah in hasserfüllte Gesichter und hörte Verwünschungen gegen Elanah und die anderen Grünen. Ein Mann hob einen Stein auf, um ihn zu werfen, ließ diesen aber wieder sinken, als Laisa ihn scharf fixierte.

Im Grunde hätte Tobolar die Sache anders lösen, dachte sie, und Elanah und ihre Begleiter mit Sänften zur Zitadelle bringen können. Doch der Fürst legte es offensichtlich darauf an, seinen Untertanen die Prinzessin und die Ritter vorzuführen, deren Freunde und Verwandte sie im Südkrieg aus ihrer Heimat vertrieben hatten.

ZEHNTES KAPITEL

Nach Süden

Tirah versuchte, gegen ihre Panik anzukämpfen. Zwar war sie durch Sirrins Artefakt geweckt worden, befand sich aber in undurchdringlicher Schwärze, und es kam ihr so vor, als sei ihr Körper erstarrt oder würde absterben. Letzteres schloss sie nach dem ersten Schreck aus, denn sie spürte einen kräftigen, regelmäßigen Puls und kurz darauf sehr viel Blau um sich. Zunächst war sie darüber verwundert, aber nach einer Weile glaubte sie zu begreifen, was geschehen war. Sirrin hatte auf einen blaumagisch Begabten zurückgreifen müssen, um sie wieder zum Leben zu erwecken.

Hoffentlich hatte die Person die Zeremonie überlebt, dachte sie. Beim letzten Mal war sie beinahe schon wach gewesen, doch dann hatte den Magiespender der Tod ereilt, und sie war wieder in die endlose Tiefe des Nichts versunken. Das Einzige, das sie noch mitbekommen hatte, war, dass sie dringend gebraucht wurde. Die grünen Hunde von der anderen Seite des Großen Stromes hatten den Unterlauf des Toisserech dort überquert, wo er sich bereits mit dem Wasser des Meeres mischte und man ihn auch die Bucht von Lanar nannte. Nachdem sie an der roten Küste gelandet waren, hatten die Angreifer wahllos violette, blaue und schwarze Reiche angegriffen und vernichtet. Nun würde sie die Aufgebote aller noch existierenden violetten Reiche um sich scharen und den Feind aus den eroberten Gebieten vertreiben, wo auch immer er sich festgekrallt hatte.

Aber das kannst du nur tun, wenn du wieder Gewalt über deinen Körper erhältst, sagte ihr die Vernunft. Wäre es ihr möglich gewesen, hätte sie genickt. So wie diesmal war sie noch nie erwacht. Alles war ungewöhnlich, und sie konnte die Lage nicht abschätzen, in der sie sich befand.

Sie beschloss, nicht mehr allzu waghalsig zu sein, damit sie sich in ihren nächsten Kämpfen nicht wieder magisch total verausgabte und schließlich eine tödliche Wunde davontrug. Es war nicht angenehm zu wissen, dass sie in einem solchen Fall nur gerettet werden konnte, wenn ein magisch begabter Mensch dafür ein lebensbedrohendes Risiko einging.

Tirah schalt sich, weil ihre Gedanken so abschweiften, während Wichtigeres zu tun war. Es galt Sirrin zu zeigen, dass sie lebte. Doch solange sie nicht einmal die Gewalt über ihre Augenlider besaß, musste sie dies auf magischem Weg tun.

»Sirrin, hörst du mich?«, rief sie mit ihrer geistigen Stimme. Die einzige Reaktion, die sie spürte, war ein Aufwallen von Blau um sie herum.

»Sirrin, was ist geschehen?« Diesmal war es ein Hilferuf. Doch auf eine Antwort wartete Tirah vergebens. Erneut flutete Panik über sie hinweg, und es gelang ihr nur mit Mühe, sich zu beherrschen.

Um sich ihrer selbst wieder bewusst zu werden, versenkte Tirah sich in Trance und vertrieb jede Unsicherheit und Angst aus ihren Gedanken. Ganz gleichgültig, wie die Situation auch aussehen mochte, sie würde sie überstehen und ihrer Evari und den Völkern ihrer Farbe den Beistand leisten, den diese von ihr erwarteten.

Nach einer Weile spürte Tirah ihren Körper wieder. Das

Gefühl war jedoch anders als sonst, ungewohnt und schließlich sogar fremd. Dazu herrschte um sie herum ein intensives Blau, wie sie es selten erlebt hatte. Und doch verriet der Farbton, dass auch violette und schwarze magisch begabte Wesen zu den Ahnen ihres Spenders zählten. Schließlich bemerkte sie auch noch eine Unterschwingung, die nur von der anderen Seite des Stromes stammen konnte.

Sirrin muss sich sehr viel Mühe bei der Suche gegeben haben, dachte sie anerkennend. Doch jetzt wollte sie wieder sie selbst sein. Mit einer gewissen Beharrlichkeit erkundete sie ihren Körper und sah plötzlich einen hellen Schein vor sich. Rasch wandte sie sich ihm zu und hatte ihre Augen gefunden.

Was sie jedoch sah, gefiel ihr nicht besonders. Ihr Körper stapfte in Richtung der im Zenit stehenden Sonne und bahnte sich mit ihrem Schwert die Bahn durch dichtes Dornengestrüpp.

Tirah war irritiert. Das war doch unmöglich! Oder hatte Sirrin die Kontrolle über ihren Körper übernommen, weil sie es selbst noch nicht hatte tun können? Aber das würde sie spüren.

Auch gelang es ihr nicht, die Augen so zu bewegen, wie sie es wollte. Es war, als würde ihr Körper jemand anderem gehören. Zuerst wollte sie diesen Gedanken von sich schieben, aber dann bemerkte sie, wie sie stehen blieb und sich auf ihr Schwert stützte, um zu verschnaufen. Nun blickten die Augen auf die Hände herab.

Es war, als hätte man sie in flüssiges Eis getaucht. Das waren nicht ihre Hände!

Sie waren breiter, die Finger kürzer und die Fingernägel farblos anstatt violett. Auch die restlichen Proportionen des Körpers stimmten nicht. Er besaß etwas größere Füße, die in festen Stiefeln steckten, und kürzere Beine. Als eine Hand an der Hose nestelte und der Körper Wasser ließ, traf es Tirah wie ein Schlag.

Sie war nicht sie selbst, sondern befand sich in einem fremden Leib, und zwar dem eines blaumagisch begabten Mannes.

Wie hatte das geschehen können?, fragte sie sich entsetzt. Das hätte Sirrin doch niemals zugelassen! Und was war mit ihrem eigenen Körper? War er tot, oder lag er noch in jenem Tempel?

All dies beantwortete jedoch nicht die Frage, weshalb sie in einem blauen Wardan magischer Abkunft steckte und hilflos mitansehen musste, wie dieser ihren Geist mit sich in die Fremde trug.

Es dauerte ein wenig, bis Tirah diesen Schock überwunden hatte. Dann aber überlegte sie, wie sie handeln sollte. Auch wenn dies hier nicht ihr eigener Körper war, so hatte sie nicht die Absicht, sich einfach wie ein Gepäckstück mitschleppen zu lassen. Immerhin wusste sie nicht, was mit ihr geschehen würde, falls ihr Wirt zu Schaden kam oder gar starb. Nachdem sie so viele Jahrhunderte gelebt und viele Schlachten geschlagen hatte, wollte sie nicht auf eine so jämmerliche Weise enden und den Weg zu den Seelenhallen der Linirias antreten müssen.

* * *

In den nächsten Stunden machte Tirah sich mit dem Körper ihres Wirts vertraut, tat dabei aber nichts, was diesen auf sie aufmerksam machen konnte. Noch wusste der junge Bursche nichts von ihr. Das stellte sie fest, als es ihr gelang, einige seiner Gedanken zu lesen. Zunächst wuchs ihre Sorge, als sie begriff, dass ihr Träger nicht ganz bei Sinnen war, so als hätte sein

Geist bei der misslungenen Zeremonie gelitten. Dann aber begriff sie, dass dies nur von Vorteil für sie sein konnte.

Dennoch interessierte sie sich für die Herkunft ihres Wirts. Er war nur zum Teil ein Wardan, und an dem Rest seines Stammbaums hatten viele andere Völker einen Anteil, darunter sogar Kharimdh. Das war eine unangenehme Erkenntnis, denn die Geister der Herren unter dem Berg waren äußerst widerstandsfähig. Nicht umsonst sagte man den wenigen Überlebenden dieses Volkes großen Starrsinn nach. Den würde sie brechen müssen, wenn sie selbst die Herrin über diesen Körper werden wollte.

Tirah fragte sich, wie es sein würde, ein Mann zu sein. Sagen berichteten, dass die Urmütter ihres Volkes beide Geschlechter hatten annehmen können, also war es im Grunde nichts Ungewöhnliches, und sie würde damit zurechtkommen. Sie beschloss, geduldig, aber wachsam auf ihre Chance zu warten.

Nach einigem Nachdenken kam sie zu dem Schluss, dass sie ihren Wirt im Schlaf überrumpeln und niederringen musste. Zwar würde es dem jungen Mann nicht gefallen, Gefangener in seinem eigenen Leib zu sein, doch sie glaubte nicht, dass er sie an der vollständigen Übernahme hindern konnte. Zudem hatte Sirrin sich gewiss etwas dabei gedacht, ihren Geist ausgerechnet in diesen Körper zu pflanzen.

Nach einer Weile wurde ihr klar, dass der junge Bursche noch zäher war, als sie vermutet hatte, denn er machte keine Pause. Allerdings war dies hier auch nicht die Gegend, in der sie sich so ohne weiteres zum Schlafen hingelegt hätte. Seit sie sich in diesem Körper wiedergefunden hatte, waren mindestens dreimal Gegenfarben miteinander explodiert, und nun trafen dicht vor ihnen starke gelbe und violette Magieströme aufeinander. Während sie selbst erschrak und sich tief in dem blauen Körper verkroch, marschierte ihr Wirt unbeirrt weiter, so als könnten ihm die giftigen Kriegsmagie-Ausbrüche nichts anhaben.

Schließlich war aber auch seine Kraft erschöpft. Er blieb bei einer Gruppe aus wild zusammengewürfelten Felsen stehen, stieg auf den höchsten Block und schaute sich suchend um. Das Ergebnis schien ihm zuzusagen, denn er schlug an einer leicht zu verteidigenden Stelle sein Lager auf und aß etwas harten Käse und Trockenfleisch, die er mit ein paar Schlucken Wasser hinunterspülte. Anschließend nahm er ihr Schwert zur Hand, das ihm anscheinend besser dünkte als sein eigenes, und fiel von einem Augenblick zum anderen in einen leichten Dämmerschlaf, aus dem ihn jedes unbekannte Geräusch wecken konnte.

Eine gewisse magische Schulung hatte er erhalten, stellte Tirah fest und versuchte zu erkunden, welchem Training er unterworfen worden war. Das konnte für ihr weiteres Wohlergehen wichtig werden. Sie stieß jedoch nur auf Ansätze, die von zwei Seiten kamen. Die eine stammte von blauen Priesterinnen und war auf eine so seltsame Art urtümlich, dass sie unwillkürlich an die Andhirhexen dachte. Andhir war eines der wenigen blauen Länder, in denen magisch Begabte noch einen besonderen Status besaßen. Die andere Erziehung war kriegerischer Natur und dem jungen Mann weitaus stärker in Fleisch und Blut übergegangen. Wie es aussah, hatte Sirrin ihr einen Körper besorgt, mit dem sich leben ließ. Allerdings würde sie noch einiges erproben müssen, wenn sie die Gewalt über ihn hatte.

Da ihr Wirt sich nun in einem Dämmerzustand befand, sammelte Tirah all ihre Kräfte und breitete sich blitzschnell in seinem Körper aus. Innerhalb von Sekundenbruchteilen beherrschte sie Augen, Geruchssinn und den rechten Arm mit der Hand, die ihr Schwert festhielt. Dabei fühlte sie, wie ihr von dem mit magischer Energie geladenen Edelstein im Knauf neue Kräfte zuflossen. Diesen Vorteil galt es zu nutzen, und sie begann, den Geist des jungen Mannes langsam aus allen wichtigen Gliedmaßen und Organen seines Körpers zu verdrängen. Schon bald beherrschte sie das rechte Bein, aber auch seinen Mund und stieß einen lauten, triumphierenden Schrei aus. Gleich hatte sie es geschafft.

❊ ❊ ❊

Rogon erwachte mit dem Gefühl, als sei ihm sein Körper auf einmal fremd geworden. Bestürzt wollte er die Augen öffnen, doch es gelang ihm nicht.

Er spürte sie nicht einmal. Um ihn herum gab es keinen Funken Licht, sondern nur tiefste Finsternis. Mit anderen Sinnen aber nahm er ein Violett um sich wahr, das ihn aggressiv vor sich hertrieb und wehrlos zu machen versuchte.

Nun fielen ihm die Schauergeschichten ein, die Sung über die Ödlande erzählt hatte. Hier sollten Geister von Toten hausen, die niemals den Weg zu den Seelendomen ihrer Götter gefunden hatten. War er etwa an einen solchen geraten?

Als Rogon den ersten Schrecken abgeschüttelt hatte und sich sammelte, entdeckte er den anderen Geist. Dieser war gerade dabei, die Herrschaft über seinen Körper zu übernehmen und ihn selbst in einen kleinen Winkel zu verbannen. Nicht mit mir, dachte Rogon intensiv und hörte gleichzeitig einen jubelnden Schrei, den seine von dem anderen beherrschte Kehle ausstieß.

Mit eiserner Energie kämpfte er die Panik nieder, die in ihm aufsteigen wollte, und rief sich alles in Erinnerung, was ihm die Veteranen seines Vaters über geistige Angriffe beigebracht hatten. Doch das Wissen der Priesterinnen erwies sich nun als wertvoller. Mit Hilfe ihrer Lehren gelang es ihm, seinen Geist zu konzentrieren und mit dem Gegenangriff zu beginnen.

Sein Gegner war stark und alles andere als bereit, die Herrschaft über den Körper, die er bereits errungen glaubte, wieder herzugeben. Um die bedrückende Dunkelheit zu beseitigen, versuchte Rogon als Erstes, seinen Gesichtssinn wiederzugewinnen. Daher drückte er so stark gegen den anderen Geist, dass er glaubte, die Augen würden ihm aus den Höhlen springen. Er spürte stechende Schmerzen und begriff instinktiv, dass sein Feind diese mit ihm teilte.

»Kerlchen, das bezahlst du mir!« Rogon hörte die eigene Stimme und wusste nicht, ob er selbst oder der andere diese Worte ausgestoßen hatte. Mit einer Finte gelang es ihm, sein Gehör alleine zu beherrschen, und stieß sofort in seinen linken Arm vor, weil ihm das leichter fiel als beim rechten.

Bevor der andere sich versah, versetzte Rogon sich selbst eine schallende Ohrfeige. Ein empörter Aufschrei kam aus seinem Mund, und sein Gegner setzte erneut zum Angriff auf die Augen an. Rogon sah es voraus und blockte sich so ab, wie er es Seranahs Lehren zufolge bei seinen Übungsstunden hätte tun sollen. Damals war es ihm nur selten gelungen, diesmal aber brach sich die Attacke seines Gegners an seinem geistigen Schutzwall.

Nun bekam er die Verblüffung seines Gegners mit. Mit so viel Gegenwehr hatte der fremde Geist wohl nicht gerechnet. Doch das, dachte Rogon, war erst der Beginn. Jetzt würde er seinen Körper zurückerobern und sich dann seines unerwünschten Untermieters entledigen.

* * *

Für Tirah war es eine herbe Überraschung, als ihr fast schon überwunden geglaubter Wirt sich auf einmal vehement zur Wehr setzte. Bevor sie reagieren konnte, verlor sie die Herrschaft über die Augen und den linken Arm. Doch selbst dann, als sie sich gegen den Angriff stemmte, wurde sie Stück für Stück zurückgetrieben. Das Gehör wurde wieder von seinem eigentlichen Besitzer übernommen, ebenso das linke Bein, und es sah nicht so aus, als würde er es dabei belassen.

Schlag zurück, du dummes Huhn!, rief sie sich zur Ordnung und setzte all die Kenntnisse ein, die sie sich in weit über tausend Jahren angeeignet hatte. Doch es war vergebens. Ihr Gegner war mit seinem Körper vertraut und damit ihr gegenüber im Vorteil. Dazu verfügte er über jene Zähigkeit, die ihm seine Abstammung von den Kharimdh verlieh, und andere, ihr unbekannte Talente, die er eher instinktiv einsetzte.

Ehe Tirah sich versah, fand sie sich als winzige, violette Kugel irgendwo im Innern des Körpers wieder, umschlossen von einer Mauer aus blauer Magie, die sich kaum mehr durchdringen ließ. Am liebsten hätte sie vor Enttäuschung geweint. Wieso hatte ein junger Bursche, der ihres Erachtens die zwanzig noch nicht überschritten hatte, sie so leicht besiegen können?

Nein, ich bin nicht besiegt, sagte sie sich und schwor zu kämpfen und ihn geistig in die Knie zu zwingen. Mit diesem Vorsatz legte sie sich eine neue Strategie zurecht. Da ihr der Großangriff keinen Erfolg gebracht hatte, wartete sie jetzt, bis die Wachsamkeit des Burschen nachließ und damit auch die Intensität des Feldes um sie herum schwand. Als das geschah, begann sie ihre Fäden auszustrecken und den gesamten Körper zu durchdringen. Dabei vermied sie es, sich Zugriff auf einzelne Körperteile zu verschaffen, um ihren Wirt nicht zu warnen, und wartete so auf eine günstige Gelegenheit.

Zumindest besaß sie so die Möglichkeit mitzubekommen, was die Augen sahen. Noch immer schritt der Bursche schnurstracks durch die Ödlande nach Süden. Beim Anblick der von giftigen Magieschwaden beherrschten Landschaft mit ihrem abstoßend hässlichen Pflanzenwuchs schauderte es sie. Vor allem aber wunderte sie sich, dass ihr Wirt mitten durch die Magiefelder stapfte, die andere Menschen umgebracht hätten. Er schien nicht einmal viel zu davon spüren. Allerdings tat sich in seinem Innern so einiges, doch sie konnte nicht erkennen, was sich dort abspielte. Seltsam war nur, dass sie selbst von keiner fremden Magie berührt wurde. Da es hier viel aggressives Gelb gab, war sie sogar dankbar dafür.

Nach einer Weile gestand sie sich jedoch ein, dass Abwarten und Zuschauen ihr auch nicht weiterhalfen, und startete ihre erste Attacke auf sein rechtes Bein. Für einen Augenblick konnte sie es lähmen und merkte, wie er umknickte und schwer zu Boden schlug. Der Schmerz, den er dabei spürte, tat auch ihr weh. Doch sie lachte triumphierend. Auf diese Weise würde sie dieses Bübchen mürbe bekommen. Bevor er zurückschlagen konnte, zog sie sich aus seinem Bein zurück und verschwand in der kleinen Kugel, die ihr Schutz gegen seine Angriffe bot.

Sie spürte seinen Ärger und seinen Zorn und kicherte im Geist. Lange würde er das nicht durchhalten, sagte sie sich, und dann würde sie seinen Leib beherrschen und er nur noch ein Kügelchen in ihrem Innern sein – und sie dann auf die gleiche Weise quälen wie sie ihn jetzt.

Den zweiten Teil dieses Gedankens fand sie weniger gut. Wie sie dieser Situation entgehen konnte, wusste sie nicht zu sagen. Am einfachsten wäre es, wenn sie seinen Geist tötete. Doch leider besaß dieser keinen Hals, um den sie ihre Hände legen und zudrücken konnte, bis er sein Leben ausgehaucht hatte und zu den Seelenhallen seiner Göttin gehen musste.

Restlos sauer, weil sie mit einem anderen zusammen in einem einzigen Körper gefangen war, begann sie ihren nächsten Angriff und lähmte diesmal seine rechte Hand. Ihr Schwert entglitt ihm und fiel zu Boden.

Da Tirah sich jetzt an die Nervenbahnen heftete, die seine Glieder und Organe mit seinem Gehirn verbanden, konnte sie sein Fluchen hören. Na, willst du nicht aufgeben?, dachte sie. Da schlug eine Welle blauer Magie über ihr zusammen und riss sie mit fort. Für Augenblicke fürchtete sie, ganz aus seinem Körper hinausgeschwemmt zu werden, doch als der Sturm sich gelegt hatte, fand sie sich erneut irgendwo in seinem Körper als winzige, blau eingepackte Kugel wieder.

❋ ❋ ❋

Obwohl Rogon nicht erwartet hatte, dass der Geist in ihm Ruhe gab, hatte der Angriff ihn überrascht. Für einige Augenblicke fühlte er gleichzeitig Verzweiflung und Wut, merkte dann aber, wie sein Unterbewusstsein die Initiative ergriff und er die Herrschaft über seine Gliedmaßen wiedergewann. So leicht, wie sein Gegner es sich vorstellte, war er wohl doch nicht zu besiegen.

Während seines weiteren Weges rief er sich alles ins Gedächtnis, was er von den Priesterinnen von Andhir, aber auch seinen Lehrern in militärischer Magie über die Besessenheit durch fremde Geister gehört hatte. Viel war es nicht, und das wenige, das er wusste, passte nicht mit dem zusammen, was er durchmachte. Zwar gab es Totengeister, die nicht zu den Seelendomen ihrer Götter gingen, doch die hatten meistens einen triftigen Grund. Entweder waren sie durch Gegenfarbenmagie umgekommen, oder sie klammerten sich an der Welt fest, um noch etwas zuwege bringen zu können.

Derjenige aber, der in ihm steckte, wirkte noch verdammt lebendig. Außerdem konnte es kein normaler Mensch sein, denn dafür war er zu stark. War es der Geist eines Dämons von der anderen Seite, der noch aus den Götterkriegen stammte?, fragte Rogon sich. Doch als er in sich hineinhorchte, fühlte er keine der Farben aus dem Westen in sich. Stattdessen hielt sich eine kleine, aber sehr kompakte violette Präsenz in ihm auf.

Zu seinem Leidwesen konnte er sich nur noch schemenhaft an das erinnern, was in Tirahs Tempel geschehen war. Sung hatte ihn niedergeschlagen, um ihn in einer kruden Zeremonie irgendwelchen Geistern opfern zu wollen. War dies schon früher einmal geschehen, und trug er nun den Geist eines dieser Opfer in sich? Wenn ja, hatte dieses Wesen Schreckliches erleiden müssen. Unwillkürlich empfand Rogon Mitleid und versuchte, es zu beruhigen.

»Ich tu dir nichts, wenn du dich still verhältst. Wenn es möglich ist, werde ich dir sogar helfen. Du musst mit nur sagen, wie dies möglich ist!«

In seinem Innern hörte Tirah die Worte geistig mit und bleckte imaginäre Zähne. Du hilfst mir am besten, wenn du mir auf der Stelle deinen Körper überlässt, dachte sie. Das hier war keine Gegend für ein Wardan-Jüngelchen, mochte es auch unbekannte magische Kräfte besitzen. In den Ödlanden waren andere Fähigkeiten gefragt.

Als hätte sie es herbeigerufen, hörten sie und ihr Wirt im gleichen Augenblick ein zorniges Brüllen. Rogon passierte gerade eine bizarre Felsgruppe aus halb geschmolzenem Gestein, als er in etwa hundert Schritt Entfernung einen weiteren Dornenwald erblickte, an dessen Rand ein skurriles Geschöpf grüner Farbe gerade eine Beute zerriss.

»Ein Kampfmonster des Westens! Bring dich in Sicherheit!«, schrie Tirah geistig auf. Allerdings begriff sie ebenso wie Rogon, dass es dafür zu spät war.

Das Viehzeug war etwa anderthalb Schritt hoch und gut fünf Schritt lang. Zweieinhalb davon bestanden aus einem oberschenkeldicken Schwanz mit mehreren Giftstacheln am hinteren Ende. Der gedrungene Leib stand auf sechs stämmigen Beinen und endete in einem keilförmigen Kopf mit gewaltigen Kiefern, in denen fingerlange Reißzähne saßen. Dazu war das Ungeheuer mit grün schimmernden Schuppen gepanzert, die nur ganz besondere Schwerter zu durchdringen vermochten.

Die letzte Information versuchte Tirah ihrem Wirt zu übermitteln und sah durch seine Augen, wie das Geschöpf sich von der zuletzt geschlagenen Mahlzeit abwandte und mit nach links gebogenem, scheinbar stichbereit gehaltenem Schwanz auf sie zukam.

Instinktiv achtete Rogon auf diese Seite und hielt das violette Schwert so, dass er diesen Angriff abwehren konnte.

»Vorsicht!«, dachte Tirah intensiv. »Das Monster dreht sich blitzschnell um die eigene Achse und schlägt dann rechts zu.«

Rogon empfing ihre Warnung gerade noch rechtzeitig. Das Kampfmonster stürmte auf ihn zu, verhielt zwei Schritte vor ihm und wirbelte herum.

Rogon sprang nach vorne, prallte gegen den Leib des Ungeheuers und schlug mit aller Kraft zu. Tirahs magisches Schwert durchschnitt die Panzerschuppen und das zähe Fleisch des Wesens wie Butter. Am Ansatz abgetrennt flog der Schwanz davon. Im nächsten Moment drehte Rogon sich, nahm dabei den Schwung des Schwerthiebes mit und zerschlug den Schädel mit einem gewaltigen Streich.

Das Ungeheuer, das vor Jahrtausenden aus dem Westen gekommen war, um die Kampfkraft der Heere Tenelins zu verstärken, sank mit einem ersterbenden Wehlaut nieder und blieb reglos liegen.

»Gar nicht so übel, Jüngelchen!« Tirah atmete erleichtert auf, weil ihr Wirt genau so gekämpft hatte, wie sie es sich in ihren Gedanken vorgestellt hatte.

»Schon gut!«, antwortete Rogon brummig und wandte sich dem Opfer zu, von dem er das Ungeheuer aufgestört hatte.

Es handelte sich um die Überreste eines Menschen, und nur die Fetzen der violetten Heilerkutte verrieten, dass es sich um Sung handelte. Trotz seiner Wut auf diesen Mann hätte Rogon ihm kein solches Ende gewünscht.

»Ich werde ihn begraben müssen«, sagte er.

»Das Ungeheuer?«, fragte Tirah, die sich immer besser mit ihm verständigen konnte.

»Nein, den Heiler! Er hat mich zu Tirahs Ruhestätte gebracht und mich dort niedergeschlagen. An das, was dann geschehen ist, kann ich mich nicht so richtig erinnern. Als ich wieder einen klaren Gedanken fassen konnte, war Sung geflohen und Tirah verschwunden.«

»Ich bin nicht verschwunden! Ich stecke in dir!«

In Tirah wallte schieres Entsetzen auf. Sie wusste, dass Sung zu den Langlebigen gehört hatte und einer von Sirrins Vertrauten gewesen war. Wenn der Heiler den jungen Mann zu ihrer Ruhestätte gebracht hatte, war dies nicht ohne Grund geschehen. Wahrscheinlich hatte Sung sie mit Hilfe ihres jetzigen Wirts wiederbeleben wollen. Doch dabei musste einfach alles schiefgegangen sein, und anstatt zu versuchen, die Sache zu bereinigen, war Sung davongelaufen.

Und nun war er tot. Tirah fragte sich, wo Sirrin gewesen sein mochte. Der Heiler hatte gewiss nicht auf eigene Faust gehandelt. Andererseits musste es so gewesen sein, denn Sirrin hätte niemals zugelassen, dass sie als hilfloses Anhängsel in einem Wardan-Bübchen steckend durch die Welt getragen wurde.

Daher fragte sie Rogon nach den Einzelheiten, die er jedoch nur bruchstückhaft beschreiben konnte. Von einer Frau, die die Evari hätte sein können, hatte er jedenfalls nichts gesehen.

»Wir werden Sirrin suchen müssen, damit sie das Ganze aufklärt. Auf ewig will ich nämlich nicht in dir drinstecken.«

Tirahs Unmut reizte Rogon zu einer scharfen Bemerkung. »Ich könnte mir auch etwas Schöneres vorstellen, als meinen Körper mit einem anderen zu teilen!«

Danach herrschte etliche Zeit Schweigen. Rogon suchte eine Felsspalte, in die er Sungs Überreste legen konnte, und deckte diese mit Steinen zu. Danach sah er sich das tote Ungeheuer an. Es reizte ihn, diesem einige der Zähne auszubrechen und als Trophäe mitzunehmen. Aber da das Ding giftig grün strahlte, sah er bedauernd davon ab.

»Ich ziehe jetzt weiter«, erklärte er schließlich, ohne zu wissen, ob Tirah mithörte oder nicht.

Dies war jedoch der Fall, denn er hörte sofort ihre Stimme in seinem Kopf. »Und wohin willst du?«

»Nach Süden, die Grünlinge vertreiben!«

Dies war der letzte Gedanke gewesen, den Tirah bei ihrer misslungenen Wiederbelebung gedacht hatte, und der erste, der ihr bei diesem weitaus schlechter ausgegangenen Versuch durch den Kopf geschossen war. Anscheinend war ihr Wunsch stark genug, Rogon zu beherrschen. Sie begann, seine Gedanken zu erkunden, und begriff bald, dass er ausgezogen war, um einem Leben in zeremonieller Eintönigkeit zu entgehen und Abenteuer zu erleben.

Ihr war es einst nicht anders ergangen. Auch sie hatte auf die Herrschaft über ihr Volk verzichtet, um ein Leben in Freiheit führen zu können. Damit gab es etwas, das sie beide verband. Also war es doch nicht nur Zufall gewesen, dass Sung diesen Jungen zu ihrem Tempel gebracht hatte.

Tirah klammerte sich an den Gedanken, weil er sie das, was geschehen war, leichter ertragen ließ. Dabei erinnerte sie sich daran, dass sie den Namen des Wirts bislang noch nicht kannte.

»Wie heißt du eigentlich? Ich kann ja nicht die ganze Zeit Jüngelchen zu dir sagen«, sprach sie ihn an.

»Ich bin Rogon, Prinz von Andhir, Sohn König Rogars und Königin Jannahs«, stellte er sich vor.

»Das sind Namen, die mir unbekannt sind. Der letzte Herrscher Andhirs, von dem ich gehört habe, hieß Serandhon, und er war auch nicht König, sondern Fürst«, antwortete Tirah.

»Serandhon starb, als der König von Fraarin sein Reich eroberte. Mein Vater hat mitgeholfen, Andhir und dessen Nachbarreiche zu befreien, und wurde dafür mit der Krone und dem Königstitel belohnt.«

Aus Rogon sprach ein Stolz, der Tirah belustigte. Andererseits sagte sie sich, dass ein Mann, der für seine Waffenhilfe ein Reich als Belohnung erhielt, jemand Besonderes sein musste. »Kannst du mir mehr darüber erzählen?«, fragte sie. »Weißt du, es ist irgendwie einsam, im Körper eines anderen Menschen zu stecken und nur sich selbst als Gesprächspartner zu haben.«

»Ich rede gerne mit dir. Aber du musst auch von dir erzählen. Immerhin bist du die berühmteste Kriegerin unserer Seite.«

Diese Idee ließ Rogon allen Ärger vergessen und versöhnte ihn ein wenig mit der bizarren Situation. Als er mit Tirah in seinem Innern weiterzog, taten beide es zwar nicht als Freunde, aber als zwei Menschen, die genau wussten, dass sie vorerst aufeinander angewiesen waren.

❊ ❊ ❊

Mehr als sechshundert Meilen von dem Ort entfernt, an dem Rogon durch die östlichen Ödlande stapfte, betrat Arendhar IV., König von T'wool und aus Tradition Anführer aller Tawaler, den Bankettsaal seiner Residenz. Mit einem raschen Blick überflog er die anwesenden Großen seines Reiches. Der Oberpriester war extra aus Tawalaan gekommen, um eine Audienz zu erhalten. Auch waren alle fünf Lehensgrafen erschienen, und sein Vetter Rakkarr, der Kronprätendent von T'walun, war ebenfalls anwesend. Auch sonst hatte sich jeder eingefunden, der glaubte, in T'wool etwas zu gelten.

Arendhar ärgerte sich im Stillen über diese Männer, denn die meisten von ihnen taten immer noch so, als hätten sie den sechzehnjährigen Jungen vor sich, dem sie noch auf dem Schlachtfeld den Kronhelm seines gefallenen Vaters aufs Haupt gesetzt hatten. Doch seitdem hatte sich viel ereignet. Nicht zuletzt durch Tharons tatkräftige Hilfe war es ihm gelungen, T'wool gegen die anrennenden grünen Reiche des Westens zu halten und diese sogar so weit zurückzudrängen, dass die kleineren Nachbarreiche wenigstens noch teilweise existierten. Der Rest dieser Länder lag entweder unter dem Todeswall, den der grüne Evari gezogen hatte, oder dahinter, so dass kein Schwert und kein Speer aus T'wool sie erreichen konnte.

Während ihm diese Gedanken durch den Kopf schossen, schritt Arendhar durch den Saal und nahm auf seinem Hochsitz Platz, der in einem Stück aus dem Stamm eines Schwarzholzbaumes gefertigt worden war.

Nun erst wagten seine Gäste und sein engeres Gefolge, sich zu rühren. Der Oberpriester setzte sich als Erster, danach Rakkarr, der noch immer darauf beharrte, als Erbe von T'walun zu gelten, obwohl das Reich seines Vaters bereits vor einem Dutzend Jahre unter den Schlägen der grünen Aggressoren untergegangen war. Diese konnten jedoch erst vertrieben werden, wenn der Fluch von Rhyallun gebrochen war. Doch das war nicht seine Aufgabe, dachte Arendhar, sondern die des Evari.

Der Blick des Königs schweifte durch den Saal, doch er konnte Tharon nirgends entdecken. Das wunderte ihn, denn er hatte fest mit seiner Anwesenheit gerechnet, und sei es nur, um sich von ihm neue Vorwürfe wegen seines in Tharons Augen törichten Handelns anzuhören.

Die Diener erschienen und trugen auf. Dies geschah nach einem altüberlieferten Zeremoniell, bei dem er als Erster die Speisen erhielt und mit dem Essen fertig war, bevor der Letzte seiner sechzig Gäste auch nur die Suppe gelöffelt hatte. Wenn er sofort aufstand, nachdem er satt war, und sich zurückzog, würden sich die meisten Anwesenden hungrig von ihren Plätzen erheben müssen.

Aus diesem Grund blieb Arendhar auch diesmal sitzen und wartete. Zu sprechen wagte niemand, und so fühlte er sich mitten unter seinen Höflingen so einsam wie in einer Kerkerzelle. Bei dem Gedanken erinnerte er sich an die grünen Edelleute, die seit etlichen Jahren seine Gefangenen waren, vor allem aber an jenen König, der ihm auf ein missverständliches Zitat hin die Tochter als Ersatz für seine ermordete Gemahlin angeboten hatte.

Seine Ehre hatte ihn gezwungen, auf das Angebot einzugehen, doch ihm war klar, dass die wenigsten seiner Höflinge damit einverstanden waren. Anonym war bereits verbreitet worden, es sei ein Frevel an Giringar, wenn ein Sohn aus dieser Verbindung König von T'wool würde. Der einzige legitime Erbe des Thrones sei in dem Fall Rakkarr von T'walun.

Der Ärger über diesen im t'woolischen Reich unerhörten Vorgang brachte Arendhar beinahe dazu, tatsächlich aufzustehen und die anderen hungern zu lassen. Damit aber hätte er jedoch auch jene vor den Kopf gestoßen, die unerschütterlich zu ihm und seiner Dynastie standen.

»So in Gedanken, König von T'wool?«, fragte eine bekannte Stimme.

Arendhar blickte sah auf und sah Tharon neben sich stehen, der wie aus dem Nichts aufgetaucht war.

In der einfachen, schwarzen Kutte und dem breitkrempigen Magierhut wirkte der Evari gegen die in ihre Staatsgewänder gekleideten Höflinge wie eine Krähe unter schwarz, rot und silber gefärbten Prachtfasanen. Ein langes, in einer schlichten Scheide steckendes Schwert hing an seiner Seite, und der Beutel, in dem er Artefakte und andere magische Gegenstände bei sich trug, wirkte prall gefüllt.

Das letzte Mal hatte Arendhar den Evari so gesehen, als sie zu dem schlussendlich misslungenen Versuch aufgebrochen waren, einen Weg durch den grünen Wall von Rhyallun zu erzwingen. Es mussten sich große Dinge ankündigen, da Tharon sich erneut für Krieg und Kampf rüstete.

»Wünscht Ihr mich zu sprechen, erhabener Evari?«, fragte Arendhar und hoffte auf ein Ja. Es hätte ihm ermöglicht, seinen Gästen zu sagen, sie könnten weiteressen, und trotzdem den Saal zu verlassen.

Der Evari schüttelte jedoch den Kopf. »Ich will Euch nicht der Gesellschaft Eurer Getreuen berauben, König von T'wool. Ein Diener soll mir einen Becher Wein bringen. Damit bin ich fürs Erste zufrieden.«

Arendhar fragte sich, was dieser Auftritt sollte, der so gar nicht zu Tharon passte. Noch mehr aber wunderte er sich, dass der Evari ihn nicht wie sonst mit seinem Namen, sondern als König von T'wool ansprach.

Tharon bekam sofort einen Becher Wein gereicht, aber als ein Diener unterwürfig fragte, ob er einen Stuhl bringen solle, lehnte der Evari ab. »Nein, ich bleibe stehen. Mein Blick reicht dann weiter.«

Er betrachtete die Herren an der Tafel mit so finsterer Miene, als wolle er jedem bis auf den Grund seines Herzens schauen. Etliche, darunter auch der Oberpriester und Rakkarr von T'walun, rutschten unruhig auf ihren Sitzen herum und mieden es, den Evari anzusehen.

Nun herrschte eine Stimmung im Raum, bei der selbst ein glühendes Feuer hätte erfrieren können. Kaum jemand wagte zu essen, und schließlich waren alle froh, als Arendhar das Trauerspiel beendete und den Dienern befahl, ihm die Schüssel zu bringen, damit er sich die Hände waschen könne.

»Ich bitte die Herren, mich nun zu entschuldigen. Wie es aussieht, muss ich nun dem hohen Herrn Evari Rede und Antwort stehen.« Arendhar versuchte, die Anspannung im Raum mit dieser Bemerkung zu mindern, doch die Mienen der Höflinge blieben starr.

Der Oberpriester stand halb auf, setzte sich dann aber wieder, ohne etwas zu sagen. Spätestens am Abend wird er kommen und mir erklären, was ich in seinen Augen alles falsch mache, dachte Arendhar. Doch in dieser Hinsicht hatte er keine Wahl. Der hohe schwarze Synod der Heiligen Stadt hatte seinen Schwur bewertet und befunden, dass seine Ehre es erforderte, das Angebot König Eldrins von Urdil anzunehmen. Natürlich hatten die Priester von Edessin Dareh ihn gerügt, einen so missverständlichen Eid abgelegt zu haben. Doch als König von T'wool und mächtigster Herrscher der Dämmerlande hatte er zu seinem Wort zu stehen. In diesem Bewusstsein verließ Arendhar den Bankettsaal und war froh, als er kurz darauf seine privaten Räume betreten konnte.

* * *

Tharon wartete bereits auf ihn, denn er hatte es vorgezogen, sich kurzerhand in die Gemächer des Königs zu versetzen. »Die Stimmung in deiner Halle war auch schon einmal fröhlicher«, begrüßte er Arendhar mit einem Lachen, das im krassen Widerspruch zu seiner ernsten Miene stand.

»Sie wollen keine Grüne als Königin, wagen es aber nicht, es mir ins Gesicht zu sagen«, erklärte der König mit einem Achselzucken.

»Du solltest ihre Meinung nicht auf die leichte Schulter nehmen, mein Freund«, mahnte Tharon. »Die T'wooler sind treu, aber sie halten auch an ihren Prinzipien fest. Stehen Treue und Tradition im Widerspruch, weiß ich nicht, für was sie sich entscheiden werden.«

»Du befürchtest eine Rebellion?« Der Gedanke erschien Arendhar so absurd, dass er ihn kaum auszusprechen wagte.

»Ich befürchte gar nichts! Aber ich rate dir, den Schutz deines Lebens und den deiner zukünftigen zweiten Gemahlin, sofern sie überhaupt über den Großen Strom kommt, nur Männern anzuvertrauen, deren Treue du persönlich erprobt hast.«

Diese Warnung war deutlich. Arendhar starrte den Evari an und wischte sich mit einer fahrigen Bewegung über die Stirn. »Steht es so schlecht in T'wool?«

»Das Volk von T'wool würde die Frau aus dem Westen akzeptieren, weil sie als Geisel und Siegesbeute kommt. Doch die hohen Herrn von T'wool sehen das anders. Sie haben dich als halben Knaben auf den Thron gesetzt und glauben, dir auch jetzt noch sagen zu dürfen, was für dich gut ist und was nicht. Auch sehen sie sich als Hüter t'woolischer Traditionen, denen du in ihren Augen Hohn sprichst. Darum solltest du deine Augen sehr weit offen halten. Ich fürchte nicht nur die Narren um den Oberpriester und Rakkarr, der sich von dem Gedanken blenden lässt, mehr Recht auf den Thron von T'wool zu besitzen als ein Sohn von dir und einer grünen Gemahlin.«

Tharon schwieg einen Moment und fixierte Arendhars Blick mit dem seinen. »Hast du die Entführung von Prinzessin Zhirilah vergessen?!«

Der König sah ihn verblüfft an. »Wie könnte ich das!«

»Dennoch reichen deine Überlegungen nicht weit genug. Die Entführung wäre ohne Unterstützung aus deiner nächsten Umgebung niemals gelungen. Nur eine Handvoll Leute wusste wann die Prinzessin aus Zhirivh in T'wool erscheinen, und noch weniger, in welcher Kammer sie in deinem Gästehaus in T'woollion schlafen würde.«

»Dann müssen wir diese Männer festnehmen und verhören«, fuhr Arendhar auf.

»Glaubst du, ich hätte nicht gründlich nachgeforscht?« Für einen Augenblick wurde Tharon harsch, beruhigte sich aber sofort wieder. »Zwei von ihnen hatten die Reste blauer Beeinflussungsmagie im Kopf.«

»Es war dieser Frong, nicht wahr?«, fragte Arendhar.

»Ich vermute es. Doch um es genau zu wissen, hätte ich diese elende weiße Katze gebraucht, die uns beide in T'woollion so an der Nase herumgeführt hat.«

Arendhar schüttelte den Kopf. »Ich hätte meine Krone darauf verwettet, dass es sich um eine blaue Dame handelt. Immerhin ist das t'woolische Schwarz ihre Feindfarbe.«

»Weiße Fehlfarben bei den Blauen sind zumeist robuster als Originalweiße und halten für kurze Zeit auch schwarze Magie aus. Außerdem hatte sie sich sehr gut getarnt. Ich hätte dennoch misstrauisch werden müssen, denn sie trug eine veraltete Rüstung mit Abzeichen, die im Blauen Land längst nicht mehr gebräuchlich sind.«

Tharon ärgerte sich über seine damalige Gedankenlosigkeit,

sprach aber dann aus, was ihm am meisten auf der Seele lag. »Damals ist dieser Frong nicht ans Ziel gekommen. Ich bin jedoch sicher, dass er T'wool immer noch schaden will. Daher werde ich als Nächstes T'woollion aufsuchen und mich dort und in einigen weiteren Flusshäfen umhören. Vielleicht gehe ich sogar in die Freistädte in den Sümpfen.«

»Als Evari werdet Ihr dort nicht gerade willkommen sein«, wandte Arendhar ein.

Über Tharons Gesicht huschte der Anflug eines Lächelns. »Ich werde nicht als Evari gehen.«

Kaum hatte er es gesagt, da begann sich seine Gestalt zu verändern, und kurz darauf stand er etwas kleiner und stämmiger vor Arendhar. Seine Augen blitzten weniger durchdringend, der lange, schwarze Bart war gestutzt und wurde nun ebenso wie sein Haar von einzelnen grauen Strähnen durchzogen. Statt in seinem Magiertalar steckte er in einem kurzen Wams und sich eng um die Schenkel schmiegenden Hosen. Auf dem Kopf trug er ein verwegenes Barett mit drei schwarzen Federn, die von einer mit einem schwarzen Halbedelstein besetzten Agraffe gehalten wurden. Am auffälligsten war jedoch die Harfe, die an zwei Riemen auf seinem Rücken hing.

»Glaubt Ihr, dass ich mich so in den Freistädten sehen lassen kann?«, fragte er Arendhar mit sanfter Stimme.

Dieser nickte beeindruckt. »Ihr geht als Daar, der Barde!«

»Seit diesem verdammten Südkrieg habe ich es nicht mehr getan. Jetzt glaube ich, dass es ein Fehler war. Doch nun lebe wohl, König Arendhar, und vergiss meine Warnung nicht!« Mit diesen Worten löste sich der Evari auf.

Arendhar starrte auf die Stelle, an der Tharon eben noch gestanden hatte, und brauchte eine Weile, um seine Gedanken zu ordnen. Schließlich griff er nach einer kleinen, silbernen Klingel und läutete.

Ein Diener kam herein und verbeugte sich. »Was ist Euer Befehl, erhabene Majestät?«

»Bring mir einen Krug Wein und etwas Gebäck!« Dabei musterte Arendhar den Mann und fragte sich, wie sehr er ihm vertrauen konnte. Bislang hatte er niemals solche Bedenken gehabt, doch nach Tharons Warnung sah die Welt für ihn anders aus als vorher.

❊ ❊ ❊

Unberührt von den Sorgen, die den schwarzen Evari Tharon und König Arendhar von T'wool quälten, wanderte Rogon mit der in seinem Innern eingeschlossenen Tirah gen Süden. Ihr Waffenstillstand hatte bislang gehalten, und die Gespräche mit ihr gaben ihm beinahe das Gefühl, eine richtige Begleiterin zu haben. Sie erzählten einander von ihrem Leben, was bei Rogon rasch geschehen war, während er selbst faszinierende Eindrücke in mehr als ein Dutzend Jahrhunderte gewann und viel über die Welt erfuhr. Dabei vergaß er aber nicht, unter Tirahs Leitung mit ihrem Schwert zu üben. Auch wenn sie ihn immer wieder kritisierte, musste sie selbst zugeben, dass er mit ihrer langen Klinge gut zurechtkam.

»Wenn du dir ein ähnliches Schwert schmieden lassen willst, sollte es um die Breite deiner Hand kürzer sein. Ich bin nun einmal etwas größer als du«, erklärte sie und stöhnte geistig auf, als Rogon es wieder einmal nicht schaffte, ihr Schwert auf Anhieb in die auf seinen Rücken geschnallte Scheide zu schieben.

»Da siehst du, was ich meine! Du bist einfach zu kurz geraten.«

»Ich habe als Kind in der Heiligen Stadt Frauen deines Volkes gesehen. Du musst mindestens einen Kopf größer sein als ich und auch einiges breiter«, antwortete Rogon lächelnd.

Tirahs Geist sandte etwas aus, das ein Lachen sein sollte. »Wenn du mich sehen könntest, wärst du wahrscheinlich enttäuscht. Ich dürfte nur gut eine Handbreit größer sein als du, und ich bin auch nicht so wuchtig gebaut, wie man sich die Amazonen von Mar vorstellt. Wenn man es genau nimmt, bin ich arg aus der Art geschlagen. Wir waren bei meiner Geburt zu zweit, und im Vergleich zu meiner Schwester sah ich arg schwächlich aus, dass einige um mein Leben fürchteten. Während sie beim Heranwachsen immer mehr unserer Mutter glich, wuchs ich mich nicht gerade zum Bild einer Mar-Kriegerin aus.

Sirrin hat meine Kräfte erkannt, sich meiner angenommen und mich ausgebildet. Von ihr kam auch der Rat, nach dem Tod der Mutter meiner Schwester den Vortritt zu lassen, obwohl ich die Ältere von uns beiden war, und nach deren Tod den Thron meiner Nichte zu überlassen.«

»In Andhir wird jetzt wahrscheinlich meine Schwester Rhai Vater nachfolgen«, antwortete Rogon.

»Bedauerst du es?«, wollte Tirah wissen.

Der junge Mann schüttelte den Kopf, obwohl sie es nicht sehen, sondern nur fühlen konnte. »Nein! Nur manchmal bin ich traurig, wenn ich daran denke, dass ich bei Nacht und Nebel fortgegangen bin und meine Eltern und meine Schwestern nicht wissen, was aus mir geworden ist.«

»Wenn wir in eine belebtere Gegend gelangen, wird es dir möglich sein, ihnen eine Nachricht zukommen zu lassen. Nun aber haben wir die Grenze des Ödlandes fast erreicht. Ich spüre bereits Sperrartefakte, die die Giftmagie dieses Ortes von den angrenzenden Ländern fernhalten sollen. Wenn alles gutgeht, werden wir heute in Pilltark zu Abend essen.«

Nun spürte Rogon es auch. Die starken, magischen Ströme, die bislang frei über das Land gezogen waren, wurden nur wenige Meilen weiter südlich wie von einer Mauer aufgehalten und gezwungen, sich westwärts zu wenden.

Er ging schneller, denn er war froh, dieses Gebiet hinter sich lassen zu können, obwohl er den Marsch, wie Tirah mit einem gewissen Neid erklärte, besser überstanden hatte, als sie selbst es vermocht hätte.

»An dir ist mehr dran, als man annehmen könnte, Kleiner. Für mich ist es kein Zufall, dass du die Enge Andhirs hinter dir gelassen hast, um die Welt zu erkunden. Wer weiß, welches Schicksal dir bevorsteht. Nun aber sollten wir als Erstes nach Sirrin suchen. Sie wird einen Weg wissen, uns wieder zu trennen!«

»Hoffentlich!«, knurrte Rogon.

Es schwang sogar ein wenig Trauer in diesem Wort mit, denn er hatte sich in den wenigen Tagen an Tirahs Anwesenheit gewöhnt und es angenehm empfunden, jemand zu haben, mit dem er frei reden konnte. Er rief sich jedoch rasch wieder zur Ordnung. Für Tirah war es gewiss kein schönes Gefühl, in einen fremden Körper eingesperrt zu sein und weder entscheiden zu können, wohin sie ging noch wo sie sich am Abend zur Ruhe legen sollte.

Kurze Zeit darauf erreichten sie die Grenze des vergifteten Gebietes. Herrschten auf dieser Seite noch Dornbüsche und andere Stachelgewächse vor, erstreckte sich jenseits ein weites, hügeliges Land mit blauen Bäumen und blauem Gras. Nicht weit entfernt entdeckte Rogon ein größeres Dorf und ging unwillkürlich darauf zu.

Pilltark gehörte der blauen Stammtafel an und wurde ebenfalls von Wardan bewohnt. Dennoch sah das Land anders aus als Andhir. Die Menschen hier waren hochgewachsener, wenn auch nicht so groß und so breitschultrig wie Tawaler, und sie trugen mehr oder weniger natürliche blaue Linien im Gesicht, wie Rogon sie bereits bei Prinzessin Dalarianah kennengelernt hatte. Die Pilltarker sahen dies als ein Zeichen ihrer Abkunft von Damen des Blauen Landes und blauen Gestaltwandlermagiern an und dünkten sich daher als etwas Besseres als die übrigen Wardan.

Da normalerweise keine Reisenden aus den Ödlanden kamen, sah Rogon sich vielen neugierigen Blicken ausgesetzt. Er kümmerte sich jedoch nicht um die Gaffer, sondern ging auf eine Taverne zu, die dem Aussehen nach zu dem großen Gutshof gehörte, welcher das ganze Dorf beherrschte, und trat ein.

Die Wände und die Decke der Gaststube waren mit Holz verkleidet, das in verschiedenen Blautönen schimmerte und ein wenig an die Gesichtszeichnung der Pilltarker erinnerte. Am anderen Ende stand die Schanktheke, daneben befanden sich zwei Fässer. Eine kompakte Frau mittleren Alters füllte gerade einen Krug für einen der vier Gäste, die an einem Tisch zusammensaßen.

Obwohl dort noch Platz gewesen wäre, wählte Rogon einen freien Tisch und ließ sich dort nieder. »Einen Becher Marangree-Wein, am besten von den Südhängen aus Mar«, forderte er von der Wirtin und merkte erst hinterher, dass Tirahs Gedanken seine Zunge geführt hatten. Ähnlich war es bereits in dem Tempel in den Ödlanden gewesen, als ihr Wille, nach Süden zu gehen und gegen die Grünen zu kämpfen, seine Schritte gelenkt hatte. Noch während Rogon darüber nachdachte, schüttelte die Wirtin den Kopf.

»Wenn du Marangree-Wein haben willst, musst du schon in die Provinzhauptstadt gehen oder besser noch nach Pilltarkrah. Ich habe nur den Wein, den wir selbst keltern.«

»Dann gib mir einen Becher davon und etwas zu essen«, antwortete Rogon.

»Ich hätte noch gekochten Schweinekopf in Minzenkraut-Soße«, bot die Wirtin an.

Rogon nahm wahr, wie Tirah im Geist ihre Lippen verzog, und schüttelte den Kopf. »Gib mir Brot und kalten Braten, oder wenn du den nicht hast, ein Stück harte Wurst.«

»Kannst du alles haben!« Die Wirtin verschwand in der Küche. Dafür wandten jetzt die vier Männer am Tisch ihre Aufmerksamkeit Rogon zu.

»Bist wohl fremd hier, was?«, fragte einer.

»So könnte man sagen«, antwortete er.

»Wohl auf der Reise, was?«

»Könnte man sagen!«

»Bist du etwa aus den Ödlanden gekommen?«

»Ja!«

»Kein gutes Gebiet dort. Von uns geht keiner freiwillig hinein, und zwingen dazu lässt sich hier keiner. Bist du nicht krank geworden?«

»Nein!«

»Kann aber noch kommen. Man sagt, die Schäden treten oft erst nach Tagen auf.«

»Glaube ich nicht!«

In Andhir hatte sein Rang Rogon vor der Neugier der Menschen geschützt, und niemand hätte gewagt, ihn einem solchen Verhör zu unterziehen. Daher beschränkte seine Antwort sich allmählich auf ein kurzes Brummen. Die Pilltarker gaben jedoch nicht auf, und als die Wirtin Rogon einen Becher Beerenwein und einen Holzteller mit Brot, Fleisch und Wurst hinstellte, fragten sie, wie ihm das Essen schmeckte.

Er begriff, dass sie die Erzeugnisse ihres Landes gelobt sehen wollten, doch der kalte Braten roch so durchdringend nach Minzenkraut, dass vom Fleischgeschmack nichts übrig blieb. Auch bei der Wurst hatte die Wirtin nicht damit gespart. Gewohnt, dass in Andhir dezenter mit Minze gewürzt wurde, musste Rogon sich zwingen, die Mahlzeit herunterzuwürgen.

»Irgendwie ist Pilltark nicht das Land, in dem ich lange bleiben will«, meinte er in Gedanken zu Tirah.

»Sie müssen es bei allem übertreiben«, antwortete sie. »Aber halte ihnen zugute, dass sie in dieser abgelegenen Gegend nichts anderes als ihr Minzenkraut zum Würzen haben. In der Provinzhauptstadt oder gar Pilltarkrah dürfte man gewiss besser speisen als hier.«

Rogon steckte seufzend den letzten Bissen Fleisch in den Mund, als von draußen Geschrei und das klatschende Geräusch von Peitschenhieben ertönte.

»Dir werde ich es zeigen, du Diebin!«, hörte er eine aufgebrachte Stimme, während eine andere verzweifelt rief, sie wäre es nicht gewesen.

Mit einem Satz war Rogon auf den Beinen und eilte nach draußen. Auf dem Vorplatz des Gutes standen eine Menge Leute um zwei Frauen herum. Eine der beiden war mit einem wallenden blauen Gewand bekleidet und hatte ihre blau gefärbten Haare mit einem großen Kamm aus Blauholz aufgesteckt. Zwar war die Frau unzweifelhaft eine Dame von Stand, prügelte aber eher undamenhaft auf eine Magd in einem mattblauen Kittel ein. Diese hielt die Arme über den Kopf, um ihr Gesicht vor den Peitschenhieben zu schützen.

»Du Diebin!«, kreischte die Adelige. »Du hast meine beste Brosche gestohlen. Dafür wirst du mir büßen!« Jedes ihrer Worte wurde von einem weiteren Schlag begleitet.

Rogon sah weiter hinten einen Mann in engen Kniehosen, langem Rock und Dreispitz stehen, der wohl der Gatte der Edeldame war, es aber nicht wagte, dieser Furie in den Arm zu fallen.

»Misch dich nicht ein!«, warnte Tirah noch, doch da war

Rogon mit ein paar Schritten bei der tobenden Frau, packte ihren Arm und wand ihr die Peitsche aus der Hand.

Während diese ihn verdattert anstarrte, traf ihn ein dankbarer Blick der Magd. Für einen Moment glaubte er tief in sie hineinzuschauen und spürte ihre Verzweiflung und das Gefühl, ungerecht behandelt zu werden.

»Sie ist unschuldig!«, entfuhr es Rogon.

Die Edeldame stemmte ihre Hände in die Hüften und sah ihn höhnisch an. »So? Und wer soll sonst meine Brosche gestohlen haben? Nur ich habe den Schlüssel zu meiner Kammer, und den habe ich nur diesem undankbaren Biest ausgehändigt, damit es bei mir sauber machen kann.«

»Hältst du sie für eine Närrin?«, fragte Rogon.

»Nein, sie ist im Gegenteil ein ganz durchtriebenes Geschöpf«, schäumte die Frau.

»Und dann glaubst du, sie hätte deinen Schmuck genommen, obwohl sie genau wusste, dass nur sie selbst als Verdächtige in Frage kommen würde?«

»Sie hat es getan!« Die Gutsherrin funkelte Rogon missbilligend an. »Rede mich gefälligst so an, wie es mir zusteht. Immerhin bin ich die Baronin dieses Landstrichs.«

»Würde ich dich so ansprechen, wie es dir gebührt, müsste ich mich selbst der Unhöflichkeit zeihen«, erklärte Rogon eisig. »Diese Frau hat deinen Schmuck nicht gestohlen. Wahrscheinlich hast du ihn nur verlegt.«

»Habe ich nicht! Ich hatte ihn heute Morgen herausgenommen und auf meinen Nachttisch gelegt, weil ich ihn am Abend tragen wollte. Da kommt nämlich meine Base, die Gräfin Ferindhal, zu Besuch.«

Da die Frau sich nicht überzeugen lassen wollte, riet Rogon ihr, noch einmal ganz genau in ihrem Zimmer nachzusehen, ob sich die Brosche nicht doch auffinden lassen würde.

Nun wagte auch der Ehemann einzugreifen. »Du solltest den Rat des Fremden befolgen, meine Liebe. Vielleicht ist die Brosche herabgefallen und liegt nun unter deinem Bett.«

»Da habe ich nachgesehen!«, rief die Gutsherrin, doch ihr war anzumerken, dass sie log.

Schließlich nickte sie, musterte Rogon aber mit einem feindseligen Blick. »Also gut! Sehen wir in meinem Zimmer nach. Dann wird dieser Landstreicher sehen, wer recht hat. Er soll dann aber seine Beine in die Hand nehmen, wenn er nicht von meinen Hunden gebissen werden will!«

Mit diesen Worten drehte sie sich um und kehrte zum Wohngebäude des Gutes zurück. Rogon, die beschuldigte Magd und einige andere Leute folgten ihr. Der Ehemann der Dame gesellte sich dabei zu einem der Zecher, die Rogon hatten aushorchen wollen.

»Wer ist dieser Fremde?«, fragte er.

»Er hat nicht einmal seinen Namen genannt und auch sonst kaum ein Wort gesagt. Wir wissen nur, dass er aus den Ödlanden gekommen ist!«, berichtete ihm der Mann.

»Aus den Ödlanden? Bei Ilyna!« Den Gutsherrn schüttelte es bei dem Gedanken an jene entsetzliche Gegend. Gleichzeitig sah er Rogon mit aufkeimender Angst an. »Vielleicht ist er ein Magier und wird gewiss zornig, wenn meine Gemahlin unrecht hat!«

Die Dame betrat das Haus und blieb dann vor ihrer Kammertür stehen. »Niemand außer mir und dem Fremden betritt meine Gemächer, vor allem dieses verlogene Ding dort nicht. Ich will nicht, dass sie meine Brosche heimlich unter mein Bett legt und so tut, als würde sie diese gerade finden.« Danach nahm sie einen Besen, fuhrwerkte damit unter dem Bett herum und wandte sich dann triumphierend Rogon zu.

»Siehst du, hier ist nichts!«

Rogon achtete nicht auf sie, sondern starrte in eine Ecke. Dort war ihm ein winziger Fleck blauer Magie aufgefallen, die nach Ödlanden schmeckte. Eine Maus kauerte dort, allerdings besaß sie sechs Beine statt vier und schien nicht recht zu wissen, wie sie zu ihrem Versteck gelangen konnte.

Du könntest mir wahrscheinlich sagen, wer die Brosche gestohlen hat, dachte Rogon. Im selben Augenblick durchzuckte ein blauer Schein seinen Kopf, und er sah sich selbst ganz winzig im Zimmer herumlaufen. Ein dunkler Schatten tauchte im offenen Fenster auf, und während er in höchster Not unter das Bett krabbelte, bekam er noch mit, dass der Schatten sich als großer Vogel entpuppte, der nach der ersten Enttäuschung, weil ihm die erhoffte Beute entgangen war, die Brosche packte und damit davonflog.

Mit einem Mal war Rogon wieder er selbst und rieb sich verwundert über die Augen. Dann aber trat er ans Fenster, öffnete es und blickte hinaus. Ein Baum, der etwa hundert Schritte vom Gutshof entfernt stand, zog seine Blicke auf sich. Knapp unter der Krone entdeckte er das Nest einer Goran-Elster, in dem mehrere Gegenstände glitzerten.

»Ein Knecht soll eine Leiter nehmen und auf den Baum dort steigen. Es mag sein, dass er in dem Vogelnest etwas findet!«, sagte er und verließ die Kammer.

Die anderen folgten ihm auf den Hof. Dort erteilte der Gutsherr einem seiner Untergebenen den Befehl, das Nest zu untersuchen.

Es dauerte nicht lange, da kehrte der Mann im Laufschritt zurück und hielt seiner Herrin beide Hände hin. Neben der vermissten Brosche hatte er eine Goldmünze sowie mehrere kleine Schmuckstücke aus dem Nest herausgeholt.

»Aber wie …?«, begann die Dame und schnappte dann wie ein Fisch auf dem Trockenen nach Luft.

»Du solltest das nächste Mal das Fenster schließen, wenn du glitzernde Dinge auf deinen Nachttisch legst«, riet Rogon ihr und kehrte in die Taverne zurück. Als er sich wieder setzte und einen Bissen des ebenfalls mit viel Minzenkraut gebackenen Brotes in den Mund schob, hörte er Tirah in seinem Kopf leise lachen.

»Wenn ich könnte, würde ich dir jetzt applaudieren«, sagte Tirah. »Du hast dieses übergeschnappte Weibsstück ja gewaltig blamiert, und dabei einige ungewöhnliche Talente gezeigt. Wieso haben die Andhirhexen das nicht erkannt?«

»Für die war ich magisch so taub wie ein Stein«, antwortete Rogon und fragte sich, was eben geschehen war. Hatte er wirklich die Gedanken einer Maus gelesen? Eine so bedeutende Kunst schien dies nicht zu sein. Andererseits hatte es ihn immer gekränkt, wenn Seranah und die anderen Priesterinnen in Andhir ihn wie einen Halbdebilen behandelt hatten.

»Bade dich nur in Selbstmitleid!«, spottete Tirah. »Wenn du ein geordnetes Leben als Prinz von Andhir führen willst, dann lade mich bei Sirrin ab und kehre in deine Heimat zurück.«

Rogon fand, dass der Tag zu schön war, um sich über die Mitbewohnerin seines Körpers zu ärgern, und bestellte bei der Wirtin einen zweiten Becher Wein.

Sofort fand Tirah etwas zu kritisieren. »Pass auf, dass du nicht betrunken herumtorkelst und dich verletzt. Immerhin spüre ich deine Schmerzen ebenso stark wie du.«

Der Gedanke, den Rogon zurücksandte, hatte etwas mit Zähnen und Haaren zu tun, doch er zügelte sich und beobachtete amüsiert die Leute, die jetzt in größerer Zahl in die Taverne drängten und anscheinend nichts anderes zu tun hatten, als ihn anzustarren.

❊ ❊ ❊

Obwohl Rogon der Gutsherrin eine wertvolle Brosche gerettet hatte, dachte diese nicht daran, ihn zum Abendessen einzuladen oder ihm gar ein Nachtquartier anzubieten. Der Besuch der Gräfin Ferindhal war ihr zu wichtig, um an solche Kleinigkeiten zu denken. Rogon schlief daher auf einer Bank in der Taverne, eingehüllt in eine Wolldecke, die ihm die Wirtin gegeben hatte, und wachte am nächsten Morgen trotz der unbequemen Liegestätte frisch und erholt auf. In seinen Gedanken spürte er als Erstes Tirahs Heiterkeit.

»Was ist denn jetzt los?«, fragte er brummig.

»Ich dachte nur an deine Träume, die ich in der Nacht miterleben konnte. Wenn du wüsstest!«

Da Rogon sich an keinen Traum erinnern konnte, antwortete er mit einem noch unwilligeren Brummen und ging nach draußen zum Brunnen, um sich zu waschen. Als er fertig war und die Wirtin auffordern wollte, ihm das Frühstück aufzutragen, erschien die Magd, die er am Tag zuvor vor ihrer Herrin gerettet hatte. Diese schlüpfte in die Taverne, fasste nach seiner Rechten und führte sie zum Mund.

»Habt Dank!«, wisperte sie dabei. »Ihr habt mir viele Schläge erspart.«

»Du hättest überhaupt keine erhalten dürfen«, erklärte Rogon mit einem nicht gerade freundlichen Gedanken in Richtung der Baronin.

Die Magd ging nicht darauf ein. »Ich soll Euch zur Herrin bringen. Die Gräfin und sie wollen Euch sehen.«

Aber ich die beiden nicht!, wollte Rogon schon sagen, folgte aber dann doch der Magd, während Tirah in seinem Innern den Kopf über so viel schlechte Laune schüttelte. Für ihren Geschmack floss etwas zu viel Kharimdh-Blut in den Adern des jungen Mannes. Dies machte ihn zwar widerstandsfähiger gegen etliche Gefahren, verlieh ihm aber auch ein harsches Wesen.

Rogon war jedoch zur Höflichkeit erzogen worden, und so konnte Tirah nichts an der Verbeugung aussetzen, die er vor den beiden Damen machte. Sowohl die Baronin wie auch ihr Gast saßen in bequemen Korbstühlen. Sie trugen die weiten Röcke und eng anliegenden Mieder, die zur Alltagskleidung gehörten. Um ihren Stand zu betonen, lag auf einem kleinen Tisch neben der Gräfin ein Köcher mit den üblichen sechsunddreißig Pfeilen und einem allerdings ungespannten Bogen. Es handelte sich um eine wertvolle Waffe, die aus bestem elgionischen Blauholz gefertigt und mit Tiersehnen verstärkt war. Ein Pfeil, der von diesem Bogen abgeschossen wurde, konnte die Rüstung eines Panzerreiters durchschlagen.

Der Bogen war die traditionelle Waffe der Wardan-Frauen und wurde zu Recht im Krieg gefürchtet, während die Reiterei der Wardan-Reiche weder den Tawalern noch den Völkern des Westens besondere Achtung abnötigte. Selbst sein Vater wird daran nicht viel ändern können, dachte Rogon. Dabei wäre es gerade in der jetzigen Zeit besonders wichtig, ein Reiterheer aufzustellen, das es sowohl mit den Panzerreitern von T'wool wie mit den Rittern des Westens aufnehmen konnte.

Die beiden Damen ließen Rogon Zeit für diese Überlegungen, denn sie musterten ihn eine Weile ungeniert. Während die Baronin blasiert wirkte, beugte ihre Freundin sich schließlich vor und winkte Rogon zu sich heran. Er gehorchte und sah verwundert, wie ihm die Frau mit ihrem Zeigefinger über Kinn und Wangen strich.

»Seltsam«, sagte sie dabei. »Dieser junge Mann trägt wie wir das Zeichen hoher Abkunft, doch ist es kaum zu erkennen, denn die Linien sind nicht blau, sondern eher silbern.«

Bislang hatte Rogon nichts dergleichen an sich entdeckt und fragte sich, was die nicht gerade junge, leicht magisch begabte Frau an ihm sehen wollte.

Der Baronin war das Interesse ihres Gastes an Rogon unangenehm, daher räusperte sie sich, um die Aufmerksamkeit auf sich zu lenken.

Als Rogon sich ihr zuwandte, sah er auf ihrem Schoß eine große Katze mit langem, blau leuchtendem Fell liegen, die sich gerade wohlig drehte und zeigte, dass sie gekrault werden wollte. Nicht weit entfernt stand ein Korb mit drei jungen Kätzchen, die ebenfalls dem Idealtyp der bei den Damen der blauen Wardan-Reiche beliebten Rasse entsprachen. Die Baronin musste sehr stolz auf das Muttertier und dessen Wurf sein, denn als sie Rogons Blicke bemerkte, lächelte sie geschmeichelt. »Feinstes Blaulandblut!«

»Das sind sie!«, antwortete Rogon mehr aus Höflichkeit. Für ihn aber waren diese Tiere Schaustücke, mit denen man nicht viel mehr anfangen konnte, als ihnen zuzusehen und sie zu streicheln. Jede Maus würde ihnen eine lange Nase drehen.

»Wie recht du hast!«, hörte er plötzlich jemand in seinen Gedanken sagen. Zuerst dachte er, es wäre Tirah, doch dann spürte er, wie etwas um seine Beine strich. Gleichzeitig bemerkte er, dass der Blick der Baronin sich verdüsterte, und blickte an sich hinab.

Dort rieb sich ein Kätzchen, das etwas kleiner war als die anderen, an seinem Bein. Das Fell des Tieres war kurz und von einem sanften Blaugrau, aber es stammte unzweifelhaft aus dem gleichen Wurf wie die anderen Tiere. Allerdings spürte Rogon weitaus mehr Magie in ihm als in seinen Geschwistern oder in der Mutter.

»Die sind dumm!«, klang es erneut in seinen Gedanken auf. »Sie können nicht einmal richtig mit mir sprechen! Du aber kannst es!«

Noch während Rogon sich wunderte, klatschte die Baronin

in die Hände. Sofort erschien die Magd, an der sie gestern ihre Wut ausgelassen hatte.

»Ihr wünscht, Herrin?«

»Wieso läuft diese Missgeburt hier herum?« Die Baronin sah aus, als würde sie am liebsten sofort wieder zum Stock greifen und zuschlagen.

Rogon schüttelte innerlich den Kopf über diese Frau, während die Magd sich bückte, die junge Katze aufhob und damit nach draußen verschwand.

»Man sollte dem Gesinde verbieten, eigene Tiere zu halten«, sagte die Baronin.

Ihre Besucherin nickte verstehend, während Rogon angewidert das Gesicht verzog. Seiner Meinung nach war dieses so verächtlich behandelte Kätzchen um ein Vielfaches mehr wert als seine Geschwister. Allein schon die Tatsache, dass es mit ihm Gedanken austauschen konnte, war beachtlich. Wahrscheinlich hätte die Kleine seiner Herrin ebenfalls sagen können, wer ihre Brosche gestohlen hatte.

»Wie recht du hast!«, klang es in seinen Gedanken auf, dann wurde es still.

Im nächsten Augenblick hörte er Tirah in sich lachen. »Du verbesserst dich, Kleiner. Von einer Maus hast du es immerhin schon bis zu einer Katze geschafft.«

Rogon beschloss, nicht darauf zu antworten.

Der unvorhergesehene Zwischenfall brachte die Hausherrin dazu, den Empfang abzukürzen. »Ich danke dir dafür, dass du mit deinen Seherfähigkeiten meine schöne Brosche entdeckt hast, Fremder. Nimm das als kleine Anerkennung dafür.«

Sie griff nach mehreren Münzen, die abgezählt auf der Lehne ihres Stuhles lagen, und reichte sie Rogon.

Dieser wollte sie im ersten Impuls abweisen, vernahm aber

sofort Tirahs Stimme in seinem Innern. »Nimm es! Oder glaubst du, ich habe Lust, wegen deiner Dummheit zu hungern? Immerhin spüre ich das, was du fühlst, am eigenen Leib.«

An dem wohl weniger, dachte Rogon und steckte die Münzen ein. Ihr Wert entsprach etwa dem der Goldmünze, die mit im Blauelsternest entdeckt worden war, und kündete nicht gerade von besonderer Großzügigkeit der Dame. Rogon rechnete aber damit, dass er mit diesem Geld mehr als eine Woche üppig und einen Monat recht gut davon leben konnte. Daher verbeugte er sich erneut und bat, sich verabschieden zu dürfen.

»Ich habe noch einen weiten Weg vor mir, meine Damen«, setzte er lächelnd hinzu.

»Geh mit Ilynas Segen!« Damit wedelte die Baronin mit der Hand, als wolle sie eine Fliege verscheuchen.

Rogon gehorchte dem Wink und verließ den Raum. Seine Ohren waren gut genug, um noch mitzubekommen, wie Gräfin Ferindhal ihre Gastgeberin rügte.

»Du hättest diesen jungen Mann wenigstens nach seinem Namen fragen können. So kannst dich nicht einmal damit brüsten, ihn empfangen zu haben, sollte er einmal Ruhm und Ehre erringen.«

Die Antwort der Baronin hätte Rogon noch gerne gehört, doch deren Worte waren selbst für sein scharfes Gehör zu leise. Er wusste nun nicht, ob er lachen oder weinen sollte. Wenn das das Leben war, das vor ihm lag, musste er sich fragen, ob er sich das wirklich wünschen sollte.

Kaum hatte er dies gedacht, hörte er Tirah in sich lachen. »Auch ein Held muss essen und trinken, und es ist auch nicht angenehm, jede Nacht unter freiem Himmel zu verbringen. Du wirst schon merken, wie lästig es ist, keine Unterkunft zu haben, wenn es regnet oder dir die Kälte tief in die Knochen kriecht. Also steig von deinem hohen Ross herab, Prinz von Andhir, und sei das, was du derzeit bist, nämlich ein Landstreicher, den man nicht einmal nach seinem Namen fragt.«

❊ ❊ ❊

Auf ihrem weiteren Weg stritten Rogon und Tirah über die Art, wie sie durch bewohnte Landstriche reisen sollten, und Rogon musste sich bald Tirahs größerer Erfahrung beugen. Als berühmte Kriegerin hatte sie es leicht gehabt, ein gastliches Dach zu finden. Für ihn war dies jedoch weitaus schwerer. Sich als Sohn König Rogars auszugeben, hätte ihm nur Gelächter und im schlimmsten Fall einige derbe Hiebe eingebracht. Zwar hatte Seranah vor einem knappen Dutzend Jahren die entsprechende Tätowierung eigenhändig bei ihm vorgenommen, doch die war nach einigen Jahren verblasst und schließlich verschwunden, ohne Spuren zu hinterlassen.

Damit war er, wie Tirah bereits angedeutet hatte, tatsächlich ein Landstreicher, der zusehen musste, wie er an genügend Geld kam, um leben zu können. Seine eigenen Vorräte waren nicht besonders groß, und Sungs Beutel hatte er ebenso wie dessen Heilertasche bei Tirahs Tempel zurückgelassen.

Um Geld zu sparen, entschloss Rogon sich, in der nächsten Nacht wieder unter freiem Himmel zu schlafen. Tirah verspottete ihn deswegen, musste dann aber zugeben, dass ein Abend am Lagerfeuer bei trockenem Wetter und angenehmen Temperaturen auch dann sehr schön sein konnte, wenn man es nicht in eigener Gestalt, sondern im Körper eines anderen erlebte.

Zu essen gab es Brot und etwas Rauchfleisch, das Rogon unterwegs von einer Bäuerin erstanden hatte. Das war billiger, als wenn er eine Taverne aufgesucht hätte, und schmeckte trotzdem gut, auch wenn er sich einen Krug Bier und Tirah sich einen Becher Marangree-Wein dazu gewünscht hätte. So musste ihnen das Wasser aus einer nahen Quelle reichen.

Als die Sterne am Himmel erschienen und im Osten der Blaumond über dem Horizont aufstieg, ließ Rogon das Feuer niederbrennen und wickelte sich in seinen Umhang, der ihm auch als Decke dienen musste. Obwohl er sich vornahm, auch im Schlaf wachsam zu bleiben, um auf mögliche Raubtiere vorbereitet zu sein, dämmerte er tiefer weg, als er wollte, und erlebte im Traum etliche Kämpfe mit wilden Bestien, aber auch Feinden von jenseits des Stromes, ohne zu wissen, dass ihm diese Bilder von Tirah eingeflößt wurden, um sein Unterbewusstsein für den Ernstfall zu schulen. Die Kriegerin selbst blieb wach und lauschte in die Nacht, doch es gab nichts, was den Schlaf ihres Wirts hätte stören können.

Irgendwann schreckte Rogon hoch, denn er glaubte, etwas Warmes, Befelltes an seinem Kopf zu spüren, doch noch während er danach greifen wollte, schlief er wieder ein.

Am Morgen erwachte er von einem fordernden Maunzen. Er schnellte erschrocken hoch, sah dann aber die kleine Katze vor sich, die von der Gutsherrin am Vortag verleugnet worden war.

»Wo kommst du denn her?«, fragte er überrascht, während das graublaue Tier schnurrend um seine Beine strich.

»Ich bin dir nachgelaufen. Ich mag dich nämlich!«

»Aber das wird deine Herrin nicht mögen«, wandte Rogon ein.

Das Kätzchen machte eine Geste, die ihn an Kopfschütteln erinnerte. »Die wird froh sein, wenn ich ihr nicht mehr unter die Augen komme.«

»Und deine Mutter und deine Geschwister?«

»Denen geht es nur darum, gestreichelt zu werden und gutes

Futter zu bekommen. Sie sind im Kopf völlig taub und furchtbar dumm! Daher komme ich mit dir!«, erklärte das Kätzchen mit Nachdruck.

»Ich glaube, sie hat einen Narren an dir gefressen. Kein Wunder nach dem, wie man sie behandelt hat. Was wirst du mit ihr tun?«, fragte Tirah und sandte ihm ein breites Grinsen.

Rogon musterte die Katze, deren Farbe ihn an die zartblaue Jade erinnerte, die in Andhir gebrochen wurde, und wusste die Frage nicht zu beantworten. Schließlich schnitt er ein Stückchen von dem Rauchfleisch ab, das er als Frühstück aufbewahrt hatte, und warf es der Katze hin.

»Hier! Du wirst hungrig sein!«

Das Tier fiel über das Fleischstückchen her und verschlang es in Windeseile. Danach blickte es wieder bettelnd zu Rogon auf.

»Ich habe immer noch Hunger!«

Mit einem missmutigen Knurren schnitt Rogon dem Kätzchen noch ein wenig Fleisch ab und aß den Rest selbst. Danach tauchte er das hart gewordene Brot in die Quelle, damit es etwas aufweichte, und steckte es sich in den Mund.

»Ich habe schon besser gefrühstückt«, beschwerte Tirah sich.

»Eine Frau, die andauernd um einen herumwieselt, ist schon schlimm, aber eine, die in einem selbst steckt, kommt beinahe schon Tenelins Hölle gleich!«, gab Rogon zurück.

Er packte seine Sachen und machte sich zum Aufbruch fertig. Doch kaum war er zwei Schritte weit gekommen, rannte die Katze hinter ihm her und kletterte an ihm hoch.

»Du willst also wirklich nicht nach Hause gehen?«, fragte er, doch das Tierchen schnurrte nur und rieb den Kopf an seiner Wange.

»Rogon, der Krieger mit der Katze«, rief Tirah und wunderte sich, weshalb ihr Wirt auf einmal zu lachen begann.

»Was ist los?«

»Du hast mich eben auf eine gute Idee gebracht!« Rogon streichelte die Katze und ging weiter, ohne Tirahs bohrende Fragen zu beantworten.

ELFTES KAPITEL

Der Sänger

Auf ihrem Weg nach Süden hatten Rogon und Tirah Pilltark hinter sich gelassen und das violette Reich Ligaij erreicht. Ein genaues Ziel für ihre Wanderung besaßen sie noch immer nicht. Tirah nahm jedoch an, dass Sirrin sich an den Grenzen jener Länder aufhielt, die der Feind erobert hatte. Unterwegs waren ihnen etliche Berichte zu Ohren gekommen, die von gewaltigen Schlachten und fürchterlichen Zaubern berichteten. Verlässliche Informationen hatten sie jedoch keine erhalten. Das meiste, was man sich erzählte, verlor sich in einem Wust von Sagen und Gerüchten, mit denen Bänkelsänger auf Jahrmärkten die Leute erschrecken konnten. Da Tirah ihre Erfahrungen im Kampf mit den Rittern des Westens gesammelt hatte, tat sie das meiste als Unsinn ab, während Rogon immer mehr an sich zweifelte. Was konnte er mit seinen geringen Fähigkeiten schon angesichts dieser gewaltigen Todeszone ausrichten? Selbst sein Vater wäre samt seinen Wolfssöldnern in deren bester Zeit dort gescheitert.

Seine Anfälle von Mutlosigkeit ärgerten Tirah. »Sobald du mich bei Sirrin abgeliefert hast, werde ich dafür sorgen, dass man dich wieder nach Andhir zurückbringt«, schimpfte sie, als Rogon sichtlich beeindruckt von den Greuelmärchen, die ein Sänger gerade zum Besten gab, den Kopf hängen ließ.

Der Barde, ein Tivenga mit schulterlangem Haar und der eintätowierten flammenden Hand, dem Zeichen der Linirias, auf der Wange, hatte Rogon bereits bemerkt. Da dieser anders als die übrigen Zuhörer nicht in den Beutel griff, um ihn zu belohnen, sprach er ihn im höhnischen Tonfall an.

»Dir ist bei meinem Lied wohl einiges in die Hose gegangen, Wardan-Bürschlein?«

Die Umstehenden, die zu den violetten Völkern zählten, lachten schallend, denn sie hielten sich für mutiger und kampferprobter als die blauen Wardan.

Tirah spürte, wie Trotz und Wut in Rogon aufstiegen, und versuchte, ihn zu bremsen. Trotz ihrer Warnung trat er auf den Barden zu und musterte den gut um einen halben Kopf größeren Mann mit einem nachdenklichen Blick.

»Du nimmst den Mund arg voll, mein Freund. Dabei solltest du zuerst einmal singen lernen. Du hast nur wenige Töne richtig getroffen. Überdies stammen Teile deines Liedes aus einem Werk des Barden Loangrel, der es vor über zweihundert Jahren vorgetragen hat. Dafür diesen braven Leuten Geld abzufordern, finde ich wirklich dreist!«

»Weißt du, was ich dreist finde?«, bellte der Barde. »Dich und dein Benehmen! Das erfordert Strafe!«

»Wenn du raufen willst, soll es mir recht sein. Beschwere dich aber hinterher nicht über die Beulen, die ich dir beibringen werde.« Rogons Laune war nicht die beste, und da kam ihm der Kerl gerade recht.

Der Barde hatte jedoch keine Lust auf einen Faustkampf, der die Gelenkigkeit seiner Finger gefährden konnte, sondern zeigte auf seine Harfe. »Ich fordere dich zum Zweikampf der Sänger heraus! Sprechen die Zuhörer mir den Preis zu, wirst du diese Stadt mit nicht mehr als deinem Lendentuch bekleidet verlassen. Alles andere gehört dann mir.«

Rogon hörte Tirahs empörten Aufschrei in sich. »Untersteh dich, mein Schwert und die anderen Sachen, die mir gehören, zu riskieren!«

Da er jedoch in Andhir im Gesang unterrichtet worden war und man ihm eine gute Stimme bescheinigt hatte, nickte er. »Dazu bin ich bereit. Allerdings besitze ich kein Instrument. Du müsstest mir daher deine Harfe leihen.«

»Wie käme ich dazu!«, rief der andere aus.

Damit brachte er Rogon in eine Klemme. Nur mit der Stimme allein glaubte er nicht, gegen den Barden bestehen zu können, und sah sich daher um. »Ist einer der Herrschaften hier bereit, mir mit einer Harfe oder einem anderen Instrument auszuhelfen?«

Die Leute sahen sich an, und schließlich hob einer die Hand. »Ich habe eine Laute zu Hause. Allerdings hat seit Jahren niemand mehr darauf gespielt. Es ist nämlich eine mit neun Saiten, und die zu beherrschen erfordert viel Übung. Ich selbst spiele lieber die Laute mit sechs Saiten, aber ich bringe es damit bei weitem nicht zu der Meisterschaft wie dieser Barde hier!«

Rogon überlegte, ob er um die sechssaitige Laute des Mannes bitten sollte, begriff aber, dass die Leute als Violette zu dem Tivenga halten würden. Um hier zu gewinnen, musste er schon eine außerordentliche Leistung vollbringen.

»Wenn du nicht gewinnst und dadurch mein Schwert an den Kerl verlierst«, meldete Tirah sich, »dann werde ich dich in dem Augenblick, in dem ich wieder einen Körper besitze, mit meinen eigenen Händen erwürgen!«

»Soll ich dem Kerl in die Finger beißen, damit er nicht spielen kann?«, fragte Jade neugierig.

Rogon schüttelte den Kopf. »Das wäre unehrenhaft«, sagte er lautlos zu der Katze und wandte sich dann dem Ligaijer zu.

»Bring mir die Laute!«

Der Mann eilte davon und kehrte nach einer Weile mit dem Instrument zurück. Es hatte weniger Saiten als die Harfe des Sängers, besaß dafür aber einen stärkeren Resonanzkörper. Ein Meister, der dieses Instrument beherrschte, konnte darauf Melodien spielen, die weit über die Leistung der Wanderharfe hinausgingen. Diese war jedoch leichter zu erlernen und daher das beliebtere Instrument.

Rogon nahm die Laute entgegen und prüfte sie genau. Obwohl sie uralt war, befand sie sich in einem ausgezeichneten Zustand. Ein Siegel zeigte, dass sie einst im blauen Sechstel von Edessin Dareh gefertigt worden war. Also musste sie einen langen Weg bis zu ihrem jetzigen Besitzer zurückgelegt haben.

In diesem Augenblick dankte Rogon der Andhirhexe Seranah, auf deren Geheiß er auch ein solches Instrument hatte erlernen müssen, und stimmte die Saiten so, wie es ihm richtig dünkte.

Sein Gegner bedachte jeden seiner Handgriffe mit spöttischen Bemerkungen, um die Zuhörer für sich zu gewinnen. Rogon nahm er als Sänger nicht ernst. Für ihn war dieser ein Wardan-Bürschlein, das nicht mehr gelernt hatte, als ein paar Liebeslieder zu schluchzen.

»Bist du bald so weit, oder willst du alles so weit hinauszögern, bis unsere Zuhörer eingeschlafen sind?« Da soeben die Mittagsstunde angebrochen war, stellte diese Frage eine Frechheit dar.

Eigentlich hatte Rogon sich hier auf dem Markt nur eine Kleinigkeit zu essen kaufen wollen. Nun aber ging es um mehr.

»Was ist dein Einsatz?«, fragte er den Barden.

Der sah ihn stirnrunzelnd an, denn an die Möglichkeit einer Niederlage hatte er keinen Gedanken verschwendet. Allerdings begriff er, dass er einen Preis nennen musste, wenn er seinem Gegenüber nicht die Gelegenheit geben wollte, sich ohne Gesichtsverlust dem Sängerwettkampf zu entziehen. Mit einem raschen Blick schätzte er die Besitztümer des jungen Mannes ab. Wirklich wertvoll erschien ihm nur das lange Schwert mit dem violetten Knauf, das dieser über den Rücken geschnallt hatte. Doch gerade die Waffe hatte es in sich. Obwohl der Sänger bei den Tivenga zu den weniger Begabten zählte, spürte er die Magie der Waffe. Um mit dem Wardan gleichziehen zu können, musste er alles aufbieten, was er besaß.

»Solltest du gewinnen, erhältst du meinen gesamten Besitz. Ich werde sogar auf das Lendentuch verzichten und meinen weiteren Weg nackt antreten!« Damit legte er einen kleinen Beutel mit Geld und ein paar magische Amulette auf den Tisch, den zwei Einheimische herbeigebracht hatten.

Rogon folgte seinem Beispiel und fragte dann, wer anfangen sollte.

Für einen Augenblick zögerte der violette Barde, wies dann aber mit dem rechten Daumen auf sich selbst. »Ich werde anfangen«, erklärte er in der Absicht, seinen Gegner gleich durch einen grandiosen Beitrag in die Schranken zu verweisen.

Mit einem zustimmenden Nicken trat Rogon beiseite und lauschte, als der andere die ersten Akkorde anschlug und zu singen begann. Der Barde war wirklich gut. Anders als vorher konzentrierte er sich jetzt und leistete sich keine Flüchtigkeitsfehler mehr. Da der Mann zudem auf die Sympathie der Einheimischen zählen konnte, wusste Rogon, dass es schwer sein würde, ihn zu besiegen. Einen Moment lang ärgerte er sich, weil er sich zu diesem Wettkampf hatte hinreißen lassen. Dann aber schüttelte er alle belastenden Gedanken ab und streichelte die alte Laute. Wer auch immer auf diesem Instrument gespielt hatte, dem wollte er sich würdig erweisen.

»Das hoffe ich für dich. Ich habe nämlich wenig Lust, die Lande durchstreifen zu müssen, um mein Schwert zu suchen«, erklärte Tirah, die in ihrem Leben zwar schon bessere Sängerinnen und Sänger erlebt hatte als den Tivenga-Barden, Rogon aber trotzdem wenig Chancen zumaß.

Der Sänger beendete seinen Vortrag unter dem Beifall der Anwesenden, verbeugte sich und sah dann Rogon herausfordernd an. »Mache es besser, wenn du es kannst!«

Mit einer Verbeugung vor den Zuhörern trat Rogon vor. Seine Gedanken wirbelten. Mit einem religiösen Hymnus an Ilyna, wie Seranah ihn ihm gelehrt hatte, würde er hier nichts erreichen, ebenso wenig mit einem der bei den Wardan beliebten Liebeslieder, zumal diese meistens im Duett gesungen wurden. Doch er hatte in Andhir noch ganz andere Lieder erlernt.

Die ersten Töne der Laute klangen wie Trommelschläge auf und irritierten den Barden und die Zuhörer, aber auch Tirah, die nicht begriff, was Rogon vorhatte. Dieser fühlte, wie seine Verbundenheit mit dem Instrument immer stärker wurde, und sang den ersten Ton. Es war der Ruf zum Kampf. Die Ligaijer kannten ihn, denn ähnlich wurde er auch in ihrem Land angestimmt. Eine Sängerin aus Mar hatte ihn vor vielen Jahrhunderten gesungen, als noch Eirun-Dämonen und Magier die Feinde gewesen waren und es gegolten hatte, die Grenze der eigenen Götterländer gegen einen erbarmungslosen Feind zu verteidigen.

Tirah hatte das Lied schon oft gehört und fiel in Gedanken unwillkürlich mit ein. Rogons Stimme durchdrang sie wie eine Welle, und sie spürte den Wunsch, in den Süden zu ziehen und den Feind über den Strom zurückzutreiben, so stark wie noch nie seit ihrem Erwachen.

Die Wirkung auf die Leute, die um Rogon herumstanden, war unbeschreiblich. Schon beim ersten Mal stimmten einige in den Refrain mit ein, und beim dritten Mal sangen ihn alle voller Begeisterung mit. Aus allen Häusern strömten die Leute, um den jungen Sänger zu hören, und selbst der eiligste Passant blieb stehen, um ja keine Strophe zu verpassen.

Wie lange Rogon sang, konnte er hinterher nicht mehr sagen. Als der letzte wirbelnde Akkord verklungen war, herrschte eine gespenstische Stille auf dem Platz. Dann aber brach ein Jubelsturm los. Junge Männer packten Rogon, hoben ihn auf die Schultern und trugen ihn über den Markt, Mädchen warfen ihm Kusshände zu, und selbst hartgesottene Veteranen wischten sich Tränen aus den Augen.

Auch Tirah war völlig verblüfft. »Wie hast du das gemacht?«, fragte sie Rogon.

»Was gemacht?«

»Dein Singen! Es war magisch – und es hat die Leute in seinen Bann gezogen. Bei Linirias, damit könntest du zehn Mann genug Mut einflößen, um gegen ein ganzes Heer bestehen zu können. Ich habe nur wenige magisch Begabte mit einer ähnlichen Stimme erlebt. Langsam flößt du mir Angst ein, Jüngelchen. Deinen Fähigkeiten nach müsste dich eine große Magierin über lange Jahrzehnte ausgebildet haben. Und da behauptest du, magisch eine taube Nuss zu sein!«

»Das habe nicht ich behauptet, sondern die Priesterinnen von Andhir«, antwortete Rogon.

Allerdings konnte er sich nicht länger mit Tirah beschäftigen, denn die Menge trug ihn nun in das Haus des Stadtherrn. Dieser tippte noch im Rhythmus des Liedes mit dem Fuß auf den Boden, wirkte aber besorgt, ja sogar ein wenig misstrauisch, als er Rogon ansprach.

»Wer bist du, Fremder, und was ist deine Absicht? Willst du die Menschen dazu aufstacheln, dir in den Süden zu folgen, um dort gegen die Eindringlinge aus dem Westen zu kämpfen? Ohne Schiffe würdet ihr hier nicht weit kommen, denn der grüne Wall von Rhyallun schützt die Thilier und ihre Kumpane besser, als jedes Schwert es könnte.«

Der Mann stellte Rogon vor ein Problem, denn er konnte sich unmöglich als Prinz von Andhir vorstellen. Daher brauchte er rasch einen Namen, der zu ihm passte. Bei dem Gedanken an seine Katze Jade, die gerade draußen eine große Maus gefangen hatte und diese eben genussvoll verzehrte, erschien ein Lächeln auf seinem Gesicht.

»Nennt mich Rogon a'Gree. Gesungen habe ich nur, weil dieser Barde dort mich beleidigt und zum Sängerzweikampf aufgefordert hat!«

Der Stadtherr runzelte die Stirn. »Und das soll ich glauben?«

Sofort sprang der Mann, der Rogon mit der Laute ausgeholfen hatte, diesem bei. »Es war aber so! Herr Rogon kam wie jeder andere Gast auf den Markt und wurde von diesem Barden hier dumm angeredet, weil er ihm für sein Lied kein Geld geben wollte. Der hat ihm dann auch noch den Sangeszweikampf aufgenötigt, wohl in der Hoffnung auf den Besitz des Herrn.«

Mehrere weitere Zuhörer erklärten, dass es so gewesen sei, doch sie konnten die Sorge des Stadtherrn nicht lindern. Dieser sah Rogon verkniffen an und wies dann auf die Laute in seinen Händen.

»Du wirst nicht noch einmal in Ligaij singen, hast du mich verstanden? Wir haben in diesem Krieg schon genug geblutet. Ich will nicht, dass gute Leute von deiner Stimme verführt ins Unheil gelockt werden.«

Rogon war selbst erschrocken über die Wirkung, die sein Gesang auf die Menschen ausgeübt hatte. Wäre es wirklich seine Absicht gewesen, Leute für einen Feldzug in den Süden zu rekrutieren, hätte selbst der Stadtherr es nicht verhindern können. Doch so einfach wollte er diese Stadt und auch Ligaij nicht verlassen.

»Noch ist das Urteil über den Sangeszweikampf nicht gesprochen worden!«

Der Stadtherr reagierte säuerlich. »Ich könnte jetzt sagen, du hast ihn verloren. Allerdings würdest du dann meine eigenen Leute gegen mich aufhetzen, und das will ich nicht riskieren. Daher ernenne ich dich zum Sieger. Dem Barden ging es wohl um dieses Schwert. Eine schöne Klinge. Wie bist du daran gekommen?« Für einen Augenblick flammte Begehrlichkeit in den Augen des Mannes auf.

»Sie gehört einer guten Freundin. Sie hat mir ihr Schwert anvertraut, bis ich es ihr wiedergeben kann.« Rogon lächelte dabei, doch war er nicht weniger angespannt als Tirah, die den Stadtherrn in Gedanken einen armseligen Wicht nannte, den Rogon jederzeit mit ihrem Schwert einen Kopf kürzer machen könnte.

So weit wollte Rogon jedoch nicht gehen. Noch immer lächelnd, wandte er sich an den Tivenga-Barden. »Du hast das Urteil gehört. Lasse es dir eine Warnung sein, noch einmal so unbedacht eine Herausforderung auszusprechen.«

Der Mann, von dem Rogon die Laute hatte, rieb sich grinsend die Hände. »Er hat erklärt, nackt und ohne alles die Stadt zu verlassen, wenn er verlieren sollte. Das will ich sehen!«

Auch die anderen Zuhörer forderten den Tivenga nun auf, seine Sachen abzulegen und den Weg der Schande zu gehen.

Der Mann starrte auf seine Harfe, die ihn so lange begleitet hatte und die er nun verlieren würde. Mit den Fingerspitzen der rechten Hand fuhr er noch einmal die Ornamente nach, die diese schmückten, stellte sie dann auf den Boden und legte alles, was er besaß, dazu. Unter den höhnischen Rufen der Zuschauer entledigte er sich anschließend seines Obergewandes, zog Tunika und Hemd aus, und dann Schuhe und Hosen. Als er im Lendentuch vor den Leuten stand, zögerte er, doch der Stadtherr war nicht bereit, ihm einen einzigen Teil seines Wetteinsatzes zu erlassen.

»Zieh dich ganz aus und verlasse diese Stadt. Und wage es in den nächsten drei Jahren nicht, hierher zurückzukommen!«

Der Barde nickte unglücklich, ließ unter dem Gelächter der Zuschauer sein Lendentuch fallen und rannte mit hochrotem Kopf aus dem Raum.

Nachdenklich blickte Rogon ihm nach. Er fühlte weniger Triumph über seinen Sieg als Mitleid. Tiefer als der Barde konnte ein freier Mann nicht fallen. Wenn der Violette nicht bald auf Freunde oder mitleidige Menschen traf, die ihm mit Kleidung und ein wenig Geld aushalfen, würde ihm nichts anderes übrigbleiben, als sich in Schuldsklaverei zu verkaufen und zu hoffen, irgendwann einmal genug Geld aufbringen zu können, um die Freiheit wiederzuerlangen.

»Und nun zu dir, Rogon a'Gree!«, fuhr der Stadtherr fort. »Nimm das, was du gewonnen hast, und verlasse ebenfalls meine Stadt. Auch du wirst sie drei Jahre lang nicht mehr betreten.«

»Wenn, dann nur, um dir aufgeblasenen Wicht den Hals umzudrehen«, kommentierte Tirah.

Rogon lachte in Gedanken, verbeugte sich mit einer knappen Bewegung und reichte dem Mann, von dem er die Laute hatte, das Instrument zurück.

Dieser nahm es, warf einen sinnenden Blick darauf und streckte es Rogon wieder hin. »Ich glaube nicht, dass ich oder ein anderer meiner Familie noch einmal darauf spielen werden. Behalte es, denn du hast es dir verdient. Und wenn du irgendwann einmal Krieger suchst, die mit dir ziehen wollen, dann schicke einen Boten zu mir.«

Der Mann meinte es ernst, und den Gesichtern der anderen war zu entnehmen, dass mindestens zwei Dutzend kräftige Burschen Rogon folgen würden, wenn er sie dazu aufforderte. Es war jedoch nicht seine Absicht, eine Schar nach Süden zu führen, zumindest zu diesem Zeitpunkt noch nicht. Erst musste er Sirrin finden, um Tirah loszuwerden. Allerdings war das Zusammenleben mit ihr nicht so schlimm, wie er zunächst befürchtet hatte, denn sie benahm sich nach den ersten Auseinandersetzungen eher rücksichtsvoll. Doch er spürte, wie sehr sie sich nach einem eigenen Körper sehnte, und wollte alles tun, um ihr dazu zu verhelfen.

»Ich danke dir für die Laute und dein Vertrauen und werde es nicht vergessen.« Rogon reichte dem Mann die Hand, nahm dann den Besitz des Tivenga-Barden einschließlich der Kleidung an sich, und stieß einen für Menschen fast unhörbaren Pfiff aus, den einer der Veteranen seines Vaters ihn gelehrt hatte.

Im nächsten Augenblick schoss ein blauer Schatten heran, schlängelte sich durch die Leute und sprang auf seine Schulter. »Da bin ich wieder! Ich habe mir nur rasch eine Maus zum Frühstück gefangen«, meldete Jade sich und rieb ihren Kopf an Rogons Wange.

»Dann hast du besser gespeist als wir. Wir haben nämlich nichts zwischen die Zähne bekommen!« Rogon sagte es nicht allzu laut, doch eine der Marktfrauen hörte es, und als er kurz darauf in Richtung Stadttor schritt, tauchte sie neben ihm auf und reichte ihm einen Beutel, aus dem es verführerisch duftete.

»Lass es dir schmecken, Rogon a'Gree!«, rief sie, winkte und eilte zu ihrem Marktstand zurück.

»Wenigstens müssen wir nicht hungern.« Tirah klang zufrieden, aber auch ein wenig ratlos. Hatte sie Rogon zunächst für einen ganz normalen Wardan-Prinzen gehalten, dessen magischen Fähigkeiten enge Grenzen gesetzt waren, überraschte er sie jedes Mal aufs Neue.

»Dort vorne ist ein schattiger Ort, an dem wir rasten und essen könnten«, sprach sie weiter, da Rogon nicht sofort antwortete.

Er schüttelte jedoch den Kopf. »Die Zeit zum Essen ist noch nicht gekommen.«

»Ich habe aber Hunger!«, maulte Tirah und erinnerte sich dann erst daran, dass es nicht ihrer, sondern Rogons Magen war, der bei dem Duft, der aus dem Beutel drang, erwartungsvoll knurrte.

Rogon kümmerte sich jedoch nicht weiter um sie, sondern schritt stramm aus. Doch so leicht ließ Tirah sich nicht zum Schweigen bringen. »Was hast du mit den Sachen des Barden vor? Seine Harfe und seinen Dolch können wir ja verkaufen, aber die Kleidung und vor allem das Lendentuch hättest du zurücklassen können.«

»Warte es ab!«, beschied Rogon sie kurz und beschleunigte noch einmal seinen Schritt.

❋ ❋ ❋

Der Abend war bereits hereingebrochen, als vor ihnen eine einsame Gestalt auftauchte. Es handelte sich um den Barden, der mit hängenden Schultern nach Süden schritt und dabei die Dörfer mied, die zu der Provinz gehörten, in der er den Sängerzweikampf verloren hatte. Nackt, wie er war, konnte er unmöglich eine Siedlung betreten. Der Spott der Leute und die harte Hand der Behörden wären ihm sicher. Noch während er sich fragte, ob er sich nicht doch einen Lendenschurz aus Gras flechten oder richtige Kleidung stehlen sollte, hörte er hinter sich einen Ruf.

»He! So warte doch.«

Verwundert drehte der Barde sich um und sah Rogon auf sich zukommen. »Du willst dich wohl so richtig an meinem Elend weiden«, entfuhr es ihm.

Der Gedanke, den etwas kleineren und mit zwei Musikinstrumenten und anderen Sachen beladenen Mann anzugreifen, um seinen verlorenen Besitz zurückzuholen, gab er jedoch rasch wieder auf. Rogon a'Gree trug zwei Schwerter bei sich, und er sah ganz so aus, als würde er mit diesen umgehen können.

Trotz der harschen Antwort erschien auf Rogons Gesicht ein Lächeln. »Ich habe mir gedacht, du könntest diese Sachen brauchen«, sagte er und warf dem Barden dessen Kleider hin.

Der Mann starrte darauf und schüttelte dann verwirrt den Kopf. »Du willst sie mir geben?«

»Mir passen sie nicht so recht, und violett war eigentlich nie meine Farbe«, antwortete Rogon grinsend.

»Entweder bist du verrückt oder ein ganz edler Mensch«, entfuhr es dem Barden.

»Ich tippe auf Ersteres«, ließ Tirah sich vernehmen. Es entzog sich ihrem Verständnis, dass Rogon für einen Mann, der ihn geschmäht und zum Sangeszweikampf gezwungen hatte, auch noch Mitleid aufbrachte.

Rogon ließ sich jedoch nicht beirren, sondern übergab dem Tivenga alles, was dieser an ihn verloren hatte, einschließlich der Harfe. »Die brauche ich auch nicht, da mir jener freundliche Mensch die Laute geschenkt hat. Die spiele ich lieber als die Harfe.«

»Sei mir nicht böse, aber irgendwie gehst du zu sorglos mit unserer Beute um«, tadelte Tirah ihn. »Die Harfe ist wertvoll genug, um von ihrem Erlös einige Wochen leben zu können. Denke daran, wie schmal unser Beutel geworden ist!«

»Deshalb werde ich trotzdem keinen Mann im Elend stecken lassen«, entgegnete Rogon gelassen und reichte dem Barden zuletzt auch noch dessen Geldbeutel.

Der Tivenga schien es nicht richtig begreifen zu können. »Warum tust du das?«, fragte er.

»Weil es mir so gefällt! Außerdem hast du nicht viel Geld. Es lohnt sich für mich daher nicht, die paar Münzen zu behalten.«

»Aber du hast doch noch nicht einmal hineingeschaut«, rief Tirah empört.

Um Rogons Lippen erschien ein amüsierter Ausdruck. »Eine der wenigen Fähigkeiten, die mir selbst Seranah nicht absprechen konnte, ist die, abschätzen zu können, wie viel Geld in einem Beutel oder einem Kästchen liegt. Ich bin darin sogar noch besser als meine Schwester Rhynn.«

Da Rogon laut gesprochen hatte, platzte der Barde heraus. »Mit wem redest du?«

»Nur ein Selbstgespräch«, sagtc Rogon lachend und wies dann auf ein kleines Wäldchen. »Ich glaube, dort können wir übernachten. Ich habe eine Kleinigkeit zu essen dabei. Wenn du mithalten willst, soll es mir recht sein.«

»Du bist verrückt!«, zischte Tirah, während der Barde sichtlich aufatmete.

»Ich hätte nichts dagegen, denn ich habe heute Morgen nur ein Stück Brot und eine Schale Wasser zu mir genommen.«

»Bei Wasser wird es zwar bleiben müssen, aber ich glaube, in meinem Beutel steckt mehr als nur Brot!«

Nach diesen Worten suchte Rogon einen Platz, der ihm als Nachtlager gefiel, und begann, Holz für ein Lagerfeuer zu sammeln. Jade sprang von seiner Schulter und machte sich auf die Jagd nach einer Maus, um ihren eigenen Hunger zu stillen.

Als das Feuer brannte, teilten Rogon und der Barde sich das Essen und unterhielten sich dabei. Der Tivenga erwies sich als angenehmer Gesprächspartner, auch wenn Tirah Rogon zuflüsterte, mit der Wahrheit würden es die Mitglieder dieses Volkes nicht so genau nehmen. Dennoch erfuhr Rogon einiges über die Lage im Süden und über den Fluch von Rhyallun, mit dem Tenelins Evari Rhondh jenen undurchdringlichen grünen Wall geschaffen hatte, der die Einbruchslande von den benachbarten Reichen trennte.

»Es heißt, alle drei Evaris des Ostens hätten versucht, diesen Fluch zu brechen, es aber nicht geschafft«, setzte der Barde hinzu.

Tirah ließ in Rogons Kopf ein zorniges Schnauben entstehen. »Sirrin wartet wahrscheinlich damit, bis ich mich wieder an die Spitze der violetten Heere stellen kann. Sonst hätte sie diesen Zauber mit Sicherheit bereits beseitigt!«

»Was weißt du über Sirrin?«, wollte Rogon von dem Barden wissen.

»Im Grunde nicht viel. Man hat die Evari seither nur selten gesehen. Es heißt, sie sorge sich, die Hexer des Westens könnten versuchen, den grünen Wall nach Osten und Norden vorzuschieben, um ihren Einflussbereich auszudehnen. Dafür müssten sie nicht einmal die Schwerter ziehen, denn die Geister der Toten, die von dem Fluch erfasst worden sind, würden für sie kämpfen, und die kennen keine Gnade. Wer ihnen nicht entfliehen kann, wird getötet und findet sich selbst in diesem unheimlichen Heer wieder, dem durch den Fluch der Weg zu den Seelenhallen der Götter verwehrt bleibt.«

Der Barde schüttelte sich bei dem Gedanken und berichtete, dass er sich einmal in die Nähe dieses unheimlichen Gebildes gewagt hätte. »Ich würde es nicht wieder tun! Es war entsetzlich. Selbst auf zehn Meilen Entfernung hatte ich das Gefühl, die Geister würden nach mir greifen und versuchen, mir die Seele aus dem Leib zu reißen. Es ist ein entsetzlicher Zauber, und der grüne Evari soll verflucht dafür sein, dass er ihn gewebt hat.«

Rogon hörte dem anderen nachdenklich zu und fragte sich, was er tun sollte. Einfach weiter nach Süden zu ziehen und vor diesem grünen Todeswall zu stehen, erschien ihm nun sinnlos. Doch wohin sollte er sich sonst wenden?

»Weißt du, wo Sirrins Magierturm zu finden ist?«, fragte er Tirah lautlos.

Er erntete ein empörtes Fauchen. »In einer Zeit wie dieser wird Sirrin sich nicht in ihrem Magierturm verkriechen, sondern alles daransetzen, um diesen Fluch zu brechen, und das kann sie nur vor Ort. Sie wird irgendwo bei Rhyallun zu finden sein. Dorthin müssen wir gehen!«

Den Landkarten nach, die Rogon hatte studieren müssen, lag Rhyallun am Ende einer langgestreckten Bucht, die sich von Südmeer tief ins Land hineinzog. Der Weg dorthin erschien ihm schier endlos.

»Hast du etwa Angst?«, hörte er Tirah fragen.

Ärgerlich schüttelte er den Kopf. »Natürlich nicht. Ich will nur wissen, was sinnvoll ist.«

Da er diesmal wieder laut sprach, wurde der Barde darauf aufmerksam. »Führst du erneut Selbstgespräche?«

»So kann man es nennen. Doch was ich fragen wollte: Wohin willst du ziehen? Mein Weg führt nach Süden. Willst du mit mir kommen?«

Der andere wehrte mit beiden Händen ab. »Nein danke! Mir reicht es, einmal dort gewesen zu sein. Außerdem müssten wir durch T'wool reisen, und in diesem Land sind Blaue wie du derzeit nicht gerade beliebt. Daher solltest du dieses Land ebenfalls meiden. Wir könnten uns nach Osten wenden und dort auf den Jahrmärkten singen. Mit deiner Stimme und meinem Wissen werden wir dort sicher reich! Außerdem kannst du deine Katze vorführen. Die ist ausgezeichnet abgerichtet!«

»Was bin ich?«, fragte Jade, die mit dem Ausdruck nichts anfangen konnte. Als Rogon es ihr erklärte, fauchte sie empört. »Der Mann ist dumm! Der soll solche Geschöpfe wie meine Geschwister dressieren. Aber selbst die sind viel zu gescheit für ihn!« Da Jade die anderen Katzen aus ihrem Wurf als dumm und gefräßig bezeichnet hatte, war dies ein vernichtendes Urteil über den Barden.

Auch Tirah missbilligte dessen Vorschlag, über die Jahrmärkte zu tingeln, und so winkte Rogon ab. »Ich wollte mir T'wool schon lange einmal ansehen. Es soll das größte und mächtigste Reich auf unserer Stromseite sein.«

»Und das hochnäsigste!«, fiel der Barde ihm ins Wort. »T'wool lässt nur T'wool gelten – und vielleicht noch die anderen schwarzen Tawaler-Reiche. Über uns Violette schauen sie geringschätzig hinweg, und Wardan gelten gleich gar nichts bei ihnen.«

»Trotzdem will ich einmal dort gewesen sein. Also werden sich unsere Wege morgen trennen. Ich wünsche dir Glück und Erfolg beim Singen. Gib aber acht, wen du als Nächstes zum Zweikampf der Sänger herausforderst.«

»Das werde ich!«, versprach der Barde lachend und streckte Rogon die Hand hin.

»Morgen früh werden wir nicht mehr viel Zeit zum Reden haben. Doch wenn du auf deinem weiteren Weg auf Angehörige meines Volkes triffst, dann sage ihnen, Fidol aus der Fledermaussippe habe dich seinen Aio genannt! Sie werden dich aufnehmen wie einen der Ihren.«

»Zuerst die Schlangenmenschen und nun die Tivenga. Wenn du so weitermachst, Rogon, wirst du dich am Ende unserer Reise den Freund vieler Völker nennen können, aber trotzdem nicht wissen, wer dir am nächsten Tag deine Mahlzeit bezahlt«, spottete Tirah.

Dennoch war sie halbwegs versöhnt, zählte Fidol doch zu ihrer eigenen Farbe, und sie selbst war beim fahrenden Volk der Linirias stets willkommen gewesen.

❋ ❋ ❋

Tharon, der schwarze Evari, war in der Gestalt des Sängers Daar von T'woollion aus dem Dreifarbenfluss nach Westen gefolgt, um auf diese Weise Informationen zu sammeln. Schon bald stellte er fest, dass sich etliches verändert hatte, seit er das letzte Mal auf diese Weise gereist war. Die Menschen waren Fremden gegenüber weniger aufgeschlossen und schwiegen oft verbissen, wenn er Fragen stellte. Ein, zwei Mal musste er sogar beeinflussende Magie anwenden, um Informationen zu erlangen. Doch mehr als die Tatsache, dass die Menschen Arendhars Plan, eine Prinzessin aus dem Westen zu heiraten, von ganzem Herzen ablehnten und Elanah auf ihrem Weg jede Menge Piraten und Meuchelmörder an den Hals wünschten, bekam er auf diese Weise nicht heraus. Ein Mann behauptete gar, König Arendhar würde von Dämonen aus dem Westen beherrscht und sei dabei, sein Reich dem Todfeind von jenseits des Stromes auszuliefern.

Tharons Sorge wuchs mit jeder Meile, die er zurücklegte. Ein paar Mal überquerte er den Dreifarbenfluss, um festzustellen, wie man außerhalb von T'wool über das Ganze dachte.

Schnell aber merkte er, dass er in Vhoreghan nicht willkommen war, obwohl frühere Generationen ihn gerne singen gehört hatten. Selbst in Ligaij fand er nicht die Aufnahme, die er erwartet hatte. Man mochte T'wool nicht und damit auch keine Anhänger Giringars. Zwar lauschten die Leute seinem Gesang, und er erhielt auch ein paar Münzen dafür, doch blieben die Beutel zu, wenn er Lieder über T'wools Ruhm und T'wools Siege anstimmte. Stattdessen klatschten die Zuhörer, wenn er von Tirah sang, der unsterblichen Kriegerin aus Mar, deren Schwert die eigene Seite während des Südkrieges so sehr vermisst hatte.

Doch gerade Tirah war es, die Tharon insgeheim Sorgen bereitete. Er hatte vor einigen Wochen eine leichte, magische Erschütterung gespürt, die auf die Kriegerin hindeutete, aber nicht in Erfahrung bringen können, was es damit auf sich hatte. War sie erwacht, um im Auftrag Sirrins die Heere der violetten Reiche anzuführen?

Selten zuvor hatte Tharon es mehr bedauert, dass es kaum eine Zusammenarbeit mit den beiden Magierinnen gab, die Linirias und Ilyna als Evaris eingesetzt hatten. Gemeinsam wäre es ihnen vielleicht sogar gelungen, den Angriff der grünen Reiche zurückzuschlagen, der die Einbruchslande geschaffen und damit eine schwärende Wunde in das Fleisch der Völker auf der roten Seite des Stromes geschlagen hatte.

Offensichtlich hatten die Eroberungen der Grünen das Vertrauen der Menschen in die Evaris zerstört. Etliche Leute bezeichneten ihn, Sirrin und Yahyeh als unfähige Wichte, die sich durch den grünen Hexer Rhondh hatten übertölpeln lassen, und niemand widersprach ihnen. Das war schlimm, denn bisher hatte sein Wort bei den schwarzen Ländern und Sirrins bei den violetten als Gesetz gegolten. Nur Yahyehs Ansehen in den blauen Ländern war nie besonders hoch gewesen, und dies schrieb Tharon den Umtrieben jenes geheimnisvollen Frong zu. Der Kerl schien sich jedoch in Luft aufgelöst zu haben, denn es gelang dem Evari nicht, irgendeinen Hinweis auf ihn zu finden.

Nach einigen Tagen war Tharon so weit, seine Suche abbrechen zu wollen. Während er vor einem Becher einheimischen Rotweins saß und darüber nachdachte, wie er sich entscheiden sollte, spürte er ein paar Dutzend Meilen jenseits des Dreifarbenflusses in Ligaij einen leichten blauen Magieausbruch.

Sofort konzentrierte er sich auf diese Strömung. Zunächst konnte er nicht erkennen, was es damit auf sich hatte, ertappte sich dann aber dabei, wie er unwillkürlich den Refrain eines alten, violetten Kriegsliedes summte. Noch während er verärgert abbrach, begriff er, dass dieses Lied den Zauber darstellte. Ein Blauer setzte in einem violetten Land seine Stimme ein, um die Leute dort für den Krieg zu begeistern. Das konnte nur ein Magier in den Diensten dieses Frong sein. Wollte dieser den Krieg gegen T'wool auf diese Weise entfachen, nachdem die Entführung der Prinzessin Zhirilah nicht gelungen war?

Mehr denn je haderte Tharon mit Arendhars Entscheidung, Elanah von Urdil heiraten zu wollen. Damit hatte der König von T'wool sich angreifbar gemacht.

»Ich muss den Kerl, der da gesungen hat, in die Hände bekommen«, sagte er sich, zahlte seinen Wein und machte sich auf den Weg. Schon bald aber verlor sich die dünne Magiewolke und damit auch jeder Anhaltspunkt, wo der Magier, der sie erzeugt hatte, sich aufhielt. Wenn der Mann sich nach Norden wandte, würde er ihn niemals erwischen. Oder war es gar dessen Absicht, ihn vom Strom oder von T'wool wegzulocken?

Tharon sah sich einer Reihe von Rätseln gegenüber, von denen er keines zu lösen vermochte. Unsicher, was er tun sollte, blieb er auf der Südseite des Dreifarbenflusses, richtete seine magischen Sinne jedoch nach Ligaij hinein. Dort gab es einige leicht magisch begabte Leute, die größtenteils von ihren Fähigkeiten nichts wussten, obwohl diese ihren Mitmenschen hilfreich gewesen wären. In der Hinsicht hatten er und die anderen Evaris versagt. Sie hätten Schulen einrichten und die Begabten ausbilden müssen, denn damit hätten sie ihren Einfluss in den Ländern ausbauen können.

Da es jedoch nichts brachte, verschüttetem Wein nachzutrauern, entschloss Tharon sich, noch bis zur nächsten Hafenstadt weiterzugehen und dort seine nutzlose Suche abzubrechen. Wenn er die Anzeichen richtig deutete, war es wichtiger, in Arendhars Nähe zu bleiben. T'wools König war das stabilisierende Element im Süden. Wenn er fiel, würde hier endgültig das Chaos ausbrechen.

* * *

Tharon sah bereits die Mauern von T'woolorok vor sich, die er sich zum Ziel genommen hatte, als er plötzlich das Blau jenes magischen Sängers spürte, der ihn so beunruhigt hatte. Seltsamerweise war es mit einem starken Violett vermischt. Ohne auf die Menschen zu achten, die gleich ihm in die Stadt eilten, verließ er die Straße, lehnte sich an einen Baum und zwang einen der großen Raben, die am Himmel kreisten, unter seinen Willen. Sobald er durch die Augen des Vogels schauen konnte, lenkte er ihn auf den Fluss zu. Eine knappe Meile weiter entdeckte er am Nordufer eine Fähre und einen Wanderer, der in Richtung der Anlegestelle ging. Als Tharon ihn aus der Ferne überprüfte, glaubte er bereits, sich geirrt zu haben, denn der junge Mann erschien ihm alles andere als magisch.

Dann aber sah er die magisch leicht strahlende Katze auf

seiner Schulter und die beiden Schwerter. Das eine war eine gute, von Kharimdh geschmiedete Klinge und damit schon ungewöhnlich für einen einfachen Mann aus dem Volk. Das andere aber erschreckte ihn zutiefst. Einen Augenblick lang hoffte er, sich zu irren und eine der Kopien vor sich zu sehen, die sich die Herrscherinnen und Herrscher violetter Länder anfertigen ließen, um damit zu prunken. Doch als er seine magischen Sinne ganz auf diese Waffe richtete, gab es keinen Zweifel mehr.

Es handelte sich um das Original, das Schwert jener violetten Kriegerin, um die er Sirrin immer beneidet hatte. Doch wie kam der Bursche an diese Waffe? Die Antwort darauf konnte ihm nur der Träger des Schwertes geben. Tharon schossen tausend Gedanken durch den Kopf, die er jedoch sofort wieder verwarf. Er konnte nur vermuten, dass es kein Zufall war, der diesem Fremden Tirahs Schwert in die Hand gespielt hatte. Vielleicht hatte Sirrin den jungen Mann geschickt, was er für unwahrscheinlich hielt, oder aber dieser Frong.

Doch was war mit der magischen Kriegerin selbst geschehen? Tharon wusste, dass Sirrins letzter Versuch, die auf den Tod verwundete Tirah wiederzubeleben, misslungen war. Hatte die unvergleichliche Schwertkämpferin nun doch den Weg in die Seelenhallen der Linirias angetreten? Wie war ihr Schwert in die Hände dieses Mannes geraten?

Tharon schob seine Absicht, zu Arendhar zurückzukehren, vorerst beiseite. Da er über den Raben mithörte, wie der Fremde den Fährmann aufforderte, ihn nach T'woolorok überzusetzen, eilte er auf die Stadt zu, lenkte seine Schritte zum Ufer und beobachtete, wie der Gesuchte an Land stieg.

Der junge Mann sah sich kurz um und steuerte auf die nächstgelegene Taverne zu.

»Wenn der Kerl glaubt, die Leute auch hier mit seinen Liedern zum Kampf aufstacheln zu können, stopfe ich ihm seine Laute in den Hals«, murmelte Tharon und folgte dem Wardan in einem gewissen Abstand. Er war noch nicht ganz an der Taverneintür, da flammte drinnen die blaue Magie des Fremden in einer heißen Wolke auf. Gleichzeitig spürte Tharon eine starke, violette Präsenz und hatte das Gefühl, kurz vor einer Katastrophe zu stehen.

❊ ❊ ❊

Das ist also T'wool, dachte Rogon, als er die Taverne betrat. Alles wirkte hier größer als zu Hause, von den Gebäuden angefangen über die Tische, Stühle bis hin zu den Bierkrügen und Weinbechern. Auch die Menschen überragten ihn ausnahmslos. Selbst die Schankmaid, die eben sechs volle Krüge auf einen Tisch stellte, war mindestens einen halben Kopf größer als er.

»Nun, wie fühlt man sich als Wichtelmann?«, fragte Tirah spöttisch.

Rogon spürte ihre Anspannung. Es lag keine gute Stimmung in der Gaststube, und er überlegte, ob er wieder gehen und sein Glück woanders versuchen sollte. Sein knurrender Magen forderte jedoch sein Recht, und so trat er an den einzigen Tisch, an dem noch keiner saß.

»Ich hätte gerne einen Kr… Becher Marangree-Wein und etwas zu essen«, sagte er zur Schankmaid.

»Marangree-Wein gibt es nicht. Entweder du trinkst guten T'wooler, oder du kannst am Marktbrunnen Wasser saufen«, antwortete die Frau nicht gerade höflich.

»Dir passt wohl unser Wein nicht, weil du nach diesem violetten Gesöff fragst?« Einer der Anwesenden, seiner Tracht nach ein Angehöriger des unteren Adels, erhob sich von seinem Platz und baute sich drohend vor Rogon auf.

Nun mischte sich ein weiterer Gast ein. »Eigentlich ist unser guter t'woolischer Wein viel zu schade für einen blauen Lumpen. Scher dich ins Wardan-Sechstel und sage den Leuten dort, sie sollen so rasch wie möglich aus T'wool verschwinden. Sonst schicken wir sie ohne jeden Umweg zu ihrer Ilyna.«

Rogon spürte, dass der Augenblick, in dem er die Taverne ohne Probleme hätte verlassen können, verstrichen war, und stand auf. »Ist das die Art, einen Barden zu begrüßen? Dabei heißt es, die T'wooler wären höfliche Leute und großzügig, wenn ihnen ein Lied gefällt.«

Seine Hoffnung, die Anwesenden dazu zu bringen, ihn zum Singen aufzufordern, und dadurch die Situation zu entschärfen, verflog jedoch mit dem Fausthieb, den der erste T'wooler ihm ansatzlos verpasste. Hätte der Mann richtig ausgeholt, hätte er einen Ochsen umhauen können. So aber blieb Rogon auf den Beinen und schlug seinerseits zu. Der andere brachte noch einen erstickten Laut über die Lippen und stürzte wie ein gefällter Baum zu Boden.

»Du hast meinen Freund niedergeschlagen!«, brüllte der andere T'wooler und riss sein Schwert aus der Scheide. Drei andere Männer eilten an seine Seite, und Rogon begriff, dass sie sich nur mit seinem Tod zufriedengeben würden.

»Zieh mein Schwert. Es ist zwar etwas zu lang für dich, aber mit deiner eigenen Klinge kommst du gegen diese Kerle nicht an«, forderte Tirah ihn auf und verschmolz in einer Weise mit ihm, als wären sie eine Person.

In dem Augenblick stürzte Tharon herein. Er sah den Bewusstlosen und dessen vier Freunde, und dann Rogon. Der junge Wardan leuchtete in einem satten Blau, das mit Sicherheit nicht allein menschlicher Herkunft war. Mehr jedoch erschreckte Tharon die schemenhafte, violette Gestalt, die Rogon wie eine zweite Haut umgab. Es war eine jugendlich aussehende, schlanke Frau in der Tracht einer Mar-Kriegerin, doch der harte Glanz der violetten Augen und die langen, violett strahlenden Haare verrieten ihm, dass es Tirah war. Er hatte sie in etlichen Kriegen kämpfen gesehen und wusste, dass das Leben der vier Narren, die den jungen Wardan herausgefordert hatten, keinen schleimigen Pilz mehr wert war.

»Halt!«, rief er und legte in seine Stimme genug Macht, um die T'wooler zu stoppen. Die Männer schüttelten sich wie nasse Hunde und starrten verständnislos auf die Schwerter in ihrer Hand.

»Steckt die Waffen ein, nehmt euren Kumpel und geht nach Hause«, befahl Tharon ihnen und wandte sich dann Rogon zu.

Noch immer umgab Tirahs Geist diesen wie eine Aura, und sie wirkte misstrauisch und kampfbereit. Die anderen Anwesenden in der Taverne waren magisch zu unbegabt, um ihre Anwesenheit zu spüren oder sie gar sehen zu können. Das war ein Glück, denn andernfalls wären Gerüchte in die Welt gesetzt worden, an denen Tharon wenig gelegen war. Nun aber galt es erst einmal, sich mit der geisterhaften Tirah und dem jungen Mann, der sie in sich trug, zu verständigen. Daher hob er lachend die Hand und winkte die Schankmaid heran.

»Bring einen Krug mit dem besten T'wooler, zwei Becher sowie zwei Näpfe mit dem guten Eintopf, den es hier gibt!« Obwohl er diesmal nur wenig Beeinflussung in seine Stimme legte, gehorchte die Frau aufs Wort. Tharon deutete auf den freien Tisch und lächelte Rogon und Tirah zu.

»Wir sollten uns setzen, etwas essen und dabei gemütlich einen Schluck Wein trinken.«

»Wer bist du?«, fragte Rogon argwöhnisch.

»Man nennt mich Daar. Ich bin ein Barde, wie du siehst, und wollte nicht zulassen, dass ein paar betrunkene Kerle einem anderen Barden Schaden zufügen.«

»Sie hätten eher selbst Schaden genommen!« Diesmal führte Tirah Rogons Zunge.

»Das wäre genauso schlecht gewesen«, antwortete Tharon, »denn dann hätte der Richter des Königs dich verhaften lassen, und mit Fremden macht man hier in T'wool kurzen Prozess. Oder glaubst du etwa, hier hätte auch nur einer zu deinen Gunsten gesprochen?«

»Das hätten sie gewiss nicht«, antwortete Rogon und musterte Tharon mit einem scharfen Blick. Der Mann wirkte auf ihn wie eine schwarze Fackel. »Du bist ein Magier, sonst hättest du diese Schurken nicht so leicht zum Aufgeben gebracht!«

Tharon antwortete mit einem geschmeichelten Lächeln. »Nun, ein paar kleine Fähigkeiten nenne ich mein Eigen. Die meisten Barden tun dies, du ja auch.«

»Wie meinst du das?«

»Ich meine deine Katze. Sie sah aus, als wolle sie dir wenigstens einen der Kerle vom Hals halten. Sie sollte sich jedoch mehr an Gegner halten, die nicht um so viel größer sind.« Tharon streckte lächelnd die Hand aus und streichelte Jade, die immer noch unerschütterlich auf Rogons Schulter saß.

»Ich hätte dem Kerl schon eingeheizt!«, las er in dem Moment, in dem er die Katze berührte, in ihrem Kopf. Das Tier war nicht nur magisch, sondern auch intelligenter als alles, was an Rassegefährten in T'wool herumlief.

»Ein bemerkenswertes Wesen! Ich habe von diesen Katzen in alten Liedern gehört. Sie waren damals nicht die Schoßtierchen, als die die Damen der blauen Reiche sie heutzutage sehen, sondern dienten Ilynas Kriegerinnen als Boten und Späher. Sie griffen auf der Seite ihrer Besitzerinnen sogar in die Kriege ein. Ich habe … singen gehört, dass sie in der Lage sind, mit ihren Zähnen und Krallen die Halsschlagader eines Menschen oder Eirun zu zerfetzen.«

Beinahe hätte Tharon sich verraten und gesagt, er habe dies selbst erlebt. Doch auch wenn einem magisch begabten Barden die mehrfache Spanne eines normalen Menschenlebens zugemessen war, so hätte einer, der noch die Götterkriege erlebt hatte, Aufsehen erregt.

Rogon wusste, dass ihn ein Sieg über die aufgeblasenen Kerle erst recht in Schwierigkeiten gebracht hätte, und beruhigte sich wieder, während Tirah weiterhin auf der Hut blieb. Den Barden Daar kannte sie aus erheblich früherer Zeit, und daher versuchte sie, sich an das Geheimnis zu erinnern, das diesen umgab.

»Ich sage dir Dank und lade dich zum Wein und unserem Festmahl ein«, erklärte Rogon mit einem Seitenblick auf den nach nichts aussehenden Fischeintopf, den ihnen die Schankmaid eben vorsetzte.

»Dann danke ich dir und lade dich zur nächsten Mahlzeit ein!« Tharon klopfte Rogon scheinbar kameradschaftlich auf die Schulter, versuchte dabei aber mit seinen Kräften, tiefer in den jungen Mann einzudringen. Zu seiner Überraschung stieß er jedoch auf einen magischen Schild, der auch für ihn undurchdringlich war. Solch exzellente Selbstabschirmer gab es selbst in Ilynas eigenem Land weniger als Finger an einer Hand. Am meisten aber irritierte ihn die Tatsache, dass der junge Wardan bisher magisch kaum ausgebildet zu sein schien. Wie es aussah, war er an ein wildes Talent geraten, das ihm wahrscheinlich noch einige Überraschungen bereiten würde. Schon deshalb durfte er den Burschen nicht mehr aus den Augen lassen.

»Hast du auch einen Namen, mein Freund?«, fragte er, um mehr über sein Gegenüber zu erfahren.

»Ich bin Rogon a'Gree«, antwortete Rogon kurz angebunden.

»Rogon von oder mit der Katze?«, spöttelte Tharon und hob sofort die Hand, als er merkte, dass die Magie des jungen Mannes wieder aufflammte.

»Das war nur ein Scherz! Deiner Aussprache nach musst du ein Edelmann aus den nördlichen Wardan-Reichen sein, und doch deutet dein Akzent auf die Heilige Stadt hin.«

»Dort habe ich sechs Jahre meines Lebens verbracht, und das mag meine Zunge gefärbt haben«, erklärte Rogon und lenkte Tharon damit, ohne es zu wollen, auf eine falsche Spur.

Der Evari nahm nun an, in ihm den Nachfahren eines der alten, hochadligen Priestergeschlechter zu sehen, die sich ihre Fähigkeiten durch entsprechende Heiraten besser bewahrt hatten als die meisten anderen Menschen. Meistens blieben diese Leute in ihrer Heimat oder dienten im blauen Tempel von Edessin Dareh. Rogon a'Gree hingegen hatte ein Leben auf Wanderschaft gewählt. Tharon witterte ein Geheimnis dahinter und gab sich daher so freundlich, als säße ihm sein liebster Freund gegenüber und kein Mann, der genauso gut ein Anhänger des Unruhestifters Frong sein konnte.

ZWÖLFTES KAPITEL

Vanaraan

Laisa wachte mitten in der Nacht auf und konnte nicht sagen, ob ein Geräusch oder ihr Instinkt sie geweckt hatte. Da sie gelernt hatte, Letzterem zu vertrauen, verließ sie ihr Lager und huschte so lautlos wie ein Schatten zur Tür hinaus. Es war dunkel, doch das stellte für ihre scharfen Katzenmenschenaugen kein Hindernis dar. Mit ihnen entdeckte sie den Mann, der auf leisen Sohlen den Gang entlangschlich, ebenso schnell wie mit ihrer Nase und ihren magischen Sinnen. Da er blau war, stach er deutlich aus der schwarzen Wolke hervor, die von den Artefakten des nahen Giringar-Tempels erzeugt wurde.

Mit einem freudlosen Grinsen folgte Laisa ihm. So etwas hatte sie schon erwartet, da Fürst Tobolar es offensichtlich darauf angelegt hatte, die grüne Prinzessin jedem rachsüchtigen Kerl aus dem Süden vorzuführen. Nun fragte sie sich, ob dies auch Arendhars Absicht sein mochte, um sich auf diese Weise der ungeliebten Braut aus dem Westen zu entledigen, verneinte es aber sogleich. Der König von T'wool war ein Mann mit eiserner Disziplin, und ein gesiegelter Vertrag war für ihn heilig.

Also handelte Tobolar auf eigene Faust und war einfach nur zu aufgeblasen und dumm, um die Reichweite seines Tuns zu erkennen. Im Augenblick aber war der blaue Bursche wichtiger als der Fürst, der in seinen Gemächern den Rausch ausschlief, den er sich beim abendlichen Bankett angetrunken hatte.

Eben erreichte der nächtliche Schleicher die Tür, hinter der die Prinzessin ruhte. Da deren Zofe in Thilion geflohen war, um nicht mit über den Strom gehen zu müssen, schlief Elanah allein im Zimmer und war daher ein ideales Opfer für einen Meuchelmörder, der in der Lage war, den Riegel, den sie vorgelegt hatte, von außen zu öffnen.

Laisa fühlte, wie die Magie des Burschen aufflammte. Wie es aussah, beherrschte der Kerl die Gabe der Levitation, also konnte er Dinge Kraft seines Geistes bewegen. Besonders gut war er darin jedoch nicht, denn er keuchte, als trüge er eine schwere Last auf seinen Schultern. Trotzdem spürte Laisa, wie der Riegel zurückrutschte. Der Mann versetzte diesem einen letzten, geistigen Ruck, öffnete die Tür und trat vorsichtig ein. Dabei tastete er mit seiner Rechten nach einem verborgenen Dolch und zog ihn heraus.

Der giftige Geruch der Klinge ließ Laisa sofort handeln. Bevor der Kerl das Bett erreichen und die schlafende Prinzessin verletzen konnte, war sie bei ihm und bohrte ihre Krallen in die Hand mit dem Dolch. Er schrie auf und ließ die Waffe fallen, fing sie aber mit der anderen Hand auf.

Im gleichen Augenblick saßen ihm Laisas Zähne an der Kehle. »Eine Bewegung und ich beiße zu!«

Da sie den Unterkiefer nicht bewegen konnte, war ihre Aussprache undeutlich. Der verhinderte Meuchelmörder verstand sie jedoch auch so.

»Ich ergebe mich!«, schrie er scheinbar angsterfüllt, wollte aber im gleichen Augenblick mit dem vergifteten Dolch zustoßen.

Das hatte Laisa erwartet. Sie schlug ihm die Waffe mit dem rechten Fuß aus der Hand und ließ dann erst seinen Hals los.

»Es hat doch etwas für sich, wenn man beweglicher ist als so eine Glatthaut wie du«, sagte sie grinsend, während sie den fluchenden und schreienden Mann mit einer Hand festhielt und mit der anderen Hand und einem Bein eine Decke zerfetzte, um ihn mit den abgetrennten Stoffstreifen zu fesseln.

Der Lärm hatte die Prinzessin geweckt. Elanah kauerte am anderen Ende des Bettes und versuchte, die Dunkelheit mit ihren Blicken zu durchdringen. Doch sie vermochte erst etwas zu sehen, als ihr Bruder in den Raum stürzte, in der einen Hand sein Schwert, in der anderen eine Laterne.

Laisa bekam mit, dass Elandhor sie anstarrte, konzentrierte sich aber auf den Gefangenen, dem sie gerade die Hände auf dem Rücken zusammenschnürte. Dabei blieb sie auf der Hut, denn sie spürte, dass ihr Gegner noch nicht aufgegeben hatte. Der Blick des Attentäters suchte den Dolch, der zwei Schritte von ihm entfernt auf dem schwarzen Teppich lag, und sie spürte, wie er seine magischen Kräfte erneut einsetzte.

»Nimm den Dolch an dich! Aber Vorsicht, er ist vergiftet«, wies Laisa Elandhor an.

Der Prinz bückte sich, doch die Waffe hüpfte wie ein Frosch über den Boden auf die Prinzessin zu.

Laisa wollte den Gefangenen bereits töten, um dem bösen Spiel ein Ende zu machen, da fasste Elanah sich ein Herz und warf ihr Oberbett auf den Dolch. Ihr Bruder stellte sofort den Fuß auf die Stelle, an der sich die Waffe befand, und damit war der Meuchelmörder endgültig außer Gefecht gesetzt.

Der Kerl heulte vor Wut und überschüttete Laisa mit wüsten Beschimpfungen. Als er schließlich beim Geschöpf aus den Trögen Giringars angekommen war, platzte ihr der Kragen, und sie presste ihm die scharfe Kralle ihres rechten Zeigefingers so fest gegen die Kehle, dass ein rotes Rinnsal seinen Hals herablief.

»Noch ein Wort, mein Freund, und du wirst in diesem Leben nie wieder sprechen können!«

Nun hielt der Kerl den Mund. Dafür aber klang auf dem Flur Lärm auf. Mehrere Bewaffnete stürmten in den Raum. Ihnen folgte Fürst Tobolar, der nun keine stattliche Robe mehr trug wie beim Bankett, sondern in einem schwarzen Nachthemd steckte und Pantoffeln an den Füßen hatte.

»Was ist hier los?«, rief er aus.

Laisa spürte seine ehrliche Bestürzung und strich in Gedanken seinen Namen von der Liste der Verdächtigen. Als Nächste erschien eine ältere Frau in einem weiten, blauen Rock und mit blauen Pailletten besetzten engen Mieder, die Wortfetzen nach, die zu Laisa drangen, Fürstin Alatna sein musste.

Diese funkelte den verhinderten Meuchelmörder zornig an. »Bist du übergeschnappt, in das Schlafgemach eines Gastes des hochgeehrten Fürsten Tobolar einzudringen?«

»Er wollte nicht nur eindringen, sondern Prinzessin Elanah umbringen«, erklärte Laisa und wandte sich dann an den Fürsten. »Vorsicht, der Kerl beherrscht die Gabe der Levitation. Wenn man verhindern will, dass er sich befreit, muss man ihn mit Silberfesseln binden oder in eiserne Handschellen schlagen, die zusammengenietet und nicht geschraubt werden müssen. Ich traue dem Burschen zu, die Muttern zu lösen.«

Tobolar nahm ihren Rat mit einer Miene entgegen, die Laisa zeigte, dass er den reichlich genossenen Wein noch immer nicht verkraftet hatte.

Da er keine Worte fand, begann die Blaue zu zetern. »Der Mann gehört zu meinen Leuten! Laut den Abmachungen, die wir mit den schwarzen Fürsten hier am Strom getroffen haben, werden unsere Leute von uns selbst gerichtet. Ihr werdet mir daher diesen Narren übergeben.«

Alatna gab zweien ihrer Leute, die ihr gefolgt waren, einen Wink. Die Männer traten vor und wollten den Gefangenen packen.

In dem Augenblick stieß Laisa ein warnendes Fauchen aus. »Zurück! Der Kerl ist mein Gefangener, und ich habe keine Abmachung mit euch getroffen. Ich werde den Burschen selbst verhören, und ich schwöre euch, ich bekomme heraus, wer hinter diesem Anschlag steckt!«

Mit einem aufgebrachten Schnauben drehte Alatna sich zu dem Fürsten um. »Das könnt Ihr nicht zulassen, Tobolar! Dies ist Eure Stadt, und hier muss Euer Wort gelten.«

Der Fürst versuchte, seinem alkoholvernebelten Kopf ein paar klare Gedanken zu entringen, und nickte schließlich. »Fürstin Alatna hat recht. Diese Abmachung habe ich mit ihr getroffen. Also muss der Gefangene ihr übergeben werden.«

Laisa überlegte, ob sie jetzt rabiat werden oder sich lieber auf ihre Findigkeit verlassen sollte. »Du sagst, du hättest den blauen Flüchtlingen, die in deinem Fürstentum leben, gestattet, über ihre Mitglieder nach eigenem Recht zu urteilen?«

»So ist es«, rief Alatna, und Tobolar bestätigte es.

Um Laisas Lippen spielte ein Grinsen. »Hat auch Arendhar von T'wool ein solches Abkommen mit dir geschlossen?«, fragte sie Alatna.

Diese schüttelte den Kopf. »Nein! Es leben zwar einige blaue Flüchtlinge in T'wool, aber über die wird nach t'woolischem Recht gerichtet. Doch hier sind wir nicht in T'wool.«

»Die Prinzessin ist König Arendhars Gast und steht unter seinem Schutz. Dieser Schutz galt von dem Augenblick an, an dem Elanah das östliche Ufer des Großen Stromes betreten hat. Fürst Tobolar hat sich diesem Spruch gefügt. Damit aber ist jeder, der die Prinzessin bedroht, ein Feind T'wools und wer ihn der t'woolischen Gerichtsbarkeit entziehen will, sein Komplize!«

»Das sind doch alles nur Spitzfindigkeiten!«, rief Alatna empört.

»Holt Baron Kedellen und seinen Priester und fragt sie, wie sie die Sache sehen«, antwortete Laisa gelassen.

Sie glaubte, die T'wooler gut genug zu kennen, um zu wissen, dass diese sich niemals Tobolars Willen oder gar dem einer Blauen wie Alatna beugen würden. Der Gefangene musste in ihren Händen bleiben. Wenn es ihr nicht gelang, ihm seine Geheimnisse zu entreißen, würde Tharon es tun. Es galt nur zu verhindern, dass der Kerl vorher starb, sei es durch Gift wie Tharalins Leute oder durch einen magischen Befehl wie jener Kneipenwirt in T'woollion, bei dem die entführte Prinzessin aus Zhirivh versteckt gewesen war.

Die Umstehenden begriffen ihre Absicht, und während Tobolar nur hilflos zu Boden schaute, glühte Alatna vor Wut. »Dieses Weib«, rief sie und wies auf Elanah, »ist Mist aus den Gedärmen Tenelins! Und es ist eine Blasphemie gegen alle unsere Gottheiten, dass Arendhar sie auf diese Seite des Stromes bringen lässt. Dennoch würde keiner von uns die Hand gegen sie erheben, um nicht T'wools Zorn auf uns herabzurufen.«

»Und der Kerl hier?«, fragte Laisa mit einem Seitenblick auf ihren Gefangenen.

»Er hat sich mit dieser Tat außerhalb unserer blauen Gemeinschaft gestellt und wird dafür bestraft werden. Doch T'wool muss unser Recht auf eigene Gerichtsbarkeit anerkennen.«

»T'wool muss gar nichts! Und selbst wenn es dir willfahren würde, wäre dieser Mann immer noch mein Gefangener!« Laisas Stimme klang warnend, denn sie war des Streitens leid und wollte außerdem weiterschlafen.

Auch Tobolar drängte es, wieder in sein Bett zu kommen. Daher befahl er Alatna, die sich nicht zufriedengeben wollte, zu schweigen und bot Laisa an, den Gefangenen in seinen Kerkern für sie aufzubewahren.

Da sie den Kerl schlecht in der Nähe der Prinzessin lassen konnte, stimmte Laisa zu. »Tu das! Doch sage deinen Leuten, sie sollen gut auf ihn achtgeben. Geschieht nämlich etwas, was mir nicht gefällt, werde ich dir die Haut mit meinen Krallen vom Leib schälen!«

Laisa beließ es jedoch nicht nur bei dieser Drohung, sondern gab, als Tobolar und seine Leute samt Alatna und dem Gefangenen verschwunden waren, Rongi den Befehl, den Kerker zu überwachen. Zuletzt wünschte sie Elanah und Elandhor eine gute Nacht und kehrte todmüde in ihr eigenes Schlafgemach zurück.

❋ ❋ ❋

Als Laisa am nächsten Vormittag erwachte, hocke Rongi mit missmutiger Miene vor ihrem Bett. »Was ist los?«, fragte sie überrascht.

»Der Gefangene ist tot! Irgendjemand muss ihm durch das Kerkerfenster Gift in die Zelle geworfen haben. Er hat es geschluckt und ist so schnell gestorben, dass ich nichts mehr tun konnte.«

Laisa merkte Rongi an, wie sehr ihn das wurmte. Doch wenn sie jemand Vorwürfe machen wollte, dann nicht dem Katling, sondern sich selbst. »Ich hätte den Gefangenen sofort verhören sollen«, sagte sie grollend und beschloss, Tobolar einen unangenehmen Tag zu verschaffen.

Noch während sie überlegte, was sie dem Fürsten sagen sollte, klopfte es an die Tür. Sie rief »Herein!« und sah den t'woolischen Priester Mekull vor sich. Dieser deutete eine Verbeugung an und begann mit leiser Stimme zu sprechen.

»Der Botenvogel ist zurück. T'wool hat Antwort gegeben.«

Mit einem Satz war Laisa aus dem Bett. »Und? Wie lautet die Nachricht?«

»Es ist der Wille und der Befehl des gewaltigen Arendhar, Giringars Schwert in den Dämmerlanden, Haupt der Tawaler und erhabener König von T'wool …«

»Wenn Ihr im Krieg Eure Befehle ebenso beginnt, hat Euch der Feind überrannt, bevor Ihr über diese Stelle hinausgekommen seid!«, unterbrach Laisa ihn heftig. »Sag, was gemeldet wurde, und lass in Zukunft diesen Unsinn.«

Der Priester senkte den Kopf, damit Laisa das Aufflammen seiner Augen nicht sehen konnte. Seit der Gründung T'wools hatte sich das Zeremoniell verfestigt, und Verstöße wurden ungern gesehen und oft sogar bestraft. Um Laisa jedoch nicht noch mehr zu erzürnen, beschränkte er sich jetzt auf den eigentlichen Text.

»Der König befiehlt uns, umgehend aufzubrechen. Baron Kedellen lässt bereits die Wagen anspannen. Wir werden durch die drei Fürstentümer Vanaraans reisen und dann über die Pässe von Steinland T'wool erreichen.«

Laisa kannte diese Strecke nicht, hatte aber von Ysobel gehört, dass Steinland eine öde und verrufene Gegend sein sollte, in der keine Menschen lebten. Nicht umsonst führte der eigentliche Handelsweg von Lhandheralion über Maraand und Daschon nach T'wool. Doch eine Reise durch Maraand war mit einer grünen Prinzessin und deren gleichfarbigen Begleitern unmöglich. Daher nahm sie an, dass Arendhar alles in die Wege leiten würde, um seiner Braut eine halbwegs bequeme Reise zu bieten. Allerdings ärgerte sie sich, dass Kedellen die entsprechenden Befehle erteilte, ohne vorher mit ihr gesprochen zu haben. Diese Selbstherrlichkeit würde sie ihm austreiben müssen. Außerdem gab es noch ein anderes Problem zu lösen.

»Du weißt, dass heute Nacht ein Mordanschlag auf die Prinzessin aus Urdil verübt worden ist?«

Der Priester nickte. »Es ist mir zu Ohren gekommen.«

»Ich konnte den Meuchelmörder daran hindern, seinen Plan in die Tat umzusetzen«, fuhr Laisa fort. »Der Gefangene wurde Fürst Tobolar anvertraut, doch ist er in dessen Kerker umgekommen.«

Sie beobachtete Mekull scharf. Dessen Kiefer mahlten und als er antwortete, spürte sie seinen Zorn, der jedoch nicht ihr oder der Prinzessin galt. »Wir sollten die Blauen aus dem Süden nicht länger in unseren Reichen dulden! Sollen sie doch in die anderen Wardanreiche weiterziehen und diesen zur Last fallen. Wir tragen schon schwer genug an der Versorgung unserer tawalischen Brüder.«

Für diesen Mann gilt nur ein schwarzer Tawaler als Mensch, dachte Laisa. Damit war er in ihren Augen fast genauso schlimm wie die Tenelianer auf der anderen Seite, die ebenfalls nur ihre Farbe und ihren Gott gelten lassen wollten. Für Fanatiker dieser Art war der Kampf gegen die Anhänger der anderen Götter ein heiliger Auftrag und die Verheerungen und Verluste, die dabei entstanden, hinnehmbare Opfer für ein höheres Ziel.

Mit dem Gedanken, dass ein Berg an Problemen vor Khaton und den anderen Evaris lag, erklärte Laisa, dass sie vor der Abreise sowohl Tobolar wie auch Alatna verhören wolle.

»Dies wird leider nicht möglich sein«, erklärte Mekull. »Die blaue Hexe hat die Stadt bei Sonnenaufgang verlassen, und der Fürst sich nach dem Mordversuch an der Prinzessin so einen Rausch angetrunken, dass selbst Tharon ihn nicht daraus erwecken könnte.«

Täuschte Laisa sich, oder schwang in der Stimme des Priesters eine gewisse Abneigung gegenüber dem Evari mit? Sie wusste es nicht genau zu sagen, begriff aber, dass sie auch Mekull im Auge behalten musste. Zwar hätte sie am liebsten Alatna verfolgt und verhört, doch in diesem Land durfte sie Elanah und die ihr anvertrauten Urdiler nicht allein lassen.

Sosehr Laisa es auch widerstrebte, sie musste mit ihrem gesamten Gefolge die Weiterreise antreten und unterwegs so vorsichtig sein, als wäre sie auf der Jagd nach einem der großen Waldtiere in jenem Landstrich, in dem sie aufgewachsen war.

»Melde Kedellen, dass wir in einer Stunde zum Aufbruch bereit sind«, erklärte sie dem Priester und machte sich auf, um Elanah und deren Zwillingsbruder über die neue Lage zu informieren.

❊ ❊ ❊

Elanah nahm die Nachricht von der bevorstehenden Weiterreise gefasster auf, als Laisa erwartet hatte. »Ich bin froh, wenn es weitergeht«, sagte sie. »Diese Stadt ist genau so, wie ich mir den Osten vorgestellt hatte, laut, stinkend, hässlich und von Menschen bewohnt, denen die Begriffe Ehre und Treue fremd sind. Die Leute hier würden doch ihre eigenen Kinder für einen Becher übel riechenden Bieres verkaufen. Was werde ich froh sein, wenn dieser Ort hinter mir liegt.«

Ein leichtes Ansteigen der Magie in Elanahs Kopf alarmierte Laisa, und sie konzentrierte sich auf das, was hinter der Stirn des Mädchens lag. Zunächst entdeckte sie nichts, dann aber glaubte sie eine magische Beeinflussung in Elanah zu spüren, die der glich, von der sie König Reodhil von Thilion befreit hatte. Was dieser geistige Befehl bewirken sollte, brachte sie nicht heraus, schwor sich aber, die Prinzessin davon zu heilen, bevor diese auf Arendhar traf.

Einmal misstrauisch geworden, überprüfte Laisa auch Elandhor und bemerkte in dem Kopf des Prinzen ähnliche Spuren. Wie es aussah, lag noch einiges an Arbeit vor ihr.

Diese Erkenntnis hinderte Laisa jedoch nicht daran, mit jener Großspurigkeit aufzutreten, mit der sie Kedellen, Mekull und die anderen T'wooler, die sie begleiten sollten, beeindrucken konnte. Sie suchte den inneren Hof der Festung auf, in dem bereits vier große Planwagen mit all den Gütern bereitstanden, die mit über den Strom gebracht worden waren. Sofort sah sie, dass zwar die Pferde der T'wooler, nicht aber Vakka und die Reittiere ihrer Begleiter gesattelt worden waren.

Als sie sich beschwerte, brummte einer der Stallknechte im Hintergrund: »Das sollen die gefälligst selbst tun!«

Sofort war Laisa bei ihm und hielt ihm die ausgefahrene Kralle des Zeigefingers vor das Gesicht. »Entweder du bewegst jetzt deinen Arsch und sattelst meine Stute, oder ich werde …«

Der Mann erbleichte und rannte in den Stall, als sei Meandir selbst hinter ihm her.

»Gib aber acht, dass du mein Stutchen nicht ärgerst! Das mag sie nämlich gar nicht und ich noch weniger«, rief Laisa dem Knecht nach und maß anschließend Kedellen mit einem finsteren Blick.

»Es hieß, es stünde alles zum Aufbruch bereit. Doch man scheint es in T'wool nicht allzu genau mit Auskünften zu nehmen. Als ich das letzte Mal dort war, ist man mir weitaus höflicher begegnet.«

»Ihr wart schon einmal in T'wool?«, platzte Mekull fassungslos heraus. Seinem Gesichtsausdruck nach hätte man sie damals mit der Peitsche aus dem Land treiben müssen.

Kedellen hingegen schien sich nun an die Sache zu erinnern. »Seid Ihr damals nicht als blaue Dame aufgetreten?«

»Das bin ich, und ich habe Tharon und eurem König einen großen Gefallen erwiesen«, antwortete Laisa ohne übertriebene Bescheidenheit.

»Und Tharon hat nicht gemerkt, dass Ihr in Wahrheit weiß seid? Dann ist er wirklich nur ein Popanz und ungeeignet, weiterhin der Wächter unseres erhabenen Gottes Giringar zu sein!« Der Priester spuckte aus und traf dabei beinahe einen der urdilischen Ritter, die eben aus dem Gebäude traten.

Bevor dieser auffahren konnte, bedeutete Laisa ihm zu schweigen und trat auf Mekull zu. »Gib gut acht, Priesterlein, was du sagst und tust! Ich habe schon andere als dich zum Frühstück verspeist.«

Nach dieser Drohung sprang Laisa mit einem einzigen Satz auf Vakka, die eben auf den Hof geführt wurde, und befahl den Knechten, auch die Pferde der Grünen zu bringen. Diese taten es, wenn auch mit Widerwillen, und so konnten Elandhor und seine Begleiter kurz darauf ebenfalls in die Sättel steigen.

Als Letzte erschien die Prinzessin. Sie hatte ihre gewohnten Kleider abgelegt und trug nun ein langes Kleid aus grauem Tuch und einen gleichfarbigen Umhang. Auch ihr Zwillingsbruder und die anderen Urdiler waren in der traditionell neutralen Farbe gekleidet. Ihre Mienen wirkten ernst, Elandhors Gesicht sogar düster, doch alle nahmen die spöttischen Bemerkungen der Einheimischen ohne jede Regung hin.

Laisa war froh darüber, denn sie konnte nicht jedem Lümmel auf ihrem Weg die Ohren langziehen. Mit einer knappen Geste wies sie Elanah an, in dem für sie vorbereiteten Wagen Platz zu nehmen, und gab dann das Zeichen zum Aufbruch, ohne Kedellens und Mekulls lange Mienen zu beachten. Sie selbst nahm die Spitze des Zuges ein. Hinter ihr ritt Borlon auf einem besonders wuchtigen Gaul, gegen den die Pferde der urdilischen Ritter wie Ponys wirkten, Ysobel aber hielt sich neben dem Wagen der Prinzessin, der nun von einem t'woolischen Fuhrmann gelenkt wurde.

Da Laisa die urdilischen Knechte vermisste, hielt sie Vakka an und wartete, bis Kedellen zu ihr aufgeschlossen hatte. »Wo sind meine restlichen Leute?«

Kedellen spürte den Zorn in ihr und die Bereitschaft, notfalls ein Exempel zu statuieren, wenn ihr seine Antwort nicht passte, und hob beschwichtigend die Hände.

»Diese Männer werden mit einem Schiff nach Maraandlion gebracht und können mit der dortigen Stromfähre in ihre Heimat zurückkehren.«

»Ich hoffe, es stimmt! Sollte ich bei meiner Rückkehr auch nur einen der Leute vermissen, komme ich wieder und sorge dafür, dass du mir zum Abendessen serviert wirst!«

An der Miene des Barons erkannte Laisa, dass dieser nicht gewohnt war, dass man so zu ihm sprach. Sie wusste jedoch, dass sie keinen Rückzieher machen durfte, denn sonst würden die T'wooler dies gnadenlos ausnutzen und sie, aber auch die Prinzessin wie Gefangene behandeln.

Elandhor, der auf der westlichen Seite des Großen Stromes niemals Laisas Nähe gesucht hatte, bedachte sie mit einem anerkennenden Blick. Ihn schüchterte die düstere Umgebung sichtlich ein, und er war froh, eine Anführerin zu haben, die sich von ihren Gastgebern nicht den Schneid abkaufen ließ. Er selbst ritt an der Spitze der neun Ritter, die es gewagt hatten, das östliche Ufer des Stromes zu betreten, und die auch nach T'wool weiterreiten wollten, um ihre Prinzessin zu beschützen.

Als der Zug mit Laisa an der Spitze durch das Tor der Zitadelle ritt, erwartete Laisa wie bei ihrer Ankunft Schmährufe zu hören. Stattdessen aber sah sie sechzig Panzerreiter aus T'wool in ihren schwarzen Rüstungen und dem roten sechszackigen Stern auf den Brustpanzern und Schilden, die mit ihren Lanzen die Leute zurückdrängten und für freie Bahn sorgten.

Die Urdiler griffen unwillkürlich zu ihren Schwertern, als sie ihre Todfeinde im Südkrieg vor sich sahen, doch ein knapper Befehl von Laisa rief sie zur Ordnung. Ihr war es recht, dass Arendhars Reiter die Gruppe von der hasserfüllten Menge abschirmten, ersparte es ihr doch, selbst handgreiflich werden zu müssen.

Sie verließen Lhandheralion ohne Schwierigkeiten und wandten sich nach Osten. Die Straße, auf der sie ritten, hatte zwar schon bessere Tage gesehen, war aber in letzter Zeit ausgebessert worden, und so kamen sie gut voran. Die Panzerreiter, die sie begleiteten, sorgten weiterhin dafür, dass ihnen niemand zu nahe kam, und unterwegs standen in erträglichen Abständen Unterkünfte und Mahlzeiten bereit.

Laisa, die aufmerksam die Umgebung musterte, bemerkte allenthalben die Spuren des Südkriegs. Flüchtlinge aus den verlorenen Ländern hatten sich in diesem Land angesiedelt und hausten in einfachen Hütten am Straßenrand. Meistens handelte es sich um schwarze Tawaler, doch sah Laisa auch etliche blaue Wardan und violette Ardhun, die in der Hoffnung hiergeblieben waren, bald wieder in die Heimat zurückkehren zu können.

Allein der Anblick von Arendhars Panzerreitern hielt die Leute fern, und doch konnte Laisa etliche Gesprächsfetzen auffangen. Eines wurde ihr rasch klar: Beliebt waren die T'wooler hier nicht. Man machte es ihnen zum Vorwurf, gegen die grünen Angreifer aus dem Westen versagt zu haben, und um Tharons Ansehen stand es noch schlechter. Es lag eine ungute Stimmung über dem Land, die jederzeit zu Gewalttätigkeiten führen konnte, und dann würde Vanaraan im Chaos versinken.

❊ ❊ ❊

Während Laisa mit ihren Schützlingen die Reise durch die rote Hälfte der Welt antrat, wartete etliche hundert Meilen weiter im Osten König Arendhar auf Tharons Rückkehr. Doch die Tage vergingen, ohne dass der Evari erschien. Für den König selbst wurde die Belastung durch die verfahrene Situation immer größer.

Von Baron Kedellen hatte er erfahren, dass Prinzessin Elanahs Reisegruppe Lhandheralion erreicht hatte und weiterreisen wollte. Am liebsten hätte Arendhar befohlen, das Mädchen wieder über den Strom zu schicken. Doch der Eid, den er geleistet hatte, ließ dies nicht zu.

Da es außer Tharon niemand gab, den er in dieser Situation um Rat fragen konnte, vermisste Arendhar den Evari mehr denn je. Seine Untergebenen erwarteten Befehle und wollten wissen, wie es weitergehen sollte. Aber jedes Mal, wenn er sich entscheiden musste, kämpfte Arendhar mit dem Gefühl, durch einen grundlosen Sumpf zu waten, ohne den Pfad zu kennen, der ihn wieder auf sicheres Land führen konnte. Er durfte auf keinen Fall so wirken, als würde er zaudern, denn die Menschen in T'wool waren gewohnt, von kraftvollen Herrschern regiert zu werden, die stets wussten, worauf es ankam.

Als der Tag sich neigte, bis zu dem Arendhar auf Tharon hatte warten wollen, entschloss er sich zu handeln und wollte seinen Unteranführern eine Reihe von Befehlen erteilen.

Doch am Abend fand er seine Halle unerwartet leer vor und wandte sich an seinen Oberhofmeister Hillkenardh. »Wo ist mein Vetter Rakkarr, wo sind die Lehensgrafen und der Oberpriester?«

Der Mann zog eine säuerliche Miene, weil er ausbaden musste, was andere ihm eingebrockt hatten. »Ich bitte um Verzeihung, Eure Majestät, doch Erbprinz Rakkarr bat mich, ihn zu entschuldigen. Er hat die Nachricht erhalten, seine Mutter liege im Sterben, und ist sofort aufgebrochen, um zu ihr zu eilen. Natürlich hätte er Euch vorher um Erlaubnis fragen müssen, doch der Schreck über die Botschaft war zu groß, als dass er daran gedacht hätte.«

»Und die Lehensgrafen? Liegen deren Mütter auch im Sterben?«, fragte Arendhar verärgert.

Sein Oberhofmeister verneinte. »So ist es nicht, erhabener König. Doch es gab Nachrichten über bevorstehende Aufstände der blauen Wardan in Syrian. Daher sind die Herren Pinkur, Remedel und Telandur aufgebrochen, um zu verhindern, dass diese Unruhen auf die nördlichen Lehensreiche übergreifen, und wollen dem Fürsten von Syrian bei der Niederschlagung dieses Aufstandes beistehen.«

»Warum erfahre ich erst jetzt von diesen Unruhen?« Arendhars Stimme wurde schneidend.

Dann erst begriff er, dass die Lehensgrafen gegen alle Sitte abgereist waren, ohne ihr Vorgehen mit ihm abgesprochen zu haben. Voller Zorn schlug er mit der Faust auf die Lehne seines Hochsitzes. »Wenn die Herren glauben, ohne meine Erlaubnis in die Belange anderer Reiche eingreifen zu können, werden sie ihrer Lehen verlustig gehen. Schicke Boten mit dem Befehl zu ihnen, sich sofort wieder in Tawaldon einzufinden. Sind sie nicht hier, wenn die neue Königin eintrifft, werden sie es bereuen! Doch was ist mit den beiden südlichen Lehensfürsten, den Herren Didond und Ensselom? Erwarten auch sie Aufstände?«

Der Oberhofmeister hob bedauernd die Arme und erklärte, dass diese Herren ihn nicht ins Vertrauen gezogen hätten.

»Schon gut! Lass auftischen. Ach ja, sende dem Oberpriester Nachricht, dass ich ihn von seinem Amt entbinde. Seine Gesundheit hat anscheinend zu sehr gelitten, als dass er heute zum Bankett hat erscheinen können.«

Erneut nahm Arendhars Stimme einen scharfen Klang an. Er hatte sich zu oft über diesen Mann geärgert, um ihn noch länger auf diesem verantwortungsvollen Posten lassen zu wollen.

Der Oberhofmeister seufzte. Mit diesen Befehlen schuf der König sich etliche neue Feinde im Reich. Dabei gab es bereits genug Unruhe wegen der Braut aus dem Westen. Wenn Arendhar nicht bald Vernunft annahm und auf diese völlig unmögliche Heirat verzichtete, würde er bald noch mehr Gegnern gegenüberstehen.

Arendhar ahnte nichts von den Gedanken, die seinem Gefolgsmann durch den Kopf gingen, sondern legte sich seine nächsten Schritte zurecht. Da er um die schlechte Stimmung im Land wusste, erschien es ihm besser, Elanah entgegenzureiten und sie bereits an der Grenze seines Reiches zu empfangen. Gerade deshalb bedauerte er es, dass Tharon nicht an seiner Seite war. Wie er den Evari kannte, blieb dieser nicht aus einer Laune heraus ihm fern, sondern war gewiss einer wichtigen Sache auf der Spur. Doch auch ohne den Magier musste er rasch und zielgerecht handeln.

»Herr Hillkenardh!«, rief der König seinen Oberhofmeister zu sich.

Dieser erhob sich von seinem Platz und kam auf ihn zu. »Eure Majestät befehlen?«, sagte er mit einer tiefen Verbeugung.

»Ich gedenke morgen um die zwölfte Tagesstunde aufzubrechen. Alle, die heute an meinem Tisch speisen, werden mich begleiten, ebenso die drei Schwadronen meiner persönlichen Garde zu Pferd. Sende Botenvögel aus, dass für Unterkunft und Verpflegung bis an die Grenzen von Steinland gesorgt wird. Ach ja, ich erwarte dort Vorräte für drei Wochen. Es ist möglich, dass wir der Prinzessin aus Urdil entgegenreiten müssen.«

Während Arendhar seine Befehle erteilte, konnte Oberhofmeister Hillkenardh seinen Unmut kaum verbergen. Ihm schien es fast unmöglich, so rasch eine Reise vorzubereiten, an der mit den Gästen an der Tafel gut hundert Edelleute und fast eintausend Panzerreiter teilnehmen würden. Weigern durfte er sich jedoch nicht, daher verbeugte er sich erneut und bat den König, ihn von der Anwesenheit an der Abendtafel zu befreien, um die nötigen Schritte in die Wege leiten zu können.

Arendhar wollte es ihm schon erlauben, als er sich erinnerte, dass er befohlen hatte, dass alle, die jetzt am Mahl teilnahmen, mit ihm kommen sollten. Zwar nahm er nicht an, dass Hillkenardh die Gelegenheit ausnutzen würde, um sich vor der Reise zu drücken. Trotzdem ärgerte er sich, weil er jetzt auch schon seinem Oberhofmeister zu misstrauen begann.

»Bleib und iss!«, sagte er. »Die Botenvögel sind schnell und finden ihren Weg auch in der Nacht!«

»Wie Ihr befehlt, Eure Majestät!«

Hillkenardh fand, dass Arendhar sich nicht mehr so benahm, wie es einem König von T'wool zukam. Da war Prinz Rakkarr schon ein anderer Mann. Der hielt auf Sitte und Tradition und würde sicher nicht auf den Gedanken kommen, eine Frau von der anderen Seite des Stromes zur Gemahlin nehmen zu wollen.

❊ ❊ ❊

Tharon wusste, dass er in diesen unsicheren Zeiten bei Arendhar sein müsste, um dem König zur Seite zu stehen. Doch nach Tawaldon zurückzukehren hätte bedeutet, Rogon a'Gree allein durch T'wool ziehen zu lassen, und das war ihm zu gefährlich. Wenn der Junge begann, seine magischen Lieder zu singen und das Volk aufzuwiegeln, würden die Feuer, die jetzt schon im Lande schwelten, zu heller Flamme auflodern und vielleicht sogar den gesamten Süden auf der roten Seite des Stromes erfassen.

»Kümmere dich nicht um das Geschwätz der Leute«, sagte er zu dem jungen Mann, als sie an diesem Abend in einer kleinen Taverne saßen und sich etliche bissige Bemerkungen über Wardan anhören mussten.

»Ich dachte immer, die T'wooler wären ein stolzes und aufrechtes Volk, aber ich finde einen Haufen Schwätzer vor«, antwortete Rogon etwas zu laut.

Einer der Gäste stand mit wutverzerrtem Gesicht auf. »Dir gebe ich gleich einen Schwätzer, wardanischer Wicht!«

»Ja, Tulo, ramme ihn ungespitzt in den Boden!«, rief ein anderer, und innerhalb weniger Augenblicke versammelten sich sämtliche Gäste um den Tisch, an dem Tharon und Rogon saßen. Der Evari überlegte, ob er den Kampf unterbinden sollte, war aber gespannt, wie sein Begleiter sich gegen den um einen Kopf größeren Tulo halten würde, und hob die Hand.

»Also gut, Leute! Wenn ihr es so haben wollt, sollen die beiden ihren Streit miteinander ausmachen. Aber ihr werdet die Regeln einhalten, verstanden? Die Sache wird nur zwischen meinem und eurem Freund ausgetragen, und nur mit Fäusten. Wer blanken Stahl zieht, dem ziehe ich meine Harfe über.«

Ein paar Anwesende lachten, doch noch war Tharon nicht

fertig. »Sollte Rogon a'Gree gewinnen, so will ich, dass ihr euch als gute Verlierer erweist. Geht das in eure Köpfe?«

»Der und gewinnen? Da lachen ja die Mäuse!« Tulo zog sein Hemd aus und präsentierte einen mächtigen Brustkorb und einen ebenso beeindruckenden Bizeps. Als Rogon sich seines Rocks und seines Hemds entledigte, musste jedem Zuschauer angst und bange um ihn werden. Auch Tharon bekam nun seine Zweifel und beschloss, früh genug einzugreifen, wenn es nötig war.

Anders als der Evari wusste Tirah, dass ihr Wirt weitaus kräftiger war als ein normaler Wardan. Dennoch erteilte sie Rogon einige Ratschläge. »Du musst schnell sein, damit er dich nicht mit voller Wucht trifft. Mit seiner Kraft könnte er dich leicht niederschlagen. Am besten helfe ich dir.« Sie schob sich wie eine zweite, für alle außer Tharon unsichtbare Haut über Rogon und wurde eins mit seinen Muskeln und Sehnen. Gleichzeitig rief sie ihre Fähigkeiten auf, die ihr bereits bei vielen Kämpfen geholfen hatten.

Rogon keuchte, als in seinem Kopf plötzlich Bilder erschienen, die ihm die Umgebung in einer Weise zeigte, als hätten bereits alle einen Schritt zurückgelegt, bevor dies wirklich geschehen war.

»Keine Sorge!«, beruhige Tirah ihn. »Ich kann ein, zwei Augenblicke in die Zukunft sehen und teile diese Gabe jetzt mit dir.«

»Na, Winzling, jetzt hast du wohl Angst«, höhnte Tulo und hob die Fäuste. »Wenn ich mit dir fertig bin, wirst du nur noch Brei essen können.«

»Ist das ein Zweikampf mit Fäusten oder im Schwatzen?«, unterbrach Rogon ihn mit ruhiger Stimme.

»Wenn du es so willst!«, rief Tulo und rammte seine rechte Faust nach vorne. Doch dort stand Rogon nicht mehr. Durch

Tirah hatte er den Schlag vorhersehen und rechtzeitig ausweichen können. Er aber traf Tulo zweimal hart am Körper und hörte ihn vor Schmerz aufstöhnen.

»Der Kleine hat einen ganz schönen Hammer drauf«, kommentierte einer der Zuschauer verblüfft.

Tharon nickte, obwohl er dies nicht erwartet hatte. Tulo aber war irritiert und schlug noch unbeherrschter zu. Seine Fäuste trafen nur Luft, denn sein Gegner war ihm bereits ausgewichen.

Rogon setzte seine Hiebe nun mit kalter Präzision. Seine Wut war längst gewichen, und ihm ging es nur darum, ohne schweren Treffer aus diesem Kampf herauszukommen. Erneut schossen seine Fäuste vor und trafen den Tawaler am Kopf. Der Hüne wankte und schüttelte sich, griff aber erneut an.

Nach zwei weiteren Treffern, die Rogon bei seinem Gegner landete, beschloss Tharon, dem Ganzen ein Ende zu machen. »Hört auf! Ihr habt beide bewiesen, dass ihr mutige Männer seid. Tulo, du hast einfach zu viel getrunken, um mit einem so flinken Kerl fertig zu werden, und Rogon kann noch eine Stunde auf dir herumschlagen, ohne dass du fällst!«

Letzteres war eine Übertreibung, denn Tharon wusste, dass der nächste oder übernächste Hieb seines Begleiters dem Tawaler den Rest geben würde. Doch er wollte die Sache nicht eskalieren lassen und wurde dabei von den anderen Gästen unterstützt. Tulos Begleiter packten ihren Freund und zerrten ihn zu seinem Stuhl zurück. Sofort reichte die Schankmaid ihm ein Tuch, damit er sich den Schweiß abtrocknen konnte, und einen vollen Weinbecher. Der Mann nahm ihn und stürzte den Inhalt in einem Zug hinunter.

»Kämpfen macht durstig!«, sagte er mit einem schiefen Grinsen und streckte Rogon die Hand hin. »Einigen wir uns auf ein Unentschieden?«

»Mir soll's recht sein!« Rogon ergriff die Hand und drückte sie.

Dann erhielt auch er einen frischen Becher Wein und nippte daran. »Du bist ein tapferer Mann, Tulo. Wenn die Panzerreiter eures Königs ebenso sind, werden sie das grüne Gesindel bald wieder über den Strom zurücktreiben!«

Rogon hatte gehofft, damit das Eis brechen zu können, doch die Gäste verzogen die Gesichter, und die Schankmaid knallte einen Becher so fest auf den Tisch, dass der Wein nur so spritzte.

»Erst einmal kommt noch mehr grünes Gesindel herüber. Der König will nämlich eine von drüben heiraten. Soll eine Prinzessin aus Urdil sein, habe ich gehört«, stieß sie zornig hervor.

»Arendhar will eine Grüne heiraten?« Rogon schluckte das »Ist er denn verrückt geworden« gerade noch hinunter, da die T'wooler ihm dies vielleicht doch krummnehmen konnten.

Tharon hob beschwichtigend die Hand. »Hier wird viel Unsinn erzählt. Zwar stimmt es, dass eine Prinzessin aus dem Westen nach T'wool kommt, doch hat König Eldrin von Urdil sie als Preis für seine Freilassung angeboten. Auf seine Ehre hin konnte der erhabene König Arendhar IV. nicht ablehnen. Jedoch werden der Evari und die heilige Priesterschaft von Tawalaan dafür sorgen, dass die Kinder aus dieser Ehe die schwarze Farbe Giringars im Herzen tragen und echte T'wooler sind.«

»Trotzdem …« Rogon wollte noch mehr sagen, erinnerte sich aber daran, dass seine eigene Mutter aus dem Westen stammte und in ihren jungen Jahren weiß gewesen war.

Daher grinste er, um eine gewisse Hochachtung auszudrücken. »Es ist ein großer Triumph für euren König, wenn ein König des Westens ihm die eigene Tochter auf Gedeih und Verderb ausliefern muss.«

»Das ist es!«, antwortete der vermeintliche Barde.

Tharon war froh, dass Rogon ihn unterstützte. Da dieser ein Blauer und ein Anhänger Ilynas war, hatte er eigentlich Schmähungen erwartet. Eigenartigerweise besaß der junge Bursche Facetten, die so gar nicht zu einem Handlanger des Unruhestifters Frong passen wollten.

Auch die anderen Gäste beruhigten sich, und als Tharon seine Harfe nahm und zu singen begann, wurden ihre Gesichter weich wie die glücklicher Kinder.

»Jetzt erkenne ich Euch«, rief Tulo mit leuchtenden Augen. »Ihr seid der sagenumwobene Barde Daar! Mein Großvater hat mir von ihm erzählt und gesagt, es gäbe keinen Sänger, der es mit Euch aufnehmen kann.«

Da magisch begabte Sänger ein Alter von dreihundert Jahren und mehr erreichen konnten, sah Tharon keinen Grund, dies abzustreiten. »So ist es!«, sagte er. »Ich habe etliche Jahrzehnte in der Ferne geweilt, doch nun bin ich zurückgekehrt, um bei der Hochzeit des Königs zu singen.«

»Und er, singt er auch?«, fragte Tulo mit einem Seitenblick auf Rogon, da ihn dessen Laute vermuten ließ, ebenfalls einen Barden vor sich zu sehen.

»Er ist ein Sänger, aber ob er so gut ist wie ich, wage ich zu bezweifeln.« Tharon klopfte Rogon lachend auf die Schulter und machte eine Geste, dieser solle die Bemerkung nicht persönlich nehmen.

»Wenn er ein Sänger ist, dann soll er singen«, rief Tulo und wurde von seinen Freunden unterstützt.

»Er soll singen! Wir wollen hören, ob Wardan-Barden Mädchenstimmen besitzen.«

Im Gegensatz zu den früheren Bemerkungen war diese nicht boshaft gemeint, das fühlte Rogon. Doch als er nach seiner Laute griff, spürte er Tharons Hand auf seinem Unterarm.

»Belasse es bei einem Liebeslied!«, warnte der Evari ihn, denn ihm erschien die Gefahr, dass Rogon mit einem Kriegslied die Stimmung der Leute aufheizen könnte, zu groß.

Einen Augenblick zögerte Rogon, dann schlug er die ersten Töne an. Unter den Wolfssöldnern seines Vaters hatte es Tawaler gegeben, und er kannte auch deren Lieder.

Die Anwesenden wurden ganz still, als er ein Liebeslied aus T'wool erklingen ließ, und selbst Tharon staunte über die geschulte Stimme, die eine intensive Ausbildung verriet. Wie es aussah, musste er viele Schichten entfernen, um irgendwann einmal Rogon a'Grees wahren Kern erkunden zu können. Auch wenn der junge Barde weniger Magie in seinen Gesang legte als bei jenem Kriegslied in Ligaij, so rührte er die Zuhörer zu Tränen. In der Hinsicht war Rogon ein gefährlicher Mann. Sollte er sich der falschen Seite anschließen, konnte allein sein Gesang tausend Männer ersetzen.

Während Tharons Sorgen wuchsen, beendete Rogon sein Lied und fand sich urplötzlich in den Armen der Schankmaid wieder, die ihn an ihren festen Busen drückte und ihn leidenschaftlich auf den Mund küsste.

»So schön habe ich dieses Lied noch nie gehört«, sagte sie und flüsterte ihm zu, wenn er in der Nacht ein warmes Bett haben wolle, müsse er nur zu ihr kommen.

Während Rogon erstarrte, amüsierte Tirah sich königlich. »Ich würde gerne sehen, wie du mit der zurechtkommst. Sie ist immerhin ein ganzes Stück größer als du und mindestens doppelt so schwer.«

Rogon entwand sich den Armen der Tawalerin und nahm seinen Becher in die Hand. »Auf Euer Wohl und auf das König Arendhars!«

»Darauf trinken wir gerne«, antwortete Tulo und stieß mit ihm an.

Unterdessen überlegte Tharon, was er tun sollte. Dieser Rogon erschien ihm so gefährlich, dass er ihn am liebsten magisch gelähmt, in einer Glasfalle verstaut und in seinem Magierturm gefangen gehalten hätte. Andererseits aber konnte gerade jemand wie er ein wertvoller Verbündeter sein, und von denen hatte er derzeit viel zu wenige.

»Ich hoffe, du verzeihst mir meinen unbedachten Ausspruch von vorhin, aber du bist als Sänger nicht schlechter als ich«, sagte er, als Rogon sein Lied beendet hatte.

»Dir sei Verzeihung gewährt«, antwortete Rogon lachend und bestätigte damit Tharons Verdacht, einen jungen, gut ausgebildeten Adeligen aus einem der nördlichen Wardan-Länder vor sich zu haben.

»Dann trinken wir zusammen und überlegen, wie wir weiterziehen sollen. Für dich ist es sowieso besser, wenn du dich mir anschließt. Nicht überall in T'wool sind die Leute so freundlich wie hier!«

Zu einer anderen Zeit hätte Rogon das Angebot des erfahrenen Barden sofort angenommen, nun aber zögerte er. »Mein Weg führt mich nach Süden. Ich will den grünen Wall mit eigenen Augen sehen!«

»Welch ein Zufall! Das habe ich auch vor. Allerdings will ich einen Zwischenaufenthalt einlegen, um Arendhars Heirat mit der fremden Prinzessin beizuwohnen. Das wäre auch für dich sicher interessant. Du musst nicht unbedingt dabei singen.«

Zwar hatte Tharon keine Ahnung, wie Rogon auf die grüne Prinzessin und deren ebenfalls grüne Begleiter reagieren würde, hoffte aber, ihn in Zaum halten zu können.

Rogon beriet sich kurz mit Tirah und stimmte dann zu. »Also gut, machen wir es so! Ich freue mich, mit jemand ziehen zu können, von dem ich so viel erfahren kann wie von dir.«

Für einen Augenblick glaubte Tharon, Rogon hätte ihn durchschaut, doch als er ihn genauer betrachtete, stellte er fest, dass dieser immer noch den Barden Daar in ihm sah.

❊ ❊ ❊

Während Laisa den Reisezug mit Elanah und ihren Begleitern nach Osten führte, die Grenzen Lhandheras überschritt und das Kernland von Vanaraan erreichte, brach König Arendhar an der Spitze einer stolzen Schar von Tawaldon auf, um ihnen entgegenzureiten.

Von Norden her aber durchwanderten Tharon und Rogon die Provinz T'woolleen. Der Evari hatte in der Nacht seine magischen Fühler ausgestreckt und dabei bemerkt, dass sein Schützling Arendhar die Hauptstadt verlassen hatte und nach Westen ritt. Daher hoffte er, an den Grenzen von Steinland auf den König zu treffen, denn er befürchtete, dass dieser ihm noch unbekannte Frong einen Anschlag auf die Prinzessin oder gar den König plante.

Die andere Seite ruhte nicht, das konnte er spüren. Aber er wusste nicht, dass Prinz Rakkarr und andere Edelleute den Hof von T'wool bereits verlassen hatten, um ihre eigenen Pläne zu verwirklichen.

Rakkarr von T'walun war tatsächlich zu seiner Mutter geeilt. Diese erfreute sich jedoch bester Gesundheit und gab ihm ihren Segen mit auf einen Ritt, der ihm die Krone T'wools und ihr den Rang der Königinmutter einbringen sollte. Die Lehensgrafen Didond und Ensselom aus den südlich von T'wool gelegenen Grafschaften warteten bereits auf ihn. Jeder von ihnen hatte Truppen aufgeboten und unterstellte diese Rakkarrs Befehl.

Zufrieden musterte der Prinz von T'walun das Heer, das

zusammen mit seinen eigenen Kriegern mehr als zweitausend Reiter zählte, und reichte den Lehensgrafen nacheinander die Hand. »Habt Dank für eure Unterstützung! Das werde ich euch nie vergessen.«

Die beiden Männer grinsten einander an. Für sie hieß das, ihr eigenes Herrschaftsgebiet vergrößern und aus dem Stand abhängiger Lehensgrafen zu selbständigen Fürsten aufsteigen zu können.

»Das ist doch selbstverständlich, Rakkarr! Arendhar ist eine Schande auf T'wools Thron und muss beseitigt werden.« Didond sprach den Thronprätendenten von gleich zu gleich an, um von vorneherein klarzumachen, dass er sich diesem nicht untergeordnet fühlte.

Rakkarr nahm es mit einem Lächeln hin. Noch brauchte er diese Männer, doch wenn er erst einmal König von T'wool war, würde er ihnen beibringen, dass es hier im Süden nur einen Herrn geben konnte, und das war er. »Was machen unsere Freunde Pinkur, Remedel und Telandur?«, fragte er angespannt.

»Die führen ihre Scharen und die Söldner, die sie in Syrian angeworben haben, auf verborgenen Pfaden nach Westen. Wir werden an der Grenze zu Steinland auf sie stoßen«, antwortete Ensselom.

»Gut! Und was ist mit unserem größten Problem?«

In dem Moment schälte sich eine hochgewachsene Gestalt in einem schwarzen Magiertalar aus dem Nichts und blieb vor ihm stehen. »Um den Verräter Tharon werde ich mich kümmern. Ich bin Hochmagier Gynndhul, und mir obliegt die Führung dieser Aktion.«

Diese Entwicklung passte nicht in Rakkarrs Konzept, doch es hatte wenig Sinn, einem Magier zu widersprechen, zumal Gynndhul nicht so aussah, als würde er auf eine Zurückweisung freundlich reagieren.

»Ich hoffe, du weißt, was du zu tun hast«, antwortete er säuerlich und reizte den Hochmagier damit zu einem spöttischen Lächeln.

»Sei versichert, dass Tharon in diesem Land keine Rolle mehr spielen wird.«

Ich aber eine umso größere, setzte Gynndhul für sich hinzu. Er warf einen Blick über die versammelten Krieger und spürte bei etlichen eine tiefsitzende Unsicherheit, ob das, was hier geschah, auch richtig war. Die meisten aber standen fest auf der Seite ihrer Herren. Bei den schwarzen Tawalern aus dem Süden, die sich Rakkarr angeschlossen hatten, wunderte ihn dies nicht. In T'wool waren sie bisher nur geduldete Flüchtlinge und gierten danach, Macht und Einfluss zu erlangen. Doch auch die Reiter aus den Lehnsgrafschaften, die von echten T'woolern immer als zweitrangig angesehen wurden, wollten beweisen, dass sie nicht schlechter waren als Arendhars Panzerreiter.

»Die Aktion ist gut vorbereitet«, erklärte Gynndhul selbstgefällig. »Ich habe eben erfahren, dass Arendhar nur in Begleitung seiner Gardereiter aufgebrochen ist, und die zählen kaum mehr als die Hälfte der hier versammelten Krieger. Da wir aber noch über die Aufgebote der drei anderen Lehensgrafen verfügen, ist Arendhar bereits so gut wie verloren.«

»Das ist er aber nur, wenn Tharon ausgeschaltet werden kann!«, rief Rakkarr aus. Der Evari hatte seinen Schatten zu lange über die schwarzen Dämmerlandreiche geworfen, als dass er die Angst vor ihm so einfach abstreifen konnte.

Gynndhul winkte ab. »Tharon war immer nur ein nachrangiger Hexer im Schwarzen Land und ist uns wirklich starken Magiern nicht gewachsen. Daher kann er Arendhar keine Hilfe mehr leisten.«

So einfach, wie er behauptete, war es nicht, den Evari auszuschalten, das wusste Gynndhul zu gut. Doch er war vorbereitet, während sein Gegner ungewarnt in seine Falle tappen würde. Sein Verbündeter Gayyad hatte ihn mit Artefakten ausgestattet, um deren Qualität er selbst im Schwarzen Land beneidet worden wäre, und eines davon würde bereits an dieser Stelle zum Einsatz kommen. Gayyad hatte ihm erklärt, dass es unmöglich sei, mehrere tausend Reiter quer durch T'wool reiten zu lassen, ohne dass dies auffiel. Selbst wenn Arendhar zu spät davon Meldung erhielt, konnte Tharon es bemerken und den König warnen. Dann würde dieser seine Panzerreiter gegen die Aufständischen führen.

Um zu verhindern, dass Tharon Wind von dem Aufstand bekam, hatte Gynndhul von Gayyad eine besonders raumstarke Glasfalle erhalten und sie bereits dazu benutzt, das gesamte Aufgebot der nördlichen Lehensgrafschaften zu verkleinern und in ihr einzuschließen. Dasselbe würde er jetzt mit Rakkarrs Leuten und den Kriegern der südlichen Lehensgrafschaften tun. Nur der Thronanwärter selbst und vielleicht dreißig Reiter würden mit ihm zusammen den Weg nach Steinland antreten, um dort die Falle für den Evari und den jetzigen König von T'wool aufzustellen.

Gynndhul zog die Glasfalle aus seiner Umhängetasche und aktivierte sie. Dann drehte er sich zu dem Prätendenten um. »Befiehl sämtlichen Männern, an mir vorbeizureiten, Rakkarr!«

Sein Ton ließ keinen Widerspruch zu. Daher gehorchte der Prinz von T'walun und sah voller Entsetzen, wie Reiter und Pferde von einem leuchtenden Feld erfasst wurden und spurlos verschwanden.

»Was ist das für eine Meandirerei?«, rief er und griff zum Schwert. Doch dessen Griff fühlte sich mit einem Mal glühend heiß an, und so ließ er es sofort wieder los.

»Narr!«, fuhr der Magier ihn an. »Heimlichkeit ist unsere schärfste Waffe, sonst ruft Arendhar seine gesamten Panzerreiter zusammen, und wir stehen einem mehr als doppelt so starken und an Kampfwert weit überlegenen Feind gegenüber. Wenn dann auch noch Tharon so schalten und walten kann, wie er will, ist euer lächerlicher Aufstand vorbei, bevor er begonnen hat. In dem Fall würdest du dich am höchsten Baum T'wools aufgehängt wiederfinden, während dein Vetter seine Krone behielte.«

»Aber …«, brachte Rakkarr hervor.

»Deine Krieger sind durch einen Zauber verborgen. Sobald wir sie brauchen, kommen sie wieder zum Vorschein. Doch nun setze dich an die Spitze deiner persönlichen Leibwache und reite los. Für jeden Betrachter muss es so aussehen, als wolltest du Arendhar folgen, um dich ihm anzuschließen. Ach ja! Ich brauche ein Pferd, um mit euch reiten zu können. Doch es wird mich niemand bei euch sehen.« Kaum hatte Gynndhul dies gesagt, löste er sich scheinbar in Luft auf. Seine Stimme hallte jedoch befehlsgewohnt über das Feld und brachte Rakkarr dazu, seine Anweisungen umgehend zu befolgen.

***

Diese Reise unterschied sich stark von der ersten, die Laisa auf der roten Seite des Großen Stromes unternommen hatte. Damals war sie mit kleinem Gefolge durchs Land gezogen und zudem als blaue Dame getarnt gewesen. Nun ritt sie inmitten einer Schar t'woolischer Panzerreiter, die sie und die Urdiler wie ein Schutzschild umgaben und einen Kontakt mit den Einheimischen fast unmöglich machten. Übernachtet wurde zumeist in Zelten, deren schwarze Farbe nur von einigen roten Symbolen durchbrochen wurde, und das Essen wurde aus unterwegs gekauften Lebensmitteln im Lager gekocht.

Laisa merkte bald, dass der Priester Mekull das Mahl, aber auch die Getränke, die dazu gereicht wurden, mit einem Prüfstein maß, ob sich Gift darin befand. Anscheinend hatten die T'wooler Angst, jemand könnte versuchen, Prinzessin Elanah auf diese Weise aus dem Weg zu räumen. Kandidaten dafür gab es genug, besonders bei den blauen Flüchtlingen, welche die Grünen hassten wie die Pest. Auch existierten genügend Leute, die gerne eine andere Königin auf T'wools Thron gesehen hätten, und dann war da noch der geheimnisvolle Frong. Von ihm – oder besser gesagt seinen Handlangern – hatte Laisa noch nichts bemerkt, seit sie die Ostseite des Großen Stromes betreten hatte, und gerade das machte sie nervös.

Aber es gab auch so genügend Probleme, um die sie sich kümmern musste. Eines davon war die Beeinflussungsmagie, die sie bei Elanah und deren Zwillingsbruder entdeckt hatte. Um diese wirksam bekämpfen zu können, musste sie die beiden berühren. Dies war nicht einfach, da es weder dem Brauch der Urdiler noch dem Zeremoniell entsprach.

An diesem Tag beschloss Laisa, sich durch nichts aufhalten zu lassen. Sie setzte sich beim Abendessen neben die Prinzessin und funkelte sie unternehmungslustig an.

»Ich muss mit dir sprechen!«

»Es besteht kein Anlass, es Euch zu verweigern«, antwortete das Mädchen mit einem gezwungenen Lächeln.

»Diesmal dreht es sich nicht um die Güte des Essens oder der Unterkunft«, antwortete Laisa mit einem leisen Fauchen, denn die Hähnchenschenkel, die man ihnen aufgetischt hatte, waren für ihren Geschmack zu stark gewürzt gewesen.

Sie wusste jedoch, dass es vor allem daran lag, dass es sich um einheimische, also schwarze Lebensmittel handelte, die sie aß, um zu beweisen, dass es ihr nichts ausmachte. Es biss trotzdem im Gaumen, und sie sehnte sich nach einem schönen, großen Fisch aus dem Strom, wenn er nur eine andere Farbe hatte als schwarz. Im Gegensatz zu ihr ging es Borlon schlechter, denn er war auf den Inhalt ihrer Vorratsglasfalle und jene Lebensmittel angewiesen, die die Grünen mitgebracht hatten.

Laisa würgte diesen Gedankengang ab und musterte Elanah nachdenklich. »Ich würde gerne wissen, wie du dir deine Zukunft denkst?«

»Meine Zukunft?« Da Elanah ihr Gesicht nicht mehr mit grüner Schminke behandelte, war deutlich zu sehen, wie sie erbleichte.

»Ja, deine Zukunft!«, bohrte Laisa nach. »Du bist jetzt achtzehn Jahre alt und hast noch gut hundert Jahre vor dir. Was gedenkst du, in dieser Zeit zu tun?«

»Ich? Nun, ich …« Elanah wusste nicht, was sie sagen sollte. In ihren Gedanken gab es nur Zeit bis zu dem Augenblick, in dem sie Arendhar gegenüberstehen und einen Dolch in der Hand halten würde. Danach kam nichts mehr. Dabei wollte sie gar nicht morden – und sterben eigentlich auch nicht. Doch Arendhars Wachen würden sie nach dessen Tod mit Sicherheit in Stücke schlagen.

»Du musst dir doch Gedanken über diese lange Zeit gemacht haben!« Laisa bemerkte an ihrer Reaktion, dass sie auf der richtigen Spur war. Das Mädchen wirkte verwirrt, weil seine eigenen Gedanken und Wünsche im Widerspruch zu dem standen, was die Beeinflussung ihm befehlen wollte.

»Was soll das? Warum quält Ihr meine Schwester? Ihr seht doch, wie schwer es ihr fällt, überhaupt hier zu sein«, mischte sich Elandhor ein.

»Sei ruhig!«, herrschte Laisa ihn an. »Mit dir muss ich auch noch reden. In euren beiden Köpfen ist etwas, das dort nichts verloren hat. Ich muss herausfinden, was es ist, und es beseitigen.«

Der junge Mann zuckte erschrocken zusammen. »Ihr glaubt, jemand hätte uns beeinflusst?«

»Genau das meine ich!«, erklärte Laisa mit Nachdruck. »Es handelt sich um dieselbe Magie, die bereits König Reodhil von Thilion vergiftet hatte. Jetzt will ich sehen, was sie bei euch bewirken soll. Wenn ihr beide sterbt und euer Bruder Klinal ebenfalls, erbt König Tenealras von Tenelian euer Land – und der ist mit den Kerlen im Bund, die den Südkrieg und damit auch die Gefangenschaft eures Vaters zu verantworten haben.«

Laisa folgerte ihre Schlüsse etwas willkürlich aus dem spärlichen Wissen, das sie bislang gesammelt hatte. Doch ihr ging es nicht um die absolute Wahrheit, sondern darum, die Prinzessin und ihren Bruder dazu zu bringen, sich ihr rückhaltlos anzuvertrauen.

Dies gelang ihr auch, denn Elandhor machte unwillkürlich das Zeichen gegen böse Zauber und langte sich dann an den Kopf. »Hier ist etwas, das spüre ich! Allerdings kann ich es nicht fassen. Ich weiß nur, dass es nicht gut ist und mich zu etwas zwingen will, was nicht sein darf.«

»Deshalb stelle ich deiner Schwester ja auch diese Fragen, um herauszufinden, welcher Art diese Beeinflussung ist. Wenn ich ihren Kopf berühren könnte …« Laisa hatte es noch nicht ganz ausgesprochen, da rückte Elanah bereits auf sie zu.

»Tut es! Bitte! Ich habe Angst. Was auch immer in meinem Kopf ist, will mich zu etwas Schrecklichem zwingen, das die Freiheit meines Vaters für immer verhindern wird.«

Nun war Laisa alles andere als eine ausgebildete Magierin. Allerdings hatte sie von Khaton trotz seines Schimpfens einiges abgeschaut und besaß ein natürliches Talent, magische Farben zu erkennen und deren Strukturen zu verfolgen. Trotzdem brauchte sie, nachdem sie beide Hände gegen Elanahs Schläfen gepresst hatte, eine ganze Weile, um das Fremde in deren Gedanken deutlich auszumachen.

Als sie daran rührte, schrie Elanah auf. »Ich muss Arendhar töten!«

»Gerade das darfst du nicht!«, wies Laisa sie zurecht und wechselte dann einen kurzen Blick mit Elandhor.

»Du siehst, jemand hat versucht, sich deiner Schwester zu bedienen, um den Hass der beiden Stromseiten gegeneinander noch einmal so richtig anzuheizen. Wenn deine Schwester den König von T'wool tötet, würde der ganze Osten annehmen, dies wäre von Anfang an der Plan gewesen, und auf Rache sinnen.«

»Arendhar muss sterben!«, brach es aus Elandhor heraus, und er zog sein Schwert. Bevor er jedoch etwas tun konnte, war Borlon bei ihm und nahm es ihm ab. Dann packte der hünenhafte Bor'een den mit einem Mal verwirrt wirkenden Prinzen und hielt ihn fest.

Laisa kümmerte sich indessen wieder um Elanah. Da sie nun wusste, zu welchen Taten die Beeinflussung das Mädchen treiben wollte, war es leichter für sie, dieser nachzuspüren und sie vorsichtig aufzulösen. Sie durfte nur nicht zu viel bei einer Sitzung erreichen wollen, weil die Gefahr bestand, dass Elanah durch den Schock den Verstand verlor.

Als sie aufhörte, schluchzte Elanah in ihren Armen wie ein kleines Kind. »Wie böse muss dieser Magier sein, dass er mich zu einem Mord zwingen will? Ich bin doch gekommen, um meinen Vater zu retten, und hätte ihn stattdessen in Schande und endlose Gefangenschaft gestürzt!«

»Zum Glück hast du ja mich. Ich werde dich von dem schlechten Einfluss befreien«, antwortete Laisa und bat Borlon, ihr ein unter Erhaltungszauber stehendes Stück Hirschrücken aus seiner Vorratsglasfalle zu geben.

»Zauber auflösen macht hungrig!«, kommentierte sie und sah Elandhor grinsend an.

»Wenn ich satt bin, mache ich bei dir weiter. Unterdessen sollte Elanah ein wenig über das Land erfahren, das ihre neue Heimat werden soll. Bislang wollte sie nichts davon wissen. Doch jetzt erscheint es mir wichtig, dass sie eine Ahnung hat, wie sie sich in T'wool verhalten muss. Machst du das, Ysobel?«

»Das Hofzeremoniell kenne ich auch nicht«, wandte Ysobel ein, »denn ich habe meine Kunst in T'wool bislang nur auf Jahrmärkten gezeigt. Aber ich kann berichten, wie es im Land aussieht und wie die Menschen dort sind. Die einfachen Leute sind nicht anders als anderswo, aber stolz darauf, T'wooler zu sein. Bei den höheren Rängen steigert sich dies allerdings bis zu einer Verachtung für alle Menschen, die keine T'wooler oder wenigstens Tawaler sind. Vor allem Wardan haben darunter zu leiden, obwohl in T'wool selbst mehr blaue Wardan leben als in manchem wardanischen Fürstentum.«

Dies konnte Laisa bestätigen, wusste sie doch aus T'woollion, dass es dort ein fast nur von Wardan bewohntes Sechstel gab.

Ysobel nickte und fuhr mit ihrem Vortrag fort. »Die Wardan in T'wool haben keine besonderen Rechte, sondern sind den t'woolischen Gesetzen unterstellt. Ihre eigenen Anführer stammen aus der Priesterschaft, und einen Adel gibt es bei ihnen nicht. Alle wichtigen Verwaltungsposten sind von Tawalern besetzt. Die T'wooler selbst würden die Wardan und auch die Violetten, die dort leben, am liebsten aus dem Land weisen. Aber wenn sie das tun, machen sie sich alle Wardan-Reiche zum Feind und stehen vor einem Krieg, der sie auf Dauer zermürben würde. Ein oder zwei Wardan-Fürstentümer sind zwar rasch überrannt, doch es gibt sehr viele, wenn auch oft recht kleine, blaue und violette Reiche, und die Wardan sind, dem Spott der T'wooler zum Trotz, keine schlechten Krieger.«

»Ich glaube, die Abneigung der T'wooler und Wardan auf den jeweils anderen ist ein Werk dieses Frong«, warf Laisa ein.

»Wer ist Frong?«, wollte Elandhor wissen.

»Irgendein Widerling, der glaubt, von einem Krieg der Wardan gegen T'wool profitieren zu können. Wäre es nicht so verrückt, würde ich sagen, dass er eng mit dem grünen Schurken zusammenarbeitet, der Reodhil und euch beeinflusst hat!«

Dieser Gedanke verfolgte Laisa, seit sie Neldion von Thalin als Verräter entlarvt hatte. Doch bislang war es ihr nicht gelungen, auch nur den geringsten Anhaltspunkt für ihren Verdacht zu finden – abgesehen von den nach verbranntem Blau schmeckenden Artefakten des verräterischen Fürsten.

»Es sieht aus, als wären die Leute hier nicht viel anders als bei uns drüben!« Noch vor einem Monat hätte Elanah sich eher die Zunge abgebissen, als so etwas zu sagen. Doch bisher hatten sich die Einheimischen nicht als jene Ungeheuer entpuppt, als die sie auf der goldenen Seite verschrien waren. Auch wenn Baron Kedellen und der Priester Mekull Abstand hielten, so erwiesen sich die Panzerreiter als höflich und taten alles, um ihr die Reise zu erleichtern.

»Seine Reiter lieben den König«, entfuhr es ihr unbewusst.

Laisa lächelte zufrieden. Das Mädchen begann, positiv von den Leuten auf dieser Seite und vor allem von Arendhar zu denken. Also hatte sie den Kern der Beeinflussung geknackt.

Da Elanah wusste, dass Laisa selbst, aber auch Ysobel, Rongi und Borlon König Arendhar bereits kennengelernt hatten, stellte sie jetzt Fragen, deren Antworten auch Elandhor interessiert lauschte. Immerhin würde der mächtigste König des Ostens bald sein Schwager sein, und einem zukünftigen Neffen mochte es vielleicht gelingen, einen dauerhaften Frieden zwischen den beiden Seiten des Stromes herbeizuführen.

❋ ❋ ❋

Obwohl die Landschaft sich nicht änderte, spürte Laisa die Grenze zwischen den Fürstentümern Lhandhera und Vanaraan, dem Kernland des gleichnamigen Königreiches, denn das Land schmeckte magisch etwas anders. Das mochte auch an dem Empfangskomitee liegen. Hatte Tobolar von Lhandhera sich vor allem auf Tawaler aus dem Süden gestützt, wurden sie nun von schlanken, sehnigen Kriegern erwartet, die zwar Schwarz trugen, aber von blauer Grundfarbe waren. Laisa stellte sogar fest, dass bei den meisten von ihnen eine winzige violette Flamme im Kopf glühte, so als wären ihre Ahnen einst violett gewesen. Lankarrad, der Fürst dieses Landesteils und nach dem Willen seines Schwiegervaters designierter König des Gesamtreiches, ließ sich jedoch nicht blicken. Auch der König von Vanaraan glänzte durch Abwesenheit.

Baron Kedellen beschwerte sich bei dem Anführer der Blauvioletten über diese Unhöflichkeit, doch der Mann zog nur die Schultern hoch. »Wir haben den Auftrag erhalten, euren Reisezug zu eskortieren und dafür zu sorgen, dass ihr rasch und ohne Schwierigkeiten das Land durchqueren könnt. Alles andere steht außerhalb unserer Verantwortung. Übrigens, könnt ihr für Speis und Trank bezahlen? Unser Land ist arm und kann es sich nicht leisten, auch noch Leute aus T'wool durchzufüttern.«

Dies war nicht nur unhöflich, sondern auch unverschämt. Laisa juckte es in den Krallen, dem Kerl eine drastische Lektion zu erteilen. Doch der Trupp einheimischer Soldaten übertraf ihre eigene Eskorte um mehr als das Dreifache, und sie wollte nicht ohne triftigen Grund ein Scharmützel vom Zaun brechen. Daher ritt sie auf den Mann zu und fixierte ihn mit einem kalten Blick.

»Soviel ich weiß, wurden die Reiseroute und ihre Bedingungen mit dem König von Vanaraan abgesprochen. Wenn etwas bezahlt werden muss, geschieht dies auf einem anderen Weg als damit, einem nachrangigen Unteroffizier Geld zuzustecken!«

Der Kopf des Mannes färbte sich dunkelrot. »Ich bin kein Unteroffizier, sondern der Oberbefehlshaber der Truppen Seiner Hoheit, des Fürsten Lankarrad!«

»Der seinem Schwiegervater, dem König von Vanaraan, nachgeordnet ist. Weshalb hat dieser nicht den Oberbefehlshaber seiner Truppen geschickt?«, fragte Laisa ungerührt.

»Der Oberbefehlshaber des vanaaranischen Heeres ist mein Fürst!«, entgegnete der andere mühsam beherrscht.

»Seit wann nimmt ein Tawaler blaue Wardan als Leibgarde in seine Dienste?« Laisa versuchte mit diesem Spott, den Blauvioletten zu unbedachten Äußerungen zu bewegen.

Dieser verzog verächtlich sein Gesicht und versuchte, hochmütig auf sie herabzusehen. »Wir sind keine Wardan, sondern Männer aus dem Fürstentum Velghan, das sich vor drei Generationen dem großen Giringar zugewandt hat.«

»An eurer Grundfarbe hat das bisher noch nichts geändert. Und jetzt höre mir gut zu, Mann aus Velghan! Richte deinem Fürsten und dem König aus, dass ich jede Störung und Verzögerung dieser Reise durch dich oder deine Leute umgehend König Arendhar und Tharon melden werde. Der Evari ist, wie du vielleicht schon erfahren hast, der Wächter Giringars in den Dämmerlanden und wird sich ein solches Auftreten, wie du es hier an den Tag legst, noch weniger bieten lassen als ich!«

»Tharon soll der Meandir holen!«, entfuhr es dem Mann.

Dann aber winkte er ab, so als sei es nicht wert, sich zu streiten, und befahl seinen Männern, mit ihm zu kommen. Innerhalb weniger Augenblicke waren die Reisenden allein. Da Laisa jedoch die winzigen violetten Flammen der hiesigen Krieger auf mehrere Meilen anpeilen konnte, stellte sie rasch fest, dass diese sich zwar ein wenig zurückgezogen hatten, aber in der Gegend blieben. Von ihrer Zahl her waren sie stark genug, um eine Gefahr darzustellen. Daher hielt sie es für unabdingbar, sich mit Baron Kedellen zu besprechen.

»Wie es aussieht, wurde dieser Brautzug von t'woolischer Seite schlecht geplant«, beschwerte sie sich. »Ich mag es nicht, wenn mehr als fünfhundert Blaue um uns herumschwirren. Die Männer sind Flüchtlinge aus dem Süden und könnten auf den Gedanken kommen, sich auf billigem Weg rächen zu wollen.«

Kedellens Gesicht verzog sich vor Abscheu. »Das werden sie nicht wagen! Jeder weiß, dass die Panzerreiter des gewaltigen Arendhar, Schwert Giringars in den Dämmerlanden, Haupt der Tawaler und erhabener König von T'wool durch diese Lande fegen und jeden Widerstand mit eiserner Faust brechen würde!«

Diesmal ließ Laisa den Mann ausreden, denn was er sagte, klang interessant genug. Wenn Gefahr bestand, dass Arendhar mit seinen Panzerreitern kommen und die blauviolette Leibgarde des Fürsten niedermachen würde, weshalb benahmen sich diese Männer dann so herausfordernd? Sie spürte deren Hass auf alles Grüne und den Willen zuzuschlagen, sobald es möglich war, sogar noch auf die Entfernung. Das konnte niemals gegen den Willen des Fürsten geschehen, und der würde es nicht riskieren, Arendhar zu erzürnen, es sei denn …

Laisas Gedanken glitten zu der ihr noch unbekannten Person namens Frong und dessen möglichen Verbündeten auf der goldenen Seite des Stromes. Wenn der Prinzessin und ihrer Begleitung auf dem Weg nach T'wool etwas passierte, würde es die Rachegelüste der westlichen Reiche anheizen und zu einem neuen Krieg führen. Außerdem befanden sie, Rongi, Ysobel und Borlon sich ebenfalls mitten im Geschehen, und sie wollte nicht, dass einer ihrer Gefährten zu Schaden kam.

Während Laisa ihren Gedanken nachhing, entschied Baron Kedellen, dass die Lage zu kritisch war, um selbst Entscheidungen zu treffen, und so gab er den Befehl, einen Botenvogel zu Arendhar zu schicken, um diesen über das Verhalten der Krieger in Vanaraan zu informieren.

DREIZEHNTES KAPITEL

Ein Zusammentreffen

Tharon stieß einen Fluch aus, bei dem jeder Priester erblasst wäre, denn eben hatte er mit seinen geistigen Kräften erneut nach Arendhar gesucht und festgestellt, dass der König die Grenzen T'wools überschritten hatte. Offensichtlich hatte Arendhar eine Botschaft empfangen und wollte nun seiner Braut bis Vanaraan entgegenreiten. Diese Entwicklung gefiel Tharon überhaupt nicht. Steinland war eine wüste, nur wenig erkundete Gegend, und was Maischalh betraf, so hielt er von dem neuen Fürsten dieser Provinz von Vanaraan und seiner Gemahlin noch weniger als von dem Fürstenpaar von Zentral-Vanaraan. Beide vertrauten für sein Gefühl zu sehr auf Maulschwarze, wie er die Männer aus Velghan nannte, die zu Giringar beteten, während ihre Seelen noch immer zu Ilyna gehen mussten. Blaue aus dem zerstörten Süden aber waren die erbittertsten Feinde der Grünen, und damit schwebte die zukünftige Königin von T'wool in höchster Gefahr.

»Hast du etwas dagegen, wenn wir einen Abstecher nach Westen machen und uns dem grünen Wall an der Stelle nähern, an der er auf den Großen Strom trifft?«, wandte Tharon sich an seinen Begleiter.

Rogon blieb stehen und blickte unwillkürlich nach Westen.

Gleichzeitig lauschte er nach innen, um zu hören, was Tirah zu sagen hatte.

»Ich traue diesem Daar nicht«, klang ihre Stimme in seinen Gedanken auf. »Er erinnert mich an jemand, den ich einmal gekannt habe. Leider weiß ich nicht mehr, woher.«

»Glaubst du, dass er auf Übles sinnt?« Rogon traute es dem Barden eigentlich nicht zu, doch er hatte sich bereits von Sung täuschen lassen.

Tirah überlegte einen Augenblick, dann lachte sie in seinem Innern. »Wenn er das versucht, wird ihn mein Schwert sehr schnell kopflos machen. Es ist eine magische Klinge und damit auch für einen Magier gefährlich. Selbst wenn wir den Kerl damit nicht töten können, sind wir ihn für einige Zeit los.«

»Das entscheidet aber nicht, ob wir ihm nach Westen folgen oder nicht«, wandte Rogon ein.

»Er will auf jeden Fall dorthin, das spüre ich deutlich. Vielleicht wäre es die Gelegenheit, uns von ihm zu trennen und wieder unserer eigenen Wege zu gehen.«

Doch Rogon war zu neugierig, was Daar dazu trieb, auf einmal die Richtung zu wechseln, und entschloss sich Tirahs Rat zum Trotz, weiter bei dem schwarzen Barden zu bleiben. Allerdings fragte er Daar nach dem Grund für den Abstecher nach Westen.

»Es ist doch sicher nicht nur deswegen, damit du dir die Füße im Wasser des Großen Stromes waschen kannst«, meinte er scherzhaft.

Tharon nickte verblüfft. »Dir kann man wirklich nichts vormachen! Um es offen zu sagen, es geht mir um die Prinzessin aus dem Westen. Der Wind flüstert mir zu, dass sie bereits auf dieser Seite angekommen ist. Du hast es ja selbst gemerkt. Der Sinn der T'wooler ist schlicht, und sie lehnen Fremde und ihnen Unbekanntes ab. Vielleicht können Lieder helfen, sie mit der Königin aus dem Westen auszusöhnen.«

»Sie ist grün!« Rogon schüttelte sich, wurde aber von Tirah zur Ordnung gerufen.

»Jetzt tu nicht so, als hättest du noch nie jemand Grünes gesehen. Du hast mir doch erzählt, wie du als kleiner Junge in Edessin Dareh Leckereien aus Gamindhon gegessen und sie vertragen hast, während dein damaliger Freund fürchterlich krank davon geworden ist.«

»Du hast ja recht«, murmelte Rogon und sah sich mit Tharons verblüffter Frage konfrontiert.

»Wie meinst du das?«

Da Rogon nicht erklären wollte, dass die berühmteste aller violetten Kriegerinnen als Geist in seinem Körper steckte, rang er sich ein gequältes Lachen ab. »Ich meine deine Lieder, Daar. Während du die T'wooler mit dem Mädchen aus dem Westen aussöhnen willst, könnte ich bei den Wardan von ihr singen. Ich schätze, dass viele es hören wollen.«

»Da gebe ich dir recht.« Tharon lachte scheinbar fröhlich und wies nach vorne, wo ein schmaler Pfad von der Straße abging und westwärts verlief.

»Nehmen wir diesen Weg. Damit umgehen wir die Steinlandpässe und wandern ein paar Meilen durch Maraand. Es ist neben einem kaum lebensfähigen Rest des Fürstentums Mondras das einzige noch existierende Land der südlichen Wardan nach diesem letzten Krieg. Alle anderen sind ausgelöscht worden.«

»Was mag die grünen Reiche des Westens getrieben haben, über den Großen Strom zu kommen?«, fragte Rogon nachdenklich.

»Um diese Frage zu klären, müssten wir selbst über den Strom fahren und drüben herumschnüffeln. Aber wer will das schon!« Mit einer ärgerlichen Handbewegung fasste Tharon seinen Packen fester und schritt voraus.

Rogon folgte ihm, in Gedanken versunken. Irgendwie verspürte er den Reiz, die Grenze zu überschreiten, die der Große Strom darstellte, und sich die Länder am gegenüberliegenden Ufer, das die Leute dort das Goldene nannten, einmal anzuschauen.

»Verrückter Kerl! Wenn du das tun willst, dann warte gefälligst, bis ich wieder in meinem eigenen Körper stecke«, kommentierte Tirah seine Überlegungen und brachte ihn damit zum Lachen.

Während des weiteren Weges wagte Tharon es mehrmals, einen leichten Beschleunigungszauber anzuwenden, damit sie rascher vorankamen. Für Rogon waren es nur dünne, magische Wolken, die den schwarzen Barden und ihn einhüllten und ihn die Umgebung etwas verschwommen sehen ließen. Tirah hingegen war erfahren genug, um den Zauber einordnen zu können, und warnte ihn.

»Daar ist niemals der schlichte Barde, als der er sich ausgibt, denn so einer würde magische Kunst dieser Art niemals beherrschen. Nach dem Ende der Götterkriege haben sich die meisten Magier Giringars ins Schwarze Land zurückgezogen. Daher habe ich den Verdacht, Daar könnte Tharon selbst sein.«

»Der schwarze Evari?« Rogon gelang es im letzten Moment, diese Worte nicht laut auszusprechen.

In Gedanken sah er Tirah nicken. »Genau den meine ich. Ich erinnere mich jetzt auch, gehört zu haben, dass er als Barde verkleidet durch die Lande zieht, um die Stimmung der Menschen zu erkunden. Wahrscheinlich tut er es nun wegen der grünen Prinzessin.«

»Aber was sollen wir jetzt machen? Der Evari ist nicht gerade der Reisegefährte, nach dem ich mich gesehnt habe.«

»Vielleicht ist es gar nicht so schlecht«, widersprach Tirah. »Über Tharon könnten wir schließlich herausbekommen, wo Sirrin steckt. Irgendwann will ich wieder ich selbst sein. Das wirst du wohl verstehen.«

Rogon musste innerlich lachen. »Absolut!«

»Bis dorthin wirst du dich schön unauffällig verhalten!«

»Natürlich!« Mit einem Grinsen wandte Rogon sich an Tharon, dessen Gedanken bereits bei Elanahs Reisezug weilten. »Was weißt du über diese grüne Prinzessin?«

»Nicht mehr, als ich dir bereits erzählt habe. Aber jetzt spare dir deinen Atem für den Aufstieg. Die Berge vor uns sind zwar nicht besonders hoch, gehen aber trotzdem in die Beine!« Das war nicht der wahre Grund. Tharon wollte einfach nur ungestört bleiben, um seine magischen Sinne wandern zu lassen. Da ein Gespräch dabei nur hinderlich war, schottete er sich ab und untersuchte magisch jene Orte, die er aufgrund gewisser Vorbereitungen geistig aufsuchen konnte. Doch was er auf diese Weise erfuhr, war herzlich wenig.

Baron Kedellen befürchtete, noch in Vanaraan oder spätestens in Maischalh in Schwierigkeiten zu geraten. Daher hatte Arendhar sich entschlossen, seiner Braut bis dorthin entgegenzureiten.

Aus Süd-T'wool wurde gemeldet, dass Prinz Rakkarr mit wenigen Begleitern zum König stoßen wollte, während ansonsten im Reich alles ruhig war. Tharon aber schien es die Ruhe vor dem Sturm zu sein. Bislang hatten die Priester sich offen gegen Arendhars Plan gestellt, die Prinzessin aus Urdil zu heiraten. Nun aber erwähnte nicht einmal der Oberpriester in Tawalaan diese Tatsache beim Gebet am Giringar-Tag, und das war sehr auffällig.

❋ ❋ ❋

Als Magier besaß Tharon weitaus mehr körperliche Ausdauer als jeder normale Mensch, und er konnte sich zudem noch durch Magie stärken. Doch obwohl er rasch ging, blieb sein Begleiter keinen Schritt zurück. Rogon keuchte zwar, doch als Tharon ihn kurz überprüfte, stellte er fest, dass der junge Barde über beachtliche Reserven verfügte. Außerdem stärkte Rogon sich selbst, ohne dafür einen Zauber weben zu müssen. Dieser instinktive Umgang mit Magie war dem Evari unheimlich. An den Schulen im Schwarzen Land achtete man sorgfältig darauf, dass jede magische Anwendung genau kontrolliert wurde. Bei den Blauen und Violetten wurde dies zwar nicht ganz so streng gehandhabt, doch auch hier wäre nur eine exzellent ausgebildete Magierin oder ein Magier in der Lage gewesen, die eigenen Kräfte so selbstverständlich anzuwenden.

»Weshalb ziehst du eigentlich auf diese Art durch die Lande?«, fragte Tharon, nachdem er seine geistigen Ausflüge fürs Erste beendet hatte.

»Warum durchziehst du sie?«, antwortete Rogon mit einer Gegenfrage, bequemte sich dann aber doch zu einer Antwort. »Es erschien mir das Richtige zu sein.«

»Mir auch«, brummte Tharon und wies nach vorne. »Wir erreichen gleich die Grenze zwischen T'wool und Maraand. Wollen wir offen überwechseln, oder schleichen wir uns heimlich durch die Büsche?«

»Was schlägst du vor?«

»Die Büsche wären mir lieber!«, erklärte Tharon. »Die Grenzwachen von Maraand sind sehr genau, und man mag T'wooler dort nicht besonders.«

»Dabei sind wir beide gar keine T'wooler«, antwortete Rogon mit einem Lachen.

Tharon sah ihn überrascht an. »Wie kommst du darauf, dass ich keiner sein soll?«

»Du sprichst von den T'woolern so, als würdest du nicht dazugehören! Darum nahm ich an, du wärst nicht dort geboren.«

»Du bist ein schlaues Kerlchen«, sagte Tharon mit widerwilliger Anerkennung. »Aber du hast recht. Ich bin woanders zur Welt gekommen, auch wenn ich die meiste Zeit in T'wool lebe. Doch wo kommst eigentlich du her?« Das war eine Fangfrage, da sein Begleiter bislang seine Herkunft noch nicht preisgegeben hatte.

Rogon entzog sich mit einem fröhlichen Lachen einer genauen Antwort. »Geboren wurde ich in Edessin Dareh, wo auch noch ein Teil meiner Familie lebt. Ein paar Jahre habe ich im Norden gewohnt, was ein wenig auf meine Aussprache abgefärbt hat, und jetzt ziehe ich auf der Suche nach Abenteuern durch die Welt.«

Erneut kam Tharon der Verdacht, den Sohn eines Priesters oder einer Priesterin des blauen Tempels in der Heiligen Stadt vor sich zu sehen, der sich dem geregelten Leben eines wardanischen Edelmannes entziehen wollte.

»Wenn du auf Abenteuer aus bist, warum hast du dich dann keiner Söldnertruppe angeschlossen?«, bohrte er nach, um noch mehr über den jungen Wardan zu erfahren.

Rogon winkte mit einer verächtlichen Geste ab. »Nenne mir einen Söldneranführer, über den heute noch jene Lieder gesungen werden, die einen dazu bringen könnten, sich ihm anzuschließen!«

»Rogar a'Terell!«, antwortete Tharon und schüttelte über sich selbst den Kopf. »Nein, der ist kein Söldnerführer mehr, sondern König in Andhir geworden. Sein Söldnertrupp hat sich aufgelöst, und andere bekannte Söldneranführer sind im Südkrieg umgekommen. Was jetzt noch existiert, steht im Dienst irgendeines Fürsten oder Königs, um dessen Thron und die Grenzen seines Landes zu bewachen. Abenteuer kann man auf diese Weise nicht mehr erleben.«

Während des Gespräches waren die beiden von der Straße abgewichen und überquerten die Grenze bei einem Waldstück. Ein Unsichtbarkeitszauber von Tharon sorgte dafür, dass niemand sie entdeckte.

Da sie auf heimlichem Weg nach Maraand gekommen waren, mieden sie menschliche Ansiedlungen und wanderten durch die Wildnis nach Südwesten. Die Berge blieben hinter ihnen zurück, und sie erreichten ein ausgedehntes Waldgebiet, das sich bis nach Maischalh und Vanaraan erstreckte. Die Bäume hier waren blau, wie es sich für ein Reich der blauen Stammtafel gehörte, und doch kannte Rogon sie nicht und wusste auch nicht zu sagen, welche Früchte und Samen essbar waren und welche nicht.

Tharon erklärte ihm einiges, und da die Bäume einander glichen wie Brüder, benutzte er zwischendurch kurze Versetzungszauber, um rascher voranzukommen. Rogon und er legten auf diese Weise die Strecke von drei Tagesreisen in weniger als einem Tag zurück und erreichten die Grenze zwischen Maraand und Vanaraan, bevor die Nacht hereingebrochen war.

Der Reisezug mit der Prinzessin konnte nicht mehr fern sein, das spürte Tharon. Mehr aber beunruhigten ihn die blauvioletten Krieger, die seine Sinne in der Umgebung wahrnahmen. Ihre Zahl war mittlerweile auf fast tausend angewachsen, und sie hielten den Brautzug unter scharfer Beobachtung.

»Wenn da mal keine Meandirerei geplant ist«, sagte Tharon mehr zu sich als zu Rogon.

Dieser vernahm es trotzdem und krauste die Stirn. »Wie meinst du das?«

»Nun, ich … ich verfüge über leichte Spürerfähigkeiten und habe eben etliche Blaue entdeckt, die sich abseits der Hauptstraße halten, auf der die Prinzessin reisen muss«, antwortete Tharon mit einem missratenen Lachen. »Blaue, die Grüne umschleichen. Da kann man leicht Übles annehmen.«

Nachdem Daar ihn darauf aufmerksam gemacht hatte, bemerkte Rogon ebenfalls schwache, blaumagische Präsenzen in der Nähe, die eine violette Flamme in sich trugen. Noch deutlicher aber konnte sein geistiges Auge den Brautzug sehen. Die t'woolischen Panzerreiter mit ihrer magisch gestärkten Wehr und den Amuletten erschienen ihm wie schwarzer Nebel, der grüne, aber auch weiße, violette und blaue Präsenzen umgab.

Irritiert schüttelte Rogon den Kopf.

Tharon sah es und stupste ihn an. »Was ist los?«

»Ich habe magische Wesen entdeckt, und zwar dort vorne!« Rogons Finger wies genau in die Richtung, in der der Evari bereits den Reisezug ausgemacht hatte. »Das Seltsame aber daran ist die Kombination der Farben, die ich zu sehen glaube. Es ist nämlich auch Weiß und Blau dabei – und Violett!« Letzteres sagte Rogon, um Tirah nicht zu verärgern, die schon ganz nervös in ihm herumwirbelte. Zwar hatten sie nicht Sirrin entdeckt, doch vielleicht wusste die unbekannte Fremde, wo die violette Evari zu finden war.

»Was sagst du?« Tharon fasste jetzt selbst nach und entdeckte mehrere Präsenzen, die ihm bekannt vorkamen. Im ersten Augenblick bleckte er die Zähne zu einer ärgerlichen Grimasse, beruhigte sich aber wieder und nickte.

»Du besitzt recht ordentliche Fähigkeiten, Rogon a'Gree. Vor uns sind wirklich Leute weißer, blauer und violetter Grundfarbe. Aber mehr würde mich interessieren, was die Blauen in unserer Nähe vorhaben. Warte, ein befreundeter Magier schenkte mir einmal ein Amulett mit einem Unsichtbarkeitszauber. Bisher habe ich es nur benutzt, wenn der Ehemann einer schönen Frau zu früh nach Hause gekommen ist. Doch es mag uns auch jetzt gute Dienste leisten.«

Mit einem Lachen, das fröhlich klingen sollte, aber seine Sorgen verriet, benutzte Tharon das Artefakt und fasste Rogon bei der Hand.

»Du musst ganz in meiner Nähe bleiben, sonst gerätst du aus dem Unsichtbarkeitsschirm, und das wäre nicht gut für dich. Ich schätze nämlich, dass die Blauvioletten zuerst zustechen und erst dann fragen.«

»Er ist der Evari! Jetzt bin ich mir ganz sicher. So ein starkes Artefakt besitzt kein einfacher Sänger. Außerdem erinnere ich mich jetzt daran, dass Tharon auch schon früher als Barde verkleidet durch die Lande gereist ist«, wisperte Tirah ihrem Träger so leise zu, als befände sie sich außerhalb seines Körpers.

Rogon war mittlerweile zur gleichen Überzeugung gekommen. Mehr als diese Tatsache interessierte er sich jedoch für die Blauvioletten, die anscheinend im Hinterhalt lagen. Als sie sich den Männern näherten, entdeckte er, dass es keine Wardan waren, sondern Leute, die ein wenig den Freistädtern und Flussmäulern glichen, auch wenn ihr Wardan-Erbe größer war als bei jenen. Ihre Kleidung und die Bewaffnung aber war tawalisch. Sie trugen schwarze Brustpanzer, rote Wappenzeichen und eine Helmform, die, wie Tharon Rogon zuraunte, jener der t'woolischen Panzerreiter glich.

»Die Kerle sind zwar im Kern blau, aber Maulschwarze, weil sie zu Giringar beten, ohne ihm wirklich anzugehören. Ich schätze, es handelt sich um Velghaner, einem vor mehreren Generationen zu Giringar übergewechselten blauen Fürstentum.«

»Es sind Schafdiebe«, meldete Tirah voller Verachtung.

Aus irgendeinem Grund schien sie diese Leute nicht zu

mögen. Aber Rogon wollte sich sein eigenes Urteil bilden und wies auf einige Männer, die in der Nähe auf ihren Pferden saßen und sich leise miteinander unterhielten.

»Ich glaube, da drüben sind die Anführer. Wir sollten hören, was die zu besprechen haben.«

Tharon nickte zustimmend und forderte ihn noch einmal auf, ganz dicht bei ihm zu bleiben. Wenig später standen sie unter einem großen Baum direkt neben den Reitern. Zwei der Pferde wurden auf einmal unruhig. Obwohl sie die beiden heimlichen Beobachter nicht sehen konnten, rochen sie deren Anwesenheit und versuchten, ihre Herren zu warnen.

»Seid ruhig!«, dachte Rogon besorgt.

Tharon sah, wie dabei eine kleine, blaue Wolke von ihm ausging und die Pferde einhüllte. Diese gehorchten sofort, und eines senkte sogar den Kopf, um ein paar Blätter vom Unterholz zu rupfen.

»Gut gemacht!«, lobte der Evari Rogon unhörbar und klopfte ihm auf den Rücken. Noch während dieser sich fragte, was denn geschehen sei, lauschten beide dem Gespräch der Krieger.

»Wir sind uns also alle einig«, sagte eben einer.

»Ja! Mir passt es zwar nicht, dieses aufgeblasene t'woolische Gesindel in Ruhe lassen zu müssen und noch weniger die grünen Krieger, aber wir können uns keinen offenen Kampf mit T'wool leisten.«

Für einige Augenblicke befürchteten Rogon und Tharon, sie würden nicht mehr erfahren, was hier geplant war, da meldete sich ein Dritter zu Wort.

»Mir gefällt es auch nicht, dass wir uns wie Diebe in das Nachtlager dieser Hunde einschleichen sollen, nur um die Prinzessin, deren Bruder und diese elende weiße Katzenfrau zu entführen.«

»Wir haben die Ausrüstung erhalten, die nötig ist, um ungesehen ins Lager zu kommen, und genug Waffen, um die drei unauffällig auszuschalten. Wollten wir die Begleitung der Prinzessin töten, müssten wir es mit unseren Schwertern tun. Aber das würde zu viel Aufsehen erregen, und von da an würden wir von allen Panzerreitern T'wools gejagt«, wies ihn der erste Sprecher zurecht.

»Von allen nicht!«, warf ein anderer lachend ein. »Etliche Offiziere würden sich mit ihren Schwadronen lieber uns anschließen, als uns zu bekämpfen. Außerdem ...«

»Sei still!«, fuhr ihn der andere an. »Es gibt Leute, die können im Wind lesen, was hundert Meilen entfernt gesprochen wurde.«

»Du meinst den Evari?« Der Sprecher zog den Kopf ein und starrte zufällig in die Richtung, in der Tharon stand.

Wenn du wüsstest, dachte dieser grimmig. Seine Hoffnung, noch mehr zu erfahren, verflog jedoch, denn die Krieger beendeten ihre Beratung, und jeder gesellte sich wieder zu seinem eigenen Trupp.

Auch Tharon und Rogon zogen sich zurück und wagten erst wieder laut zu atmen, als sie mehr als eine Meile zwischen sich und die Blauvioletten gelegt hatten.

»Was sollen wir jetzt tun?«, fragte Rogon nach einer Weile.

Tharon war erleichtert, dass sein Begleiter von wir sprach. Da Rogon ebenfalls blau war, hatte er befürchtet, der junge Wardan würde sich auf die Seite der Velghaner schlagen. »Wir sollten alles tun, um dieses Schurkenstück zu verhindern. Werden die Prinzessin und ihre engsten Begleiter entführt, würde dies schwerwiegende Folgen nach sich ziehen. Die Banditen könnten König Arendhar erpressen, und er müsste ihnen nachgeben, um seine Ehre nicht zu verlieren. Immerhin hat er sich für die Sicherheit der Prinzessin verbürgt.«

»Es war dumm von ihm, sie überhaupt heiraten zu wollen, und noch dümmer, ihr nur ein knappes Hundert Reiter als Geleit zu schicken«, erklärte Rogon mit säuerlicher Miene.

Ihm passte es wenig, Grünen helfen zu müssen. Aber da die Prinzessin aus dem Westen aus freien Stücken auf diese Seite gekommen war, hatte sie Anspruch auf Schutz. Auch wenn er den Hass der Velghaner begriff, so verstand er ihre Haltung nicht. Sie waren als Gäste in Vanaraan aufgenommen worden, und das Land selbst hatte es nur T'wool und Arendhars Einsatz zu verdanken, dass es nicht ebenfalls von den Invasoren überrannt worden war.

Daher nickte er. »Also gut! Warnen wir die Fremden vor dem geplanten Anschlag. Diese Tat ist Kriegern, die dem König von T'wool dankbar sein müssten, nicht würdig.«

»Gesprochen wie ein Fürst!«, sagte Tharon mit einem gewissen Spott.

Gelegentlich verfiel sein Begleiter in jenen schwülstigen Tonfall, wie er an Wardan-Höfen, aber auch bei der hohen blauen Priesterschaft üblich war. Er musste daher länger als ein paar Jahre in solchen Kreisen verbracht haben. Doch das war im Augenblick nicht wichtig. Tharon sondierte mit seinen Fähigkeiten die Gegend und suchte einen Weg, um unauffällig in das Lager der Prinzessin zu gelangen.

»Komm mit!«, forderte er Rogon auf und schlug einen weiten Bogen um die lauernden Velghaner, um sich am späten Abend den lagernden T'woolern und Urdilern von der anderen Seite zu nähern.

»He! Hallo, wer dort?«, rief Tharon, als er den Schein der Lagerfeuer entdeckte, an denen die Panzerreiter saßen.

»Sagt erst, wer ihr seid!«, sagte ein Wächter, der sich nun zwischen zwei Bäumen herausschälte.

»Zwei wandernde Barden, wenn es erlaubt ist. Mein Name

ist Daar, und ich glaube, in t'woolischen Landen bekannt zu sein, und dies hier ist Rogon a'Gree, ein berühmter Sänger aus den Wardan-Landen«, gab Tharon zur Antwort.

»Ein dreckiger Blauer also!« Der Wachtposten spuckte in Rogons Richtung aus.

Rogons Hand fuhr zum Schwertgriff, doch Tharon umklammerte seinen Arm. »Mach keinen Unsinn! Narren gibt es unter Wardan ebenso wie unter Tawalern.«

Er sagte es leise genug, dass der Posten es nicht hören konnte, trat dann auf diesen zu und schüttelte den Kopf. »Ich habe T'wooler stets als Männer von Ehre erlebt und wundere mich, dass sie fremde Wanderer schmähen, die nie schlecht über T'wool und seine Bewohner gesprochen haben und sogar die großen Sagas aus alten Zeiten vortragen können.«

»Tretet näher!«, rief jemand vom Lagerfeuer herüber.

Tharon folgte dem Ruf, während Rogon vor den Wachtposten stehen blieb.

»Habt bitte die Ehre, Euren Namen zu nennen.«

»Was geht das dich an?«, bellte der Mann.

»Dann werde ich mich an Euer Gesicht erinnern, wenn wir uns wiedertreffen, und an Eure Unhöflichkeit.« Mit diesen Worten wandte Rogon ihm den Rücken zu und folgte Tharon zum Lagerfeuer.

Der Wachtposten sah aus, als wollte er hinter ihm herlaufen, doch ein scharfer Ruf seines Vorgesetzten bannte ihn auf seinen Platz.

Unterdessen musterte Baron Kedellen Tharon verwundert. »Ich habe von dir gehört, Barde. Du musst uralt sein, denn du sollst bereits zu Zeiten meines Großvaters durch die Lande gezogen sein.«

Neid auf die Langlebigkeit eines magisch begabten Mannes schwang in der Stimme des Adeligen mit. Seine eigene Lebensspanne war weitaus kürzer bemessen als die eines geübten Barden und nur ein kurzes Flackern gegen die eines Magiers wie Tharon.

Dieser lächelte. »War Euer Großvater nicht Kellendher von M'hiir? Ein vortrefflicher Mann!« Und bei weitem nicht so aufgeblasen wie du, setzte Tharon für sich hinzu.

Kedellen nickte ihm zu, schenkte aber Rogon keine Beachtung. Auch der Priester Mekull blickte über den Wardan hinweg, als wäre er nicht vorhanden. Dafür aber erschien nun Rongi und sah Tharon und Rogon grinsend an.

»Die Dame Laisa, die Anführerin dieses Reisezuges, bittet die Herren an ihren Tisch. Ihr werdet gewiss hungrig und durstig sein.«

Das war ein Stich gegen Kedellen, den Rongi da führte. Er mochte den Baron aus T'wool nicht, und da Laisa ihn geschickt hatte, um nachzusehen, wer die Fremden wären, nahm er die Gelegenheit wahr, Kedellen klarzumachen, wer hier wirklich das Kommando führte.

Der Baron machte ein grämliches Gesicht, ließ aber zu, dass Tharon und Rogon dem Katling folgten, und winkte dann mit einer ärgerlichen Geste ab. »Alles Gesindel!«

Damit meinte er nicht nur die beiden Neuankömmlinge, sondern vor allem Laisa und deren Begleitung. Mekull stimmte ihm zu und erklärte, dass Arendhars unbedachte Handlungen T'wool noch einmal in große Not stürzen würden.

»Dann …«, fuhr er in konspirativem Ton fort, »dann wird T'wool Männer brauchen, die sich dem Unheil entgegenstemmen und dafür sorgen, dass Sitte und Gesetz eingehalten werden. Wer wäre dafür besser geeignet als die Priesterschaft des großen Giringar? Unser erhabener Oberpriester stammt ebenso wie König Arendhar von Ardhar dem Großen und Arendhar II. ab und hat damit das höchste Anrecht auf die Herrschaft in T'wool, sollte Arendhar IV. des Thrones verlustig erklärt werden.«

Mekull erwähnte nicht, dass er ein Enkel des Oberpriesters war und sich daher Hoffnungen machte, diesem nicht nur als Erster im Tempel, sondern auch als möglicher Priesterkönig von T'wool nachfolgen zu können.

Seine Worte kamen bei Kedellen nicht gut an. »In der jetzigen Situation braucht T'wool einen König, der mehr tun kann als nur beten. Die Panzerreiter werden keinen Priester als Oberherrn anerkennen, und der Adel ebenfalls nicht. Wenn T'wool einen neuen Herrn braucht, so kann dies nur Prinz Rakkarr von T'walun sein. Dessen Anrecht auf den Thron ist auf jeden Fall größer als das des Oberpriesters.«

Dies wollte Mekull so nicht stehen lassen, und so entspann sich ein mit aller Erbitterung geführter Streit zwischen den beiden, ob nun der Oberpriester oder Prinz Rakkarr als Arendhars direkter Nachfolger zu gelten habe.

❊ ❊ ❊

Unterdessen wurden Tharon und Rogon zu dem Baum geführt, unter dem Laisa und ihre Begleiter ihr Lager aufgeschlagen hatten. Die Katzenfrau sah den beiden gespannt entgegen, denn ihre Nase hatte ihr längst verraten, dass sie Giringars Evari vor sich hatte, und ihre magischen Sinne bestätigten es. Zu ihrer eigenen Verwunderung galt ihr Interesse jedoch mehr Tharons jugendlichem Begleiter. Dieser sah zwar aus wie ein Wardan, doch er war es nur zum Teil. Welche andere Völker zu seiner Ahnenreihe zählten, konnte sie nicht bestimmen. Doch als er vor ihr stand und sie in seine silbrigen Augen blickte, wunderte sie sich noch mehr. Solche Augen hatte auch Meanil besessen, jene weiße Eirun, die sie erst vor wenigen Monaten aus Tharons Magierturm befreit hatte.

»Willkommen!«, grüßte sie und wies Ysobel an, für die Neuankömmlinge eine Decke am Boden auszubreiten.

»Ich danke Euch für Eure Gastfreundschaft, die nicht alltäglich ist, wenn man unsere magischen Farben bedenkt!« Tharon warf Laisa einen kurzen Blick zu, mit dem er sie bat, sein Inkognito als Daar zu wahren, und nahm Platz.

Rogon starrte die Katzenfrau an und konnte kaum glauben, was ihm sein Gefühl unmissverständlich klarmachte. Die Dame Laisa war weiß! Nur mühsam überwand er seine Abneigung gegen eine Farbe von der anderen Seite des Stromes und bequemte sich ebenfalls zu einer Verbeugung.

»Ihr seid sicher hungrig«, sagte Laisa, um ein Gespräch in Gang zu bringen.

»Das könnt Ihr laut sagen! Als wir hörten, die Prinzessin aus dem Westen würde hier vorbeikommen, sind wir weit gewandert.« Tharon lachte scheinbar unbeschwert, nahm den Becher Wein entgegen, den Ysobel ihm reichte, während Borlon einen weiteren Rogon anbot.

»Auf eure Gesundheit und auf euer Kommen!« Obwohl Laisa nur Milch trank, die sie unterwegs kaufte, wenn sie nicht zu schwarz strahlte, stieß sie mit ihren neuen Gästen an. Mit dem schwarzen Evari an ihrer Seite fühlte sie sich jedem Feind gewachsen.

Aber auch sein Begleiter schien ein willkommener Zuwachs zu sein, denn er wirkte auf sie wie ein Mann, den ein Feind fürchten sollte. Sie musterte Rogon genauer und fühlte den gleichen violetten Schatten in ihm, den sie schon bei der Annäherung der beiden Reisenden bemerkt hatte. Ein Blauvioletter wie die Velghaner war er jedoch nicht. Eben lächelte er, und dies ließ ihn sympathisch erscheinen. Für einen Augenblick hatte sie sogar das Gefühl einer gewissen Verwandtschaft, die sie miteinander verband. Verwundert horchte sie in sich hinein, nahm dann aber an, dass sie wahrscheinlich beide Wurzeln im Blauen Land besaßen. Schließlich musste sie nach allem, was sie gelernt hatte, eine weiße Fehlfarbe im Volk der ansonsten blauen Katzenmenschen sein.

»Du bist ebenfalls ein Barde?«, sprach sie Rogon an.

Dieser streichelte die blaue Katze, die auf seinem Schoß Platz genommen hatte und zufrieden schnurrte. »Ich singe nur gelegentlich, Dame Laisa.«

»Ich würde gerne ein Lied hören«, setzte Laisa nach.

Tharon wusste nicht so recht, wie er sich verhalten sollte. Wenn Rogon ein Kriegslied spielte und dabei Magie verströmte, würde es die grünen Urdiler, die in der Nähe waren, vielleicht so weit reizen, dass es zum Streit kam, und das wäre fatal.

»Vielleicht sollte ich singen«, schlug er vor.

Laisa sah ihn freundlich lächelnd an. »Gerne, aber erst nach Rogon.«

Elendes weißes Biest!, durchfuhr es den Evari. Er begriff Laisas Interesse an dem jungen Mann nicht. Immerhin befand dieser sich schon seit etlichen Tagen in seiner Gesellschaft, und trotzdem wusste er kaum etwas über dessen Herkunft oder Fähigkeiten. Auch wenn die weiße Katzenfrau ein gewisses Gespür für Magie besaß, glaubte er nicht, dass sie in den paar Minuten mehr in Erfahrung gebracht hatte, als er während einer sehr viel längeren Zeitspanne.

Da er aber nicht verhindern konnte, dass Rogon sang, mischte er sich noch einmal ein. »Es wäre ratsam, die Prinzessin aus Urdil und deren Begleiter auf Rogons Lied vorzubereiten. Er ist immerhin ein Blauer und zudem leicht magisch.«

»Rongi, tust du das?«, fragte Laisa den Katling. Rongi

sprang auf und lief zu dem Feuer, an dem die Grünen saßen, während Laisa ihr unterbrochenes Gespräch mit Rogon wieder aufnahm.

»Es wundert mich, dich und Daar so vertraut zu sehen. Bei meinem letzten Besuch auf dieser Seite hatte ich den Eindruck, als würden Schwarz und Blau sich am liebsten an die Kehle gehen.«

»Dieser Eindruck ist nicht von der Hand zu weisen. Ohne Daars Begleitung würde es mir weitaus schwerer fallen, durch T'wool oder andere schwarze Reiche zu reisen«, antwortete Rogon und setzte lachend hinzu: »König Arendhars Heirat mit einer Grünen macht das Ganze nicht besser, denn viele Wardan sehen dies als offenen Affront an.«

»Klug ist diese Heirat nicht, doch Arendhars Ehre gebietet sie«, warf Tharon grollend ein. »Ich bete zu Giringar, dass durch sie nicht ein Sturm entfacht wird, der selbst die Säulen T'wools ins Wanken bringt.«

Unterdessen kehrte Rongi mit zwei anderen Personen zurück. Tharon wirkte noch grimmiger, als er Elanah und deren Bruder erkannte. Wäre das Mädchen eine Tawalerin gewesen, hätte es ihm gefallen können. Es war jung, hübsch und wirkte so gesund, wie Arendhar es sich nur wünschen konnte. Obwohl die meisten Herrschergeschlechter des Westens ihre Abkunft auch auf Eirun zurückführen konnten, war ihre grüne Grundfarbe nicht so stark, dass sie die Geburt zu Giringar gehörender Kinder gefährden konnte. Vielleicht würde sie sogar selbst im Lauf der Jahre die schwarze Farbe annehmen. Zu diesem Wechsel durfte man sie jedoch nicht zwingen.

»Schön, dass ihr gekommen seid! Ihr wollt ja die Menschen des Ostens kennenlernen. Jetzt habt ihr die Gelegenheit dazu. Dies hier ist Daar, ein berühmter schwarzer Barde, und das hier Rogon a'Gree aus den blauen Landen der Wardan«, begrüßte Laisa die Prinzessin und Elandhor scheinbar unbekümmert.

Sie tut, als gäbe es keine Farbfeindschaften, dachte Tharon. Dabei sah Elandhor aus, als würde er am liebsten auf Rogon losgehen, und dieser machte ebenfalls kein freundliches Gesicht. Beide beherrschten sich jedoch, und während der junge Urdiler so tat, als wäre es unter seiner Würde, Rogon überhaupt wahrzunehmen, verbeugte dieser sich vor der Prinzessin.

»Willkommen auf dieser Seite des Stromes, Königliche Hoheit.«

»Lügner!«, spottete Tirah, die Rogons mühsam unterdrückten Widerwillen spürte.

Auch Elanah schien nicht so recht zu wissen, wie sie sich Rogon gegenüber verhalten sollte. Sein Blau war nicht stark oder aggressiv genug, ihr eigenes Grün zu reizen, und er sah sogar recht gefällig aus, auch wenn sie ihn in Gedanken einen Gnom nannte, da er fast einen Kopf kleiner war als sie. Wäre er ihr auf der eigenen Seite und mit einem gelben oder weißen Gewand bekleidet begegnet, hätte sie ihn für einen Terinon gehalten.

Bis jetzt war sie der Meinung gewesen, die Götter der goldenen Seite hätten die Menschen des Westens geschaffen, während die Ostvölker in den Zuchttrögen ihrer Dämonen herangewachsen wären. Nun aber geriet dieser Glaube ins Wanken, denn die Tawaler erinnerten sie an ihr eigenes Volk, die Malvenon, und nun waren auch noch Terinon und Wardan einander ähnlich. Vielleicht, sagte sie sich, waren die Leute auf dieser Seite nicht von Natur aus böse, sondern Gefangene, die der schreckliche Dämon Giringar und die beiden Dämoninnen Ilyna und Linirias versklavt und ihren magischen Farben unterworfen hatten?

Der Gedanke erschreckte sie, hatte aber auch etwas Tröstliches an sich. In dem Fall würde sie Arendhar, ihren Bräutigam, wahrscheinlich nicht so fürchten müssen, wie sie es bisher angenommen hatte.

»Rogon wird uns ein Lied aus seiner Heimat singen!« Laisas Stimme durchbrach Elanahs Gedankengänge und lenkte die Aufmerksamkeit der Prinzessin wieder auf den jungen Wardan.

Rogon überlegte, was er singen sollte, und fand, dass ein Liebeslied besser war als eine Schlachtenballade, in der Elanahs Volk immer der Feind war. Daher schlug er einige sanfte Töne an und begann leise, aber eindringlich zu singen. Eigentlich war das Lied, das er vortrug, für zwei Stimmen gedacht, doch Rogon hatte gelernt, seiner Stimme sowohl einen weichen wie auch festeren Klang zu geben, und er trug den Wechselgesang so geschickt vor, dass selbst Tharon prüfend aufschaute, weil er im ersten Moment annahm, Tirah habe Gestalt angenommen, um den weiblichen Part zu singen.

Doch der Geist der violetten Kriegerin saß sicher umhüllt von Rogons Blau in dessen Körper und lauschte selbst mit wachsendem Staunen. Als er endete, klatschte sie in Gedanken Beifall. »Bravo, das muss dir erst einmal einer nachmachen. Schau dir die Prinzessin an!«

Rogon sah, dass Elanah ganz in die Gefühle eingesponnen dasaß, die sein Lied in ihr ausgelöst hatte. Ihre Augen leuchteten, und sie presste ihre Hände gegen die Brust, in der ihr Herz ein wenig schneller schlug als sonst. Obwohl sie ein leichtes Blau gespürt hatte, war sie von Rogons Gesang völlig in den Bann geschlagen worden und tauchte nun langsam wieder daraus auf.

Ihr Bruder hatte dem Lied zuerst mit überheblicher Miene gelauscht, wirkte nun aber verwirrt, so als würden sich die Werte, die er für unverrückbar gehalten hatte, mit einem Mal auflösen. »Kein schlechtes Lied, Barde, für einen von dieser Seite, meine ich«, sagte er und spendete damit ein Lob, das er Tage zuvor nicht über die Lippen gebracht hätte. Er öffnete seinen Beutel und warf Rogon eine Goldsichel zu, die in Urdil nach thilischem Vorbild gegossen wurde.

Rogon fing das Geldstück unwillkürlich auf und merkte dann erst, dass es grün strahlte. Seine Fingerspitzen schmerzten ein wenig, so als hätte er sie zu nahe ans Feuer gehalten, doch im nächsten Augenblick verging das Gefühl, und es blieb nur noch ein leichtes Kribbeln zurück.

Neugierig betrachtete er die Münze und wandte sich mit einer eleganten Verbeugung an Elandhor. »Der Guss, aber auch die Bildnisse dieser Münze sind von ausgezeichneter Qualität. Das Gold selbst ist nur mit etwas Silber und zum Ausgleich mit ein wenig Platin gemischt, um den Wert zu halten. Habt Dank für die Gabe, Prinz. Ich werde sie in Ehren halten.«

»Du kannst erkennen, aus was diese Münze besteht? Das ist sonst nur eine Gabe der Kharimdh«, rief Tharon verwundert.

»Ich konnte es schon als kleiner Junge«, antwortete Rogon lächelnd.

In seinem Inneren lachte Tirah bissig auf. »Und dich nannte man magisch talentlos? Die Priesterinnen, die dich geprüft haben, gehören ausgepeitscht!«

Rogon zog es vor, nicht darauf zu antworten, sondern wandte sich Elanah zu, die ihm ein Schmuckstück reichte. Ihren Worten zufolge liebte sie diese Brosche sehr und bat ihn, sie zu schätzen.

In dem Augenblick schlug Tharon die Faust in die geöffnete Hand. »Wir sind doch nicht wegen solcher Kindereien hier, sondern haben ernsthafte Dinge zu besprechen! Draußen lauern mehr als tausend Velghaner und anderes Gesindel, die euch überfallen wollen, und ihr redet über den Goldgehalt von Münzen und Broschen.«

»Was hast du in Erfahrung gebracht?« Laisa kannte den Evari gut genug, um zu wissen, dass er nicht nur gekommen war, um sich die Prinzessin anzusehen.

Tharon schnaubte. »Mein Begleiter und ich konnten die Anführer kurz belauschen. Einige ihrer Krieger wollen sich heute Nacht im Schutz von Artefakten, die ihnen weiß der Meandir wer gegeben hat, in euer Lager einschleichen und Euch, Prinzessin Elanah und Prinz Elandhor entführen.«

»Da haben die Leutchen aber einiges vor!« Trotz ihres spöttischen Tones zeigte Laisa ihr Gebiss. Zwar war sie weitaus kampfstärker als ein Mensch, doch der Wirkung von Lähm- oder Versteinerungsartefakten hatte sie nichts entgegenzusetzen. Sie bat Tharon, mehr zu erzählen, doch dieser zuckte bedauernd mit den Schultern.

»Mehr haben wir nicht erlauschen können. Doch ich will diesem Gesindel eine Falle stellen.«

»Das werden wir!«, antwortete Laisa mit einem erwartungsvollen Grinsen, während Elandhor mit einer zweifelnden Miene auf Rogon zeigte.

»Was ist mit ihm? Er ist immerhin ebenso blau wie die Kerle um uns herum.«

Ehe Tharon etwas sagen konnte, antwortete Rogon dem Urdiler. »Wie Daar schon sagte, sind dort Maulschwarze, sprich Menschen blauer Grundfarbe, die sich von der großen Ilyna abgewandt haben. Wenn es etwas gibt, das ein ehrlicher Wardan noch mehr verabscheut als euch Grüne, sind es solche Verräter.«

Das klang so überzeugend, dass Elandhor unwillkürlich nickte. »Ich will dir vertrauen. Enttäusche mich jedoch nicht, sonst …«

Er ließ die Drohung unausgesprochen, doch um Laisas Lippen spielte ein Lächeln. Zwar wusste sie nicht, welche Fähigkeiten Rogon besaß, doch anders als Elandhor ließ sie sich vom Größenunterschied zwischen dem urdilischen Prinzen und Rogon nicht täuschen. Der blaue Barde mochte ein ganzes Stück kleiner sein als der hochgewachsene Malvenon, doch er erschien ihr zehnmal so gefährlich. Und dann war auch noch dieser violette Schimmer in ihm, der Laisa wie ein eigenes Wesen vorkam, das seine Kräfte mit Rogons vereint hatte. Selbst sie hätte nicht ohne Grund einen Streit mit dem jungen Mann vom Zaun gebrochen.

»Wir werden den Feinden auflauern und ihnen einheizen«, sagte sie siegesgewiss, nahm der Prinzessin die Brosche aus der Hand und roch daran.

Dann reichte sie sie Rogon weiter. »Was sagst du zu diesem Schmuckstück?«

Rogon sah die Brosche mit hochgezogenen Augenbrauen an. »Das Ding sieht zwar hübsch aus, doch besteht es nur zu einem Drittel aus Gold, ansonsten aus unedlen Metallen, vor allem Kupfer. Auch die Edelsteine sind nicht das, als was sie erscheinen wollen, sondern flache Scheiben von geringem Wert. In Edessin Dareh würde man vielleicht dreißig Silberfirin dafür geben, in den Wardanreichen für eine vergleichbare Brosche mit blauen Edelsteinen vielleicht fünfzig.«

»So ungefähr würde ich das Ding auch einschätzen«, stimmte Laisa ihm zu. Zwar hatte sie den Wert nicht so genau bestimmen können wie der junge Blaue, aber genug gerochen, um zu wissen, dass er recht hatte.

Als Rogon der Prinzessin das Schmuckstück zurückgab, berührten sich für einen Augenblick ihre Hände. Tharon zuckte zusammen, doch es gab keine Reaktion. Das Blau Rogons war vollkommen abgekapselt und bei seiner Hand sogar hinter einer dünnen Schicht Violett verborgen. Diese Fähigkeiten waren so ungewöhnlich, dass Tharon weit in seiner Erinnerung zurückgehen musste, um auf einen Menschen mit ähnlichen Anlagen zu stoßen. Ein Späher aus dem Schwarzen Land hatte diese Kunst ebenfalls beherrscht. War dessen Name nicht Radraghor gewesen? Zu seiner Überraschung stellte Tharon in Rogons magischer Schwingung eine Verwandtschaft zu der jenes kühnen Burschen fest, der die Spitzohren des Westens ein ums andere Mal genarrt hatte.

Niemand achtete in diesem Augenblick auf Elanah, die das Schmuckstück mit einer Mischung aus Enttäuschung und Trauer betrachtete. Der Vater hatte es ihr vor seinem Aufbruch nach Osten geschenkt und dabei so getan, als wäre es eine Brosche von unendlichem Wert. Dabei war es im Grunde doch nur Tand. Nun fragte sie sich, ob er beim Kauf betrogen worden war oder gedacht hatte, für ein Kind wäre so ein Schmuckstück wertvoll genug. Das Bild, das sie in ihrem Herzen von ihm bewahrt hatte, wies einen ersten Fleck auf, und sie fragte sich, ob König Reodhil von Thilion auch eine Tochter geopfert hätte, um seine Freiheit wiederzuerlangen. Die Antwort darauf war nicht gerade schmeichelhaft für ihren Vater.

❊ ❊ ❊

Die Falle war gestellt. Allerdings hatte Laisa darauf verzichtet, Baron Kedellen oder Mekull zu informieren, denn sie traute nur sich, ihren eigenen Gefährten sowie Tharon und Rogon a'Gree. Elandhor forderte sie eindringlich auf, bei seiner Schwester zu bleiben und sie gegen Angriffe mit Schwert oder Dolch zu beschützen.

Rongi sollte draußen im Freien Posten beziehen, um die Feinde auszuspähen. Auch wenn diese sich im Schutz von Artefakten näherten, würde ihr Geruch sie verraten. Ysobel nahm ihren Platz in der Nähe der Prinzessin ein und hielt ihr Haumesser bereit, während Borlon die Streitaxt streichelte, die er von Khaton erhalten hatte.

Um nicht sofort gesehen zu werden, hatte Tharon sich dicht hinter den Eingang gestellt. Er hielt ein Schwert in der Hand, vertraute jedoch weniger auf die Waffe als auf seine Fähigkeiten als Magier. Rogon blieb in Laisas Nähe, immer noch fasziniert von der Katzenfrau, die ihm wie ein Wesen aus alten Sagen erschien. Mittlerweile hatte er sich an ihre weiße Farbe gewöhnt. Immerhin hieß es, seine eigene Mutter wäre als Weiße geboren, später als Gefangene auf die rote Seite des Stromes verschleppt worden und hätte dort erst die blaue Farbe angenommen.

»So in Gedanken, Rogon?«, fragte Laisa.

Der junge Mann lachte leise auf. »In solchen Situationen schießen einem die seltsamsten Dinge durch den Kopf. Aber jetzt Achtung! Jade meldet, dass sich ein Trupp von etwa dreißig Leuten auf den Weg macht. Es scheinen die Kerle zu sein, die hier eindringen wollen.«

Rogon hatte seine Katze losgeschickt, da sie die Feinde unauffällig überwachen konnte. Mittlerweile hatte er gelernt, mit Jade über mehr als eine Meile Kontakt zu halten und dabei durch ihre Augen zu sehen. Die Fremden näherten sich dem Lager bis auf fünfhundert Schritte und waren dann auf einmal verschwunden.

»Sie sind aber noch da, denn ich kann sie riechen«, meldete ihm die Katze.

Rogon gab es an Laisa und Tharon weiter. Der Evari versuchte, die Unsichtbarkeitsschirme der Velghaner auszumachen, griff aber ins Leere und brummte wie ein gereizter Bär.

Anders als er entdeckte Laisa drei blasenartige Gebilde aus

der gleichen blauen, leicht verbrannt schmeckenden Magie, die sie bereits in T'woollion und Thilionrah entdeckt hatte. »Hinter dem Ganzen steckt unser Freund Frong!«

»Etwas kommt auf uns zu! Es ist blau«, flüsterte Rogon.

Sofort fasste Laisa nach seinem Arm. »Das sind sie! Gut, dass du sie ebenfalls sehen kannst. Damit ist ihre Möglichkeit geringer, uns zu überraschen.«

»Ihr seht sie?« In Tharons Stimme schwangen Unglauben, aber auch Neid mit.

»Jetzt sehe ich sie deutlicher! Ich erkenne sogar die blauvioletten Schatten der Männer in den Blasen. In jeder sind neun!« Rogon war besorgt, denn siebenundzwanzig Männer erschienen ihm für ihre kleine Gruppe zu viel.

Laisa kannte solche Bedenken nicht, denn sie baute auf ihre Schnelligkeit, die Springschlange und die Wurfmesser. Außerdem besaß sie noch ihr weißmagisches Schwert. Mit einem guten Dutzend der Kerle glaubte sie es aufnehmen zu können. Borlon war auch nicht der Schwächste, und selbst Rongi war jedem dieser Blauvioletten überlegen. Dazu kamen noch Tharon und Rogon. In ihren Augen waren die Velghaner Narren, einen solchen Angriff zu wagen. Dann aber sagte sie sich, dass die Kerle nichts von der Anwesenheit des Evari wissen konnten, und fuhr nacheinander ihre Krallen aus.

In Rogons Kopf klang nun Tirahs Stimme auf. »Jetzt mach dir nicht ins Lendentuch, Kleiner. Mit den paar Kerlen werden wir schon fertig. Konzentrierte dich und nimm gefälligst mein Schwert. Mit deiner Spielzeugklinge kannst du vielleicht kleine Kinder erschrecken, aber keine ausgebildeten Krieger.«

»Schon gut, Oma!«, antwortete Rogon und bemerkte überrascht, wie Tirah bei dieser Bemerkung einschnappte. Allerdings ließ sie sich nicht dazu hinreißen, die Verbindung zu ihm zu trennen, sondern befahl ihm, sich in den rückwärtigen Teil des Zeltes zu begeben.

»Es sind drei Gruppen. Nur eine davon wird den Zelteingang nehmen, und mindestens eine andere sich durch die hintere Zeltwand Zutritt verschaffen!«, erklärte sie.

»Danke! Du bist wirklich eine große Kriegerin«, antwortete Rogon achtungsvoll.

»Dafür vergebe ich dir die Oma«, antwortete Tirah großzügig und verband sich mit seinem Willen, damit er im Kampf auf ihre Fähigkeiten und ihre Erfahrung zurückgreifen konnte.

Es kam, wie Tirah es vorhergesagt hatte. Eine der Unsichtbarkeitsblasen hielt auf den Zelteingang zu, eine andere näherte sich diesem von hinten, und die dritte verharrte vermutlich als Eingreifreserve in der Nähe.

Laisa und Rogon bemerkten fast gleichzeitig, wie weitere Artefakte aktiviert wurden, und warnten Tharon. Dieser hüllte des Innere des Zeltes in einen Schutzschirm und spürte, wie verschiedenfarbige Magien dagegenbrandeten. Zum Glück war kein Weiß dabei, denn dies hätte zusammen mit seinem Schutzzauber ein Feuerwerk erzeugt. Er maß eine blaue Strahlung an, die wohl die Prinzessin und ihren Bruder hätten lähmen sollen, sowie schwarze und gelbe Betäubungsmagie, die gegen Laisa und ihre Gefährten gerichtet war. Zusammen hätte die Kraft ausgereicht, alle Personen im Zelt für einige Stunden in Starre und einen tiefen Schlaf zu versetzen.

»Sie dringen ein!« Rogons Warnung kam nur noch magisch, da ein Ruf die Feinde hätte warnen können. Ein Dolch wurde durch die Zeltleinwand gestoßen und anschließend im raschen Schnitt nach unten geführt. Danach weitete sich der Riss, ohne dass etwas zu sehen war. Rogons magische Sinne erkannten jedoch die Velghaner als blaue Schatten mit violetten Flammen im Kopf. Mit einem gewissen Galgenhumor dachte er daran, dass diese Flammen ihm zeigten, wohin er schlagen musste.

»Wie ist es? Sind sie bewusstlos?«, hörte er jemand fragen.

»Sei still, sonst hören dich die Wachen!«

Der Mann, der gesprochen hatte, richtete nun ein Leuchtartefakt in das Innere des Zeltes und wollte es aktivieren. In dem Augenblick schlug Rogon zu. Der abgetrennte Arm des Mannes flog samt dem Artefakt durch das Zelt und klatschte gegen die gegenüberliegende Zeltbahn. Noch während der Velghaner den Mund zum Schrei öffnete, traf Tirahs langes Schwert ihn erneut, und er sank mit einem erstickten Laut zu Boden.

»Was ist los?«, rief einer der anderen Angreifer erschrocken. Als Antwort fuhr ihm die violette Klinge durch den Hals.

Am Zelteingang blendete Tharon die Eindringlinge mit einem Lichtzauber und lähmte die ersten drei. Einen Vierten traf Laisas Springschlange, und zwei weitere erledigte sie mit ihren Wurfmessern.

Der unerwartete Widerstand überraschte die Velghaner. Der Anführer der ersten Gruppe war betäubt, und die Kommandeure der beiden anderen Gruppen brüllten einander widersprechende Befehle. Während die Kerle, die in die Zelte hatten eindringen sollen, vor dem unerwarteten Widerstand zurückwichen, eilte die Reserve zu der vorderen Gruppe, um ihr beizustehen.

Unterdessen aber waren die T'wooler aufmerksam geworden, dass sich im Lager etwas tat. Zwar sahen sie keine Gegner, hörten aber Befehle und Schreie und begriffen, dass Laisa und Rongi beim Zelt der Prinzessin gegen Unsichtbare kämpften.

Da trat Tharon aus dem Zelt und wies auf eine nur mit spärlichem Unterholz bewachsene Schneise. »Dorthin laufen sie. Haltet sie auf!«

Gleichzeitig sprach er einen Lichtzauber, der die Umgebung für eine Weile taghell ausleuchtete.

Etliche Panzerreiter zogen ihre Schwerter und eilten in die angegebene Richtung. Sie waren tapfere, weithin gefürchtete Krieger, doch gegen jemand zu kämpfen, den sie nicht sehen konnten, waren sie nicht gewohnt. Ihre Disziplin half ihnen jedoch, eine Linie zu bilden, und sie schwangen ihre Schwerter, um zu verhindern, dass jemand an ihnen vorbeikommen konnte.

Die fliehenden Velghaner versuchten, die T'wooler durch den dichteren Wald zu umgehen, doch Laisa, Rongi, Borlon und Rogon folgten ihnen auf dem Fuß. Zwar konnte Borlon die Kerle nicht sehen, achtete aber auf ihre Fußabdrücke im weichen Boden und trieb die Fliehenden mit wuchtigen Axthieben vor sich her. Laisa und Rogon konnten gezielter zuschlagen, denn sie nahmen die Velghaner als blaue Schatten wahr. Rongi verließ sich auf seine Nase und sein Wurfholz, das fast jedes Mal traf und immer zu ihm zurückkehrte.

Als Elandhor ebenfalls das Zelt verlassen wollte, scheuchte Tharon ihn zurück. »Gib auf deine Schwester acht, du Narr!«

Im nächsten Augenblick klang der Schrei der Prinzessin auf. Einer der Angreifer hatte gewartet, bis der Weg ins Zelt frei gewesen war. Jetzt packte er Elanah und zog sie in den Wirkungsbereich des Unsichtbarkeitsartefaktes. Elandhor stoppte seine Klinge mitten im Schlag, um seine Schwester nicht zu gefährden. Dafür näherte sich von der anderen Seite Rogon und schwang das violette Schwert. Blut spritzte auf, dann erlosch der Unsichtbarkeitszauber, und der Velghaner sank mit gebrochenen Augen nieder, während Elanah sich seinen erschlaffenden Armen entwand und auf ihren Bruder zueilte.

Dieser sah Rogon an und schüttelte den Kopf. »Das werde ich dir nie vergessen! Solltest du einmal nach Urdil kommen und dir jemand ein Haar krümmen wollen, so sage ihm, du stehst unter meinem Schutz. Was dir geschieht, soll dem geschehen, der dir etwas antut!« Damit streckte er dem jungen Barden die Hand hin.

Rogon zögerte einen Augenblick, ergriff sie dann aber und lächelte erleichtert, als er spürte, wie Tirahs Violett sich schützend zwischen sein Blau und das Grün seines Gegenübers legte. »Ich danke dir, Prinz Elandhor. Wie es aussieht, gibt es auch jenseits des Großen Stromes Männer von Ehre!«

»Genug geschwafelt! Bewacht ihr beide die Prinzessin. Ich sehe unterdessen nach, wie die Sache steht.« Mit diesen Worten trat Tharon wieder aus dem Zelt, sah aber, dass er nicht mehr gebraucht wurde. Nur wenigen Velghanern war die Flucht gelungen. Die anderen waren Laisa, Borlon und den zornglühenden Panzerreitern zum Opfer gefallen. Es gab nur wenige Gefangene, die zumeist verwundet waren und versorgt werden mussten. Nur die drei, die Tharon zu Beginn gelähmt hatte, waren noch unversehrt, und unter ihnen befand sich, wie der Evari zufrieden feststellte, der Anführer der Attentäter.

* * *

Baron Kedellen hatte geschlafen und war erst aufgewacht, als der Überfall bereits zurückgeschlagen worden war. Nun lief er mit gezogenem Schwert durch das Lager und drohte allen Gefangenen mit dem Tod. Zwischendurch aber starrte er immer wieder in die Dunkelheit hinein, in der eine zehnfache velghanische Übermacht lauerte.

»Diese Hunde! Wie konnten sie so etwas wagen?«, fragte er

Mekull, der genau wie er zu spät aufgewacht war, um den Überfall mitzubekommen.

»Ich fürchte, sie werden uns noch in der Nacht angreifen«, prophezeite der Priester düster.

»Was sollen wir tun? Meine Reiter sind tapfer, aber der Feind zählt viel mehr als wir!«

Laisa sah Kedellen an der Nasenspitze an, dass dieser sie samt ihren Schützlingen und Begleitern an die Velghaner ausliefern würde, falls diese es von ihm verlangten, und ihre Wut stieg. »Was soll das Geschrei? Sorge lieber dafür, dass die Wachen verdoppelt werden. Zehn deiner Leute sollen sich um die verletzten Gefangenen kümmern. Verbindet sie und legt ihnen Fesseln an. Ich werde sie gleich verhören.«

»Das ist meine Aufgabe!«, fuhr Kedellen auf. »Ich bin Baron von T'wool und von Seiner Majestät, König Arendhar, mit der Führung dieses Reisezuges beauftragt worden.«

»Du hast wohl Angst, die Kerle könnten etwas ausplaudern, was wir nicht wissen sollten.« Laisa lächelte dabei auf eine Weise, die ihre Fangzähne besonders gut zur Wirkung kommen ließ.

Kedellen wich einen Schritt zurück und schnappte nach Luft. Statt seiner begann Mekull zu zetern. »Das ist eine infame Unterstellung, du weiße Kreatur! Wir T'wooler sind ehrenhaft und gehorchen unserem Gott. Diese Leute hier sind elende Blaue, die man aus Gnade und Barmherzigkeit in dieses Land gelassen hat und die sich jetzt aufführen, als wären sie hier die Herren!«

»Das elende Blaue will ich nicht gehört haben, Priester!« Mit diesen Worten schälte Rogon sich aus der Dunkelheit. Er hielt noch immer Tirahs Schwert in der Hand, von dessen Klinge nun Blut tropfte.

»Es waren siebenundzwanzig Angreifer. Zwanzig davon haben die Dame Laisa und deren Begleiter sowie Daar und ich erwischt, vier die Reiter von T'wool«, fuhr er fort, »und nur drei der Schurken sind uns entkommen. Und was hast du geleistet, Mann aus T'wool? Außerdem: Was heißt hier Blaue? Die Attentäter sind Velghaner und stammen aus einem Fürstentum, das sich in die Stammtafel des schwarzen Tempels von Edessin Dareh einschreiben ließ, weil ein t'walunischer Prinz die Erbin zum Weib nahm. Dies geschah gegen Recht und Sitte, denn das Volk war von blauer Farbe und bestand aus treuen Anhängern Ilynas. Ihr Fürst hat ihnen die Ehre und ihre Traditionen genommen! Jetzt ist sein Enkel der Fürst von Vanaraan, also hätte ich viel mehr Grund, von elenden Schwarzen zu sprechen!«

Rogons Zorn auf den aufgeblasenen Baron war so groß, dass er den Mann am liebsten zum Zweikampf gefordert hätte. Da auch Kedellen so aussah, als wolle er es darauf ankommen lassen, griff Tharon ein.

»Gebt Ruhe, alle beide!«

»Wer bist du, der mir zu befehlen wagt?«, schrie Kedellen ihn an.

In dem Augenblick gab Tharon seine Tarnung als Daar auf und stand in seiner wahren Gestalt vor dem Baron. »Weißt du jetzt, wer ich bin?«, fragte er mit schneidender Stimme.

»Der … der Evari«, stotterte Kedellen und sah aus, als wünschte er sich an jeden anderen Ort der Welt mit Ausnahme des Weißen Landes.

Tharon warf nun einen raschen Blick auf Rogon und sah diesen grinsen. Der Bursche hat es gewusst!, durchfuhr es ihn. Dann aber lachte er über sich selbst. Da Tirah ihn bereits früher in seiner Gestalt als Daar gesehen hatte, hätte er damit rechnen müssen, von ihr erkannt zu werden.

Mit dem Gefühl, sich in dieser Hinsicht zum Trottel gemacht zu haben, erteilte Tharon seine weiteren Befehle. Anschließend trat er an den Rand des Lagers, verstärkte seine Stimme, bis sie wie ein Donner über das Land rollte, und befahl den Velghanern, sich zurückzuziehen. Einige schwarze Blitze, die er zwischen die lauernden Feinde schleuderte, unterstrichen seine Forderung.

Kurz darauf tauchte Jade auf, sprang auf Rogons Schulter und maunzte zufrieden. Den Bildern, die sie ihm mitteilte, entnahm Rogon, dass die Velghaner in ungeordneter Flucht davonritten oder hinter ihren durchgehenden Pferden herliefen, und teilte dies Laisa und Tharon mit.

Der Evari nickte grimmig. Nach dem fehlgeschlagenen Überfall hatte er nichts anderes erwartet. »Kümmern wir uns um die Gefangenen. Mich interessiert, was diese zu berichten haben.«

Ohne auf Laisa und Rogon zu warten, trat er zu den Velghanern, die man gebunden und an einen von den Lagerfeuern ausgeleuchteten Fleck geschafft hatte, und forderte zwei Panzerreiter auf, einen davon auf die Beine zu stellen.

»Weshalb habt ihr uns angegriffen?« Seine Stimme traf den Gefangenen wie ein Schlag. Dieser krümmte sich und wagte es nicht, den Evari anzusehen.

»Sprich!«, herrschte Tharon ihn an und setzte beeinflussende Magie ein.

Im gleichen Augenblick flammte sich leicht verbrannt anfühlendes Blau im Kopf des Mannes auf, und er erschlaffte.

Die beiden T'wooler, die ihn festhielten, begriffen nicht so recht, was geschehen war, aber Laisa hatte die Magie gespürt und stieß ein empörtes Fauchen aus. »Ihr könnt ihn loslassen. Der Mann ist tot.«

Rogon bestätigte es und sah den Evari an. »Es war der Anführer, den du gelähmt hast.«

Auch wenn der Barde sich inzwischen als Tharon entpuppt hatte, sprach er ihn nicht anders an als früher.

Der Evari runzelte die Stirn und sah dann Laisa an. »Du wirst mir helfen müssen!«

»Gerne, wenn ich weiß, worum es geht.«

»Ich will den Geist des Mannes verhören. Pass auf!« Tharon vollzog mehrere Gesten mit der Hand, um seinen magischen Zugriff zu stärken, und sah, wie die Seele des Toten sich von seinem Körper löste und zitternd vor ihm stehen blieb. Die Macht, die die Seele nach Osten holen wollte, war jedoch so stark, dass der Evari alles an Kraft einsetzen musste, um den Mann festzuhalten. Das fiel ihm erst leichter, als Laisa nach dem Geist griff.

»Weshalb habt ihr uns überfallen?«, fragte Tharon erneut.

Der Geist versuchte zunächst zu schweigen, öffnete dann aber doch den Mund. »Wir wollten die Prinzessin, deren Bruder und die beiden Katzenmenschen entführen.«

»Und warum wolltet ihr sie entführen?«, bohrte Tharon.

Mit einem Mal verzog sich das Gesicht des Totengeistes zu einem höhnischen Lächeln. »Das werde ich ausgerechnet dir unter die Nase binden, Narr von einem Evari!« Nach diesen Worten löste sich der Mann aus Tharons magischem Griff und strebte nach Osten. Doch bereits nach wenigen Schritten wurde er abrupt gestoppt und auf Rogon zugezogen.

Tharon sah mit Erstaunen, aber auch mit Grauen die Augen des jungen Mannes silbern aufflammen. Noch mehr aber schauderte es ihn, als plötzlich weitere Geister vor ihnen auftauchten. Es waren die der toten Velghaner, die während des Überfalls umgekommen waren, aber auch die Geister von Einheimischen, die in dieser Nacht gestorben waren und sich nun wunderten, weshalb sie nicht auf geradem Weg zu den Seelenhallen ihres Gottes ziehen konnten.

Der Bursche ist ein echter Nekromant!, durchfuhr es Tharon. Er selbst hatte diese Kunst während seiner Ausbildung gelernt, Laisa besaß ein gewisses Naturtalent, doch an Rogons Fähigkeit kamen sie beide nicht heran. Ein Gedanke formte sich in seinem Gehirn, der ihm zunächst verrückt, dann aber immer erfolgversprechender erschien.

Hatte Sirrin die unglaublichen Fähigkeiten des jungen Mannes erkannt und ihm deshalb Tirah als Geist zugegeben? Zogen die beiden durch die Lande, um sich aneinander zu gewöhnen und eins zu werden im Kampf? Wartete Sirrin vielleicht bereits im Süden auf sie, um mit ihrer Hilfe bis Rhyallun zu kommen, wo Rhondh seinen grünen Fluch gesprochen hatte? Dort war die einzige Stelle, an der dieser auch gebrochen werden konnte.

Tharon hatte den Fluch von Rhyallun und den Landstreifen mit den in ihm versammelten Totengeistern gründlich untersucht. Ein Nekromant und eine Geisterkriegerin besaßen eine gute Chance, sich ihren Weg durch diese Zone zu bahnen. Wenn es Sirrin mit Tirahs und Rogons Hilfe gelang, den Fluch zu brechen, würde sie als die größte Magierin der Dämmerlande gelten und sein eigener Einfluss noch stärker schwinden.

Zwar besaß er nur wenige Möglichkeiten, sich Informationen von der anderen Stromseite zu verschaffen, aber einem seiner Zuträger in Edessin Dareh gelang es von Zeit zu Zeit, auf dem neutralen Platz der Stadt Nachrichten von drüben zu erhalten. Daher wusste Tharon, wie wenig Einfluss sein weißer Gegenpart Khaton bei den Reichen der eigenen Farbe noch besaß. So tief wollte er niemals sinken. Wenn es eine Möglichkeit gab, den Fluch von Rhyallun zu brechen, wollte er dabei sein und vor den schwarzen Reichen der Dämmerlande als derjenige gelten, der dies vollbracht hatte.

»Du kannst ihnen jetzt deine Fragen stellen!«

Rogons mahnende Stimme beendete Tharons Gedankenspiele und rief ihn wieder in die Gegenwart zurück.

Der Evari nickte dem jungen Mann anerkennend zu und wandte sich an den Anführer der Velghaner, der seiner entsetzten Miene nach nicht im Geringsten begriff, was mit ihm geschah. »Wer gab euch den Befehl, Elanah, Elandhor, Laisa und Rongi zu entführen?«

»Fürst Lankarrad!«

»Der Fürst von Vanaraan und erkorene Erbe des Königs? Weshalb?«

»Er wollte König Arendhar dazu bringen, ihn als neuen König von Vanaraan anzuerkennen«, antwortete der Geist.

Tharon schüttelte den Kopf. »Das ist unlogisch. Lankarrad würde das Königreich so oder so erben.«

»Lankarrad fürchtet sich vor Tobolar. Der Fürst von Lhandhera hat viele Verbündete gewonnen, die ihm helfen könnten, selbst König von Vanaraan zu werden.«

In dieser Weise ging das Verhör weiter. Tharon stellte seine Fragen, und die Antworten darauf hörten sich schlüssig an. Trotzdem kamen sowohl in Laisa wie auch in Rogon immer mehr Zweifel auf.

Rogon, der seine Fähigkeit als Nekromant unbewusst eingesetzt hatte und nun versuchte, sie zu kontrollieren, unterbrach schließlich den Evari. »Auf diese Weise kommen wir nicht weiter. Der Mann weiß nicht mehr. Ich würde lieber jenen Geist dort hinten vernehmen!« Er zeigte dabei auf einen Toten, der bislang versucht hatte, sich seinem magischen Griff zu entziehen, und sich nun hinter anderen Geistern versteckte. Als Rogon ihn ansah, kam der Geist wie von einem Seil gezogen näher und wand sich dabei wie ein getretener Wurm.

»Das ist kein Krieger«, rief Tharon aus.

»Eher ein Höfling. Doch die wissen meistens mehr als die Narren, die für ihren Herrscher in die Schlacht ziehen«, erklärte Laisa und trat auf den Geist zu.

»Kennst du den Namen Frong?«

»Nein!«, stieß der andere zuerst aus, begann dann zu zittern und nickte. »Oh ja, ich kenne ihn.«

»Hat er diesen Überfall befohlen?«

Das gleiche Spiel wiederholte sich. Zuerst stritt der Geist es ab, dann gab er es zu.

Nach einiger Zeit machte der Evari ein Zeichen, die Geister loszulassen. Ihm selbst gelang es leicht, und auch Laisa konnte ihren magischen Zugriff mühelos beenden, doch Rogon tat sich schwer, seine unerwarteten Fähigkeiten zu beherrschen. Erst, als Tharon ihm half, die Totengeister freizugeben, schossen sie so rasch wie Blitze davon.

»Wenn ich die Informationen, die wir erhalten haben, richtig zusammensetze, hat Frong sich dieses Lankarrad bedient, um die Prinzessin, den Prinzen, Rongi und mich in seine Hände zu bekommen. An das Märchen, Arendhar mit uns zu erpressen, glaube ich nicht.«

Laisa klackte bei dem Gedanken, dass den Velghanern ihr Vorhaben ohne Tharons und Rogons Erscheinen vielleicht sogar gelungen wäre, erregt mit den Zähnen. Tatsächlich hatte sie sich allen Vorzeichen zum Trotz zu sicher gefühlt und ärgerte sich über ihre Unvorsichtigkeit.

»Ich glaube nicht, dass es ihnen gelungen wäre«, wandte Rogon ein. »Du hättest die Annäherung der Kerle trotz ihrer Unsichtbarkeitsschirme gemerkt und Alarm schlagen können. Außerdem vergisst du Rongi. Seine Nase ist kaum schlechter als die deine.«

»Sie ist genauso gut«, warf der Katling gekränkt ein, doch keiner kümmerte sich um ihn.

Laisa klopfte Rogon auf die Schulter und lächelte Tharon zu. »Ich bin trotzdem sehr froh, dass ihr hier aufgetaucht seid.«

»Auf jeden Fall haben Frongs Pläne einen argen Rückschlag erhalten. Er wird Zeit brauchen, um einen neuen Anschlag vorzubereiten. Bis dahin sind wir bei Arendhar und wohl auch schon in T'wool.« Mit einem erleichtert klingenden Lachen verwandelte der Evari sich wieder in Daar, den Barden, und sorgte gleichzeitig durch seine Beeinflussungsmagie dafür, dass weder Kedellen noch die anderen T'wooler sich daran erinnern konnten, ihn in eigener Gestalt gesehen zu haben. Dann wandte er sich mit einer gewissen Anspannung an Rogon.

»Ich schlage vor, dass du eine Weile bei mir bleibst, damit ich dich ausbilden kann. Sonst setzt du deine Fähigkeiten doch einmal falsch ein und gefährdest dadurch dich und andere.«

Rogon horchte kurz in sich hinein, um zu erfahren, was Tirah darüber dachte. Diese sagte sich, dass Tharon wohl am ehesten wusste, wo Sirrin zu finden war, und riet ihm, das Angebot anzunehmen.

»Und nun reinige mein Schwert. Es ist mit angetrocknetem Blut bedeckt«, befahl sie ihm und wies ihn an, die Waffe in die Luft zu halten. Sie selbst nahm für einen Augenblick von ihrem Wirt Besitz und richtete ihre Gedanken auf die Klinge. Diese flammte kurz auf und war dann so sauber und scharf, als wäre sie eben aus der Hand des Schmiedes gekommen.

Tharon sah den beiden zu und sagte sich, dass es schon mit dem Meandir zugehen müsse, wenn es ihm nicht gelingen würde, Sirrin zu überlisten.

***

Nur einen Tag später hielt der Schwarzlandmagier Gynndhul den Bericht über den misslungenen Anschlag der Velghaner in den Händen. Trotz des Scheiterns seiner Verbündeten war er zufrieden. Tharon und Arendhar würden sich nun in Sicherheit wiegen und es ihm damit erleichtern, den vernichtenden Schlag zu führen, der das Machtgefüge im Süden der roten Dämmerlande auf immer zu seinen und Gayyads Gunsten verändern würde.

Mit einer herrischen Geste wandte der Magier sich an Prinz Rakkarr. »Ich werde mich jetzt von euch trennen und nehme drei deiner zuverlässigsten Leute mit. Du weißt, was du inzwischen zu tun hast?«

Der Prinz nickte eifrig. »Jawohl, Hochmagier! Ich werde mit meinen restlichen Leuten eine halbe Tagesreise hinter Arendhars Trupp bleiben und im Tal der Kristalle auf Euch warten.«

»Gut! Dort werden sich auch unsere übrigen Verbündeten aus den Küstengebieten einfinden. Sorge dafür, dass sie gut getarnt bleiben, sonst schöpft Tharon Verdacht!« Gynndhuls Stimme klang scharf, denn es passte ihm nicht, Rakkarr ohne Aufsicht lassen zu müssen. Eigentlich hatte Gayyad die Leitung der Aktion übernehmen wollen, doch da sein Verbündeter offensichtlich verhindert war, lastete die gesamte Verantwortung auf seinen Schultern.

Mit einer verächtlichen Bewegung winkte er ab. Immerhin stand er im Rang eines Hochmagiers des Schwarzen Landes und hatte in den Götterkriegen ganze Heere kommandiert. Also würde es ihm auch gelingen, diese Aufständischen anzuführen. Dieser Gedanke hob seine Laune. Er befahl drei von Rakkarrs Gefolgsleuten herrisch, ihm zu folgen, und ritt auf die vor ihm aufsteigenden Berge von Steinland zu.

Obwohl er noch nie in dieser Gegend gewesen war, kannte

er aus Gayyads Unterlagen jeden Fels und jeden Steg. Er wusste genau, welchen Weg er wählen musste, und ritt einfach weiter, als vor ihnen eine steil in die Höhe ragende Felswand scheinbar das Ende des Weges anzeigte.

Seine drei Begleiter hingegen zögerten.

»Wollt Ihr wirklich dorthin, Herr?«, fragte einer von ihnen.

Gynndhul antwortete nicht, sondern legte einen leichten Zauber über die Männer, so dass diese ihm folgten wie Entenküken ihrer Mutter. Noch wusste er nicht, ob er sie wirklich brauchen würde, doch er wollte auf alles vorbereitet sein. Immerhin stand ihm mit dem Bastard Tharon ein Magier gegenüber, den er nicht unterschätzen durfte. Bei diesem Gedanken strich Gynndhul über seine Satteltasche, in der neben seinen übrigen Artefakten auch eines steckte, das er sorgfältig in dickes Silbertuch geschlagen hatte. Dies sollte der Köder in der Falle sein, in der Tharon sich fangen würde.

VIERZEHNTES KAPITEL

Die Falle

Die Grenzen des Königreichs Vanaraan lagen hinter ihnen. Laisa wusste jedoch nicht, ob sie froh darüber sein sollte oder auf ihren Instinkt vertrauen, der ihr sagte, dass die Gefahr eines Überfalls damit nicht gebannt war. Zwar hatte sich kein velghanischer Soldat mehr in ihrer Nähe blicken lassen und der Fürst von Maischalh ebenfalls nichts unternommen, das ihren Zug hätte behindern können. Aber das beruhigte sie nicht.

Gerüchten zufolge sollte der Herrscher dieses Teilkönigreiches andere Sorgen haben als den Brautzug. Seine Ehefrau, die dritte Tochter des alten Königs, war verstorben, ohne einen Erben zu hinterlassen, und damit war sein Anrecht auf das Fürstentum erloschen. Nun versuchte er, sich mit seinem Schwager Lankarrad von Kern-Vanaraan zu verbünden, um mit dessen Hilfe an der Macht zu bleiben.

Während Laisa sich nur wenig für die internen Reibereien dieser Länder interessierte, glühte Tharon vor Zorn, weil – wie er sagte – Freistadt-Sitten in den drei Fürstentümern des Königreiches Vanaraan Einzug gehalten hatten. »Arendhar wird dort mit eiserner Hand durchgreifen müssen, sonst bricht in Vanaraan das gleiche Chaos aus wie in vielen anderen Gebieten am Großen Strom.«

Er spielte dabei vor allem auf die Küste von Maraand und die südlichen Sümpfe an, die zur Heimstadt von Piraten und Plünderern geworden waren.

»Das liegt an den Einbruchslanden. Wenn die beseitigt werden, können wieder Gesetz und Ordnung am Strom einziehen«, warf Rogon ein und verstärkte damit Tharons Verdacht, Sirrin wolle mit der Hilfe des jungen Mannes und Tirahs versuchen, den Fluch von Rhyallun zu brechen.

»Das wird wohl so sein!«, entgegnete er mürrisch und musterte den Bergwall, der vor dem Reisezug in die Höhe strebte. »Es gibt zwar eine Straße, die durch Steinland hindurchführt, aber der Aufstieg dürfte anstrengend werden!«

»Ich spüre etwas! Jemand kommt uns entgegen!« Laisas Ruf veranlasste die Panzerreiter, sich kampfbereit zu machen, um den Reisewagen der Prinzessin zu schützen. Nach einigen Minuten angespannten Wartens klang jedoch Jubel auf.

»Es ist der König!«, rief einer der Reiter.

Selbst Kedellen, in dessen Meinung Arendhar in den letzten Monaten immer mehr gesunken war, atmete auf, als er den Reitertrupp entdeckte, der auf sie zukam. An der Spitze ritt Arendhar in voller Rüstung, nur den Helm hatte er abgenommen und an den Sattel gehängt. Ein Dutzend Schritte vor den vordersten Reitern des Reisezuges verhielt er sein Pferd und hob grüßend die Hand.

»Ich freue mich, euch alle wohlbehalten anzutreffen. Baron Kedellens Nachrichten klangen doch so beunruhigend, dass ich selbst nach dem Rechten sehen wollte!«

Kedellen lenkte sein Pferd nach vorne und deutete im Sattel eine Verbeugung an. »Wir haben auch unerfreuliche Stunden erlebt, Eure Majestät, und mussten die Prinzessin aus dem Westen mit unseren Schwertern vor Verrätern aus Vanaraan schützen!«

Arendhars Gesicht nahm eine dunkle Färbung an. »Ihr seid tatsächlich angegriffen worden?«

Bevor Kedellen etwas sagen konnte, schob Laisa sich nach vorne. »So kann man es sagen! Doch wir waren wachsam und konnten die Feinde zurückschlagen.«

Verblüfft kniff der König die Augen zusammen. »Ihr, Dame Laisa? Aber ich dachte, Ihr …«

Da hob Tharon, der immer noch als Daar auftrat, beschwichtigend die Hand. »Die Dame Laisa hat nicht nur Euch getäuscht, König Arendhar, sondern auch andere. Doch lasst uns das zu einer anderen Zeit besprechen. Im Augenblick ist sie die Abgesandte des Westens und Anführerin des Reisezuges Ihrer Königlichen Hoheit, Prinzessin Elanah.«

»Die Prinzessin ist also wirklich gekommen?« Arendhar klang so ungläubig, dass Laisa zu kichern begann.

»Das ist sie«, erklärte sie dann und wies auf Elanahs Reisewagen.

Dort war man inzwischen zu der Überzeugung gekommen, dass etwas Außerordentliches vorging, denn Ysobel stieg aus und ließ den Schlag geöffnet.

Jetzt wird es sich entscheiden, dachte Laisa. Wenn Elanah und Arendhar von Vorurteilen behaftet den jeweils anderen ablehnten, wäre dies eine schwere Last für ihre geplante Ehe. Arendhar benötigte dringend den Rückhalt und die Unterstützung seiner Ehefrau, um als König von T'wool unangefochten zu bleiben. Außerdem fand sie eigentlich beide sympathisch und wünschte ihnen, glücklich oder wenigstens zufrieden miteinander leben zu können.

Arendhar stieg nun von seinem Pferd und warf Kedellen den Zügel zu. Dieser verzog abwehrend das Gesicht. Laisa grinste, denn sie gönnte es ihm, wie ein Stallknecht behandelt zu werden.

Ohne auf seinen Gefolgsmann zu achten, ging der König mehrere Schritte auf den Reisewagen zu, blieb dann aber stehen, als er sah, dass Elanah soeben ausstieg. Sie trug das Grau der Unterhändler, war aber mit ausgesuchter Eleganz gekleidet. Der weite Rock betonte das eng anliegende Oberteil des Kleides, welches ihre Formen zur Geltung brachte, ohne sie zu enthüllen. Ihr langes Haar fiel in sanft geschwungenen Wellen bis auf die Hüften, und ihr Gesicht schien selbst Laisa für eine Menschenfrau lieblich und hübsch zu sein.

Interessiert beobachtete die Katzenfrau den König. Arendhar wirkte verblüfft, aber auch erfreut, denn die urdilische Prinzessin unterschied sich kaum von einer Tawalerin hoher Abkunft und zeichnete sich durch eine wahrhaft königliche Haltung aus.

Elanah hatte offensichtlich mit ihren Gefühlen zu kämpfen, hielt sich aber im Zaum und versank vor Arendhar in einen tiefen Hofknicks. Dabei musterte sie den König verstohlen. Er war nicht ganz so groß wie ihr Bruder, überragte sie jedoch ein Stück. Auch besaß er breite Schultern und machte den Eindruck, als sei er es gewohnt, Zügel und Schwert zu führen.

Um die Prinzessin nicht zu erschrecken, hatte Arendhar darauf verzichtet, das Gesicht und die Hände schwarz zu färben, und so wirkte er mit seinen ebenmäßigen Gesichtszügen auch für sie anziehend. Elanah atmete sichtlich auf, denn sie hatte befürchtet, er besäße die schweren Unterkiefer eines Gurrims mit hervorstehenden Zähnen oder die Hörner eines Kampfmonsters. Doch ihr gegenüber stand ein ganz normaler, recht gut aussehender Mann, wie es sie auch auf der anderen Seite des Großen Stromes gab.

Da sie nicht vor ihm zurückschreckte, lächelte Arendhar erleichtert und bot ihr den Arm. »Erlaubt mir, Euch willkommen zu heißen, Königliche Hoheit!«

»Eure Majestät sind zu gütig!« Elanah wusste nicht so recht, was sie tun sollte, berührte dann die Hand des Mannes und fand, dass sie sich warm und angenehm anfühlte, und zum ersten Mal stahl sich der Anflug eines Lächelns auf ihre Lippen.

Tharon legte Laisa die Hand auf die Schulter. Als er ihr Weiß spürte, ließ er sofort wieder los und entschuldigte sich. »Es tut mir leid, aber ich wollte dir nicht weh tun. Aber ich bin so erleichtert, dass die erste Begegnung der beiden in einem so zwanglosen Rahmen verläuft.«

Zwar hatte Laisa für einen Augenblick so etwas wie einen leichten Blitzschlag verspürt, doch der Schmerz ließ sofort wieder nach. Tharon hingegen rieb sich die Hand und setzte seine Selbstheilungsfähigkeiten ein, da sich die Haut auf seiner Handfläche wie versengt anfühlte.

»Ich bin auch erleichtert«, antwortete Laisa mit einem hörbaren Seufzer. Ein wenig wunderte sie sich über Elanah, die unterwegs immer wieder gejammert hatte, sie müsse sich, um den Vater zu retten, einem Ungeheuer ausliefern.

Nun aber betrachtete die Prinzessin Arendhar eher neugierig und lächelte gelöst. »Eure Majestät sehen – wenn es mir erlaubt ist, das zu sagen – äußerst stattlich aus!«

Arendhar lächelte geschmeichelt. »Ihr beschämt mich, Königliche Hoheit. Doch wenn Ihr mir erlaubt, das zu sagen: Ihr seid so schön wie eine Rose im Morgentau!«

»Wenigstens sieht er aus wie ein zivilisierter Mensch und nicht wie einer der Ostlandbarbaren«, murmelte Elandhor und fand es an der Zeit, sich ebenfalls dem König vorzustellen.

»Eure Majestät, ich bin Elandhor, Prinz von Urdil!«

»Elandhor ist mein Zwillingsbruder«, erklärte Elanah. »Wir stehen uns sehr nahe, und es würde mich freuen, wenn er auch später nach T'wool reisen dürfte, um mich zu besuchen.«

»Das wird sich machen lassen«, antwortete Arendhar und

streckte Elandhor die Hand hin. Dieser ergriff sie und musterte anschließend die Panzerreiter, die den König begleiteten und auf der Straße angehalten hatten.

»Ihr seid nicht nur ein stattlicher Mann, wie meine Schwester sagt, sondern Ihr habt auch stattliche Krieger. Bessere Ritter und Pferde findet man auch in Urdil und Thilion nicht.«

»Der Junge besitzt eine geschmeidige Zunge. Das hätte ich ihm gar nicht zugetraut«, flüsterte Tharon Laisa zu.

Dann sah er an sich herab und meinte: »Ich werde wieder meine eigentliche Gestalt annehmen und mich zum Gefolge des Königs gesellen. Jetzt, da wir auf Arendhar gestoßen sind, werden wir unsere Ruhe vor solchen Leuten wie den Fürsten von Maischalh und Vanaraan haben. Auch unser Freund Frong wird nach dem gescheiterten Überfall einige Zeit brauchen, um neue Pläne zu schmieden.«

»Wenn er sie noch nicht geschmiedet hat«, wandte Laisa ein.

Tharon winkte verächtlich ab. »Solche Artefakte, wie sie bei dem Überfall verwendet wurden, gibt es nicht viele in den Dämmerlanden. Ihr Verlust wird Frong wahrscheinlich mehr schmerzen als der gescheiterte Entführungsversuch. Falls er doch noch etwas vorhat, werden wir es merken und vereiteln!«

Damit war das Thema für Tharon erledigt, und er zog sich ein Stück hinter die Felsen zurück, um sich ungesehen zurückverwandeln zu können.

Laisa gesellte sich zu Rogon, der das Ganze aus ein paar Schritten Entfernung verfolgte. »Was hältst du von dem Ganzen?«

»Das erste Zusammentreffen Arendhars mit dem Mädchen aus dem Westen verlief friedlicher als erwartet«, antwortete Rogon.

»Ich meine nicht die beiden, sondern unsere Feinde. Glaubst

du auch, dass sie ihre Wunden lecken und uns in Ruhe lassen werden?«

Laisas Fauchen brachte Rogon zum Lachen. »Es würde mich wundern, wenn sie schon aufgegeben hätten. Allerdings haben sie den Vorteil der Heimlichkeit. Daher werden wir Augen und Ohren offen halten müssen.«

»Und unsere magischen Sinne!« Noch während sie es sagte, lauschte Laisa und schnupperte. Weder ihre Nase noch ihre Ohren noch ihr magisches Gespür trugen ihr etwas zu, das ihren Sinn für Gefahr weckte. Dennoch war sie genauso sicher wie Rogon, dass ihr unheimlicher Feind ihnen irgendwo in dieser Ödnis auflauerte.

❊ ❊ ❊

Die Straße durch Steinland war in den Großen Kriegen angelegt worden, damit die Heere der Götter darauf hatten ziehen können. Es gab nur wenige Serpentinen, dafür aber Tunnel von beeindruckender Länge sowie Brücken aus diamantharten Stein, die sich kühn über schier endlose Abgründe spannten. Laisa begriff, weshalb die Menschen diesen Weg mieden. Zu vieles musste ihnen wie Zauberwerk erscheinen, und die Angst, Brücken, Tunnel und Steige könnten sich als Trugbilder erweisen und sie in eine der abgrundtiefen Schluchten stürzen lassen, war selbst Arendhars erfahrenen Panzerreitern anzusehen.

Seit zwei Tagen ging es bergauf, und doch war es nicht einmal die höchste Stelle von Steinland, die sie durchqueren mussten. Die befand sich etliche Dutzend Meilen weiter im Süden, wo senkrecht aufragende Felswände den Himmel zu stützen schienen.

Nur selten wagte einer der T'wooler oder ihrer grünen

Gäste, in diese Richtung zu blicken. Aber auf Laisa und auf Rogon wirkten die leicht violett schimmernden Felsmauern wie ein Magnet. Sogar Tirah ließ es sich nicht nehmen, den Anblick durch Rogons Augen zu genießen.

»Dies ist ein heiliger Ort meines Volkes, aber auch verbotenes Land. In den Götterkriegen war dieses Gebiet heftig umkämpft, und man sagt, dass dort heute noch Zauber existieren, die für Menschen tödlich sind«, erklärte sie Rogon.

Der junge Mann kniff die Augen zusammen und versuchte, mit seinen erwachenden magischen Sinnen zu sehen. Mit einem Mal brummte er ungehalten. »Dort ist etwas Schwarzes, gar nicht so weit von uns entfernt. Es fühlt sich eklig an!«

Laisa hatte ihn gehört und fasste nach seiner Schulter, um das, was er wahrnahm, durch ihn zu sehen. Kaum hatte sie es getan, stieß sie ein schrilles Fauchen aus und alarmierte Tharon.

Der Evari gab viel auf die unverfälschten Sinne der Katzenfrau und des jungen Wardan. »Was habt ihr entdeckt?«

»Es ist schwarz, aber so grässlich, dass es mich schüttelt«, bekannte Rogon.

Jetzt legte auch der Evari die Hand auf seine Schulter und stieß noch im selben Moment einen Fluch aus.

»Was ist?«, fragte Rogon.

»Eine Waffe aus den Götterkriegen – wahrscheinlich defekt und daher umso gefährlicher. Sie muss bei einem Erdrutsch freigelegt worden sein. Ich werde die Stelle aufsuchen und das Ding unschädlich machen, denn es könnte auch uns gefährlich werden.«

»Du solltest nicht allein gehen, gerade weil du der Evari bist! Wenn dir etwas passiert, ist bald der Gir… eh, der Meandir hier los«, warnte Laisa ihn.

Tharon schüttelte den Kopf. »Dieses Ding ist dafür gemacht,

Waffen und Angehörige westlicher Farben, insbesondere Weiße wie dich, zu vernichten. Du könntest dich diesem Artefakt nicht auf eine halbe Meile nähern, ohne dass es gegen dich wirkte.«

»Dann nimm Rogon mit!«

»Seine magischen Fähigkeiten in allen Ehren, doch das ist ein paar Stufen zu hoch für ihn. Ihr beide bleibt hier und bewacht den Zug. Ich kümmere mich um die Artefaktwaffe. Es kann ein wenig dauern, bis ich wieder zurückkomme, denn ich werde sie wahrscheinlich in meinen Turm bringen müssen, um sie zu demontieren. So etwas habe ich schon Dutzende Male getan!« Tharon klopfte Rogon auf die Schulter, während er dies bei Laisa nur andeutete, und stieg dann von dem Pferd, das man ihm zur Verfügung gestellt hatte.

»Zu Fuß komme ich schneller vorwärts«, sagte er noch und versetzte sich auf einen mehrere hundert Schritt entfernten Felsen. Nach zwei weiteren schnell erfolgten Versetzungen war er außer Sichtweite und für Laisa und Rogon nur noch als schwarzer Schemen zu erspüren, der sich rasch entfernte.

Mittlerweile war auch der König darauf aufmerksam geworden, dass sich Unvorhergesehenes tat, und zügelte sein Pferd, bis Laisa und Rogon zu ihm aufgeschlossen hatten.

»Was ist mit Tharon?«, fragte er.

»Wir haben eine alte Waffe ein Stück südöstlich von uns entdeckt, und Tharon kümmert sich darum, damit unser Reisezug nicht gefährdet wird«, antwortete Laisa und sah sich misstrauisch um. Irgendwie kam ihr das Ganze wie eine Falle vor, doch als sie magisch schnupperte, nahm sie nur ein paar Dutzend schwache Präsenzen war, die ihnen anscheinend zu Pferd entgegenkamen.

❋ ❋ ❋

Tharon versetzte sich ein paar Mal, um in dem unwegsamen Gelände rasch voranzukommen, denn die Ausstrahlung des Kriegsartefakts beunruhigte ihn. Diese alten Waffen funktionierten zumeist nicht mehr richtig und bedrohten alle Lebewesen ohne Rücksicht auf ihre Farbe. Genau wie Sirrin hatte auch er schon viele solcher Artefakte, aber auch gefährliche Zauber und Flüche in den letzten neunhundert Jahren entfernt oder aufgelöst. Diese Gegend war ähnlich wie die Ödlande um den Heiligen See immer noch gefährlich für jeden, der sie abseits der Hauptstraße durchqueren wollte. Dennoch versuchten es immer wieder Leute, denn im Zentrum dieses Landes gab es schier unerschöpfliche Vorkommen des magisch reinsten Kristalls der Dämmerlande.

Er hatte bereits einige besonders geeignete Stücke hier gefunden und spürte die Anziehung, die diese Stelle auf ihn ausübte, auch auf die Entfernung. Aber diesmal galt seine Suche nicht den Kristallen, sondern einer besonders heimtückischen Waffe. Aus diesem Grund näherte er sich der Stelle, an der er das Artefakt spürte, mit größter Vorsicht. Zwar verfügte er über alle magischen Schlüssel und die entsprechenden Befehle, um schwarze Artefakte seinem Willen unterwerfen zu können, doch er vermochte nicht zu sagen, ob das Ding nach all den Jahrhunderten noch darauf ansprach.

Das Artefakt lag an einer prekären Stelle, etwa hundert Schritt hoch in einer Felswand, von der wohl erst vor kurzem ein Stück abgerutscht war. Dabei musste es freigelegt worden sein. Zumindest nahm Tharon dies an und stieg nun vorsichtig hinauf. Sich zu versetzen, wagte er an dieser Stelle nicht mehr, denn das Artefakt konnte so geschaltet sein, dass es auch bei einer leichten magischen Erschütterung sofort seine volle Wirkung entfaltete.

Der Hang bestand aus bröckligem Geröll, und Tharon

musste höllisch aufpassen, um nicht abzurutschen. Während er in Gedanken den Narren verfluchte, der dieses Artefakt nach dem Ende der Götterkriege einfach hier zurückgelassen hatte, näherte er sich dem Ding und konnte es schließlich über sich liegen sehen. Es glich einem neunseitigen Würfel, dessen Kristallkern mit Metall überzogen worden war. Mehrere Bedienungsknöpfe ragten aus der glänzenden Hülle, und einer davon war bis zum Anschlag eingedrückt.

Tharon versuchte sich zu erinnern, was ein Artefakt dieser Bauweise alles bewirken konnte, und hörte auf einmal ein spöttisches Lachen hinter sich. Er fuhr herum und sah sich einem Schwarzlandmagier gegenüber, der unter einem ausgezeichneten Abschirmfeld stehen musste, da er seine Anwesenheit nicht hatte spüren können.

»Bist du gekommen, um dieses Artefakt zu bergen? Dann hättest du dich vorher bei mir ankündigen müssen!«, rief der Evari erbost.

Das Lachen des anderen wurde noch durchdringender. »Ich habe dieses Artefakt hierhergebracht, um Gimpel zu fangen – und wie man sieht, ist mir ein ganz besonders großer ins Netz gegangen.«

Jetzt erkannte Tharon den anderen. »Gynndhul! Was soll das Ganze?«

»Hast du das noch nicht begriffen, mein lieber Tharon? Dies ist eine Falle – und zwar für dich!«

Trotz dieser Drohung blieb Tharon ruhig. Gynndhul mochte zwar den Rang eines Hochmagiers des achten Grades besitzen, doch er war kein Gegner, den er fürchten musste. Während er seine Kräfte für den entscheidenden magischen Schlag sammelte, zog Gynndhul ein Artefakt aus einer Silberhülle und richtete es auf ihn.

Tharon spürte, wie ihn etwas packte und mit ungeheurer

Macht auf das Artefakt zuzog. Er versucht es mit einer Glasfalle, dachte er belustigt. Wenn Gynndhul glaubt, mich damit ausschalten zu können, hat er sich getäuscht.

Einen Augenblick später saugte ihn die Glasfalle ein, und er fand er sich in einem dichten Staubschleier wieder, der ihm beißend in Mund und Nase drang. Obwohl er sofort die Luft anhielt, wirkte das wenige, das er eingeatmet hatte, auf der Stelle. Er wurde schläfrig, und obwohl er sich magisch zwingen wollte, wach zu bleiben, dämmerte er weg. Das Letzte, was ihm noch durch den Kopf ging, war, dass er tatsächlich der Gimpel war, als den Gynndhul ihn bezeichnet hatte.

❊ ❊ ❊

Es ging so schnell, dass Gynndhul zunächst nicht begriff, dass es vorbei war. Dann aber lachte er triumphierend auf. Kaum ein anderer Magier im Schwarzen Land hätte es gewagt, sich dem Bastard Tharon zum Kampf zu stellen. Selbst er hatte all seinen Mut dafür zusammennehmen müssen. Doch Gayyad hatte tatsächlich alles hervorragend geplant. Eine Glasfalle in Verbindung mit Flussmaulstaub stellte jeden Magier, der unvorbereitet damit angegriffen wurde, vor unlösbare Probleme.

Gynndhul verschloss die Glasfalle mit einem magischen Siegel, um zu verhindern, dass Tharon, falls er wider Erwarten noch bei Bewusstsein sein oder wieder aufwachen sollte, sie verlassen konnte. Dann versetzte er sich an die Stelle, an der er seine drei Begleiter zurückgelassen hatte, und sah sie hochmütig an.

»Der erste Sieg ist errungen. Jetzt stehen uns nur noch Arendhars tausend Reiter gegenüber.«

»Mit denen werden wir wenig Federlesen machen!«, antwortete einer der Männer lachend.

Gynndhul teilte seine Überzeugung. »Achtet besonders auf die weiße Katze. Derjenige, der sie mir lebend und möglichst unverletzt übergibt, erhält zehntausend Goldfirin!«

»Das sind dreitausenddreihundert Goldt'wooler«, rechnete der Sprecher die Summe für seine Freude um. »Ein hübsches Sümmchen. Dafür kann man sich eine Baronie kaufen!«

Zufrieden nahm Gynndhul wahr, dass sein Angebot die Männer begierig machte, sich die Belohnung zu verdienen. Sein Verbündeter Gayyad würde zufrieden sein, denn er wollte die Katzenfrau unbedingt lebend haben. Aber er fragte sich, ob er sie wirklich dem Zweiblütigen ausliefern sollte. Mächtige Magier im Schwarzen Land würden das Zehnfache für ein solches Beutestück bezahlen.

Dann schüttelte er sich innerlich. Gayyad war unberechenbar und verfügte über weitaus mehr Macht, als seine Verbündeten im Schwarzen Land sich vorstellen konnten. Seine unheimliche Fähigkeit, sich in ein grünes Spitzohr zu verwandeln, machte ihn zu einem wertvollen Spion der eigenen Seite. Aber das allein war nicht wesentlich für das, was er und andere Magier seines Ordens zu ihrem großen Ziel führen sollte. Gayyad war als Einziger in der Lage, immer wieder Konflikte in den Dämmerlanden anzuheizen, die in nicht allzu ferner Zukunft zu einem erneuten Ausbruch der Götterkriege und damit zum endgültigen Sieg der schwarzen Heere über alle anderen Mächte führen würden.

Um dieses Ziel zu erreichen, musste als Nächstes Arendhar gestürzt und ein Mann auf den Thron von T'wool gesetzt werden, der Gayyad und den Schwarzlandmagiern hinter ihm als Marionette dienen konnte. Mit diesem Gedanken setzte Gynndhul sich aufs Pferd und ritt in die Richtung, in der er Rakkarr von T'walun und dessen Begleiter wusste.

An das giftig strahlende Artefakt, mit dem er Tharon angelockt hatte, verschwendete er keinen Gedanken mehr. Für ihn ging es nun darum, den letzten, entscheidenden Schlag zu führen. Auch diesen hatte Gayyad exzellent geplant, denn nach einem mehrstündigen Ritt traf der Magier den Thronanwärter an einer Stelle, an der die aus dem Westen kommende Straße steil in ein schmales, langgestrecktes Tal überging, das zwei quer verlaufende Höhenzüge trennte.

Während auf der eigenen Seite ein flacher Abhang genug Platz für eine mehrere tausend Reiter zählende Schar bot, die nach unten angreifen konnte, gab es auf der Seite, die Arendhar von Westen kommend passieren musste, nur eine enge, steil nach unten führende Straße, die erst auf dem schmalen Talgrund ein gewisses Ausweichen zuließ. Ein Versuch, sich über diesen Hohlweg zwischen steilen Felsen wieder zurückzuziehen, musste im Chaos enden. Zudem marschierten mehrere tausend Velghaner und weitere verbündete Krieger im Schutz von Abschirmartefakten hinter Arendhar her und würden ihm den Rückweg abschneiden.

Zufrieden, dass auch hier alles so lief, wie Gayyad es geplant hatte, begrüßte Gynndhul Rakkarr und wies mit einer weit ausholenden Geste nach Westen. »Ich sehe bereits deine Krone näher kommen, Rakkarr. Bevor dieser Tag sich neigt, wird T'wool dich seinen König nennen!«

Rakkarrs Augen flammten begehrlich auf, und er ballte eine Faust in die Richtung, in der er seinen Vetter wusste. »Ich werde die Schande, die Arendhar über T'wool gebracht hat, tilgen und dieses Weib aus dem Westen eigenhändig erwürgen. Danach lasse ich eine Flotte bauen und werde mein angestammtes Königreich T'walun aus der Hand dieser grünen Hunde befreien!«

Bei diesen Worten verzog Gynndhul das Gesicht. Wie es aussah, begann Rakkar, Pläne zu entwickeln, die nicht in seinem oder Gayyads Sinne waren. Der Magier kommentierte die Worte des Thronanwärters jedoch nicht, sondern holte die Glasfalle hervor, in denen das Heer der Aufständischen steckte. Mit einer triumphierenden Geste stellte er sie auf die Erde und drückte einen Knopf. Ein leises Summen ertönte, dann schoss ein magischer Strahl nach vorne und gab Reiter und Pferde frei.

Als Erste erschienen Rakkarrs Männer. Damit verfügte der Thronanwärter bereits über seine Krieger, während die mit ihm verbündeten Lehensgrafen warten mussten, bis Gynndhul auch ihre Truppen herausließ. Die Gesichter, die die Herren dabei zogen, erinnerten den Magier daran, dass diese ebenfalls dem t'woolischen Königsgeschlecht entstammten, wenn auch über entferntere, weibliche Linien. Dies würde bei den Edelleuten Begehrlichkeiten wecken, die Gayyads Pläne ebenfalls beeinträchtigen konnten.

Nun bedauerte Gynndhul es noch mehr, dass er allein die Verantwortung für diese Aktion trug, denn er kam mit den Menschen der Dämmerlande nicht so gut zurecht wie sein blauer Verbündeter. In seiner Heimat hätte er den Leuten kurzerhand Befehle erteilt, die ohne Wenn und Aber befolgt worden wären. Die Dämmerländer aber waren zu lange der Kontrolle durch Magier entwöhnt, um sich widerspruchslos seinem Kommando zu unterstellen. Selbst jetzt behandelten sie ihn, als wäre er nur ein x-beliebiger Verbündeter und nicht ihr Herr.

Es wird Zeit, dass sich das wieder ändert, dachte er und amüsierte sich über die Verwirrung der Krieger, die sich hilflos umschauten und kaum begreifen konnten, dass sie sich plötzlich an einem ganz anderen Ort befanden als dort, wo die Glasfalle sie eingesaugt hatte.

***

Kaum war Tharon außer Sicht, kämpfte Laisa mit einem schlechten Gefühl, und sie stellte fest, dass Rogon ihr Unbehagen teilte.

»Einer von uns beiden hätte den Evari begleiten sollen«, sagte er mit verkniffener Miene.

Da Laisa sich als Weiße dem aggressiven Artefakt nicht nähern durfte, wäre er derjenige gewesen, und das hätte ihr nicht sonderlich gepasst. Sie schalt sich sofort selbst für den Gedanken. Hier ging es nicht um sie und ihren Ehrgeiz, sondern darum, T'wool wohlbehalten zu erreichen. Daher richtete sie erneut ihre magischen Sinne auf das Artefakt und entdeckte es auf Anhieb. Doch als sie nach Tharon suchte, griff sie ins Leere.

»Da stimmt etwas nicht!«, raunte sie Rogon zu.

Dieser horchte in sich hinein und schüttelte dann den Kopf. »Jahrelang hieß es, ich hätte keine magischen Fähigkeiten, dann erwachen plötzlich welche. Aber ich komme nicht mit ihnen zurecht. Ich kann Tharon nirgends finden, habe aber das Gefühl, als gäbe es vor uns und vor allem aber hinter uns Löcher im magischen Gefüge.«

»Löcher?« Laisa konzentrierte sich erneut, doch das nur wenige Meilen entfernte schwarze Artefakt strahlte so sehr, dass sie kaum etwas anderes wahrnahm. Ärgerlich schüttelte sie den Kopf.

»Auf diese Weise kommen wir nicht weiter. Rongi!«

Der Katling war sofort zur Stelle. »Was gibt es, Laisa?«

»Kannst du schauen, ob vor uns etwas ist? Rogon meint, Löcher im magischen Gefüge zu spüren.« Obwohl Laisa nicht so recht daran glaubte, wollte sie Vorsicht walten lassen.

»Und wie soll ich diese Löcher finden?«, fragte Rongi mit gesträubten Tasthaaren.

»Sie können nicht weit sein, vielleicht zwei, drei Meilen voraus«, antwortete Rogon. »Ebenso bedrücken mich die Löcher in unserem Rücken. Diese sind etwa zehn Meilen hinter uns und holen allmählich auf.«

Er ärgerte sich am meisten darüber, dass er das, was er fühlte, nicht einordnen konnte. Dabei wusste er nicht einmal, ob er sich diese magischen Löcher nur einbildete. Doch das würde er erst wissen, wenn sie darauf trafen oder Rongi etwas feststellen konnte.

Der Katling sauste los und überholte die Vorhut des Reisezuges wie ein Blitz. Schon bald war er verschwunden, und Laisa und Rogon nahmen ihn nur noch als blaumagische Präsenz wahr, die sich rasch entfernte.

»Ich wollte, ich könnte an seiner Stelle aufklären«, brummte Rogon, doch Laisa winkte mit einer heftigen Bewegung ab.

»In dieser Situation muss jeder das tun, was er am besten kann. Rongi ist jetzt wertvoller als wir, denn er ist klein, flink und schnell.«

Laisa verstand Rogons Gefühle besser, als sie vorgab, denn sie wäre am liebsten selbst an Rongis Stelle gewesen. Doch auf ihren Schultern lastete die Verantwortung für das Wohlergehen der Prinzessin und das hieß, in deren Nähe zu bleiben. Auch musste sie dafür sorgen, dass Rogon nicht Dinge tat, die sie für falsch hielt.

Der junge Wardan beherrschte sich jedoch und lauschte mit seinen noch unerprobten magischen Fühlern nach vorne und hinten. Plötzlich stieß er eine leise Verwünschung aus.

»Was ist los?«, fragte Laisa angespannt.

»Die magischen Löcher hinter uns holen weiter auf. Wenn wir nicht schneller werden, haben wir das, was sie verbergen, in weniger als drei Stunden im Rücken. Ich spüre das violett angehauchte Blau der Velghaner, aber auch richtiges Blau, so als wäre die Blase für die Leute, die dort marschieren, zu klein geworden.«

»Also ein Heer unter Abschirmartefakten! Wahrscheinlich zieht sich der Trupp bei dem schnellen Marsch auseinander, so dass das Schutzfeld nicht alle Reiter umfassen kann«, mutmaßte Laisa und forderte Rogon auf, Arendhar zu informieren.

Sie selbst rief Borlon zu sich und gab ihm einen kurzen Bericht. Danach lenkte sie Vakka neben den Reisewagen der Prinzessin und sprach mit Ysobel. Diese hörte ihr schweigend zu und nickte schließlich.

»Das sieht mir ganz nach einer Falle aus, die unser Freund Frong für uns vorbereitet hat. Mit dem nächtlichen Entführungsversuch in Vanaraan wollte er uns wahrscheinlich nur ablenken.«

»Was er auch geschafft hat! Jetzt müssen wir abwarten, was Rongi in Erfahrung bringt. Ich fürchte, es ist nichts Gutes!« Laisa fauchte so aufgebracht, dass Elanah zusammenzuckte.

Ysobel versuchte, die Prinzessin zu beruhigen, und legte ein paar Kissen auf den Boden des Reisewagens, damit Elanah sich im Falle eines Angriffs flach hinlegen konnte, um den Pfeilen der Angreifer zu entgehen.

Da Laisa feststellte, dass sie Ysobel die Sorge um die Prinzessin überlassen konnte, spornte sie Vakka an und schloss zu Rogon und Arendhar auf. Der König hatte Rogons Warnung bereits erhalten und wirkte ernst, aber nicht direkt besorgt.

»Sobald Tharon zurück ist, wird er uns sagen können, wer sich vor uns und wer sich hinter uns befindet«, sagte er gerade.

Laisa klackte mit ihren Fangzähnen. »Ich kann Tharon nirgends mehr fühlen. Ihm muss etwas geschehen sein!«

Nun wurde Arendhar blass. »Wenn Tharon etwas zugestoßen ist, wäre das unser Untergang!«

»Wir werden eben ohne ihn durchkommen müssen«, gab Laisa bissig zurück. »Außerdem wird uns Rongi bald sagen, was vor uns ist!«

»Ich habe Jade ebenfalls losgeschickt. Sie ist kleiner als Rongi, und niemand wird ihr eine besondere Bedeutung zumessen, wenn er sie sieht«, mischte Rogon sich ein.

»Gut!« So ganz konnte Laisa sich die Verbindung des jungen Wardan zu seiner Katze nicht vorstellen, doch wenn es half, den Feind zu erkennen, sollte es ihr recht sein.

»Was ist mit den Leuten, die du hinter uns entdeckt hast?«, fragte sie.

»Sie holen immer noch auf, und ihr Zug zieht sich weiter in die Länge. Ich spüre Blau am Ende, aber ohne das Violett der Velghaner. Es müssten also Wardan sein. Sobald Jade den Feind vor uns ausgespäht hat, wird sie sich auf den Weg nach hinten machen«, berichtete Rogon.

»Auf wie viele schätzt du die Leute, die uns verfolgen?«, wollte Arendhar wissen.

Rogon zuckte mit den Achseln. »Ich spüre nur ein langes, magisches Loch in der Landschaft, in dem mehrere tausend Mann marschieren können. Die Wardan dahinter schätze ich auf tausend bis zweitausend. Sie haben sich bis vor kurzem ebenfalls unter diesem Schirmfeld befunden, das sie vor den Spürsinnen eines Magiers verbergen konnte. Doch dieses Schirmfeld wandert mittlerweile rascher auf uns zu, als ein Mann zu Fuß gehen kann.«

»Was ist mit den Blauvioletten?«, fragte Laisa. »Du hast doch gesagt, die hättest du auch bemerkt. Ich spüre aber nichts von ihnen.«

»Einige haben sich ein paar Augenblicke lang vor dem Schutzfeld aufgehalten, aber jetzt befinden sie sich anscheinend wieder innerhalb der Abschirmung«, erklärte Rogon.

Arendhar stieß einen Fluch aus. »Wenn deine Annahme stimmt, wären bis zu viertausend Mann hinter uns!«

»Eher mehr«, antwortete der junge Wardan.

»Das wäre eine mehr als vierfache Übermacht. Im Allgemeinen fürchte ich keine feindlichen Truppen, aber auf so engem Raum wie hier kann ich meine Panzerreiter nicht so einsetzen, wie es nötig wäre.«

Während Arendhar verzweifelt nachdachte, um einen Ausweg aus der bedrohlichen Situation zu finden, schloss Rogon die Augen und konzentrierte sich auf Jade.

»Jenseits der Anhöhe vor uns führt der Weg steil nach unten und mündet in einem nicht sehr breiten, quer zu unserem Weg liegenden Tal, das sich zur linken Seite tiefer in die Berge zieht. Es wird auf der gegenüberliegenden Seite von einer sanft ansteigenden Anhöhe begrenzt, hinter der ich mehrere magische Löcher spüre!«, meldete er, nachdem er durch Jades Augen geblickt hatte.

»Eine ideale Falle«, fluchte Arendhar. »Die Kerle hinter uns schneiden uns den Rückweg ab, und vor uns steht eine Truppe, die uns von der Höhe aus angreifen kann, während wir selbst in diesem Tal gefangen sind. Vielleicht sollten wir …« Er brach ab und machte eine ärgerliche Handbewegung. »Es hat keinen Sinn, uns hier auf dem Weg zu verschanzen. Wir könnten uns zwar nach vorne verteidigen, da der Feind den steilen Anstieg heraufkommen müsste, doch dafür rollen uns die Leute hinter uns auf. Wenn Wardan bei ihnen sind, haben sie auch Bogenschützen.«

Da hob Rogon die Hand. »Halt! Jade zeigt mir, dass das Quertal links in einem Haken ausläuft, der groß genug ist, um die Begleitung der Prinzessin und den größten Teil unserer Männer aufzunehmen. Dort wären sie vor Pfeilen geschützt. Wir müssten allerdings rasch marschieren, sonst kommen uns die Reiter, die sich vor uns befinden, in die Flanke, und dann sehen wir geküsst aus.«

»Äh?«, rief Laisa, die diesen Ausdruck noch nicht kannte.

Rogon grinste jedoch nur und wies nach vorne. »Wir sollten wirklich schneller werden, um die Kerle zu überraschen.«

»Du sagst, es wären Reiter! Wie kommst du darauf?«, fragte Arendhar.

»Jade riecht Pferde, und zwar sehr viele. Leider kann sie nicht zählen, doch ich hoffe, dass Rongi genauere Auskunft bringt.« Noch während Rogon dies sagte, wandte er sich an Laisa. »Einer von uns sollte sich auf die Suche nach Tharon machen!«

»Das erledige ich! Auch wenn er magisch nicht mehr zu spüren ist, wird meine Nase mich führen!« Laisa sprang von ihrer Stute und warf Borlon die Zügel zu.

»Bis bald! Wünscht mir Erfolg!«

»Ich hoffe, die Dame Laisa findet Tharon. Es bereitet mir Sorge, dass er in Schwierigkeiten steckt!«

Arendhar biss die Zähne zusammen und gab dann den Befehl, rascher zu reiten.

»Sobald wir das steile Wegstück hinter uns gelassen haben, wenden wir uns scharf links und versuchen, das Ende des Quertales zu erreichen. Seid bereit, euer Leben und das eures Königs zu verteidigen«, rief er seinen Leuten zu.

»Und das unserer zukünftigen Königin!«, ergänzten etliche Männer diese Aufforderung. Auch wenn die Gardereiter die Prinzessin aus dem Westen zunächst abgelehnt hatten, so erfüllte es sie mit Zorn, dass es jemand wagte, sich ihretwegen gegen den König zu erheben.

Arendhar spürte den Trotz, der in seinen Männern erwachte, und sagte sich, dass der Feind diesen zu spüren bekommen würde. Leicht wollte er seinen Gegnern den Sieg nicht machen. Auch wenn Tharon ausgefallen war, so stand immer noch die Dame Laisa auf seiner Seite, von der Tharon mit ebenso viel Hochachtung gesprochen hatte wie von den Fähigkeiten des jungen Wardan Rogon a'Gree.

❋❋❋

Alatna ballte die Fäuste, als die vor ihnen reitenden Velghaner immer schneller wurden und sie ihnen mit ihren Fußkriegern nicht mehr zu folgen vermochte. »Hoffentlich konnten unsere Verbündeten Tharon ausschalten, sonst entdeckt er uns und ist gewarnt! Wir befinden uns nicht mehr unter dem Schutz des magischen Feldes.«

Zwar verstand sie wenig von Zauberei und Artefakten, doch das leichte Blau, das sie bis vor kurzem um sich herum gespürt hatte, war weitergezogen, und sie konnte es, wenn sie sich darauf konzentrierte, ein ganzes Stück vor ihren eigenen Leuten ausmachen.

»Mir gefällt das Ganze nicht!«, antwortete Ondrath, ihr derzeitiger Stellvertreter. »Ich frage mich schon die ganze Zeit, weshalb wir gegen König Arendhar marschieren. Er hat mich, als ich in T'wool weilte, so empfangen, wie es einem Fürsten gebührt, während Lankarrad mich wie einen Knecht behandelt.«

Alatna ärgerte sich ebenfalls über den Fürsten von Vanaraan, aber anders als Ondrath stellte sie diesen Kriegszug nicht in Frage. Wenn es nach ihr gegangen wäre, hätte sie den Fürsten des winzigen Reiches Mondras niemals zu ihrem Stellvertreter ernannt. Doch er war nun einmal der Herr des letzten blauen Landes, das sich südlich von T'wool noch gehalten hatte. Mondras war schon früher unbedeutend gewesen, und nun hatte der Fluch von Rhyallun den größten Teil dieses Ländchens erfasst und kaum mehr davon übrig gelassen als eine Baronie in T'wool umfasste. Mehr als der Titel eines Fürsten von Mondras zählte bei Ondrath jedoch die Tatsache, dass er einer der wenigen überlebenden Edelleute war, die einen Anspruch auf die Krone von Rhyallun hatten.

Alatna warf einen kurzen Blick auf Ondraths Aufgebot. Im Gegensatz zu ihren Leuten handelte es sich um hagere Männer, die ausnahmslos beritten waren und deren Gesichter die Sonne gegerbt hatte. Ihre Kleidung bestand aus ledernen Hosen und Westen sowie flachen Hüten aus Leder. Jeder von ihnen hatte einen Bogen samt drei Dutzend Pfeilen im Köcher stecken und trug zudem ein schmales, gebogenes Schwert und eine lange, jetzt eingerollte Peitsche am Gürtel. Es waren Kessan, die Wanderhirten des Südens, die Ondrath von Mondras als einzige Untertanen geblieben waren. Viele von ihnen hatten große, struppige Hunde bei sich, von denen jeder einen erwachsenen Mann umwerfen konnte.

Die blaue Fürstin beantwortete die Bemerkung ihres Stellvertreters mit einer verächtlichen Handbewegung. »Lankarrad ist ein Narr und zählt nicht. Unser Oberhaupt ist der große Frong! Er hat uns ein Viertel von T'wool als neue Heimat versprochen, wenn wir helfen, Arendhar von seinem Thron zu stürzen und den wahren Erben daraufzusetzen.«

»Ich würde lieber gegen die Grünen in den Einbruchslanden vorgehen«, erwiderte Ondrath mürrisch. »Außerdem: Wie stellst du dir die Landnahme vor? Sollen wir etwa die T'wooler, die dort leben, vertreiben und dadurch böses Blut erzeugen? Prinz Rakkarr von T'walun mag uns Land versprochen haben, doch ich bezweifle, dass er es uns auch geben wird. Ich kenne die T'wooler. Würde er ein Teil des Reiches Wardan überlassen, könnte er sich keine drei Tage auf dem Thron halten.«

»Du solltest auch etwas halten, und zwar deinen Mund!«,

giftete Alatna Ondrath an. »Man könnte fast glauben, du stehst auf Arendhars Seite statt auf der unseren. Liegt das vielleicht an deiner Großmutter?«

Das klang verächtlich und spielte darauf an, dass Ondraths Großmutter eine Gräfin aus T'wool gewesen war. Die Frau war durch Zufall blau geboren worden und hätte in ihrer Heimat keinen passenden Ehemann gefunden. Ein wenig sah man Ondrath diese Abstammung noch an, denn er war größer als ein normaler Wardan und auch breiter gebaut. Vor allem aber brachte ihm die Abstammung von einer T'woolerin eine gewisse Achtung in den tawalischen Reichen des Südens ein, die sie selbst niemals erfahren hatte.

»Wir werden Arendhar und seine grüne Braut auslöschen und gemeinsam mit Frong den gesamten Süden der roten Dämmerlande nach unseren eigenen Vorstellungen neu ordnen«, sagte sie in einem Ton, als müsse sie sich dies selbst bestätigen, und kehrte Ondrath den Rücken zu.

Der junge Fürst versuchte, seine wirbelnden Gedanken zu ordnen. Bislang hatte er Frongs Pläne nie in Frage gestellt, doch mittlerweile glaubte er nicht mehr daran, dass der Mann aus dem Blauen Land tatsächlich das Beste für die aus ihrer Heimat vertriebenen Wardan im Sinn hatte. Das hätte Frong auch ohne einen Angriff auf den König von T'wool erreichen können. Doch was wollte der Mann wirklich?

Ondrath wunderte sich über diese Frage, die er sich bislang noch nie gestellt hatte. Verwirrt griff er in seine Westentasche und holte seinen Talisman heraus. Es handelte sich um einen in Gold gefassten Edelstein, den Frong ihm vor mehreren Jahren geschenkt hatte. Bislang hatte der wunderschöne blaue Kristall sich warm und angenehm angefühlt. Jetzt aber lag er kalt in seiner Hand, und als er ihn genauer betrachtete, entdeckte er einen feinen Riss in dem Stein.

Dieser musste entstanden sein, als er vor ein paar Wochen einen jungen Hengst hatte zureiten wollen und von diesem abgeworfen worden war. Ihm taten heute noch die Rippen von dem Sturz weh. Bei diesem Zwischenfall musste auch das Amulett Schaden genommen haben. Bei dem Gedanken runzelte Ondrath die Stirn. Er wusste genug über magische Artefakte, um zu begreifen, dass es sich bei diesem Kristall um eines gehandelt haben musste. Doch was hatte das Ding bewirken sollen?

Bei diesem Gedanken verspürte er ein mulmiges Gefühl im Magen. Aus eigenem Antrieb hätte er sich mit Sicherheit nicht auf ein Abenteuer wie diesen Kriegszug eingelassen. Also musste das unscheinbare Ding ein Beeinflussungsartefakt gewesen sein, welches ihn in Frongs Sinne leiten sollte. Wäre es nicht zerbrochen, würde er seine Männer mit der gleichen Begeisterung gegen Arendhar führen wie Alatna, obwohl der König ihn bei seinen Besuchen in T'wool wie einen guten Freund behandelt hatte.

Ondrath zügelte sein Pferd und gab seinen Männern den Wink, ebenfalls zurückzubleiben. Während sie den anderen Kriegern langsamer folgten, überlegte er verzweifelt, was er tun konnte. Alatna und die tawalischen Fürsten und Grafen standen höchstwahrscheinlich alle unter Frongs Bann und würden dessen Befehle ausführen, als wären sie Puppen, die an den Fäden des Edelmanns aus Ilynas Land hingen. Sie aufhalten zu wollen, war ebenso unmöglich wie den Großen Strom rückwärts fließen zu lassen. Er musste also auf eine Konstellation der Geschehnisse hoffen, die es ihm ermöglichte, zu Arendhars Gunsten einzugreifen.

❊ ❊ ❊

Aus der Deckung eines Felsens heraus beobachteten Gynndhul und Rakkarr, wie Arendhars Reiter den steilen Weg herabritten. »Die haben es aber eilig«, spottete der Rebellenanführer.

Gynndhul nickte verkniffen. »Anscheinend haben sie gemerkt, dass sie verfolgt werden, und wollen so rasch wie möglich den Hang auf unserer Seite erreichen, um selbst nach unten kämpfen zu können.«

»Wir werden ihnen eine herbe Enttäuschung bereiten«, sagte Rakkarr lachend. »Meine Männer stehen bereit, sie gebührend zu empfangen!«

Einer der Lehensgrafen, der in der Nähe stand, verzog säuerlich das Gesicht, weil Rakkarr so tat, als wären alle Reiter, die ihn begleiteten, seine eigenen. Dabei umfasste die Schar des t'walunischen Kronprätendenten kaum ein Viertel der hier versammelten Krieger. Für einen Augenblick dachte Didond daran, dass Arendhar nicht so hochmütig auftrat wie Rakkarr. Dann aber nahm er den Talisman, den Frong ihm persönlich geschenkt hatte, in die linke Hand und lachte leise. Er würde zuerst mit Arendhar fertig werden und dann auch mit Rakkarr. Immerhin war eine seiner Ahnfrauen eine Tochter des damals regierenden König gewesen und hatte ihm einen Anspruch auf den Thron von T'wool vererbt.

»Die ersten Reiter des Noch-Königs haben das Tal erreicht«, rief Rakkarr.

Didond nickte zufrieden, denn es schien alles nach Plan zu verlaufen. »Greifen wir sofort an«, fragte er Rakkarr, »oder schauen wir zu, bis die Nachhut den Talgrund erreicht hat?«

»Wir lassen sie ganz herunter kommen«, entschied Rakkarr und setzte sich so im Sattel zurecht, dass er bequem abwarten konnte, was sich im Tal tat.

Während die Rebellenanführer ihren Träumen von der

Macht nachhingen, die sie nach Arendhars Tod zu erlangen hofften, beobachtete Gynndhul die Bewegungen der Panzerreiter sehr genau.

Die Spitze hatte das Tal gequert und ritt bereits den Hang hoch. Dabei verringerte sich ihre Geschwindigkeit jedoch so stark, dass die nachfolgenden Reiter nach links ausschwärmen mussten, um nicht im tiefsten Teil des Tales stecken zu bleiben. Schließlich ballten sich die Reiter am Fuß der Anhöhe und zwangen den Reisewagen der grünen Prinzessin, den befestigten Weg zu verlassen. Das Gefährt holperte über den Schotter und kam immer weiter nach links ab. Plötzlich peitschte der Kutscher die Pferde, und der Wagen sprang fast wie ein Ball über den unebenen Talgrund. Im nächsten Moment lenkten auch die Reiter ihre Pferde nach links und deckten den Reisewagen gegen den Hang ab.

»Die Hunde wissen, dass wir hier sind! Los, greift an, sonst erreichen sie das Ende des Tales und werden sich dort so aufstellen, dass ihr eure zahlenmäßige Überlegenheit nicht mehr ausspielen könnt!«, herrschte der Magier Rakkarr an.

Der Prinz von T'walun starrte mit offenem Mund nach unten und schien nicht zu begreifen, was dort vorging.

»Tu endlich was!«, schrie Gynndhul und setzte sein Beeinflussungsartefakt ein, um Rakkarr unter seinen Willen zu zwingen.

Der Thronprätendent reagierte sofort auf den magischen Befehl und ließ zum Angriff blasen. Als er anritt, folgte ihm jedoch nur seine eigene Schar, während die Aufgebote der Lehensgrafen einfach stehen blieben.

»Greift an!«, brüllte Gynndhul voller Wut und setzte erneut sein Beeinflussungsartefakt ein. Doch bis er alle Lehensgrafen unter seinen Willen gebracht hatte, verstrich wertvolle Zeit.

Unten ertönte ein Hornstoß, und eine von Arendhars Schwadronen machte kehrt, um sich Rakkarrs regellos anstürmenden Reitern entgegenzustemmen. Für Augenblicke verkeilten sich Krieger und Pferde. Lanzen und Schwerter vollbrachten ihr blutiges Werk, dann wichen die Aufständischen vor den wie entfesselt kämpfenden Gardisten zurück.

»Ihr verdammten Hunde! Wollt ihr wohl standhalten!«, brüllte Rakkarr seine Männer an, doch dann sah er sich auf einmal Arendhar und einem Dutzend Panzerreitern gegenüber. Da wendete auch er sein Pferd und galoppierte hinter seinen Leuten her. Diese behinderten die Aufgebote der Lehensreiter, die fluchend vor ihnen ausweichen mussten. Bis die Schwadronen wieder geordnet waren, hatten Arendhars Leute die Prinzessin in die Deckung der Felsen und damit zumindest fürs Erste in Sicherheit gebracht.

Gynndhul fluchte zunächst über die Unfähigkeit der Rebellenanführer, die sich nicht auf einen Oberbefehlshaber hatten einigen können. Dann aber beruhigte er sich und schätzte die Lage ab. Verloren war bisher noch nichts. Zwar hatte Arendhar seine Truppe in das hakenförmige Talende bringen können und war in der Lage, dessen Eingang mit seinen Schwadronen zu verteidigen. Doch gegen einen fast zehnfach überlegenen Feind würde er sich dort nicht lange halten können. Außerdem besaß er selbst genügend Kriegsartefakte, um den Kampf rasch zu entscheiden. Angesichts dieser Situation beschloss Gynndhul, das Heft in die Hand zu nehmen, Rakkarr, Didond, Remedel und die anderen ganz unter seinen Willen zu zwingen und sie als seine verlängerten Arme zu benutzen.

❊ ❊ ❊

Da Tharon bei seinen Versetzungssprüngen genug Magie freigesetzt hatte, vermochte Laisa seiner Spur leicht zu folgen. Zwar musste sie ihre Beine benutzen und konnte nicht wie der Magier von einem Felsen zum anderen teleportieren, doch in diesem schwierigen Gelände war sie schneller als jeder Mensch, und – wie sie mit einem gewissen Stolz dachte – auch geschickter als jeder andere Katzenmensch.

Nicht lange, da sah sie das schwarze Artefakt, das Tharon angelockt hatte, mitten im Geröll eines Felssturzes über ihr liegen. Etliche Schritte unterhalb der Felsplatte, auf der sie sich befand, stiegen andere Gerüche auf. Dort hatten Pferde gestanden – mit Menschen im Sattel –, und da gab es noch jemanden, dessen Spur sie an mehreren Stellen ringsum wahrnahm. Bei der Witterung dieses Mannes stellten sich ihr die Nackenhaare auf. Sie identifizierte ihn als einen Magier, der der Intensität seiner magischen Ausdünstung nach erst vor kurzem das Schwarze Land verlassen hatte.

Mit solchen Leuten war Laisa bereits einmal aneinandergeraten. Damals hatten die Schwarzlandmagier ein mächtiges Artefakt aus Tharons Magierturm stehlen wollen, doch das hatte sie verhindert. Bei dem Gedanken begann Laisa zu grinsen. Nun würde sie diesen Herrschaften zeigen, dass sie seit damals noch besser geworden war.

Rasch entdeckte sie die Stelle, an der Tharons Spur sich verlor. Sie lag mitten auf dem Geröllhang, und sie nahm an, dass er mehr auf den Weg als auf mögliche Feinde geachtet hatte. Irgendwie waren die Evaris alle gleich. In den Jahrhunderten, die sie in den Dämmerlanden weilten, hatten sie verlernt, mit Gegnern zu rechnen, die über eine ähnliche Macht verfügten wie sie. Das war drüben auf der goldenen Seite Khaton schon einmal zum Verhängnis geworden. Tharon dürfte es nun ebenso ergangen sein wie seinem weißen Gegenstück.

Laisa verschwendete keinen Gedanken daran, dass sie möglicherweise nichts gegen einen so mächtigen Feind ausrichten konnte, sondern folgte der Spur des fremden Magiers mit der ihr eigenen Beharrlichkeit. Nach einer Weile bemerkte sie einen Schatten in der Nähe und hob den Arm mit der Springschlange.

Es war jedoch Rongi, der sie gewittert hatte und ihr nun Bericht erstatten wollte. Sein Gesicht wirkte verkniffen, als er neben ihr anhielt. »Wir sitzen ganz schön im Schlamm, um es vornehm auszudrücken«, sagte er. »Auf dem Hügel dort vorne stehen mindestens fünftausend Reiter, die auf Arendhars Leute losgehen wollen. Ich konnte sie ein wenig belauschen. Ein gewisser Rakkarr, der der nächste König von T'wool werden will, führt sie an. Bei ihm ist ein Magier – so einer wie Wassarghan, mit dem wir es in Tharons Turm zu tun hatten. Außerdem erwarten sie einige tausend Krieger aus Vanaraan und blaue Wardan!«

Der Katling schniefte bei diesen Worten. Er war stolz auf seine Farbe, und der Gedanke, Blaue würden sich an unrechtmäßigen Dingen beteiligen, kränkte ihn.

Laisa fühlte sich über solche Farbspielchen erhaben. »Bei ihnen ist nur ein Magier?«

»Ja! Er hält sich etwas abseits von den Reitern und hat die Anführer um sich versammelt. Ich glaube, jetzt greifen sie an!«

Noch während der Katling es sagte, vernahm Laisa das Dröhnen vieler Hufe und kurz darauf den hellen Klang, mit dem Metall auf Metall traf. »Wir sollten uns beeilen, bevor es unseren Freunden an den Kragen geht. Komm mit! Es ist besser, wenn wir den Magier in die Zange nehmen.«

»Er wird sich in einen magischen Abwehrschirm gehüllt haben«, wandte der Katling ein.

»Mal sehen, was meine weißen Pfeile dagegen ausrichten –

und meine Springschlange!« Ganz so optimistisch, wie sie tat, fühlte Laisa sich nicht, doch wenn sie etwas erreichen wollte, durfte sie nicht zögern.

❊ ❊ ❊

Arendhar und Rogon standen etwas erhöht auf einem Felsen und spähten zu den Feinden hinüber.

»Was sind das für Feiglinge!«, rief der König in bitterem Spott aus, als die anrückenden Rebellen mehr als fünfhundert Schritte von ihnen entfernt anhielten und dort eine Linie bildeten.

»Das Tal ist nicht breit genug, als dass sie ihre zahlenmäßige Überlegenheit ausspielen könnten. Außerdem fällt es von hier leicht ab. Damit verfügen wir über den Vorteil, den sie eigentlich für sich haben wollten, nämlich von oben nach unten kämpfen zu können«, erwiderte Rogon und wies dann nach vorne.

»Ihre Aufstellung ist nicht sehr klug, denn uns stehen nur Nahkämpfer gegenüber, während die Bogenschützen der Wardan ihre Nachhut bilden. Ich an ihrer Stelle hätte diese vorrücken und uns unter Beschuss nehmen lassen!«

»Du bist Wardan und mit dieser Waffe vertraut. Bei uns Tawalern wird der Bogen nur zur Jagd gebraucht, und selbst dabei ziehen wir die Saufeder und den Hirschspieß vor.«

Arendhar war froh, dass seine Gegner nicht anders dachten, denn insbesondere die Bogenschützen der Wardan hätten seine Männer in arge Bedrängnis bringen können.

»Wenn die Bogenschützen vorrücken, müssten wir ins offene Tal hinausreiten, um sie angreifen zu können, und dann ist der Feind in der Lage, seine Überlegenheit auszuspielen«, erklärte Rogon eben und wollte etwas hinzufügen, als er von

Baron Kedellen und Arendhars Oberhofmeister Hillkenardh unterbrochen wurde.

»Eure Majestät!«, rief Letzterer. »Wir sind ohne Hoffnung auf ein gutes Ende und schlagen daher vor, Verhandlungen zu beginnen.«

Arendhars Gesicht färbte sich dunkel. »Ich verhandle nicht mit Verrätern!«

»Wir sehen darin den einzigen Weg, um zu verhindern, dass T'wooler gegen T'wooler kämpfen«, wandte Kedellen ein.

»Bitte redet mit ihnen! Vielleicht könnt Ihr Euch mit Eurem Vetter Rakkarr einigen.« Hillkenardh setzte noch hinzu, dass man ohne Wasser und Nahrung nicht lange würde durchhalten können und der Sieg über einen zehnfach überlegenen Feind unmöglich sei.

Das war auch Arendhar klar, und er sah Rogon fragend an. »Was meinst du?«

»An Eurer Stelle würde ich mit den Anführern der Feinde reden, um deren Ziele zu erfahren«, sagte Rogon nach einer kurzen Bedenkpause.

»Das werde ich tun. Hillkenardh, Ihr reitet zu ihnen und fragt an, ob sie zu Verhandlungen bereit sind!« Der König sah seinen Oberhofmeister auffordernd an, doch der zögerte. Waren die Gegner nicht an Verhandlungen interessiert, würde er wahrscheinlich das nächste Opfer dieses Kampfes sein.

Schließlich erklärte Kedellen sich bereit, ihn zu begleiten. »Wir werden auch Ehrwürden Mekull bitten mitzukommen. Mit einem Priester an unserer Seite werden wir sicher sein«, setzte er hinzu und offenbarte damit, dass ihn die gleiche Sorge bewegte wie den Oberhofmeister.

Arendhar beobachtete mit grimmiger Miene, wie die beiden den Priester zu sich baten und gemeinsam mit ihm losritten. »Ich hoffe, wir sehen sie wieder.«

»Ihr glaubt, Eure Feinde bringen die Unterhändler um?«, fragte Rogon.

»Ich glaube eher, dass die drei lieber auf deren Seite bleiben würden, weil sie Rakkarr als den Stärkeren ansehen.« Arendhar winkte verächtlich ab und beobachtete dann, wie sich drei Reiter, unter denen sich ebenfalls ein Priester befand, aus den Reihen der Feinde lösten und seinen Abgesandten entgegenkamen.

»Wie es aussieht, wollen sie tatsächlich verhandeln. Ich glaube aber nicht, dass ich mich mit ihren Forderungen werde anfreunden können«, spottete Arendhar.

Rogon zuckte mit den Achseln. »Warten wir es ab. Auf alle Fälle sollten wir die Gelegenheit nutzen und Brustwehren errichten, damit der Feind beim Vorrücken behindert wird!«

»Für deine Jugend verstehst du sehr viel vom Krieg!«, fand der König.

»Die Veteranen im Söldnerregiment meines Vaters haben mir einiges beigebracht«, antwortete Rogon lachend und dachte dabei an Tirah, die ihm mit der Erfahrung von mehr als tausend Jahren Ratschläge erteilte.

Nun erklärte sie ihm, wie Arendhars Männer sich am besten aufstellen konnten, und machte ihn, als er dies weitergegeben hatte, darauf aufmerksam, dass Jade sich in der Nähe des Platzes herumtrieb, an dem Hillkenardh, Kedellen und Mekull gerade mit den Abgesandten der Feinde verhandelten. Sofort konzentrierte Rogon sich auf seine Katze.

Zuerst wechselten die Männer nur allgemeine Begrüßungsformeln und versicherten einander ihre Wertschätzung. Als Rogon dies Arendhar mitteilte, verzog dieser sein Gesicht.

»Es stünde Hillkenardh und Kedellen besser an, diesen Männern zu erklären, dass sie Aufrührer sind, die das Schwert gegen den gekrönten König von T'wool erhoben haben, anstatt sie als ehrenwerte Männer zu bezeichnen.«

In dem Moment wurde das Gespräch zwischen den Unterhändlern konkreter. Der Sprecher der Feinde, den Arendhar aufgrund Rogons Beschreibung als Lehensgraf Didond identifizierte, erklärte, der Adel, die Priesterschaft und das Volk von T'wool seien zu der Überzeugung gekommen, Arendhar wäre unwürdig, die Krone zu tragen.

»Aus diesem Grund wurde Arendhars Vetter Rakkarr, Prinz von T'walun und nächster Anwärter auf die Krone von T'wool zum neuen König ausgerufen. König Rakkarr fordert Arendhar nun auf, seiner angemaßten Würde zu entsagen und sich ihm zu unterwerfen. Tut er dies, werden ihm sein Leben und ein Besitztum im Range eines Grafen garantiert«, erklärte Didond weiter.

»Aber er lügt!«, erklärte Rogon Arendhar, während er das Erlauschte an ihn weitergab. »Rakkarr kann es sich nicht leisten, Euch am Leben zu lassen. Dafür hat er zu viel Angst, Ihr könntet einen Aufstand gegen ihn anzetteln.«

»Ich habe die Krone T'wools nicht erhalten, um sie einem Unwürdigen auszuliefern«, antwortete Arendhar mit eisiger Stimme. »Wenn es Giringars Wille ist, dass ich König bleiben soll, wird er mir den Sieg über meine Feinde schenken.«

»Wir sollten nicht auf die Geschenke von Göttern warten, die vielleicht niemals kommen, sondern unser Schicksal selbst in die Hand nehmen.« Rogon lauschte weiterhin dem Fortgang der Verhandlungen, die sich nun auf Drohungen beschränkten, was mit Arendhar, seinem Gefolge und der grünen Prinzessin alles passieren würde, wenn sie Widerstand leisteten.

Arendhar tat das Gerede mit einer heftigen Handbewegung ab. »Rakkarr glaubt, schlau zu sein, doch ich sterbe lieber, als ihm die Krone freiwillig zu überlassen. Täte ich das, würde ich ihm einen Hauch von Legitimität verleihen. Erringt er sie jedoch im Kampf, wird er für immer als Rebell und Königsmörder gelten und muss befürchten, dass andere sich seine Taten zum Vorbild nehmen.«

Mit grimmiger Miene klopfte der König an den Griff seines Schwertes und sah dann Rogon an. »Du solltest uns verlassen! Es ist nicht dein Kampf, und einem Barden werden die Feinde nichts tun.«

»Seid Euch da nicht so sicher! Rakkarr und seine Mitverschworenen können keine Zeugen brauchen. Es wird ihnen schon schwerfallen, ihre eigenen Männer im Zaum zu halten. Ein Barde, der davon singen könnte, wie sie Verrat begangen und den gekrönten König von T'wool in eine Falle gelockt haben, ist gewiss nicht nach ihrem Sinn.«

Mit einer freundschaftlichen Geste legte Arendhar seine Rechte auf Rogons Schulter. »Dann tut es mir leid, dass du an meiner Seite sterben wirst.«

»Noch sind wir nicht tot!«, meldete sich Tirah. »Unser Feind mag seines Sieges sicher sein, doch nicht die Zahl der Männer gibt den Ausschlag, sondern der Geist, der sie erfüllt. Du könntest mithelfen, den Kampfesmut unserer Leute zu steigern, denn deine Stimme besitzt die Macht dazu. Wenn sich die drüben bei deinem Gesang in die Hose machen, wäre dies auch nicht verkehrt.«

»Ich will noch die Rückkehr der Unterhändler abwarten«, antwortete Rogon ihr, da sich Hillkenardh, Kedellen und Mekull gerade von den anderen verabschiedeten und zum Lager zurückritten. Ihre Mienen wirkten trübe, und als sie Arendhar das Ergebnis verkündeten, wussten sie nichts Gutes zu berichten.

Hillkenardh hob in schierer Verzweiflung die Hände. »Eure Majestät, wir haben getan, was wir konnten. Doch angesichts der Lage war es unmöglich, mehr zu erreichen. Euer Vetter

Rakkarr fordert die Krone T'wools für sich, und die edelsten Fürsten des Reiches stehen auf seiner Seite. Angesichts dieser Tatsache ist er nicht zum Einlenken bereit, sondern fordert Eure sofortige Kapitulation. Doch will er sich als gnädiger Sieger zeigen und garantiert Euer Leben.«

»Außerdem ist er bereit, dafür zu sorgen, dass die grüne Prinzessin zur Maraand-Fähre gebracht wird und heimkehren kann«, setzte Kedellen rasch hinzu, um Arendhars Sorge in diesem Punkt ebenfalls zu zerstreuen.

Der König drehte sich mit zuckenden Mundwinkeln zu Rogon um. »Was sagst du dazu?«

»Ich würde Rakkarr keine Nasenspitze weit trauen!«, antwortete Rogon gelassen.

Kedellen winkte ärgerlich ab. »Der Kerl ist ein Barde und kein Edelmann, zudem ist er ein Wardan und versteht nichts von der Ehre, die einen T'wooler auszeichnet.«

»Rakkarr ist kein T'wooler, sondern ein Flüchtling aus T'walun«, antwortete Rogon mit einem spöttischen Lächeln.

»Er ist Herrn Arendhars Vetter«, brauste der Baron auf.

»Ilyna schütze mich vor solchen Verwandten!«, spottete Rogon weiter.

Kedellens Hand wanderte schon zum Schwert, doch da erinnerte er sich, mit welcher Vehemenz der junge Mann gegen die Velghaner gekämpft hatte, und so ließ er den Griff los, als wäre dieser glühend heiß geworden.

Hillkenardh aber packte Rogon bei der Schulter und zog ihn herum. »Für deinen Hohn wirst du mir bezahlen, Wardan!«

»Gerne!«, antwortete Rogon.

Da griff Arendhar ein. »Später, meine Herren! Jetzt gilt es erst einmal zu überlegen, wie wir uns in dieser Lage verhalten sollen.«

»Wie anders als durch Kapitulation«, wandte Kedellen ein. Arendhars zorniger Blick ließ ihn erbleichen, und er bereute nun, zurückgekommen zu sein, obwohl er sich lieber Rakkarr angeschlossen hätte.

Rogon beachtete die T'wooler nicht mehr, sondern nahm seine Laute, schlug die ersten Töne an und begann zu singen. Die Söldner seines Vaters hatten ihm etliche Lieder beigebracht, darunter auch welche, die er nun leicht veränderte, damit sie den eigenen Männern Mut machten und den Feinden Angst einjagten.

❊ ❊ ❊

Etwas mehr als eine Meile von den Kriegern des Königs entfernt hatten die Wardan Lager bezogen. Während Alatna eifrig auf Rakkarr und die t'woolischen Lehensgrafen einsprach, stand Ondrath von Mondras ein Stück weiter bei seinen Männern. Die Lust, für diese überheblichen Tawaler zu kämpfen, war ihm schon lange abhandengekommen, und er ärgerte sich über die alte Fürstin, die sich diesen Männern andiente wie eine Hure.

»Ich werde meine Bogenschützen in Stellung bringen und Arendhars Leute mit unseren Pfeilen niederkämpfen. Doch dafür müssen eure Krieger uns Platz machen«, erklärte sie gerade.

Während mehrere Lehensgrafen nickten, schüttelte Rakkarr den Kopf. »Was denkst du dir? Soll es heißen, ich hätte meinen Sieg dir und deinen Weibern zu verdanken?« Da Alatnas Bogenschützen nur zu einem Drittel aus Frauen bestanden, stellten diese Worte eine heftige Beleidigung dar. Die alte Fürstin schluckte, doch der Wille, mit zu den Siegern zu gehören und damit Anspruch auf einen Teil der Beute zu erhalten, wog schwerer als ihre Eitelkeit.

»Wollt Ihr Arendhars Leute etwa aushungern?«, fragte sie bissig. »Vergesst nicht, Ihr habt nicht mehr Vorräte bei Euch als die da unten, und auf hundert Meilen im Umkreis werdet Ihr nicht einmal genug Brot und Butter für Euch selbst kaufen können, geschweige denn für ein Heer dieser Größe!«

Dies war auch Rakkarr bewusst, doch er vertraute auf Gynndhul. Der Magier hatte Tharon wie einen lumpigen Adepten kaltgestellt und würde auch Arendhars tausend Reiter mit seinem Zauber niederwerfen.

Noch während der Rebellenführer darüber nachdachte, rieb Lehensgraf Remedel sich über die Ohren. »Sagt bloß, die da drüben singen?«

Jetzt vernahmen es auch die anderen. Eine Stimme, zuerst leise, dann aber immer mehr anschwellend, klang von einer Laute begleitet durch das Tal und stimmte eine Weise an, die den meisten fremd war.

Alatna hingegen schüttelte irritiert den Kopf. »Das ist ein Wardan-Lied! Seit wann helfen Leute meines Volkes diesem Hund Arendhar?«

»Das wüsste ich auch gerne!« Rakkarrs Lider schlossen sich zu schmalen Schlitzen, und er betrachtete die alte Fürstin misstrauisch. Auch wenn diese laut seinem Verbündeten Frong treu auf seiner Seite stehen sollte, so war sein Grundmisstrauen gegen die Wardan nie erloschen. Bereits der Gedanke, Alatna und ihre Leute für ihre Mithilfe belohnen zu müssen, war ihm zuwider. Sollten diese jedoch ein falsches Spiel mit ihm treiben, so würden sie dafür bezahlen, das schwor er sich.

»Die wollen uns zum Narren halten, denn sie singen das Kampflied der Wolfssöldner. Doch die sind seit einem guten Dutzend Jahren aufgelöst«, mischte sich einer von Alatnas Begleitern ein.

»Der Anführer der Wolfssöldner ist König von Andhir geworden, obwohl es etliche Anwärter aus der alten Herrschersippe gegeben hat.« Alatna schüttelte sich bei diesen Worten. Noch schlimmer, als von Grünen aus der Heimat vertrieben worden zu sein, erschien es ihr, als Anwärterin auf einen Thron einem Wardan der gleichen Farbe weichen zu müssen, der nicht das geringste Recht auf diese Krone besaß.

»Was jucken uns diese Wolfssöldner?«, bellte Rakkarr, lauschte aber entgegen seiner Absicht dem Lied.

»Hört ihr die Trommeln schallen übers Land?
Seht ihr unsere Banner wehen?
Wir brachten schon vielen Feinden Tod und Schand.
Auch euch hilft kein Betteln und Flehen.
Denn wir folgen dem Wolf in die Schlacht, in die Schlacht!
Wir folgen dem Wolf in die Schlacht!

Ob grün, ob gelb oder weiß.
Ob Feinde von unserer Seit.
Ihnen rinnt über die Stirn vor Angst der Schweiß.
Und sie rennen so weit, ja so weit.
Denn wir folgen dem Wolf gegen den Feind, den Feind!
Wir folgen dem Wolf gegen den Feind!

Die Wolfssöldner werden wir genannt,
uns fürchtet jedes Feindesheer.
Vor uns sind schon viele davongerannt.
Doch noch jeden von ihnen traf unser Speer.
Denn wir folgen dem Wolf zum Sieg, ja zum Sieg!
Wir folgen dem Wolf zum Sieg!«

Ondrath ertappte sich dabei, wie er den Takt des Liedes mit den Fingern auf seinen Oberschenkel klopfte. Die letzte Strophe summte er sogar mit. Er selbst hatte die Wolfssöldner nicht mehr erlebt, sich aber gewünscht, Männer wie diese im Kampf gegen die grünen Eroberer an seiner Seite zu sehen. Mit ihnen zusammen hätte er den Feind geschlagen und müsste sich nicht mit Männern wie Rakkarr, Didond oder Remedel herumärgern.

Auf die meisten anderen Rebellen wirkte Rogons Gesang hingegen erschreckend. Die Männer glaubten, die Wolfssöldner in dichten Reihen auf sich zumarschieren zu sehen, und wichen unwillkürlich mehrere Schritte zurück, bis ihre Unteroffiziere ihnen mit rauhen Stimmen Halt geboten.

»Was soll das, ihr Narren? Bleibt gefälligst dort stehen, wo wir es befohlen haben. Ihr wollt T'wooler sein und macht euch bereits in die Hosen, wenn ein Wardan singt?«, schrie Lehensgraf Didond voller Wut.

»Das ist ein Zaubergesang! Gewiss steckt Tharon dahinter«, antwortete einer der Männer schreckensbleich.

Während die Anführer ihre Krieger zur Ordnung riefen, zog sich Ondrath immer mehr zurück, bis er seine Reiter erreichte. Neben dem Pferd seines Stellvertreters blieb er stehen und fasste nach dessen Arm.

»Ich mache dieses Theater nicht mehr mit. Gib durch, dass wir unter Umständen sehr rasch abziehen müssen, aber so, dass Rakkarrs Rebellen und Alatnas Wardan es nicht bemerken.«

Der hagere Kessan sah grinsend auf seinen Fürsten herab. »Endlich seid Ihr zur Vernunft gekommen, Herr Ondrath! Mir und den meisten von uns war dieser Kriegszug von Anfang an zuwider. Um die Grünen von unserer Seite zu vertreiben, müssten wir alle zusammenhalten. Stattdessen zerfleischen wir uns gegenseitig.«

»Leider!« Ondrath seufzte und überlegte, wie er Arendhar helfen konnte. Gleichzeitig lauschte er Rogons nächstem Lied, und im Gegensatz zu Rakkarrs und Alatnas Leuten fühlte er, wie sein Mut wuchs, bis er glaubte, es mit der zehnfachen Zahl an Männern aufnehmen zu können.

***

Als Laisa Rogons Gesang vernahm, hielt sie kurz inne. So gering die Möglichkeiten ihrer Freunde auch sein mochten, sie taten alles, um dem Feind den Schneid abzukaufen. Ein Blick auf die Rebellen im Tal zeigte ihr, dass es Rakkarr schwerfallen würde, seine Reiter so rasch zu einem geordneten Angriff zu bewegen. Nicht jeder der Männer war mit den Handlungen seiner Anführer einverstanden, und Rogons Gesang verstärkte diese Abneigung noch.

Laisa lächelte zufrieden, während sie ungesehen weiterschlich. Da sich der Magier abseits von den Kriegern hielt, würden diese sie nicht behindern. Noch wusste sie nicht genau, wie sie gegen ihn vorgehen sollte. Sehen konnte sie ihn nicht, denn der Schwarzlandmagier hatte sich in einen Unsichtbarkeitsschirm gehüllt. Auch magisch vermochte sie ihn nur anhand jener Anomalie auszumachen, die Rogon magische Löcher genannt hatte. Dafür aber wies ihre Nase ihr den Weg, und sie entdeckte schon bald ein fast unmerkliches Flimmern in der Luft, das von den verschiedenen magischen Abschirmfeldern des Magiers zeugte.

Da Laisa diese bereits bei einem grünen Magier kennengelernt hatte, sah sie davon ab, Gynndhul körperlich zu attackieren. Stattdessen zog sie einen weißen Eirun-Pfeil aus ihrem Köcher, spannte den Bogen und zielte genau in die Mitte des magischen Lochs.

Der Pfeil schoss von der Sehne, traf auf das Schirmfeld und detonierte in einem Feuerball. Der tosende Knall einer starken Gegenfarbenexplosion hallte über das Land und betäubte Laisas Ohren. Sie starrte nach vorne und sah, wie der Magier sichtbar wurde. Seine Schutzartefakte hatten den weißen Schlag nicht abhalten können und waren durch die Explosion zerstört worden. Der Magier lag blutend am Boden, doch seine Selbstheilungskräfte wirkten bereits, und er stärkte sich auf magischem Weg.

Sein Blick suchte Laisa und fand sie. »Die Katzenfrau! Gayyad hat mich schon vor dir gewarnt. Aber das hier war dein letzter Streich.« Mit diesen Worten hob er die Glasfalle, in der er Tharon gefangen hielt, und richtete den Einsaugstrahl auf die Stelle, an der Laisa stand. Diese schnellte mit einem gewaltigen Satz hoch, so dass der Strahl sie verfehlte, und stand keinen Herzschlag später neben dem Magier. Ihr weißes Schwert zischte mit einem giftigen Summen durch die Luft und durchschlug den natürlichen Abwehrschirm des Magiers mit einem harten Ruck.

Laisa sah, wie sein rechter Arm abgetrennt wurde und samt der Glasfalle durch die Luft flog. Ehe sie erneut zuschlagen konnte, ließ der Magier sie etliche Schritte durch die Luft wirbeln. Gleichzeitig setzte er all seine Kräfte ein, um den verlorenen Arm wieder zu sich zu holen. Dieser ruckte zunächst unwillig auf der Stelle, glitt dann aber immer schneller auf ihn zu. Bevor Gynndhul sich jedoch wieder völlig herstellen konnte, traf Rongis Wurfholz ihn am Kopf und setzte ihn für einen Augenblick außer Gefecht. Laisa, die auf den Füßen gelandet war, rannte ein paar Schritte und setzte die Springschlange ein. Die magische Waffe durchstieß den sich wieder aufbauenden Schutzschirm des Magiers mit einem ohrenbetäubenden Knall und traf ihn im Gesicht.

Gynndhul wollte die magische Schlange noch abstreifen, doch da floss das Gift bereits durch seine Adern, und er spürte, wie sein Herz erstarrte. Im nächsten Moment brach er mit einem ersterbenden Schrei zusammen.

Misstrauisch betrachtete Laisa den Magier und konnte es kaum glauben, dass es vorbei sein sollte. Doch als Gynndhul sich nicht mehr regte, trat sie von hinten auf ihn zu und trennte ihm mit einem raschen Schlag den Kopf von den Schultern. Um zu verhindern, dass doch noch Leben in ihm war und er sich wieder zusammensetzen konnte, zerteilte sie seinen Körper mit der weißmagischen Klinge. Danach sah sie sich zu Rongi um, der dem kurzen, aber heftigen Kampf atemlos gefolgt war.

»Du hast ihn erwischt!«, rief der Katling begeistert.

»Du aber auch! Danke, Rongi! Aber jetzt müssen wir verhindern, dass der Kerl sich wieder zusammensetzt und uns neue Schwierigkeiten machen kann!« Laisa warf den Überresten des Magiers einen misstrauischen Blick zu. Doch die rührten sich nicht mehr. Die Schlange und das weiße Schwert hatten ganze Arbeit geleistet.

Aufatmend sah sie sich um. »Jetzt müssen wir Tharon finden, sonst hilft uns dieser Sieg nicht. Unseren Freunden stehen immer noch zehnmal so viele Krieger gegenüber, wie sie selbst zählen.«

»In die Hosentasche kann der Kerl hier den Evari nicht gesteckt haben«, sagte Rongi ratlos.

»In die nicht, aber in eine Glasfalle!« Laisa trat auf die Stelle zu, an der der Arm des Magiers mit dem Artefakt lag, brach es aus den erstarrten Fingern und musterte es. Khaton hatte ihr zwar erklärt, wie so ein Ding zu öffnen war, doch machte es ihr Mühe, die ausschweifenden Erklärungen des Evari in praktische Anwendung umzusetzen. Jede Glasfalle war doppelt gesichert, hatte er gesagt. Wenn sie jetzt das Falsche tat, würde sie eingesaugt werden und sich als Gefangene wiederfinden.

Während sie überlegte, hüpfte Rongi neben ihr auf und ab. »Jetzt mach schon!«, rief er. »Der Feind greift erneut an.«

Laisa hob den Kopf und sah es selbst. Das Aufgebot einer der Lehensgrafschaften setzte sich eben in Bewegung und ritt auf Arendhars Männer zu. Diese schwangen sich ebenfalls in die Sättel, um sich dem Angriff zu stellen. An ihrer Spitze ritt Arendhar, direkt neben ihm Rogon, während die Herren Kedellen und Hillkenardh sich nach hinten zurückzogen und so taten, als wollten sie den Wagen mit der Prinzessin beschützen.

»Feiglinge!«, fauchte Laisa und schüttelte die Glasfalle, als könnte sie Tharon damit befreien. Ihre Nase sagte ihr, dass er in diesem Ding stecken musste. Daher musterte sie das Bedienungsfeld sehr genau. Im nächsten Moment glaubte sie, den Öffnungsmechanismus begriffen zu haben. Während ein Stück weiter unten im Tal Lanzen gegen Schilder krachten und der helle Ton von Schwertschlägen erklang, machte sie sich ans Werk.

»Vorsicht, Gift!« Tharons magische Stimme klang kaum verständlich in ihrem Kopf auf, doch Laisa reagierte sofort und hielt die Luft an. Kaum war der Evari von der Glasfalle ausgespuckt worden, verschloss sie diese wieder und warf sie im weiten Bogen fort. Danach hechtete sie zur Seite und blieb erst mehrere Dutzend Schritte entfernt stehen.

»Was ist los?«, fragte Rongi verständnislos.

»Flussmaulstaub!« Schon einmal war Laisa mit diesem Zeug betäubt worden, und das wollte sie nie mehr durchmachen. Missmutig beäugte sie die Glasfalle, doch diese blieb verschlossen. Dann sah sie Tharon an. Der Evari lag starr am

Boden, unfähig, auch nur die Augenlider zu bewegen. Auch sein Geist war teilweise gelähmt, dennoch war er in der Lage, sich mit ihr zu verständigen.

»Was ist geschehen?«

»Wir wurden in eine Falle gelockt und stehen einem zehnfach überlegenen Feind gegenüber. Es wäre gut, wenn du eingreifen könntest. Nicht weit von uns tobt eine Schlacht«, erklärte Laisa.

Tharons Antwort bestand aus einem Fluch. »Ich würde mit Freuden eingreifen, wenn ich könnte, aber dieses verteufelte Zeug macht mich hilflos. Da es an meiner Kleidung hängt, kann ich nicht einmal atmen, sonst betäubt es mich völlig. Gibt es hier in der Nähe einen Bach oder einen Teich, in den du mich werfen kannst, damit das Wasser dieses Gift fortspült?«

»Ich weiß nicht …«, begann Laisa, wurde aber von Rongi unterbrochen. Dieser hatte die magisch gestellte Frage Tharons ebenfalls gehört und wies nach oben. »Dort hinter der Anhöhe fließt ein Bach. Doch wie bringen wir Tharon dorthin, ohne selbst von dem Flussmaulstaub lahmgelegt zu werden?«

»Diese Frage sollten wir rasch beantworten, wenn wir unsere Freunde retten wollen!« Laisa warf einen besorgten Blick in das Tal. Noch hielt der Abwehrriegel der Krieger Arendhars. Es war jedoch den Rebellen gelungen, einige weitere Aufgebote in Marsch zu setzen, und so war abzusehen, dass die vielfach überlegenen Rebellen die Verteidiger niederkämpfen würden.

Mit einem Zischen packte Laisa Gynndhuls Magierumhang, ignorierte das Brennen an ihren Händen und trat die Luft anhaltend auf Tharon zu. Mit zwei, drei Griffen wickelte sie ihn in den Umhang ein.

»Sei vorsichtig«, warnte der Evari sie. »Wenn das Gift auch dich betäubt, ist alles verloren!«

»Wenn ich warte, bis hier einmal Regen fällt, der es von dir abwaschen könnte, haben Arendhar und meine Freunde da unten auch nichts davon.«

Mit einer großen Portion Wut im Bauch hob Laisa den Magier hoch und rannte, so schnell sie es mit der Last vermochte, hinter Rongi her, der ihr den Weg wies. Sie musste fast eine Meile laufen und wagte dabei kaum zu atmen. Als sie bereits glaubte, es nicht mehr aushalten zu können, erreichte sie den Bach und ließ Tharon einfach hineinfallen. Sie selbst wankte keuchend ein paar Schritte bachaufwärts, wartete, bis sie wieder ein wenig Luft bekam, und trank dann wie eine Verdurstende. Als sie sich wieder erhob und umdrehte, sah sie, wie Tharon aus dem Wasser kroch und am Ufer liegen blieb.

»Ich bin so schlapp wie ein nasser Lappen«, stöhnte er und würgte alles an Flussmaulstaub aus, was ihm in Lunge und Magen gedrungen war. Danach ging es ihm ein bisschen besser. Allerdings musste er sich, als er aufstand, auf Rongi stützen.

»Kann ich dir helfen?«, fragte Laisa.

Der Evari schüttelte den Kopf. »Dein Weiß ist zwar erstaunlich mild, doch in meinem jetzigen Zustand ist es besser, wenn du mich nicht berührst. Aber jetzt komm mit! Wir müssen schauen, wie wir unseren Freunden helfen können. Wenn ich doch nur im Vollbesitz meiner Kräfte wäre!«

Für Laisas Gefühl brauchten sie für die eine Meile etwa zehnmal so lange wie auf dem Hinweg, obwohl sie Tharon hatte schleppen müssen. Der Evari musste immer wieder stehen bleiben, um Luft zu schnappen. Als sie endlich den Kamm der Anhöhe erreichten und auf die Schlacht hinunterblicken konnten, sah er aus, als würde er im nächsten Moment zusammenbrechen.

»Arendhar und seine Reiter halten sich ausgezeichnet«, murmelte er anerkennend.

»Das tun sie!« Laisas Blick suchte den König, der überall auftauchte, wo sich Lücken auftaten. Auch Rogon kämpfte zu Pferd, und wo er erschien, wichen die Feinde ebenfalls zurück. Sie entdeckte auch Borlon. Dieser hatte auf sein Reittier verzichtet, das der doppelten Belastung seines Gewichtes und des Kampfes nicht standgehalten hätte, fegte aber mit jedem Streich seiner Doppelaxt einen feindlichen Reiter aus dem Sattel.

Die Verluste auf der Seite des Feindes waren weit höher als die der eigenen, allerdings rückten nun Alatnas Wardan vor, während zweihundert Reiter im Hintergrund verharrten und anscheinend auf Befehle warteten.

»Dir sollte schnell etwas einfallen, großer Magier, sonst sind unsere Freunde am Ende«, sagte Laisa angespannt.

Tharon nickte und schloss die Augen, um sich zu konzentrieren. Noch wusste er nicht, was er bewirken konnte. Doch wenn er versagte und Arendhar hier geschlagen wurde, war es mit dem Frieden auf der roten Seite des Großen Stromes für immer vorbei.

* * *

Rogons Lieder hatten den Rebellen so zugesetzt, dass der erste Ansturm des Feindes weniger hart gewesen war, als die Eingeschlossenen erwartet hatten. Den Lehensgrafen Remedel und Didond war jedoch klar, dass nur ein Sieg über Arendhar sie vor dessen Rache schützen konnte. Daher trieben sie ihre Männer unbarmherzig in die Schlacht. Als ihre Reihen zu wanken begannen, forderten sie die anderen Lehensgrafen und Rakkarr auf, ebenfalls anzugreifen.

»Lasst meine Bogenschützen vorrücken«, verlangte Alatna lauthals.

Rakkarr warf einen besorgten Blick zu der Stelle, an der er den Magier wusste. Sie war zu weit entfernt, um erkennen zu können, was sich dort tat. Der heftige Knall der Gegenfarbenexplosion hatte ihn jedoch erschreckt, und er nahm an, dass Gynndhul sich eines überraschend aufgetauchten Feindes erwehren musste. Aus diesem Grund war es unabdingbar, den Sieg ohne die Hilfe des Magiers zu erringen.

»Also gut! Setze deine Wardan ein«, befahl er Alatna. Während die Fürstin zu ihren Leuten eilte, um sie in die Schlacht zu führen, packte Lehensgraf Remedel den Thronanwärter am Ärmel und zerrte heftig daran.

»Wenn du das tust, Rakkarr, wird es heißen, du hättest deinen Sieg den Wardan zu verdanken. Dann sitzt du keinen einzigen Tag ruhig auf deinem Thron!«

Rakkarr schüttelte die Hand ab und wies nach vorne. »Erst muss Arendhar niedergekämpft werden. Wenn das geschehen ist, wird es niemand mehr wagen, sich gegen mich zu stellen.«

Das denkst auch nur du, besagte Remedels Blick. Doch der Lehensgraf war schon zu tief in die Rebellion verstrickt, um noch die Seiten wechseln zu können. »Los Männer, wir reiten diese verdammten Kerle über den Haufen!«, rief er seinen Männern zu, um den Wardan zuvorzukommen. Die Krone gehört dem, der sie Arendhar abnimmt, dachte er dabei, begriff aber gleichzeitig, dass die anderen Lehensgrafen ebenso dachten. Während er Schild und Speer fester packte, fragte er sich, welche Allianzen er schmieden konnte, um selbst der neue König zu werden.

Die Unterredung der Rebellenanführer hatte Arendhar und seinen Männern eine kurze Atempause beschert. Nun sahen sie frische Scharen auf sich zureiten und machten sich erneut zum Kampf bereit.

»Wie lange werden wir sie noch zurückwerfen können?«, fragte Arendhar leise.

»Diesmal und vielleicht noch ein weiteres Mal. Dann werden sie unsere Reihen durchschlagen, und ihre zahlenmäßige Überlegenheit wird den Ausschlag geben«, gab Rogon ebenso leise zurück.

»Wir sollten selbst angreifen! Ich will nicht vor dem Feind zurückweichen müssen, bevor ich sterbe!« Arendhar sah keine Hoffnung mehr, diese Schlacht für sich zu entscheiden. Zwar waren während des bisherigen Kampfes in den Reihen der Feinde dreimal so viele Sättel geleert worden wie bei seinen eigenen Reitern, doch die Übermacht war einfach zu groß.

»Ich hoffe, Laisa findet Tharon. Jetzt könnten wir ihn dringend brauchen!« Rogons Worte waren die letzten, die sie wechseln konnten, denn sie setzten ihre Pferde in Bewegung und ritten dem anstürmenden Feind entgegen.

Rogon hielt Tirahs Schlachtschwert in der Rechten und wehrte mit seiner eigenen Klinge die Lanzenspitzen der Feinde ab. Zu seiner Erleichterung brauchte er die Zügel nicht zu halten, denn das wuchtige t'woolische Streitross, das er ritt, gehorchte seinen Gedanken und kämpfte wie ein guter Gefährte mit. Es biss, keilte aus und rammte andere Gäule, so dass diese stürzten und ihre Reiter unter sich begruben. Gleichzeitig fällte das violette Schwert so manchen Feind.

Auch Arendhar mähte sich durch die Rebellen und hielt auf Rakkarr zu. Für Augenblicke wichen dessen Krieger vor ihm zurück, so als wäre es ihnen am liebsten, der König und dessen Herausforderer würden die Entscheidung im Zweikampf suchen. Zunächst sah es auch aus, als wolle Rakkarr sich seinem Vetter stellen, dann aber hallte in seinem Kopf der Refrain der letzten Strophe Rogons wider. »Wir folgen dem Wolf zum Sieg!«, dröhnte es, und er wich unwillkürlich.

Seine Leibschar riss die Pferde herum, um ihm zu folgen, und gab eine Gasse frei. Doch als Rogon, Arendhar und ein Dutzend Panzerreiter in die Lücke stoßen wollten, sahen sie sich Alatnas Bogenschützen gegenüber, die eben ihre Pfeile auf die Sehnen legten.

»Wenn Tharon in der Lage ist einzugreifen, dann sollte er es jetzt tun, sonst ist es zu spät!«, rief Arendhar und spornte sein Streitross an. Er wusste jedoch genau wie Rogon, dass die Pfeile der Wardan schneller sein würden als das beste Pferd.

❊ ❊ ❊

Tharon starrte ins Tal hinunter, während tausend Gedanken durch seinen Kopf schossen. Nur leider war er zu schwach, um eine solche Masse an Feinden mit magischer Faust niederwerfen oder auch nur beeinflussen zu können, damit sie den Rückzug antraten.

»Es geht nicht!«, stöhnte er und ballte voller Wut die Fäuste. Sein Zorn gab ihm ein wenig seiner Kraft zurück. Jetzt erinnerte er sich auch, dass List oft erfolgreicher war als reine Gewalt, und grinste Laisa an.

»Wenn du willst, kannst du dich an der Keilerei beteiligen. Es wäre ganz gut, wenn diese Kerle im Rücken angegriffen werden. Allerdings wirst du allein nicht viel ausrichten können.«

»Das werden wir sehen!« Mit diesen Worten lief Laisa los.

»Sie ist nicht allein!«, rief Rongi und folgte ihr auf dem Fuß.

Schwer atmend sah Tharon zu, wie die beiden innerhalb kürzester Zeit die Strecke bewältigten, die sie von den Feinden trennte, dann schloss er die Augen und konzentrierte sich auf einen ganz besonderen Zauber. Zunächst entstand nur ein leichtes Klopfen auf dem Boden, das vom Schlachtenlärm übertönt wurde. Doch von Augenblick zu Augenblick wurde es stärker, bis es sich schließlich wie das Hufgetrappel Tausender Pferde anhörte. Gleichzeitig ließ er Hornsignale erschallen, und schließlich mischte Tharon das Geräusch aneinanderschlagenden Metalls mit ein.

Obwohl er vor Schwäche zitterte, streckte der Evari die Arme in die Höhe und zwang sich, eine Illusion zu vollbringen, die ihm selbst auf der Höhe seiner Kraft Ruhm eingebracht hätte.

Etwa fünfhundert Schritte von Tharon entfernt verfolgte Ondrath von Mondras die Schlacht und ballte die Faust, als er sah, wie sich die Reihen der tawalischen Rebellen öffneten und Arendhar und dessen Begleiter plötzlich Alatnas Bogenschützen gegenüberstanden. Innerhalb eines Lidschlags traf er seine Entscheidung, zog sein Schwert aus der Scheide und stellte sich in den Steigbügeln auf, damit seine Reiter ihn sehen konnten.

»Hej Kessan! Nehmt die Wardan und diese verdammten Rebellen unter Beschuss und lasst eure Hunde los. Möge Ilyna uns beistehen!«

Als hätten sie darauf gewartet, rissen seine Männer die Bögen hoch, zielten und ließen eine Pfeilsalve von den Sehnen. Gleichzeitig stießen sie ein wildes Kriegsgeschrei aus und gaben ihren Pferden die Sporen.

Die Pfeile überraschten die Wardan-Bogenschützen und die Rebellen in ihrer Nähe. Während Alatnas Leute sich erschrocken umschauten, gelang es Rogon und Arendhar, sich mit den meisten Kriegern aus ihrem Schussfeld zurückzuziehen.

Oben auf der Anhöhe verfolgte Tharon das Geschehen und

nickte erleichtert. »Braver Ondrath!«, murmelte er und flocht den Fürsten von Mondras und dessen Kessan in seinen Zauber mit ein.

Statt zweihundert in Leder gekleidete Reiter glaubten Rakkarr und seine Rebellen plötzlich Tausende von Panzerreitern in schwarzen Rüstungen zu sehen, über deren Häuptern das Banner mit dem sechszackigen, roten Stern von T'wool wehte und die eben die langen, todbringenden Lanzen zum Angriff senkten.

Die bereits durch Rogons Gesang unterminierte Moral der Rebellen brach nun völlig zusammen. »Die Panzerreiter von T'wool!«, schrie Lehensgraf Remedel und riss sein Pferd herum, um zu fliehen. Seine Männer taten es ihm gleich und ritten Alatnas Bogenschützen einfach über den Haufen. In höchster Not versuchten diese, sich die Reiter mit Pfeilen vom Leib zu halten.

Damit erreichte die Verwirrung, in die Tharons Täuschung die Angreifer gestürzt hatte, ihren Höhepunkt. Jeder Rebell wollte nur noch das eigene Leben retten und sei es auf Kosten des Lebens eines anderen, den er eben noch Kamerad genannt hatte.

Weitere Lehensaufgebote lösten sich von Arendhars Reitern und suchten das Weite. Zuletzt blieb nur noch Rakkarr mit einigen wenigen Gefolgsmännern auf dem Feld. Der Sieg und die Krone, die er bereits errungen geglaubt hatte, waren wie Wasser zwischen seinen Fingern zerflossen, und die Angst vor dem, was nun kommen musste, drängte ihn zur Flucht. Doch ihm war klar, dass es von diesem Tage an keinen sicheren Zufluchtsort für ihn geben würde. In diesem Wissen spornte er sein Pferd an und schleuderte Arendhar seine Herausforderung entgegen.

Der König zögerte keinen Augenblick, sondern legte die

Lanze an und ritt auf Rakkarr zu. Plötzlich war es vollkommen still im Tal. Nur die Hufe der beiden aufeinander zusprengenden Pferde waren zu hören und dann der harte Klang, mit dem die Lanzenspitzen gegen die Schilde krachten.

Während es Arendhar gelang, die Lanze seines Gegners abzulenken, hielt dieser den Schild eine Handbreit zu tief. Daher rutschte die Lanzenspitze des Königs über den Rand hinweg und bohrte sich in Rakkarrs Kehle. Der Rebellenführer sank ohne einen Laut aus dem Sattel und war tot, noch bevor er den Boden berührte. Der Kampf um T'wool war zu Ende.

❋ ❋ ❋

Tharon war erleichtert, dass die Illusion anstürmender Panzerreiter, die er trotz seiner Schwäche hatte erzeugen können, die Rebellen in die Flucht geschlagen hatte. Als er die Anhöhe herabschritt, kam Laisa auf ihn zu, die in der letzten Phase des Kampfes etliche Anführer und Offiziere der Rebellen mit ihren Pfeilen aus den Sätteln geholt hatte.

Er winkte ihr zu und grinste zufrieden. »Es sollte unter uns bleiben, dass du mich aus der Glasfalle geholt hast. Für die Menschen der Dämmerlande muss ein Evari unbesiegbar erscheinen!«

In der Hinsicht unterschied er sich nicht von seinem Gegenstück auf der anderen Stromseite. Auch Khaton achtete sorgfältig darauf, den Schein des schier allmächtigen Evari zu wahren, auch wenn dies auf Kosten des Ruhms seiner Helfer ging.

»Schon gut! Von mir erfährt niemand etwas«, antwortete sie missmutig.

»Rede auch mit Rongi. Er scheint mir ein verständiger Bursche zu sein.« Tharon deutete ein Schulterklopfen an und ging dann weiter auf Arendhar zu. Dieser senkte sein Schwert und sah dem Evari fragend entgegen.

»Da ich die Reiter nicht mehr sehe, die mir vorhin zu Hilfe kommen wollten, nehme ich an, dass sie Eurer Kunst entsprungen sind, hoher Evari.«

»Gewissermaßen, auch wenn ich einen Kern hatte, um den ich aufbauen konnte.« Tharon zeigte auf Ondrath, der sein Pferd in der Nähe verhalten hatte und ihn und Arendhar nun unsicher anblickte.

Der Evari winkte den Fürsten von Mondras zu sich. »Mit dem heutigen Tag habt Ihr Eure Freundschaft zu T'wool und König Arendhar mit dem Einsatz Eures eigenen Lebens unter Beweis gestellt und seid von nun an der einzige ernsthafte Anwärter auf den Thron von Rhyallun.«

Ondrath starrte Tharon verwundert an und wies dann mit einer bitteren Geste nach Süden. »So rasch werde ich nicht nach Rhyallun kommen. Wahrscheinlich werden sogar meine Söhne und Enkel von dieser Stadt nur erzählen hören, ohne sie jemals zu sehen. Doch was soll es! Immerhin bin ich Fürst von Mondras, und mag mein Ländchen auch klein sein, so stehen doch tapfere Reiter an meiner Seite.«

Auch Arendhar schüttelte irritiert den Kopf. Er hatte den grünen Wall, wie der Fluch von Rhyallun in seinem Land genannt wurde, selbst gesehen und war bei dem Versuch, mit Tharon und einigen tausend Reitern in ihn einzudringen, nur durch die Kunst des Evari dem Tod entgangen.

Tharon warf einen kurzen Blick auf Rogon und lächelte, ohne weiter auf dieses Thema einzugehen. Stattdessen lobte er die Treue der Panzerreiter, die ihren König auch gegen einen vielfach überlegenen Feind nicht im Stich gelassen hatten, und nickte zuletzt Prinz Elandhor zu. Dieser war zunächst bei dem Reisewagen seiner Schwester geblieben, hatte dann aber mit der Hälfte seiner Begleiter in den Kampf eingegriffen. Er selbst war dabei nicht zu Schaden gekommen, doch zwei seiner Männer hatten Wunden davongetragen, die nun von Elanah und Ysobel versorgt wurden.

Elandhor grinste unsicher, als er zu sprechen begann. »Wenn mir früher einer prophezeit hätte, ich würde einmal Seite an Seite mit dem König von T'wool kämpfen, ich hätte ihn mit gepanzerter Faust niedergeschlagen.«

»Aber Ihr habt gekämpft – und das ausgezeichnet! Vielleicht waren gerade Ihr und Eure Mannen ausschlaggebend dafür, dass wir den Aufrührern so lange widerstanden haben«, lobte Arendhar den Prinzen und sah dann mit zufriedener Miene, dass seine Verlobte, nachdem sie ihre Landsleute versorgt hatte, sich um verwundete T'wooler kümmerte. Elanah war erzogen worden, um in einem fremden Land Königin zu sein, und sie würde diese Aufgabe an seiner Seite gut erfüllen, dachte er zufrieden.

Tharon legte ihm die Hand auf den Arm. »Eure Vorfahren haben die fünf Lehensgrafschaften eingerichtet, damit einige ihrer Töchter und deren Ehemänner über dem Rang eines Fürsten in T'wool stehen. Ihr solltet diese Lehensgrafschaften wieder einfordern und dem Reich eingliedern.«

»Das werde ich tun«, antwortete Arendhar mit klirrender Stimme. »Allerdings lasse ich auch die Verräter in Vanaraan nicht davonkommen. Da sie durch ihre Taten jeden Anspruch verloren haben, einmal die Nachfolge meines Oheims anzutreten, fordere ich mein Recht als nächster Erbe und damit auch die Krone dieses Landes!«

Seine Reiter, die mit Erbitterung gegen die Krieger der Lehensgrafschaften und die velghanischen Söldner aus Vanaraan gekämpft hatten, brachen in Jubel aus.

Tharon wiegte zweifelnd den Kopf, atmete aber dann tief

durch und nickte. »Es wird allen beweisen, dass T'wool noch immer T'wool ist! Ihr solltet aber auch Steinland für Euch einfordern, um die Landverbindung zwischen T'wool und Vanaraan zu erhalten. Sonst würdet Ihr Maraand erschrecken, da die Blauen dort annehmen müssten, Ihr hättet es auf deren östliche Provinzen abgesehen, um die beiden Reichsteile zu vereinen.«

Arendhar nickte und vollzog mit seinem Schwert einen Kreis in der Luft. »Ich nehme dieses gebirgige Land in meinen Besitz!«

Dann reichte er die Klinge seinem Leibdiener, damit dieser sie reinigen konnte, und winkte seinen Oberhofmeister Hillkenardh zu sich.

»Sorgt dafür, dass die Gefangenen entwaffnet und die Verletzten versorgt werden. Wir ziehen weiter, sobald wir dazu in der Lage sind.«

Hillkenardh hatte sich ebenso wie Kedellen nicht an dem Kampf beteiligt und war daher heilfroh, dass der König ihn mit dieser Aufgabe betraute. In Ungnade schien er also nicht gefallen zu sein. Nach einer tiefen Verbeugung wollte er gehen, doch da hielt Arendhar ihn zurück.

»Sobald wir in Tawaldon eingetroffen sind, wird Hochzeit gefeiert. Bei dem dabei stattfindenden Turnier könnt Ihr, wie Ihr es gefordert habt, Eure Lanze mit der von Rogon a'Gree kreuzen.«

Der Oberhofmeister hatte Rogon kämpfen gesehen und nicht die geringste Lust, dem Wardan in einem Turnier gegenüberzustehen. Daher hob er abwehrend die Hände. »Verzeiht, Eure Majestät, doch dies wird nicht gehen. Immerhin trage ich den Titel eines Grafen von T'wool, während Rogon ein heimatloser Barde ohne Rang und Namen ist.«

Um Arendhars Lippen zuckte ein Lächeln. Er nahm sein

Schwert wieder an sich und bedeutete Rogon, vorzutreten und sich niederzuknien. »Ich ernenne Euch zum Ritter a'Gree von T'wool, Herr Rogon. Damit ist Herrn Hillkenardhs Ehre Genüge getan, und er kann seine Forderung an Euch aufrechterhalten.«

Die Panzerreiter, die Rogon an der Seite des Königs kämpfen gesehen hatten, jubelten, während der Oberhofmeister erbleichte. Nun konnte er diesem Kampf nicht mehr ausweichen und würde für den Rest seines Lebens mit der Schande leben müssen, von einem Wardan aus dem Sattel gestoßen worden zu sein.

Laisa verfolgte die Szene mit zwiespältigen Gefühlen. Zwar gönnte sie Rogon die Ehre, fragte sich aber gleichzeitig, wer sie belohnen würde. Ihr Anteil an dem Erfolg dieser Mission wog in ihren Augen nach schwerer als der des neugebackenen Ritters von T'wool.

Tharon fing ihre Stimmung auf, und er wandte sich ihr lächelnd zu. »Keine Sorge! Auch wenn Arendhar dir als einer Weißen keine Titel und Würden verleihen kann, so ist seine Schatzkammer groß genug, um dich so zu belohnen, wie es dir gebührt. Außerdem habe ich selbst noch einiges in meinem Turm, das ich dir schenken kann.«

»So wie die neun Versteinerten? Khaton ist bisher noch nicht dazu gekommen, sie wieder zum Leben zu erwecken.« Laisa zog einen Flunsch, konnte damit aber die gute Laune des Evari nicht schmälern.

»Mein Gegenpart auf der anderen Seite wird wohl noch einige Zeit nicht dazu kommen. Es gilt, den Umtrieben Herr zu werden, die den Frieden in den Dämmerlanden bedrohen. Auf dieser Seite gehen die meisten Intrigen von diesem Frong aus, und du hast drüben ebenfalls Leute entdeckt, die im Verborgenen wühlen. Schreibe mir einen Bericht über alles, was du erfahren hast, damit ich ihn an Sirrin und Yahyeh weiterreichen kann, und gib Khaton drüben eine Abschrift. Sage ihm, er soll sich anstrengen! Wenn die Reiche der Dämmerlande übereinander herfallen, haben wir Evaris versagt!«

»Versagt würde ich nicht sagen«, antwortete Laisa, »aber ihr dachtet, nach dem Krieg würde Frieden einkehren, und habt euch nicht vorstellen können, dass es Leute gibt, denen nichts an diesem Frieden liegt.«

FÜNFZEHNTES KAPITEL

Tawaldon

Arendhars Sieg war vollkommener, als er oder Tharon es erwartet hatten. Rakkarr war noch auf dem Schlachtfeld umgekommen und drei der fünf aufrührerischen Lehensgrafen Laisas Pfeilen zum Opfer gefallen. Zudem brachten Botenvögel die Nachricht von dem missglückten Aufstand nach Tawaldon und alarmierten die dort stationierten Panzerreiter. Als die überlebenden Rebellen ihre Heimat erreichten, fanden sie diese von Arendhars Kriegern besetzt und hatten nur noch die Wahl, sich zu ergeben und auf die Gnade des Königs zu hoffen oder über die Grenzen zu fliehen und als Fremde in fernen Ländern zu leben.

Diejenigen Tawaler, die in Steinland gefangen genommen worden waren, wurden vor die Wahl gestellt, entweder den Treueeid auf Arendhar abzulegen oder ihr weiteres Dasein als Sklaven zu beschließen. Schwieriger war dies mit den Velghanern und Alatnas Wardan. Arendhar schwankte lange, ob er diese nicht gleich versklaven sollte. Doch Tharon erteilte ihm den Rat, die Gefangenen Ondrath von Mondras zu überlassen. Dessen Land war durch die Flucht vieler Einwohner nur dünn besiedelt. Außerdem spann der Evari im Geheimen bereits Pläne, in denen Rogon eine große und Ondrath eine etwas kleinere Rolle spielen sollten.

Arendhar war schließlich mit dieser Lösung einverstanden, und so trieben die Kessan mehrere hundert blauer und maulschwarzer Sklaven nach Mondras. Ondrath selbst begleitete Arendhar nach Tawaldon, hielt sich auf der Reise aber mehr an Rogon als an die T'wooler. Ihn faszinierte der junge Mann, dessen Stimme ganze Heere in ihren Bann schlagen konnte. Gelegentlich wagte er es auch, Rongi anzusprechen, und behandelte den jungen Katzenmenschen zu dessen höchster Zufriedenheit wie einen ganz großen Herrn aus Ilynas Land. Laisa hingegen ging Ondrath aus dem Weg, da sie als weiße Katzenfrau nicht in sein Weltbild passte.

Anders als Ondrath sprach Rogon gerne mit Laisa, aber auch mit Borlon, um mehr über die goldene Seite des Stromes zu erfahren. Es reizte ihn, die sagenumwobenen Länder des Westens mit eigenen Augen zu sehen. Immerhin waren Laisa und Borlon ja auch auf diese Seite gekommen.

Tirah bedachte Rogons Überlegungen mit spöttischen Kommentaren und warnte ihn davor, sich in unüberlegte Abenteuer zu stürzen, bevor er sie bei Sirrin abgeliefert hatte. Allerdings berichtete sie ihm von einigen Kriegszügen, die sie im Kampf um die Heilige Stadt und später im Nordkrieg auf die andere Seite unternommen hatte. Sie nannte die dortigen Bewohner Barbaren, die seinesgleichen schlachten und in den Kochtopf stecken würden. Rogon bemerkte jedoch, dass sie das nicht ernst meinte und im Grunde selbst neugierig war, die Lande jenseits des Stromes in Frieden zu erkunden.

Unterdessen bewegte sich der Brautzug ungehindert auf die Grenze T'wools zu und erreichte diese nach wenigen Tagen. Die Menschen dort hatten bereits von der Rebellion und deren Scheitern gehört. Auch wenn es ihnen nicht gefiel, dass ihre künftige Königin eine Grüne von jenseits des Großen Stromes war, so hielten sie einen offenen Aufstand gegen den

König für ein Sakrileg, das noch viel schwerer wog. Obwohl ihr Jubel eher verhalten klang, so begrüßten sie Arendhar ehrfürchtig und betrachteten die hochgewachsene Elanah voller Staunen. Auf Ysobels Anraten hatte diese sich in dunkles Grau gekleidet und ihre leicht grünlich schimmernden Haare dunkel gefärbt. Da Rot das gemeinsame Symbol der drei Farben auf dieser Seite des Stromes war, hatte Ysobel dafür gesorgt, dass die Lippen der Prinzessin im dunklen Rot geschminkt wurden und sie Handschuhe und Schuhe in einem etwas helleren Rot trug.

Tharon war mit dem Auftritt der Prinzessin zufrieden. Die Tatsache, dass Arendhar das Schwert gegen die Feinde dieser Heirat ergriffen hatte, anstatt sich seiner Braut zu entledigen, hatte in Elanah Zuneigung zum König erzeugt, und die zeigte sie nun offen.

Der Tag kam, an dem Tawaldon, T'wools Hauptstadt und die prächtigste Stadt der Dämmerlande nach Edessin Dareh, vor ihnen auftauchte. Ihre Bevölkerungszahl ließ sich nicht mit der von T'woollion vergleichen, und doch nahm Tawaldon eine größere Fläche ein und war als perfektes Sechseck auf ebenem Feld errichtet worden. Die schwarzen Mauern ragten mehr als dreißig Schritte in die Höhe, die Türme noch einmal um die Hälfte mehr, und die Straßen waren mit schwarzen, sechseckig zugehauenen Steinen gepflastert. Rote und schwarze Fahnen wehten von den Türmen, und die Menschen trugen ihre Festkleidung. Hier in der Hauptstadt war der Jubel stärker, aber die Vertreter der Priesterschaft traten dem König und seiner Braut mit Mienen entgegen, als hätte Arendhar sie alle zu lebenslanger Sklaverei verurteilt.

Tharon, der sich in der Nähe des Königs hielt, grinste zu Laisa hinüber. »Von den Kerlen da haben nicht wenige gehofft, Rakkarr würde als neuer König zurückkehren. Ihm hätten sie etliche neue Privilegien abpressen können. Arendhar aber wird sie in ihre Schranken weisen.«

»Einige sehen aus, als würden sie sich gerade in ihr Lendentuch machen«, spottete Laisa.

Sie dachte nicht daran, sich mit einer Rolle im Hintergrund zu begnügen, sondern ritt neben dem Evari her, als wären sie alte Freunde. Rogon und Borlon folgten ihnen, danach kamen Ondrath und Ysobel. Die Anwesenheit so vieler Fremder verwirrte die Priester, und einer von ihnen murmelte bei Laisas Anblick etwas von einem Sakrileg. Als sie sich jedoch zu ihm umwandte, verschwand er rasch hinter seinen Amtsbrüdern und ließ sich nicht mehr blicken.

Laisa kümmerte sich nicht weiter um ihn, sondern amüsierte sich über das Aufsehen, welches sie erregte. Zählten Katzenmenschen wie sie bei den Wardan noch zu den überlieferten Völkern Ilynas, so waren sie in T'wool bereits ins Reich der Legende entrückt. Die wenigsten Zuschauer an der Straße erkannten ihre wirkliche Farbe, sondern hielten sie für eine Blaue. Das gleiche Schicksal erlitt auch Borlon. Niemand aus der gaffenden Menge konnte sich vorstellen, dass es ein Wesen von weißer Götterfarbe wagen würde, nach T'wool zu reisen. Selbst die Priester, die es besser wussten, taten zumindest so, als hätten sie Anhänger Ilynas vor sich.

Rogon interessierte sich mehr für die Stadt als für die Priester und ließ seinen Blick durch die Straßen schweifen. Hier herrschte eine andere Architektur vor als in seiner Heimat. Die Häuser bestanden aus Stein und nicht aus Fachwerk, die Gassen waren so gerade, als hätte man sie mit dem Lineal gezogen, und überall standen übermenschengroße Denkmäler von Helden, Königen und hohen Damen aus alter, tawalischer Vergangenheit. Als sie am Tempel von Tawaldon vorbeiritten, entpuppte dieser sich als sechseckiges Bauwerk von immensen

Ausmaßen, das wohl die Fläche von halb Andhirrah eingenommen hätte.

Dem Tempel gegenüber lag der Palast, der noch größer war und ebenfalls einen sechseckigen Grundriss besaß. Ein gewaltiges Tor führte in den von einer hohen Mauer umgebenen Park. Kolossalstatuen des Gründerkönigpaares Arendhar I. und Königin Imendah, die durch ihre Heirat die früheren Fürstentümer Ober- und Untert'wool vereinigt und damit das Königreich T'wool geschaffen hatten, flankierten den Eingang.

»Beeindruckend, nicht war?«, flüsterte Ondrath Rogon zu.

Dieser schüttelte sich. »Eher bedrückend, würde ich sagen. In einer solchen Stadt möchte ich nicht leben. Es ist alles so gigantisch, dass man glaubt, selbst nur ein Wicht zu sein. Für mich ist es kein Wunder, dass die Wardan dieses Land nicht lieben.«

Ondrath wollte etwas darauf antworten, kam aber nicht mehr dazu, weil nun Knechte herbeieilten und die Zügel entgegennahmen. Mit einer geschmeidigen Bewegung glitt Rogon aus dem Sattel, während Jade wartete, bis er auf dem Boden stand, und dann auf seine Schulter sprang. Mit der Katze, den zwei Schwertern und der Laute wirkte der junge Mann so eigenartig, dass die Knechte nicht wussten, wie sie ihn einordnen sollten.

Arendhar kam ihnen schließlich zu Hilfe. »Das hier ist Herr Rogon a'Gree, den ich aufgrund seiner Verdienste zum Ritter von T'wool ernannt habe. Er hat ebenso großen Anteil an der Niederwerfung der Rebellen wie die Dame Laisa und ...«

»Natürlich Seine Majestät höchstselbst!«, unterbrach Tharon den König. »Ich selbst habe nur ganz zuletzt eingegriffen, um den Aufständischen ein Blutbad zu ersparen. Viele von ihnen waren keine wirklichen Verräter, sondern sind nur ihren Anführern gefolgt!«

Ein warnender Blick traf Arendhar. Für die Welt musste es so aussehen, als hätte dieser seine Feinde mit eigener Hand niedergeworfen. Ein zu starkes Einwirken seinerseits würde den König schwach erscheinen lassen, und nach den Erfahrungen der letzten Zeit konnte Arendhar sich keine weiteren Unruhen in T'wool mehr leisten.

❊ ❊ ❊

Der König führte seine Gäste persönlich in den Palast und tat so, als bemerkte er nicht, dass die Lakaien, die Knechte und die Dienerinnen neugierig hinter ihm herschauten und nicht genug den Kopf über die seltsame Gesellschaft schütteln konnten, die er mitgebracht hatte. Aber auch seine Gäste sahen sich verwundert um. Das riesige Gebäude war monumental ausgestattet, wirkte aber so kühl, dass zumindest Ysobel fröstelte. Überall standen Statuen, so dass Laisa Rogon zuflüsterte, so viele Helden könne T'wool doch nicht hervorgebracht haben, wie hier verehrt wurden.

Der große Saal war ebenfalls aus schwarzem Stein errichtet, besaß aber große Fenster, die genug Licht hereinließen, um die Düsternis zu vertreiben. Die junge, hochgewachsene Dame, die sie dort erwartete, verneigte sich zuerst vor dem König und dann vor Elanah. Noch bevor Laisa ihrer ansichtig wurde, sagte ihr die Nase, dass es sich um Heklah handelte, die einstige Sklavin aus Maraandlion, die sie auf ihrer Reise bis nach T'woollion begleitet hatte. Damals war Heklah, die einer ausgerotteten, adeligen Familie des Südens angehörte, in Arendhars Dienste getreten, um Hofdame bei dessen zukünftiger Gemahlin zu werden. Wie es aussah, hatte sie ihr Ziel nun erreicht.

Laisa kümmerte sich nicht um die Begrüßung, die Heklah

ihrer neuen Herrin zukommen ließ, sondern sah sich ungeniert um. Obwohl sie wirklich nicht auf helle Farben versessen war, hätte sie nicht auf Dauer hier leben mögen. Dafür erschien ihr das nur gelegentlich durch Rot und noch seltener durch Silber aufgelockerte Schwarz zu trist. Auch Rogon schien so zu empfinden, denn er strahlte magisch Verwunderung und einen gewissen Widerwillen aus.

Laisa nahm sich vor, noch einmal mit ihm zu sprechen, bevor sie abreiste, doch ehe sie eine Bemerkung machen konnte, wurde ihre Aufmerksamkeit auf mehrere Männer gelenkt, die durch eine andere Tür in den Saal traten. Die Ähnlichkeit des Vordersten mit Prinz Klinal war unübersehbar.

Das ist also König Eldrin von Urdil, dachte Laisa. Der Mann wirkte gut genährt und ebenso gut gekleidet, und nach Spuren von Folter und Misshandlungen suchte sie vergebens. Munter und mit einem zufriedenen Grinsen trat er auf seine Tochter zu und breitete die Arme aus. »Mein Kind, welche Freude, dich wiederzusehen!«

Elanah hatte erwartet, ihren Vater aus tiefstem Elend zu erlösen. Der Mann aber, der vor ihr stand, sah nicht so aus, als hätte er als Sklave Steine klopfen oder gar Schweineställe ausmisten müssen. Ihr Blick traf seine gepflegten Hände und wanderte dann zu Arendhar weiter.

»Ihr habt den König von Urdil in guter Hut gehalten!«

Sie sagt jetzt ebenso König wie Klinal, dem das Wort Vater nur selten über die Lippen gekommen war, schoss es Laisa durch den Kopf, und sie trat näher, um nicht die geringste Kleinigkeit zu verpassen.

»Ich habe Euren Vater so behandelt, wie es einem gekrönten Haupt zukommt«, antwortete Arendhar, der sich über die plötzliche Kälte in Elanahs Blick wunderte.

»Das sieht man! Allerdings hat Graf Kolnir etwas anderes

berichtet.« Elanahs Stimme klang wie zerbrochenes Glas, und es schien, als drücke sie ein unerträgliches Gewicht zu Boden.

Dann aber straffte sie ihre Schultern und schenkte Arendhar ein Lächeln. »Nun könnt Ihr Euren Gefangenen seines Weges ziehen lassen. Die Tochter des Königs von Urdil hat dem Befehl ihres Vaters gehorcht!«

Mit diesen Worten schob sie sich an Eldrin vorbei und bat Heklah, sie in ihre Gemächer zu führen. »Ich wünsche mich umzuziehen und so zu kleiden, wie es einer zukünftigen Königin von T'wool zukommt!«

Ihr Vater lief ein paar Schritte hinter ihr her. »Kind, was soll das?«

Da trat ihm Elandhor in den Weg. »Ihr habt Eure Freiheit wiedergewonnen. Seid damit zufrieden, König von Urdil, auch wenn es durch Verdrehungen und Lügen geschah. Glaubten wir Euch doch in tiefster Not und wollten Euch aus Schmach und Schande erretten. Wie hätten wir auch wissen können, welch edler Mann König Arendhar ist? Anders als Ihr hätte er niemals seine Ehre verraten!«

Das Gesicht König Eldrins färbte sich vor Wut tiefrot. »Für diese Worte wirst du bezahlen, Bursche!«

Elandhor schüttelte den Kopf. »Das glaube ich nicht, denn ich werde nicht auf die goldene Seite des Stromes zurückkehren.«

Er drehte sich zu Arendhar herum und kniete vor ihm nieder. »Verzeiht, mein König, doch erlaubt mir, bei meiner Schwester zu bleiben. Vielleicht habt Ihr eine Aufgabe, die ich für Euch erfüllen kann?«

Während Arendhar von dem plötzlichen Umschwung des Prinzen überrascht wurde, wunderte Laisa sich nicht. Sie hatte Elandhor ebenso gut kennengelernt wie seine Schwester und wusste, wie hoch die beiden Ehre und Respekt hielten. Im Land einer Feindfarbe zu erfahren, dass die Gefangenschaft ihres Vaters bei weitem nicht so schlimm gewesen war, wie dessen Boten es ihnen ausgemalt hatten, war ein Schock für sie.

»Wenn Arendhar nichts für dich zu tun hat, kannst du mich begleiten«, schlug Laisa dem Prinzen vor.

Im ersten Augenblick sah es so aus, als würde Arendhar zustimmend nicken, dann aber schüttelte er den Kopf. »Ich freue mich, dass Ihr bleibt, Prinz Elandhor. Es wird meiner Gemahlin gefallen, ihren Bruder bei sich zu wissen.«

Dann forderte der König einige Diener auf, seine Gäste in ihre Gemächer zu führen. Als auch Kedellen den Saal verlassen wollte, hielt ihn Arendhar zurück.

»Ihr, Baron Kedellen, werdet den König von Urdil auf schnellstem Weg zur Maraand-Fähre bringen, so dass er nach Westen fahren kann. Wenn Ihr gleich aufbrecht, könnt Ihr heute noch etliche Meilen schaffen!«

Der Baron hob erschrocken die Rechte. »Aber Eure Majestät! Ich muss doch bei Eurer Heirat anwesend sein. Immerhin haben wir Herren auf M'hiir das Recht, den linken Zipfel Eures Umhangs zu tragen.«

»Rechte kann man gewinnen und wieder verlieren, Baron M'hiir. Gehorcht meinen Befehlen, und es mag sein, dass ich Euch wieder meine Gunst schenke. Andernfalls werdet Ihr neben dem genannten Vorrecht auch Eure Baronie verlieren. Oder glaubt Ihr, ich hätte vergessen, dass Ihr Euren Schwertarm geschont habt, anstatt ihn gegen meine Feinde zu schwingen?« Nach diesen harten Worten ging Arendhar an Kedellen vorbei, ohne ihn weiter zu beachten.

Der Baron schnappte sichtlich nach Luft, wagte aber keinen Widerspruch mehr, sondern forderte König Eldrin auf, sich umgehend zur Reise fertig zu machen. An der Tür blieb Arendhar noch einmal stehen und drehte sich um.

»Behandelt den Herrscher von Urdil gut, wenn Ihr wollt, dass auch Ihr gut behandelt werdet!« Nach dieser Mahnung verließ der König den Raum.

Laisa sah ihm nach, atmete dann tief durch und grinste Tharon an. »Ich werde jetzt meinen Bericht beginnen. Ich glaube nicht, dass er besonders kurz sein wird.«

»Je umfassender er ist, desto besser für mich und meinen Brud… eh, meinen Kollegen Khaton! Eure Begleiter sollten ebenfalls ihre Eindrücke zu Papier bringen«, antwortete der Evari.

»Ich kann nicht schreiben!«, rief Rongi, um dieser Arbeit zu entgehen.

Tharon musterte ihn jedoch von oben herab und hob die Hand, als wolle er einen Zauber sprechen. »Gleich wirst du es können, Kleiner!«

Rongi sprang erschrocken beiseite. »Ein wenig kann ich es. Wenn Laisa mir hilft …«

»Ich helfe dir«, bot Borlon an und zwinkerte dabei Tharon zu. Dann schien er sich zu erinnern, dass er den schwarzen Evari vor sich hatte, nahm Rongi wie ein Kind bei der Hand und verschwand, so schnell er konnte.

Auch Laisa verließ den Saal. Ein Diener führte sie in einen mit grauen Tüchern drapierten Raum, der mit Möbeln aus blauer Fertigung ausgestattet war. Auf einem Tisch standen Schalen mit Würsten und Schinken aus Wardan-Ländern sowie ein großer Fisch, die alle von blauen Erhaltungszaubern frisch gehalten wurden. Auf dem anderen Tisch fand Laisa ein Tintenfass, Schreibfedern und einen großen Stapel Papier.

Eine wardan-blütige Dienerin wartete neben dem Fenster und verbeugte sich demütig. »Kann ich etwas für Euch tun, hohe Frau?«

»Besorge mir eine Schale frische Milch, möglichst von blauen Kühen oder Ziegen«, befahl Laisa, ohne sich darum zu kümmern, wie das Mädchen hier im Zentrum der schwarzen Dämmerlandreiche an solche Lebensmittel kommen sollte. Dann legte sie ihre Waffen und ihre Rüstung ab, setzte sich an den Tisch und begann ihren Bericht. Schon nach den ersten Zeilen merkte sie, dass es ihr besser gefallen hatte, den Brautzug anzuführen, als die Schreibsklavin für Tharon zu spielen.

❊ ❊ ❊

Der Evari war mit Rogon zurückgeblieben und hielt ihn auf, als dieser ebenfalls einem Diener zu seiner Unterkunft folgen wollte. »Ich muss etwas mit dir besprechen, mein Freund.«

»Gerne!«

»Weißt du noch, wie wir uns kennengelernt haben?«, begann Tharon mit einer Frage.

Rogon nickte. »Es war in einer Taverne am Dreifarbenfluss.«

»Damals habe ich dir etwas versprochen«, fuhr Tharon fort.

So ganz begriff Rogon nicht, was der Magier damit meinte, doch bevor er Fragen stellen konnte, sprach dieser weiter. »Es ging um den Fluch von Rhyallun und den grünen Wall. Ich wollte dich hinbringen und ihn dir zeigen.«

»Ich erinnere mich sehr gut daran. Ich wollte hin, und Ihr habt angeboten, mich zu begleiten.«

»Nenne mich, wenn wir unter uns sind, du, so wie wir es vom ersten Teil unserer Reise gewohnt sind«, wies Tharon Rogon zurecht. »Doch noch einmal zum Fluch von Rhyallun. Ich will dorthin und prüfen, ob der Fluch sich ausweitet. Er könnte zur Gefahr für T'wool und die anderen Länder im Süden werden, die dem Ansturm der grünen Heere widerstanden haben. Auf dieser Reise sollst du mich begleiten.«

»Vorsicht, er plant etwas!«, warnte Tirah Rogon, doch der dachte daran, wie sehr ihn der Gedanke an den Fluch vonRhyallun beherrscht hatte, nachdem er Tirah in sich aufgenommen hatte, und sah dies als Vorzeichen an.

»Ich komme mit, hochmächtiger Evari«, sagte er und sprang pfeilschnell beiseite, als Tharon mit den Fingern schnippte und ein winziger Blitz auf ihn zuschnellte.

❊ ❊ ❊

Die Braut überraschte alle, sogar Laisa. Sie war vollständig in Schwarz gekleidet und trug als einzigen Farbtupfer eine Brosche mit einem großen roten Edelstein auf der Brust. Die Hände waren mit kunstvollen schwarzen Symbolen bemalt, ebenso die linke Seite ihres Gesichts. Seit tausend Jahren hatten die Bräute der Könige von T'wool diese Tracht getragen, und alle, die einen Bruch mit der Tradition befürchtet hatten, atmeten erleichtert auf. Arendhars Augen leuchteten vor Stolz beim Anblick seiner schönen Braut, während Mekull, der auf seinen Befehl hin die Trauung vollziehen sollte, sich entschloss, gute Miene zu dem in seinen Augen bösen Spiel zu machen.

Auch Tharon nickte anerkennend und zwinkerte Laisa zu. »Elanah ist eine stolze Frau und hat nicht vergessen, dass ihr Vater sie schwer getäuscht hat, um seine Freiheit zu erlangen. Auf Dauer wird sie mehr zur T'woolerin werden, als es ein Mädchen aus einem der anderen schwarzen Dämmerlandreiche je sein könnte.«

»Elandhor trägt ebenfalls t'woolische Kleidung«, antwortete Laisa.

»Da er hierbleiben will, muss er sich anpassen.« Tharons Stimme klang ein wenig unwirsch. Auf Elanahs Bruder hätte er verzichten können, doch er verstand, dass dieser sich nicht noch einmal zum Werkzeug seines Vaters machen und gegen seinen Bruder Klinal ausspielen lassen wollte.

»Auf alle Fälle haben wir diese Sache jetzt bald hinter uns und können uns den Problemen widmen, die wirklich wichtig sind«, sagte Tharon mit grimmiger Miene.

»Du meinst Frong?«, fragte Laisa.

Der Evari bejahte. »Genau den – und auch den Kerl auf der anderen Seite, auf dessen Spur du gestoßen bist. Du solltest bald zurückkehren und Khaton warnen. Ich habe ein ganz schlechtes Gefühl bei dem Gedanken an die zerstörerische Wühlarbeit auf beiden Seiten des Stromes, und ich kann auch nicht vergessen, dass zwei der Evaris des Westens spurlos verschwunden sind. Bislang war ich der Meinung, die beiden hätten sich zurückgezogen, um neue Bosheiten auszuhecken. Nun aber bin ich mir nicht mehr so sicher. Immerhin ist es Salavar beinahe gelungen, Khaton auszuschalten, und dieser verdammte Gynndhul hätte um ein Haar mich erledigt. Wir leben in gefährlichen Zeiten, Laisa, und wir werden viel Glück brauchen, um die nächsten Jahre zu überstehen. Daher bin ich froh, dass Khaton dich an seiner Seite weiß.«

Es klang so anerkennend, dass Laisa überrascht aufsah. »Ich freue mich zwar, dass du das sagst, aber so bedeutend bin ich nun auch wieder nicht.«

»Eine einzige Schneeflocke kann eine Lawine auslösen, die ein ganzes Tal zerstört, und du wiegst weit mehr als eine Schneeflocke«, antwortete Tharon mit einem leisen Lachen.

Laisas Blick suchte Rogon, der sichtlich gelangweilt den ausufernden Zeremonien zuschaute. »Ist er auch eine solche Schneeflocke?«, fragte sie.

»Im Augenblick ja! Doch ich hoffe, dass er bald mehr als das sein wird.« Tharon lachte erneut und zog damit den Unmut der umstehenden T'wooler auf sich, die die heilige Handlung missachtet fühlten. Die Gedanken des Evari schweiften nach kurzer Zeit wieder von der Hochzeitszeremonie ab und gingen auf die Reise nach Süden. Ein wenig bange wurde ihm doch bei der Erinnerung an den Todesstreifen, und er fragte sich, wie groß die Gefahren sein würden, die ihn am Ursprung des Fluches in Rhyallun erwarteten. Laisa hingegen dachte an Khaton und den Bericht, den sie diesem abliefern würde. Ihrer Ansicht nach brauchte es weit mehr als zwei Schneeflocken, um einen Frong zu fangen. Andererseits konnte Rogon genau der Verbündete sein, den sie bei ihrer Jagd nach diesem Unruhestifter brauchte.

❊ ❊ ❊

Auf der goldenen Seite des Stromes, im Lande Tenelian, versuchte Erulim, der in den östlichen Dämmerlanden unter den Namen Gayyad und Frong auftrat, aus den Berichten schlau zu werden, die ihn über die Maraand-Fähre erreicht hatten. Alles, was er erfuhr, widersprach sich in eigenartiger Weise. Seine tawalischen Gewährsleute warfen den Wardan Verrat vor, diese wiederum den Tawalern und den Velghanern. Nur eines konnte er deutlich aus jeder Nachricht herauslesen: Sein Plan, Tharon zu fangen und T'wool zu Fall zu bringen, war gescheitert. Nun quälte ihn die Frage nach den Ursachen, denn in den Berichten fand er keine Erklärung für diese Niederlage. Nach einer Weile stand Erulim auf, trat ans Fenster und blickte auf den Strom hinaus, dessen östliches Ufer er trotz seiner scharfen Eirun-Augen mehr erahnen als sehen konnte.

»Es muss diese elende Katze gewesen sein! Ich hätte dieses Biest gleich nach der Geburt erwürgen sollen«, stieß er mit hasserfüllter Stimme aus.

Gleichzeitig fragte er sich, wieso Laisavaneh Baragain ausgerechnet jetzt in den Dämmerlanden aufgetaucht war. Aufgewachsen war sie hier sicher nicht, sonst hätte er sie schon früher bemerkt. Doch wer hatte sie all die Jahre vor ihm versteckt?

Erulim wurde das Gefühl nicht los, dass die Antwort auf diese Frage sein Schicksal entscheiden konnte, und das war ein Gedanke, der ihn zum ersten Mal seit langer Zeit mit Furcht erfüllte.

ANHANG

Die Personen

Die Begriffe

Die Länder

Die Völker

Die Personen

Laisa: Karawanenwächterin, weiß

Rogon: Prinz von Andhir, blau

Alatna: Fürstin von Ghilan, blau

Arendhar IV.: König von T'wool, blau

Borlon: Bor'een. Groß, wuchtig, bärenhaft, weiß

Daar: Barde, Deckname von Tharon, schwarz

Elanah: Prinzessin von Urdil, grün

Elandhor: Prinz von Urdil, Elanahs Zwillingsbruder, grün

Elawhar: Oberpriester von Gamindhon, grün

Eldrin: König von Urdil, grün

Erulim: wahrer Name des Aufrührers Frong in seiner grünen Gestalt

Frong: Aufrührer, blau

Gayyad: wahrer Name des Aufrührers Frong in seiner blauen Gestalt

Gynndhul: Schwarzlandmagier

Heklah: Tawalerin, Sklavin, schwarz

Hillkenardh: Oberhofmeister von König Arendhar von T'wool, schwarz

Jannah: Königin von Andhir, Rogons Mutter, blau

KanDilm: Kapitän, Goise, weiß

Kedellen von M'hiir: Gesandter König Arendhars, schwarz

Ketah: Valgrehns (Khatons) Hauswirtin in Thelan, weiß

Klerdhil: Graf aus Thilion, grün

Klinal: Prinz von Urdil, ältester Sohn des Königs, grün

Kolnir: Graf aus Urdil, grün

Lankarrad: Fürst von Vanaraan, schwarz

Mekull: t'woolischer Priester, schwarz
Naika: weiße Nixe
Neldion: Fürst von Tharalin, grün
Punji: Erbprinz des gelben Reiches Tanfun, gelb
Rakkarr: Fürst von T'walun, schwarz
Remedel: Lehnsgraf von T'wool, schwarz
Reodhil: König von Thilion, grün
Rhai: Prinzessin von Andhir, Rogons Schwester, blau
Rhynn: Prinzessin von Andhir, Rogons Zwillingsschwester, blau
Rogar: König von Andhir, Rogons Vater, blau
Rongi: Katzenmenschenjunge, blau
Salavar: abgesetzter Gouverneur der Schwarzen Festung
Seranah: oberste Andhirhexe, blau
Sung: Heiler, Diener Sirrins, violett
Tenealras: König von Tenelian, grün
Thonal: Krieger, grün
Tirah: berühmte violette Kriegerin, violett
Tobolar: Fürst von Lhandhera, schwarz
Tolmon Kren: Herr des Ersten Turms in Flussmaul, schwarz
Valgrehn: Tarnexistenz Khatons in Thelan, weiß
Waihe: Usurpator in Tanfun, gelb
Xulla: Schlangenfrau, blau
Ysobel: Tivenga-Gauklerin, violett
Zhirilah: Erbprinzessin von Zhirivh, schwarz

Die Evaris

Weiß: Khaton

Gelb: Tardelon

Grün: Rhondh

Blau: Yahyeh

Violett: Sirrin

Schwarz: Tharon

Die Götter des Westens

Meandir: Herr des Weißen Landes

Talien: Herr des Gelben Landes

Tenelin: Herr des Grünen Landes

Die Götter des Ostens

Giringar: Herr des Schwarzen Landes

Ilyna: Herrin des Blauen Landes

Linirias: Herrin des Violetten Landes

Die Begriffe

Aio: vertrauter Freund

Evari: »Wächter«, Bezeichnung der sechs Magier, die im Auftrag ihrer Götter den Frieden überwachen sollen

Firin: Währung in Kupfer, Silber und Gold

Rah: Bezeichnung vieler Residenzstädte, z. B. Tanfunrah

Sill: Bezeichnung für Freistädte

Silldhar: Herrscher einer Freistadt

Die Länder und Orte

Andhir: blaues Königreich

Andhirrah: Hauptstadt Andhirs, blau

Aralian: grünes Königreich

Borain: Heimat der Bor'een, weiß

Daschon: violettes Königreich

Dscher: schwarzes Königreich

Edessin Dareh: Heilige Stadt

Gamindhon: grünes Fürstentum

Ghirga: Fluss im Süden der roten Dämmerlande

Goisan (Nord): weißes Königreich

Goisan (Süd): gelbes Königreich

Halondil: grünes Fürstentum

Lanar: blaues Königreich

Lhandhera: Fürstentum in Vanaraan, schwarz

Ligaij: violettes Königreich

Maraand: blaues Königreich

Maraandlion (Maraandhafen): Hafen am Ostufer des unteren Toisserech

Marangree: violettes Königreich

Mondras: Fürstentum, blau

Norensill: Freistadt, keiner Farbe zugeordnet

Tanfun: gelbes Königreich

Tawaldon: Hauptstadt T'wools

Tenelian: grünes Königreich

Tharalin: kleines Fürstentum, grün

Thelan: Universitätsstadt, weiß

Thilion: grünes Königreich

Thilionrah: Hauptstadt Thilions

Toisserech: der Große Strom

T'walun: Fürstentum im Süden der roten Dämmerlande

T'wool: schwarzes Königreich

T'woollion (T'woolhafen): größter Flusshafen am Dreifarbenstrom

Urdil: grünes Königreich

Vanaraan: schwarzes Königreich

Velghan: schwarzes Fürstentum

Zhirivh: schwarzes Königreich

Die Völker

Die menschlichen Völker der Welt stammen allen Unterschieden zum Trotz von einem Urvolk ab, als dessen Schöpferin die goldene Göttin Irisea angesehen wird. Die jüngeren Götter haben später die Menschen in ihren Herrschaftsgebieten nach eigenen Vorstellungen und Bedürfnissen umgeformt. Es gibt nach dem Friedensschluss der Götter folgende Hauptvölker:

1. Khell'een

Die Khell'een sind zwischen 1,10 Meter und 1,20 Meter groß und zierlich gebaut. Sie entsprechen noch am meisten Iriseas Urvolk. In den Dämmerlanden sind sie nur noch aus Sagen bekannt, doch gibt es Gerüchte, dass es im unzugänglichen Dschungel von Raleon im Süden der Einbruchslande noch einen Stamm der Khell'een geben soll.

2. Wardan

Die Wardan sind zwischen 1,55 Meter und 1,65 Meter groß und stellen das Hauptvolk der blauen Göttin Ilyna dar. Die bedeutendsten blauen Wardanreiche sind Maraand, Tervilah und Ilynayanah. Es gibt allerdings auch violette Wardan in Relledh, Lin'Whiran und Lin'Endral sowie schwarze Wardan in Fraarin.

3. Terinon

Die Terinon stammen von den gleichen Ahnen wie die Wardan ab, sind aber ein paar Zentimeter kleiner und etwa zierlicher als diese, was auf eine Einmischung von Khell'een hinweist. Früher lebten sie im größten Teil der westlichen Dämmerlande, wurden aber zum großen Teil von den Malvenon verdrängt oder assimiliert. Das bedeutendste Terinonreich ist Edania. Andere Terinonländer sind Pondil, Eldelinda, Tanfun und die Stadtstaaten Thelan und Gamindhon.

4. Malvenon

Die Malvenon wurden einst von den verschwundenen Göttern Ilwin und Hendor geformt und später von Meandir, Talien und Tenelin übernommen. Sie sind zwischen 1,70 und 1,80 Meter (Frauen) und 1,80 und 1,90 Meter (Männer) groß und im Allgemeinen eher schlank als wuchtig gebaut. In den letzten Jahrhunderten haben sie sich teilweise mit Terinon vermischt. Die größten Malvenonreiche sind Thilion, Aralian und Halondil (alle grün), Walthane und Lundarghan (gelb) sowie Drevoreh, Orelat und Irilian (weiß).

5. Tawaler

Die Tawaler wurden einst von den Malvenon abgespalten und über den Großen Strom nach Osten geführt. Sie sind zwischen 1,75 Meter und 1,85 Meter groß und etwas wuchtiger als die Malvenon des Westens. Die meisten Tawaler sind Anhänger des schwarzen Gottes Giringar. Als größtes schwarzes Reich und auch größtes Reich der Dämmerlande gilt T'wool. Andere große Tawalerreiche sind T'akaal, Waloh und Ondalat.

6. Maril

Die Maril sind ein Mischvolk aus Tawalern und Wardan, überwiegend Anhänger der violetten Göttin Linirias und vom Aussehen her den Tawalern ähnlich, wenn auch nicht ganz so wuchtig gebaut. Auffällig sind violette Haare und violette Augen. Berühmtestes Land der Maril ist Marangree.

7. Ardhun

Wie die Maril ein violettes Mischvolk aus Tawalern und Wardan, von der Größe zwischen beiden Völkern stehend mit schmaler Gestalt. Zu den Ardhun zählen die Tivenga, die Tebhu, die Aredhul sowie die Reiche Daschon, Ligaij und Linghirga.

8. Lhan'een

Mischvolk aus Wardan und Tawalern, im Aussehen mehr den Tawalern ähnlich, allerdings etwas kleiner und hagerer. Zu den Lhan'een zählen die Reiche Lanar, Dscher und Toissonraig (Flussmaul).

9. Bor'een

Die Bor'een sind von Meandir veränderte Malvenon. Sie sind zwischen 1,90 Meter und 2 Meter groß und wuchtig gebaut. Auffällig sind das kräftige Gebiss und die starke Körperbehaarung beider Geschlechter, die sie bärenhaft aussehen lassen. Das Reich der Bor'een ist Borain.

10. Kharimdh

Die Kharimdh wurden bereits vor Urzeiten durch And'aar, den roten Gott aus Khell'een, geschaffen. Sie sind zwischen 1,40 Meter und 1,50 Meter groß und untersetzt. Früher besaßen sie eigene unterirdische Reiche in erzreichen Gebirgen. Durch die Götterkriege wurden die meisten dieses Volkes ausgerottet. Die Überlebenden ziehen als wandernde Hufschmiede und Kesselflicker durch die Lande östlich des Großen Stromes.

11. Gredh'een

Die Katzenmenschen entstanden aus Wardan und blauen Gestaltwandlern mit der Hauptform Katzenmensch. Die Gredh'een haben der Überlieferung zufolge nach dem Friedensschluss die Dämmerlande verlassen. Unbestätigten Gerüchten zufolge wurden aber am Taralfluss gelegentlich Katzenmenschen gesichtet. Die Gredh'een sind etwa 1,85 bis 1,90 Meter groß und schlank. Sie besitzen kräftige Gebisse mit katzenähnlichen Gesichtern und einen langen Schwanz. Beide Geschlechter tragen Fell.

12. Zirdh'een

Die Schlangenmenschen stammen von Wardan und blauen Gestaltwandlern mit der Hauptform Schlangenmensch ab. Sie sind etwa 1,70 Meter hoch, mit einem kräftigen Schwanz, aber über 2 Meter lang. Sie besitzen relativ menschliche Gesichter, aber eine schuppige Echsenhaut. Das einzige in den Dämmerlanden bekannte Zirdh'een-Volk lebt in den nördlichen Sümpfen westlich von Andhir.

13. Gurrims

Die Gurrims gehören wie die Kharimdh zu den Völkern And'aars des Roten. Es ist ungewiss, ob sie aus dem menschlichen Urvolk entwickelt oder bereits in dieser Form geschaffen wurden. Gurrimfrauen und -männer sind fast gleich groß, nämlich ca. 1,95 Meter. Beide Geschlechter sind wuchtig gebaut, die Männer etwas mehr als die Frauen. Eigenartig ist die vorspringende Kinnpartie mit den kräftigen, unteren Eckzähnen, die über die Oberlippe hinausragen. Ein Gurrim ist etwa dreimal so stark wie ein kräftiger Mensch und kann es im Kampf mit einem Eirun aufnehmen. Gurrims sind für ihre absolute Loyalität gegenüber ihren Anführern bekannt. Die meisten dieses Volkes zählen jetzt zu den Anhängern Giringars. Doch gibt es auch kleinere Populationen blauer und violetter Gurrims.

14. Eirun

Die Eirun behaupten von sich, Kinder der jüngeren Götter zu sein. Sie sind groß, die Frauen über 1,95 Meter, die Männer über 2 Meter, aber sehr schmal gebaut. Auffallend sind ihre langen, beweglichen und spitz zulaufenden Ohren. Alle Eirun besitzen magische Fähigkeiten. Ihre Königinnen sind gleichzeitig auch die Hüterinnen ihrer heiligen Bäume, um die sich ihre Siedlungen erstrecken, die zumeist aus Häusern aus leichtem Kristall bestehen, die an den Ästen großer, mehr als zweihundert Meter hoher Bäume hängen. Gelegentlich gibt es Mischlinge zwischen Eirun und Menschen. Fast alle Herrscherhäuser auf der westlichen Seite des Stromes berufen sich auf einen solchen Ahnen oder eine Ahnin. In den Dämmerlanden westlich des Großen Stromes gibt es drei bekannte Eirunwälder. Gimloth (grün) im Süden, in der Mitte Marandhil (weiß) und im Norden das gelbe Reich Gilthonian.

15. Die Magier des Westens

Diese sind zumeist Mischlinge zwischen Eirun und Menschen bzw. deren Nachkommen. Der gelbe Evari Tardelon gilt als Mischling zwischen Eirun und Kharimdh.

16. Die Magier des Ostens

Diese waren einst Eirun, die eine mehr den Menschen ähnliche Gestalt angenommen haben, sowie deren Nachkommen. Die violetten Magierinnen und Magier haben zumeist auch Lin-Blut in den Adern, während die blauen Magierinnen und Magier die Kunst besitzen, ihre Gestalt zu wandeln und als Menschen, Katzenmenschen und Schlangenmenschen aufzutreten.